黄土长歌

蔡 亮 著

中国文联出版社

图书在版编目（CIP）数据

黄土长歌 / 蔡亮著. -- 北京 ：中国文联出版社，
2025. 1. -- ISBN 978-7-5190-5744-2

Ⅰ．I247.5

中国国家版本馆 CIP 数据核字第 20241FY486 号

HUANGTU CHANGGE

著　者　蔡　亮
责任编辑　周劲松
责任校对　秀点校对
装帧设计　潘传兵

出版发行　中国文联出版社有限公司
社　　址　北京市朝阳区农展馆南里 10 号　　　邮编　100125
电　　话　010-85923025（发行部）　　010-85923091（总编室）
经　　销　全国新华书店等
印　　刷　三河市龙大印装有限公司

开　　本　710 毫米×1000 毫米　　　1/16
印　　张　39
字　　数　633 千字
版　　次　2025 年 1 月第 1 版第 1 次印刷
定　　价　89.00 元

引 言

有词《蝶恋花》曰：

茫茫神州云悠悠，千年风雨，深情著春秋。英雄无私忧天下，
死而后已永不朽。

古今兴亡多少事，无数忠烈，舍身家国酬。生生不息黄土地，
大河滔滔向东流。

度尽劫波山河在，潮起潮落话沧桑。

在我泱泱华夏数千年的历史长河中，每一个朝代的兴亡更替，每一次社
会的演进变革，都伴随着一场大风起兮云水怒，五洲震荡雷霆击的暴风骤雨
的洗礼。它以排山倒海、势不可当的力量，荡涤着一切污泥浊水，催生出一
个全新的天地乾坤，使我华夏屹立东方而永不倒，历尽磨难而永不衰，筚路
蓝缕而愈自强。殊不知，在朝代的兴亡更替和社会的演进变革中，一代人有
一代人的历史使命，一代人有一代人的责任担当。他们，不论是金戈铁马、
问鼎中原的盖世英雄，还是力挽狂澜、匡扶社稷的忠臣将相，或是揭竿而起、
除暴安良的草莽豪杰，或是渴求温饱、期盼太平的亿兆庶民，均以不同的形
式履行着各自的职责使命，并不惜为此抛头颅、洒热血进行殊死的奋斗。其
间，不知发生过多少波澜壮阔、气吞山河的壮丽画卷，发生过多少感天地、
泣鬼神的真实故事，又出现过多少群星璀璨、光耀九州的英雄俊杰，终使我
中华民族这条历史长河，一路高歌猛进，万古奔流不息。

话说，当历史进入清朝末期时，这个经历了两百多年的最后一个封建王
朝，在它短暂的兴盛后，终于走向了腐朽没落。不过，它也像每一个没落的
朝代一样，在行将就木前，仍在做着垂死前的挣扎而不愿退出历史舞台。然

而这一时期，是历史上非常黑暗、社会矛盾非常尖锐、人民生活非常艰辛的时期，外有列强的入侵欺凌，内有苛捐暴政的贻害，作为生活在最底层的劳苦大众，过着朝不保夕、生不如死的悲惨生活，尤其是处在西北一隅荒凉贫瘠的陕北人民，更是活在水深火热之中。但是为了生存，为了反抗压迫和御敌驱寇，许多怀有一腔热血的中华儿女及有识之士，自觉组织起来，展开了一系列英勇的斗争，上演了一幕幕动人的历史话剧。

本小说，就是以陕北清末这一历史时期为背景，介绍了以冯玉清、折冬生、冯玉文、冯玉春、张德山、杨长福、蔡金元、石拴虎等陕北俊杰，团结和带领当地民众不避时艰、不惧邪恶、不畏强权而奋起抗争，深得百姓拥护。尤其是青年才俊举人冯玉清，在遇乱匪九死一生后，毅然投笔从戎，随霍宗昌出征屡建奇功，后又辞官回乡成立起乡勇民团，剿匪除暴，保境安民，惩恶扬善，威震一方。他们不畏强暴，甘愿为受苦受难百姓流血牺牲的精神感召天下。

这些普通的英雄人物，他们同样是一群有情有义、有爱有恨的血肉之躯，尤其是冯玉清与他的未婚妻赵兰香的那一段曲折传奇、悲欢离合的爱情故事感人至深，催人泪下。还有石拴虎与王金梅以及任巧莲、冯喜梅等人的爱情经历也同样感人，无不反映出人间的真善美，世间的无价情。总之，在那个遍地狼烟、匪患猖獗、民不聊生的社会里，生活在陕北这块土地上的广大民众在艰难的度日求生中，仍然坚守着中华民族的传统美德，传递着千年不熄的文明之火。这种不惧困难、坚忍不拔、勇往直前的精神，正是我中华民族这条历史长河永远浩荡不羁、奔腾向前的力量源泉。

日月恒久人生短，往事如烟越千年；逝者已去今安在，英灵长存天地间。是的，昔日清末的存在虽有八九十年，但在我国漫长的历史长河中犹如过眼烟云一样，早已消失得无影无踪，而那一个个不惧强暴、敢于奋起保家卫国的英雄却永远活在人们的心中。今天，生活在当下的我们这一代人，早已远离了刀光剑影、鼓角争鸣的时代，但我们不应忘记过去，应感恩今天幸福生活的来之不易，唯此方能面向未来，行稳致远。

目　录

第 一 章　青龙镇冯府喜盈门
　　　　　牛知县惜才赠匾额　⋯⋯⋯⋯⋯⋯⋯⋯⋯　001

第 二 章　择吉日欲结百年好
　　　　　遇匪患梦断黑水河　⋯⋯⋯⋯⋯⋯⋯⋯⋯　020

第 三 章　闻噩耗全镇哭声起
　　　　　清龙河凝咽悲情生　⋯⋯⋯⋯⋯⋯⋯⋯⋯　043

第 四 章　侯世耀托媒纳小妾
　　　　　李凤仙乱点鸳鸯谱　⋯⋯⋯⋯⋯⋯⋯⋯⋯　062

第 五 章　破屋漏偏逢连阴雨
　　　　　红颜人无奈入火坑　⋯⋯⋯⋯⋯⋯⋯⋯⋯　084

第 六 章　有情女松冈偷上坟
　　　　　歹毒妇借机起杀心　⋯⋯⋯⋯⋯⋯⋯⋯⋯　104

第 七 章　探闺女赵父初登门
　　　　　遭诬陷含恨丧了命　⋯⋯⋯⋯⋯⋯⋯⋯⋯　126

第 八 章　大马猴缺德欲乱伦
　　　　　月高悬侯府夜闹鬼　⋯⋯⋯⋯⋯⋯⋯⋯⋯　149

第 九 章　遇绝境得救入寺院
　　　　　出深山平乱屡立功　⋯⋯⋯⋯⋯⋯⋯⋯⋯　172

第 十 章　请巫婆作法害人命
　　　　　痴情郎现身生还乡　⋯⋯⋯⋯⋯⋯⋯⋯⋯　191

第十一章　重振作组建民团营
　　　　　赴侯府含泪救兰香　⋯⋯⋯⋯⋯⋯⋯⋯⋯　213

第十二章　敢担当刻苦练精兵
　　　　　初出战全歼西山匪　⋯⋯⋯⋯⋯⋯⋯⋯⋯　236

第十三章　任巧莲相亲上冯府
　　　　　民团营奉旨移县城　⋯⋯⋯⋯⋯⋯⋯⋯⋯　248

第十四章　偷换梁死牢放匪首
　　　　　西门外法场多冤魂 ·························· 274

第十五章　苦人儿含泪捎书信
　　　　　新标统怒擒癞皮狗 ·························· 294

第十六章　俞师爷献计借匪力
　　　　　姚千总假胜官复位 ·························· 319

第十七章　解危困大破东山匪
　　　　　入图圉反遭奸细害 ·························· 340

第十八章　众军民齐心救功臣
　　　　　出牢狱不改初衷情 ·························· 362

第十九章　青龙镇召开庆功会
　　　　　蟒头岭初识神秘人 ·························· 381

第二十章　伙奸夫害死婿与婆
　　　　　犯众怒二人被沉河 ·························· 410

第二十一章　遭行刺血染龙泉镇
　　　　　　杀姚贼枭首挂城门 ······················ 436

第二十二章　受重伤蛟龙困浅滩
　　　　　　青龙镇易主变了天 ······················ 463

第二十三章　假议事设下连环计
　　　　　　受邀请前往落陷阱 ······················ 486

第二十四章　头悬刀两命连一线
　　　　　　有情人最终成眷属 ······················ 509

第二十五章　起歹心朴风欲加罪
　　　　　　胡匪帮称霸上郡北 ······················ 538

第二十六章　报父仇情愿以身许
　　　　　　石好汉除恶得娇妻 ······················ 555

第二十七章　赴京城殿试犯龙颜
　　　　　　失意人灵前悼亡妻 ······················ 572

第二十八章　剿顽匪远征红沙梁
　　　　　　许巡检惩恶挺英雄 ······················ 597

第一章 青龙镇冯府喜盈门
牛知县惜才赠匾额

清同治年间某日，一阵阵喜庆欢快的唢呐锣鼓声，穿过一道道梁峁沟壑，在陕北广袤空旷的黄土高原上空久久地回响……

这唢呐锣鼓声，来自陕北黄土高原腹地、朔州安宁县一个叫青龙镇的地方。

青龙镇，位于安宁县城以西四十里的川道里。它北接塞北、横石县可通内蒙古；西连塞西、安保县可至甘肃、宁夏；南与朔州肤安县接壤；东过安宁县可抵黄河至山西，是一个交通便利、四通八达的古商驿重镇。

这青龙镇，虽处于陕北腹地，但它却不同于陕北其他地方那般的荒凉贫瘠。这里川面开阔，土地肥沃平整，周围山上草木葱茏，蜿蜒的青龙河自西向东，并入延水河后直接汇入了黄河。由于它优越的地理位置和良好的生态环境，这里很少发生年馑，是陕北少有的一块风水宝地。

青龙镇居住着一百多户人家，有人口一千余。镇内有一条东西走向，长二百余丈的主街道，全用青石铺砌，因年代久远，已被踩踏得坑凹不平、青光溜滑。镇子虽不算大，但街道两旁店铺林立，那些南来北往的行人和满载货物的商队穿行其中，熙熙攘攘，热闹非凡。平时，只要镇内一有响动，就会引起全镇人的注意，今儿个唢呐锣鼓声整出了这么大的动静，自然就引起了人们更大的好奇和关注。

青龙镇，居住着冯、折、侯、杨四大户族，并有张、李、田几姓小户。镇内第一大家户族，要数冯忠贤户族了。他祖上系榆阳府横石县冯家山人，先祖冯崇德幼时上过私塾有些文化，年轻时于元朝中期赴山西做生意发了财，晚年因战乱携家小返回老家途经此地时，看到这里山清水秀，川面开阔，是陕北少有的一块风水宝地，遂在这里购田建舍定居了下来。

当时青龙镇并没有如今的繁华，镇内只有三十多户人家，人口仅二三百人。冯崇德共育有六儿三女，除二儿返回故里外，其余五个儿子均居于本镇靠山的一处平台上，因其是一处新建的宅基地，故而后人又称其为"冯家庄园"。冯姓后人勤劳朴实，又善于经营，不出一二十年工夫，便成为本镇有一定影响和威望的大家户族了，本镇的一些重要事务，必请冯姓掌门人商议后方能决定。传至忠贤这一代，已是第十八代，人口繁衍四百有余。冯崇德的三个女儿，两个嫁到了山西，只有小女儿冯文娟，嫁到了离镇子二十里地的赵家河一姓赵的大户人家。

镇内第二大户族折庆荣，系本镇老户。明朝中期，折族一部分先人携家小远迁关中一带谋生，留下折庆荣祖上几人继续居于本镇，传至庆荣这一代只发展到六十余户，三百余人。折族居住于镇中条件较好的地段，各户房屋相连、青砖高墙，构成了一个相互贯通又独立完整的庄户大院，具有很好的防御功能，一般盗贼土匪很难偷袭入内。折庆荣为人耿直刚烈，在镇内同样具有一定的威望，他族世代与冯姓联姻，折庆荣的姑姑折赛花，就嫁给了忠贤的父亲冯尚义，而忠贤的一个妹妹冯彩芸，又嫁给了折赛花的侄儿，也就是折家的掌门人折庆荣，因而冯折两户也算是世交故亲了。

镇内第三大户族侯世耀，祖籍甘肃兆庆。其祖上侯坤山、侯坤天兄弟俩，因在甘肃一带干过打家劫舍的营生发了横财，是当地出了名的土匪，后为了躲避官府的追捕，晚年金盆洗手，于清初潜逃至青龙镇过起了隐居生活。因侯坤天在打劫内蒙古商队时，被对方踢中了下身险些要了命，成了不能生育的残废人，后老死在青龙镇。

而匪首老大侯坤山，强娶强霸了一妻四妾五房女人，她们为其生育了五男二女，传至侯世耀已是第八代，少说也有二百年的历史，可人口繁衍仅百余人。侯坤山虽说一生为匪，但晚年隐居青龙镇后却收了匪性，并教育后人不要再干打家劫舍的营生了，也许他在世时作恶多端，损了阴德，虽说后人中再未出过危害一方的土匪，但也出过几个忤逆不孝的子孙，且侯姓一直家门不兴、人丁不旺。由于侯家祖上不光彩的历史，镇上但凡有一定声望的人家，都不愿与侯家联姻结亲，生怕沾了晦气、损了阴德。

而杨姓杨百雄，算是镇内的小户族了。先祖山西柳塔人，于清乾隆年间来此落户，传至百雄这一代为第六代，户数不过二十，人口不足百人。他们与冯、折、侯姓一样，不仅有良田耕种，还在街内开有不同的店铺作坊。至于张、田、李几门姓氏，都是近些年落户青龙镇的外来户，人口加起来还不足百人。

冯姓在青龙镇不仅地位显赫，而且人丁兴旺。多数冯姓人，秉承先祖勤劳敬业的优良传统，为人处世周全、家业兴旺发达，像冯忠贤、冯忠宽、冯忠良、冯忠兴、冯忠有、冯忠全几户，就是冯姓的佼佼者，也是本镇屈指可数的殷实之家。冯姓中的首富，要算冯姓第十八代、排行老大的冯忠贤了，他家有良田百余亩，在镇内开有酒坊、粉房、皮货行，生意做到了榆阳、山西等地。

然而，虽然冯姓是青龙镇一带少有的大户旺族，但在后代中却未曾出过一个显赫的名流才俊，只是在道光年间出了一个秀才冯尚儒，可他一生未入仕做官，仅是一位教书先生而已，现今已五十有六，仍在本镇私塾学堂里教书育人。然而，就是这么一位老秀才，不仅受到了同族人的尊敬，也受到了本镇乡民的敬仰推崇，因而冯姓家门，做梦都想出一位学业有成、光宗耀祖的显贵人物。

也许上苍眷顾、先祖显灵，到了忠贤这一代，终于出了一位名震一方的显贵人物。忠贤育有四子：长子玉廉，念过几天私塾，替父执掌着家业；二子玉孝，虽也念过私塾，但不是块学习的料，早早就替父接管了商队；三子玉康，自幼文弱怯懦，好吃懒做，无甚长技；四子玉清，字鹏举，自幼聪明伶俐、勤奋好学，加之生得眉清目秀，一表人才，是位人见人爱的冯家四少爷。

这冯家四少爷玉清，算是冯门出类拔萃的人物了。他五岁进本镇私塾，十二岁参加县里童试即考取了生员，十五岁又考取了秀才，后进入榆阳学府苦读三年后，于今年秋闱乡试时又一举考中了举人，成为安宁县乃至陕北为数不多的文曲星式的人物。而他时年刚满十八岁，照此情形，在以后的会试、殿试中说不定还能考他个状元、探花或榜眼来，到时受皇恩封赏，出将入相亦有可能。如若这样，安宁县冯姓人家，可就成了万人敬仰、青史留名的显贵旺族了。

玉清中举，被人们视为是冯府交了红运、降了福星，不仅冯姓、青龙镇人欢喜异常，乃至整个安宁县都对冯家赞赏有加、羡慕不已，连知县牛智祥也是心中欢喜。这是因为，自清朝起安宁县还从未出过一个举人，玉清中举,自然也是安宁县的荣耀了。加之他又是一位爱惜人才的开明知县,在接到省府的喜报后,不仅派人专程前往青龙镇呈送喜报,还专门为冯家题写了一块门匾以示庆贺,与喜报一并送达。

而此时的青龙镇,几乎全镇的人都沉浸在冯玉清中举的喜悦中,尤其是冯姓之人,个个兴高采烈,满脸的喜庆,忠贤府上更是张灯结彩,热闹非凡。

这不,冯家大公子玉廉和大管家罗长庚,正领着一帮人及一拨吹鼓手①,在镇东街口牌楼前,准备迎接从县城来送喜报的县衙官差。只见锣鼓队的吹鼓手,手握四杆长短不齐的唢呐,鼓着腮帮子起劲地吹奏着"得胜令"曲调,再加上锣鼓家什的伴奏,异常欢快动听,引得镇内和南来北往的行人争相驻足观看,几乎将牌楼前的路口都围实了。

不多时,只听有人高喊:"来了,来了!"大家转睛向东望去,只见一队官差从大道转弯处缓缓走来。这队官差,走在最前边的,是两个抬着一面铜锣边走边敲的开道官差,后边一人高举"喜报"木牌紧随,再后边是四人抬着用红绸缎遮盖的门匾,之后便是身穿官服、骑马而行的徐金事官和四位挎刀执杖的衙役护卫。这支特殊的官家差队,浩浩荡荡好不威风,因乡下百姓未曾见过这样的阵势,都一齐争相向前观看。

管家罗长庚见状,忙豁开人群,一边大声喊道:"让开道,让开道!"一边和冯忠有、冯玉廉等人迎了上去。行过见面礼后,吹鼓手又使劲地吹吹打打在前引路,官家差队这才随长庚、玉廉、忠有、玉孝径直走向了冯家庄园。

冯府门前,早已聚集了四五百看热闹的人。只见冯忠贤穿戴一新,与叔父老秀才冯尚儒,率领冯姓和镇上有头有脸的人物,早早就恭候在了府门前,见官差一到,忙上前向徐金事请安问好。

待忠贤一一将家门中人向徐金事作了介绍后,最后领着身穿礼服、头戴插花翎帽、胸戴大红花的爱子玉清介绍道:"徐金事,这就是犬子玉清,今后还请大人多多指教!"

徐金事抬起头,看着眼前这位年轻英俊、风流倜傥的后生,惊喜地说道:"哦!这就是冯举人,真是年轻有为,与众不同。幸会,幸会!"说着,

① 吹鼓手:民间过红白喜事雇请的唢呐锣鼓队。

忙向玉清行了一个官礼。其实按照朝廷例律，凡考中举人的学子，已在吏部注了册，只要不再求取功名，就可请求朝廷或被人举荐受封知县或以下的官职了。因此，玉清也算是朝廷的储官，徐佥事行此大礼，也是在情理之中。

"不敢当，不敢当！徐佥事过奖了，快快请起！"这时玉清窘得满脸通红，扶起徐佥事不自在地说。其实在玉清的心里，他是不愿意这样张扬的，时下才考了个举人，离他的目标还远着呢，这样过早显摆张扬，会招致众人非议的。

徐佥事向着冯忠贤说道："冯大人，真是虎门无犬子啊！玉清贤侄日后定会飞黄腾达、前途无量的，到时鄙人还要沾大人的光哩！"说完，将门匾给忠贤等人接了。

"过奖了，过奖了！托大人吉言，日后若真有那么一天，一定不会忘了徐大人今日之功。"忠贤一边谦虚地应着，一边命人挂上了牛知县题写的门匾。

门匾挂好后，由德高望重的老秀才和徐佥事官揭牌。当两人扯下红绸缎，露出黑底银字"耕读兴家"四个遒劲有力的大字时，随着同族冯忠有执事的一声吆喝，立时鞭炮震响、鼓乐齐鸣，人们便拍手欢呼起来。

这时，众人争相观看着牛知县亲书的门匾，在不断赞赏着牛知县书法的同时，更是称颂羡慕着冯府的这份荣耀。再看看冯府大门两侧，不知上几代人中谁写的"祥云满天汇聚八方福音，紫气东来佛光普照万世"的楹联，再配以牛知县题写的匾额，真是确切极了，都说这是先祖显灵、料事如神。待挂匾仪式一结束，冯忠贤、老秀才等人便将徐佥事一行人迎进了冯府。

这冯家府邸，坐落于镇中靠山的台阶上，背靠大山，面向街镇川道，居高临下，视野开阔，建筑宏伟讲究。这是一座两进式院落，坐北面南，依地势分上下两院。上院正面是一排宽大敞亮的九孔石窑洞，上盖六间高脊飞檐青砖大瓦房，院子东西两侧各建有六孔石窑洞。下院正面修有八孔石窑洞，窑顶与上院齐平，中间修有台阶通道。下院东边，建有六间青瓦房，西边向外伸展建有马厩、牛舍、猪圈等，但与下院相对隔开，可由西偏门出入。南边建有五间瓦房，靠东边是一幢两层阁楼式门楼。两进院落，自成体系，又相互贯通，整个建筑既有陕北石窑洞式风格，又有山西祁家大院青砖瓦房式构造，是青龙镇比较新颖别致的一栋建筑，格外引人注目。

据说这座建筑，是冯家先祖冯崇德定居青龙镇后，掷银千金，历时三年所建，算是冯家的祖业了，距今少说也有四百年的历史，南围墙外所植八棵粗大的老槐树就是实证。

冯宅上院正厅堂的太师椅上，坐着一位精神矍铄、面容慈祥的老夫人。她就是青龙镇一带颇有声望的折老夫人，即忠贤的生母折赛花。提起这位已年过六旬的老夫人，没有人不钦佩的。

这折老夫人年轻时，不仅是青龙镇的一枝花，也算是青龙川一带少有的大美人。她不仅人长得好看，而且知书达理、贤淑聪慧，因此上门求婚者络绎不绝，可她却早已相中了同镇玉清的爷爷冯尚义，因而在她刚满十五岁那年，便如愿嫁给了尚义为妻。冯尚义大折赛花三岁，生得浓眉大眼，一表人才，也算得上是青龙镇少有的俊后生，因他为人正直，自幼喜爱舞刀弄枪，且好打抱不平，因而很得镇上人的爱怜赏识。他俩的结合，可谓天设的一对、地造的一双，婚后两人恩爱有加，成了镇里令人羡慕的一对年轻夫妻。他们育有四男一女，忠贤为长子，但在忠贤十六岁那年，尚义却突然为土匪所害，撇下年仅三十二岁的爱妻和五个不谙人事的孩子。

那是一个玉米刚成熟的季节，尚义的堂弟尚东年轻的婆姨，正领着两岁半的孩子，在距镇子不远的玉米地里掰玉米，突然遇到了西山土匪闫老七手下二当家的土匪史赖子。他见色起意，强暴了尚东婆姨，又踢死了哭闹的孩子，之后便带着手下四五个土匪扬长而去，逼得尚东的婆姨跳河自尽了。

事发后，天生懦弱、惧怕事端的冯尚东及家人，只能忍气吞声，不敢找土匪算账。这可激怒了好打抱不平的冯尚义，他声言一定要杀了土匪史赖子，替死者报仇，于是他便提了一杆枪一连几天在镇子周围转悠。没过几天，史赖子又带了四五个土匪来青龙镇一带祸害百姓，当时人们一看到史赖子来了，便吓得往镇子里跑。可冯尚义却迎了上去，他横枪挡住了史赖子的去路，经过一番打斗，尚义一枪就将史匪戳倒在地，史赖子一看遇到了硬汉，便忍痛爬起来跪在地上一个劲地求饶。可冯尚义哪能饶他，一连几枪就将这个作恶多端的土匪戳死了，其余几个土匪见状，也吓得夺路而逃。

这次尚义虽捍卫了青龙镇的尊严，为民除了害，为冯家报了仇，可他却给自己引来了杀身之祸。第二天，当镇里人刚吃过早饭时，闫老七便带着四五十个土匪包围了青龙镇，扬言要血洗青龙镇。当时全镇的人可吓坏了，正在不知所措时，冯尚义突然站了出来，对闫老七大声说道："天有天理，匪有匪道。史赖子不守匪道，强暴人妻、踢死幼儿，连害两命该死！人是我杀的，一人做事一人当，与镇内其他人无关。只要你肯放过全镇人，我愿意跟你走，随你处置！"

这闫老七虽为土匪，但还算仗义，就答应了冯尚义的要求，结果冯尚义被闫老七当着全镇人的面砍了脑袋，之后便带着众土匪撤离了青龙镇。就这样，冯尚义用他一人的头颅，换取了全镇千余口人的性命，全镇人被他这一侠肝义胆的豪迈壮举深深地感动了。他死后，全镇人为他缟衣素服、哀痛啼哭，并为他举办了隆重的葬礼。之后，他的事迹也在安宁县广为传颂，成了人们敬仰学习的英雄，更成了冯族的骄傲和榜样。当时，折赛花对于丈夫的遇害，虽然悲痛欲绝，但她却认为尚义的死是值得的。于是，她面对五个未成年的孩子和几个兄弟吵闹着要分家及抢夺冯家继承权的艰难局面，擦干了眼泪，以长媳、大嫂的身份，开始接管了冯府这一偌大的家业。

折赛花当时仅是一个三十二岁的年轻寡妇，谁人肯服她？可在她的主持下，清理账务、偿还外债、平分家产，样样处理得公允周全，使众兄弟和妯娌个个心悦诚服。在以后的相处中，她处事公正、说话依理、办事干练，很快便赢得了冯姓及全镇人的好评。此间，许多好心人曾劝她易门改嫁，也有人愿意入赘替她分担家庭重担，但都被她一一拒绝了。从此，她以一个柔弱的妇人之躯，独自扛起了冯家的重担而未离开过冯家半步。为了孩子和冯姓家业，生性要强的她，起五更、睡半夜，踮着一双小脚东奔西走，不出几年工夫愣是把冯姓家业搞得红红火火，而且为四个儿子先后娶了妻、一个女儿出了嫁，无不令人钦佩之至。渐渐地，她成了冯姓家门中的主心骨和主事人，同时也得到了全镇人的尊敬和拥戴，都亲切地称呼她为"折老夫人"。

今日是孙儿玉清中举和迎喜报的大喜日子，已六十多岁的折老夫人并不减当年的风采。她早早起床让佣人王妈替她梳洗打扮了一番，这会儿正坐在正堂太师椅上准备迎喜哩。只见她上穿宽袖紧身绛红色并印有"福、寿"图案的短袄，下着黑底蓝花长裙，燕尾形的银发上别着玉簪银钗，整个装扮大方得体、典雅稳重，但温和慈祥的面容上难以掩饰她心中的喜悦。而站在她身后的，是服侍她的八岁养孙女、人称小燕子的冯喜梅，此时她正不停地踮起脚尖向门口张望着。

这时，只见忠贤等人领着一位官差进入门来。徐金事早就听闻冯府有一位了不起的老夫人，一进门看到太师椅上端坐的老夫人，还未等人介绍，就抢前一步请安道："折老夫人，身体可安好？"

折老夫人忙欠了欠身回道："好，好！"一边扭头向儿子问道，"这位是……"

忠贤连忙给母亲介绍道："这位是牛知县派来送喜报的徐金事官，徐大人。"

"好，好！徐大人辛劳了，请上座。"折老夫人热情地说。

徐金事被让到了正位折老夫人左手边的太师椅上，忠贤的几位叔父冯尚儒、冯尚文、冯尚杰及忠贤的舅父折俊卿等长辈分两侧坐了。

待众人坐定后，徐金事面向折老夫人和忠贤说道："折老夫人、冯老爷，鄙人受牛知县大人委托，今日特地前来为贵府冯公子送喜报和门匾来了。因牛大人公务繁忙，不能亲自前来，故而托在下向折老夫人及冯老爷问好并表示祝贺。"

"谢谢知县大人的抬爱，今天徐大人能屈尊前来，已是给了我们冯家最大的面子了。"冯忠贤感激地说。

折老夫人接过儿子的话说道："徐官人，请代老身和我们冯家向知县牛大人致谢了。"停了一下又继续说道，"牛知县掌管着全县那么多事，已够他忙活了，哪还敢劳烦知县大人，您能亲自屈尊前来，已是我们冯府的荣耀了。"

徐金事忙说："要说荣耀，那还是您老的孙儿带来的。他考中举人，不仅是您冯家、青龙镇的荣耀，也是咱全安宁县的荣耀。您看，这中举的喜报，还是由省府巡抚大人亲笔签发的呢。"说着，将喜报交给了折老夫人。

折老夫人双手接过喜报，像接过宝贝一样，然后展开喜报，戴上老花镜高兴地端详着。她虽说不认得字，但上边那鲜红的大印她却识得，她一边仔细地看着，一边高兴地说："是这么个理，是这么个理。"随即，将喜报交于老秀才冯尚儒等人传看，之后指着站在忠贤身后的玉清叫道："玉儿，过来！让奶奶好好看看，我家这个为祖宗争了光的宝贝孙儿。"

玉清听到喊声，腼腆地来到奶奶跟前。折老夫人拉起玉清的手，高兴地对众人说道："看看看！还是我的孙儿有出息，将来改换门庭、光宗耀祖，就指望我的这个宝贝孙儿了。"停了一下又对玉清说，"玉儿，你一定要为奶奶和咱冯门争口气，将来争取考他个状元，做一个爱护百姓、青史留名的好官、清官，那才是咱冯家真正的荣耀哩。"

玉清红着脸说:"奶奶,孙儿怕没这个能耐。不过孙儿会继续努力的,争取考个进士给您。如果能够如愿,将来孙儿定会做一个忧国爱民、清廉有为的好官的。"

"我孙儿一定行,一定行的!"折老夫人笑着说,其他人也都连声鼓励夸赞着玉清。随即,折老夫人认真地对玉清说道:"玉儿,你能有今格的出息,多亏了你八爷当初在私塾学堂的严厉教授,还不赶紧谢你的先生去。"

玉清忙来到冯尚儒面前,整了整衣帽,深深地向老秀才鞠了一躬说道:"八爷老先生在上,请受学生一拜!"

老秀才冯尚儒,今日显得比别人更为高兴。因为玉清毕竟是他教出来的得意学子,他这个老秀才能教出这么一位年轻的举人来,足见他的学问和能力非同一般,今后他的身价和名气,也就水涨船高了。因此,他今日特地穿了件深蓝色长袍,上套一件狐毛镶边黑绒马褂,戴一副铜边老花镜,俨然以一位儒士文人的身份自居。这时,只见他捋着花白飘逸的长须,呵呵一笑,故意谦虚地说道:"不敢当,不敢当!不是老朽教得好,而是玉儿天资聪颖悟性好。再说,我屈屈一个秀才,哪能教出令万人羡慕的举人来,不敢谋贪天之功,不敢谋贪天之功!"

"八爷,您这是折煞孙儿了。要不是有您老在私塾六年的严厉教授,哪会有孙儿的今日,理应受孙儿一拜!"玉清说着,便又向老秀才深深鞠了三躬。

这时,忠贤的舅父折俊卿恭维道:"老先生过谦了!一个老秀才,能教出一个举人来,您才是咱青龙镇的高人和大先生哩!"

坐在上位的徐金事和众人,也都纷纷夸起老秀才来了。听到众人的夸奖,老秀才心里可乐开了花。

这时,忠贤见时辰不早了,就对母亲说:"娘,您看时辰不早了,徐大人跑了几十里的路程,早该饿了。"

"你看,大伙儿光顾着高兴,把徐官人用饭的事儿倒忘了。"折老夫人忙吩咐忠贤道,"忠贤,赶快领客人去用饭,替我好生招待客人。"说毕,又对管家罗长庚说,"别忘了给人家赏银。"

众人应诺着,起身陪徐金事到旁边客厅吃酒席去了。用罢宴,领了赏银,徐金事便告别冯府返回县城交差去了。

等送走了徐金事一行,折老夫人对玉清说:"玉儿,今格你要是能和赵家的千金拜堂成亲，那才叫一个双喜临门哩！"

"奶奶，您老咋又来啦！"玉清红着脸不好意思地说。

"咋啦？这有甚不好意思的。这男大当婚、女大当嫁，天经地义，我还要等着抱重孙哩！"接着，她对忠贤说，"忠贤，趁这喜庆，你赶紧给我把玉儿的婚事办了，免得这小子真考上状元变了心招了驸马，成了千夫所指、万人唾骂的陈世美。"

"娘，等过了这几天，我就去赵家河提说此事。"忠贤忙回答着母亲。

玉清对奶奶说："奶奶，孙儿哪敢呢！再说，孙儿就不是那种背信弃义、出卖良心的人。"

"你若真卖了良心，到时我先打断你的狗腿，然后再找皇上说理去。"折老夫人的话，引得大家都笑了。

接下来一整天，冯府都在忙着迎来送往。来冯府的人可真不少，几乎全镇有头有脸的人物都来了，就连侯姓也来了几位庆贺的，然而唯独没见侯家的头面人物侯世耀前来。

原来，这阵儿侯世耀正在府内生闷气哩。自从冯府四公子考中举人的消息传到他的耳朵后，他的心里就不是个滋味。在青龙镇，冯忠贤总是处处压他一头，他的先人没有人家的先人光彩，他的家业没有人家的大，可他养的后人也没有人家的好。他只养了两个儿子，人家一下就养了四个，而且个个有出息，老四还中了举人，这光宗耀祖的事全让他冯忠贤一人占了。再看看自己，两个儿没有一个有出息的货，老大金贵从小就将他娇惯成了一个冥顽不化、惹是生非的混世魔王。老二金来，虽念了几年私塾，但甚也没有学成，且生性怯懦软弱，做生意也不是块好料，女儿金凤也让她娘娇惯得不成体统，然而这三个后人，还都是大太太强月娥所生。常言道，赖猪婆下① 不出好崽来，侯世耀能有这几个烂崽，他认为责任全在大太太身上，因而他做梦都想再娶一房女人，为他生出几个有出息的后人来。因此，前几年他不顾大太太的反对，花钱从榆阳城又娶了一房女人艾水仙，可这个女人中看不中用，任凭他怎样上劲用心伺候，她只打鸣不趴窝，给他连个鸡蛋也未下下。看来，他还得再娶一房女人，一定要为他生出一个有出息的后人来，不然再

---

① 下：生养，读há。

过几年，他这头老牛恐怕连嫩草草也啃不动了。

侯世耀一想到这些，真是百爪挠心不是个滋味，再看看冯家今格的阵势，这分明就是在做给他看的。可他们侯家，竟还有几个掂不来轻重的货，屁颠屁颠地跑去给人家贺喜去了，而且还要叫他一同去。哼！他才不像他们那样下贱跑去舔他忠贤的尻子，长人家志气、灭自家威风，因而他不但不去，还不允许侯府任何人去，连看热闹也不行。

正在侯世耀独自生闷气时，忠贤家门中的冯大嘴却突然来了侯府。这冯大嘴，大名叫冯玉喜，已是一位十六七岁的大后生，虽长了个大个子，但脑子却半憨不精，成天跟一群娃娃瞎胡混。这冯大嘴到底憨到甚程度了，有人故意问他，他娘是男人还是女人，当他回答是女人时，人家就唬他真憨，连他娘是公是母都不知道，他就会改口说是男人，引得人家大笑不止，权把他当作了开心果。虽说冯大嘴憨傻，但他却有一个最大的特点，就是爱神说瞎道，且嘴上没有个把门的，平时镇内谁家要是有个事，他就会满街镇到处传扬，因此镇内人便给他送了个绰号"冯大嘴"。

这冯大嘴前脚刚踏进侯府，就高喉咙大嗓门嚷道："侯老爷，侯老爷……"

"冯大嘴，你这大白天的号丧甚哩！"侯家大太太强月娥扭着肥胖的屁股从正屋走出来，不耐烦地拦住冯大嘴。

冯大嘴边走边扬着手说："我有重大事情要告诉侯老爷哩！"

"有甚事告诉我好了，别去烦老爷了。"强月娥想拦住冯大嘴。

冯大嘴急了，嚷嚷道："这是一件大事，只能当面告诉侯老爷，哪能告诉你们这些妇道人家。"

强月娥一听可气坏了，张嘴骂道："放你娘的臭狗屁！你能说出个甚好事来？你若能说出个好事来，除非让你娘将你重下一回。"骂着，并伸手要打他。

"够啦，够啦！你怎能跟一个憨憨计较哩！"随着话音，侯世耀拄着一根拐杖已站在了屋门前。只见他阴沉着脸，对着冯大嘴说："有话快说，有屁快放！"

侯世耀这句话，要是放在正常人身上，还有往下说的必要吗？可这是冯大嘴，他哪能知道这些人肚里的弯弯肠子。他一看到侯世耀，就高兴地说："侯老爷，我告诉你一个大好消息，我们……"

还未等冯大嘴往下说，侯世耀就打断他的话说："你是不是说冯玉清中举的事？"

"你咋知道的？"冯大嘴望着侯世耀一脸的疑惑。

侯世耀说："你甭管我是咋知道的。我问你，是你忠贤爹让你来的，还是你自个儿来的？"

冯大嘴眉飞色舞地说："我爹爹可忙哩，这会儿迎客都迎不过来，是我自个儿来的。你不知道，今日整个青龙镇的人都来啦，连县太爷也派人送喜报了，我怕你不知道，是我专门来告诉你的。"他咽了一口唾沫，继续说道，"侯老爷，我爹爹家可热闹啦，还雇了一帮吹鼓手，呜哩哇啦吹得可带劲啦！侯老爷，人家都去了，你咋还不去哩？去迟了，这黄花菜都凉啦！"

侯世耀的气正没处撒，就冲着冯大嘴吼道："他冯忠贤家的事，与我有个屁相干，快给老子滚一边去！"

冯大嘴这下就弄不明白了，瞪着眼说："咋就与你不相干了？我八爷说啦，这不仅是咱青龙镇的喜事，也是咱全县的喜事，连县上来的官家也都是这么说的。这么大的喜事，我怕你不知道，就专门跑来告诉你，你不领情，咋还骂我哩，真是好心当成了驴肝肺……"

侯世耀这会儿真来气了，未等冯大嘴说完，就举起手中的拐杖冲冯大嘴吼道："你再不给老子滚，看我不一拐杖打死你！"

冯大嘴一看侯世耀生气了，就抱着头准备转身离去。这时，侯家大公子、人称"大马猴"的侯金贵不知从哪里冒了出来，上前一把拽住冯大嘴的辫子用力往后一拽，险些将他拽倒在地，接着就劈头盖脸地一顿狠揍，霎时打得冯大嘴口鼻流血，抱头哭号。"大马猴"一边打，还一边骂道："我让你再给老子皮干，我让你再给老子皮干！"

这侯金贵虽长了个大个儿，但却极不协调，上身及胳膊长，下身短，走起路来一晃一晃的，从背后看，活像马戏团里的大马猴，而且一双小眼睛贼溜溜转个不停，尽一肚子坏水水，故而人送他绰号"大马猴"。他平时就爱干些欺小凌弱、偷鸡摸狗的损事，这冯大嘴就是他寻开心和出气的对象。前些年，他就怂恿冯大嘴出过一回洋相。前年某天，大马猴看见冯大嘴哥哥冯玉明新娶的婆姨从街道上走过来，就对冯大嘴说："你想不想娶婆姨？"冯大嘴说他做梦都想娶婆姨，但没有人愿意跟他呀！大马猴说："你为甚娶不到婆姨？"冯大嘴说不知道。大马猴却说，只要当弟的摸了新嫂子的手、亲了新嫂子的口好运就来啦，就一定能娶下婆姨。冯大嘴说这不行，这样人家会笑话的。大马猴说："没人笑话，只要你能娶下婆姨，你哥嫂高兴还来不及哩。"

这冯大嘴信以为真，鼓起了勇气，等嫂子刚一走过来，便"噌"一下跑到嫂子面前，还未等他嫂子反应过来，就一下抓了她的手，然后抱住她的头猛亲了一下她的口就跑开了。这时大马猴哄然大笑，并尖声大叫冯大嘴亲他嫂子的口口了，立时引来了许多人的围观和哄笑。如今大马猴，已是一位二十一二岁且娶妻生子的人了，但成天没个正形，三天不寻事作怪就浑身不自在，因而冯大嘴今格是主动送上门来挨揍的。

这时，待在一旁的强月娥看到儿子打冯大嘴，不但不阻拦，反而嚷道："打！给我打死这个丧门星！"

"住手，住手！"侯世耀见状急了，抢起拐杖照着大马猴的脊背就是一拐杖，然后生气地喊道："谁让你打了？你莫看他是个甚人？只要吓唬走就行了，你还真动手了。"继而又转向强月娥说，"他脑子不够成，难道你的脑子也不够成？你娘俩合起来欺负一个憨憨，这事要是传出去，让镇上的人咋看我们哩，还不让冯家的人笑掉牙？"说着，示意管家张俊仁，赶快把冯大嘴乖哄走。这时大马猴虽住了手，但脖子还一拧一拧的，现出一副满不在乎的神情。

俊仁走到冯大嘴跟前，拉起他的手说："玉喜贤侄，大少爷不是真打你的，是跟你闹着玩的。再说，刚才老爷也打过他了，你就不要哭了。来！跟我走，我给你把脸洗了，然后送你回家好不好？"

谁知冯大嘴一手捂着脸，一手指着大马猴哭着说："他是有意打我的，大马猴是有意打我的。"

大马猴一听，气得眼睛都歪了，脖子上的青筋端冒。平时，他是最记恨人叫他大马猴了，今格冯憨憨竟当着家人的面叫他绰号，这让他火冒三丈。只见他一撸袖子，大声骂道："好你个冯憨憨、冯大嘴，看老子今格不活剥了你的皮！"说着便扑了上去。张俊仁及在场的家丁佣人见状，忙上前拖住大马猴，并不停地劝他不要与这样的人计较。

侯世耀一看不好，他知道他的猴老子一犯起浑来，国公王爷都镇压不住，真闹出人命来那就不好收场了。于是，对着冯大嘴嚷道："还不快跑，真等着挨揍不成？"

冯大嘴这时倒灵醒了，见众人拖住了大马猴，就转身飞快地跑出了侯府，且一边跑一边大声哭嚷道："侯府打人了，大马猴打人了！"立时，侯府欺负冯憨憨的事在全镇传开了，继而引起了人们的一片非议和嘲笑。

当冯府上下正忙着迎来送往时，只见满脸是血的冯大嘴跑了进来，众人忙围上来问是咋回事。他一见冯府的人，"哇"的一声大哭起来，边哭边委屈地说："是，是侯家的大马猴打我哩！"众人愕然，立即追问原委，冯大嘴如此这般地说了一遍，立时引起众人的一片谴责声。忠贤的夫人齐春叶生气地说道："这侯家也真是的，对这样的人也能下得去手？看把我玉喜打成甚了，真是作孽呀！再说你有气，也不能拿这样的人出气，全不怕世人笑话。"

"他们的先人就不是好人，哪能要下好后人？这是他们嫉妒你们冯家才出此损招，真是亏他们八辈子先人哩！"忠贤的妹夫折庆荣说。

这时，正在忙活的冯能（冯忠有）赶来了，一看到玉喜那副样子，气愤地说道："啧啧啧！看把人打成甚了？他打玉喜，分明就是在打我们冯家的脸。不行！非得到侯府讨个说法不可，要不然，他还当我们冯家人好欺负哩！"在冯能的鼓动下，多数人吵嚷着要去侯府讨公道。这时，闻讯赶来的玉喜娘更是不依不饶，杀猪的冯玉奎这时也提了把杀猪刀，叫嚷着要宰了大马猴。

就在冯能率众人要去侯府讨公道的时候，只听冯忠贤大声喊道："都给我回来，谁也不能去！"听到喊声，大伙立即安静了下来，并回转身望着冯当家的。忠贤这才对大伙儿说："今格谁也不能到侯家去闹事。他们侯家今日做下了这种缺德事，世人自有公论，你们这一去，倒显得咱们冯家没水平了，与这样的人家闹事，有损咱们冯家的声誉。再说，他大马猴也没把咱玉喜打得咋样，只是流了一点鼻血，并无大碍，我看就到此为止吧！"

"那咱们就该吃下这哑巴亏，受下这窝囊气？"冯能不服气地说。

这时，老秀才慢条斯理地说道："你小子就知道逞匹夫之勇。这不是吃亏咽气的事，这叫高风亮节，君子之为。今格是咱玉清中举的大喜日子，正因为他们侯家嫉妒，才干出这等令人不齿的事来，这丢的是他们侯家的人，你这带人一闹，反倒输了理。再说，冯侯两家若闹起事来，那就搅了咱们的喜事啦！"

折老夫人这时接过老秀才的话，说道："忠有，你八爹说的在理。老人常说，辈辈鸡辈辈鸣，辈辈幺蛾子辈辈虫。他们侯家就那德行，合不着跟他们一般见识，咱们接着办咱们的喜庆大事，让他们侯家干着急去。"说着，吩咐玉清娘和玉喜娘给玉喜洗脸去了，众人也随即散了去。

等平息了冯大嘴挨打的风波，冯忠贤等人又忙着筹备起玉清的喜庆盛典来。经过商议，玉清的喜庆盛典只过一天，其中最重要的仪式就是祭陵和拜祖。按照常规，祭陵活动在每年的清明节进行，主要由上年冯族中生了男孩的人家，共同出资筹办的庆典活动。活动由冯姓族长主持，所有冯姓男丁，抬上祭猪祭羊、举旗扬幡，列队前往冯姓老陵祭拜，告诉先祖冯族又喜添男丁，寓意冯姓人丁兴旺，延绵万世，祭陵返回后又到冯家祠堂向先祖叩拜一番，然后才开宴同庆。而另一个特殊的祭陵拜祖活动，就是由冯族考了秀才的人家单独出资组织的庆典活动，而因其稀少才显得异常的隆重。在冯姓的家族中，百十年也出不了一个秀才，只有老秀才冯尚儒在道光六年（1826）考了秀才举行过一次，距今已过去四十多年了。再一个就是三年前玉清考了秀才举办过一次，时隔三年后的他竟然又考取了举人，而镇内其他姓氏，则连一个秀才也从未出过，故而冯府这次祭陵活动，理应更要办得喜庆隆重。

第二天，冯府杀了一头大肥猪，煺毛开膛破肚后，绑在一张长条桌上，猪身上罩着还冒着热气的花油，就像罩了一款织花丝巾，由四人抬着在前，然后是昨日靳家湾那帮吹鼓手和十几个举着各式彩旗的人随后，接下来才是冯族几位长辈。玉清还是昨日那身打扮，但却骑着一匹精心打扮了的大青马，由一人牵着走在中间，后面则是一长溜冯姓男丁，喜气洋洋地列队压阵。

冯家的祖坟老陵，在镇西川道里的坡台上，距镇子一里余。陵地占地面积一亩多，陵内栽植着十几棵粗大的古松，少说也有三四百年的历史，远远望去一片浓郁苍翠，特别显眼。冯家这支特殊的祭陵队伍，从冯府出发，经过折府，来到镇东头侯府门前，然后再由东往西经过主街道，浩浩荡荡地向镇西川道冯家老陵而去，队伍足足摆了有半里路长，引得全镇人争相观看。

这条路线，虽说是冯家每年清明祭陵时常走的路线，但今日的情形就与以往显得有些不同了。当队伍来到侯府门前时，冯能指挥鼓乐队使劲地吹打着，四位抬着祭猪的大汉，如同抬着一顶花轿似的扭摆起了陕北的大秧歌舞步，而且故意放慢了速度，意在震慑羞辱侯家，报昨日玉喜挨打之仇。而冯大嘴似乎忘记了昨天挨打的事，正在跑前跑后、手舞足蹈地大声喊叫着。

此时的侯府，大门紧闭，未见一个人出来，似乎根本不知道外面的这个阵势。其实，这阵侯府内的人，听到外面的喊叫声和震耳欲聋的唢呐锣鼓声，个个阴沉着脸、耷拉着头，心里那个滋味，比吃了芥末还难受。

约莫两炷香的时辰，冯家的祭陵队伍才回到了冯家祠堂，又经过一番祭拜后，才于正午时分，冯家设宴招待所有参加庆典的族人及前来贺喜的街坊邻居。喜宴结束后，又是说书又是秦腔清唱，晚上还演了一出《张生赶考》的影子戏。整整一天，青龙镇都沉浸在欢乐喜庆的气氛中。

冯府过罢玉清的喜庆盛典，折老夫人就催促忠贤，赶快请阴阳先生选一个黄道吉日，把赵家的千金娶回家，为孙儿完婚。

对这门亲事，玉清是一千个乐意，但他此时却不准备完婚。原因是，再有两年的时间他就要参加京试了，怕这时完婚会分心影响他的学业。两年后等他京试高中了，再与心上人拜堂成亲，到时金榜题名、洞房花烛，那才是人生最大的快事。可父母及祖母坚决不同意，认为古人成了家高中者多的是，只要自个儿胸有大志，完婚是不会影响他参加京试的。更为重要的是，既然与人家定了亲，又答应人家等乡试完了，不论中举与否都要与人家完婚的，如今怎能变卦让世人戳脊梁骨？玉清说服不了家人，只能勉强同意，不过他想见到兰香后，先探探她的心意再说，也许她是会支持自己的想法的。一想到这里，他恨不得立刻见到他的兰香妹。

提起玉清和兰香的这段姻缘，还真有一段传奇的经历。玉清是道光二十三年（1843）二月二日辰时出生的，农历二月二，是龙抬头的吉祥之日。按照当地风俗，孩子出生当日，要给新生儿相认一个干爹。这认干爹的过程倒也简单，是在孩子出生的大清早，由孩子父亲端上酒菜到街镇外的大路口等人，碰到经过的第一个人，即为孩子的干爹，不管他是贫是富、是年老还是年少，即使是瞎子、跛子或者外地逃荒要饭的也得相认。

那天玉清降生后天还未亮，忠贤早早就端了酒菜盘子，出了镇来到大路口等人。今日不知怎的了，天已经大亮了，大路上也未见有一个人儿经过，如果日头冒了红，就错过了给孩子认干爹的时辰，孩子将不会有干爹了，也寓示着孩子一生将不会顺利，是个不祥的兆头。

天已经完全亮了，大路上还是未见一个人影。正当忠贤失望地准备返回时，突然从大道的西边远远地出现一个骑马的人。只见此人扬鞭催马急驰，身后扬起了一股子烟尘，"嘚嘚"的马蹄声由远而近，在清晨的山川里显得格外的清脆响亮。

此人一定有甚急事，忠贤顾不了那么多，忙放下手中的盘子，站在路中央直向骑马的人挥手。眨眼间，骑马的人已到了跟前，忠贤不顾一切地上前拦住了马头，那人紧勒缰绳，险些从马背上摔下来。那人翻身下了马，正要冲拦马的人发火时，却发现是熟人，忙惊奇地问发生甚事了。

这时忠贤才认清，这骑马的人不是别人，而是距青龙镇二十里地赵家河的赵振川，他们还是要好的朋友哩。赵家河是忠贤先祖冯崇德小女儿当初出嫁之地，冯赵两家也算是老世交了，以至后人中常有往来走动。这赵振川的父亲和忠贤的父亲早年就相识，也有往来，因此振川和父亲到青龙镇赶集或办事时，常去忠贤的家里歇息。这一来二去，他俩便成了好朋友，而且振川还常请忠贤去他们赵家河小住，只是以后他们各自都成了家，自然相见的机会就少了，今日相遇就显得格外的惊喜意外。

忠贤没有直接回答振川的问话，却反问道："振川老弟，你这火急火燎的是要做甚去？"

"昨天家母的老毛病又犯了，整整咳嗽了一宿，人都快支撑不住了。我这是要去县城，请谢郎中给老母开几服中药去，只有吃了他的药才管用。"振川回答说。

忠贤一听，忙说："真巧了，昨日镇上折府请了谢大夫给家人看病，一会儿咱们请谢大夫直接去赵家河为伯母瞧病，岂不更好？"

听忠贤这么一说，振川自然高兴，但却为难地说："谢大夫医术好，但架子也大，恐怕我请不动。"

忠贤说："这个不打紧，我去请他，他是会给面子的。吃过早饭，我再套辆车直接把他送到赵家河，他就无话可说了。"

"那就多谢了！"振川这时才问道，"忠贤兄，你这一大早的站在这里做甚哩？"

"昨夜贱内又给我生了个儿子，我是在这路口给儿子认干爹哩，没想到这个干爹竟然会是你老弟，真是缘分啊！"忠贤高兴地说。

振川一听，惊喜地说道："老兄喜添贵子，恭喜、恭喜！这个干爹我算是当定了，到侄儿满月那天，我一定前来讨杯喜酒喝。"

"那是自然，那是自然！"忠贤喜不自禁地应着。

当下两人行了认干亲礼。之后，忠贤帮振川请到了谢大夫，并套了辆车将他送到了赵家河。

忠贤给儿子过满月那天，振川如约前来给干儿子过了满月。当他第一眼看到干儿玉清时，就喜欢得不得了，那饱满的额头、红润的小脸蛋，一双又黑又大的眼睛左顾右盼，还有那红嘟嘟的小嘴儿嗫嚅着，似乎要和人拉话似的。因此，振川在心里想，这个干儿不一般，长大后一定会有大出息。于是他当众宣布，若贱内日后生了千金，就一定婚配给干儿，冯府自是欢喜地应允，权当是一句戏言。谁知时隔两年后，振川的婆姨果真生了个千金，取大名叫赵兰香，于是冯赵两家在兰香满月那天，就为玉清和兰香正式定了娃娃亲，兑现了当初的承诺。

时间过得飞快，转眼玉清已十岁了，已在本镇私塾读书，教书先生即是老秀才冯尚儒。别看玉清年幼，可在同龄孩子中却表现不俗，加之老秀才的严厉教授，因而他不仅能一口气背诵《三字经》和《百家姓》，还能背诵几十首唐诗宋词。而小他两岁的小兰香，虽不能进学堂读书，但有一个在本村私塾教书的先生爷爷，在家中教她读书识字，背诵诗词，同样不输玉清多少。

此后，振川常接玉清去赵家河小住，小兰香同样也被忠贤接去小住几日，特别是她那个教书的爷爷，在世时常带小兰香来青龙镇。他一来便和老秀才冯尚儒诵经品文、谈古论今，使小兰香和玉清从小就受到了极大的影响。因此，两个孩子两小无猜，常手牵着手出入成对地玩耍，而且小兰香叫玉清哥哥叫得特别甜蜜响亮，玉清则对他的这个妹妹也格外亲昵。

玉清在私塾读书的时候，他们常见面，见了面两人总是要比试看谁背的古诗词多，看谁识的字多，结果往往是不相上下、难分仲伯。再稍大一点儿，两人见面的机会少了，即使见了面，也不像从前那样手牵着手亲昵了，尤其当听到别的孩子喊他们是婆姨汉时，两人的脸"唰"的一下就红到了脖根，只有这时，他们似乎才开始明白了两人是甚关系了。虽然此后两人见面的次数有限，也产生了距离感，但他们的心彼此靠得更近了，以至于多时不见，便心里焦灼不安，可等到见了面，两人又羞涩得难以启齿了。

就在玉清童试考取了秀才后，为了不让玉清分心，兰香鼓励玉清在榆阳府用心读书，不要想她，等三年乡试完了，再考虑他们的终身大事。而玉清是一个很要强的人，他向兰香保证，三年后他一定能考取举人，到时定会用八抬大轿风风光光地把她娶进冯府，如若不中，他也会迎娶她的，绝不会食言。如今三年已过，玉清如愿以偿地考取了举人，可他却有了更大的志向和目标，到底是先与兰香完了婚再读书考取进士呢？还是待考取了进士取得真正的功名，再与兰香完婚呢？这使他一时犹豫起来，尤其是见了兰香该怎样向她解释，才不会引起她的误解，这令他十分犯难。

忙罢喜庆盛典的第三天，玉清在祖母和父母的催促下，一吃过早饭，便只身前往赵家河向干爹干娘去报喜，并看望他那日思夜想的兰香妹。

牛知县差官赴青龙镇为举人冯玉清送喜报

第二章 择吉日欲结百年好
遇匪患梦断黑水河

时下，正是陕北的晚秋季节，湛蓝湛蓝的天空万里无云，一行南归的大雁鸣叫着从头顶飞过，满山的红叶如晚霞般绚丽多彩。川道里，一片片金黄色的谷子、玉米和红彤彤的高粱，正在等待着农夫的收割。蜿蜒的青龙河，欢快地从玉清身边流过，河岸边深绿色的柳叶随风摇曳，各种美丽的鸟儿在树枝间跳跃鸣唱……

陕北的艳阳九月，如同一幅美丽的风景画，让人着迷、让人陶醉。三年来，玉清废寝忘食、秉烛夜读，把心思全用在了发愤读书上，似乎从未发现自己足下的这片土地，是这样的壮观美丽。今天，他要好好地欣赏一下家乡美好的风光，用心感受一下这块生于斯、长于斯的黄土地。此刻，他有许多心里话要向这块黄土地诉说，不！确切地说，是要向他心爱的兰香妹倾诉。

这时，对面圪梁上，拦羊老汉的一首信天游随风飘了过来：

> 鸡娃子来么叫鸣哟，
> 早起把门开。
> 一十八岁的哥哥哟噢，
> 担呀么担水来。
>
> 鸡娃子来么叫鸣哟，
> 早起把门开。
> 一十六岁的妹子哟噢，
> 河边么洗衣衫。
> 我在河东哟你在西，

隔河我瞄瞅着你，

有心与妹子交朋友哟噢，

又怕你不搭理咱。

你在河东来我在西，

毛眼眼偷望着你，

有心与哥哥拉话话哟噢，

又怕人说闲话……

　　这撩人缠绵的情歌，更加激起了玉清对兰香的思念，他恨不能插上翅膀一下子飞到她的身边。

　　赵家河，位于青龙河上游，这里也是一个山清水秀、草木茂盛的好地方。赵家河村虽不算大，只有五十几户人家，但却居住分散，长一里有余，赵振川虽算不得村内的富家大户，但日子也过得丰盈充实，除家里有十来亩田地外，就是靠他在外做些小本生意贴补家用。他生有两男一女，兰香是他唯一的女儿，全家人把她当宝贝一样对待。就在她四五岁该缠足的时候，振川两口子看到女儿被母亲缠了足，疼得在地上打滚时，两口子心疼极了，再加上当先生的父亲也较开明，于是在他们的极力反对下，母亲只好放弃。这样，小兰香就成了村内同龄女子中唯一没有缠足的女孩。对于小兰香的大脚，冯家的人没有说甚，尤其是玉清非常地支持，这样他们在一起玩耍时，兰香有时跑得比玉清还快，不像那些缠过足的女孩，走起路来一咯拧、一咯拧直打趔趄，风都能吹倒，难看死人了。

　　兰香虽说从小被家人娇惯，但她却聪颖懂事，尤其是跟爷爷识文断字后，渐渐懂得了许多人情世故和做人的道理，是个知书达理、文静秀慧、人见人爱的女孩。如今的小兰香，已经出落成了一位亭亭玉立、楚楚动人的妙龄少女，她身材窈窕，瓜子型的脸庞白皙俊俏，鼻梁高挺，嘴角微微上翘，弯月眉下一对水汪汪的大眼睛摄人魂魄。尤其是她那甜美的歌喉，唱出的信天游婉转动听，让人着迷。她姣美的容貌，文雅的气质，在整个青龙川都是数一数二的，惹得许多人家的后生都想求之为妻，可惜她早已名花有主，只能令那些后生们望洋兴叹了。

玉清中举的消息，在整个青龙川可算是一大新闻，赵家于两天前早早就知道了消息，全家人自然欢喜不已，都盼着玉清的到来。尤其是兰香，得知玉清中举的消息后，几乎高兴得一夜未合眼，她知道她的玉清哥就是与常人不一般，今日果真高中了举人，成了万人仰慕、前程无量的风流才俊。她庆幸自己命好，老天爷给她赐了这么一个如意郎君，是她祖上八辈子修来的福分。她相信她的玉清哥一定不会食言，一定会风风光光地把她娶进冯府的，成亲后她也绝不会拖他的后腿，定会全力地支持他继续读书考取更大的功名。她甚至在眼前，浮现出了玉清哥秉烛夜读，她在一旁刺绣陪伴，并为他煮羹汤精心服侍的情景。

总之，这几天她都沉浸在美好的遐想中，以至于兴奋得几宿睡不好觉。然而两天过去了，还不见她的玉清哥前来，她不免在心里犯起了嘀咕，是不是他刚高中了举人就变了心，成了负心的白眼狼……父母看到女儿魂不守舍的样子，就安慰女儿，并说他们这两天正办喜庆盛典，等过了这阵子他一定会前来报喜的，再说玉清也不是那忘恩负义的人。

兰香又耐着性子等了一天，可是还不见玉清的影儿，她又开始心烦意乱、坐立不安了，玉清要是真的变了心，那她也不准备活人了。已是第三天了，还是不见玉清的影儿，一大早兰香就来到村口向东张望，一个早晨她就这样出出进进不知跑了多少回，振川两口子看在眼里，急在心上，不免为女儿担心起来。太阳已经一竿子高了，大路上还是不见一个人影，青龙镇距赵家河仅二十来里路程，一展脚就到了，他要是有心前来早该到了。兰香的心开始凉了，掷转身回到自己的窑里①关了门，连早饭也不吃，一个人待在窑里怄气。她一会儿把梳好的发髻弄乱，一会儿又对着镜子把弄乱的发髻重新梳好，一会儿把穿上的漂亮衣裳脱下来扔在一边，一会儿又把它重新换上。一早晨，她都把自己关在窑里瞎折腾着，任凭父母怎样叫门她都不开。

"干爹、干娘！孩儿来看二老啦！"快晌午时，院内突然传来了兰香熟悉的声音，她忙趴在门缝往外一瞧，果真是她日盼夜想的玉清哥，她的心"咯噔"一声总算落了地，随之心里又开始"咚咚"地跳个不停。旋即，她回转身站到镜前照了一下自己的身影，整了整衣服，又用手理了一下垂在额

---

① 窑里：陕北人把屋子统称为窑里。

前的刘海儿，然后才转身准备去开门。可当她走到门前拉开门闩时，却又改变了主意，之后用背压住门，故意装出未知晓玉清的到来。

"玉儿来啦？看把我儿跑得满头是汗。"随着话音，兰香娘首先迎出了屋，并用毛巾给玉清擦着额上的汗。接着兰香的父亲振川也出了屋，忙接过玉清手中的行囊。振川两口子对这个干儿、未来的女婿那是一百个中意，从小就把他当作自己的亲儿子一样看待，玉清也把这里当成了他的家，从来也不觉得陌生拘束。

"干爹、干娘！我这两天忙，没有及时来看您二老，都是孩儿的错。"玉清自责地说。

"我儿刚中了举人，家里肯定来的人不少，晚来两天没甚。"兰香娘说着，朝左窑里喊道，"兰儿，快出来，看谁来啦！"

见窑里没有回应，玉清问："干娘，兰香不在？"

"在哩。这两天见你没来，正在窑里怄气哩！"兰香娘说着，走到窑门前，一边拍着门，一边叫道，"兰儿，快开门，看你玉清哥来看你来啦！"

窑内还是无人应声，玉清走上前说："干娘，让我来叫。"他叫了两声，见兰香不应声，就说道："兰香，你再不应声，我就要撞门了。"说着，用力去推门。这时，门后的兰香一闪身，门"哗"一下被打开了，玉清未收住脚，一下趴在了地上，门后的兰香捂着嘴"咯咯"地笑个不停。

"这死妮子，成天没个正形，看把你玉清哥摔的。"兰香娘赶紧上前扶起玉清，又是拍土，又是责备女儿。

"谁让他刚一中举，就把人家给忘啦！"兰香故意嗔怒地说。

幸亏刚才玉清有所防备，要不然肯定会摔个嘴啃泥不可。玉清站起身，忙解释道："兰香妹，哪能呢？我这两天确实忙。这不，一有空我就前来看你了。"

"这还差不多。"兰香说着，一边替玉清拍打着身上的土，一边心疼地小声问，"玉清哥，摔疼了没有？"

"不疼，不疼。"玉清不在意地说。

"不疼？把你摔一下试试。你玉清哥跑了几十里路，连口水也未顾上喝就来看你，你可倒好，不承情反倒捉弄人家，一满价①把你惯坏了。该打！"

---

① 一满价：陕北口头语，即全的意思。

兰香娘说着，举手做出要打女儿的样子，兰香做了个鬼脸，赶紧躲到了玉清的身后。

这时振川冲着婆姨说："不要闹啦，快让玉儿到屋里歇歇脚，喘口气。"随即，兰香挽着玉清的胳膊，随父母来到了正屋。

进了屋，兰香娘给玉清又是端茶递水，又是嘘寒问暖，甚是热情。

等玉清坐定后，坐在炕沿的振川一边抽着旱烟，一边高兴地说："玉儿，不错！三年的功夫没白费，一次乡试就考了个举人，这可是咱青龙川的一大喜事。"

兰香娘接过话茬说："咱玉儿是谁？在咱安宁县也没有第二个，说不定日后还能考他个状元哩。到时候，我们赵家，也就跟着长脸喽！"

这时，站在玉清一旁的兰香，故意拉长声音说："那倒不一定。到时候，人家考了状元，说不定被皇上招了驸马，哪还能记得咱们这些乡下的草民？"

玉清忙认真地说："不会的。这考上考不上还不一定哩，即便是高中了，我也绝不会丢下兰香妹的。日后，若真考了状元，到时候一定会请皇上给你封个一品诰命夫人的。"

"这还差不多。"兰香一抿嘴笑着说。

"玉儿，这以后你有何打算？"振川这时才将话引到了正题上。

玉清略一思索后说道："干爹，等过了这一阵子，我就去西安学府继续读书，两年后我再进京赶考。一次不中，就两次、三次，非考中不可！"玉清似乎充满了必胜的信心。

振川非常钦佩玉清的抱负和远大志向，但这显然不是他要的结果。于是，他用试探的口气问："玉儿，那你俩的婚事……"

"这不碍事，到时一定会让二老满意的。"玉清知道干爹问话的用意，但他还未征求兰香的意见，万一她同意再等两年，等自己京试后再完婚呢？这阵若答应完婚，岂不是要误了大事，于是他只能这样含糊地回答。

玉清这模棱两可的回答，令振川感到不安，但他没有再问下去，怕问下去，这个愣头青要是说出不登科不结婚的话来，那就没有回旋的余地了。不行！他要到青龙镇去一趟，当面向忠贤提说，赶快把两个孩子的婚事办了，免得夜长梦多。这时兰香娘坐不住了，刚要张口说话，就被振川制止了，然后对着婆姨说："娃她娘，都快晌午了，玉儿早饿了，赶紧做饭去！"兰香娘没有再说甚，就转身去厨房做饭了。

兰香的几个哥嫂，还有左邻右舍的人，闻讯也都赶了过来，一边围着玉清问长问短，一边不停地夸赞兰香有福气，寻下这么个帅气又有本事的女婿。这些人，都是平常大门不出、二门不迈的乡下人，对外面的世界知之甚少，就都缠着玉清问个没完。因为玉清自小就往来于赵家河，许多人他都认识，自然不觉得陌生，也就有问必答。

这时，正在厨房帮婆婆做饭的兰香二嫂秀花进了屋，嚷道："好啦，好啦！先让咱们的姑爷状元郎，把饭吃了再与大家细说不迟。"这位秀花嫂，平时就爱跟玉清开玩笑，只见她分开众人，拉起玉清就往厨房里走，并回过头来，一同叫上兰香陪玉清吃饭去了。见状，不少人只好悻悻地散了去，而一些本家人，仍在屋里和振川继续拉着话。

少顷，玉清和兰香用过了饭。兰香的二哥从外边捐来一个饸饹床子，准备压饸饹招待来人，兰香也准备挽起袖子帮忙。这时，兰香娘拉了一下兰香的衣袖说："这里不用你帮忙，有你大嫂、二嫂她们。你去陪你玉清哥出去转转，家里人这么多，你俩连个拉话的机会也没有。"这正是兰香发愁的事，聪明的兰香立即示意玉清，然后两人便悄悄地溜出了门。

兰香领着玉清出了村，来到一个僻静的河湾处。这里风景秀丽，环境优美，蜿蜒的青龙河在这里转了一个弯，形成了一个月牙状的天然湖泊。平缓的河流清澈见底，蔚蓝的天空里，几朵悠闲的白云在水中慢慢地飘移，几只美丽的水鸟在水面上嬉戏、游弋，划出一道道长长的涟漪。西移的阳光，照在河面上波光粼粼，如同撒了一层碎银。岸边，浓荫泛黄的杨柳，随风发出"哗哗"的声响，似在欢迎着这一对情侣的到来。杨柳下，绿茵如染的碧草铺满了整个河湾，各种红、白、黄色小花点缀其中，如织就的一张绿地毯。

兰香此时的心情特别地好，面对眼前的美景，她开心地唱起了《四妹子》的情歌来，只听她唱道：

哟——
白格生生的云彩哟蓝格盈盈的天，
多情的绿水哟就绕山价转。
世上的人儿哟千千万，

人家都说我四妹子憨。

一旦心里哟有了个你，

口含黄连哟也觉得甜。

一天照不见哟哥哥的面，

丢魂落魄哟崄畔畔上站。

圪针子扎手哟口难格开，

谁为四妹子哟把红线线牵。

要问妹对哥哥的情意哟有多长？

九曲的黄河哟一十八道弯。

要问妹对哥哥的情意哟有多长，

九曲的黄河哟一十八道弯——

    兰香优美的歌喉、动听的歌声，令玉清忘情忘我、如痴如醉。当兰香刚一唱完时，玉清便拍手赞道："唱得好，唱得好！"

    兰香一笑，施礼道："唱得不好，还望多多指教。"然后牵了玉清的手，找了一块平展的草地坐了下来。

    兰香今天打扮得十分漂亮，她上身穿一件紧身宽袖、蓝底带白色小花的夹袄，下身着一条水红色压宽边儿的裤子，长长的秀发乌黑发亮，垂在肩上，如同轻盈的蝉翼。她的脖项和手腕上，没有佩戴珠光宝气的金银首饰，只在两耳上吊了一对绿玉耳坠，头上别了一支银凤簪。她这身打扮，得体而端庄、朴实而靓丽。尤其是她那隆起的胸脯、丰腴苗条的身段，还有那白皙姣美的脸庞，无不透射着一股青春的美。

    尽管玉清与兰香青梅竹马、两小无猜，可他从来也没有像今天这样用心地欣赏过她。尤其这三年来，他一门心思埋头读书、考取功名，却未曾留意过兰香妹的悄然变化，似乎今天他才发现，坐在他身边的兰香妹，是这样的靓丽姣美，这样的文静秀气，真是千里无二，万里无双。他庆幸自己能遇到这么一个好妹子，真是三生有幸，他要真心地爱她一辈子，无论将来京试考中与否，他都将始终如一，绝不变心……

    兰香坐定后，好一阵不见玉清言声，她偷瞥了一眼玉清，发现他正目不转睛地看着自己，脸"唰"的一下红了，害羞地说："玉清哥，你咋这样看我哩，把人家看得都不好意思了。"

玉清正看得出神，兰香的问话使他一下子回过神来，为了掩饰自己的窘迫，他有意引开话题说："兰香妹，你看这里的风景真好。蓝天白云，绿水青山，还有这河中的水鸟，岸边的杨柳……"

"是啊！虽说咱陕北贫瘠荒凉，但咱们的青龙川，就是咱陕北的小江南，你说能不美吗？"兰香附和着说。

玉清望着眼前的美景，提议说："兰香，过去咱们在一起时，总是看谁背的古诗词多，谁读的古文多。咱们今天换一个新玩法，你看咋样？"

兰香此时想着她临出门前，母亲偷偷告诉她，让她问玉清哥准备啥时给他俩完婚的事，这也是她急于想知道的。然而这样的话，让她一个未出阁的女儿家，咋价①开口哩。听见玉清问她，只好应付地说："玉清哥，你说咋个玩法？"

"我看，咱们今天每人作一首诗，怎么样？"玉清望着兰香说。

兰香一听急了，故作生气地说："玉清哥，你这不是明摆着欺负人家嘛！"

"咋价欺负妹子哩？"玉清不以为然地说。

"咋个就不是欺负人家哩？你看，你一个中举的大文豪，才思敏捷，作一首诗还不像说句话那么简单。我一个乡野村姑，甭说作诗了，能背诵几首诗就算不错了，哪敢和你比作诗。"兰香说。

玉清认真地说："妹子谦虚了。论你的学问、才思，并不在我之下。若妹子能参加科举考试，说不定还能考他个女状元哩！所以妹子不必自谦，保不齐你定能胜过我这个举人的。"

经玉清这么一说，兰香也觉得自己一肚子的才学，正愁没处倒，就试探地说："女状元万不可能，不过妹子还想向玉清哥讨教学习哩。咋个考法？玉清哥你出题目，让我试试。不过，哥哥可要手下留情，多承让妹妹哟。"

见兰香答应了，玉清高兴地说道："承让，一定承让。作甚哩？让我想想。"玉清环顾了一下四周，看见西边的晚霞染红了半个天空，橘红色的夕阳照在平静的河面上，波光粼粼美极了。他突然灵机一动，指着夕阳说："我们就以夕阳或晚霞为题如何？"

---

① 咋价：陕北常用的口头语。

兰香赞同地说："好！那就以夕阳、晚霞为题。不过玉清哥你先作。"

玉清说："还是妹子先来，我让着你就是了。"

兰香思索了片刻后说："我这诗的题目叫《晚霞》。"之后轻声朗诵道：

残阳朴水泛金波，万点星光洒银河。

白鹭绕堤鸣蟾桂，犹似吴刚唤嫦娥。

这首诗立意好，构思巧妙，对仗工整，富有情意。她将水中的夕阳比作月亮，将波光粼粼的河流比作天上的银河，又将绕堤飞舞鸣叫的白鹭比作了吴刚，在向桂月中的嫦娥倾诉衷肠。诗中用吴刚和嫦娥的爱情故事，暗喻玉清应主动向她表白，何日能够迎娶她，使他们早日完婚结为伉俪。此诗含蓄而富有情意，将一个少女向往得到爱情的心意表露无遗。

玉清听完兰香声情并茂的朗诵后，从内心佩服兰香的文采，真是安宁县少有的一代才女，便连连拍手赞道："好诗，好诗，真是一首好诗！恐怕在咱陕北，也找不出像兰香妹这么有才气的女子了。"

"玉清哥真会挖苦人。作得不好，还请相公多多指教！"兰香说着，起身做了一个古戏中作揖的动作。

玉清立即起身，拱手还礼道："不敢当，不敢当！公主承让了，承让了！"说毕，两人都不约而同地笑出声来。欢快的笑声，惊飞了水中的鸟儿。

笑毕后，兰香催促道："玉清哥，这下该你了。"她在等待着玉清能作出令她满意的诗作来。

玉清止住笑，然后低头沉思了片刻后说道："我这首诗的题目叫《落霞》。"之后大声吟诵道：

祥云托日晚霞落，万里江山红似火。

鲤鱼翻身跃龙门，化作鲲鹏向天阙。

兰香觉得玉清哥的诗，立意高远，气度不凡。他把自己比作跳龙门的鲤鱼和展翅高飞的鲲鹏，寓意他仍要继续读书考取功名，入朝为仕，成就一番大业。就立意和气势来说，要比她儿女情长的爱情诗远远高出一筹。对于他的抱负和远大志向，她是赞成支持的，但她不想等到他功成名就了再答应娶她，到时他万一变了心，自己岂不成了被人抛弃的多情女了吗？这些是她最不愿意想到的，也是她无法揣摩的。不过，尽管她心里有些失望，但还是心服口服地夸赞着玉清哥的诗，而玉清则谦逊地夸赞着兰香妹的诗比他作得好。

两人互谦了一阵后，玉清说道："兰香妹，咱们俩的诗，各有千秋，难分伯仲，咱们再各作一首诗比比如何？"

"不作了，不作了！我哪能比得过玉清哥你呢。"兰香显然没了兴致，于是重新坐下后婉言地回绝了。

玉清随即挨着兰香坐下后，笑着说："兰香妹，你不作，那我可就要作啦！"

"玉清哥，你爱作就只管作好了，我可不敢应了。"兰香回答道。

只见玉清清了清嗓子，看了一眼兰香说道："我这首诗的题目叫《咏兰》，兰香妹你听着。"随即停顿了一下，然后拉长了声调朗诵道：

黄土高原一株兰，亭亭玉立美若仙。

天生丽质难自弃，清香四溢满宇寰。

诵完诗作后，玉清望着兰香问道："兰香妹，你认为这首诗咋样？"其实这首诗，是他早上来赵家河的路上，动用了十八个感观，搜肠刮肚才作出的，只是苦于没有机会向兰香表白，正好借此机会奉上他认为比较满意的诗作，以表达他对兰香的爱慕之意。

兰香听了这首诗，心里立即觉得暖融融的，她知道这是玉清借咏兰在夸她哩。这是一首借物咏情的藏头诗，诗中既夸赞了兰花高雅清香的气质，又有她和玉清哥的名字藏在其中，于情于理，都可算作一首难得的佳作。但她却故意嗔怒地说："玉清哥，你这是拿人家开心哩！"说着伸出她那双白净纤细的手，握着拳轻轻地向玉清身上捣去。

玉清握住兰香那玉笋般的手臂，轻声说："兰香妹，这是我的心里话，你长得真好看。"说毕，又说道，"你闭上眼睛。"

"闭眼睛干甚哩？"兰香疑惑地问。

"你不要问，只管闭上眼睛就行了。"玉清说。见兰香闭上了眼睛，他从衣服里掏出了一个用红绸布包裹的东西，戴在了兰香的手腕上，然后说："这下可以睁开眼睛了。"

兰香睁开眼睛，发现她的手腕上，戴着一只晶莹剔透的绿色翡翠玉手镯，看成色质地，价格一定不菲，就欢喜地说："玉清哥，这是给我买的？"

玉清回答说："是的。你猜猜看，这是甚玉？"

兰香故意说道："我哪能猜得到，该不会是块普通的玉吧？"

玉清说："兰香妹，你还记得晚唐诗人李商隐的《锦瑟》吗？"

"记得！"兰香回答说。

玉清说："那你给我背一遍。"

兰香即刻背诵道：

　　　　锦瑟无端五十弦，一弦一柱思华年。

　　　　庄生晓梦迷蝴蝶，望帝春心托杜鹃。

　　　　沧海月明珠有泪，蓝田日暖玉生烟。

　　　　此情可待成追忆？只是当时已惘然。

当兰香刚背诵完时，便立即惊喜地说："这是蓝田玉？"

玉清回答说："对！正是咱陕西有名的蓝田玉。"

兰香听后惊喜地说："这肯定得花不少银子吧？"

玉清说："是我考完试，去西安西大街城隍庙古董店，专门为你买的。不贵，只花了三十多两银子。"

兰香惊诧地说："三十多两银子还不贵？那得买多少石谷米哩！"说着，就要摘下玉镯还给玉清。

玉清忙握住她的手说："这是我用这次去省城乡试节省下来的食宿费为你买的，你若不要，就辜负了为兄的一片心意了。"

兰香这才感激地说："那就谢谢玉清哥了。"

"不用谢！"玉清说着，又认真地打量着眼前这位楚楚动人的兰香来，不禁脱口说道："兰香妹，你真好看。你不仅是咱整条青龙川的人样子，而且也是咱全安宁县的人样子，古代的西施、王昭君也不过如此。你不配戴这块美玉，还有谁配哩？"玉清终于鼓起勇气，第一次当着兰香的面，发自肺腑地表露了他对兰香的爱意。

听了玉清的夸赞，兰香心里如喝了蜜似的甜蜜。

这时，又听玉清说："兰香妹，你再把眼睛闭上，我再送你一样东西。"

兰香抬起头，望着玉清说："玉清哥，还送甚哩？"

玉清神秘地说："兰香妹，你只管闭上眼睛就是了。"兰香顺从地闭上了眼睛，这时玉清抱住兰香的脸庞，在她的脸颊上轻轻地吻了一口。

兰香一下羞得满脸通红，举起拳头捶着玉清说："你真坏，你真坏！"

玉清一下子伸开双臂搂住了兰香，兰香也顺势倒在了玉清的怀中，接着两人便紧紧地拥抱在了一起。

此刻，两颗年轻滚烫的心剧烈地跳动着，炽热的脸儿紧贴在一起，各自急促的鼻息是那么样的清香灼人。两人如同触了电一般，浑身微微地战栗着，这是他们有生以来从未有过的感觉，不知是恐慌还是幸福，不知是害羞还是高兴。然而熊熊的爱情之火，已在他们的身上剧烈地燃烧起来，爱情的激流，已冲破了他们的堤防一泻千里、势不可当。兰香紧张地闭上了眼睛，就势倒在了绵软的草地上，接着两人一同坠入了深深的爱河……

一阵热烈的相爱过后，他们整好衣服重新坐在草地上，相互偷望了对方一眼，脸儿仍然羞得通红，似乎还没有从刚才狂热的爱恋中缓过神来。玉清用肘碰了一下兰香，兰香回眸一笑倒在了玉清的怀中，然后玉清轻轻地把兰香抱在了怀中。

两人就这么相拥相抱着，谁也不说话，静静地回味享受着人世间最美好的深情爱意。过了一会儿，玉清突然感觉兰香在暗自落泪，忙把她的头转过来一看，果然看到兰香乌黑闪亮的眼旁噙着一行晶莹的泪珠，忙急切地问："兰香妹，你这是咋啦？"见兰香半晌没有应声，玉清一下子清醒了。他一下扶起怀中的兰香，然后用右手狠狠地抽着自己的脸说："我不是人，我不是人！我枉读了圣贤书，今天怎能做下这种对不起兰香妹的糊涂事来。"

兰香立即抓住玉清的手说："不是的，不是的！再说这事又不怪你，是我情愿的。"

玉清不解地问道："那是为甚？"

兰香这才擦着泪，重新伏到玉清的怀中说："玉清哥，从今往后，我就是你的人了，我是怕你以后有了功名不要我了，这让我以后咋价在这世上活人哩！"说着，眼泪又扑簌簌地掉了下来。

玉清一听，这才松了一口气。但他觉得，兰香如此一个痴情重意的女子，把她最珍贵的女儿身给了自己，自己决不能做出那种丧尽天良的事来，于是很认真地说："兰妹子，你放心，我今生今世非你不娶，绝不会辜负兰妹的。今后，我无论考取功名与否，都要真心地爱你一辈子。"

兰香仍不放心地说："那倒不一定。"

"难道你不相信我？"玉清说。

"玉清哥，那你为甚这次来只字不提咱们结婚的事。你曾说过，等这次乡试结束后，不论考中与否，都要与我完婚的，这可是你亲口说过的话，而且是当着我和父母的面说的，难道你全忘了？"兰香反问道。

玉清这下全明白了。他原本这次来，是想征得兰香同意再等两年，等他京试后再与她完婚的。可是听兰香这么一说，他彻底改变主意了，尤其是刚才他俩狂热相爱的那一刻，他就认为他应该对兰香妹负责一辈子，并相爱一辈子，绝不让她受一丁点儿委屈。于是，他的心彻底软了，决定与她先完婚，而后再读书考取功名。想到这里，他改口说道："兰妹子，我这次来，就是与你商量咱们完婚的事，只是还未顾上与你说哩！"

兰香听后，面露喜色地说："你说的是真的？没有骗我？"

玉清信誓旦旦地说："是真的，没有骗你。"

兰香坐起身说："那咱们发誓，拉钩！"

玉清立即双膝跪在草地上，双手合十，然后对着天空说道："苍天在上，我冯玉清向您发誓，今生今世，我非兰香妹不娶，并爱她一生，永不变心。如若变心有负于她，将遭雷击电劈，不得好死！"

这时兰香也赶忙跪到草地上，双手合十发誓道："太阳公公做证，我赵兰香，今生今世非玉清哥不嫁，并爱他一生。如若变心，将遭五雷轰顶，不得好死！"

两人对天发过誓后，又紧紧地抱在了一起。

"兰儿，兰儿——"正在这时，村口传来了兰香娘的呼叫声。

听到叫声，兰香说："玉清哥，是娘叫咱们哩。天不早了，咱们赶快回去吧！"玉清应了一声，两人起身手牵着手朝村内走了去。

赵家的人仍然不少，连附近村兰香的娘舅和姨娘家也来人了。兰香和玉清进门后，兰香就趁机将玉清愿意娶她的事说与了父母，振川两口子自是高兴，在当着玉清的面得到证实后，振川吩咐玉清回去后，让他的爹娘尽快选

冯玉清与他的未婚妻赵兰香在河边约会

定良辰吉日迎娶女儿。

玉清从赵家河一回到家，便把在干爹家应诺的事儿，向父母如实说了。忠贤夫妇一听，正中他们的意愿，立即请媒人和阴阳先生，按两人的生辰八字选定了黄道吉日，吉日定于十月二十六日。

随后，忠贤和媒人又专门去了趟赵家河，取得了亲家的认可同意，时间上虽然紧了些，但两家人还是欢天喜地地准备着各自婚庆的相关事宜。尤其是冯府，异常地重视。忠贤准备把玉清的婚事办得隆重热闹一些，因为玉清是冯姓中第一个中举的人，因此他要借此提振一下他们冯族的声望和人气，教育族人既要勤耕更要重读，多出几个有出息的大才子。因而，儿子的婚礼，该有的规程和礼数不能少，该请的人一定要请。于是，所有冯府和冯族的人都动员起来，请相互①、雇乐班、邀亲朋、备彩礼、磨米面、布新房、杀

---

① 相互：村中过红白喜事时前来帮忙的人。

猪羊、做豆腐忙得不亦乐乎。尤其是折老夫人，拿出了她的绝活儿，早早就剪了几幅精美的窗花以备那天所用。要知道，她可是青龙镇一带有名的剪纸能手，她的剪纸立即得到了大家的喜爱和赞誉，特别是那些年轻的媳妇和未出阁的女子，便要缠了折老夫人教她们剪纸，甚是热闹。

就在冯府紧张地为玉清筹办婚礼，再有四天就到喜庆的吉日时，镇里突然来了一位骑快马的县衙官差。官差告诉青龙镇驿丞说，北边无定山大土匪头子朱天雄，自封天蓬元帅，乘官军调遣江南而陕北空虚之机，拉起了两千人的队伍，攻州夺县，已向安宁县一带杀来，牛知县让各乡镇做好防范，免遭乱匪洗劫。

此消息一出，立即使青龙镇炸了锅，人们奔走呼叫，惊恐不已。当忠贤得知这一消息时，也惊得半天说不出话来，但作为担任街镇里正的他，此时只能暂停为儿筹办婚庆的事，立即召集镇内各大户族研究应对之策，让全镇人撤往镇子后山石砭高窑，并派人赶修石窑的石栈天梯，备足干粮和防御器材，这是镇内人老几辈跑匪 [①] 避乱的绝佳之地。

忠贤布置好一切后，这才想起应通知亲家振川，暂停两个孩子的婚事，于是对儿子玉清说："玉儿，看我差一点忘了，不知你干爹和兰香他们知道不知道要发生乱匪的事？你赶紧去趟赵家河，给你干爹他们通知一声，免得他们遭难。另外，顺代给你干爹说，婚期要往后推一推，等过了这阵再办。快去快回！"说完，便急火火地出了屋。

玉清被这突如其来的变故惊得不知所措，听父亲一说，忙应了一声就准备起身去赵家河。这时折老夫人看天色不早了，忙叫住玉清让他第二天再去。

玉清好不容易挨到了天亮，他早早吃了饭，就动身去了赵家河。而整个青龙镇，从昨天开始，就已进入了紧张的防乱备战中。一大早，镇内几处碾盘、磨房就忙活起来了，女人们忙着磨面、蒸馍、烙饼，男人们则忙着往后山石砭运送备战物资，玉清经过时不停地和人们打着招呼。

再说玉清一口气来到赵家河，兰香正焦急地等待着青龙镇的消息，看见玉清一大早急火火地赶来，一见面就着急地问："玉清哥，听说无定山土匪朱天雄要打过来了，是真的吗？"

---

① 跑匪：村人外出躲避土匪。

玉清说："是真的，我正是为此事来的。"说话间，玉清已进了屋，一见到正在忙活的干爹干娘，就把爹交代的事情向干爹干娘重复了一遍。临了不放心地说："干爹、干娘，结婚的事暂且推迟一下没有甚，重要的是要保证全家人的安全，不知你们准备得咋样？"

振川说："玉儿，都准备好了，昨天村里里正已召集全村人做了具体安排。再说，我们村小人少，又离山林近，一有紧急情况随时就能钻山林，不会有事的。倒是我担心你们那儿，镇里有上千口人，一有事问题可就大了。"

"我们那里也准备好了，不会有事的。"接着，玉清把青龙镇准备的情况向干爹叙说了一遍。

振川听后说道："这我就放心了。"

兰香娘却愁肠地说："只是你俩的婚结不成了。这挨千刀的土匪，偏在这节骨眼上作乱，这不是要人命吗？"

"这号事来得突然，谁也没办法，只能听天由命了。"振川无奈地摇头继续说道："玉儿，这兵荒马乱的，乘尔格^①乱匪还没到咱这，你赶紧回青龙镇去，我们就不留你了。回去告诉你爹，我们知道了，就按他说的办。"

兰香娘抱怨地说："娃跑了大半天路，连口水也未喝，再紧急也得让娃吃口热饭再走。"说着，就要起身到厨窑去做饭。

玉清忙制止说："干娘，不用了。我得赶紧回去，免得家里人着急。"

兰香娘见说，就不再强留了，就让兰香给玉清倒了碗水，又从准备跑匪的干粮中取出两块烙饼，塞进玉清怀里说："带在路上吃，回去代问你爹娘和你奶奶好，路上要注意安全。"

玉清应着，和兰香出了门。他们埋头向村口的路上走去，看得出，他们的心情很沉重。他俩谁也没有开口说话，快走出村口要分手时，玉清才停下脚步说："兰妹，不要送了。这天下要乱了，我又不能在你身边，你要自个儿照顾好自己。"

兰香点头应诺着。突然，她一下扑到玉清怀里抱住他，流着泪说："玉清哥，我们的命咋这么苦哩！这次分别，不知甚时才能再见到你？我怕……"

玉清此时眼一热，眼泪也差点掉下来。其实，此时他的心情和兰香的心

---

① 尔格：现在、眼下。

情是一样的，怕他们这次分开，以后就再也见不到了。然而他不能这样说，这样说了，反倒会增加她的不安。于是，他搂住兰香，替她擦着泪安慰道："兰香妹，不用怕！老天会保佑我们的，等躲过了这一劫，我们是会很快见面的。"说着，掰开兰香的手说，"兰香妹，快回去吧！"

兰香无奈地松开了手，流着泪说："玉清哥，遇事要放机灵些，尽量不要一个人单独行走，要多跟大伙儿在一起，这样会安全些。记住，要经常给我报送平安，免得我担心惦记。"

玉清应诺着，转身踏上了回青龙镇的路，并不时回转身，向还站在村边的兰香挥着手，直到看不见了，才迈开大步上了路。岂知，他们这一别，便再也难以相见了……

玉清赶下午回到了冯府。一进大门，看见母亲正在不安地向外张望，就大声说："娘，孩儿回来了！"

齐春叶一看见儿子，忙高兴地说："回来就好，都快把人急死了。还没吃饭吧？"

听娘一问，玉清这才想起临走时，干娘塞给他的两块烙饼，忙掏出来递给母亲说："刚才只顾着赶路，把我干娘给我带的饼子也忘了吃。家里有饭吗？我可真是饿坏了。"

"有，我这就给你弄去。"玉清娘说毕，就出去了。不一会儿，就端上来一碗热鸡蛋面条，递给玉清说："快吃，吃完还有事哩！"

玉清边吃边问："娘，还有甚事哩？"

玉清娘叹了一口气说："咳！你舅家，尔格也不知他知不知道要跑匪的事，到现在了也没个消息。你舅原定后天就要来给你过喜事哩，要是不知道发生匪乱的事，走在路上碰到乱匪咋办哩？再说，你舅家离咱家虽不算远，但又不属于一个县，不知道塞西县给通知到了没有？要是没通知到，那可要遭大难了。"

玉清一听，觉得问题严重，就自告奋勇地说："娘，您不用着急，吃完饭，我就去我舅家。"

玉清娘忙说："你不能去，去你舅家要三十多里路哩，要走一道岭还要翻两座山，你去我不放心。上午，我已给后山石砭你爹捎话去了，让他派一个人去你舅家通知一声，可到尔格了还不见回音，真是急死人了。你爹也是的，把府上能用的人都叫走了，也未给府里留下一两个跑腿的。"顿了一下，又对玉清说道，"玉儿，你去后山石砭再催一下你爹，让他赶快派人去你舅家。"

说话间，玉清已吃完了饭，一放下碗筷，就去了后山石砭。他刚出了街镇不远，迎面就碰上了由石砭回镇运木料的一拨人，其中有他的姑表兄折冬生，和与他一同长大的好友冯玉春、冯玉文、杨长福、张德山、张德洲、张德江、杨长武等一帮年轻人。他们一听说让里正派人去莲花寺，冬生就挡住玉清说："玉清，不要去了，这阵大舅正忙着哩，根本顾不上，再说后沟一时也抽不出人。我看这样吧，我陪你一块去你舅家，尔格就走，撑天黑就能赶到，明格我们早早就回来了。"

玉清一听这是个好主意，有表兄陪伴，路上就不用怕了，就说："能行。可我们在走之前，要给家里人打声招呼，免得家人担心。"

一听说要陪玉清去莲花寺他舅家，玉春、玉文、长福、德山几人也嚷嚷着要去，却被冬生劝住了，说："你们不能去，后山石砭更需要人，我一人陪他去就行了。"随即对玉清说，"你就不用去石砭了，让他们给舅说一声就行了。"说罢，告别了他们几人，立即拉上玉清就走了。

这折冬生，是折庆荣的二儿子，也就是玉清的姑姑冯彩芸的儿子。冬生长玉清几岁，两人从小关系就非常要好，只是这折冬生的性格与玉清截然不同，他小时虽也进过私塾，但经常逃学，没念到一年便辍学不念了。他生性顽皮好动，小时不是撵狗上树，就是下河摸鱼捉鳖，还练得了一身好水性。为此，他小时可没有少挨过父亲的打骂，不过他却对他的这位文弱的玉清表弟关爱有加，经常替他抱打不平。后来，随着年龄的增长，他的性格变得多了，但为人正直、豪侠仗义的性格却没有变。如今，他已结婚成了家，而玉清经常在外读书，两人平时也难得一见，趁此机会，两人在路上也能好好拉拉话、叙叙旧。

玉清的舅家莲花寺，在青龙镇的西南方向，位于安宁、塞西、安保三县的接合部。这里虽然偏僻，但因村旁有一座千年古刹而驰名，寺庙建筑宏伟，有宋代九层古塔一座，寺内有僧人六七百人，整日晨钟暮鼓、梵音绕梁，因而来此朝拜上香的善男信女络绎不绝，倒使这里成了一个祥和热闹的名刹圣地了。莲花寺村，虽只有四百多口人，却也因莲花寺而出名。

这次的匪乱，事发突然，他们由北向西南而来。由于乱匪绕开有坚固城堡防御的州县，向防守薄弱的村镇杀来。在这场猝不及防的匪乱中，一些州县为了自保，紧闭城门不出，有些未能及时通知乡镇做好防范，因而乱匪过处，一片哀鸿，损失惨重。而塞西县令在得到消息后，早已吓得六神无主，不但未及时通知各村镇，而是连夜带着家眷逃往了朔州城。因此，乱匪逼近朔州塞西的消息，莲花寺一点儿也不曾知道，整个莲花寺的僧人和莲花寺村的人，仍然沉浸在往日的繁忙中。

再说，玉清和冬生姑舅①俩出了镇子爬上南岭，两人一边走着，一边亲热地拉着话，好像要把几年的话一股脑儿全拉完似的。不知不觉，他们已走出了二十多里路程，等翻过了眼前的山梁，下到黑水河川道再走五六里路，就到莲花寺了。

天快黑时，当玉清和冬生下了山，刚由山沟的小路拐到平川的大道时，却迎面碰上了一队手持长矛大刀的乱匪，由东往西朝莲花寺方向行进。这股乱匪有六七百人，很多人还骑着马，队伍中间还押着五六十个替他们背东西的青壮年。冬生一看，大叫一声："不好！碰到乱匪了。快跑！"随即拉上玉清转身就跑。

"快抓住他们，不要让他们跑了！"玉清身后传来了一阵喊叫声。

玉清和冬生刚跑出几十步远，就被几个骑马的乱匪追上了，并勒转马头拦住了他们的去路。冬生用身体护着玉清，并小声对玉清说："玉清，不用怕，有我哩！"而玉清哪见过这阵势，此时正惊恐地睁大眼睛望着面前几位骑在马上，手握明晃晃大刀且面目狰狞的乱匪。

只听其中一乱匪大声说："杀了他们，免得他们跑向莲花寺通风报信。"说着，举起明晃晃的马刀就向他俩砍来。

冬生和玉清一听，心想这下完了，不由地闭上了眼睛，只等一死。此时，只听"铛"的一声，一位乱匪用马刀挡开了劈下的马刀，然后说道："先留着他俩，还要让他们替咱们背东西哩，等到了莲花寺再杀不迟。"于是，他们被押向了队伍中间，每人背了一袋从马上卸下来的粮食。

刚从刀下逃生的冬生，此时冷静了许多，他一边背着粮袋行走，一边暗自寻思，一定要找机会逃跑，尤其是玉清表弟可千万不能死，他那么有学识，将来一定会有大出息的。再说，他还没结婚，还不算活过人哩，尤其是

---

① 姑舅：姑姑和舅舅的儿子称姑舅。

他让玉清到莲花寺来的，这万一有个三长两短，他咋向舅父交代哩。不行！他们一定得想办法逃生，哪怕用他的命换玉清的命也行。

可是，玉清还未从刚才的惊悸中缓过神来。要是刚才一刀下去，他还未感到害怕就一切都结束了，可他尔格仍活着，而且又知道再过一会儿到了莲花寺，将又会被他们杀死，那种在行将死前的恐惧，使他更加害怕起来。他从小未受过苦，不要说背着六七十斤粮食走路了，即使扛上一二十斤的轻物，也会压得他腰疼腿软的。因此他扛着粮袋，如同扛着一座大山一样，两腿不停地颤抖，竟几次跌倒在地。偏在这时，押解的一名乱匪跑了过来，用皮鞭狠狠地抽了他几皮鞭，喝令他重新背上粮袋走，不然就杀了他，冬生要替他背也不让。就在刚才，一老一少因扛不动东西摔倒后，就被一乱匪走过来二话不说，举起马刀就砍了。玉清刚才看到眼前的一幕，知道他们说到做到，绝不会怜悯他这个文弱书生的，为了不被他们立即杀掉，他硬是咬着牙站起身坚持着。

冬生跟在玉清身后，趁押解的乱匪不注意，小声对玉清说："玉清，一定要坚持住，等会我们要寻机会逃走，不然到了莲花寺必死无疑。"

玉清小声说："这伙人看得这么严，看来我们是逃不掉了。"

冬生说："瞅机会吧。万一逃不掉，不就是个死吗，有甚可怕的？反正伸头是一刀，缩头也是一刀，横竖都是个死，怕也没用。所以你不用怕，黄泉路上，有表哥陪着你。"

听冬生这么一说，玉清心想，也是这么回事，怕是没用的。反正今天免不了一死，与其怕死缩着脖子让他们砍了头，还不如挺直腰杆伸长脖子让他们砍了头，这样倒能做个英雄好汉。这样想来，他反倒冷静许多了，也不像刚才那么害怕了，并暗自发誓，要向冬生哥学习，做个不怕死的英雄好汉。

乱匪押着玉清他们走了一段路程，距莲花寺只有两里地了，转过前面的山峁就到了。冬生虽说做好了死的准备，但也寻着逃生的机会。眼看就要到莲花寺了，天也将要黑了，可仍然找不到逃生的机会，冬生的心不由得开始凉了。就在他完全失望的时候，突然看见前边不远处要过黑水河了，河上有一座木桥，心想那里肯定水深，是逃生的绝好机会。想到这里，他悄悄对玉清说："玉清，看见前面的桥了吗？等一会儿走到桥当中，我们一起跳到河里去，然后游到下游对岸的玉米地，再跑到对面的山上就安全了。"

玉清说："冬生哥，我又不会游泳，跳下去也是个死。不如我一会儿掩护你跳河，能逃一个算一个。"

冬生说："我会水，一会儿我俩一起跳，跳入河后我会帮你游泳的。再说，我不能撒下你一个人逃命吧，如果那样，我又怎么向大舅交代呢？好了，一切听我的，一会儿看我眼色行事。"

玉清还想说甚，这时一位押解的乱匪挥着刀对他们说："放老实点，不许说话，谁要敢动歪心眼，就立马杀了谁。"

冬生和玉清没有再说话，两人低着头踏上了桥。这里河道不算太宽，但此时正值秋雨季节，水深流急，因而此处对于不识水性的人来说，看一眼都会使人头晕眼花的，即使跳下去不被淹死，爬上岸也会被桥两头的乱匪赶上砍死。玉清这时很冷静，心想，这里水深流急，跳下去必死无疑，虽说冬生哥水性好有他相救，但还是有危险的，搞不好两人都会丢了性命，与其说两人生还无望，还不如让冬生哥一人保全性命，免得受他牵连。想到这里，当他们还未走到桥中心、冬生还未来得及拉他一起跳河时，玉清抬腿一脚就将冬生踹下了河，并大声喊道："有人落水了，有人落水了！"

听到喊声，桥上一阵骚乱，接着又有十几人相继跳入河中。只见多数跳入水中的人不会游泳，随着急流在水里沉浮挣扎着，顷刻间有几人便被河水吞没了。而这时，桥头两边的乱匪才意识到，刚才跳河的这十多人是有预谋的，便提了刀将侥幸未被淹死而后爬上岸的人乱刀砍了。而后，他们又提防着所有被羁押的人一个个过了河，并把他们用绳子串了起来，这才又驱赶着他们继续赶路。

玉清被绑了一只胳膊，背上仍背着粮食。此时，他的心情格外平静，从未见过血腥场面的人，在不到两袋烟的工夫，接连看到十多条性命瞬间在他的眼前消失，感到人的生死就那么一瞬间，并没有甚可怕的。尤其让他欣慰的是，刚才不知从哪里来的勇气，飞脚踹下表哥让他逃了生。他相信表哥水性好，一定能躲过这一劫，说不定刚才跳水的人中肯定也有水性好的，同样会死里逃生，不至于都死在乱匪的手中。这样想来，他用一个人的性命能换得表哥等人的性命也值了，于是他已将生死置之度外，心里倒轻松了许多。

再说，当冬生快走到桥心，正准备拉上玉清一块儿跳河时，冷不丁被表弟一脚踹入河中。他一个猛子扎入水中，憋了气往下游游出了二三十丈远，然后浮出水面藏在一堆芦苇丛中。在芦苇丛中，他看见河里漂下来几具血肉模糊的尸体，再看看桥上，没有逃的人又被他们押着往莲花寺去了。等乱匪全部过了桥，他才悄悄爬上岸钻入玉米地里，然后一口气跑上了对面的山梁。

这时天已完全黑了。当冬生爬上山梁回头一望时，只见莲花寺已经火光冲天，喊杀声、哭喊声响成了一片。冬生心想，这下莲花寺完了，他的玉清表弟也完了，他直后悔刚才没有提前拉表弟一起跳河，反倒让表弟帮他逃了生，自己真该死！此时，他只能眼睁睁看着这些乱匪杀人放火，自己却一点办法也没有，那种无奈、那种愤怒，使他五内俱焚，心如刀绞。

莲花寺的火势越来越大，喊杀声、哭号声此起彼伏。大火映红了半个天空，那座千年古塔在大火中显得格外显眼，不一会儿随着"轰隆"一声巨响，古塔便在大火中倒塌了。约莫过了两个时辰，喊杀声和哭号声渐渐稀疏了下来。此时，只有乱匪的喊叫吵闹声，村中和寺内的大火，仍在"噼里啪啦"地燃烧着。这种情形，一直持续到深夜才平静了下来，看得出，村里无辜的百姓和寺内的和尚没有一个活着逃出来的。

已是半夜时分，村内的火势渐渐小了，但冬生不敢贸然下山进村，他不知道乱匪撤走了没有，就这样，他一直挨到了天亮。天刚一亮，冬生急忙往莲花寺望去，只见村里空无一人，乱匪不知甚时已撤走了，他这才溜下山梁向村内跑去。

冬生一进村，看到的是一片十分恐怖凄惨的景象。到处是残垣断壁，未燃尽的房梁断木还冒着缕缕白烟，到处是遭杀戮的尸体及残躯断肢，多数尸体已被大火焚烧，只留下一堆堆还冒着热气的骸骨，一股浓烈刺鼻的尸体焦煳味使人几乎窒息，地上到处是一摊摊血迹未干的污流。

一个好端端的村庄和古寺，一夜间竟变成了一片废墟，千余条鲜活的生命，就这样顷刻间消失了。此刻，冬生没有来得及怨恨悲伤，他只有一个念头，就是要尽快找到玉清，活要见人、死要见尸，哪怕他真的被杀了，即使背也要把表弟背回去，让他魂归故里。于是，冬生蹚着滚烫的灰烬和血水，先翻找未被焚烧的尸体，就连寺庙处也找了个遍，但却未找到表弟。接着，他又用一根木棍在灰烬中翻动着尸骨，希望能有所发现，但缕缕白骨，无任何特征和明显标记。可他并不死心，在又翻找了一个多时辰时，突然在一处灰烬中看到了半块残玉，他的心一下子紧张起来。他颤着手捡起这块还有些烫手的半块残玉，当他抹去玉上的灰烬时，一个篆字刻写的"清"字显露了出来。这不是玉清表弟常挂在脖子上的那块玉吗？对这块玉他太熟悉了，整块玉晶莹剔透，洁白无瑕。这块玉，还是玉清过周岁时外祖母送给玉清的护身符。见物如见人，这下他确信玉清遇害了，他一下将玉贴于胸前，悲伤地号啕大哭起来，一边哭一边捶着胸大声呼喊道："表弟，你在哪里？玉清，你死得好惨啊！是表哥无能，没有保护好你，玉清啊……"他一时悲伤过度，晕厥了过去。

不知过了多长时间，他被人摇醒了，并听一个人大声说："快来，这里还有一个活的。"冬生心想，这下完了，莫非乱匪又返回来了？但当他坐起睁开眼时，发现他的跟前围了四五个人，并不停地问他："其他的人都死了，你咋还活着，是谁这么狠心屠村的？"

原来，这几个人是这附近村庄的人，昨晚莲花寺火光冲天，喊杀声不断，他们是看得真切、听得仔细的，只因情况不明，不敢贸然行动，所以也是在天明后才赶过来一探究竟和寻找亲戚熟人的。冬生知道他们的来意后，便含着泪将昨晚这里发生的惨案讲与了他们，最后让他们赶快通知本村和附近村庄的人，应提早做好防范，免得再遭这伙乱匪的杀戮血洗。

这几人一听，个个唬得瞪大了眼睛，然后愤愤地说道："这简直是一伙杀人不眨眼的魔鬼，连老人、孩子与和尚也不放过，天理难容！"末了，他们安慰冬生不要过度悲伤了，人死不能复生，千万要节哀。

冬生被那几个人扶起来，茫然不知所措。他知道表弟已做了冤鬼，连尸首也没有留下，他不能就这么回去，总得带几块骨殖①吧。于是冬生在这堆遗骨中，捡了几块比较完整的骨殖，又捡了一块未燃尽还带着血迹的破布将其包好，然后抱着骨殖离开了莲花寺，艰难地踏上了返程的路。

---

① 骨殖：遗骨、遗骸。

第三章　闻噩耗全镇哭声起
　　　　清龙河凝咽悲情生

　　冬生和玉清去莲花寺后的当天下午，风声渐紧，忠贤便指挥镇内的男女老幼，赶傍晚已撤到了镇后的石砭。冬生和玉清去了莲花寺的传话，也已带给了他们的家人，此时两家人正为俩人的安危提着心，齐夫人更是后悔不该让玉清和冬生去莲花寺。

　　第二天，已过了晌午，还不见冬生和玉清返回，全镇的人不免焦急起来。午后刚过，远远眺见冬生一人跌跌撞撞地回来了，只见他头脸黢黑，满身是血，神情恍惚。还未等众人开口问话，冬生便"扑通"一声跪在了忠贤面前，大声哭喊道："大舅啊！我对不起你，我没有保护好玉清，我有罪啊……"说着，又号啕大哭起来。

　　看到冬生这样，在场的人一下子惊呆了，忠贤惊恐地一把拉起冬生问道："冬生，快说！玉清怎么了？"

　　冬生哭着说："玉清被乱匪杀了，这是我表弟的骨殖和残留的半块玉。我对不起大舅和我表弟，我有罪，我有罪啊……"

　　忠贤一听，"啊"了一声，顿觉眼前一黑，便一头栽倒在地不省人事了。此时，忠贤的大儿玉廉一听也泪流满面，他见父亲晕倒了，忙与众人展开了施救，掐人中的掐人中、捶背的捶背，过了好一阵忠贤才慢慢缓了过来。当他睁开眼后，眼泪便"唰"的一下流了出来，接着低头哀号道："玉清，我的儿啊！你死得好惨呀……"

　　此时，冬生才哭着将事情的经过简要地说了一遍，众人一听也悲伤地落下泪来。昨天，还是一个好好的大活人，今格说殁就殁了，而且还是全镇最有出息的有为青年，这怎能不使众人惋惜难过呢？

　　这时，冬生的父亲，也就是忠贤的妹夫折庆荣，走到冬生面前，狠狠地踢了儿子一脚骂道："你个没用的东西，你是咋价保护你表弟的？你咋不替你表弟死哩！"说着，又要抬脚去踹儿子，但被众人拦住了。

冯忠有急忙劝道："姐夫，玉清的死大伙都很难过，但这也不能怪冬生，他能死里逃生捡回一条命，也算他命大。不过，娃昨晚也受到了惊吓，你就不要再责备他了，赶快扶娃回去歇息一下。"接着，他又对众人说，"我大哥遭此大难，搁谁谁也受不了，去几个人也扶我哥回府歇息。"之后转向忠贤说，"哥，玉清走了，人死不能复生，你一定要挺住，千万不能倒下。你若有个三长两短，这全镇一千多口人可指靠谁哩？你先回去歇着，这里有我、庆荣、忠宽、忠良几人先顶着，等有了情况再叫你。"说完一摆手，几人便分别扶了忠贤和冬生向镇内走去。

正在这时，镇东的山峁上跑下来两个望哨的人，其中一人一边敲着锣，一边大声喊道："乱匪来啦！乱匪来啦……"随着喊声，大伙往青龙河湾的官道上一望，果真远远眺见黑压压一队乱匪向镇子扑来，足有八九百人。

见此情景，一些人顿时慌了神，而因玉清被害还处在悲愤中的冯忠全、冯玉奎、冯玉春、冯玉文及杨长武、张德山等血性汉子，纷纷抄起手中的刀枪就要冲上去与乱匪拼了。刚被人扶起要走的冬生，此时推开扶他的人，一把抢过一人手中的大刀，转身就冲了过来，要与乱匪拼个你死我活。

刚才还极度悲伤、脑子一片空白的忠贤，一听"乱匪"二字，一下子横眉怒竖，也准备冲上去与乱匪拼杀一气替儿子报仇。可当他刚迈了两步，又立即停了下来，心想尔格不是硬拼的时候，保护后山石砭全镇一千多人的性命才是最重要的。于是他一下子冷静了下来，待看到乱匪刚到了趸水湾，离镇子还有一里多路远时，就大声对冬生和众人说："冬生、玉奎，你们给我住手，此时不是与他们硬拼的时候。"接着对忠全和忠有说，"乱匪到镇子还得一阵工夫，让大家不要进镇了，赶快往后山石砭跑，那里更需要我们的保护。"

听忠贤这么一喊，大伙立即镇定了下来，旋即向后山跑去，忠有、玉春、玉文几人也扶起忠贤一同向后山撤去。而此时冬生却不肯走，他要等乱匪进了镇，亲手杀几个乱匪替玉清和那千余被乱匪杀害了的莲花寺人报仇。这时庆荣来到冬生面前，踢了儿子一脚吼道："还不快走！在这里逗甚能哩，还想给大伙添乱？"说着，一把拉上儿子与众人一同撤往了后沟。

当乱匪追到镇前时，见镇内空无一人，就知道镇里的人全躲进山沟里去了，而且跑在后边的人就在近前，便一窝蜂地向后沟追去。有一拨骑马的人追在前面，眼看要追上了，却看见他们一个个攀上山崖进了石洞，未来得及攀岩的，也被上面放下的绳子吊了上去，气得乱匪在崖下勒转马头，挥舞着手中的大刀不停地狂喊乱叫。少顷，乱匪后面的人马赶到，呼啦一下将山崖团团围了起来。

再说石崖山洞里，一个时辰前憨憨玉喜也见到了冬生，当一听说玉清被乱匪杀了时，便惊恐地向后沟跑去，而且一边跑还一边大声喊："乱匪来了，玉清被杀了……"他这一路喊叫，使山崖内原本就紧张的空气，一下子变得凝固起来。

最先喝住憨憨的，是憨憨的娘，她一下捂住儿子的嘴，呵斥道："你个死憨憨，可不敢胡说！"

玉喜掰开娘的手，大声嚷道："就是的，玉清真的死了，冬生哥还拿回……"

玉喜娘再次捂住儿子的嘴，对赶过来的玉清娘齐春叶说："玉清娘，别信他的，他一个憨憨胡说哩，玉清不会有事的。"

众人都知道憨憨玉喜嘴上没个把门的，说话没个准头，都将信将疑。而玉清娘却极度紧张起来，虽说对憨憨的话也半信半疑，但她有一种不祥的预感，她的玉儿怕是真的遇险了。可她不愿意相信这是真的，虽然精神先垮了一半，但却强忍着泪花，要等见了孩子他爹问个清楚。而这时，乱匪已追到了近前，忠贤等人上了山洞，玉清娘顾不上害怕，一见到忠贤立即发疯般地跑上去，摇着他的胳膊哭问道："快说！我的玉儿怎么了……"忠贤低垂着头不说话，只是把带血的包袱交给了她，齐春叶抖着手解开了包袱，只见几块白骨掉在了地上。一见白骨，玉清娘便仰面倒了下去不省人事，众人又赶忙进行施救。

在众人紧急施救玉清娘时，折老夫人在小喜梅的搀扶下走了过来，她已知道了孙儿的死讯，这个噩耗差一点将她击倒。然而这位刚毅的老人，眼含热泪，慢慢弯下腰将地上孙儿的骨殖一块块捡拾起来，连同那半块残玉重新包好后抱在怀中，然后抬头对忠贤说："玉儿走了？"

忠贤悲伤地点了点头。这时折老夫人望着崖下爬云梯上攻的乱匪，然后大声说："忠贤，擦干眼泪，尔格不是你伤心流泪的时候，赶快指挥乡亲们狠狠打这些乱匪，替我的孙儿报仇！"

折老夫人铿锵有力的话，就像一道命令，大伙一齐上阵，与乱匪展开了一场殊死的搏斗。忠贤这时已缓过了气，应了一声，将极度的悲痛化作无穷的复仇之火，大喊一声："跟我来！"就带领众乡亲冲向石窑口，挥刀砍向第一个爬上崖口的乱匪，只听那乱匪惨叫了一声倒了下去。接着，他又冲到另一处，举起长矛，将攀爬的乱匪连同云梯一起挑翻于崖下。

这时，其他人也一一效仿，经过一番紧张的反击，乱匪终未能攻上山崖。接着，崖上石块像雨点般地砸向崖下的乱匪，同时辣椒面、食油、石灰、柴火捆、火把等也一齐被抛向崖下，崖下顿时大火蹿起，浓烟弥漫，乱匪一阵混乱惨叫，死伤了不少。这时，冬生一边忍着浓烟的熏呛，一边举起大石块继续向崖下砸去，而且一边砸，还一边向崖下大声喊道："我让你们来！砸死你们，为我表弟报仇，为我表弟报仇！"

这时，旁边的玉奎见崖下的乱匪已退了下去，就按住已杀红了眼的冬生说："冬生，住手！乱匪已退了。"被按在地上的冬生这才住了手。

崖下的乱匪，一时被这突如其来的抵抗打蒙了。于是乱匪头目下令停止了进攻，然后召集了几个小头目在一起研究下一步的行动。

山崖内，忠贤率领众人刚才与乱匪一通激战，见乱匪此时退了下去，就让大家停下歇息一会。之后，他对忠有、庆荣、忠全说："你们几个快招呼大家继续往窑口搬运石头、柴火等，防止乱匪一会儿反扑，并要注意他们的动向，千万不能大意。"说完，匆匆转身进洞看望夫人去了。

刚才在与乱匪的激战中，洞中的一些老弱及妇女，看到崖下那些黑压压的乱匪和他们手中挥舞的大刀，着实被吓坏了。但当他们看到忠贤及忠有、庆荣、忠全等众人奋勇杀敌时，立即消除了恐惧，随即也与大伙一起投入了战斗，递石块、搬柴火、撒辣椒面，就连老秀才冯尚儒也加入了战斗，有几位胆大的年轻女人，还亲手举起石块砸死了几个攀崖的乱匪。大家同仇敌忾，齐心奋战，打退了崖下乱匪的第一拨进攻。

这时，折老夫人镇定地领着另一拨妇女，在另外几孔石窑内烧水做饭，见战事一停，立马指挥她们向歇下来的男人送水送饭，分发干粮。而此时玉清娘齐春叶还没有醒，仍然紧闭双眼昏迷着，在她的周围，有大儿媳、二儿媳和冬生的娘冯彩芸等人陪护着，还有镇内的老中医陈中贵，正在给夫人扎针施救。当忠贤走进洞，一看到夫人这样时，就走到陈中贵跟前低声说："陈大夫，内人怎么样了？玉儿刚走，她可不敢再……"

陈中贵边捻针边说："冯掌柜，我刚才把过脉了，她这是悲伤过度、急火攻心所致，不会有大碍的。我先给她扎几针，等过了这阵回到镇上，吃几服中药慢慢就会好的。"

这时，崖下又响起了一片喊杀声，乱匪又开始第二次攻崖了。忠贤对陈中贵说："陈大夫，夫人就交给你了！"说毕，就提刀走向了洞外。

这次乱匪仗着人多，分成几拨又向崖下攻来，后面的不断在呐喊助阵，小小的山谷内，立时人喊鼓鸣响成了一片。乱匪多了几架云梯，争先恐后地往山崖上爬，忠贤指挥众人也分成几队投石块、扔柴捆、投火把，一次次打退了乱匪的进攻。战斗从上午一直打到下午，看来这次乱匪是下了决心要攻上山崖的，崖洞内准备的石块、柴火、食油等物几乎用完了。在这危急时刻，只见乱匪鸣锣收兵，呼啦一下撤到了百步之外。

正当崖上的人感到奇怪时，忽听"轰隆"一声巨响，崖窑的西北边已被炸开了一个大豁口，接着窑口的碎石便哗啦啦滚落了下来。幸亏该石窑内无人，但那里地势较低，是最容易攻上山崖的。也许正因为此，乱匪才趁崖上的人将注意力全集中到正面时，偷偷派了人在下面安放了炸药，这才炸塌了这里，立时该处成了一处不用云梯也能攻上山崖的通道。等炮火一停，乱匪顶着由镇内拆来的门板，呼啦一下向该豁口涌来。

忠贤一看不好，立即带人赶到崖窑的西边，与即将攀上山崖的乱匪展开了激战。当他们刚把这一拨乱匪打下去时，乱匪头目又指挥更多的乱匪从正面发起了猛烈的攻击，使崖上的人首尾不能相顾，有五人还被乱匪杀害。

然而，眼看乱匪要攻上山崖了，在这危急时刻，突然从青龙镇的东面传来一片喊杀声，接着出现了一支六七百人的队伍向乱匪冲杀了过来。面对这突然杀出的一支人马，忠贤他们一时懵了，不管三七二十一，他们也是冲着乱匪来的，因此忠贤借机大声喊道："乡亲们，我们的援军到了，跟我冲下去杀了这些乱匪，替死去的乡亲们报仇！"接着，就带领二百多青壮年，从刚才乱匪炸开的豁口带头冲了下去。

这一队伍的出现，令乱匪猝不及防，一下子乱了阵脚。面对前后夹击的不利局面，乱匪丢下死伤人员纷纷越过青龙河，争先恐后地向镇对面西南方向的一条山路逃去。而忠贤他们，也与从东面杀过来的那队人马会合一处，向乱匪逃跑的方向追击而去。

镇子对面西南方向的山路，是通往塞西、安保的山路，走十余里翻过一座大山，就出了安宁县境。当忠贤与刚才的队伍沿山路追了一程后，见这些乱匪跑得比兔子还快，眼瞅着转过一个山包就不见了。

这时天已将黑，忠贤他们便停止了追击，沿原路返了回来。此时，忠贤才急切地问同行的一个校官模样的人说："敢问兄弟，你们是哪路的人马，为甚来支援我们？"

那人这才回答说："冯老爷，你不认识我啦？我叫张庆和，上次和徐佥事一同给贵公子送喜报来着。"

忠贤听后，若有所思地"噢"了一声，仍好奇地问："那你们是咋价知道乱匪来我们镇了，又是如何及时派兵相救的？再说，县城哪来的这么多兵马……"

张庆和见忠贤一脸疑惑，就回道："是这样的。这次为了保境防乱，牛知县动员城内和周边来城里躲难的青壮年，加上留守县城的清军，组成了一支一千多人的护城队伍。前天，这伙乱匪围住县城攻打了一天一夜愣是未攻下来，还伤损了不少人，之后撤了围就直奔你们青龙镇而来。牛知县怕你们没有防备吃了亏，这才拨出一半人马由徐佥事率领支援你们来了，谁知还是来迟了，让你们遭受了一定的损失。"

忠贤一听这才明白了，忙说："不迟，不迟！要是你们再晚来一两个时辰，这后山石砭一千多人的性命就难保了。"说着，让张校官快领他去见徐佥事，而此时徐佥事也正在找他。当忠贤一见到徐佥事时，立即上前握住他的手动情地说："徐大人，非常感谢你帮我们解了围，要不然，我们青龙镇可就要遭大难了。"说着，双膝跪地抱拳道，"徐大人，请受我一拜，我代表全镇的人谢你了。"

"快快请起！"徐佥事忙扶起忠贤说道，"要说谢，那就要谢谢咱们的牛知县大人了。要不是牛知县组织起这么多的乡勇积极防御，不仅县城不保，恐怕你们青龙镇等村镇也不保。"

忠贤忙接着说："就是，就是！牛知县不愧是咱们的好父母官，你回去，一定代我及全街镇的百姓谢谢他。"

徐佥事连连点头道："牛知县确实是咱们的好县官，我回去一定会把冯老爷的美意带到的。"说毕他又接着问道："冯掌柜，我们刚才经过镇子时，镇里咋不见一个人哩，老乡都去了哪里？你们又是从哪里冒出来的，折老夫人和冯公子可好？"

忠贤见问，长叹了一声，然后把爱子如何被害，他们又是如何提前做好防备以及今天与乱匪激战的经过，一五一十地向徐佥事叙说了一遍。

徐佥事听后，不免伤感起来，于是安慰道："冯老爷，令郎遇害，确实令人十分惋惜。不过事已至此，一定要节哀，千万不能伤了身子，镇里的百姓还离不了你。"随后又接着说道："这次青龙镇能躲过这一劫，多亏你事前做了防备，并组织起村民予以自保，同时也为我们的增援赢得了时间。你们这种好的经验和做法，我回去一定向牛知县汇报，号召全县的其他村镇都向你们学习。"说话间，他们已回到了青龙镇。此时，后山石砭的百姓也返回了街镇，人们立即拿出最好的东西慰劳了县城来的官兵，之后徐佥事便带上队伍返回了县城。

经过安宁县城和青龙镇之战，乱匪领教了当地民众的厉害，加之各村镇学习了青龙镇的做法，也都成立起防乱护村的乡勇组织，因而他们此后再也未敢踏入过安宁县境。而陕北其他州县，则没有这样幸运，许多村镇还是深受乱匪侵害，损失惨重。

这两天，冯府气氛异常沉闷。忠贤自送走了徐佥事一行后，将镇里的事情交给忠有、忠宽、庆荣他们料理，就把自己一个人关在窑里再也未露过面。他怎么也想不通，他最看重的爱子怎么就离他而去了？眼看儿子要娶妻成家了，可咋就偏偏遇上了匪乱，这不是在挖他的心、要他的老命吗？老娘疼爱孙儿胜过任何人，她老人家能否经受住这么大的打击。再看看孩子他娘，自打知道孩儿的死讯后，至尔格仍昏迷不醒，怕一时半会儿过不了这道坎。还有那未过门的儿媳兰香，他不知该如何向振川他们通报这一丧事哩……一想到这些，中年丧子的忠贤万分悲痛，一行悲伤的老泪不由得顺着脸颊流了下来，此时他再也控制不住自己了，竟趴在桌上"呜呜"地哭了起来……

对于折老夫人来说，没有什么比她痛失爱孙更难过。而她毕竟是经历过半个多世纪沧桑的人，这种生别死离的场景，她不知经过了多少回，可她知道坚强地活着，就是对逝者最好的怀念，就像当年忠贤他爹遇害一样，她首先得挺住。但是当看到媳妇和儿子都成了这样，不免替他们担心起来，媳妇想不开恐怕难以挺过去，要是儿子再想不开有个三长两短，那这个家不就要完了吗？想到这里，她再也坐不住了，就迈着小脚，在小喜梅的搀扶下向儿子窑里走去。

而此时的小喜梅，也伤心地痛哭着，两只小眼睛都哭肿了。提起这个可怜的小喜梅，她那悲惨的命运和不寻常的身世，也使人心酸落泪。

小喜梅姓方，原名叫方枣花，是榆阳横石县方家圪崂人，全家六口人，父母、爷爷还有两个哥哥和她。咸丰四年（1854），当地连续三年大旱，庄稼颗粒无收，草根树皮均被饥民食尽。当时小喜梅只有四岁，爷爷已六十有余，且腿有残疾行动不便，两个哥哥一个十岁，一个只有六岁。为了熬过饥荒，全家人在喝完了家里仅有的半碗米粥后，父亲和母亲便各领了一个哥哥外出乞讨，待讨回一点吃的后再送回家让她和爷爷这一老一少充饥。一天，父亲领二哥讨得一些好吃的，正兴冲冲地往回赶时，却双双坠下山崖摔死了，而母亲和十岁的大哥，也先后饿死在了讨饭的路上。

剩下无依无靠的小喜梅和爷爷，只有等死了。这时，村里又发生了人吃人的可怕事情，而这事就发生在小喜梅邻家。一天夜里，邻家传来女人惨烈的哭叫声，爷爷赶紧赶过去看发生了甚事。一进门，眼前的一幕让爷爷惊呆了，只见这家男人用力压着锅盖，而锅内正在煮着的是他八岁的亲儿子，孩子的双脚还露在外面。这家女人发疯似的要抢夺孩子，只听男人说："你再闹，我连你也一块煮着吃了！"

爷爷一把推开他，孩子已经煮死了。爷爷"哎"了一声骂道："你连牲口都不如，虎毒还不食子哩！"说完，回到窑里对小喜梅说，"快走！不走我们也要被人煮着吃了。"说完，就连夜拉上小喜梅外出讨活命去了。这人吃人的事，还是爷爷带她在逃难的路上说的，吓得她一连哭了好几夜，生怕爷爷也把她煮着吃了。爷爷安慰她说："不会的，即使把爷爷饿死了，爷爷也不会做出那种禽兽不如的事来。"

就这样，小喜梅再也没有害怕，一路跟着爷爷南下讨饭，来到了朔州安宁县的青龙镇。一路上，爷孙俩相依为命，爷爷把讨得的好东西都给了孙女，自己常常饿着肚子。有时在野地里或破庙里露宿时，爷爷常把她抱在怀里生怕吓着或冻着她，讨饭的路上她饿得实在走不动时，爷爷就会一瘸一拐地背着她。有几次，爷爷连饿带累摔倒在地时，总是对小喜梅说："枣花啊！要是爷爷哪天死了，你就给你头上插根草把你卖了，去跟人家讨条活命！"

每当这时，小喜梅总是抱住爷爷哭着说："爷爷不会死的，我不要跟人走。"然后爷孙俩抱在一起哭成了一份水①。就这样，爷爷强撑着来到了青龙镇，看到镇内有几处粥棚正在向饥民施舍粥饭，就知道他的小孙女饿不死了，可他知道自己不行了，便一下子躺在街镇的路边再也起不来了。

见爷爷躺倒了，小喜梅吓得直哭。爷爷却有气无力地说："枣花，不要哭，爷爷没事！你赶快排队去领粥，爷爷喝一口粥就好了。"小喜梅赶忙拿了只破碗排队领粥去了。

这天，青龙镇共有冯、折、杨三家粥棚，数冯家的粥棚大，领粥的饥民多。这时，玉清正在粥棚帮奶奶发粥饭，当年他已是一位十岁的懵懂少年了。当他看到队尾有一位衣衫褴褛、蓬头垢面、光着脚丫的小姑娘，正在一边啼哭一边焦急地等待着领粥时，出于同情，玉清就将她招呼到粥棚前，破例先向她的破碗里舀了半碗粥递到她的手里。小姑娘未说话，只是感激地看了他一眼，就转身端着碗向爷爷跑去。可能由于她太激动了，没跑几步便摔倒了，碗掉在地上摔得粉碎，粥也洒了一地，急得她趴在地上大声号哭。

玉清见状，忙上前拉起她，并安慰她不要哭，随即转身从粥棚拿了一只瓷碗，舀上米粥亲自端上送到躺在地上的老者面前，看着小姑娘给爷爷喂完了米粥。之后，他又舀了一碗米粥送到她的面前让她喝，并叮咛让她拿好碗，明日上午还来他的粥棚领粥，说完便忙他的去了。小喜梅和爷爷喝了粥后，顿觉心里暖和了许多，浑身也有了劲。他爷孙俩从心里感激这位小少爷，当晚爷孙俩便依偎在一起睡着了，这也是这位老者的最后一顿晚餐。

谁知一觉醒来，天已经大亮了，很多饥民早已在粥棚前排起了长队。小喜梅揉着惺忪的眼睛猛的一下坐了起来，先推了推身边的爷爷，见爷爷一动不动，她又猛摇了几下，爷爷还是纹丝不动，再一看，爷爷不知昨晚甚时早已死了，她这才惊恐地大声哭了起来。哭声惊动了周围的村民和饥民，大家

---

① 一份水：哭得很伤心，泪流满面。

看到一位已死的老者和一位无助的小女孩，都同情地叹息着摇头走开了。而这时有一位乞讨的老妇人，走过来安慰着跪在地上啼哭的小喜梅，然后在她蓬乱的头发上插了一根草，又将她拉着跪在路边，希望哪位好心的人能买走或收留这个可怜的小姑娘，并能替她的爷爷收尸，然后就转身颤颤巍巍地走了。

这时，玉清和奶奶等冯府的人刚来到粥棚处，正准备支锅熬粥接济饥民，忽然听见不远处，传来了小女孩的啼哭声和饥民们的议论声。玉清忙走过去一看，是昨天的那一老一少，玉清并不知道她的爷爷已经死了，也不知道她头上插根草是甚意思，就上前拔掉她头发上的草，拉起她就要到粥棚去。可小女孩却摇了摇头，只是一个劲地哭，并不跟他去粥棚，小玉清便转身去叫奶奶，小女孩又捡起草插在自己头上。

折老夫人在孙儿的带领下走了过来，看到这种情景，顿生怜悯之心，长吁了一口气叹息地说："老天爷真是作孽啊！"之后拔掉女孩头上的草，然后俯下身子说："娃呀，不用怕！跟奶奶走，给奶奶当孙女如何？"

小喜梅不说话也不点头，只是哭着用手指着地上的爷爷说："我爷爷死了！"

一听说地上的那位爷爷死了，玉清吓得忙躲在了奶奶身后，并偷眼望着地上的死人。折老夫人忙用一只手捂住孙儿的眼睛，用另一只手拉起地上的女孩说："孩子，不用怕。你爷爷我会找人替他收尸掩埋的，你先跟你玉清哥哥到粥棚去。"小女孩听后，"哇"的一声趴在爷爷的尸体上大哭了起来。折老夫人拉起小女孩，将她和孙子一并交给身后的佣人王妈领他们去了粥棚，之后又叫来管家长庚等人，把老者用芦席卷身，埋在了镇后的乱坟岗。

就这样，小喜梅来到了冯府，成了折老夫人的干孙女、玉清的干妹妹。当老夫人将小喜梅领回家洗了澡拾掇利落之后，全家人惊喜不已，小喜梅虽然已饿得骨瘦如柴，但白净的脸盘上一对大眼睛分外惹人喜爱。当问及她是哪里人，姓甚叫甚时，小喜梅却一直沉默不语，只是紧咬嘴唇，用惊恐的眼睛打量着眼前的这些陌生人和这个陌生的地方。问急了，她就慢慢地走到玉清面前，然后怯生生地伸出手牵了玉清的手，躲在了玉清身后。在她的心里，玉清是除家人之外第一个对她好的人，她已把玉清当作了她值得信赖的哥哥了。而对玉清来说，他只有三个哥哥，还没有一个妹妹，这可爱的小姑娘就是他的亲妹妹了，于是他赶忙攥着她的小手说："小妹妹，不用怕！从今以后，你就是我的亲妹妹了，这里就是你的家。"

折老夫人摸着她的头，感慨地说道："多可爱的孩子呀，猫狗着恩情哩^①！这刚认识了还不到一天，就已离不开你的小哥哥了。"接着说道："这是个可怜的孩子，身世一定很苦。她既然不愿说出她的身世，那就不要问了，不妨另给她起个名，让她忘掉过去。"她略一思索，就说："我看，就叫她喜梅吧！姓嘛，既然成了咱们的女儿，就姓冯吧。"接着，她转向儿子、儿媳说："忠贤、春叶，我替你们做主给你们领回个女儿，这样安排你俩没意见吧？"

忠贤夫妇早已喜欢得不得了，赶忙连声说："愿意，愿意！一切听娘的安排。"

接着，折老夫人对儿媳，也是对全府的人说："从今格起，小喜梅就是咱冯家的人了。往后，谁也不能另待和欺负了小喜梅，也不许提及她过去的身世，谁要是另待和欺负了小喜梅，首先从我老婆子这儿就过不去，听清楚了没有？"

众人立即齐声回答道："听清楚了！"

此后，小喜梅在折老夫人及全家人的精心照料下，身心渐渐得到了恢复，越发长成了一个乖巧懂事、人见人爱的姑娘了，全家人都把她当宝贝一样对待。而小喜梅也逐渐地把这里当成了她的家，玉清哥自然就成了她最信任、最依恋的人了。只要玉清哥在家，不是缠着他问东问西，就是让他背着在镇子里玩。

一转眼，小喜梅来冯府已六七年了，已出落成了一个十一二岁的花季少女，玉清也变成了一个十七八岁风度翩翩的大哥哥了，他们的兄妹之情也就越发地深厚了。就在前不久，她为玉清哥中举之事高兴不已，为玉清哥即将结婚、能迎娶兰香嫂嫂而高兴得满院子跑。然而如今，最疼爱她的玉清哥不见了，即将进门的兰香嫂子也来不成了，她幼小的心灵再一次遭到了沉重的打击，她悲痛万分，一个人在被窝里偷偷地哭了好几宿。

忠贤的屋前，站着两个儿子、儿媳和王妈等人，大儿子玉廉手里端着一盘饭菜，敲着门让父亲开门。他知道父亲自打知道四弟遇害后，到尔格已整整两天未吃喝一口，他怕父亲想不开有个三长两短，于是哀求父亲节哀，先

---

① 猫狗着恩情：人养的猫狗都知感恩主人。

吃口热饭，可父亲既不开门也不应声，急得他束手无策。

正在这时，小喜梅扶着奶奶来了。玉廉立即对奶奶说："奶奶，你看我爹他……"便哽咽着说不出话来。

折老夫人上前，侧耳听见儿子在屋里低声悲哭，就隔着门说："儿啊！要哭就放开声哭吧，可不敢闷在心里憋坏了身子。"停了一下又接着说道，"儿啊！再苦再难，也要咬牙挺过这一关，全府的人、全街镇的人都离不开你！"

屋里的忠贤听了娘的话，立时放开声音大哭了起来，屋外的人也跟着伤心地"呜呜"哭了起来。这时，折老夫人含着泪，对玉廉及众人说道："孙儿，你们不要哭了，你爹不会有事的，你们也回去歇息吧，你爹甚时想吃再做不迟。"说毕，让小喜梅扶着回了她的上窑里，众人也都一一散了去。

第二天天一亮，忠贤打开门从屋里出来了。只见他脸色苍白，原来还黝黑的头发一夜之间全白了，尽管还带着忧伤，但神情却好了许多。

见父亲出了屋，玉廉赶忙迎上去说："爹，您没事吧？"

忠贤回答："爹没事。"随即吩咐儿媳给他弄饭，说吃了饭还有事哩。

饭很快做好了，这时折老夫人和众人也来了。大家看到一夜之间头发全变白了的忠贤，都感到心酸难过。忠贤吃完饭，对母亲说："娘，玉儿的骨殖哩？"

折老夫人说："在我窑里的被子底下。"

忠贤知道，母亲整夜都是抱着孙儿骨殖的，就说："娘，玉儿已经走了，您老也就不要再难过了，我今天就去棺材铺做口棺材，把玉儿埋了。"

折老夫人点了点头，说："玉儿刚成了人，还没娶亲哩，不能让娃一个人孤单地走。按照咱们这里的风俗，要给孩儿配个阴婚，我昨晚差人到镇西头贺木匠那里，让他连夜做了一口棺材，并让他刻了一个玉女，连同玉儿的骨殖放在棺材里，让玉儿也好有个伴。玉儿的墓，就在咱们的老陵里，我昨晚让忠有、忠全、忠宽带人修去了，这会儿可能已修好了，你就看着将玉儿好好葬了吧……"说到这里，折老夫人再也说不下去了，这时才放声地悲哭起来，引得忠贤和众人又伤心地哭了起来。

按照母亲的安排，忠贤于当天清晨，就把玉清的骨殖和木刻的玉女装进棺材里，埋在了冯家老陵内，并给孩儿立了一个简单的墓碑，也没有请哀乐班子，一切从简，他想让孩儿一个人安安静静地走，最后把县衙送的中举喜报也焚烧在了墓前，那是孩儿的荣耀，孩儿一走，他们冯家就甚也不是了，因此那份荣耀应该让孩儿带走。他给孩儿下完了葬，就将所有的人都打发了回去，然后一个人独自坐在儿子墓前，直到天黑以后才回了府。

连日来，青龙镇一直处在沉闷的气氛中，此战虽险胜，但却折损了五个村民的性命，尤其是玉清的被害使人们情绪低落、心情沉重。

而在二十里之外的赵家河，则是另一番情形。人们虽未见到乱匪的影子，也未看到那血腥的战斗场面，但躲在山林间听着来自青龙镇方向的炮声和隐隐约约的喊杀声，亦觉得非常地害怕。即使后来解除了警戒回了村，人们也没有从紧张的气氛中缓过神来，家家门户紧闭，大道上空无一人，只有几位放哨的青壮年在庄里不停地转悠。

对于赵振川来说，自从山林回到家后，就一直紧张不安。听动静青龙镇肯定遭了大难，亲家忠贤和他的乘龙快婿玉清该不会有事吧？尔格也不见有人来报个信……一想到此，他便坐卧不宁，寝食难安。再看看女儿，从山林回来就一直在啼哭，并催着他快去青龙镇看看玉清有没有事。他只好和婆姨劝女儿不要担心，说玉清福大命大不会有事的，也许他这阵儿正忙哩，等过个一两天他就会主动来报信的。

勉强等到第三天，兰香实在熬不住了，天一明就催父亲去青龙镇打问消息，振川还是劝女儿不用担心。兰香见父亲还是那样搪塞着不愿去，就草草收拾了一下东西，准备亲自前往青龙镇探个究竟。

兰香娘一看急了，就拦住女儿说："好我的小祖宗哩，这兵荒马乱的，一个女儿家哪敢让你去！"接着对振川说，"娃他爹，你还是亲自走一趟吧，免得我们这样提心吊胆的。"

振川这时也坐不住了，昨晚他一宿未入睡。今格已是第三天了，青龙镇到底是个啥情形，即便玉清不来，他忠贤也该派人报个信吧，不知咋搞的，莫非玉清那里真有事了？于是，他应了婆姨一声，决定亲自走一趟青龙镇。

在通往青龙镇的路上，行人非常稀少，振川大步流星，不一会儿就赶到了。当他来到青龙镇时，太阳刚冒红，人们还未吃早饭，街上的行人也不多。他见到几位熟人，就问："镇里都好吧，玉清家没甚事吧？"

那几位熟人一看到振川，先是一愣，接着就齐声回道："都好着哩，没事！"说完就赶快走开了。

振川进了镇，就感觉人们看他的眼神不对，他有一种不祥的预感，立即加快了脚步往冯府走去。当他快走到冯府时，偏偏碰上了要命的憨憨玉喜，玉喜是认得振川的，一见到振川，便大嘴一咧说道："叔哩，你还不知道吧，玉清死了！"

振川一听，脑袋"嗡"的一下，差点倒了下去，忙低头扶住了墙。正在这时，忠贤的二儿玉孝闻声从大门出来了，见状忙上前扶住振川说："叔，你来啦？"随即回头对玉喜呵斥道："去！滚得远远的。"憨憨玉喜以为他又捅下甚乱子了，一吐舌头跑开了。

这阵，忠贤早已起来了，昨天他料理完玉清的后事后，就把精力集中到夫人的身上来。昨晚，陈中贵对他说："夫人好是好不了了，但不会有生命之忧的，只怕是人没以前精明了。从尔格起，她再也不能受任何刺激了，这两天我再给她开几服药，再配以针灸，或许能好的。不过，我的本事有限，等过了这两天，你要到县城另请大夫，可不敢把夫人的病给耽搁了。"

忠贤听后心里明白，夫人脑子受了刺激，怕是患上了精神病。昨晚他去看时，她一会儿哭，一会儿笑，一会儿喊着玉清的乳名，一会儿又要外出找玉儿，折腾得他和大儿、大儿媳一夜都不得安生。天快明时，她终于睡着了，大儿夫妇俩继续照看着，让他回来歇息，可他回来只打了个盹，就再也睡不着了。他在想，夫人要是真的疯了，这冯府就塌了半个天，这偌大的冯府谁来替他操持哩？还有更要命的，就是玉清的死讯还没有给亲家通报，这让他如何对振川说哩，一想到这些，他的心简直乱极了。

正在忠贤愁眉不展时，见玉孝扶着亲家振川进了屋，忠贤慌忙迎上前说："亲家来啦？快坐！"

振川一见到忠贤，便悲切地问道："忠贤兄，玉儿他真的……"忠贤点了点头，振川一下子瘫坐在了椅子上。"我的玉儿啊……"振川伏在桌上痛哭了起来。

这时，西窑传来了女人的哭喊声，忠贤忙起身说："亲家，我去去就来！"说毕，让玉孝继续陪着振川，就转身出去了。

原来，西窑里玉清的娘一听见有人哭，一下子惊坐起来又哭喊着她的玉儿，并要外出去找玉清，玉廉压也压不住。忠贤一进屋帮儿子按住夫人，赶忙让他去叫陈大夫。不一会儿陈中贵来了，给夫人服下了一粒药丸，这才让她安静了下来。

等忠贤安顿好夫人，重回到屋内时，振川含着泪问道："嫂夫人她……"

忠贤叹着气，坐下后说："你嫂子听说玉儿殁了，急火攻心，人就变成了这样，怕是好不了了。"

"忠贤兄，玉儿到底是咋殁的，这么突然？"振川抹着泪，紧盯着忠贤急切地问。

忠贤这才把玉清是如何遇害，以及青龙镇是如何抵御乱匪的经过讲给了振川。末了，他悲伤地说："振川兄弟，看来我是没这个福分与你当亲家了。兰香娃确实是个好娃，是我看着长大的，玉清走了那是他命不好，你可不能耽误了女儿的终身大事，赶快给她另寻个婆家嫁了，免得让你两口子替女儿担心。"

这时，折老夫人在小喜梅的搀扶下进了屋，接过儿子的话说："振川贤侄，我们冯家没有福气，不能让兰香成为我们冯家的媳妇，但她仍是我的干孙女、忠贤的干女儿，这里也就是她的家，她甚时想来，我们都欢迎。"

振川流着泪，点头应诺着，引得老夫人和忠贤在内的人又忍不住抹起了眼泪。折老夫人让人做好了早饭，振川也未吃一口，就在忠贤的陪伴下出了街镇，其实他不知道他是怎样离开冯府的，又是如何回到赵家河的。此刻，他只担心回去该如何向她娘俩隐瞒这一噩耗，尤其是不能让女儿知道玉儿的死讯，她要是知道了，肯定受不了。他也知道，这事瞒是瞒不住的，她迟早会知道的，可眼下能瞒一阵是一阵了。于是振川快进村时，用衣袖擦干了眼泪，又站了一会儿调整了一下情绪，这才向村里走去。

兰香自打父亲去了青龙镇后，就一直在村口等着父亲返回，母亲做好饭叫了她好几回，她也不回去吃。快近晌午时，终于眺见父亲回来了，她赶紧跑上去问道："爹，你咋才回来！我玉清哥咋样？他好着吧，你见到他没有？"

振川见女儿远远地跑过来问他，就故作镇定地说："好着哩！见到了。"

"那我玉清哥咋不来呢？他这阵在忙甚哩？给我带甚话了没有？"兰香还是不放心地问。

振川见女儿着急的样子，不知该怎样回答，就继续撒谎说："青龙镇刚经过一场大战，全镇人都在忙，玉清这阵儿正和一伙年轻人忙得不可开交，他还带话给你说让你不要担心他，等一两天他忙完了就来看你。"他说这些话时，一直不敢看女儿的眼睛，生怕哪里说漏了嘴。

兰香听了爹的话，更加不放心地问道："青龙镇遭了难，伤损人了没有？再说，青龙镇抵抗乱匪的战斗已结束三天了，他还忙甚哩？你一定有事瞒着我。不行！我一定要亲自去一趟青龙镇。"说着，拔腿就要去青龙镇。

振川见自己没有把话说圆，一时慌了神，忙拉住女儿说："兰香，爹确实没有瞒你。青龙镇打仗了是不假，但幸亏他们早有防备，所以才没有任何损失。我确实见到玉清了，他好好的，还一再叮咛让你不要担心他，你咋就不相信哩，爹甚时骗过你？走！咱们先回窑里去，然后听爹慢慢给你说。"说着，便拉着女儿回了家。

振川一进家门，兰香娘就问道："孩儿他爹，玉儿好着吧？"

"玉儿没事，好着哩！我也跑饿了，你们也没吃吧，先弄点吃的再说。"他想转移女儿的注意力，多拖延时间。

细心的兰香娘，自打振川一进屋，就感觉他的神情与以往不同，而且眼睑上留有明显的泪痕，心一下子紧张得直跳。她怕被女儿看出来，就有意支开女儿说："妮儿，去到厨屋里给灶里添把柴，把饭热一下再吃。你爹跑了这么远的路，我先给你爹倒口水喝。"兰香应了一声走出了屋门。

见女儿走了，兰香娘这才压低声音问道："娃他爹，你不要瞒我了，玉儿到底咋啦？"

面对夫人的追问，振川知道瞒是瞒不住了，就咳了一声悲凄地说："娃她娘，玉儿殁了。"说着，眼泪不由得又流了下来。

"那玉儿是甚时殁的，到底是咋殁的？"兰香娘急切地问。

"是三天前在他舅家殁的，整个莲花寺都被乱匪屠了村、焚了尸，一个人也没留下，只带回了玉儿的骨殖，埋在了冯家的老陵里。"振川回答说。

"我可怜的玉儿啊，你咋死得这么惨哩！我那苦命的兰儿呀，往后可咋活呀……"兰香娘捂着嘴低声地悲哭起来。

"娘啊！我要我的玉清哥……"兰香一下子冲进了屋，抱住母亲使劲地哭喊着，"娘啊！我要我的玉……"只见她一声未哭上来，整个人滑了下去不省人事。原来兰香刚走到厨房门口，听见母亲悲哭，就返了回来，刚才父母的对话她也听得真切，便发疯般地冲了进来。

见女儿哭晕了过去，振川夫妇赶紧施救，兰香娘一边抱住女儿，一边放声地哭道："老天爷啊！这可咋办呀……"振川赶紧掐女儿的人中。

振川家惨烈的号哭声，惊动了左邻右舍。当他们得知振川的女婿玉清死亡的消息后都深表同情，看到兰香晕过去，立即帮忙施救。

经过众人的施救，兰香渐渐醒了。当她睁开眼后，又大声哭喊道："娘呀！玉清哥死了，我也不活了……"一边哭，一边推开母亲向窑壁上撞去，人们赶紧拉住劝导她。可她甚也听不进去，又是拍头，又是撕扯头发，哭得更伤心了，没哭几声又昏过去了，众人又是一阵紧张的施救，这才把她救醒了。

兰香第二次醒来后，一直悲伤地啼哭不止，任由忧伤的泪水顺着脸颊流淌。众人见她平静了许多，安慰了一番后，就叹息地摇着头先后散了去。

一连两天，兰香娘寸步不离地守着女儿，一块儿陪着女儿流泪，一块儿陪着女儿伤心，连黑了睡觉也和女儿在一起，生怕她想不开寻了短见。她彻夜不停地劝女儿想开些，人死不能复生，这往后的路还长着哩，该往前走还得继续往前走……

然而对于母亲的苦劝，兰香一句也听不进去。玉清的突然离去，对她来说是致命性的打击。前些天，她还沉浸在他们即将完婚的喜悦中，她庆幸老天爷给她送了这么一位才气过人、风流倜傥的如意郎君，尤其当她回忆起他俩在河边恩爱的幸福时刻，还有他们在河边一起对天盟誓的情景，她就笃定了要与他不离不弃，生是玉清哥的人，死是玉清哥的鬼……然而这才过去了一个多月，一切都变了，在这个世界上，再也没有她的玉清哥了，再也没有知她、疼她的人了，她一切的一切都没有了，她活在这个世界上还有甚意义……

这两日，兰香情绪低迷、神情恍惚，感觉天地一片灰暗，周围的人和景物也都变得陌生起来，使她感到极度的惶恐和不安。也许见到了玉清哥，她就不用害怕了，此时她非常想念她的玉清哥。

又过了三天，早晨兰香早早地起了床，坐在梳妆台前对着镜子梳理着秀发。母亲见状，赶紧起身穿了衣裳，走到女儿身边问："妮儿，你这是做甚哩？"

"娘，我梳梳散乱的头发。"兰香平静地回答。

兰香娘疑惑地问："妮儿，你没事吧？咋这阵想起梳头了。"

兰香仍平静地回答说："娘，没事！"随后又说道："娘，我也想通了，不再难过了。不过，我今格想去青龙镇给我玉清哥上一下坟，了一下我的心思，回来就听您二老的。"

兰香娘听后，高兴地说："我娃终于想开了。这往后的日子啊，该咋样过还要咋样过，等你从青龙镇回来后，娘就托媒人好好给我娃寻个婆家。只有好好地活着，才是对你玉清哥最好的纪念。"说着，帮女儿梳起了头。

头很快梳好了。镜子里的兰香，虽然面容憔悴，眼睛有些红肿，但仍掩饰不住她的美丽与俊俏。对着镜子，兰香还觉满意，脸上露出了一丝难得的笑容。可兰香娘却心疼地说："刚两天，看把我儿折磨得都走人样儿了。"说着，就要起身给兰香弄饭去。这时振川也过来了，看到女儿的变化，紧蹙的眉头也松开了一半。

兰香忙制止母亲说："娘，让女儿去做。这些年女儿小不懂事，尽惹二老生气，也没有好好孝敬过二老，今格就让女儿给二老做碗长寿面，好好孝敬孝敬二老。"

振川见女儿一下子变得这样孝顺懂事，认为女儿长大了，又经过这一磨难之后变得更懂事了。可兰香娘看到女儿这些反常的表现，心生疑惑，但又看到女儿情绪稳定，言语在理，就打消了顾虑说："难得女儿有这份孝心和好心情，那你就去做吧，我和你爹就等着女儿做的长寿面。"

不一会儿，两碗长寿臊子面做好了。兰香端着木盘，跪在父母面前说："爹，娘！请吃了女儿专门为二老做的长寿面。从今往后，我要好好孝敬二老，再也不惹二老生气了。"说着，将木盘举到了父母面前。

振川和婆姨赶忙端起了长寿面。兰香娘说："妮儿，你的饭哩？"

兰香起身说："娘，我的这就端去。"说完，过去又端了一碗，当着父母的面全吃完了。然后她把碗一放，对母亲说："娘，碗筷您先帮女儿收拾了，我过去看望一下我哥和我嫂子去，这两天他们也为我操了不少的心。"

"那你去吧！要不要我陪你？"兰香娘不放心地说。

"不用了。娘，你放心，我去去就来。"兰香说完，转身就出去了。兰香娘不放心，紧跟着也出了门，看见女儿进了大儿的院门，这才放心地回转了身。

兰香的两个哥嫂见妹子缓过来了，都很高兴，又听说妹子要去青龙镇给玉清上坟，就都过来给妹妹送行。

一切收拾停当后，兰香提出要穿玉清准备迎娶她时，事前给她送来的嫁妆出村。

母亲不解地问道："妮儿，你是到青龙镇给玉儿上坟烧纸的，哪能穿这喜庆大红的嫁妆去。"

兰香说："我穿这身嫁妆出村，就等于玉清哥把我已经娶走了，这事就算过去了。进到青龙镇时，我自然要换成白衣孝服去上坟，等从青龙镇一回来，我就把这些全烧了，重新开始我的新生活。"

兰香娘及大伙儿听后，都觉得兰香说得在理，也就遂了她的心愿，又重新给她按出嫁新娘子的样式打扮了一番，才将她送出了门。

门外，拴了一头披着新鞍，脖项挂串芝麻铜铃的黑毛驴。兰香不让更多的人送，只让父亲一人去送。母亲将女儿扶上了驴，暗自抹起了泪。她想不到，自己竟是以这种方式送女儿出嫁，尘世上恐怕没有第二家，要是女儿真的能满意，她也就一千个欢喜，可惜这不是真的，而是一个让人心酸的出嫁仪式。她恨苍天无情，她的女儿咋就这么命苦哩，偏偏摊上了这样的悲事，往后女儿还不知咋个活法哩？想到这里，她的眼泪又像断线的珠子，不停地从眼里滚落了下来，周围的人见状又是一番劝慰。

兰香骑上驴，在父亲的牵引下出了村，她不停地转身向送她的人挥手，并大声说："你们都回去吧！不要送了，我去去就回来。"随着驴脖项上芝麻铜铃声的远去，兰香和父亲渐渐消失不见了。

听说兰香要到青龙镇，去给她那未来得及拜堂成亲、现已殁了的夫婿冯玉清上坟，起身时还要穿着新嫁妆出村，这是几朝都未见过的事，因而前往村口送行的人很多。人们看到此情此景，也不免伤感起来，更称赞兰香是一个重情重义的痴情女子，世间少有。

第四章　侯世耀托媒纳小妾
　　　　　李凤仙乱点鸳鸯谱

今天的天气不错，虽说晚秋的阳光有些惨淡，但青龙川却是一番繁忙的景象。由于前一阵乱匪的影响，此时人们正在田里抢收着庄稼，那一个个弯腰挥镰的妇幼，那一个个背着沉甸甸糜谷的壮汉，那一个个扬鞭扶犁深耕的老者，都铆足了劲儿，似与时间赛跑。川道梁峁上，霜染的草木树叶一片火红金黄，甚是壮观。还有那清凌凌的青龙河，撒着欢儿追波逐浪，树枝上的鸟儿欢快地鸣叫跳跃着，似乎这里不曾发生过袭扰和可怕的死人事件。

好一幅黄土高原晚秋的壮美景象，宛若一幅漂亮的山水画。要是没有这场匪乱的贻害，兰香会停下来好好地欣赏一番这眼前的景致，或许兴趣上来，她还能作出几首满意的诗词来。然而此时的兰香，根本没有这个心情观光赏景。对她来说，眼前的景和物，就像一个陌生和充满着无限诱惑的未知世界，正在向她招着手；她也像一个沉着无畏的战士，去完成一件光荣而神圣的使命。此时振川一边叼着旱烟锅，一边低头牵着毛驴行走，父女俩谁也没有说话。看得出，父女俩各自都有着沉重的心思。

当振川牵着驴，刚出村走到一处离大路不远的河湾时，兰香让父亲停一下，说她要小解一下。振川看看周围没有遮挡物，只有河湾那一片树林比较隐蔽，就叮咛女儿快去快回。但他哪里知道，这处河湾，正是一个多月前玉清和兰香待过的地方。

兰香溜下驴鞍，对父亲说："爹，你在这儿等我，我去去就来。"说完，就转身向河湾的树林走去。

女儿刚走，振川就觉得不大对劲，但又不能跟了去，就往树林处挪了几步，然后竖起耳朵注意听着那里的动静。不多时，忽听"扑通"一声，像东西落水的声音，振川心想不好，便拔腿向河湾跑去。

振川跑到河湾，见女儿已跳入河中寻了短见。河水已将女儿吞没，只看见那鲜红的嫁衣在水中一沉一浮。见状，振川边跑边大声呼喊道："救人啊！我女儿跳河啦……"接着"扑通"一声也跳入了河中。谁知振川不会游泳，跳下去后，连呛了几口水，随之又挣扎着浮出水面，但并未忘记呼喊救女儿，可未喊几句，又沉入了河底。

这时，正在田间劳作的人们，一听到有人呼喊救命，立即放下手头的活计向河湾奔去。当他们看到有两个人在河中一沉一浮顺流而下时，有几个会水的人先后跳入河中，分别向两个溺水的人游去，岸上的人纷纷向投河者递木杆、抛绳索。

在众人紧张的配合下，振川和女儿被拖上了岸。振川落水时间短，只呛了几口水，上岸吐了一阵就没事了。他一睁开眼就哭喊着向女儿跑去，而兰香由于溺水时间长，此时已停止了呼吸，双眼紧闭，脸色煞白地躺在河岸边。振川见状，一下扑到女儿身上哭喊道："娃呀，你咋这么想不开哩！你撇下我们……"

"振川，这阵不是哭的时候，救娃要紧。"这时一老者制止振川，随即吩咐一个后生背起兰香，就向停靠在河岸边的耕牛奔去。卸龙套的卸龙套、牵牛的牵牛，然后将兰香面朝下驮在牛背上，继而两人扶了兰香，一人牵牛，一人在后赶打着牛在地里不停地转圈跑了起来。这是村里老人说的一种施救溺水者最有效的方法，只要让溺水者把灌进肚里的水吐出来，或许有救。今天兰香能不能转阳，就全看她的造化了。

刚跑出一圈多，就见兰香不断地吐着肚里的河水。老者不让停，继续让赶牛人赶着牛跑，不一会儿便见到兰香大口大口吐着河水，兰香身子也随着动了起来。这时老者才让停了下来，然后将兰香扶下牛背坐在地上。振川这时跑过来抱住瘫软的女儿，所有的人都紧张地盯着兰香，等待着奇迹的出现。

过了一会儿，只见兰香面部抽搐了一下，慢慢睁开了紧闭的双眼，周围的人这才松了一口气高兴地说："活过来了，活过来了！"老者更是高兴地说道："看来老祖宗这个法子还真灵，要不今天可把乱子捅大了。"

振川见女儿活过来了，立即破涕为笑："妮儿啊，你可把爹吓死了！"接着让一人扶了女儿，他转身双膝跪在地上，一边磕头，一边感激地说："谢谢大家救了我女儿，谢谢大家救了我女儿……"

原来，前来参加施救的这些人，既有同村的人，也有邻村的人。这一老者，就是邻村柳树湾村人，与赵家河村相望、地连畔，人自然相对熟悉。看到振川这样，这位老者忙扶起振川说："振川，不必这样。都是乡里乡亲的，遇到这号事，谁见了都要救的，不必谢。尔格好了，你女儿已经没事了，赶快把你女儿背回去好生看护，可不敢再出这号事了，幸亏这次救得及时，否则神仙也救不了她！"

振川连声说："就是的，就是的。老柳，这多亏了你和大伙的及时相救，否则这阵已没她了，让我不知咋格感谢你们哩。"

当振川正要伏下身背兰香时，兰香终于缓过来了，她有气无力地哭着说："你们不该救我。我早就不想活了，我要撵我的玉清哥去……"

兰香的哭声，刺痛了在场每一个人的心，大家都称赞她是一位有情有义的烈性女子，世间少有。于是大伙一边劝她想开些，一边帮振川背上女儿返回了村。

兰香跳河寻短见的事，早已传回了赵家河。兰香娘刚回到屋，正一个人独自在屋内伤心落泪时，忽见二媳妇慌慌张张跑进屋，说兰香跳河寻了短见。她哪里还顾得上伤心落泪，拔腿就往外跑去。她出了门没跑几步，身子一软便跌倒在地起不来了。二媳妇见状，连忙和其他人架起婆婆就向村外跑去。跑不多时，就见振川背着女儿，身后还跟着一行人正向村里快速走来。兰香娘一看见女儿，还以为女儿已经死了，便扑上前撕心裂肺地哭喊着："我的憨女儿啊，你咋就这么想不开呢！你走了，撂下我和你爹可咋活哩？哎呀我的憨女儿呀……"她一边哭，一边使劲地摇晃着振川背上的女儿。

一个后生说："三婶，兰香妹被我们大伙给救活了，尔格已经没事了。你也不要伤心了，赶快扶兰香回家吧。"

兰香娘一听，不再那么撕心裂肺地哭了。一边扶了女儿，一边小声啼哭着说："妮儿啊！你可把娘吓死了，你这不是要娘的命吗？"

振川将女儿背回她的窑里，交给了兰香娘和几个女人，便回到屋内关了门换了身干衣裳出了屋。由于晚秋的河水冰冷刺骨，他已浑身发热，牙关打磕，可他顾不了自己，又赶到了女儿的窑间。

兰香娘已给兰香换好了衣裳，兰香躺在炕上，身上盖着厚厚的棉被。只见兰香双眼紧闭，脸色发青，浑身发抖，兰香娘俯身压着被角为女儿取暖。这时，她和众人才明白，女儿早晨的所有表现，都是她与大家的告别，她还是没有迈过这道坎儿。这往后，说不定她还会想别的法子寻死，不免使兰香娘更加愁肠起来。

兰香一连几天都在打着摆子，时而清醒，时而昏迷。清醒时，又是哭、又是闹，昏迷时一直说胡话，而且不停地叫着玉清的名字。兰香这样，振川一家人可愁肠坏了，兰香娘一刻不停地照顾在兰香周围，请村内会看头疼脑热的本家杨五婆给兰香驱寒舒络。

到了第四天早上，兰香终于缓过来了，不再发烧打摆子了。可她完全清醒后，紧咬嘴唇一句话不说，不吃不喝，要不是兰香娘这几天趁兰香昏迷时喂了些米粥，这阵兰香指不定成甚样儿了。这样下去可不是办法，当天振川便去了临近的姚店镇，请来了老中医周润祥老先生为女儿治病，看有无转机。

周大夫认真为兰香把了一阵脉后，先是一怔，接着又屏住气重新把了一阵脉。把完脉后，他甚话也未说，示意振川两口子借一步说话。周润祥随振川两口子来到正屋，坐下后，低声问道："赵掌柜，有一句话不知该问不该问？"

"周大夫，有话就问吧。"振川紧张地望着周润祥说。

周润祥望着振川两口子说："你家闺女还没婚配吗？"

"还没有。"兰香娘一脸疑惑地回答。

周润祥听完思索了片刻，然后很认真地说道："你女儿受了惊，身体虚弱那是自然的。不过像是有喜了……"

兰香娘一听，顿时显得不高兴了。要知道，在乡里谁家的闺女要是未婚有孕，那可是一件丢祖宗八辈脸的丑事，不但其父母在人前抬不起头，而且此女以后也难以找到婆家。于是兰香娘说："周大夫，我们赵家可是世代清白的人家，从来没出过这号事。再说，我家妮儿从小就很懂事，又知书达理，哪能干出那号伤风败俗的事来。绝对不可能，绝对不可能！你可不敢瞎说，这要是传出去，我们赵家的脸面可就没地方放了。"

"内当家的，请息怒，这么大的事岂能当儿戏？再说，我都这一把年纪了，医人无数，哪能瞎说呢。你女儿确实怀有身孕，而且已有一个多月了。"周润祥接着说，"你们再回忆回忆，看女儿最近有无接触什么人。"

听周大夫这么一说，倒提醒了兰香娘，她立即想起女儿和玉清是单独在一起待过一次，就叹了一口气说："周大夫，提起这事一言难尽。女儿原来许配给了青龙镇冯忠贤的四公子冯玉清。"

周润祥点头说："这个事我知道。是不是那个考了举人的冯家四公子？"

"是的。"兰香娘接着说，"两家已选了黄道吉日，马上要拜堂成亲了，就在临结婚的前两天，玉清被那挨千刀的乱匪杀害了……"说着，又伤心地抹起了眼泪。

"哦！这我就明白了。要是冯家的后，那就没甚丢人的。"周润祥又说道，"那你赶快去问一下女儿，这牵扯到两条人命哩！"

兰香娘赶紧来到女儿窑里，坐在兰香床前，拉着女儿的手说："妮儿，娘问你一件事，你可要如实回答娘。"见女儿仍闭着眼睛不吭声，她便问道："你前一个多月，是不是和玉清好上了？"

兰香听到这话，终于睁开了眼睛，不解地盯着娘。

"快说实话，这事对你很重要。"兰香娘急切地催促着女儿。兰香听了此话，点了点头，就又闭起眼睛把头扭向了一边。

兰香娘套得了女儿的实情，回到屋里对周润祥说："周大夫，刚才多有冒犯，还请您不要和我这一妇道人家一般见识。您说，这下可该咋办呀？"

"我哪能和您一般见识哩。要是冯家的后，那就好办了，大人孩子都要保，这下我就知道该如何用药了。"

听了周大夫的话，兰香娘却摇着头说："周大夫，这个孩子不能要。"

一直未说话的振川，问婆姨说："为甚不能要？"

兰香娘说："这个孩子我也舍不得，但是确实不能要。你想想，虽说应该把这个孩子生下来，可是女儿终究未和玉清拜堂成亲，在外人眼里，这生下的孩子就是私生子，这名咱背不起。再说，女儿以后带着这个孩子咋个找婆家哩！"

振川说："你把这孩子打掉了，不就更要了女儿的命吗？我不怕别人议论，女儿嫁不出去，我将她娘俩养着。"

"他爹，不是我心硬。你要知道，这唾沫星子能淹死人！到时我们受得了，恐怕女儿也受不了。尔格趁月份浅她还不知道，偷偷把孩子打掉就没这个拖累了。等女儿身体好了，我们再好好给女儿找个婆家，不然等月份大了，再打就来不及了。"

振川却坚持说："我不管那么多，总之这个孩子不能打！"

周润祥见振川夫妇争执不下，一时也没了主意，不知该听谁的。正在这时，忽听兰香窑里传出"砰"的一声巨响，三人立马跑了过去。

原来是兰香窑里瓷水壶摔在地上发出的声音，只见瓷壶摔得粉碎，水洒了一地。自兰香完全清醒过来后，她就抱定了必死的决心。昏迷中，她多次梦到了玉清，梦见他俩手牵着手在一个陌生的草地上追逐嬉戏。那片草地很美，绿草如茵，各种鲜艳的小花儿点缀其中，地上的蝴蝶相拥着翩翩起舞，天上的鸟儿鸣叫着比翼飞翔，玉清哥在前边跑着，她穿着新嫁妆在后面追着。忽然，玉清哥不见了，空旷的草地上只留下她一个人，她一边跑，一边大声呼喊着玉清哥的名字到处寻找。又忽然间，她不知来到了哪里？这里冰天雪地，她好像远远看见了玉清哥，只见他满脸满身都是血，嘴里不停地喊他冷、他疼，她不顾一切地哭着向他跑去，并说："玉清哥不要怕，有我呢。"可是玉清哥又不见了，她又撕心裂肺地呼喊起来……就这样，她不知梦见过玉清哥多少次，一次和一次不一样。每次当她梦醒时，却发现她躺在自己的窑屋里，这时身边并没有玉清哥，她才意识到她的玉清哥真的死了，在这阳世间，再也见不到玉清哥了，于是她决意，要到阴间去找玉清哥。然而，在家有爹娘照看着她死不成，在外跳河又被人救了，她决定采取绝食的办法完成自己的心愿。

然而，刚才听见父母在屋里高一声低一声的对话，好像在说孩子的事，还有保孩子、打孩子什么的。她心里一惊，又联想到母亲刚才过来，莫名其妙地问她一个多月前和玉清哥……一想到这里，她一下意识到自己是不是怀上玉清哥的孩子了，她心里开始升起了一丝希望。若真的怀上了玉清哥的骨肉，她一定要把这个孩子生下来，并把他抚养成人，总算能了了自己思念玉清哥的心愿了。想到这里，她开始着急了，一定要保住孩子，绝不能让他们把孩子打掉。于是，她挣扎着想过去求他们保住孩子，可是挣扎了几次还是起不了身，她这才将炕沿上的瓷茶壶推在了地上。

兰香娘进了门，看到这番情景，紧张地问道："妮儿，你没事吧？"

兰香虚弱地说："娘，你扶我一把，我要下炕。"兰香娘赶忙上炕将女儿扶下炕。兰香一见到周大夫，便跪下向周润祥磕头道，"周大夫，求求您保住这个孩子吧，我给您老磕头了。"说着，要弯腰给周大夫磕头。

周润祥赶忙制止兰香说："使不得，使不得！积德行善，是行医者的天职，我一定会尽力的。"

兰香娘却说："我的憨女儿哩！生下这个孩子，你以后咋养活哩？再说，孩子一生下来就没有了爹，让村里人笑话先不说，孩子大了还不被人家欺负死，这不是造孽吗。听娘的话，趁尔格月份浅，早早处理掉，以后你和孩子就都不用遭那份罪了。"

"娘，你不用怕。赵家河生不成，我就到外边去生，即使讨吃要饭，我也要把孩子生下来并抚养成人，绝不给你们赵家丢脸。"兰香态度坚决地说。

"你看你，把孩子逼成甚了！我不怕人笑话，孩子生下来我养着。"振川生气地说。

周润祥这时说："孩子她娘，事已至此，你就随了女儿的心愿吧，再说这也是一条命哩。"看见他们都愿意保住孩子，兰香娘"唉"了一声，然后无奈地点了点头。见状，周润祥高兴地说："这就对了，这下我就知道该如何用药了。孩子身体非常虚弱，得先调理好身体，而后再吃保胎药。赵掌柜，你看如何？"

振川说："你是大夫，一切听你的。"说毕，又不放心地问，"那我女儿肚里的孩子不会有事吧？"

周润祥肯定地说："不会有事的。刚才我把脉时，胎儿的脉象很强，看来这个未出世的孩子造化大。一会儿，我把药方开了，按我的药方吃上几服是会有效果的。不过，吃药是一方面，更重要的是病人要调整好心态，加强营养才是最关键的。"末了，他又向振川夫妇交代了一些应注意的事项，这才开了药方，并让振川立马跟他回去抓药。

周润祥临出门时，兰香娘再三叮咛说："周大夫，今天这事，只限于咱们三个人知道，出了门可千万不能对外人讲。"

周润祥说："你放心。守口如瓶，这是医生最起码的道德操守，你就放一千个心吧！"说完，便匆匆地返回去了。

自从兰香知道自己怀上了玉清的孩子后，她的心复活了。尤其是吃了周老先生开的几服中药，再加之营养调理到位，不几天她的身体便出现了好转，并能开始下地行走了。她只有一个愿望，就是好好地活着，一定要替玉清哥平安地生下这个孩子。

　　兰香娘见女儿态度一下子来了个大转弯，心里自然高兴，又是熬中药服侍女儿，又是替女儿梳头做好吃的。可她的心里却越发地着急上火，因为女儿未婚先孕总不是件光彩的事，若再不想办法，等显怀了就来不及了⋯⋯

　　青龙镇除了冯府还处于悲伤外，其他早已恢复了往日的宁静与繁忙。日头照旧有起有落，镇里的人该怎样过活还怎样过活，一切又恢复了原样。

　　这一晌，侯府的生活已恢复了正常，不过侯世耀的心里又开始活泛了，他仍在想着娶三姨太的事，而且非常急迫。尔格这世道不太平，说变就变了，这次庆幸青龙镇没有甚大的损失，保不齐下一次就没有这么幸运了。人的一生太短了，一眨眼就过去了，想做而且能做的事没有去做，那这一世多冤呀！想到这里，他就找了本镇能说会道的媒婆李凤仙，央求她替自己找一个三姨太。

　　这李凤仙已过五十，可她却是整个青龙川有名的大媒婆。凭着她那三寸不烂之舌和灵活的脑瓜子，能将死人说活，将活人说死，且能见风使舵，揣摩主家的心思，经她保的媒，十有八九能成，因此找她说媒的自然就多了去了。当然，她说媒可不是白跑腿的，她会根据具体情况谈条件、讲价钱，男女双方都不放过，越是像侯世耀这样有钱的人家，她的辛苦费自然就低不了。实质上，她已把说媒当作了发家致富的主要营生，两天不说媒就憋得难受。

　　可李媒婆的男人张四贵，却是一个十足的老实疙瘩，人不仅窝囊，而且还是一个十分惧内的主，尤其是遇上像李凤仙这样的婆姨，就更没有他展的翅了。因此，他在家里根本没有一点地位，整天围着婆姨转，婆姨出门说媒，他就是一个牵驴的，婆姨回到家里，他就是个端茶捶背的。就这样，只要婆姨稍不高兴，便不会给他好脸色看。久而久之，外人都把李凤仙叫作"掌柜的"，把张四贵称作"老张"，而李凤仙则把男人叫作"死鬼""出气的"。对于这些称呼，张四贵并不在意，谁让自己没本事哩。再说，婆姨虽然厉害了些，但她却能给家里挣回来银子，别人家的女人再好，可挣的银子却不会给他一文，这样想来，张四贵倒觉得心安理得、乐此不疲。

　　这天，李凤仙在家里坐卧不宁，看见男人在她眼前晃悠，就不耐烦地大声吼道："死鬼，你给老娘滚得远远的，我看见你就烦！"

　　张四贵见夫人发怒了，赶紧躲到大门外，圪蹴在石碾上抽旱烟。这时，忽见侯府的侯世耀向他家走来，忙起身弯腰点头笑着，不知该怎样问候。"老张，掌柜的在吗？"倒是侯世耀先搭话了，张四贵赶忙点了点头。

侯世耀径直走进了大门，脚刚一踏进大门，便高声问道："李掌柜的在家吗？"

话音还未落，只见李凤仙笑呵呵地迎了出来，说道："哎呀！什么风把您老爷给吹来了？怪不得今早上，喜鹊一直在门口的树枝上叽叽喳喳地叫哩，原来是您这位贵客到了。有失远迎，有失远迎，快屋里请！"说着，将侯世耀迎进了屋，随即朝门外喊了声，"死鬼，家里来贵客了，还不快给客人上茶。"听到喊声，张四贵呼噜噜跑进来给侯世耀沏了茶，又给夫人安了一锅子烟，点着后便又退到大门外抽他的旱烟去了。

二人寒暄了一阵，李凤仙先开口问道："侯老爷，您这贵人今格能屈尊登我这寒门，一定有甚事的？说！只要嫂子能给你帮上忙的，只管讲，我一定会全力以赴，即使倾家荡产、粉身碎骨也在所不惜！"

几句信誓旦旦的表白，已使侯世耀感激不已，原本不好开口的话题，这时也变得无所顾忌了。于是，他把自己想纳三姨太的想法和盘端了出来。

李凤仙原本不知道侯世耀来找她是要保媒的，当她得知实情后心里便有了主意，就哈哈一笑，说道："天上无云不下雨，地上无媒不成双。这你算找对人了，谁不知道我李媒婆，没有说不成的媒，这卦卦灵验、媒媒必成。兄弟，你说，你想要啥样的女人做三姨太？是要年轻水灵的黄花闺女，还是要俊俏已婚的佳人？是想要娇小苗条的仙女，还是想要胸丰臀大能生娃的女人？即使想要天上的星星，嫂子也能给你摘下来。"

侯世耀说："没那么多想法。只要是没结过婚的黄花闺女，人好看，身体好，能生娃的女人就行。"

李凤仙听后，"咯咯咯"笑得前俯后仰，说道："看看看！还说没想法哩？既要没结过婚的黄花闺女，又要人样儿好看，我看你的胃口还不小哩！你都是快五十岁的人了，还要老牛吃个嫩草草，就不怕亏了你的肾、闪了你的腰？"

侯世耀厚着脸皮说："不老，我才四十八岁，还没过知天命的年龄哩，能成。"

"啧啧啧！还不老？你没看你的头顶都秃成甚了，整个一个老倭瓜，还当你是一根嫩黄瓜哩。再说，你已有了两房女人，还不够用？这三个女人你忙得过来吗？"李凤仙半开玩笑，半揶揄地说。

"好我的老姐姐哩！我虽然有两房女人不假。可你知道，大太太胖得跟个猪婆似的，哪有一点儿女人样，这二太太中看不中用，因此我才想再娶一房三姨太。我也知道，年轻的黄花闺女不好找，所以才求你这位高人来了。"侯世耀央求着。

李凤仙平时就瞧不起这位虽然富有，但却为富不仁的吝啬鬼，谁要是能从他兜里抠出钱来，比要了他的命还难。没想到这山不转水转，今日是他自个儿求上门的，因而她要趁此机会好好地揩他一把油水。于是，李凤仙眨着一对诡谲的小眼睛，笑着说道："真是胡萝卜蘸辣子，吃出没看出，兄弟还有这般雄心。我倒是想帮兄弟这个忙，恐怕帮不了。再说，我也不敢帮。"

侯世耀问："为甚帮不了？"

李凤仙用火镰①打着火，点燃了已熄灭的旱烟锅，猛吸了一口，然后一边吐着烟雾，一边慢条斯理地说道："兄弟，不是我不想帮你这个忙。你看，你家的那个大太太歪②得像个母老虎，我给你说个年轻漂亮的女人进门，她还不把我给活吃了。再说，谁家愿将自个儿的黄花闺女嫁给一个糟老头子，这样缺德的事我可做不来。"说完，她把手一摊，显出无奈的样子。

听了李凤仙的话，侯世耀有些不高兴地说："还没说上媒，倒端上架子来了。谁不知你李媒婆这张嘴，能把神仙说得给你磕头，能把龙王爷说得上吊，哪有你说不成的媒？就看你愿意不愿意了。你要是看不起我侯世耀，不愿意保这个媒，我只好另请高明了。"说着，站起身就要走。

李凤仙最爱听这种话了，但看到侯世耀真的生气了，并且要走，她岂能让到手的生意黄了。于是赶忙下了炕，赔着笑脸说："侯老爷，您咋还生气了！您是谁呀？在这青龙镇，您是数一数二的富贵人家，只要您咳嗽一声，这青龙镇还不抖他个仨月俩月的。您给我一千个胆，我也不敢看不起您呀！兄弟，别生气，我这里给你赔不是了。坐下，听老姐姐给你说。"

侯世耀听后，立即转回了脸色，重新坐下后说道："这还差不多。"

---

① 火镰：一种取石打火用的小铁器。

② 歪：厉害、很厉害。

李凤仙说："兄弟，这说媒我倒不怕，我是怕你家的那位大太太找我的麻烦。再说，这没结过婚的黄花大闺女，确实不好找呀！"

侯世耀说："这些都不是问题。我那内人厉害倒不假，但我不怕她，大事还是我说了算，她要是真不愿意，我就立马休了她。至于找个没结过婚的黄花闺女，那也不是什么难事，自古老夫娶少妻多得去了，不就是多花一些银子的事嘛，我有的是钱。"

李凤仙一听说钱，立马来了精神，笑着说道："你要是肯舍得花银子，这事就好办了。谁让老姐姐我心肠软呢，再苦再难，我也要把这事办成，圆了你兄弟的心愿。"停了一下又说道，"像你这样厚实的家道，这样好的身板和这样好的人品，再不娶个三房四妾的，那这一世不就白活了吗，连我都替你觉得冤。"她咽了一口唾沫，吸了一口烟又继续说道，"人这一生太短啦，眨眼就过去了。像你还这么年轻，现在不赶快娶一房漂亮的女人尝尝鲜，再过几年那就迟了。这就叫生前做遍，死了无怨，兄弟你说是不是这回事？"

李凤仙溅着唾沫星子说的这些话，可算说到侯世耀的心坎上了，他一下动情地说："还是老姐姐了解我。这事就托付给你了，钱不是问题，只要你能帮兄弟把这事办成，我一定会好好谢承你的。"

可李凤仙却说："兄弟，我说媒可不是为了钱财，我是成人之美，积德行善，你就给一点辛苦跑腿费吧。"她终于说到了正题上。

"那是，那是。我怎能让你白替我跑腿呢，这辛苦费一定会给的，你就说个数吧？"侯世耀十分大方地说。

李凤仙见火候已到，就假仁假义地说："我这人心肠软，谁让咱们是乡里乡亲的。这样吧，像你这样的媒，对别人来讲至少得给我六七十块大洋，你就给五十块大洋的辛苦费就行了，再多了我就跟你急。"

"哎呀！我说李媒婆，你真敢狮子大张嘴，一口就要了五十块。这五十块大洋，甭说娶一个女人回来，少说也能娶三个两个的。不行，不行！太高了。"侯世耀瞪大眼望着李凤仙，不停地摆着手说。

其实，李凤仙刚才的要价，只是试探性的，见侯世耀急了，话锋一转说："兄弟，我那是跟你闹着玩的，你开个价吧。"

侯世耀考虑了一会儿，好像下了极大的决心似的说："就给五块大洋吧！"

李凤仙一听，哈哈大笑道："兄弟，你这是打发叫花子的。像我李凤仙，也是有身价的媒婆，连揭不开锅的穷人家，也没低过十块的。像你这样的大财东家，少说也在三四十块，再低了不是显得我没身价，而是显得东家没面子，你说是不是兄弟？"

侯世耀虽说是个爱财如命的守财奴，但他必定经不起李凤仙的煽火忽悠，想了一下说："你说的也在理。那这样吧，就给十块大洋，总不少了吧？"李凤仙还是笑着摇了一下头。侯世耀很痛苦地说，"那就再加五块，这下总可以了吧？"

李凤仙爽朗地一笑说道："兄弟，咱俩又不是做生意，是给你保大媒的。我之所以要得高了点，是想让外人知道，你侯府就是有钱，连请的媒人都这么有身价，嫁到侯府肯定错不了，这对你说媒更有利。兄弟，你说是不是？"经李凤仙这么一说，侯世耀倒不会说话了，张了半天嘴也不知道要说甚，只是直愣愣地望着李凤仙。李凤仙见侯世耀成了这样，觉得好笑，仍不露声色地说道："兄弟，为了成全你，也不能太使你为难。我这人干脆、好说话，你就给二十块大洋吧，这样对外也好交代，就权当是老姐姐为兄弟帮忙了。"

话已说到这份儿上了，侯世耀就不好再说甚了，只好硬着头皮说："二十就二十吧，就按你说的办。事成后，我一定将二十块大洋奉上。"

李凤仙一笑说："这就对了，我就知道兄弟是个大方爽快的人。不过这兵马未动，粮草先行。我出去给侯老爷保媒，总要穿得体面些，再给我的那头毛驴换副新鞍，备副新龙套，好体体面面、风风光光地为兄弟辛苦去。因此，你明天先给十块大洋吧，剩下的那一半到事成之后再给不迟。"

侯世耀虽然抠门，但他哪是李凤仙的对手，不仅一步步入了她的圈套，而且答应了李凤仙全部的要求，于是赶忙说："就按你说的，明天我就把十块大洋送过来，不过你可要抓紧去办。"说着就起身出了屋。

李凤仙高兴地说："你就放一千条心，就等着好消息吧！"说着，将侯世耀送出了大门，并对着他的背影说："侯老爷，银圆可要的是乾隆爷的龙大头。"

侯世耀也未回身，答应道："知道了！"就出了大门。

看到侯世耀走远了，李凤仙朝他的背影"呸"地吐了口唾沫，转身自言自语道："老不正经。老了老了，还想那种美事，又不想花钱，真不是个东西！"随即朝老汉嚷道："死鬼，赶快给老娘弄饭，老娘饿了。记住，再给老娘温一小壶酒。"张四贵立马从墙角跑出来，应了一声就忙活去了。

赵家河村静悄悄地，该下地的下地了，该外出的外出了，可兰香娘却像热锅上的蚂蚁一样坐卧不宁。女儿的身孕快满两个月了，她看见女儿的肚子快显怀了，就更急得团团转。不行！绝不能让女儿将孩子生在娘家，一定要给女儿赶快寻个婆家，这样孩子生下来就有了名分，而且女儿也有了依靠，不至于她娘俩在外受罪。女儿尔格还在迷糊中，考虑不到那么远，要是真到了那步田地，就一切都晚了。于是，她一有空，就劝说女儿，讲明其中的利害关系。起初，兰香根本听不进去，认为是母亲嫌弃她和那个未出世的孩子，可经过母亲苦口婆心的劝解后，她渐渐明白了，也准备接受这个残酷的现实。

兰香娘见女儿渐渐转变了态度，甚是欢喜，就跟振川商量着如何给女儿另寻婆家。兰香娘说："咱妮儿既然怀的是他冯家的骨血，不如将妮儿送到冯家，相信他们会接纳的。这样孩子生下来不仅有了名分，咱妮儿也有了依靠。"

振川说："万万不可。冯家愿收留这是肯定的，但妮儿将会终身守寡。我看，不但不能将妮儿送冯家，还得对他们保密。"

兰香娘觉得男人说得在理。她认为，既然给女儿寻婆家，就应该给女儿寻一个老实的人家，也不要太富，日子能过得去就行。最好能寻个二婚男人，即使他以后知道孩子不是他的，也不会难为她娘俩的，哪怕年龄大一点也无所谓，只要对女儿好就行。而振川跟夫人的想法却有所不同，他不同意给女儿寻个已婚或年龄大的男人，他就这么一个女儿，再怎么着也得给女儿寻一个年轻未结过婚的后生，家庭穷富倒无所谓，可不能委屈了女儿。

由于振川夫妇意见不一致，又耽搁了一些时日，兰香娘熬不住了，就做了妥协，可上哪儿找这么可心的茬儿，她犯起难来。后经过一番商议，振川决定找青龙镇的大媒人李凤仙给女儿说媒，但他不能前往青龙镇，怕人家说他玉清尸骨未寒，就急着给女儿找婆家，这骂名难背。于是，振川让人捎话给李媒婆，说是他有要事请她到赵家河来一趟。

自李凤仙接了侯世耀的大活儿后，心里确实高兴了一阵子，可当侯世耀第二天送来十块大洋后，她的心里却犯了难。虽说她对青龙川各村的情况比较熟悉，谁家的门朝哪边开，谁家有几男几女、人品如何，甚至连哪个村的哪户人家的省牛①下了几个牛犊她都一清二楚。可是，真要给侯世耀找个般

---

① 省牛：母牛。

配的、未结过婚的黄花闺女，倒还真难住了她。这两天，她倒是去了几个村试着给人家提说了一下，任凭她说破了嘴皮，人家一听说给侯世耀做小，就死活不同意，害得她白跑了几趟。

这天，李凤仙正在屋内发愁，忽听赵家河赵振川捎话，说有要事请她过去一趟，不知道振川叫她做甚哩？她知道，振川家有一个姿色十分出众的女儿，可这是忠贤家未过门的儿媳妇，只怪玉清福薄命短没这个福气。尔格玉清刚殁了没几天，他赵振川该不会又急着给女儿另找婆家吧？如果是这样，那他振川这不是往人家忠贤的伤门上撒盐吗？这也太没人味了。不会的，绝对不会的！那他振川找她有何事？李凤仙想不明白，但不论何事，她总得去一趟，或许有甚好事等着她。于是第二天，她早早就骑了驴来到了赵家河。

振川夫妇见李凤仙如约而至，立即把她让进了屋，又是递烟、又是敬茶。李凤仙坐定后，试探地问道："振川兄弟，你这捎话让老姐过来，是有甚急事？"

兰香娘叹了一口气，说道："咳！一言难尽。你知道，前一阵我那女婿和女儿马上就要结婚了，谁知道冷不丁遇到了匪乱，我那好女婿让挨千刀的乱匪给残害了。"

"这我知道，玉清确是千里挑一、万里无双的好后生，我们全镇的人都为之惋惜哩。前一晌，你家闺女为此还跳过河哩，真让人难过。"李凤仙说。

兰香娘接着说："可不是嘛。自从玉清走了之后，我那女儿寻死觅活的，我们好不容易才劝说住。我是想尽快给女儿另寻一个婆家，或许给她成个家，她就能把这事给淡忘了，不然她在家里成天哭哭啼啼的，哪一天想不开再捅个乱子就晚了。"

李凤仙听后明白了，觉得他们的想法确实也在情理之中，就说："这事也只能这么办了。人死不能复生，这活着的人还得往前走嘛。我看这事就包在我身上，保证给咱闺女寻一个好婆家。"停了一下，她又问道，"不知你们要给女儿找个怎样的人家？"

兰香娘说："经过这一难，我们也想明白了。家庭贫富无所谓，结过婚没结过婚、年龄大小都无所谓，只要有个安身立命的家就行。"

振川说："最好是没结过婚的后生，不能委屈了孩子。"

李凤仙听后说道："这事你们征求女儿的意见了没有？万一她眼下还不想

寻婆家，那咱们不是白忙活了。"

兰香娘说："征求过了，她愿意找。我看这事越快越好，不能拖，万一拖出个事来就不好收拾了。"

李凤仙心想，既然你们赵家都不怕世人议论，着急给女儿找婆家，那她一个外人还有甚顾及的，或许这是救火救急的好事哩。听她娘的意思，给女儿寻的这家男人，家庭穷富无所谓，结没结过婚无所谓，年龄大小更无所谓。想到这里，她立即有了主意，她正愁给侯世耀找不到合适的主，这不是现成的吗？不过此女她小时见过，长得不错，如今变成甚样了，她得亲眼看一看，于是她不动声色地说："这就好办了。我既然应承了这事，就要负责到底。咱闺女在家不在家？我得亲自见一下她，给娃宽宽心。"

兰香娘说："能成。"随即领李凤仙来到了兰香的窑里，见兰香独自坐在脚地凳子上发愣哩，就说道："妮儿，你李婶来给你说媒了。"兰香应了一声，起身给李凤仙让了座。

李凤仙一看到兰香，心里便喜欢上了。此女越发出落得好看了，真是一个美人坯子，青龙川少有。好个贼世耀，还真有艳福，这么一棵嫩白菜让他给啃了，她也觉得天理不容。但她一想到那白花花的银圆，就什么也顾不得了，何况人家是心甘情愿的，她又何必替人家惋惜呢。于是她对兰香说道："哎呀，好个心疼的闺女，长得跟个仙女似的。听婶子说，这天黑了总会明的，疮烂了总会好的，这沟坎再大也能迈过去。古人说得好，好死不如赖活着，这活着比甚都好，也是对已去之人最好的奠念。既然活着，那就要往前看，还得往前走，女人嘛，总得有个家。这有了家，就会有人疼、有人爱，一辈子就会有依赖。你放心，婶子一定会给你找一个不愁吃、不愁穿、舒舒服服当姨太的人家，你就等好吧！"

听了李凤仙这云遮雾罩的一番话，振川夫妇如释重负，赶紧做饭招待了李凤仙两口子。吃饭间，李凤仙又是一通神说，夸她保了多少好媒，续了多少香火，以及如何过五关斩六将，可就是不提她给兰香找婆家的事。其实她心里明白，她尔格还不能说给兰香寻了个半糟老头侯世耀。火候不到，还不能过早揭笼盖，过早告诉了他们怕他们不同意把事情给闹砸了。再则，她要先探探侯世耀，看他敢不敢啃这棵嫩白菜，怕不怕冯忠贤的记恨，还有他肯拔几根猴毛，这些她都要一一靠实了，最后才能向振川两口子亮底。至于振川的辛苦费，她打算分文不收，她也是个有情有义之人，人家都惨成这样了，她不能乘人之危，要不还算人吗？

酒足饭饱后，李凤仙打道回府了，临上驴时，她让振川两口子这几日等她的好消息。

走在回青龙镇的路上，骑在小黑毛驴背上的李凤仙心情格外好，小毛驴"嘚嘚嘚"迈着碎步走得非常有精神。只见李凤仙随着毛驴蹄声的节奏，老腰故意一颠一颠地扭动着，两腿一摆一摆地显得悠闲自在，露出的一双绣花鞋格外耀眼。走到一个拐弯处，她见路上无人，便哼起了陕北《偷寡妇》的酸曲来：

哎——
天上的星星哟地上的格灯，
这世上的人儿哟就数不清。
前庄子的光棍那王石娃，
后沟里的寡妇哟田桂花。
棉花见火哟它就是格燃，
他二人早就对上了眼。

月亮才升哟天刚格黑，
黑灯瞎火哟将歇息。
辗转反侧哟难入睡，
忽听门外那黄狗儿咬。
耳根子热来心儿格跳，
知是那爱偷腥的猫儿哟进了庄。

哎——
哥哥的胆子哟可真够大，
为会妹子哟天不怕。
十里山路哟快如飞，
即使让狼吃了也无悔。

蹑手蹑脚那翻过了墙，
手提鞋儿哟跳进了窗。

哎——
一床价被子合伙格盖，
顾不上亲嘴嘴难等待。
撩起那花袄袄敞开怀，
白格生生的胸脯就露出来。
你有情来我有格意，
咱二人搂住就往死里格爱。

哎——
鸡叫三遍那天将格明，
再迟了哥哥就出不了个村。
叫声哥哥哟你莫要怕，
其实妹子的胆儿比哥哥的大。
只要咱二人常能在一搭，

媒婆李凤仙和老汉张四贵去给侯世耀说媒

任由他刀刮哟放油锅里炸。

只要咱二人常能在一搭，

任由他刀刮哟放油锅里炸……

李凤仙刚一唱完，她那实诚的男人张四贵，便"扑哧"一声笑出声来，又吓得赶忙用手捂住了嘴。

李凤仙嗔怪地问道："死鬼，笑甚哩？是嫌老娘唱得不好，还是……"

张四贵赶忙说："我哪敢笑。掌柜的，唱得好着哩，只是我头一回听你唱这么酸的酸曲，所以才忍不住笑的。对不起，对不起！"

"死鬼，告诉你，老娘还有比这更酸的酸曲没唱哩。唱出来，保证使你这头阉驴也能挣断缰绳。"李凤仙揶揄地笑着说。

"那是，那是！"张四贵不断地点头应着。

李凤仙说道："想当年，老娘不但歌儿唱得好，而且也是这十里八乡的人样子，整天排长队追老娘的后生能挤破门。你说，我这一朵鲜花，咋就偏偏插在了你这堆牛粪上？要不是老娘看在你老实听话又疼我的分儿上，我早就拔起尻子走人了。"

"就是，就是！"张四贵连声说。

李凤仙扬起手中的旱烟锅，伸手在老汉的背上轻轻敲了一下，说："你真是个死鬼，就会说这句话！"其实在她的心里，虽然嫌他老实窝囊，但她确实还离不了这个老实听使唤的老汉。像她这样常年走村串户的，没个牵驴坠镫、做伴解闷的人还真不行，这样想来她也就知足了。

当李凤仙骑着毛驴，正和老汉兴致勃勃地拉着话时，突然从路旁的草丛中蹿出了一只兔子。谁知一向蔫里吧唧的张四贵一见兔子，一下放开驴缰绳呼喊着挖奔子①追兔子去了。而这时驴受了惊吓，便放开四蹄狂奔了起来，一下将李凤仙摔下了驴鞍。而此时张四贵未追上兔子，返身一看婆姨从驴身上摔下来了，立时吓得脸色煞白，忙朝婆姨奔了过来。

这时，只见李凤仙趴在地上，一个劲地喊："哎哟哟，我疼！我的腰、我的腰怕是断了……"接着骂道，"死鬼，你是想摔死老娘，给你另寻一房年

---

① 挖奔子：狂奔。

轻漂亮的女人？你个老不死的，哎哟哟，疼死老娘了……"

张四贵一时不知所措，这扶也不是，不扶也不是，只是一个劲地自责道："我有罪，我有罪……"

"死鬼，还不快扶老娘起来。你是看着老娘死哩，还是等着给老娘收尸哩！"李凤仙朝老汉嚷道。

张四贵赶忙俯下身，试着扶了几下。还好，婆姨只是受了点轻伤，并未伤及筋骨，便将她扶着坐了起来，又是揉腰又是捶背。可坐起来的李凤仙却指着老汉骂道："好你个死鬼，看你平时像头阉驴，咋一见到你兔子妈就不要命了。你要是把老娘摔死了，我非抽了你的筋扒了你的皮不可！"

"就是，就是。"张四贵一边点头应着，一边扶李凤仙站了起来，之后牵了驴，这才驮着婆姨一路小心翼翼地回了青龙镇。

回了镇，张四贵将李凤仙扶上炕，又为她捶揉起腰背来。可李凤仙顾不上疼，立即让四贵去请侯世耀来。不一会儿侯世耀到了，一进门，看见李凤仙躺在炕上直呻吟，忙走上前问道："李掌柜，你这是……"

"嘻！甭提啦。这狗倒霉了挨砖头，这人要是倒霉了喝水也硌牙。这不，为了给你说媒，刚才在回来的路上驴受了惊，把我从驴身上摔下来了。哎哟哟妈呀！我疼……"李凤仙说完，又不住地呻唤起来。

侯世耀一听可吓坏了。李凤仙叫他来，莫不是她摔伤了让他出钱看病？就急切地问："不要紧吧，没摔着哪儿吧？"

"不要紧？看你说的，从驴身下摔下来哪能没事？"李凤仙拉着脸说。

谁知张四贵却说："不要紧。只是受了一点轻伤，并未伤着筋骨，养几天就会好的。"

侯世耀一听这才放下心来。可李凤仙却狠狠地瞪了老汉一眼，随之高声道："你不说话能憋死你！快扶老娘坐起来。"张四贵赶紧上炕，将李凤仙扶起靠在炕边坐了起来，之后安了一锅子烟，点燃了递到她的手上。李凤仙接过烟锅吸了两口，之后说道："虽说未伤着筋骨，但也够我受的。"随即对侯世耀说："兄弟，你先坐着，容我吸几口烟提提精神再说。"说着就抱着烟锅，斜靠在炕台上眯起眼睛抽起了烟。

此时，侯世耀虽说解除了让他出钱为李凤仙治病之忧，但他却急于想知道李凤仙为他说下中意的人了没有，于是就耐着性子等着。过了一阵，仍不见李凤仙说话，就着急地问道："李掌柜，事情办得咋样了？"

李凤仙这才坐起身，说道："办得差不多了，包你满意。兄弟，你可知道，为给你说这个媒，我至少跑了十来个村镇，进了百十户家门，终于按你的要求，给你瞅下这么一个可心合茬的女人。你可知道，为给你说这个女人，今格差一点就要了我的老命，那我今格也就见不到你侯老爷了。因此，你可要好好谢谢老姐姐我哩！"

侯世耀赶忙说："那是一定的，那是一定的。"顿了一下，他又接着说，"好我的老姐姐哩，你就不要卖关子了，到底说下谁家的闺女了？"

李凤仙眨着一对诡谲的小眼睛说道："瞅是瞅好了，但还没给人家正式提说哩。我之所以没提说，就是怕你没那个胆量、没那个牙口。你想，人家若是先同意了，到时你却屄了，这丢人事小，坏了我李媒婆的名声，那我李凤仙今后还咋价在这青龙川混哩！"

李凤仙的话，越发勾起了侯世耀的好奇心，就问道："是哪个村的人家，还这么硬气。我什么样的女人没见过，甭说是一个普通人家的黄花闺女，就是王母娘娘的七仙女，我也敢娶！"

李凤仙这才一笑，说道："这就对了，我要的就是你这句话。兄弟，你听着，可不敢把你吓出病来。"侯世耀立马侧着身子，竖起了耳朵。只听李凤仙说道："我给你说的那个女子，就是赵家河赵振川的千金，也就是咱镇忠贤未过门的儿媳——赵兰香，你看咋样？"

侯世耀一听，一下子泄了气，头摇得跟个拨浪鼓似的说道："不行，不行！万万使不得。"

李凤仙盯着侯世耀问："为甚使不得？"

侯世耀说："你想想，人家忠贤刚殁了儿，我就抢占人家的儿媳妇，这不是往人家痛处捅刀子吗，那忠贤还不把我恨死了。听说，那兰香前一阵为了玉清的死还跳过河，我若把她娶回家，她要再寻死觅活的，我可咋整呀？"于是停了一下，又说道："李媒婆呀李媒婆，我当你给我说的是哪家的千金？原来是忠贤家未过门的儿媳妇。你这是想说媒又怕跑腿，想挣银子又怕动嘴，这是成心陷我于不仁不义呀！"

侯世耀说着，李凤仙一直听着，听到最后竟没有责怪他，也没有生气，因为这是她早就预料到的。不过，令她没有想到的是，一向为富不仁的侯世耀，今格倒变得假仁假义了，其实她知道，他是怕冯忠贤才这么说的。于是，等侯世耀一说完，她便说道："啧啧啧！我就怕说出来吓着你，果然是个尿货，没那个胆。说来说去，你不就是怕人家冯忠贤嘛。你既然没那个胆，就不要再思谋着要年轻漂亮的女人了，赶紧回去，搂着你那胖婆姨睡觉去吧。我好心跑了这么些天，差一点要了命。可你倒好，不但一句感谢的话没有，反倒落了一身的不是，真晦气！"

李凤仙这一番激将法还真起了作用，只见侯世耀往起一站，说道："我在青龙镇怕过谁，他冯忠贤又算个甚？他家虽然富有，可我侯世耀也并不比他弱。他家死了儿子，关我个屁事，就不兴许我娶三姨太了？我爱娶谁就娶谁，他管得着吗！"

李凤仙一听，拍着手说："对了！这还算个真爷们。就是嘛，虽然他忠贤殁了儿大家都心疼，但总不能让他那未过门的儿媳守一辈子活寡吧！再者说了，人家已缓过气了，也并不在乎这些了，还是振川两口子央求我要尽快为他女儿另找婆家的，而且男方结没结过婚、年龄大小都无所谓，因此我才准备给你保这个媒。没想到，我倒成了猪八戒照镜子，里外不是人了。"

侯世耀一听，立即赔着笑脸说："老姐姐甭生气，刚才多有冒犯，兄弟这里给你赔罪了。"说着，双手抱拳，向李凤仙作了个揖。

李凤仙这才笑着说："这还差不多。不过我问你，这个媒还要我保不？若是不要我保，那就另请高明吧！"

侯世耀忙说："要你保，要你保。除了你李大媒人，谁还能保得了这个媒。不过，你要是早说振川两口子求你给女儿说的媒，就不用害得兄弟冒犯你了。"

"那你就不怕冯忠贤记恨你了？"李凤仙问。

侯世耀回答说："我说过的，不怕！而且这是人家心甘情愿的。"

李凤仙又问道："你就不怕街镇上的人议论你，戳你的脊梁骨？"

侯世耀说："不怕！别人的议论顶个甚？我娶我的三姨太，关他们个甚事。别人爱在背后戳我的脊梁骨，那就让他们戳去，反正这又不疼不痒的。"为了表示自己的决心，他差一点就要向李凤仙发誓了。

侯世耀真是一个没人性的冷血动物，别看他平时人模狗样的，为了能娶到自己称心的女人，这号缺德的事情他也能做出来，这样的话他也能说出口！这要搁在平常，她李凤仙肯定会骂他个狗血淋头不可。可人家两家里都愿意，她又何必得罪人哩，而且一想到那白花花的银圆，她就没有了底线。

于是，李凤仙接着说："就是嘛，想吃油饦饦就不要怕油嘴，想搂好女人就不要怕泼脏水。议论算个甚？那是驴闲了啃槽哩，人闲了嚼舌哩，等他们嚼乏了就不议论了，到时候你还是你，美人还是你的美人。"说到最后，她又对侯世耀说："这么说，这个女人你是要娶了，不后悔了？"

侯世耀说："这个女人我娶定了，不后悔了。你明天就给我提亲去。"

"看看看！刚才还说不要哩，尔格倒急成甚了？可你也得容我养几天伤不是，真是猴性难改。"李凤仙开玩笑地说。

侯世耀也笑着说："那是的，那是的。不过，我是怕夜长梦多。"

李凤仙这时却一本正经地说道："我说兄弟，这女人那个水灵、那个模样儿，怕是在咱全安宁县都难找。你若娶了她做三姨太，那还不让全县的男人嫉妒死你。"停了一下，她又说道："不过话又说回来，这么好的女人，恐怕身价也不会低，你要有个心理准备。"

李凤仙的几句话，越发把侯世耀的欲望给勾起来了，他不假思索地说："只要你能把这桩媒保成，钱不是问题。"

李凤仙思忖了一下，说："钱当时人家倒是没提。我想，就人家的那个闺女，嫁给你当三姨太，少说也得一百个银圆吧，太少了怕人家不答应。"

一提到钱，侯世耀犹豫了一会儿后才说道："李掌柜，钱是不是多了些？能不能再少些。"

李凤仙抽了一口烟，说："兄弟，这又不是我能定的事，毕竟人家是个未入过洞房的黄花闺女，这些钱若是人家能答应，也算你烧高香了。当然，能少给就少给，我自然会给你省银子的。好啦！等我先和人家拉一拉，而后再给你回话。"

听李凤仙这么一说，侯世耀便不好再说甚了，于是说："行！就按你说的办。不过，还需麻烦你再尽快去一趟赵家河。"

李凤仙说："既然我揽了这瓷器活儿，我自然会上心的。等我养几天身子骨，好了就去，你就等着听好吧！"说完，这才喊四贵送侯世耀出了门。

第五章　破屋漏偏逢连阴雨
红颜人无奈入火坑

　　隔了几天，李凤仙果然骑着毛驴又去了赵家河。一进赵家的门，她便给振川两口子摆了一大堆困难，和替他女儿找婆家的不易。末了问道："按你们的要求，给咱女儿若说成了，你们打算要多少彩礼，还有甚要的？"

　　兰香娘说："有无彩礼的无所谓，我们只求给闺女找个好婆家就行。"

　　振川干脆说："我们不图彩礼，只图给女儿找个好人家，再甚要求也没有。"

　　李凤仙听后，感慨地说："世上难遇你们这样的好父母，不像有的人家，把女儿当成了摇钱树，钱给得少了都不行。"说着，她把话锋一转，又故意说道："像你们这样的好人家，确实不多。不过，按照你们的要求，这两天我马不停蹄地把腿都快跑断了，可就是没有找下未结过婚合适的后生，而且你们时间上也要求紧了些，一时难以找到，我这不是急着给你们回话来了吗。"

　　听李凤仙这么一说，兰香娘着急地说："老姐姐，我知道这样的相不好找。我不是说过吗，万一找不到未结过婚的后生，找个结过婚的或年龄大一点的也成。快快给她找个婆家，我也就不用担心了。"

　　李凤仙说："这我知道，但我怕委屈了孩子。"

　　兰香娘说："不委屈，不委屈，只要家庭好的就成。"其实她比谁心里都明白，怕再耽搁时日，就真露馅了，那一切都来不及了。

　　李凤仙听后，这才撂出了实话："这眼下，倒是有个合适的人家，就怕你两口子和女儿不同意。"

　　振川说："你说，是哪个村的，看我认识不？"

　　这时李凤仙不再绕圈子了，直截了当地说："就是青龙镇侯家的侯世耀，他正想给他娶个三姨太哩。我一想，这是个好苤苤，不知你们乐意不乐意？"

　　振川听后，立时瞪大了眼睛说："我没听错吧？你说的那人，竟然是青龙镇的侯世耀，别说给他当三姨太，就是将女儿嫁给别村的瞎子、瘸子，也不会嫁给他。他的年龄比我大先且不说，就他那人品，这不是把女儿往火坑里推哩吗。不行，不行，万万不行！"

兰香娘接着说："她婶儿，这门亲事还真不行。我原想着是女人不在的单身人家，有无孩子、年龄稍大些都无所谓，可你说的侯世耀，比女儿她爹年龄都大，而且还是做小哩。她婶，再者说了，你知道，这青龙镇是女儿的伤心地，她若嫁过去，你让她如何面对冯家人呢？这个相确实不行。她婶，你就再辛苦辛苦，另给咱闺女找一个吧。"

振川夫妇正说着，突然兰香推门进来，哭着说："侯世耀我不嫁，青龙镇我不去……"原来，自从李媒婆一进屋，她就在窑里留意听着，当听到要将她嫁到青龙镇，一下子刺疼了她的心。她原想，只要离开赵家河，最好嫁到不被人知的偏远地方，能平安地把孩子生下来将他抚养成人。等他长大了懂事了，再将他完璧归赵给冯家，这样也不枉他们相爱一场，即使要嫁的这个人再穷或者是个残疾人她也认了。可是她万万没有想到，等来的却是这么个结果，这青龙镇不能去，侯世耀更不能嫁。于是，她再也忍不住就哭着跑了进来。

李凤仙对于赵家人的态度，早就料到了，但她没有想到的是，他们三人的意见竟是这么的一致，而且态度十分地坚决，这让她一时犯起难来，但是这点事还难不住她呢。只见她起身扶了兰香坐下，之后不紧不慢地说道："哎哟！兰香闺女不要哭了，哭坏了身子划不来。来来来！坐下听婶儿慢慢给你说。"待兰香坐定后，她又继续说道："你们的想法其实也没有错，谁不想给女儿寻一个可心的婆家。可是如今的世事不是三天两头闹荒灾，就是遇匪患，就没有个太平的时候，这老百姓的日子哟，实在是比黄连还苦。我倒是跑了几户可心的人家，不是穷得揭不开锅，就是游手好闲、成天吃喝嫖赌的货，这样的男人虽年轻长得帅，但咱闺女嫁过去那才真叫跳进了火坑，还不如嫁给年龄大一点的、家道厚实的人家。再说了，人家愿出一百个大洋的彩礼，这样的人家，还怕咱闺女嫁过去受罪吗？你说妹子，是不是这个理？"说到这里，她转身问兰香娘。

兰香娘听后，点着头说："理虽是这么个理，但这不是钱多钱少的事……"

李凤仙打断兰香娘的话，说道："这女人嘛，总是要嫁人的，嫁谁都是个嫁。这古人说得好，千里寻汉，为的吃穿。这嫁人莫嫁穷家户，年年穿的没裆裤，少吃缺穿没钱花，积借无门谁理搭；人家过年他过难，孩子饿得直叫唤，你说这叫过的甚日子？若要嫁给富人家那就不一样了，若要嫁给富人家，有吃有喝有钱花，夏有单衣冬有棉，一年四季穿绸缎；出门骑马又坐轿，前后佣人来开道；夫荣妻贵受人尊，亲戚朋友满门客。你说，嫁给这样的人家，那才叫一个没白活人哩。我给咱闺女找的这侯世耀，虽然年龄大了点，但他家富有啊，光良田就近百亩，粮食满囤、牛羊满圈。虽说进门委屈做了三姨太，你没听人说吗，这大的疼来二的爱，这小的就当他亲娘的待……"

这李凤仙好一张厉害的嘴，满嘴唾沫星子乱溅，根本轮不到别人插话，而且说话又不打绊，也不说重复的话。兰香起初还耐心地听着，但她最后说的那些乱七八糟的东西，她越发地听不下去了，说得再好听，无非是要她嫁给侯世耀吗。于是，兰香听到最后，竟捂住耳朵大声喊道："我不听，我不听！我不要嫁给侯世耀！我不要嫁给侯世耀……"

兰香的这一通喊叫，把所有人都给怔住了。尤其是李凤仙，她原以为就凭她这一张嘴，再难啃的骨头也能给它啃下来，再厚的冰块也能给它融化了。可今格怎的了，这招竟不灵了？于是，她张着嘴，瞪大了眼睛望着兰香，一时不知说甚为好。

见状，兰香娘对李凤仙说："她婶，你都说了半天了，心也尽到了，可她还是听不进去。回头我再劝劝她，您先歇着，我将她送回窑里去。"回过头，兰香娘又对着兰香责怪道："不同意就不同意，怎能冲你婶子大喊大叫的，一点礼数也不懂。"说着，把兰香领出了门。

这时，屋内只留下李凤仙和赵振川两人了。李凤仙摊开双手，说道："看看看！我这也是为你家闺女好，要不是你们央求我，我才不愿意管你们家的这些事。我说了半天，她不领情罢了，也不至于冲我发火吧？就当我闲着没事干自找没趣。"说着，将烟锅脑往炕沿上一磕，就要起身走人。

振川赶忙拦住李凤仙，赔着笑脸说："老姐姐，请不要生气，孩子一时脑子转不过弯，惹你生气了，我替她向你赔不是了，回头容我们商量商量再答复你，你看咋样？"

"你们都把话说绝了，还有甚好商量的。再说，还有好多媒等着我说哩，我总不能把工夫都耽搁在这里吧。"说着，李凤仙还是坚持要走。

这时兰香娘进来了，拦住李凤仙说："使不得，使不得！再咋价说，这媒说成说不成，总得吃了饭再走嘛。"

李凤仙阴沉着脸说："我是说媒来了，又不是到你家混饭来了，我家有的是饭。"说毕，朝院外吼道，"死鬼，披鞍。咱们回青龙镇。"门外应了一声。

振川夫妇赶忙又是赔笑脸，又是说好话，总算把李凤仙两口子留住吃了饭，之后才送李凤仙上了路。

李凤仙骑驴走在回青龙镇的路上，心情糟透了。她愣是想不明白，任凭她好话说了一箩筐，这兰香女子咋就不动心呢？是真不愿意，还是另有隐情？她不得而知，可振川两口子为甚这么急着要给女儿寻婆家？这她就更想不明白了。看来这个媒怕是保不成了，那她给侯世耀不就吹下牛了吗？还有那眼看就要到手的银圆，不也就泡汤了吗？可她心里还存有一线希望，也许他们商量后会同意的，因此她回青龙镇不能给侯世耀说实话，得先稳住他再说。

第二天，还未等李凤仙找侯世耀，他倒先找上门来了。李凤仙说："人家既没有明确表示同意，但也没有回绝，说明还有希望。我想，八成是为了银子的事，你就准备着掏银子吧。"

侯世耀问："那他们没说得多少银子？"

李凤仙说："他们倒是没有说要多少。我说了一百个银圆，他们没有应声，我估摸着至少也得一百五十个大洋吧。"

侯世耀吐着舌头，说："咋就这么多？"

李凤仙说："便宜没好货，好货不便宜。你想，人家未出阁的黄花大闺女，嫁给你这么个秃头谢顶的半老头子，那还不得价码高些？"

"那是，那是。要不，再麻烦你走一趟，探一下人家的口气，看他们到底要多少？得尽快把这事定了，免得夜长梦多。"侯世耀显然已等不及了。

李凤仙说："说个媒呀，哪一个还不得跑个十趟八趟的，哪能一两次就说好的。去是一定要去的，但不至于现在就去。你总得让老姐我喘口气、歇歇脚吧，不然把我这把老骨头跑散架了，谁来给你说这个媒哩？你咋人越老了，还这么猴急猴急的。再者说了，也得容他们商量后再回话不是，你就安心地回去等着吧，一有信息，我会立马告诉你的。"

李凤仙的几句话，把侯世耀说得没词了，只好惴惴不安地回了侯府。

自从李凤仙二次来赵家河后，振川两口子可真觉得李媒婆是瞎点鸳鸯谱靠不住，可时间不等人，最后他们决定自己给女儿找婆家。于是，他找来了同族赵拴子，让他近期托人尽快为女儿寻一个婆家。事也凑巧，这拴子婆姨娘家的一个远房侄儿，前几年殁了婆姨，还丢下两个娃，家虽然穷了些，但那人却老实厚道，年龄只有三十多岁，且家就在二十多里外偏僻的山沟内。振川夫妇跟女儿一合计，觉得还行，事不迟疑，第二天吃罢早饭，振川便与拴子出发了，说是撑天黑就能返回来。

太阳快落山了，兰香娘在家焦急不安地等待着振川和拴子，可天快黑了也不见二人回来，兰香娘的心不免"突突"地跳个不停。这时，忽听大门外有人问："这里是赵振川家吗？"兰香娘立即应了一声出了门。只见一陌生男子交给她一张纸条就匆匆地走了，她便拿着纸条转身进了女儿的窑里。

谁知当兰香就着灯光展开纸条一看，便"哇"的一声哭了起来。

兰香娘立即紧张地问道："妮儿，甚事，哭甚哩？"

兰香哭着说："我爹被土匪绑架了。"

"你说甚？你爹被谁绑架了？"兰香娘的心都要从嗓子眼蹦出来了。

兰香说："是九塔山的土匪徐秃子，他绑架了我爹和我拴子叔，还说每家必须拿六十块大洋，在两天内到九塔山的破庙里来赎人。到时若不来，他们就撕票，并叫我们不许报官。若报了官，他们也撕票。"

兰香娘听后，立马昏了过去。兰香一边抱着母亲使劲地摇着，一边哭喊道："娘呀！你醒醒，这可咋办呀……"

这九塔山位于安宁县与肤安县的交界处。此处山大沟深，比较荒僻，有一个叫徐秃子的土匪，纠集了四五个人在此行凶作恶。由于他们人单力薄，从不敢到村镇来祸害人，他们常常神出鬼没、飘忽不定，官府拿他们也毫无办法。这前一阵陕北闹匪乱，他们才消停了一阵子，谁知这大乱刚一过，他们又出来祸害人了。

兰香的哭喊声惊动了兰香的哥嫂和左邻右舍，众人见状立马抢救起兰香娘来。不一会儿兰香娘缓过了气，她哭号着说："老天爷呀！这可咋办哩？你说我家咋就这么倒霉，冷事咋就一个接一个。这她爹和人家拴子要是有个三长两短，可让我咋个活哩……"

振川的两个儿子、儿媳及拴子家的婆姨觉得事情重大，但都没有好办法可想。尤其是拴子家婆姨，在得知自己的男人也被土匪绑了票，而且要拿六十块大洋赎人，就急得一直在哭。

兰香娘清楚，她家前些年还可以，自打那教书的老公公去世后，家里就少了直接经济来源，加之先后给老大、老二娶亲，把家里的那一点积蓄花光了。尔格家里仅剩了一头老牛和一头驴也值不了几个钱，要不是振川把拉得紧，恐怕这日子就没法过了。这赎人的银圆，让她到哪里去筹哩？一想到这些，她急得都快要疯了。

已经快半夜了，众人还是想不出个办法来，兰香娘只好让大家先回家，明天再想办法。可是拴子婆姨哭着不走，说："我家都快揭不开锅了，让我上哪里筹那六十块大洋？"

兰香娘说："这事是由我家引起的，是我家振川叫的你家拴子，这钱不该你出。这一百二十块大洋，都由我明天想法子筹，你就先回去歇息吧。"听了兰香娘的话，拴子婆姨这才回了家。

拴子婆姨走后，兰香娘哪里睡得着，她正在搜肠刮肚地想着办法。要不先把家里的那头老黄牛和毛驴贱卖了，兴许能卖个三五十块，她再向村里借一些，再回娘家筹一些就差不多了。然而土匪只限了一天半时间，后天中午把钱送不去，那土匪再撕了票咋办？那可是两条人命哩！可是在这么短的时间里，哪能这么顺利地筹到这一百多块大洋？不过再难，她也得想法子去筹，救人要紧。兰香娘这样想着，心里总算有了一丝希望，就准备眯瞪一会，等天一亮就豁出老命去筹钱。

屋漏偏逢连阴雨，船破又遇顶头风。这场灾难再一次给兰香造成了巨大的打击。其实兰香一夜也未合眼，她辗转反侧想了好多办法，但都行不通。最后，她做出了一个十分痛苦的决定——嫁到青龙镇去，给侯世耀做三姨太。于是，等天刚蒙蒙亮，她就推醒了睡在身边的母亲。

兰香娘刚入睡不久，就被女儿推醒了，一骨碌爬起身，揉着惺忪的眼睛问："妮儿，甚时候了？"

兰香回答："娘，天快亮了。"

兰香娘听后责怪女儿说："你咋不早点叫醒我哩，这要误事了。"说着，就要下炕出外去。

兰香一把拖住母亲说："娘，天还没全亮呢，你看窗户纸还没发白哩，您这是要到哪里去？"

兰香娘说："去想办法筹救你爹的银子去。我走了，你哪里也不要去，就守在家里等娘回来。"

兰香这才对娘说："您老不用去了。我想好了，决定嫁到青龙镇给侯世耀做小。"

这个主意，兰香娘昨夜也想过，但她认为不能为了救她爹而把女儿往火坑里推，就没有动这份心思。这时听了女儿的话，就摇着头说："不行，不行！你这么小他又那么老，而且这家人在青龙镇又没有好口户①，我这不是看着把你往火坑里送吗。好女儿，相信娘，娘一定能筹到钱的。"说着，又要起身下炕。

兰香一下跪在娘的跟前，说："娘，你就答应女儿吧！从小到大，您和爹一直把我当宝贝对待，不孝女从未报答过二老的养育之恩，这次就权当是女儿尽的一份孝心。娘，您老就答应了女儿吧？女儿求您了！"说着，兰香向母亲磕起了头。

看见女儿这样，兰香娘的心软了。事已至此，只好这样了，难得女儿有这么一片孝心，兰香娘就哭着点头说道："我的好女儿，娘答应你，只是委屈我女儿了。"说毕，母女二人抱在一起哭成了一份水。

这时天已完全亮了，事不宜迟，兰香娘赶紧叫来了两个儿子商议。李媒婆那天不是说了，侯家愿意出一百块大洋，那剩下的二十块，只有把那头老黄牛卖了。商议一毕，兰香娘立即让二儿启星，去青龙镇找李媒婆答应这门亲事，并要在晚上带回一百块大洋来。待二儿走后，她就让大儿启明到村里找人卖牛救急。

等了几天，仍不见振川回话，李凤仙觉着她保的这桩媒怕是要黄了。一早起来，她正思谋着该如何回应侯世耀的事。谁知正在她着急上火的时候，赵家的二小子来到镇里说明了来意，这让她喜出望外。不过听说振川被土匪绑了票，是急等这笔钱赎人的，她不免替振川婆姨着急起来。不行，无论如何得劝侯世耀出了这一百块大洋，就权当是救人哩。于是，她赶忙让老汉叫来了侯世耀，并当着启星的面说了赵家的要求和所遭遇的事。

---

① 口户：指某人在众人中的影响和评价。

谁知侯世耀听后，却不以为然地说："人都说我侯世耀人品不咋地，我看振川的人品比我还差。卖女就卖女，怎还编出一套被土匪绑了票的谎话来，他这样的人品，连我都看不起。我再有钱也不能给他这样的人家，这门亲事我不要了。"侯世耀说完，摆着手倒显得他是一个品行多么高尚的人物似的。

这时，只见赵启星一下子跪到侯世耀跟前说："叔，我一点也没有骗你，这是真的。要是没有这一百块大洋，我爹和我拴子叔就赎不回来了，那可是两条人命哩，你就行行好吧！"

李凤仙刚才听侯世耀这么一说，又见启星这样，立即生气地拍了一下炕桌，一边用烟锅脑"嘣嘣"地敲着炕桌，一边大声说道："姓侯的，你少在我跟前装正经，你是哪根葱我还不知道？人家振川的人品比你强多了，要不是人家遇到了难，甭说一百块大洋，就是千儿八百的人家也不会将这么好的女儿嫁给你的。就人家闺女那模样、那身段，任意嫁给哪个未结过婚的年轻后生，少说也在二三百块哩。人家只向你要一百块，而且又是全给了土匪，自家一个子儿都没留，你这得了好处还卖关子哩，不但不领情还在背后说人家的不是。依我说，人家还给你要得少了，至少得要个二百块，一百块给土匪赎人，一百块留作自用。"说完，下炕拉起启星说，"娃娃，不用求他了。"随即对侯世耀说道，"姓侯的，这一百块你愿意出就出，不愿出拉倒，我以后再也懒得管你的破事了。"

李凤仙这一顿抢白，还真管用，侯世耀忙赔着笑脸说："老姐姐甭生气，那这事是真的了？"侯世耀见李凤仙扭头不理他，又说道，"能成！这一百块大洋我愿出。不过，可不能再加了，再加我可真的拿不出来了。"

李凤仙听到这里，缓和了语气说："你听说过吗？这世上有两种人不能得罪，第一个是大夫，第二个就是媒人。得罪了大夫，叫你有病好不了，无病脱身皮；这得罪了媒人，叫你一辈子说不下婆姨，断子绝孙！"

侯世耀点头道："那是，那是，我哪敢得罪你呀！我刚才是言语过失了，还请你原谅。"

李凤仙这才说："这还差不多。你娶了个大美人只掏了一百块银圆，既落了见危救急的美名，又如了你的意，她还不死心塌地跟你过一辈子，这样的好事你上哪里找哩？好啦！你若想好了，就赶紧回去筹钱，筹好钱你还要在天黑前亲自给人家送过去。"之后又说道，"你去时，要把自己拾掇拾掇，打扮得精神些，这毕竟是第一次上门，去见你那未过门的新娘子和认你那丈母娘哩。"

侯世耀满意地点头走了。赶晌午，侯世耀穿戴一新，怀揣一百块大洋来到李凤仙家，与李凤仙和赵启星三人同乘一驾马车上了路。

侯世耀今日打扮得格外精神，花白辫子梳得铮亮，穿着厚夹层黑绸长袍，外套一浅蓝色短袄，头戴一顶紫香色礼帽，鼻梁上还架着一副茶色石头镜。为了把自己打扮得年轻些，还特意让人在他脑后的辫梢上，打了一个鲜红色的蝴蝶结，手里还拄着一根雕刻着花纹的木手杖。他这身打扮，俨然像大城市来到乡间的阔老爷，与他的真实身份极不匹配。尤其是他那消瘦猴形的脸上，一双酸楚、贼溜的小眼睛，还有那一撮花白的小山羊胡子，使人看着就生厌。然而侯世耀，还觉得他是这青龙镇最有魅力的男人哩，于是随着"嘚嘚嘚"的马蹄声，一路得意地哼着小曲。

兰香娘听到门外的马蹄声，赶紧迎了出来，见一驾马车向她家驶来。车刚停稳，只见车上跳下一个穿着阔气、年龄较大的男人来。她急忙迎上前问启星道："青龙镇你李婶来了没来？"

"来啦，来啦！"随着话音，只见李凤仙从马车厢里探出了半个身子，向兰香娘招着手。而后在车夫任顺年的搀扶下下了马车，即刻拉起兰香娘的手，说："妹子，让你等急了吧？"

"钱带来了？"兰香娘问。

李凤仙说："按你的要求，一个子儿不少，一百块大洋全带来了。"说着，转向侯世耀说，"侯老爷，还不快把钱交给你的丈母娘。"侯世耀赶忙把用红绸子包的一百块大洋递给了兰香娘。

兰香娘接过钱，一下搂在怀里，然后长出了一口气说："谢天谢地，这下孩子爹和拴子有救了。"在老二启星走后，启明就将老黄牛以二十块大洋的价钱贱卖了，此时她正在盼着这救命的一百块大洋哩。

李凤仙这时才说道："兰香娘，我忘了给你介绍了。这位就是我给咱闺女找的乘龙快婿。"说着用手向侯世耀示意道，"侯老爷，还不快认了你的新丈母娘。"

侯世耀显出一副难为情的样子。叫吧，看年龄她比他至少小个五六岁，不叫吧，这眼看就要娶她的女儿了，于是他扭捏地小声叫了声："岳母好！"

这声音好像是一只蚊子的叫声，连他自个儿也听不清，不过他还是有礼貌地低头弯了一下腰，以示敬意。谁知他这一弯腰，不留神头上的礼帽掉在了地上，一下子露出了那谢了顶的秃头，他窘得赶紧拾起礼帽又给自己扣在了头上。

这时，兰香家门前已来了不少的人，一个男孩看到这个老男人露出的秃顶，立即大声叫道："快来看！咱村来了个耍猴的秃顶老汉。"兰香大哥忙训斥驱赶着那个男孩。可那个男孩一边跑，一边大声嚷道："就是的，我在县城见过，耍猴的就戴的是这号帽子……"也许他说的是真话，但却引来了人们的一阵哄笑。

兰香娘先前只想着那一百块大洋的事，并未在意眼前的这个男人。这下她知道了，闺女兰香将来要嫁的人，竟然是这么个老男人，年龄不知要比兰香爹大多少岁哩。而且那一身怪异的打扮，似笑非笑的面孔，一看就不是个地道的庄户人家。但事已至此，她只能认命了。不过她确实替女儿觉得冤，觉得对不起可怜的女儿，只是勉强地应了一声，然后把李凤仙和侯世耀领进了屋。

兰香在窑里，隔着窗子就看见了这个男人，但她此时已经麻木了。她知道嫁给这个男人，就等于是跳进了火坑，但为了救爹和拴子叔及肚里的孩子，她只能闭着眼往火坑里跳。因此，当娘引李媒婆他们进了屋，她就一屁股坐在炕上，独自流着泪一言不发。

进了屋，李凤仙说："你家咋又摊上了这么个事，真是祸不单行。不过这下好了，你的贵女婿、救星侯老爷来了，就甚事都不用怕了。"停了一下，她又说道，"大妹子，咱兰香闺女哩？这侯老爷大老远的亲自来了，是不是让他俩先见个面？"

兰香娘说："兰妮在她的窑里哩。不急，咱们先谈正事要紧。"

李凤仙说："那是，那是！就听妹子的。"

兰香娘开门见山地说："她婶，我和女儿商量过了，只要明格能把她爹赎回来，两天后侯府就来人把闺女娶走。我们什么也不要，什么条件也没有。只是结婚那天，我们不过事，也不请客，只女儿一个人跟他们走就是了。闺女说了，她不坐轿子，不要吹鼓手，只来一辆马车就行了。同时，希望侯家也不要大过，越简单越好。再一个，那天闺女去青龙镇时，顺路要先给那已殁了的冯玉清上个坟，了了女儿的心思，然后再跟你们回府拜堂成亲。"之后停了一下又说道，"我们只有一个要求，我闺女进门后，谁也不能欺负她，女儿若受了委屈，我们可不答应。完了，就这些。你们若同意，咱们就这么定了，若不同意，就拿钱走人，救人的事我们再另想办法。"

听兰香娘说完话，李凤仙说道："这也太简单了，这不委屈咱闺女了。再咋价说，也得给闺女置办几身像样的嫁妆，再雇一顶花轿和一帮吹鼓手，风风光光地把女儿娶走。这女人家，一生就这么一次风光的机会，哪能就这么冷清。再者说了，你两口子养育了她一回，怎么着也得给你两口子置办几床新被褥、几身新衣裳吧。侯老爷，你说是不是？"说完，转向侯世耀问。

侯世耀听了兰香娘的话，他们什么也不要，那他自然就不用再多出一文钱了，心里自是暗喜。但听了李凤仙的话，只嫌她多嘴，也只好硬着头皮应道："应该的，应该的。"

兰香娘说："什么也不要，我们家一个冷事接一个的，实在没那个心情。至于给我们置办被褥衣服，那就更没有必要了，一切就按我说的办。"

还未等李凤仙说话，侯世耀倒抢先说："我完全同意，就按夫人说的办。不，按我丈母娘说的办。"

李凤仙一笑说道："这还没成亲哩，女婿和丈母娘的意见倒一致了，那我还有甚说的，就按妹子说的办。"停了一下，她又对兰香娘说，"这甚都谈妥了，这下该让他俩见上一面了吧？"

兰香娘应了一声，就领李凤仙和侯世耀来到了女儿窑里，对女儿说："妮儿，这是你李婶给你说的人家，他人来啦。"

兰香依着炕沿，也没正眼看侯世耀，只是应了一声，便低着头摆弄着衣角。

李凤仙先试探地说道："闺女，刚才你娘都说了，你再有甚要说的没有？"她问这话时，心里突然产生了同情，心里觉得隐隐地作疼。多么懂事可怜的孩子呀！想到这里，她的眼睛也有些潮湿了。

兰香依旧低着头，答道："李婶，我想好了，我没有甚要说的，一切听我娘的。"

侯世耀自打进了兰香的窑里，就被兰香的美貌给吸引住了。真是一个人见人爱的美人坯子，那脸蛋、那身段，还有那带着忧伤的大眼睛，无不勾人心肺、销人魂魄。总之，他看兰香的那眼神，就像狼看见了一块鲜肉，恨不得扑上去一口将这块鲜肉吞进肚里去。

正当侯世耀盯着兰香看得出神时，只听兰香娘说："你们要是再没有甚问的，就请回吧，我还要商议明天如何救兰香爹的事，就不留你们吃饭了。"

李凤仙说："那就这样定了，一切按你说的办，大后天侯家来娶人。饭我们就不吃了，这么一点路一展脚就回青龙镇了，你们赶紧忙救人的事吧。"说完，准备起身告辞，却发现侯世耀这只老色狼，还盯着兰香看个没够，就拉了他一把说，"不要看啦！以后娶回家有的是时间看，尔格咱们赶快走吧，人家还有正事要办哩。"说完，拽着侯世耀出了门，告辞返回了青龙镇。

李凤仙和侯世耀走后，兰香娘即刻找来两个儿子和拴子家的儿子二牛等人。经商议，由启明和二牛带着钱及本家三个人，共五个人第二天去九塔山赎人。

第二天天刚亮，启明等五人便前往了九塔山。为防万一，他们身上都暗藏了家伙，必要时他们准备和土匪不惜一拼。快晌午时分，他们就来到了九塔山，只见这里群山起伏，光秃秃的山梁沟壑纵横交错，一个即将倒塌的破庙远远地立在一处较高的山峁上，十分刺眼。当启明他们小心翼翼地来到破庙前时，里边空空荡荡并无一人，他们立即紧张起来。启明壮着胆子，朝周围的山峁大声喊道："有人吗？我们是赵家河的，按你们说的已经把钱带来了，你们赶快放人吧！"

隔了一会儿，只听不远处一个小山包的后面有人喊道："你们把钱放到庙门口，然后再退回去二百步，等我们拿了钱，自然就会放人的。"

启明按那人说的，将银圆放在了庙门口，然后退回到一百多步远的地方等着。这时，只见一蒙面人迅速从山包后面，跑到破庙门口拿了钱袋子，又像兔子似的跑回了小山包。

等了一会儿，不见有任何动静，二牛等不及了，就从衣衫里掏出杀猪刀，要去山包后面与土匪拼命。启明忙拦住说："不要急，再等等。"

果然过了一会儿，听到山包后面的人喊道："来人听着，我们只劫财不劫命。既然你们讲信用，我们也得守信用。去！把人领回去，再不要单独到这里来了。"随着话音，只见两个蒙面人押着赵振川和拴子出现在山包前，并给二人解开绳索，摘掉眼罩，然后便消失在山包后面不见了。

见到了爹和拴子叔，启明带头一下子跑了过去，抱住父亲哭着说："爹，您老没事吧？土匪没有伤着您吧？"

振川揉了揉眼睛说："启明，我和你拴子叔好好的，没有一点事，只是你拴子叔受了一点惊吓。"

这时，只见拴子抱住儿子，哭号着说："我的儿啊！我想我怕是再见不到你了……"

二牛安慰父亲说："爹，这下安全了，不用怕了。"随即推开父亲，拔出杀猪刀对启明说，"启明，我们去追那帮狗日的，把钱抢回来，再等一会儿他们跑远了就追不上了。"

启明拦住他说："二牛兄弟，听我的，只要两位大人没事就不用追了。钱乃身外之物，人的安全比甚都重要。"振川、拴子等人也劝二牛不要追了，二牛这才收了刀。

一听到钱，振川立即问儿子："启明，这是从哪里弄来的赎金？而且这么快就筹到了。"

启明不敢说实话，怕父亲伤心，就撒谎说："爹，是向乡党和亲友借的，连咱家的毛驴和老黄牛也卖了。"这话一出口，他知道这个谎撒过了，但又不能收回去，只好硬着头皮继续说："你不信？你问问他们。"众人明明知道启明在撒谎，却只能替他点头圆谎了。振川听后半信半疑，就再也没有说甚，便与大家伙一起返回了赵家河。

振川他们一回到赵家河，兰香娘立即扑上去拉住振川的胳膊哭着说："孩子他爹，你终于平安回来了，可吓死我们了……"

振川说："不要哭了，我这不是好好的吗。"随即跟兰香娘回了屋。他一进门，就来到后院，见那头毛驴还在，只是少了老黄牛，就转身大声叫道："启明，你给老子滚过来！"启明自知父亲怀疑那赎金的事，正躲在人后想撒哩，忽听父亲叫他，立马低着头来到父亲面前，等着父亲的训斥。只见振川指着启明的额头，说："你给老子说，这牛驴不是都卖了吗，咋驴还拴在槽里哩？这赎金的钱，到底是咋来的？"

这时，兰香娘上前说："他爹，这钱是我卖了咱闺女的钱。"

"你把闺女卖给谁了？"振川大声问。

兰香娘说："还能有谁，就是青龙镇的侯世耀。"

振川一听，立即火冒三丈，举手狠狠抽了夫人一耳光，愤怒地吼道："你这娘是咋当的，你咋能把女儿卖给侯世耀？你这不是把女儿推进了火坑嘛！"

兰香娘自打进了这赵家的门，几十年来振川还从未吼过她、打过她，她捂着脸委屈地哭着说："我这不是忙着救你吗，当时让我上哪里筹这一百二十块大洋哩？筹不到钱，你的命就没了，我这也是没办法的办法呀！"

振川听后更生气了，说："我的命算个甚？比起女儿的终身大事就不算个事。我宁愿让土匪把我杀了，也比看着女儿跳火坑强，你咋这么糊涂哩！"说着，又要上前打夫人，但被众人拉住了。

这时，只见兰香"扑通"一声跪到父亲面前，哭着说："爹，你就不要责怪我娘了。嫁侯世耀是女儿心甘情愿的，只要您老能平平安安地回来，女儿是愿意跳这个火坑的。爹，您就成全了女儿吧？"

振川一下抱住女儿，老泪纵横，哽咽地哭着说："我可怜的女儿啊！只是太委屈你了……"父女俩抱在一起，哭得更伤心了，兰香娘也搂住女儿哭了起来。众人看到这一家人，都伤感得不住掉泪。

事已至此，振川含泪默认了，只能和夫人尽最大的努力给女儿准备婚嫁。兰香给母亲提出了一个要求，母亲点头应了，立即让二儿启星去姚店镇请来了周大夫。

不多一会儿工夫，周润祥来了。只见兰香娘附在他的耳旁说了几句话，周大夫听后犹豫地说道："我们行医之人，最讲究德行了。这样的事我做不来，做了是要坏我名声的。"

兰香娘央求道："好我的周老先生哩，这孩子的命是您救下的，您救人就救到底吧！再者说了，这又不是什么大事，闺女除了她肚里的孩子，以后跟谁结婚也不会再生娃的。何况，她嫁的是青龙镇的侯世耀，他已有几个娃了，又不会影响个甚，您老就行行好吧？"

"甚？你闺女怎么会嫁给侯世耀？"周润祥十分吃惊。

兰香娘长叹了一口气，说道："真是一言难尽……"接着，她把他们准备给女儿寻婆家的想法、振川如何遭土匪绑架，以及又如何被迫答应这门婚事的经过，简要地向周大夫叙述了一遍。

周润祥听后，长舒了一口气说："哦！原来是这样。好一个孝顺的好女儿，就冲这一点，我就答应了。何况是侯世耀，这要是换了别人，我是万不能答应的。"停了一下，他又说："不过，这又要保胎，以后又不能生娃，确实有些难，这药用不好是会有危险的。"

兰香娘说："您老医术高明，这点难处，对您老来说算不了个甚，您就赶快给用药吧。"

周润祥说："那我就试试。不过这药服下之后，肚子会有些烧。记着，她肚子感觉烧要喝水时，千万不能让她喝，过一会儿就会好的。"

兰香娘不放心地说："那不会动了胎气？"

周润祥说："不会的，这车走车路，马走马路，你就放心吧。"周润祥说罢，又对着兰香娘认真地说道："这事除了我们三人，再谁也不能让知道。"

兰香娘说："您老就放心吧，这事绝不会让第四个人知道，连孩子他爹我也不会说的。"

周润祥这才说："这我就放心了。现在回去就配药，你让你二小子跟我去拿。记住，今晚就把药服了。"说完，转身便返了回去。

天擦黑药就拿回来了，兰香娘立即按周大夫的吩咐，将纸内的药给兰香服下。不多一会儿，兰香果然喊她肚子烧要喝水，兰香娘愣是忍住没让女儿喝，过了一会儿兰香便恢复了正常，母女二人这才松了一口气。

第三天刚吃过早饭，青龙镇便来了一驾红绸搭载的马车。只见从车上下来了一男一女娶亲的，他们手捧衣物径直走进了振川的家门。

振川院内出来了几个人，把来人迎了进去。这阵，兰香娘正和几个女人给女儿梳洗打扮，见来人拿了新嫁衣，就给女儿换上了。家里只来了几个客人，再就是本家的人，大家正忙着准备饭菜，看样子简单得不能再简单了，完全没有一点过喜事的气氛。

此时赵振川却躲在一旁，既不和来人搭话，也不出去待客，婆姨说来了娶亲的客人让他过去陪一下，他也没去。这会儿，他正在暗自伤心哩。别人家出嫁女儿，那是过喜哩，可他赵振川出嫁女儿，那是过难哩，他哪有这份心情高兴哩！他认为是自己连累了女儿，是自己把女儿推进了火坑。于是，他越想越难过，越想越觉得自己是个没用的父亲，恨不能找个地缝钻进去。

来客及娶亲的人都吃过饭了，一切准备就绪了，只等兰香出阁了。这时主事的走进偏窑对振川说："当家的，一切都准备好了，尔格只等你这个当爹的过去，闺女就能出阁了。"振川这才起身来到了女儿的窑里。

穿戴一新的兰香见父亲来了，就双膝跪在父母面前，叫道："爹，娘！请受女儿一拜。"接着磕了三个响头，继续说道，"爹，娘！谢谢二老这么多年来的养育之恩，恕女儿不孝，今后就再也不能陪伴在二老左右，还请二老多多保重身体，女儿去了。"

振川夫妇早已泣不成声。兰香娘扶起兰香，说："我的好女儿，你就放心地去吧，我和你爹会照顾好自己的。"

这时，兰香又对哥嫂说："大哥、二哥，大嫂、二嫂，这往后还要靠哥嫂代妹子照顾二老，我这里向哥嫂谢过了。"说着，就要向二位哥嫂行礼。

启明两口子赶忙挡住兰香，说："不必了。你就放心地去吧，二老有我们照顾哩。"

说话间，时辰已到。振川抱起兰香，一直把女儿送到停在门口的马车上，最后叮咛道："妮儿，照顾好自己，想家了常回来看看，这里永远是你的家。"说毕，对车夫说，"走吧！"然后转回身抹起了眼泪。

只听兰香在车厢内答应道："知道了爹。爹、娘、哥、嫂，不要送了，你们都回去吧！"当她转身的一刹那间，再也忍不住了，眼泪"唰唰"地顺着脸颊流了下来。

兰香娘等一行人，直到看着马车转过一个弯看不见了，这才伤感地返回了村。

其实，今天兰香的心情比谁都难过，在出阁之前，她尽量控制住自己，怕流眼泪会让父母伤感。此时在车厢内，她再也忍不住了，这才低声地哭起来，任凭泪水"唰唰"地往下淌。当车快到青龙镇时，她止住了哭泣，让车夫停下车，并让那个娶亲的男人下了车，然后从她带的包袱里取出事前准备好的孝服换上，又吩咐那个娶亲的女客说："一会儿路过埋玉清的坟地停一下，我要给玉清去上个坟。一会儿还得麻烦你陪我去。"

那女客说："主家安顿过了，这能行。埋玉清的坟就在他们冯家老陵内，不远，距镇子一里地，一会儿咱们就要经过那里，到时我陪你去。"说毕，撩开车帘对那个男的说，"咱们走吧，你就不要上来了，一会儿到埋玉清的老陵近前停一下，三姨太要给玉清公子上个坟。"那人应了一声，就催着马车前行了。

不一会儿马车停了，那人说："到了，下车吧。"

打开车帘，只见兰香一身素服，头上还缠了一块白孝布，长长的白布披在身后，由娶女客搀扶着下了车。娶女客手里还提着一个包袱，她手指着路边地塄上不远处的一片松树林，说："那就是他们冯家的老陵，玉清就埋在那儿。走！我陪你去。"说着，给赶车人要了火镰，然后扶着兰香向松树林走去。

快到松树林时，兰香让娶女客在此等她，说她一会儿就回来，然后接过包袱一个人径直向老陵走去。

这座冯家老陵很大，坐北向南，前边是开阔的川道与马路。静静的青龙河从眼前流过，陵内错落分布着大大小小十几座坟茔，有立了碑的，有未立碑的。陵周围生长着几十棵三四搂粗的古松，枝叶繁茂、碧绿青翠，微风吹过，松树林发出沙沙的声响，给人一种肃穆阴森的感觉。兰香找了半天，在陵内的西北角找到了玉清的墓，只见坟上光秃秃的尽是黄土，陵前立着一块不太高的石碑，上写"冯玉清之墓"。陵前，上着几炷还在燃烧的香火和烧过的纸灰，好像刚才有人来过。

兰香一看到玉清的墓，一下子扑上去抱住石碑，哭喊道："玉清哥呀！我看你来了。玉清哥呀，你咋这么狠心丢下我一个人走了呢？你知道，这些天我是咋过来的？玉清哥……你知道，我是多么想你呀！我尔格是想死死不成，想活没法活，要不是为了咱们那未出世的孩子，我早就到阴间陪你来了，今格又怎能嫁给侯世耀哩……哎呀，我的玉清哥呀！我尔格生不如死，你能给我指条路吗？哎呀我的玉清哥呀！你咋不说话哩……"由于兰香过度悲伤，一口气未哭上来，便昏死了过去。

娶客婆，此时就站在距冯家老陵不远的地畔下边。起初，她听到兰香断断续续的悲哭声，她非常同情这个多情的闺女，不免也陪她一起掉起泪来。但过了一会儿，听不见哭声了，而且任何响动也没有了。她一下子慌了，赶忙跑过去一看，发现兰香躺在玉清墓旁昏死了过去，立即抱起兰香又是掐人中，又是呼喊。不一会儿兰香醒过来了，她扶住兰香劝道："好我的闺女哩，看你也是个重情重义的好孩子，可不敢这么悲伤了。这人死不能复生，你也算尽到心了，他若地下有灵，一定会知道你对他的这份情意的。哎！这天下的女人啊，就都是这苦情的命。事情既然这样了，你就不要放在心上了，过去就让它过去吧。你还年轻，这往后的路还长着哩！"停了一下，她才催促道,"闺女,我们走吧!天不早了,侯老爷还要等着拜堂成亲哩。"

兰香含着泪望了一眼那位娶女客,没有应声,只是抽泣着不停地抚摸着玉清的墓碑。这时那位娶女客自我介绍道:"我姓徐,是侯府家的佣人,已在侯府待了七八年了,他们都叫我徐妈,你以后也叫我徐妈吧。"随后又介绍道,"那个男的,是侯老爷的姑舅。那个赶车的老头,姓任,是我的老头,人厚道诚实,往后你若在侯府遇上了甚难肠事,就只管对我说,兴许我能帮上忙。"

佣人徐妈几句暖心窝子的话,说得兰香心里暖融融的,没想到这刚一迈出家门,就遇到了这么一位好心肠的人。于是兰香止住哭泣,感激地叫了一声"徐妈"便在她的搀扶下,又跪在玉清的坟前,从包袱里取出香纸,还有玉清先前送来准备迎娶她的嫁妆,全都烧在了陵前。烧完香纸和嫁衣,兰香趴在玉清的坟前,重重地磕了几个响头,这才在徐妈的搀扶下,一步三回头地上了马车,待重新换好嫁妆后又向青龙镇驰去。

兰香出嫁,在赵家河显得冷清寒碜,但在青龙镇侯家却大不一样了。侯世耀违背了对兰香不得大操大办的承诺,不到三天,他该请的客人全请了,该雇的吹手也雇了。这时,只见侯府门前张灯结彩,连树身和拴马石上都挂着红绸缎,一班吹鼓手在门前鼓起腮帮子吹得生欢。侯世耀身穿绸缎,肩挂双红被面,礼帽上插的雉尾翎左右摇摆着,得意扬扬地骑在马上,等候着娶亲马车的到来。

这个排场、这身打扮,侯世耀认为,这是他有生之年最后一次喜庆了,尽管时间紧了点,他还是将这顿最后的晚宴办得异常风光。来看热闹的人很多,有人指指点点,有人交头接耳,可骑在马上的侯世耀全然不在乎这些。他就是要让全青龙镇乃至全青龙川的人知道,包括他冯忠贤在内,他侯世耀才是这青龙镇响当当的人物,要风得风、要雨得雨。他人虽然老了些,可他却娶了安宁县举人的未婚妻、青龙川最漂亮的女人,看谁还敢小瞧了他。

正当侯世耀得意时,忽见娶亲的马车已到,他立即骑马引车来到府门前,下了马,兴冲冲地迈步上前欲抱新娘子时,不知旁边谁搞了个恶作剧,突然在他的脚下伸出了一根棍子,一下将他绊倒在地来了个狗啃屎,头上的新郎官帽也滚落在了一边,露出了那个锃亮的秃顶,惹得众人哈哈大笑。人群里有人立时喊道:"侯老爷!悠着点,心急吃不了热豆腐,小心烧着嘴、烫了心。""侯老爷，磕掉门牙没有？这下老牛怕是连嫩草也啃不动了。""侯老爷，没闪着老腰吧？这还没入洞房哩都成了这样，这要是入了洞房，还不把老命给搭上了。"

人群里又是一阵哄笑，给侯世耀娶亲的姑舅兄弟见状，立马抱起新娘子入了大门。这时侯世耀顾不上狼狈，忙从地上爬起来，拾了礼帽往头上一按，然后一跛一跛地跟了进去。随之侯府内鼓乐齐鸣，侯世耀还是如愿以偿地拜堂成亲、入了洞房。

在青龙镇，侯府那边欢天喜地，可冯府这边却是另一番景象。侯世耀要娶兰香做三姨太的消息，早在两天前就在青龙镇传开了，几乎全镇的人都知道了，但却有意瞒着冯府的人。可当憨憨玉喜知道这件事后，他不知道这对冯府来说意味着什么，还当什么重大新闻似的到处张扬宣传，为此还挨了玉清二哥玉孝的一顿揍。

当忠贤得知这一消息时，如当头挨了一棒。他怎么也想不通，那么一个知书达理、有情有义的女子，玉清刚殁了几天就变了心、就急着嫁人。这嫁人就嫁人，哪里不能嫁，偏偏嫁到了青龙镇，又偏偏嫁给了侯世耀这样的人做了小，这不是往他的心口捅刀子吗？他当时就气得吐了血，这时又听见侯府传来娶亲的鼓乐声，顿觉胸闷气憋，直喘粗气，幸亏家人捶背喂水，才渐渐地缓了过来。

而玉清娘齐春叶的情况就更为糟糕。前段时间，忠贤请了县城的大夫，给夫人连续服了几服药之后，夫人的病情渐渐有了起色，虽时常伤心地啼哭，但不再怎么疯跑了。可是当听到她那未过门的儿媳兰香嫁到了青龙镇后，脑子又受了刺激，病也加重了。不仅到处疯跑，而且还不断地呼喊着玉清的名字，不是哭就是笑，身边根本离不了人。因此，折老夫人又让小喜梅跟着玉清娘专门照看她。

折老夫人这阵比谁都难过。爱孙这才殁了一个多月，赵家就急着嫁女了，毫不顾及她冯家的感受。儿子吐血后一口口喘气，玉清娘又疯了，她虽一生经过的难事无数，但像眼前的事她还是头一回经历。她怎么也想不明白，那么一个懂事的闺女，咋说变就变了？变得她都认不得了。她也是过来的女人，当初忠贤的爹殁了，这都过去四五十年了，她也没丧过节另行嫁人，并不见少了胳膊少了腿。可这个兰香，玉清刚走了就等不及了，这么快就嫁人了，那先前为孙儿寻死觅活，不就是为做给世人看的吗？你说这人没长尾巴咋比驴还难认哩。再说，这嫁人她管不着，可哪儿不能嫁？还就偏偏嫁到了青龙镇，又偏偏嫁给了没有口户的侯世耀，这不是诚心打她冯家的脸吗？这让他们冯家，往后还咋价在这青龙镇做人哩。

还有赵振川，缺钱就缺钱吧，这三百五百的她给得起，这为了一百块银圆，咋就狠心把女儿卖了。这人为了钱，连廉耻都不要了，甚缺德的事也能做得出，人咋变成这样？这世情咋比纸还要薄……她虽然想不通，虽然心里难受，但她不能倒下，她若是再倒下了，这冯家就真的完了。于是她强打起精神，有什么苦打掉了牙往肚里咽，装得跟个没事人儿一样，仍然支撑着冯家这个偌大的家业。

再说这十一二岁的小喜梅，自打知道兰香嫁到了青龙镇，气得小脸蛋都变了颜色，心里骂道："好你个无情无义的赵兰香，我玉清哥平时对你那么好，你咋忍心背叛了他？而且嫁给了死老头子侯世耀，真不要脸！枉算我平时对你那么好了。"于是，她今天偷偷地来到了老陵，给她玉清哥上了香、烧了纸，并哭着告诉玉清哥兰香变心的事，发誓要替玉清哥报仇。之后，她就藏在松树后，等娶亲的人从这里经过时，要上前质问这个坏女人，为甚变了心。兰香若回答不上来，她就要跳起来把兰香的脸抓破，让她嫁不成人。然而她等了好一阵子，也不见娶亲的马车到来，这时偏巧奶奶差人找到了她，让她赶紧回去陪娘去，她这才心有不甘地离开了老陵。临走时，她朝赵家河方向唾了口唾沫，咬着小嘴唇说："赵兰香，我不会放过你的！"

兰香嫁到青龙镇侯世耀的事，一下子成了青龙镇的大新闻，人们议论纷纷，说甚的都有：有谴责兰香薄情寡义的，有谴责赵振川图财不管女儿死活的，还有谴责黑心李媒婆乱点鸳鸯谱、不干人事尽干些伤天损阴德的事。而更多的人，则是谴责侯世耀不地道、乘人之危、落井下石的下作行为……

第六章　有情女松冈偷上坟
歹毒妇借机起杀心

　　自从兰香进入侯府以来，如同给侯府这潭池水投下了一枚不小的石子，立即打破了它原有的平静，随之又掀起了一圈圈难以揣摩的涟漪和旋涡。

　　首先是侯世耀，他如愿以偿地娶得了兰香这个大美人，简直令他心花怒放，喜欢得不得了。尤其那晚入了洞房，他才真正体会到了什么叫良宵苦短，即使豁上他的老命那也值了。因而他把兰香当作他的心肝肝、肉尖尖，恨不得捧在手里，含在口中。他不许府内的人怠慢了三姨太，惹三姨太生气，并要满足三姨太的所有要求，谁若违反一定家法伺候。至于府内一些人的不满和街镇上人们的议论，以及冯家的感受，比起他娶了仙女似的美人来，那就算不得个甚了。

　　可是对于侯家大太太强月娥来说，兰香的到来，如同给她胸口塞了一团棉花，堵得她心慌难受，憋得她喘不过气来。她没有想到，这个老不死的，人老了娶了二房还不够，愣是不顾她的反对又娶了这么一个年轻漂亮的小妖精，就不怕闪了他的老腰、要了他老命？再说，这个女人比她的女儿还小几岁，他个老不要脸的就能下得去手？就不怕遭世人唾骂？连她出去也无脸见人。再则，这往后侯府里又多出了一张吃白食的嘴，多了一个花银子的主，这往后还不知她及她的那个穷家要花多少银子哩，这再厚实的家底也会被她掏空的，到时他再一蹬腿走了，这让她们娘几个喝西北风去？还有更要命的，兰香一两年后若再下个野种来，那还不得和她生养的儿子争家产吗。一想到这些，强月娥就气不打一处来，整宿整宿的睡不着觉。不过，在这老不死新婚的兴头上，她虽不能公开地和他对着干，但她有的是时间和办法整治这个小妖精，绝不会让这个小妖精有好果子吃！

　　然而对于二姨太艾水仙而言，她心里的想法就与大太太不同了。自老爷娶兰香进了门，就如同打翻了她的醋坛子。这些年来，她虽没有给老爷生出个一男半女，也没有少受大太太的气，但凭着她年轻的资本和心计，愣是把老爷忽悠得围着她转，服侍得妥妥帖帖。为了能在侯府站稳脚跟，她不得不使出浑身的解数讨好老爷，巴结大太太，应付那些猴子猴孙们，为的是老了有个依靠，不被赶出侯府，流落街头。

尔格她明显感觉自己人老珠黄了，老爷已开始嫌弃她，让她侍寝的次数越来越少了。慢慢地，她有了一种危机感，生怕哪一天老爷不高兴，一纸休书休了她，再娶个年轻漂亮的女人回来……果不然，老爷很快花大价钱，娶回来一个如花似玉的年轻女人，这往后哪还有她的好？一想到这些，她便惶恐不安，整日提心吊胆。她想自己不能就这么完了，一定得想办法保住自己的地位，伺机整治这个要她命的女人。谁知这时，平时对她不太友好的大太太，一下子对她亲热起来，称她们是一对苦命的女人，要联合起来对付这个年轻美貌的小妖精。有了大太太的加盟与支持，艾水仙便有了与兰香争斗的底气。

而在侯府内，除了大太太、二太太各怀鬼胎，还有一个更坏的人对兰香不怀好意。这个人不是别人，就是侯世耀的大公子、人称大马猴的侯金贵。这大马猴，人长得不仅砢碜，而且满肚子的坏水水，见了母的就发情，见了好看的女人就迈不开腿，成天价思谋着打镇里那些漂亮女人的主意。可镇里人都知道他的德行，尤其是那些有一点姿色的女人，见了他好似躲瘟神似的唯恐避之不及，哪里有他占的便宜。

可这大马猴却控制不住自己的欲望，有几次竟霸王硬上弓，对人家有夫之妇的良家女动手动脚，反被人家的家人揍了几顿，有次还被人家扒了裤子赶了出来，丢尽了人。更惨的一次是他调戏镇内冯门冯明礼新娶的媳妇田翠花时，被明礼的堂兄杀猪匠、人称"黑旋风李逵"的冯玉奎碰见了，回去拿了把杀猪刀满大街追着要杀了大马猴，要不是他腿长跑得快，恐怕早就被冯玉奎一刀给捅了。

可这大马猴是本性难改，搞不了外边的，就打起了自己二姨娘的主意来。一次他趁老东西不在府上，就溜进二姨娘的房间，一把抱住二姨娘要干那事。虽说二姨太平时心眼儿不怎么好，可她却是一个恪守妇道、坚持伦理道德底线的女人，对大马猴这种行为怒不可遏，狠狠地扇了他两记耳光，随后又拿了一把剪刀要铰了他的那个东西，吓得大马猴捂住裤裆跑了，从此以后大马猴就再也不敢打二姨娘的主意了。为这事，艾水仙还向大太太告过状，可大太太却说她娃有病，让艾水仙以后离他远一点。她去向金贵的媳妇诉说，可金贵的媳妇哭着说她管不了。最后，她只能哭着向老爷告状，可老爷却说这是家丑不得外扬，之后只训了儿子几句就不了了之。

这大马猴看见老头子又娶回这么一个水灵灵的三姨太，便心里痒得难受。于是暗自怨恨道：这天下哪有公理？这么年轻好看的女人，咋价就让老东西给睡了，想他如此年轻又一表人才，咋就碰不到这等好事哩？再看看老东西给自己娶的这个女人，与这三姨太一比，那还能叫个女人？他认为自己是这世上最冤的人。于是从那一刻起，他贼心不死，又暗暗打起了他三姨娘的主意来。

对于侯府暗藏的这些凶险和龌龊事，兰香自然不知，也没人向她透露过一字半语。未进侯府之前，人人都说侯家人不地道、门风不好，但就她这些天观察到的情形看，侯府的人还算不错，除过大太太板着个脸外，其他人对她还是比较友好的。尤其是二姨太，成天对她笑眯眯的，而且妹子长、妹子短的叫得她心里怪热乎的。特别是侯世耀，对她更是格外殷勤、百般照顾，有时几乎到了令她生厌和害怕的地步。尤其到了晚上，他那兽性般的粗野，使她如入地狱一般痛苦和恐惧。每一次完事之后，她都有一种负罪感，都有一种生不如死的自责，但为了她肚里的孩子，为了给冯家一个交代，她只能含泪忍受着这般欺凌和侮辱。侯府的其他人怎样看她，青龙镇的人怎样看她，尤其是冯府的人又会怎样看她？她每天都生活在这种痛苦和不被人理解的误会中，备受煎熬，常常暗地里以泪洗面。

半个多月后，她实在忍受不了侯世耀的蹂躏，就推说自己身体不适肚子疼，一个月后便说自己有了，不许他再碰她了，遇到他要强来时，她就以死相逼，这样他才狐疑地、怏怏不乐地依了她。

一个多月以后，果见兰香的肚子大了起来，全府的人都感到诧异，这么快就怀上了，看来这老叫驴还能配新种，老秧还能结新瓜哩。然而大太太和二太太却看出了一些端倪，这娶进门还不满两个月，三姨太的肚子看起来就像怀有三四个月身孕的人，难道这怀的不是老爷的种？但她们暂时还不敢瞎说，怕老爷不高兴掌她们的嘴，但她们都认为这里面一定有事情。

而侯世耀自从知道三姨太怀孕后，简直高兴坏了，他终于又要有后了。看三姨太的样子，生的儿子肯定错不了，不像大太太净给他下了些猴形劣胎。于是，他又是安排徐妈给三姨太做山珍海味、猴头燕窝，尽拣大补的上，又是叫大夫给三姨太号脉服药，并让徐妈专司照料，不得有半点闪失。兰香自知隐情不能外露，便提出要请姚店镇医术高明的周润祥大夫为自己号脉，侯世耀当即派人请来了周大夫。

周润祥自然心明如镜，给兰香号脉后，向侯世耀恭喜道："恭喜老爷，三姨太确实有身孕了。"

侯世耀兴奋地问："几个月了？"

周大夫答道："快两个月了。"

兰香不放心地问："敢问周大夫，胎儿胎相可好？"

周润祥肯定地说："夫人请放心，胎儿一切正常，我再给夫人开几服药服下，保证万无一失。"

兰香谢过，让侯世耀给周大夫付了赏银。周润祥临走时，又对兰香和侯世耀这般地叮咛了一番，这才回了姚店镇。

这几天，先是大太太强月娥，对侯世耀说出了她的怀疑，并肯定地说："我是过来人，甚不知道。这怀娃哪能这么容易，又不是捡豆子说捡就捡了，还不得个仨月五月的也不一定能怀上。再说，凭我的经验，看她的架势，哪像个只有一两月身孕的人，倒像是有三四个月身孕的人。因此，可以肯定地说，她在来府之前，不知怀上了哪里的野种，之后跑到这里来哄你个老瓷锤来了。我看，还不如趁早把这个野种打掉，免得到时这马厩里，再多出一个争食草料的野驴驹来。"

侯世耀一听，顿时火冒三丈，开口骂道："放你娘的狗臭屁！死胖子，我给你说，我下的种我还不知道？连周大夫都肯定了，你少给老子在这里瞎咧咧。还有，你少给老子动那歪心思，三姨太肚里的娃要是有个三长两短，看老子不活剥了你的皮！"说完，气哼哼地走了。

大太太对着侯世耀的背影，"呸"了一口，小声嘟囔道："老不死的，真是狗咬屙屎的不识人敬，好心当成了驴肝肺。八成是让那小妖精给迷住了，到时，有你老不死哭的时候。"

还没两天，她们好像是事前商量好了的，二姨太艾水仙又在侯世耀跟前嚼起了舌根子："老爷，也许大太太说的有些道理。你看，她进门才两个月，这身孕已有三四个月了，这谁都能看出来，唯独老爷你看不出来。再说，掐指算来，这三四个月前，正是她准备嫁到冯家的时候，说不定这个娃，还就是人家冯家的后。如果是这样，一则是坏了老爷的名声，二则咱出钱替人家养娃，她不是把你当成冤大头了吗。看来，她对老爷就没安一点好心，这样的女人还不如趁早休了她，免得日后再祸害老爷。"

侯世耀一听，这气就不打一处来，挥手狠狠扇了二姨太一记耳光，骂道："好你个贱货，你也跟着瞎咧咧，是不是你俩提前串通好了？她这样说，是因为怕日后多了一个与她儿子争分家产的人，这倒情有可原。而你又动的是哪门子瞎心思？你是不是嫉妒人家怀娃才这样说的。快说实话，不然老子立马休了你，将你赶出门。你信不信？"

艾水仙说这话的目的，并没有要加害三姨太的意思，只是怕她日后与自己争宠影响自己的地位，怕老爷以后将她赶出侯府才这样说的。没想到，老爷竟动了这么大的肝火，她连忙跪下说："老爷我错了，我错了，以后再也不敢瞎说了。"侯世耀这才生气地拂袖而去。

常言道，众口铄金、三人成虎，经两个女人这么一说，侯世耀原来坚定的信念有所动摇了。不相信吧，她们说的似乎有些道理，相信吧，他明明娶的是黄花大闺女，并不见她肚子有甚异样，于是他开始半信半疑起来。其实那一晚，他简直就像一头饿狼似的，累得半死，像个死猪似的就昏睡了，哪里还顾得上检验真假哩。

自从侯世耀心里犯了疑，便有了心病，于是就想弄个明白。一日，他实在憋不住了，便直接问兰香道："宝贝，我问你个事，你要如实回答。"

其实这几日，兰香也多少听到了府内不少人的议论，早就做好了思想准备，便平静地说："老爷，有甚你就问吧。"

侯世耀盯着兰香问道："我问你，你肚里怀的娃是谁的？"

"当然是老爷你的。"停了一下，兰香望着侯世耀，说，"你咋想起问这话，你问这话是甚意思？"

侯世耀这时也不藏着掖着了，便说道："那我听说你肚里怀的不是我的种，是谁的你可要说实话。"

兰香一听，伤心地大哭起来，边哭边说道："不是你的是谁的？你要是不想要这个孩子就明说，何必这样作践人。那好，我尔格就将这孩子打掉，省得你起疑心。"说着就跳下炕，随手抓起炕上的笤帚，向自己的肚子砸去。

侯世耀一看可吓坏了，忙上前夺下兰香手里的笤帚，扔到炕上说："好我的小姑奶奶哩，是我的就是了，千万不敢胡来。我老来得子，多不容易，你还要好好替我保护好我的娃哩。"说着，又将兰香扶上了炕。兰香一边抹眼泪，一边故意恼怒地不理他。

侯世耀安顿好了兰香，心里还是不太放心，就又悄悄问了一遍徐妈。徐妈是他最信得过的人了，她来侯府多年为人良善，吃苦任劳，做家务、带孩子从不喊苦叫累，一个人能顶几个人用。而且她寡言少语，从不传闲话搬弄是非，像大太太那么难伺候的人，她也能对付得了。因此，他认为徐妈是最放心可靠的人了。

徐妈当然知道老爷问她的真实用意，什么该说、什么不该说，她当然心里明白。她从第一天接回三姨太起，就看出这是一个有情有义的好孩子，尤其那天她在玉清坟前哭的那个伤心样，也惹得她掉了不少眼泪。看得出，三姨太对冯家的那个玉清，是多么的情深意长，那才叫一个有情有义哩。要不是玉清殁了，要不是她家发生了那档子事，说甚她也不会屈嫁给老爷做小的。再看她平时的做派，对下人和善，很有教养，可不像大太太那么蛮横霸道，也不像她的女儿侯金凤那么缺少教养，因此她便从心里同情和喜欢上了这个文静可怜的三姨太。

三姨太刚来府时，她也看出了一些端倪，但她不能说，也不能问。最近，侯府关于三姨太怀孕的事闹得沸沸扬扬，她像装作没听见似的，她认为即便是三姨太真怀的是冯家的骨肉，那也是合乎情理的，她就应该替她保密。于是，当老爷问她时，她只能说三姨太怀的是老爷的后，让他不要疑神疑鬼听信别人的闲话，并要善待三姨太。

侯世耀听了徐妈的话，便打消了心中的疑虑，更加确信三姨太肚里的孩子就是他的种。退一万步讲，即使她怀的是冯家的种，那下的马驹可是下到他的圈里的，看谁敢到他的槽上认他的马驹来？这样想来，他的心彻底放下了，对兰香那是一百个好，并让徐妈不离左右地伺候好她，特别是让徐妈要提防那个黑心肝的大太太，她可是甚坏事都能干出来的。

徐妈按照老爷的吩咐，放下了其他事情专门服侍三太太，包括她的饮食起居，就连熬药做汤都由她亲自来做，不让外人插手。有时她有事外出时，就叮嘱三太太不管别人端来甚、拿来甚都不要碰、不要吃。当兰香不解地问为甚时，她也不解释为甚，让她只管照自己的吩咐做就是了。

大太太强月娥，自从挨了侯世耀一顿臭骂后，更加嫉恨起三太太兰香了。她贼心不死，一直在心里盘算着，如何整治兰香和除掉她肚里的孩子，以除后患。明着不行，她就变换了一种方法，一反常态地对兰香不再板着个脸，开始主动关心起兰香来，并妹子长、妹子短地嘘寒问暖，俨然像一个知热知冷的老妈子。她的这些举动，不仅使兰香改变了对她先前的看法，也使侯世耀放松了警惕，可是大太太的反常表现，却难逃徐妈的法眼。从大太太的眼神里，徐妈似乎感到了一丝不安，可她却不动声色地提高了警惕，生怕有甚闪失对不起三姨太，更无法向老爷交代。

一天傍晚，老爷不在府上，徐妈在厨房将给三姨太刚熬好的汤药倒出，正准备端给三姨太服用时，只见大太太一拧胖屁股走了进来，对徐妈说："徐妈，你快到街上割二斤肉来，赶紧做好，一会儿等老爷回来吃。"

徐妈说："大太太，不是这一晌有改花妹子专门做饭吗？您看，我这会儿正忙着服侍三姨太服药哩。"

强月娥说："改花有事出去了，这会儿不在府上。再说，平时老爷最爱吃你做的红烧肉了，他今早外出时特意吩咐我，让你做红烧肉他好回来吃。"

"噢！知道了大太太，等我把这药给三姨太端过去就去。"徐妈说着，端起汤药就要去。

只见强月娥拦住徐妈，说："徐妈，时辰不早了，你还是赶紧到街上买肉去吧，老爷一会儿回来还等着吃哩，药我替你送过去。"说着，就要伸手接药盘。

徐妈赶紧用胳膊隔开说："不用了，大太太，我马上把药端过去就去，不会误事的。再说，这熬药喂药，就是我们下人该做的事，哪能劳驾大太太您哩。"

强月娥不高兴了，立马拉下脸说："咋啦！不放心我，怕我给药碗里下毒？我一个内人还不如你个外人了？"

徐妈赶紧说："大太太，我不是这个意思，我是不愿意劳烦大太太，还请您不要生气。"说着，无奈又极不情愿地将药盘递给了强月娥。

强月娥接过药盘，立马换了一副面孔说："这就对了。我平时关心三太太少，正好借此机会好好关心关心她，我们姊妹间也好拉拉话。"徐妈虽把药盘交给了强月娥，但并没有马上离开，仍站在原地不知所措地望着她。见徐妈愣在那里未动，强月娥又对徐妈说："快去呀！愣在那里做甚？是不是还不放心，要不要跟上监视去，看我们姐妹都拉些甚话。"

"不用，不用！我这就去。"徐妈说毕，一步三回头地走出了厨屋。见徐妈出了厨屋，强月娥快速地从衣袖里取出一小包药，然后将药面撒到药碗里用勺子搅了几下，这才端起药盘若无其事地出了屋。

原来强月娥想出了一个狠毒的计策，准备先打掉三姨太肚里的孩子，而后再将她赶出侯府，以绝后患。于是她偷偷到街镇的药铺里抓了几剂药，回来后偷配成一种药效很大的堕胎药，伺机给三姨太下到碗里让她喝下。无奈，这老东西成天看得紧，加之徐妈整天服侍三姨太左右，使她很难下手。她等不及了，今天刚好老爷不在，又见徐妈在厨房给三姨太熬药，认为机会来了，就狠了狠心将药下了进去。如果计划成功，她再栽赃给徐妈，然后也将这个碍手碍脚的徐妈一并赶出侯府。到时万一老爷知道是她干的，但生米已做成了熟饭，谅他老东西也不会把她怎样。

兰香此时坐在椅子上，等徐妈端药服用。她已怀孕四个多月了，肚子上如扣了个小盆似的，走路说话明显感觉比以前困难多了，有时感到肚子里的小东西似乎还在动。她既感到高兴，又感到害怕，就天天盼着肚子里的儿子快快成长，好早一点平安地降世，给玉清哥一个交代。于是她做事走路格外小心，也不让侯世耀与她同住，怕影响她的休息和妊娠。好在有徐妈对她悉心照料，待她亲如女儿似的，她从内心里感激这位心好又慈善的徐妈，也把她当作侯府内最信任的人，不仅对她非常敬重，更是言听计从，从不以主子的身份待她。

兰香正想着心事，见大太太走了进来，手里还端着药盘，忙起身让坐，并说道："大太太来啦，兰香给大太太请安。"她在心里嘀咕，近来虽说她对自己态度有所转变，但今日突然屈尊前来，这还是第一次，不免使她心里犯起嘀咕来。

强月娥放下药盘，上前用手按住兰香，皮笑肉不笑地说："妹子坐着别动。你看你怀有身孕多有不便，就不必多礼。"之后，又客气地说道，"你看我整天瞎忙，对妹子平时照顾不周，你不会怪罪我吧？"

平时强月娥见了兰香，从来没有这么亲热过，也从未叫过兰香妹子，总是白搭话。在她看来，兰香这小妖精比她的女儿还小几岁，叫她妹子岂不是降了辈吃了亏，但今格只要能哄她高兴地服下药，暂时低一辈也无妨。因此，一个叫得别扭，一个听得心里发毛，于是兰香忙说："不怪罪，不怪罪。"

只听强月娥说道："哦！这就对了，还是咱们姊妹俩亲。今天趁徐妈不在，我来服侍妹子服药，算是我对妹子以前做的错事赔罪了。"说着，将药碗端起送到兰香嘴边，并拿起勺子要给兰香喂。

兰香狐疑地问道："咋不见徐妈哩？不敢劳烦大太太，我自己来。"说着，接过了药碗，准备自个儿服用。

强月娥见兰香这么顺从听话，心中暗喜，便说："徐妈有事出去了，一会儿就回来。你赶快把药喝了，一会儿凉了就不好喝了。"

兰香应了一声，端起药碗正准备喝时，一听说徐妈有事外出了，突然感觉有些不对劲。平时，徐妈总是看着她服了药后才忙她的事，即使有事外出，也要向她言语一声，不知今天怎么走得这么匆忙，连声招呼也未打，而且偏偏又是大太太服侍她吃药。再联想到，徐妈平时让她多提防大太太，不由一惊，差一点把药碗掉在了地上。于是她急中生智，"哈哇"一声假装呕吐，然后捂住口鼻把药碗放在了桌上。

强月娥脸色陡变，立即问道："妹子，怎么了？"

兰香摇着手，说："大太太，这药喝久了，我一闻这味就想吐，等过一会儿好些了我再喝。"

强月娥一见急了，眼看蓄谋已久的计谋就要得逞了，怎能就此停手呢。于是，她把心一横，干脆一不做，二不休，即使灌也要给兰香灌下去。只见她端起药碗说："好妹子哩，吃药哪有不苦的。来！听话，我给你喂。"说着，端起药碗，几乎是强行给兰香往嘴里灌。兰香紧闭嘴唇，不停地摇着头，闹得汤药洒了一桌子。

正在这危急时刻，忽听强月娥的女儿侯金凤在满院子大声叫娘。这侯金凤在他们兄妹中年龄最小，因为小才被娇惯坏了，长相像极了大太太，而且脾性也随了大太太，这真是甚秧育甚苗、甚蔓结甚瓜。她平时想要甚就是甚，想骂谁就骂谁，有时连她的亲娘老子也不避讳，一不高兴了就满院里大喊大叫，没有一点儿大家闺秀的样子和女孩家该有的德行。

　　正因为她的任性和娇惯，已是二十岁的大姑娘了，一直找不到个婆家。虽说侯世耀多次求过能说会道的媒婆李凤仙，为自家女儿提亲说媒，可任凭李媒婆说破了嘴皮，人家一听说是侯世耀的千金，便头摇得像个拨浪鼓似的，即使倒贴上银子人家也不要。这年龄大了嫁不出去，她的脾气也随之变得越发古怪。因此，满侯府的人都得小心地应付着她，二太太更是顺毛捋，从不敢怠慢了她。这位姑奶奶侯金凤，对她这位新姨娘更是不屑一顾，从来没正眼看过她，而且骚狐狸、小妖精地没少指桑骂槐地骂过兰香。对她的这位姑奶奶，兰香从心里怕她，能躲则躲、能忍则忍，根本不敢去招惹她，生怕这只小母老虎哪天发起威来，她就死定了。现在兰香听到侯金凤在外面叫喊，心想这下完了，要是她娘俩压住硬给她往下灌药，那神仙也救不了她。

　　随着喊声，侯金凤一步跨进门来，一看见她娘亲自给兰香喂药，而兰香竟摇着头不喝，就气不打一处来，上前一把从娘手里夺过药碗，"啪"的一下摔在地上说："娘，你真贱！人家不喝就算了，你还非得献殷勤给人家喂，她算个甚东西？我爹稀罕她，我可不稀罕她。走！有这闲工夫，还不如去喂一会儿狗哩。喂狗，它还会摇尾哩，你这简直就是在喂一只白眼狼，她哪会落你的好？"说着，拉起强月娥就走。

　　强月娥眼看就要得手了，可半路上却偏偏杀出了她的小祖宗，直怨着女儿，无奈地回头说："妹子对不起，好好的一碗药全让她给弄洒了，回头我让徐妈再给你重熬。好了，你好好歇息，我走了。"

　　"还不快走，对她有甚好说的。"说着，侯金凤硬拽着强月娥的胳膊出了门。

　　强月娥一出门就埋怨女儿道："好我的小祖宗哩，有甚大不了的事，偏在这时来叫我。有甚事快说！"当然，她的害人计划是不能对女儿说的，但女儿今日坏了她的好事，就一脸的不高兴。

　　侯金凤当然不知道她娘的歹毒心肠，只见她高兴地说："娘，我刚才在街上看上了一盒擦脸油，听说是从省城订回来的洋货。抹上可好哩，你若抹上也会年轻十来岁。走！我领你看去。"

　　强月娥一听，便没好气地说："你又让哪个瞎尿给忽悠了，又想来哄骗你老娘的银子。"她嘴上虽这么说，可还是被女儿拉着出了侯府。

强月娥和女儿刚出了府门，就迎面碰到去街上买肉刚返回来的徐妈。因为徐妈心里有事，低头走得较快，根本没注意到这对母女，便一头撞了上去，一下将强月娥碰了个趔趄。徐妈抬头一看是大太太，忙赔着笑脸说："大太太，对不起，没碰疼吧？您这是要做甚去？"

强月娥一看是徐妈，刚才的怨气正没处发，翻起白眼冲徐妈冷冷地说道："这是你该问的吗？人老了咋连路也不会走了，以后可要当心。不能跟错了人，走错了路。"

徐妈一听，知道她话里有话，就弯着腰一边赔着不是，一边点头连声说道："是！大太太，记住了，记住了！"

强月娥这才缓和了口气说："以后走道小心些。"随即又问道说，"肉买下了没有？"

徐妈忙说："买下了，你看。"随即举起了手中的一吊肉。

"买下了就好，赶紧给老爷去做，老爷回来还等着吃哩。"强月娥说着，便要准备离去。

谁知徐妈应了一声刚转身要走，只见侯金凤挡住徐妈的去路，说道："怎么，碰了人说声对不起就没事了？你人老了这眼睛也让鸡屎给糊了，就没看见你跟前站着两个大活人吗？看来，你这眼里根本就没有我们这些主子，你这下人是咋当的？"

徐妈赶紧连声说："小姐，我错了，我错了。"

这时强月娥又充起好人来了，训斥女儿道："金凤，哪能对徐妈这样说话，这没大没小的简直不像话。"随即对徐妈说，"你不要和她一般见识，她生就这副德行。好啦！忙你的去吧。"说着，一拧屁股，搀扶着女儿走了。

徐妈应了一声，望着她们的背影，愣了一下，又转身急匆匆进了侯府。其实，平时徐妈挨这母女俩的训斥和奚落并不为奇，尤其是无缘无故挨小姐的训斥就更平常了。对于这些，她都能忍受，常言道："人在屋檐下，哪能不低头。"只要他们肯收留他老两口儿，就谢天谢地了。谁让她无儿无女没有依靠呢，要是他们有自己的儿女，她才不受这个窝囊气。不过今天她娘俩的话太出格了，尤其是那小母夜叉太过分，当娘的也不狠狠地教训女儿，只轻描淡写地一说了事，真是甚娘有甚女，这话一点儿也不假，难怪此女找不下婆家，谁家若娶了她，那就倒八辈子霉了。

不过，今天徐妈可没工夫理会她们娘俩，她此时一心惦记着兰香的安危。自打大太太把她支走，非要自己给三姨太端药那一刻起，她的心就慌得"咚咚"直跳，生怕她走后大太太给药碗里下药害了三太太。因此，她快速到街上称了二斤肉后，就急火火赶了回来，并在心里祷告三姨太可不敢喝大太太端来的药，乞求老天爷保佑他们母子平安无事。

当徐妈快速赶回到兰香房间时，只见地上的药碗被摔得粉碎，汤药洒得到处都是。再一看兰香，正蜷缩着身子不停地颤抖，心里一下子凉了半截，心想这下可把乱子捅大了。于是她一下扑到炕上，摇着兰香紧张地问道："三姨太，你咋啦？"

这时，只见兰香一下子爬起来搂住徐妈，伤心地痛哭起来，整个身子都在抽搐抖动着，一边哭一边叫着徐妈。徐妈也哭着搂住兰香，抚摸着她的背安慰道："好个可怜的孩子，不要哭了。刚才发生了甚事？快给徐妈说。"

兰香哭了一会儿，待情绪稍稳定了些，便把刚才发生的事叙说了一遍，并指着洒在地上的汤药，伤心地哭着说："徐妈，大太太这是明摆着要害我和我肚里的孩子，我差一点就见不到您了，我害怕……"

徐妈听后，低头往地上一看，汤药泼洒处还冒着白沫子，心想这个女人真歹毒，不知给药里下了多少毒，惊恐地说："好险呀！没喝就好，没喝就好！好孩子，别害怕，我今后再也不离开你了，今晚我就搬过来跟你一块儿住。"停了一下，又对兰香说，"幸亏你记住了我的话，没有喝她端来的药。今后，谁拿来的东西也不能碰，记住了吗？"

兰香眼里噙着泪花，说："徐妈，记住了。"

徐妈又说："今天的事不要对任何人讲，包括老爷，要装得像个没事人似的。好了，现在没事了，你先歇着，我给老爷做好了肉就来。"说完，麻利地收拾了地上的碎碗和汤药，然后提着肉出去了。

徐妈刚做好了肉，侯世耀就回来了，徐妈立即给他端上了做好的肉。侯世耀一看到桌上的红烧肉，口水都快流出来了，高兴地问徐妈："徐妈，今格是甚好日子，咋给我做红烧肉了？"

听了老爷的问话，徐妈更加清楚了大太太先前支她去买肉的真实用意，但却不动声色地说："是大太太专门吩咐为老爷做的。"

侯世耀听后高兴地说："还是大太太心疼我。"说完就大口大口地吃了起来。

等侯世耀吃完了饭，正在兴头上，徐妈趁机说："老爷，我想跟您商量个事。"

侯世耀说："徐妈，有甚事你就说吧。"

徐妈说："三太太的身孕越来越重了，需要人日夜在跟前服侍。"

"白天有你照顾就行了，至于晚上嘛，不行的话我再回来照顾她。"侯世耀不在意地说。

徐妈一听忙说："老爷，这伺候怀孕的人，还是女人在更方便。真要有个甚事，女人也知道怎样对付，你们男人家粗心且大手大脚的多有不便，还是我来照顾比较合适。"

侯世耀一听，觉得徐妈的话有道理，就说："那就由你来照顾，我也比较放心，不过这又要麻烦你了。"

徐妈说："不麻烦，只要你放心就行，我一定会服侍好三姨太的。"

当晚，徐妈便搬进了兰香的卧房，此后更是寸步不离地陪伴服侍于兰香左右。

兰香自那天受了惊吓后，晚上就常做噩梦，梦见大太太忽然变成了一头恶狼，用爪子豁开她的肚子，一口将她腹中的胎儿吞到肚里去了，狼嘴上还流着血。有时，她又梦见大太太变成了一只很大的老鹰，一下子像抓小鸡似的把她抓到空中，又重重地将她摔了下来，她在空中拼命地挣扎呼喊着。有时，她又梦见玉清哥变成了一个白胡子老头，向她呼喊着："还我的儿子，还我的儿子……"她跪着一个劲地说对不起，对不起。每次梦醒，她都会出一身冷汗，随即以泪洗面，再也难以入眠。

每次兰香做噩梦时，徐妈都会搂着兰香安慰一番，并陪着她一起伤心、一起流泪。她从心里非常同情这个可怜的孩子，并把她当作自己的亲生女儿一样体贴照顾。而兰香也把她视作亲娘一样，要是没有像徐妈这样好心的人陪伴，她在这侯府恐怕连一天也待不下去，于是她便暗中将徐妈认作了干娘。因而无人时，她们便以母女相称，有人时则以主仆相待。

经过那次惊吓后，兰香非常思念她的玉清哥，要是他还活着，要是他俩还在一起，她肯定不会受这样的委屈、遭这样的惊吓。但这一切都是不可能的，她恨苍天无情，硬生生地夺走了她的玉清哥，拆散了他们的好姻缘，使他们阴阳相隔，今生再也不能相见。每每想起这些，她便五内俱焚，万分痛楚。于是，她又挂念起她的玉清哥来，不知他在那边过得怎样，会不会受人欺负，有没有人关心他的饥饿冷暖……有时她想得都快要疯了，恨不能一死去陪伴他。但此时她不能这样，因为她还有更重要的任务，她要咬牙好好地活下去。因此，她把对玉清哥的思念，变成了一首首满怀深情的诗词，以寄托她的悲伤之情、思念之苦。于是，她让徐妈买来了纸笔，偷偷地将这些满含血泪的诗词记录了下来。

快过年了，全镇的人都在忙年关，侯府也一样忙碌着。这日，天气较暖，兰香在屋前取暖散步，走着走着又思念起玉清来。他们那边过年不过年？有人给他们准备年关的东西了没有……她自责未给玉清哥烧纸送寒衣，那时因为侯世耀将她看护得紧，并不许她迈出侯府半步，如今侯世耀放松了对她的看护，她想出府偷偷给玉清哥上一次坟。她把这一想法告诉了徐妈，徐妈表示理解和支持，于是她就去请示了老爷。

徐妈见了侯世耀，说道："老爷，今天天气较暖，三姨太想到镇上转转，我准备陪她出去一趟，不知行不行？"

侯世耀正在账房忙着与账房先生对账，听了徐妈的话便说："府内院子这么大，在院里转转就行了，何必到镇上转哩。"

徐妈说："老爷，这您就有所不知了。怀孕的人不能老待在家里，需要常出去活动活动，呼吸新鲜空气，这样对以后坐月子有利，不然常待在家里会憋出病来的。"

侯世耀听徐妈这么一说，就说道："那你们就去吧，不过你要照顾好三姨太。"

"老爷，有我照顾，您就放心吧。"徐妈说完，转身就走了。

兰香带上她准备好的东西，在徐妈的搀扶下来到了街上。这是她半年来第一次迈出侯府的门，她像一个囚犯被圈禁在侯府内，不能与外人来往，不得与外界接触，都快要把她圈疯了。可是，当她真的迈出侯府时，却又感到极度的不安和惶恐，她怕见到众人看她的那种眼神，更怕遇到冯家人的那尴尬场面。于是她一出侯府，便低着头只顾走路。就这样，她还是能听到人们低声的非议和恶评，这使她如芒在背，恨不能三脚两步就走出镇子。

可这时却偏偏遇上了冯大嘴玉喜，他一看到兰香，便扯着嗓子大声喊道："快来看哪，侯老爷的三老婆赵兰香到街上了……"随着喊声，原本清静的街道也随之热闹起来，有的人驻足观望，有的人放下手中的活儿赶来看热闹。一时间，人们望着挺着大肚子的兰香指指点点，有的人则主动过来与徐妈搭讪，问她们干甚去，徐妈只能应付说她们出去转转。

对于玉喜突然喊叫招来了这么多人，徐妈很是恼火，就大声训斥道："去去去！你再喊叫，我就打断你的腿！"玉喜见徐妈要打他，便嚷嚷着抱头跑了。

好在这时，老先生冯尚儒由此经过，他虽对赵家也有不好的看法，可在青龙镇这样围观一个怀有身孕的人，必定不雅，有失体统，就大声说道："走走走！这有甚好看的，有失风雅，真是没有文化，没有教养。"在冯先生的斥责下，围观的人才开始各自散去，这才给兰香和徐妈解了围，她们便快速离开镇子去了冯家老陵。

兰香喘着气来到了冯家老陵，一看到玉清的坟触景生情，眼泪便"唰"的一下流了出来。尤其想到强月娥给她强行灌药，和刚才经过街镇时人们看她的那一幕，她再也控制不住自己的感情，一下趴在玉清的坟头上失声地痛哭了起来。她真想哭他个三天三夜，把她心中的委屈、把她对玉清哥的切腹思念，一股脑儿地诉说给玉清哥听。于是，她哭着哭着，又要悲伤地晕死过去。

徐妈见状，赶忙上前制止道："兰香，可不敢这样。这样哭是要哭坏身子的，也会影响到你肚里的胎儿。再说，我们是干甚来了，赶紧给玉清烧纸，免得时间长了引起老爷的怀疑，他若派人寻到这里来事情就不好收场了。"

听了徐妈的劝说，兰香才强忍心中的悲痛，哽咽着在玉清坟前点起了一小堆火，然后从怀中掏出她写给玉清哥的诗词手稿来。她取出的第一首诗，是《秋夜吟》：

> 秋虫唧唧寒星稀，夜幕沉沉残月坠。
>
> 痴情子规悲啼血，千呼万唤春不归。
>
> 久困樊笼向松冈，魂飞魄散意念灰。
>
> 假似君亲唤奴去，愿赴黄泉做新鬼。

第二首是词，词牌《更漏子·梦中凭吊》：

红烛残，泪痕干，香消玉殒谁怜。

秋风紧，孤月悬，夜长罗衾寒。

仰首呼，无应还，阴阳隔九重天。

四更鼓，难成眠，思君肝肠断。

第三首《渔家傲·哭坟》：

秋水浸月霜满地，草黄叶落恶风疾。孤魂野游何处栖。更堪忧，乱鬼与君争寒衣。

萤火冥灭暮烟起，欲呼哽咽泪如雨。千般苦愁对叙。问苍天，独留奴家为何意？

像这样的诗词，兰香一共作了十余首，一首比一首真切，一首比一首感人。她每哭着咏完一首诗词，便将诗稿放入火中焚了，接着再咏第二首，真是声声扎心、字字含泪，虽然徐妈不懂得其中的意思，但也陪着她一起伤心落泪。

兰香咏完诗词，烧完了香纸，便在徐妈的搀扶下起身离开冯家老陵。可当她刚离开老陵没走几步，忽然听到一个声音喊道："坏女人，哪里去！"兰香抬头一看，这个拦住她去路的人不是别人，而是冯家的养女小喜梅。

原来，兰香出了侯府刚来到街上，街镇上的人都知道了，而只有冯府的人暂时还不知道，当时小喜梅正在院内给娘喂饭。自从玉清娘知道兰香嫁给青龙镇侯世耀后，二次犯病就再也没有好过。常常疯跑疯走，还经常叫着玉清和兰香的名字，一会儿哭、一会儿笑，渐渐地连生活也不能自理了。而玉清的爹冯忠贤，自从知道兰香嫁给了侯世耀后，就患上了心口绞痛的病，时不时地吐血咳嗽，身体极度虚弱，不得不经常服药治疗。因此，小喜梅恨透了兰香，把家里的一切不幸都归到了兰香的身上。侯世耀娶兰香那天，她就提前藏在老陵内，准备等兰香经过时报复她，让她结不成婚，可没等上便宜了她。此后，她就惦记一定要找她算账，谁知她却像个乌龟似的缩在侯府不出来。没想到这次机会终于来了，玉喜嚷着说兰香上街了，她立即放下碗就往外跑。谁知她撒开小腿刚跑出院子，玉清娘便随后跟着跑了出来，一边跑一边嘴里喊着："兰香、兰香，我也要去看我的儿媳妇兰香。"小喜梅见娘跑出来了，忙回身挡住娘，然后喊来王妈替她照看住娘，随后就挖奔子跑到了街上。小喜梅来到街上，并未见到兰香，一打问才知道她去了冯家老陵，小喜梅这才追了来。

这时，忠贤拄着棍子也追了来，他此番来可不是找兰香算账的，而是制止喜梅的。原来，忠贤早就知道女儿成天嚷嚷着要去找兰香算账，他知道兰香既然已成了人家的人，再记恨也是没用的，如果做出什么出格的事来，反被众人笑话。因此，他就经常劝女儿息事宁人，得饶人处且饶人，然而这个犟女子不听劝，刚才一听见玉喜的喊叫，就跑出去了。他怕这个憨女儿去街上做出什么出格的事来，就不放心地追了来。

兰香听见喊声，一看是小喜梅，便想和她打招呼。谁知她刚叫了一声"喜妹子"。

只见小喜梅圆瞪着一双小杏眼，用手中的木棍指着兰香，愤怒地说道："姓赵的，谁是你的妹子？你已是那个臭男人的小老婆了，早就不是我的嫂子了。你这个坏女人，我玉清哥刚走，你就急着嫁人，你对得起我玉清哥吗？你真是世上最无情无义的坏女人。再说，你要嫁人，干甚不死得远远的，为甚非要跑到青龙镇来，害得我娘疯了，我爹病了，这都是你这个坏女人造的孽。今格，你还有脸到我玉清哥的坟前来，莫不是又要害我玉清哥吗？看我今格咋样替我玉清哥报仇！"好一张厉害的小嘴，她一口气连哭带说再骂，嘴也不打个绊子，当然有许多话是听大人们说的，但甭管它是甚意思，只要骂出来心里就痛快解气了。骂到最后，她越骂越伤心，越骂越生气，竟举起小棍朝兰香身上打去，并喊着："打死你这坏女人！打死你这个坏女人……"

兰香没想到，小喜梅对她竟这般地仇恨，一时不知如何是好，便向后退着。徐妈见状可吓坏了，一下冲向前用身子护住兰香，挨了小喜梅几棍子。她顾不得疼，一边继续用身体护着兰香，一边说道："娃呀，可不敢这样，这样会闹出人命的。"

小喜梅见徐奶奶护着兰香，住了手说："徐奶奶，你走开！这不关你的事。"说着，一把拉开徐妈，又要用木棍抽打兰香。

徐妈见制止不住，就上前一把抱住了小喜梅，说："娃呀！你莫看她肚里怀着娃吗，这样真会闹出人命的。"

小喜梅一听更来气了，小小年纪力气却大得如头小牛犊似的，一把将徐妈推倒在地，嘴里骂道："我让你怀，我让你生！"随即一头向兰香的肚子撞去。

正在这危急时刻，冯忠贤赶到了，一把拉住女儿怒喝道："喜儿，不能这么无礼，你给我回去！"说着，又弯腰扶起徐妈说，"徐嫂，别介意，小孩子家不懂事，我向你赔礼了。"

徐妈起身拍着身上的土说："冯老爷，不碍事，不碍事，孩子家不懂事。不过刚才可悬哩，要不是老爷你及时赶到，这真要捅出大乱子了，我代兰香谢过老爷了。"

忠贤头也不抬地说："不必了，你们赶快回去吧。"说着，拉着女儿转身就准备离去。

兰香刚从惊魂中回过神来，便看到了冯忠贤。只见他的头发全白了，面容苍老憔悴，便心里一阵发酸。自从她来到青龙镇，很想见到昔日冯家的这些亲人，尤其是想见昔日待她亲如女儿的干爹干娘、折老奶奶和活泼可爱的小喜梅。然而她又怕见到他们，不知他们把自己误会成甚了，恨成甚了？尤其当她从徐妈那里知道干爹干妈因她而成了现在这个样子，心里更是自责难过，更是无法原谅自己。没想到今天会在这个地方、以这样的方式相见，她一时百感交集，泪如泉涌，一下跪在忠贤面前叫了一声："干爹！"便哽咽着说不出话来。

听见兰香哭着叫了他一声干爹，忠贤的心里如刀扎一般难受。他停住脚步，没有转身，也没有应答，只说了句："我知道你的心意了，以后就不要来了。"之后，便拄着棍子，拽着小喜梅头也不回地下坡去了。

而小喜梅一边被爹拽着，一边仍回头对兰香说道："坏女人，今后不许你再到我玉清哥的坟前来，见一次我打你一次。"随后极不情愿地被忠贤硬拽着走了。

再说，兰香和徐妈一回到侯府，只见侯世耀站在庭院拦住了兰香的去路，阴沉着脸指着兰香问道："你给我说，你上哪儿去了，咋这么长时间？"

兰香一时愣住了。她来侯府半年，还从未见他这样对她，再看他身后还站着大太太、二太太和赵四、马改花等人，她猜想老爷一定知道她去了冯家老陵的事，要不然他今日不会这般凶，也不会兴师动众地来这么多人，一定是谁向老爷告了密。心想，他既然知道了，那就索性由他处治吧，大不了一死。于是她把心一横，然后紧闭嘴唇一言不发。

徐妈见状，赶紧上前说："我们刚才到镇外的大路上转了转，并未……"

侯世耀打断徐妈的话："我又没问你，你插的甚嘴，让她自己说！"继而转向兰香，继续大声问道，"快说！你到底去了哪里，去看谁了？"这时大太太和女佣人马改花等也喊着："快说，老实交代！"

兰香把头扭向一边。心想是福不是祸，是祸躲不过，今天是死是活她认了，于是她仍旧咬着嘴唇不说话。

侯世耀见兰香仍不回答，就生气地说："不说是吧，你当我不知道？你今天是不是去冯家老陵，哭你那死了的冯玉清去了？好你个赵兰香，我哪一点对不住你？自打你进了侯府的门，我就把你当皇娘娘一样看待，给你好吃好喝，尽量满足。可你还嫌不足，心里成天想着你那死了的冯玉清。娶你那天，你说你只上一次坟以后就再也不去了，我应了你，没想到这才过去了几个月，你竟然背着我又去了，你这不是拿死人的脚蹬我活人的脸吗，你让我的脸往哪儿搁、往哪儿放？让我今后出去咋价见人哩？你这贱女人，简直就是个喂不熟的白眼狼！哎哟，你这贱货，简直气死我了……"

这时，二太太艾水仙赶忙拊着侯世耀的胸口，阴阳怪气地说："老爷，可不敢生气，小心气坏了身子。"

大太太强月娥此时却把手往胖腰里一叉，大声说道："老爷，不要与这婊子费口舌了，不动家法她是不会招的。"说完，便对赵四和马改花说道，"上！还不给我家法侍候。给我压倒狠狠地打，看她以后还敢再想她那死了的冯鬼不。"

还未等侯世耀发话，这赵四和马改花一人上前抓住兰香的胳膊，一人抡起木棍，照着兰香凸起的肚子就要抽去。

提起赵四和马改花，他们可真是主家的好奴才。这个赵四平时心狠手辣，常替侯世耀去干一些伤天害理的事，因此侯世耀常带他外出收租收账。前些年，临村一姓白的人家和李章村姓常的人家，就因交不起地租，一家主人被逼得上了吊，一户主人被赵四打成了残废，他算是一个出了名的恶棍。在府内，他仗着主家的宠幸，根本不把其他下人看在眼里，因而大家平时都怕他。他不仅对侯世耀俯首听命，对大太太也是毕恭毕敬，他就像主人喂的一条恶狗，主人说咬谁，他就会扑上去咬谁，真是有甚样的主人，就会有甚样的奴才。

而这女佣人马改花，就更不一般了。她人心眼儿不正，而且最会察言观色、见风使舵。她知道在府内谁的分量重，谁的地位高，谁该巴结，谁不能得罪，全在她的脑子里和言语上。对待女主人，她更是百般地讨好、言听计从，并经常为主子出些馊主意、干些坏事情，很得大太太赏识。因为老爷非常疼爱这位年轻漂亮的三姨太，所以她就在兰香跟前百般地讨好献殷勤。有几次大太太让她给兰香饭里和汤药里下堕胎药，她感到事情重大，万一到时大太太让自己做了替罪羊，那她就死定了，因而她都借故推辞了。不过，她却向大太太献计说，君子报仇十年不晚，尔格只能耐心等待，以后有的是时间。刚才大太太把她和赵四叫到屋里吩咐了一番，她便心领神会，认为今天是她为女主人出气立功的时机，于是这才动了杀机。

正当赵四手中的棍子将要重重地砸向兰香的肚子时，只听侯世耀大声喊道："住手！谁让你打的？"

赵四听到喊声，将举起的棍子停在了空中，然后扭头看着大太太。

这时，只见强月娥高声喊道："赵四，快动手呀！老爷不忍心，我替他惩罚这个小婊子。"说着，又着急地催赵四动手。赵四听后又抢起了棍子，马改花则死死抓住兰香的胳膊，而兰香此时则闭起眼睛，等待着死神的降临。

此时的徐妈"扑通"一声跪在侯世耀面前，哭求道："老爷，不能啊！这可是两条人命呀……"

听到徐妈的哭叫，只见侯世耀上前大声呵斥道："谁敢打？这府里是听我的还是听她的？简直翻天了。谁敢把我的骨肉打了，我就要了谁的命。"说着，随手夺下赵四手里的棍棒扔到了一边，对着赵四和马改花说，"还不快滚，狗奴才，看我以后咋价收拾你们！"赵四和马改花这才住了手，赶紧退到了一边。侯世耀又对着大太太等人挥着手吼道，"滚滚滚！看甚看，还不嫌丢人！"

强月娥听到喊声，这才领上赵四、马改花等人灰溜溜地走了。见众人都陆续离开了，侯世耀这才对兰香说："要不是看在你怀了我的种的分儿上，今格老子绝不会轻饶了你。但你给老子记住了，以后再不允许你个贱人去给冯玉清上坟，也不许你再迈出这侯府半步，如若再犯，老子一定打断你的腿，还不快滚！"

侯世耀今天的态度，可谓一反常态，变得兰香都认不出来了。看来，他平时对自己的好都是装出来的，今格才露出了他的真面目，兰香不禁心里打了个寒战，比她刚才面对死神时还要害怕。岂不知侯世耀态度的转变和侯府暗藏的凶险，这还只是个开头。

当兰香在徐妈的搀扶下，心事重重地回到卧房时，二太太艾水仙端着一盘点心进来了。她一见到兰香，就妖声妖气地说："哎哟！我的妹子，今天的阵仗真吓人，我还从没见过老爷这么凶过。大太太也真是的，也真能下得去手，还有那个赵四和马改花，这两个狗奴才也够狠毒的。"说着，她放下手中的果盘，坐在徐妈挪过来的椅子上，然后拉住兰香的手，说道，"妹子，这下好了，一切都过去了。老爷都发话了，以后再也没人敢打你肚里孩子的主意了，你就安心地怀你肚里的娃吧。"说着，双手端起桌上的果盘，从中取出一块点心递给兰香说，"妹子，这是前几天我娘家托人给我捎来的，我没舍得吃，一直给妹子留着，今天刚好端过来让妹子尝尝，也好给妹子压压惊。"

兰香见二太太这时能第一个过来看她，又说了这些暖心窝子的话，还亲自给她送来了点心，便觉暖融融的，眼睛也有些发酸了，拿起她递过来的点心准备咬一小口以示谢意。这时，只见二太太身后的徐妈，使劲地向兰香摆手，并用手暗指着二太太。见状，兰香记起了徐妈的劝告，于是放下手中的点心说："二姨太，谢谢你来看我，我尔格肚子有点不舒服，待会儿一定吃。"

"好！那你一会儿吃吧，这可是为姐的一点心意哟。"艾水仙说罢，又和兰香拉了一阵话走了，兰香让徐妈将二太太送出了屋。

徐妈返回屋对兰香说："野猫子进宅，总没安甚好心，你以后要多提防她。"

兰香说："徐妈，我看二太太人还不错。"

徐妈说："好我的憨女儿哩！你的心也太善良了，把人都想得和你一样好。我估摸着，今格这事，八成与她有关。"

兰香听后愕然地说："不会吧？再说，她和我无冤无仇，又凭甚害我哩。"

徐妈说："我们今天去冯家老陵，我老感觉后面有个人影跟着我们，看那身影好像是二太太，但离得太远没有看太清，所以没有在意。尔格将这些联系起来一想，没错，肯定是她。"继而又对兰香说，"这府里的水深着哩，往后，凡事你都要多留个心眼。"兰香听后，感激地点了点头。

徐妈的怀疑没有错，向侯世耀告密的不是别人，正是二太太艾水仙。原来，当徐妈和兰香刚起身出了侯府时，就被艾水仙看见了，便悄悄地尾随其后，她要看个明白，看她们出府到底是要干甚去。于是，她就远远地跟着她们，在众人围着兰香起哄时，她没有上前，后来就一直跟到了冯家老陵。她远远看到兰香给玉清上坟烧纸，还听到她哭得挺伤心，接着又看到小喜梅打闹兰香那精彩的一幕，就即刻返回了府。她不敢直接给老爷说，怕和上次一样再挨老爷的训，就把此事告诉给了大太太。强月娥听后兴奋不已，认为这是整治兰香、除掉她腹内胎儿的好机会，便先叫来了赵四和马改花交代了一番，这才叫上二太太等人给侯世耀挑说了此事。侯世耀起先不信，但有二太太等人做证，侯世耀便醋意大发，这才上演了这出府门问罪的闹剧。

二太太艾水仙原来的目的，是要赶走与她争宠的三太太，可没想到大太太的心肠竟如此狠毒，还要除掉她腹内的胎儿。她虽没有生养过，但她也能体会到女人怀娃的不易，她可不想为此背负上谋害人命的恶名，这样到了阴间，阎王爷也不会饶过她的。所幸的是，兰香和她肚里的孩儿总算躲过了一劫，要不然她可真就成了杀人的凶手了。因此，她又觉得挺对不住兰香，这才怀着内疚看兰香来了，也算是一种赎罪。寒暄了一阵，这才如释重负地离开了兰香的屋。

第七章　探闺女赵父初登门
　　　　　遭诬陷含恨丧了命

转眼到了过年时节。

这个年是兰香在外过的第一个年，身边没有爹娘、哥嫂等亲人相伴，她感到十分的冷清和孤独。除夕夜晚，她看到侯家人穿戴一新，又是放鞭炮、又是燃篝火，好不喜庆热闹，而她却像被遗忘的人一样被冷落在了一旁，她不由得伤心落起泪来。

自从侯世耀知道兰香又给玉清上坟后，对她的态度急转直下，一下子变得生硬起来，成天对她不是摔碟子掼碗，就是无缘无故地掉脸色给她看，连看她的眼神也像防贼似的。

按理讲，她是初过门的新人，侯世耀需给她添置几件新衣裳，给个压岁钱，除夕夜再陪她过一个年才是。然而这一切都没有，除夕夜侯世耀让人叫兰香去堂屋与侯家人在一起吃了顿饭，就又把她赶回了卧房。席间，侯世耀及其他人没有和兰香说一句话，她觉得在侯家人的眼里，还不如佣人让他们待见，要不是侯世耀认为她肚里怀的是他的后，恐怕早就将她赶出侯府了。

这顿年夜饭兰香未吃一口，她强忍着眼泪出了堂屋，一回到卧房便一把抱住徐妈伤心地哭了起来。徐妈没有问，她知道兰香一定是受了委屈，就抚摸着她的背安慰道："娃呀！别难过，有老身和你任伯陪着你过年，你就不孤单了。来！起来把眼泪擦干，大过年的，应该高兴才是。"

兰香止住哭，然后吩咐徐妈去厨房做了两个菜，之后把徐妈和任老伯让到炕上坐了，这才艰难地跪在地上给他们磕了三个头，并哽咽地叫了声："干爹、干娘，请受女儿一拜，祝二老健康长寿。往后，我就是你们的女儿了，要是我大难不死，就一定会为二老养老送终的。"说完又磕了三个头，然后从身上摸出了四个银圆，说，"干爹、干娘，这是女儿给二老过年的零花钱，请收下吧。"

徐妈早已伤心得不能自控了，忙跳下炕哭着说："好我可怜的女儿呀！这头我们是受了，可这钱我们是万不能要的。"说着，硬要把钱还给兰香。

"干娘，这钱是我平时积攒下来的，是干净钱。虽然不多，但却是女儿的一份心意，就请收下吧。"兰香恳求地说。

见兰香执意要给，徐妈怕再推辞会伤了兰香的心就只好收下，之后说道："好女儿，我知道你不容易，过年老爷也没有给你过年的钱，这钱干娘暂先替你存着，等以后急需时再用。"说完，母女俩便抱在一起哭成了一份水。

兰香的境遇和地位的变化，侯府的人全看在了眼里。像赵四、马改花这样的人，也不把兰香放在眼里了，常常学着主人的样子给兰香脸色看，此后兰香在侯府的地位一落千丈。幸亏徐妈是府内上下公认的实在厚道人，连侯老爷都敬她三分，因而那些看客上饭、见风使舵的人多少会有所顾忌，才不敢对兰香做出太出格的事来，这样兰香的日子还稍微好过些。

很快到了正月底，大地开始解冻，万物复苏，庄户人家正准备着开春前的农事，惊蛰一过，就再也没有闲暇时间了。

因此趁活路未开，这日振川和兰香娘便来到青龙镇看女儿了。兰香嫁到青龙镇已有半年多时间了，也不知道侯家对她好不好，她的心情变过来了没有，她肚里的孩子……总之，振川两口子没有一刻不挂牵女儿的。本来他们早就想来看女儿了，只因为怕青龙镇的人误会他们贪图钱财卖了女儿，尤其是怕见到冯家的人和忠贤兄，因而迟迟未来青龙镇看女儿。直到正月底，兰香娘实在想得撑不住了，振川也认为此事已过去半年多了，也许人们早就将此事淡忘了，因而这才牵了毛驴，驮着婆姨来了青龙镇。

振川两口子来到青龙镇，径直进了侯府。正巧侯世耀有事外出，见到振川两口子，他既未按辈分叫叔、婶①，也未按同辈叫名字，只是不冷不热地说："啊！你们来啦。"而后既没有回身迎贵客进府，也没有嘘寒问暖，只是淡淡地说："你们先进去吧，我有事还要外出。"说着，便对一佣人说，"把他们领到三姨太那里去，再告诉大太太好生招呼，不得怠慢。"便头也不回地出了府门。

———

① 陕西人，尤其陕北人，当面都把岳父叫"叔"，把岳母叫"婶"。

佣人将振川夫妇领到了兰香房间，又转身给大太太传了老爷的话。强月娥一听，便吊着脸说："我当是甚金贵客人哩，原来是乡下的两个穷鬼。刚卖了女儿的那一百个大洋花完了，又准备要甚来了？"说完，便吩咐管家张俊仁随便安顿他们住下。吩咐完毕，她既未去兰香房间看望兰香爹娘，也未安排专人侍候他们，而是又忙她的去了，好像府内根本未来过什么人似的。

兰香突然看到二老来了，一时又惊又喜，忙挪着身子说："爹、娘，您二老咋来啦？"

兰香娘立即上前抱住女儿，说："妮儿，娘可想死你了。"说着，激动地流出了热泪。

兰香鼻子也一阵发酸，但她硬是控制住不使眼泪流出来，之后一边替娘擦着眼泪，一边平静地说："娘！甭哭。您看，我这不是好好的吗。"

兰香娘这才擦去眼泪，说："快让娘看看。我女儿是瘦了还是胖了，肚里的胎儿可好？"

"好着哩。您看，有时他还用脚蹬我的肚子哩。"兰香摸着自己的肚子对娘说。

这时，在一旁一直未说话的振川，等她们娘俩亲热了一阵后，便问兰香道："妮儿，他们对你好不好，在这里还住得惯吗？"他问这句话的用意，自有他的担忧。从他进府来，看到侯世耀那不冷不热和毫不在意的态度，再到他进入侯府未见一个人前来看望他们，就预感女儿在这里过得并不如意。

兰香也知道爹问她的真实用意，可她不能将实情告诉他们，就回答说："他们对我好着哩，并派了徐妈专门陪着我、伺候着我，就是那天来娶我的徐妈。徐妈她人可好啦，对我那是没得说，我已将她认作了干娘。所以，您老就放心吧。"

正说着，徐妈端着做好的饭菜进来了，对振川两口子说："亲家，我随便做了些饭菜，怕你们饿了。来！趁热吃。"她是第一个，也是侯府唯一一个接待振川两口子的人。

振川赶忙起身，接过盘子说："徐嫂，刚才妮儿都给我们说了，感谢您对我女儿的照顾。"

这时，兰香娘下了炕，拉住徐妈的手说道："嫂子，兰香能遇到您这么好心肠的人，是她的福气，你让我咋格谢你哩，这往后还需要您多多照顾她哩。"

徐妈说："那当然，那当然！咱们一家人不说两家话。兰香是你的女儿，也是我的女儿，照顾好她那是我分内的事，说不上感谢。"停了一下，她又接着说道，"不过，你们可养了个好女儿。她懂事、孝顺、心眼儿又好，我老了能拾这么个好女儿，感谢你们两口子还来不及哩。"说着，三个人都笑了。

这侯家的大管家张俊仁人还不错，为人做事很有分寸，不像赵四、改花那么势利刻薄、不近人情，要不这侯家怕真是没有一个好人了，还有侯家的二公子侯金来，也是个不错的后生。这大管家张俊仁并不傻，他知道，尽管眼下三姨太并不得势，但日后并不代表没有东山再起的时候，尤其她若是能给侯世耀生出个小少爷来，这母以子贵，侯世耀还不得用头顶着她。到时候，人家还是一家人，这岳丈还是岳丈、岳母还是岳母，人做事要长远一些，多给自己留条后路，不能落井下石把事情做绝了。于是，他还是按贵客的标准，安置了振川两口子的住宿。

振川被安置到了西边的客房，房内生了炭火，兰香娘则和女儿住在一起，徐妈回了任老伯处，腾出地方让兰香娘儿俩拉话。安排好了一切，张管家又过来陪振川拉了一会儿话，欲起身要走时，振川问道："敢问张管家，你们东家待我们家妮儿好吗？"

张俊仁回答道："好着哩。你没看到老爷还专门安排了徐妈专职伺候、偏吃另喝，不会有问题的，你就放心吧。"

"那我看他今日的态度就不怎么好。按理，我们大老远的来了，还是第一次登门，他不来陪我们在一起吃个饭，起码也得过来问候一声，可是到尔格了，连他的人影也见不上，这到底咋回事？"

其实侯世耀早就回来了，他吃过饭，问张管家将来人安排好了没有，之后便回大太太的房里歇息去了。张管家还专门向他叮咛了赵振川住在客房里，可侯世耀却对他说："他们要是问起时，就说我忙有事，你陪着就是了。"张管家知道，侯世耀是一个小肚鸡肠的人，必定是为上次三姨太给玉清上坟的事，还转不过弯来，就只好瞒着振川说："我家老爷确实忙，这阵还没回来，你也不要等了，就先歇息吧。"说完，便出去了。振川知道，从管家嘴里是问不出个甚来的，就惴惴不安地歇息了。

这一夜，兰香娘和女儿有说不完话，拉不完的事，但兰香却只字不提她来侯府后，侯家人对她的那些事。每当娘问起时，她总是以各种方式把话题引开，生怕说漏了嘴引起娘的伤心和担忧。她看到父亲苍老了许多，娘又这么辛苦操劳，心里不觉伤心起来。尤其是当她看到侯世耀和侯府的人，对父母那种冷漠的态度和几乎不近常理的做法时，心里就更加地难受。她想，在侯府她一个人受罪也就罢了，但她的父母凭甚还要看他们的脸色、受他们的气？于是她决定，第二天上午就让父母回家。

第二天吃早饭时，兰香对父母说："爹、娘，您二老也来看过了，女儿在这里一切都好，您二老就放心地回去吧。再说，农活马上要开了，家里还有好多事情等着您哩。这赵家河离青龙镇又不太远，以后甚时想女儿甚时都能来看。"本来，兰香娘还想在这里再住上一两天，听女儿这么一说，也就准备起身返回赵家河。见父母同意了，兰香又对徐妈说："徐妈，您去告诉老爷和大太太，就说我爹和我娘吃过早饭要回赵家河了。"徐妈应了一声出去了。

侯世耀吃过早饭，仍然未搭理他的岳丈岳母，只撂了一句话说他有事，就又出去了。他这样做，自有他的理由。他原以为娶了一个年轻貌美的仙女，能与他过命的娇妻，于是他恨不能摘天上的星星给她、造一座宫殿供着她。可没想到，这个小贱人没过多时，就借故身体不适不让碰她，最后竟借故不与他同床。最使他不能容忍的是，她成天还想着那个死了的冯玉清，并明目张胆地去给他上坟，难道他一个大活人还不如一个死人顶用？他原以为，自己花大价钱买回来的是一朵鲜花，没想到他花大价钱买回的是一朵带刺的玫瑰，如今他是打又打不得，弃又弃不了。他认为，这一切都是因为赵振川下了这么个迷人的小妖精，要不然他哪会上赶着娶她，并花这个冤枉钱。一想到那白花花的一百块银圆，他连死了的心都有，让他咋会善待这一对冤家，不骂他们也算他仁慈了，去看他们门儿也没有。

再说大太太强月娥，自打振川两口子进入府来，她就故意冷落他们并给他们难堪。然而这还不算完，这半年多来，她一直为老爷花一百块大洋买回个女妖精而气恼哩，她做梦都想从赵家要回那一百块大洋。今格机会来了，她要让他们怎样吃进去就怎样给她吐出来。于是，经过一夜的谋划，她终于想出了一条毒计，既能要回那一百块银圆，又能将那小妖精赶出侯府。不！一定要把她肚子里的那个野种弄死，然后再将她赶出去，到时既让他们无话可说，连老爷也救不了他们。当然，她的这些恶毒想法，自然是不能对老爷说的。强月娥一大早，就找来了马改花交代了一番，只是遗憾赵四不在，便又找来了平时较听话的谢广生帮忙。

这时，振川两口子已吃过早饭，就要返回赵家河了。兰香让徐妈去通知一声大太太，徐妈见过大太太后，说道："大太太，三姨太让我过来给您和老爷说一声，她爹娘要回赵家河了。"

强月娥听后问道："是尔格就走哩，还是过一会儿才走？"

"尔格就走。"徐妈回答。

"哦！知道了。老爷有事不在，等会儿我亲自来送，不能坏了咱侯府的规矩和名声不是。"强月娥说罢，挥了一下手，说道，"去吧！"徐妈心想，这大太太今格还算有人情味了，就应了一声出去了。可当她前脚刚迈出门槛，又被大太太叫住了，只听她说道，"你去，先叫三姨太到房间来，你就不要来了，我有几句话要单独向她安顿，我在房里等她。好了，你去吧！"徐妈这才走了出去。

不一会儿，兰香一个人挺着肚子来到大太太的房间，这还是她第一次迈入侯府内当家的门。她进入房间，发现大太太不在，就独自坐在椅子上等。大太太房间布置得非常阔绰，一张双人雕花大木床，楠木朱红油漆桌椅，一张精致的大梳妆台，中间的椭圆形花棱镜非常讲究。大太太整个房间的装饰摆设，兰香从未见过，相形之下，她房间的摆设可就寒碜多了。

正当兰香仔细观赏着大太太房间的摆设时，忽见女佣人马改花走了进来，一看大太太不在，便问道："三姨太，大太太哩？"

"我也不知道。大太太让我在房间里等她，也许她一会儿就回来了。"兰香说。

马改花闪着狡黠的目光，说："那你先等着，我有事先走了。"说完就扭身出了屋。

兰香又等了一会儿，还是不见强月娥回来。刚起身要走时，只见强月娥回来了，手里还提着一个包袱。她一见到兰香，就不好意思地说："妹子，让你久等了。听说你爹娘要走了，再忙我也得送一送。他们第一次来咱家，再怎么着也得送点东西不是，我这准备了几件旧衣物请带回去，让他老人家做换洗衣裳。另外，我还准备了几块肉和几个白蒸馍，也带上好回去吃。"说着，她打开了包袱让兰香看。

兰香被强月娥的这番好意搞糊涂了。平时，强月娥对自己可没这么好过，上次还差一点要了她和她肚里孩子的命，今格咋像变了个人似的让人捉摸不透。然而她又一想，不能把人都想得那么坏，人总是会变的，也许强月娥良心发现，那次做得太过分了，就想借此机会和好。这样想来，兰香便放松了下来。但她万万不能拿强月娥的东西，不然往后这人情债，她是还不起的，于是感动地说："大太太，你的心意，我替我爹娘向大太太谢过了，不过这东西我万不能收，家里的吃穿也够用，就不劳烦大太太了。"说着，把强月娥递过来的包袱又推了回去。

强月娥显得不高兴了，说道："妹子，你这就见外了，莫不是嫌东西少，或是还记恨上次姐姐的过错？"

"不是，不是。"兰香忙摇着手。

"那是为了甚？"兰香一时语塞无法回答。见状，强月娥又说道，"既然甚都不是，那就拿上，权当是姐姐的一点心意。"

兰香见大太太把话都说到这份儿上了，也不好再说甚，就只好接过包袱说："那就谢谢大太太了。"

强月娥说："咱姐妹俩谁跟谁？用不着这么客气。你先过去，我随后就到。"

兰香应了一声，走出了大太太的卧房。当她提了包袱，回到自己的卧房时，兰香娘见兰香手里提着个包袱，就问道："妮儿，这包袱……"

兰香回答说："是大太太送给您和我爹的几件衣服和一些肉食。"

兰香娘："不能收人家的东西，我平时是咋给你说的。"

兰香正想给娘解释，这时只见强月娥扭着肥胖的屁股走了进来。她一进门，就皮笑肉不笑地说道："哎哟！你看我这两天光顾了忙，也未及时过来看你们。怎么，这刚来了就要走，也不多住两天？"

兰香娘是第一次见这位大太太。她早就听说这位大太太人不咋地，担心女儿嫁到侯府会受气，但今天一见这大太太人还不错，还知道他们要走了就前来相送，并送了他们衣物，比起她那老女婿强多了，临走时也不照个面。于是，就主动迎上前说："不了。马上要开春了，家里还有一大堆事等着我们哩。"说着，从兰香手里取过包袱，递向大太太说，"你的心意我领了，这东西我们不能要。你这么忙，能前来送我们，已经让我心里过意不去了。"

强月娥推开包袱，说："你这就见外了。虽说我们侯家家底薄，你们走时不能给你们拿金送银，但这点东西还是能拿得起的。再说，你们来了侯府空着手回去，这不是陷我们侯府和我不仁吗？这不是在打我强月娥的脸吗？"

对于强月娥的好心好意和一番说辞，兰香娘只好勉强地收下了包袱。这时强月娥说："这就对了。时辰不早了，那我就不留你们了。"之后，她又一直将振川夫妇送出侯府，并看着兰香娘骑上了自个儿的毛驴，这才和府内的一等人回了侯府。兰香在徐妈的搀扶下，仍依着大门框，目送着父母远去。

谁知强月娥刚转身没走几步，只见女佣人马改花慌慌张张地跑来了，一见大太太就说："大太太，不好啦！您的银手镯不见了。"

强月娥故作镇定地说："甭慌，慢慢说。到底咋回事？"

马改花说："早上，我明明看见您的银手镯还放在梳妆台上，可我刚才收拾您的房间时，却不见了。"

"哎呀！那可是我出嫁时娘家给我的陪嫁。当时可是花了不少的银子哩，这可咋办呀？"她急得要哭了，停了一下，她又说，"那你没到处找找，兴许掉哪里了？"

马改花说："我到处找遍了，也没有找着。我估摸着，八成是让人给偷走了。"

强月娥说："可不敢瞎说，这侯府哪有贼呀？这又没见有外人呀？"她停了一下又说道，"吃早饭前后，你有没有看见谁进了我的房间？"

马改花说："没有呀！我只看见三太太一个人在你房间里待过，再未看见有任何人进入过你的房间。要说外人嘛，昨天只来过三姨太的父母，再未见过任何外人进府来。莫非是三姨太，偷了您的银手镯给她父母拿走了？"说着，马改花有意提高了嗓音。

"改花，不可能吧？三姨太哪能干出这么龌龊的事来。再说，这捉奸捉双、捉贼捉赃，没有证据可不敢冤枉了好人。"

"有无证据，找来三姨太和她父母一对质不就清楚了吗。"马改花说罢，又说道，"我去叫三姨太去。"说着，就要出府门。

兰香目送走父母后刚进了府门，便听到她们的对话，立刻按捺不住心头的愤慨。心想，这真的假不了，假的真不了，她又没干那见不得人的事，何必害怕对质，就说："不用叫了。你把我们赵家看成甚人了？我们再穷，也没有穷到为娼为盗的地步，任凭你们搜查，除非你们栽赃陷害。"

马改花指着兰香说："大太太，您看三太太这是甚态度？好像我有意陷害他们似的。这就叫贼无赃、硬如钢，这下非得对质搜查不可了。"

强月娥这时倒显得有些为难地说："兰香妹子，这就要委屈你了。为了洗清你的嫌疑，我看还是把令尊叫回来，当面搜查为好，免得下人说我偏心眼有意祖护你。"说毕，未等兰香开口，便吩咐一个人去追兰香的父母去了。

振川牵着驴还未走出镇子，就被侯府的人叫住了，振川两口子忐忑不安地又返了回去。昨天振川来青龙镇时，很多人都看到了，就有不少人议论这一对狠心的狗夫妻，活生生地将亲生女儿送进了阎王殿。大家对年前侯府差一点要了兰香和她肚里孩子命的恶行，至今还不能释怀，这阵又见侯府来人把兰香父母叫了回去，心想，这侯家不知又要耍甚花招了，因而不少人就跟上振川夫妇来到了侯府，准备一探究竟。

振川来到侯府，扶夫人下了驴，然后将毛驴拴到门前的石桩上这才进了府门。他一进府门，看见女儿生气地站在一边，大太太强月娥也吊着脸站在那里，其他人也都脸色怪异地望着他俩。他的心"咯噔"了一下，莫不是他前脚刚走，大太太后脚又寻他女儿的不是？想到这里，振川试探地问女儿道："妮儿，这将我和你娘叫回来，是为了甚事？"

兰香把头向强月娥一扭，说："人家把咱们当贼了！"

振川夫妇一听，同时"啊"了一声，转而不解地对强月娥说："大太太，这话是咋格说的？请你给我说个明白。想我赵家世代清白，即使再穷，祖上也没有出过盗贼和土匪，你今格要给我说个清楚。"

强月娥自然知道振川话里有话，无非是揭侯家祖上是土匪的老底。她不动声色地说："你不要生气，事情是这样的。刚才，我房内的一对银镯子不见了，有人说是兰香妹子偷了银镯又给了你们。这事我也不信，但失物数来人，只好又把你们叫了回来，好当面证明你们赵家的清白。"

振川说："好吧！那你准备咋个证明法？"

强月娥说："这也不难，只要把你带的东西检查一遍，要是没有银镯子，那就证明你们是清白的。"

振川说："我们来时未带甚东西，走时更是空手。只有你送给我们的这个包袱，里面是你说的几件衣服和食物，我们也未打开过，你要搜就搜吧！"说着，从兰香娘手里要过包袱，递给了强月娥。

强月娥接过包袱，又给了马改花，说："改花，你当着大伙的面替我看看。要看仔细了，可不敢玷污了人家的好名声。"说着，向马改花递个眼神。

这马改花接过包袱放在地上，把手一亮，让大家看她手里什么也没有，然后解开包袱，从里边取出衣服一件件抖着。当取出第三件旧衣服时，刚用力一抖，只见从里边抖出了一对银手镯，银手镯掉落地上后又滚到了兰香的脚下。

见此情景，众人都不由得"啊"了一声，接着便惊愕得唏嘘不已，振川夫妇和兰香更是惊得目瞪口呆。此时，振川明白了这是他们专门设的圈套，打死他也不会相信女儿会干出这种事来。而兰香这时才明白，早晨大太太叫她单独去她的房间，又让她等了那么长时间，原来是精心安排了这么一个狠毒的计谋，她悔恨没有听从徐妈的劝告上了大太太的当，立即愤怒地说："我冤枉！这纯粹是有预谋的栽赃陷害。请大家相信我，这不是真的。"

这时，强月娥冷笑了一声，对着兰香说道："人赃俱在，你还想抵赖？真是老鼠穿墙，家贼难防。你爹娘来了，我好生招待，走时又送衣服又送食物，没想到你们父女竟然干出了这等不光彩的事来。你们不把自己当人看，就休怪我不把你们当人看。说！是你主动交代哩，还是又逼我动手哩？"

兰香挺着脖子，说道："我没有拿，更没有偷。你这是栽赃陷害！"

强月娥凶相毕露，恶狠狠地说："哼！我让你嘴硬，不动家法，量你是不会招认的。来！广生、改花，给我照她的肚子狠狠地打，看她招不招。"

听了主子的令，马改花立即上前按住兰香的一只胳膊。这时，强月娥的宝贝女儿侯金凤，不知从哪里冒了出来，只见她钻出人群说："娘！我来帮你。"说着，撸起袖子，上前一把抓住兰香的另一只胳膊使她动弹不得。此时，谢广生举了棍子，可却迟迟不见他下手。

这时，众人见状，都惊呼使不得。可强月娥却对谢广生喊道："广生，你个㞞货，还不快下手！"侯金凤也催广生动手。

谢广生可没见过这阵势，这一棍子下去，那可是两条人命哩，他可下不去手，更背不起这个恶名。于是他把棍子一撂，捂住肚子装出很难受的样子说："大太太，我肚子突然疼，要上茅房，要上茅房。"说毕一溜烟地跑了。

强月娥见这个㞞包跑了，就捡起地上的棍子，恶狠狠地说："真是一个废物。对这样的家贼，还有甚留情的，看来还得老娘亲自动手。"说着，抢起棍子就要向兰香的大肚子打去。

这时，早已不见徐妈哪里去了。振川夫妇见状，忙上前护住女儿说："不能啊大太太，请手下留情，有话慢慢说。"

强月娥说："这不关你们的事，我是教训我们家的家贼哩。"说着，让人拖住了振川夫妇，又重新举起了棍子。

正在这时，强月娥的那个混世魔王、宝贝儿子侯金贵，不知又从哪里冒了出来，抢过他娘手中的棍子说："娘，对付这个娘儿们何必劳您大驾，孩儿替您动手就行了。"说着，往手心啐了一口唾沫，高高举起了木棍。

这时，众人都捂住眼不敢往下看了。此时兰香也闭了眼，但却咬着牙对父亲说："爹！不要求他们，女儿是清白的。女儿宁愿死，也不做冤屈鬼！"

强月娥用手指着兰香，咬着牙说："你看！做了贼倒还有理了。金贵，替娘好好教训教训这个臭婊子。"

这个大马猴，早就对她的这位小姨娘垂涎三尺了，几次想使坏占她的便宜，但都顾及她肚里的孩子而未敢造次，因而他早就想除掉她肚里碍事的东西。这时听了娘的命令，横下心，抡圆了棍子使劲地砸了下去。只听"哎呀"一声，有人倒地了。

当众人睁开眼时，只见振川用左手搂着右胳膊，疼得在地上直打滚。而兰香和她娘哭喊着欲上前施救，但被人拽住不能上前。原来，振川见强月娥要对女儿下黑手，就推开拽他的人，奋不顾身地冲到女儿跟前，张开双臂护住了女儿。大马猴抢下的棍子，正好打在了他的右胳膊上，只听"咔嚓"一声，他的右胳膊被大马猴打断了。

可是强月娥却说："只轻轻一下，就装成了这样。"接着，指着兰香对大马猴说，"不要打他了，给我把这个小婊子往死里打，看她招不招。"

大马猴将人打成了这样，不但没有一点愧疚感，反而听了娘的话，举起棍子又要向兰香肚子打去。兰香娘看他们不会饶过兰香，再不招认女儿和她肚子里的孩子就真要完了，于是"扑通"一声跪了下来，哭着说："大太太，求求你了。不要再打了，我招，我招！"

见兰香娘这样，强月娥立即对儿子说："住手，听她咋说。"

兰香娘哭着说："我招，我招！那一对银手镯，确实是我偷的，与我女儿无关。求你放过我女儿吧？要罚、要送官，由我一人顶着。"

强月娥哈哈一笑，说道："这就对了。要是早招了，就不用这样了。"

兰香自知娘明明知道是他们故意设下的圈套栽赃陷害他们，但却被他们逼得承认了，于是冲着娘哭喊道："娘，你不能承认啊！你并未进过她的房间，连她屋的门朝哪边开都不知道，又怎会偷拿她的手镯呢？这明明是他们设下的圈套啊！娘，你好糊涂呀……"

谁知，强月娥对众人一拍手，说道："大伙听听，连她娘都认了，可这个贱货还这么嘴硬，这可是她娘自个儿招认的。原来，她的爹娘是一对贼啊，贼爹贼娘，哪能生出什么好东西来，这事兰香肯定知道，大伙儿说是不是？"她原以为这一吓唬，兰香就会招认的，没承想这个贱人还这么倔硬，宁死不招。不过这下好了，只要兰香娘招了，接下来，她就无所顾忌了。

这时，兰香娘怕强月娥又要对女儿下黑手，就说："大太太，这事与兰香无关，全是我一人干的，请你放过兰香和她爹吧！要罚、要送官，由我一人顶着就是了。"

见状，强月娥对兰香娘说："你承认就好，将你们送官那还不容易？不过，咱们总算是亲戚，毕竟家丑不可外扬是不是。"停了一下，她狡黠地望了一眼兰香，又继续对她娘说，"我看这样吧！谁让我是菩萨心肠哩，只要你们赵家能拿出一百块大洋，这事就算过去了，也不用将你们送官了，你看咋样？"

这时，侯府院内已挤满了人。至此，大家见强月娥的狐狸尾巴终于露出来了，都对她的卑劣行径表现出了极大的愤慨。而兰香娘一听此话，先是愣了一下，继而给强月娥磕着头说："大太太，请您高抬贵手。我们拿不出那一百块大洋，你就将我送官吧。我愿意坐牢，我愿意坐牢！"

此时，兰香终于明白了强月娥的险恶用心，于是就盯着强月娥怒不可遏地说道："姓强的，你想要回那一百块大洋就直说，何必这样栽赃陷害人。今格我也用不着怕你，并实话告诉你，那一百块大洋给了土匪赎了我爹，要银子没有，要命，我给你就是了。你放了我爹和我娘！"

强月娥见兰香戳穿了她的阴谋，她非但毫无悔意，反而一拍手道："啧啧啧！这世事真反了，小偷倒还有理了？我让你个臭婊子皮硬，今格不给你点颜色看看，你就不知道马王爷长几只眼！"说着，朝大马猴喊道，"金贵，给娘狠狠地教训教训这个臭婊子！"大马猴听后，又一次举起棍子朝兰香肚子砸去，人们忙吓得闭了眼睛。

这时，猛听一个声音喊道："住手！"大家睁开眼一看，这个人不是别人，而是侯世耀的二公子侯金来。前面提到，这个侯金来人还不错，他的为人和处世，的确与他的父母有所不同，更与他的兄长大马猴判若两人。他上过私塾，懂得一些礼义廉耻，有一定的正义感，对下人也较温和友好。长期以来，他对父母的为人和一些做法很是不满，尤其对他这位混世魔王的哥哥大马猴更是不屑一顾。每当在外听到人们指戳议论他们侯家时，他就感到非常的羞愧和无地自容，但作为儿子和兄弟的他，又耐何不了他们，于是就只能不学他们的样儿尽量往好里去做，想多挽回侯家的颜面和过失。因此全街镇的人，都对侯金来高看了一眼，甚至有人调侃说，这侯金来不像侯世耀的种，至于侯府的佣人，私下里更认为他们的少东家，那可是侯府里最好的人了。

再说侯府的大管家张俊仁，为人圆滑、做事靠谱，可不像他的主家那般寡情狠辣。主子一些不光彩和上不了台面的事，都是他在后为其消灾避祸的，要是他也像赵四、马改花那样，这侯府可真就成了六月天的茅坑臭不可闻了。要说这张管家也是慧眼识人才，他对侯家的这位二公子一直比较看好，认为将来能撑起侯家门面的，非二公子金来莫属。因此，他将街镇上的一个商铺交由他掌管，有意磨炼他，要他广积人脉，以备日后掌管侯府的家业。因此，他俩相处不错，明面上虽有主仆之别，但私下里却以师徒相称。今日，他见大太太诬陷三姨太偷了她的银手镯，就预感大太太要对三姨太下黑手了。但令他疑惑的是，从昨天到今格早上，始终不见老爷露面，大太太这么做，是不是东家授意的？这实在让他琢磨不透。但不论咋说，也不能让大太太这个蠢女人做出什么出格的事来，更不能让侯府闹出人命来，否则，他这个大管家也会跟着背负骂名的。因此他想，若要想制止大太太行凶，就只有看少东家的了，于是他派人火速叫回了侯金来。

侯金来急火火地回了府，看到府内来了这么多人。起初，他不知大管家叫他何事，但站下看了一会儿，立时就明白了。当他看到母亲和大哥打伤了赵振川，又逼其夫人屈招偷了银手镯，并要赔她一百块银圆，尔格又要打掉姨娘肚里的孩子时，终于忍不住了，上前一把抓住其兄手中的棍子，厉声喝道："大哥，不能这样。你看你将人打成甚了？再打，会出人命的。"

大马猴一看是弟弟金来，就说："滚一边去！这事不用你管。"

金来死死抓住棍子不松手，并对强月娥说："娘！不要让我哥打了，这一棍子下去，那可是两条人命呀！我求求你了。"

强月娥见是金来，先是一愣，继而大声骂道："好你个吃里扒外的东西，不帮着自家人反倒帮起贼来了，给老娘滚一边去！"随即，又对大马猴说，"金贵，不管他的，出了人命有娘顶着，给娘狠狠地打！"

大马猴这下又来劲了，推搡了一把金来，又要举棍打兰香。金来一边夺着大哥手中的棍子，一边苦苦地求着母亲说："娘，我求求你了，别打了。你就不怕闹出人命，让全镇的人骂死我们吗？"

"老娘才不管别人咋格骂哩！惩治家贼、天经地义，看他们能说个甚？去，走开！"强月娥说着，上前去拉金来，于是娘儿仨相互拉扯着，谁也不让谁。

正在这时，侯世耀回来了，后面还跟着徐妈。原来，徐妈一看到强月娥和马改花合起伙来，污蔑赵家偷了她的手镯，就知道她没安甚好心，怕是要对兰香和她肚里的孩子下毒手了。她想，这回她是救不了兰香了，唯一能救兰香的，恐怕只有老爷了，起码他还顾念兰香肚里的孩子哩。于是，在强月娥还未开审前，她就到街镇的一家茶馆找到了侯世耀，说家里出大事了，让他赶快回府。

从昨格起，侯世耀就有意躲着赵振川两口子，想等他们走了再回府，这阵见徐妈急着叫他回去，就急匆匆地赶了回来。他一进府，就看见大太太他们娘儿仨拉扯在一起，又看见兰香和她娘被人拖住胳膊，地上还躺着不住呻吟的赵振川。

见此情景，侯世耀上前一步，大声喊道："还不给老子住手，想造反吗？"说着，一把从两个儿子手中夺下棍子撂在了地上，然后转向大太太问道，"这是咋回事？"

强月娥见老爷回府了，就恶人先告状，说："咱家出内贼了，我和金贵正在审贼哩。"

侯世耀一听家里出了内贼，就问："谁是内贼，偷咱家甚东西了？"

强月娥指着兰香说："这贼就是你的小婊子和你的岳丈岳母，是他们合起伙来偷了我的银手镯。"

侯世耀听了大太太话，转身问兰香道："你偷没偷大太太的手镯？"

兰香梗着脖子说："我没有偷，是他们陷害的。"

强月娥一听，气得简直要跳起来了，指着兰香说："好你个臭婊子，还敢嘴硬。你偷东西有人看见了，而且人赃俱获，并且你娘都承认了，你还想抵赖不成？"说着，又指着马改花和这阵已被吓得不住哆嗦的兰香娘，说道，"不信？你去问他们。"

　　侯世耀转向马改花，问道："大太太说的可是真的？"

　　马改花说："回老爷话，大太太说的是真的。早上，我亲眼看见三太太一个人，在大太太房间待了好长时间，不是她偷的又会是谁偷的？"

　　还未等侯世耀再问兰香，兰香娘就浑身筛糠似的连声说："我招，我招……"

　　侯世耀未理睬兰香娘，直接问兰香道："你早上去大太太房间没有？"

　　"去了，但那是她让我去的。"此时兰香恨透了眼前这个心如蛇蝎似的女人，愤怒地看着强月娥说。

　　"你没偷？那怎么在你给你爹娘的包袱里，搜出了我的银手镯，你还敢说没偷？"强月娥早已把手镯拿在手中，这时举着手镯对侯世耀说，"老爷，你看，就是这对银手镯，这还是我结婚时我娘家陪给我的嫁妆哩，就是从他们的包袱里搜出来的。"

　　兰香大声说："那包袱还是她送的，我们连打都没打开过，是她有意栽赃陷害我们的。"

　　强月娥一听，又暴跳如雷地指着兰香，大声骂道："好你个臭婊子，背上牛头还不认赃了。"

　　这时，侯世耀也不容兰香再作任何解释申辩，上前就扇了兰香一记大耳刮子，顿时打得兰香口鼻出了血。只见他指着兰香骂道："好你个贼货，没想到我花大价钱竟娶了个家贼。上次你偷着给死人上坟我饶了你，没想到今格你竟偷起大太太来了，看我今格咋收拾你。"说着，撸起袖子又要上前去扇兰香的耳光。

　　此时兰香，终于认清了这个人面兽心的侯世耀，她再也忍受不了这种羞辱和非人的折磨，这样活着还不如死了的好。于是她不顾一切地挣扎着，要与侯世耀拼命，并大声骂道："侯世耀，你就不是个人，你打死我我也没有偷。有种，你就朝我这儿打。"她虽被改花和金凤死死拽着，但却用下巴指点着她的大肚子。

侯世耀见平时温顺的跟个小绵羊似的兰香，今格怎么突然间变成了一只愤怒的小狮子，不禁惊异地后退了一步，继而又扬起拳头说："小贱人，你当我不敢？"说着，竟真的上前要朝兰香的肚子打去。兰香挺着脖子，闭上了眼睛，做好了死的准备，毫无一点惧色。

这时，只见徐妈和兰香娘"扑通"一声跪下了，几乎是同时哭求道："老爷，不能呀！这可是两条人命呀！请你行行好，放过她这一回吧！"此时，侯金来也跪在了父亲面前，求父亲饶了三姨太。

这时，一直站在一旁未开口说过话的大管家俊仁，走到侯世耀面前说："东家息怒。我看就不要责罚三姨太了，毕竟东西没有丢，也没有甚损失，若在侯府闹出人命来就不好收场了。"这时，不少围观的人也附和着大管家的话，求侯世耀手下留情。

侯世耀见有这么多人替兰香求情，一下意识到刚才由于自己的一时冲动，险些把他的骨肉打没了，就收回拳头说："小贱人，今格要不是看在大家为你求情和你怀着我种的分儿上，我绝不会饶了你！"徐妈和兰香娘见侯世耀停了手，忙磕着头连声称谢。

可是强月娥却说道："老爷，不能这么算了。你这次饶了她，那这侯府我以后咋管哩，你可不能偏心眼呀！"

侯世耀说："不算了又能咋样，那你说咋罚哩？"

强月娥说："依我说，还得狠狠地揍这小婊子几棍子，让她也长长记性，进了侯府，就得给我规规矩矩。"说完，未等侯世耀发话，又吩咐大马猴说，"金贵，还不替娘打！"

大马猴应了一声，捡起地上的棍子又要动手，却被侯世耀一把夺过棍子，而后指着强月娥说："死胖子，我知道你一直想除掉她肚里的孩子，毁了我的后。老子今格把话给你撂在这，你以后若再敢动这瞎心眼，我就先废了你！"

可是强月娥毕竟不是个善茬，她怎肯就此罢休呢？于是，只见她两手一拍大腿，呼天抢地地号叫道："哎呀老天爷呀！谁替我主持公道哩？这臭婊子偷了东西倒还有理了，老爷还要我的命哩。金贵呀、金凤呀，你能看着你老娘吃这个亏、受这个气吗？还不替老娘教训这个小妖精、臭婊子……"

大马猴见他娘伤心地哭成了这样，决心替娘出气，就挥起胳膊准备上前打兰香。这时，只见侯世耀抡圆巴掌，狠狠地扇了大马猴一记耳光，瞪着眼骂道："想造反了？老子的话没听清吗？你再敢动她一下试试，看老子不打断你的腿！"大马猴被镇住了，捂着脸退到了一边。

谁知这时的侯金凤，仗着她爹平时娇惯她的分儿上，撂开兰香，对强月娥说："娘，我来替你出气。"说着，抬起脚就要踢向兰香的肚子。

只见侯世耀拽了一把金凤，骂道："这里有你的甚事？一个女儿家不好好在屋里待着，跑到这里凑甚红火来了，真和你娘是一路子的货，还不快给老子滚！"

侯金凤刚抬起脚还未来得及踢兰香，被侯世耀一拽，一时没站稳，重重地摔在了地上，撅着屁股爬不起来。

强月娥见状，上前拉起女儿，朝着侯世耀哭喊道："你个老不死的，真是有了小的，就容不得我这老的，这以后还有我们娘儿们的活路吗？老娘跟你拼了！"说着，就要用头去撞侯世耀。

侯世耀一时火起，抓起棍子说："死胖子，你再耍泼，看我今格敢不敢废了你。"说着，竟真举起了棍子。

这时，大管家张俊仁上前，拦住强月娥说："大太太，老爷正在气头上，你就不要逼他了。消消气，快回去吧！"说着，示意从地上爬起来的金凤扶她娘回去。

强月娥见状，只好就坡下驴，在大马猴金贵和女儿金凤的搀扶下悻悻地离开了，临走时还扭头对侯世耀说："老娘怕过你？以后再跟你算账。"其实，她心里是真害怕侯世耀的。

管家俊仁见强月娥走了，就对众人说："都散了散了，各位请回吧！"众人听了，一部分人陆续散了去，但还有一部分人迟迟没有走。他们是想看看这出闹剧咋个收场哩，其中就有挤在人群缝中不被人注意的小喜梅。

被放开了的兰香和兰香娘，这时一齐哭喊着扑向了倒在地上、已经疼得昏了过去的赵振川。见状，侯世耀这时才问管家道："俊仁，这是咋回事？"

张管家回答说："回东家，是大公子刚才误伤了三姨太她爹的，胳膊可能被打折了。"

侯世耀听后，并未当一回事，只淡淡地对管家说："那你看着让人把他弄到街上，让常接骨匠给他接好骨送他回去就是了。"停了一下，又说道，"接骨的钱，你先替他垫上，他不是还有一头毛驴吗，就拿他的这头毛驴顶账。"

说着，又让人到外边去牵驴。

都甚时候了，侯世耀还惦记着人家的毛驴。这时侯世耀的二公子金来实在看不下去了，就上前对父亲说："爹，人做事不能这么绝情，他毕竟是咱的亲戚呀！"

张管家这时也劝道："东家，少东家说得对，咱不能这么做，这传出去会让人笑话的。"

这时，只见兰香发疯一般地冲向侯世耀，嘴里喊着："你不是人，我跟你拼了！"

侯世耀见状，一边躲一边说："小贱人，我看你有身孕不想招惹你，看我以后咋收拾你。"说着，对徐妈说，"还不弄走她。给我好生看护她，出了事，我拿你是问！"徐妈应了一声，上前拦住了兰香，侯金来和二太太艾水仙，这时也上来一起劝住了兰香。

这时，兰香娘跪到侯世耀跟前，哭着哀求道："侯老爷，求求你，毛驴我们不要了，你就让我把兰香带回去吧？求求你了……"说着，便给侯世耀磕起头来。

谁知，侯世耀恶狠狠地说："你说得那么容易。要人行，当初我是花了一百块大洋买的，尔格连本带利，你拿来二百块大洋我立马放人，拿不来就休想。再说，她尔格怀了我的种，要走，也得给我把娃生下再走，这还要看我愿意不愿哩。"

兰香娘磕着头说："我尔格没有钱，但我做牛做马也会还你的，只求你高抬贵手，尔格就让我把女儿领走吧。"

侯世耀冷冷一笑，说道："没门！除非你把二百块银圆拿来。"

这时，只见围观的人群里有人开始骂上侯世耀了。忽然，一女孩钻出人群，指着侯世耀骂道："姓侯的，你就不是人！哪有这么欺负我兰香姐和他们家人的？"

侯世耀一看，是冯家的冯喜梅，便恼怒地说："小杂种，你算哪根葱？这驴槽里有你哩还是马胯里有你哩？一个外人家，哪有你说话的份儿。去，滚一边去！小心我揍你。"说着，扬起手吓唬小喜梅。

可小喜梅却并不害怕，理直气壮地双手叉着腰说："你做事不公，我就想管。我就不怕你，有种你就来打呀！"

侯世耀被小喜梅激怒了，真冲过去要打她。

这时，人群里有人大声喊道："侯家欺负一个小孩子了，侯世耀欺负小孩子了……"紧接着，众人都跟上一哇声地喊了起来。

见状，张管家上前对小喜梅说："这是大人之间的事，小孩子就不要掺和了，快回去吧。"说毕，不容小喜梅再说甚，就让人硬把她连劝带拖地弄出了侯府。接着，他又朝众人挥着手道，"都回去吧！这里没事了，不要再看了。"众人这才散了去。见众人都散了，他又对侯世耀说，"东家，那这毛驴还要……"

侯世耀打断管家的话，悻悻地说道："要甚要？还不把人弄走，接完骨连同他的毛驴，一块儿送回赵家河去。"张管家应了一声，即刻叫人抬起振川，拖着兰香娘就出了侯府。

兰香看着父母就这样被赶了出去，她撕心裂肺地哭着，嘴里不停地大声呼喊着爹娘，兰香娘也不舍地呼喊着女儿离开了侯府，在场的人都难过地落下了泪。侯世耀面不改色地对徐妈说："还不快把这个小贱人弄回屋里去。"说完，气哼哼地背着手走了。

兰香被徐妈、二太太艾水仙和侯金来硬拉回了屋。屋里只留下了二太太和徐妈二人陪着兰香。此时，兰香仍伤心地痛哭着，她怎么也想不明白，这朗朗大清皇天，恶人咋就没人管呢？这普通百姓咋就没个活路呢？自己的父母明明被他们诬陷了，却无处说理，自己眼看着父母被他们打成了那样却不能相救，自己活着还有甚意思？这样活着，将来还不知要给这未出世的孩子带来多大的痛苦哩。想到这里，她又动了轻生的念头，趁他还未出世，与其这样苟活着，还不如早早地带他一块儿去跟玉清团聚去。于是，她一下抓起炕头的剪刀，向自己的喉咙刺去。

二太太艾水仙见状，一把抓住兰香手里的剪刀夺了过来，说："妹子，你这是做甚哩？可不敢做这样的傻事。"

兰香不听，又要向墙上撞去，被徐妈和二太太抱住了。徐妈说："女儿啊，我知道你心里苦，但千万不能寻短呀！你受了这么多苦，不就是为了这肚子里的孩子吗？只要你有了孩子，就有了希望，就会有出头之日。不像我和你任伯，一生没有个亲骨肉，你知道我们这心里是啥滋味？所以我说女儿啊，你可千万不能做傻事……"

这时，二太太接过徐妈的话，说道："妹子呀，徐妈的话一点也没有错。想我艾水仙，虽说嫁到这侯府已有十多年了，可老天爷不成全我，未让我生出个一男半女来。你要知道，这没有子女的女人，那就没有势，在侯府是不被人家看起的。你知道，我在侯府受了多少的委屈，我这还不是咬牙也挺过来了吗。"说到这里，她停了一下，又继续说道，"妹子啊！说实话，你刚来那会儿，尤其是你怀孕之后，我确实嫉妒过你，也做了一些对不起妹子的事，可我绝没有害你的意思。从这两回的事来看，倒是大太太有害你们母子的意思。因此，你可不能寻短自个儿害了你和你肚里的孩子，这不正中了人家的意吗？因此，说甚也不能寻短见，咬着牙，也要坚持把孩子生下来。"

停了一下，艾水仙又拉起兰香的手，说道："妹子，从今往后，我不会再嫉妒妹子了，我会暗中像亲姐姐一样待你的。说到这里，我有一个不近情理的请求，将来你若生了男孩，我就认他做我的干儿子；若是生了女儿，就认作干女儿，我们一起养他、保护他。妹子，不知你愿意成全姐姐不？"

艾水仙今天的举动和刚才的一席话，的确是发自肺腑的。刚才大太太栽赃陷害兰香，并让大马猴痛下杀手以及老爷几乎不近人情的行为，使她对兰香的不幸深表同情，哪一天她若是也受此冤屈，说不定比她还惨哩。她们都是女人，同样都是可怜的人。

徐妈听了二太太一番动情的话，自是心里欢喜，这侯府里，又多了一个心疼和保护兰香的人了。于是未等兰香开口，徐妈便替兰香做了主，说道："二太太，有了您这番美意，兰香高兴还来不及哩。往后，这孩子又多了一个爱他、疼他的干妈了。兰香，你说是不是？"

兰香听了她们一番掏心窝子的话，才使她绝望纷乱的心渐渐平静了下来，同时她也被二太太一番真诚的话语感动了，于是她的心里又重新燃起了生的希望。她止住了哭，抹了一下眼泪，对着二太太点了点头。

水仙见兰香点头同意了，就高兴地说："这就对了。妹子，不要哭了，好好给咱怀着孩子，我还等着抱我的干儿子哩！"说着，又对兰香说，"好了妹子，好好保重，我以后会常来看你的。"之后又对徐妈说，"徐妈，我得先走了。待得时间长了，又要引起大太太的猜忌反而不好。三姨太就劳你多替我照看了，有甚事可以随时叫我。"说罢，就转身出去了。

对于强月娥和侯世耀陷害兰香和残忍对待她父母的恶行，一时间在青龙镇成了人们议论的话题。人们对大太太强月娥的歹毒心肠切齿痛恨，对侯世耀毫无人性的德行极为愤慨，而对兰香及她父母的遭遇表示出极大的同情。

当然侯府的恶行，也很快传到了冯府。首先告诉冯府的，自然是小喜梅了，因为她不仅是现场的亲历者，也是第一个敢站出来怒斥侯世耀的人。别看她只是个十一二岁的小女孩，可却像一个爱憎分明、行侠仗义的小侠士。

那天，喜梅正在街镇上照看着她的疯娘，忽然听憨憨玉喜跑来喊，快到侯府看好戏，再一看人们都往街东侯府那儿跑，不知道侯府出了甚事。于是，她将娘哄回府交给了王奶奶照看后，就一溜烟地跑进了侯府。她在心里想，上次兰香厚着脸皮给玉清哥上坟，要不是爹拦着，她非要好好收拾这个无情无义的坏女人不可。今天正好趁此机会进入侯府，若能见到兰香，她要好好地痛骂她一顿，出出她心中的恶气。可是当她进入侯府，钻在人缝中看到这情景，使她大吃一惊。原来，兰香姐在侯府过得并不好，尤其看到死胖子强月娥唆使大马猴打伤了兰香她爹，有几次还想打掉兰香姐肚里的孩子，还有侯世耀不顾兰香她爹的死活要牵走人家的毛驴。她对兰香的态度一下子发生了改变，由先前的愤恨变成了同情。

当小喜梅回了府，将侯府发生的事告诉了家人后，立即引起了家人的同情和对侯府的不齿。首先是已患病的忠贤，虽说他对赵家的做法存有看法，但念起兰香对儿子的一片真情，早就从心里原谅了她。但是今格听喜梅这么一说，不禁对兰香的安危担忧起来，便对娘和众人说："兰香这孩子，也真是个苦命的孩子，今格落到侯家，就如同羊入了虎口。唉！这往后的日子，可让她咋过哩？"

折老夫人这时接过儿子的话，说道："可不是吗。当初要不是发生了那些事，她就是咱冯家的人了，也不至于遭受这么大的难，真是红颜薄命，这古人说的一点都没错。"老人说到这里，又气愤地说，"这侯家，也太不像人了，怎能做出这么狠毒缺德的事？真是有甚先人，就有甚后人，这匪性怕是改不了了。他这样做，迟早是要遭报应的。"

折老夫人说到这里，对儿子说："忠贤啊！这事情都过去了，再说当初也不能全怪赵家和兰香这孩子，况且，她毕竟和我们冯家还有那么一段难以割舍的情缘哩。依我说呀！这得饶人处且饶人，就不要再怨恨兰香他们了，何况兰香这孩子，往后还不知要遭受多大的磨难哩。只可惜我们尔格是有力使不上，有忙帮不上，只能眼看着干着急。"说到这里，老人家难过地抹起了眼泪。

"娘，孩儿记下了。"忠贤也伤感地说。

折老夫人又转向小喜梅说："我说喜梅啊！你个小东西，往后再也不能对你兰香姐无礼了。你莫看她尔格多可怜，你今后若再敢对她无礼，我就用拐棍打断你的小腿。听见了没有？"说着，还用手中的拐杖戳了几下脚地。

小喜梅忙说："奶奶，孙儿记住了，今后再也不敢了。"

这时，折老夫人像记起了什么似的，对忠贤说："忠贤，听说大马猴把振川的胳膊打折了，他姓侯的没给人家赔一文银子就把人家赶回去了，真是猪狗不如。这阵，赵家在难中必定缺钱，看在我们两家曾是世交和你与振川又是换帖兄弟的情分上，他侯世耀不给钱，我们冯家给。你这两天就差人，去给赵家送过去几十块银元，顺便代我看望一下人家。"

忠贤答应道："娘，您放心，孩儿这两天就按您说的去办。"在场的人，无不佩服老夫人的气度和菩萨心肠。

再说，振川在侯家受了羞辱，一只胳膊也被人家打断了，后来虽说接骨匠给接好了，也止住了疼，可留在他内心的创伤和疼痛却无时无刻不在折磨着他，尤其是当他一想到身陷虎口狼窝的女儿时，更是悔恨交加。因此，自他从青龙镇回来以后，便卧倒在床一病不起，而兰香娘也因受了惊吓，精神出现了异常。

振川的两个儿子赵启明、赵启星，见父母去青龙镇看了一回妹妹，竟被侯家残害成了这样，哪里咽得下这口恶气。兄弟俩一个拿了把菜刀，一个拿了杆长矛就要去侯家与他们拼命。可是兰香娘却哭着抱住儿子的腿，硬是给挡住了，他兄弟俩只能含泪就此作罢。

四五日后，忠贤差大儿玉廉，代表他和母亲前往赵家河看望了振川并送上了三十块银圆，令赵家人万分感动。然而这时，振川已经病得不能起身了，看到冯家的为人，再想想侯家的作为，难过地流下了惭愧和悔恨的泪水，半个月后，振川就这样含恨悄悄地走了。临走时，留下遗言，他死后不许两个儿子去侯家寻仇，要赡养并照顾好母亲，等妹子兰香生下娃后，一定接她娘儿俩回赵家河，并要善待他们。

然而振川的死，并未使侯家感到羞愧，侯家也未派任何人前来吊丧，也不许兰香前去给父亲送葬。兰香知道父亲的死讯后，哭得死去活来，她把满腔的仇恨咽进了肚里。在清明节来临时，兰香十分想念她那可怜的父亲和玉清哥，可她不能前往赵家河为父亲上坟，更不能去冯家老陵为玉清哥烧纸，于是她伤悲地写下了一首《清明》的律诗，以祭奠在天之灵的父亲和玉清哥：

时令不觉已清明，草长莺飞柳色新。
触景生情肠欲断，泪雨纷纷祭故亲。
春风不解奴家意，牧野远山枉自青。
顿首捶胸问苍天，谁能帮我惩奸人？

强月娥陷害兰香，并唆使儿子侯金贵打伤了兰香的爹赵振川

第八章　大马猴缺德欲乱伦
　　　　　月高悬侯府夜闹鬼

转眼到了夏末七月。

青龙镇周边的山川草木茂盛，碧绿青翠，清澈的青龙河毫无声息地静静流淌着。川道里，结满了的玉米，吐出了红黄色的穗子；坡地上，健壮挺拔的高粱，正在泛红灌浆；圪梁上，沉甸甸的糜谷，正在频频弯腰点头⋯⋯再有一场透雨，今年定会是个丰收年，这是一年中受苦人①最盼望的时节。

此刻，侯府内的兰香，也像受苦人一样盼望着收获季节的来临，只见她的肚子越来越大，走路出气都甚觉困难。自正月末以后，兰香再未遇到过甚凶险，并在徐妈的精心服侍和二太太艾水仙的暗中照料下，安全地度过了妊娠期。兰香心里明白，她怀孕已将满十个月，孩子在经历了多少次惊险和磨难的情况下，就要降临到这个世界了。此刻，她既感到兴奋，也感到害怕，在这最后的关键时刻，她必须时时提高警惕，千万不能出一点儿差错。于是，她告诉徐妈她可能要生了，让徐妈告知侯世耀，并找好接生婆做好临盆的准备。

徐妈知道，自打兰香进了侯府，满打满算刚好八个多月，可看她的肚子和架势，好像怀了足月的人。她自是明白，这孩子八成是玉清的孩子，她一直都没有问过兰香，只是早早地抽空给孩子缝了几套小衣裳，时刻等待着这个小生命的降临，当然，她也知道该如何应付老爷和侯府内的人。当她把这一喜讯告诉给老爷侯世耀时，侯世耀掐指一算，喃喃地说："这才八个月咋就要生了？"

徐妈说："老爷，这生娃的事你们男人不懂，像这样早生的例子多的是，

---

① 受苦人：陕北把务庄稼的人称受苦人。

还有提前三四个月的人哩，人家娃生下来还不是好好的么。这娃在娘肚里不愿意待了，谁都拦不住。再说，三姨太经历了那么多磨难，身子虚弱，这要早生是自然的事。总之，提前做好准备没有错，免得到时候手忙脚乱的。"

侯世耀听徐妈这么一说，就说："噢！也是的，也是的。徐妈，那你到镇上事先请个最好的接生婆，回头再到账房支取十两银子，去镇上给夫人和孩子买些必备的东西用。"这侯世耀听说兰香马上要生了，对兰香又一下好了起来，并且大方地一次就给兰香和未出世的孩子拿出了十两银子。这还不够，他又对徐妈说："三姨太这两天就交给你了，你要好生伺候，一有情况马上告诉我，出了事我拿你是问。还有，一定要提防好大太太，不能让她靠近三姨太，这个女人的心瞎着哩。好啦！有甚事就直接告诉我。"徐妈一一应了。之后，他还恬不知耻地跑到兰香房间去看望兰香，但却被兰香用枕头给打骂了出来，即便如此，他还是一脸洋溢着要当爹的兴奋。

不几日的一个夜晚，兰香房间里传出了痛苦的叫喊声，只见有人忙碌地进进出出，侯世耀也焦急地等在外边。不一会儿，兰香房间里传出了一阵婴儿的啼哭声，这声音在宁静的夜空显得格外洪亮。

不多时，只见徐妈和二姨太水仙跑出屋，高兴地对侯世耀说："恭喜老爷，贺喜老爷！三姨太生了，还是个带把的。"

侯世耀一听，高兴地搓着手说："好，好！我正想要个带把的。"说着，就要掀门帘进去。

徐妈挡住说："老爷，你这会还不能进，等会收拾好了自然会让您看儿子的。"说着，又与二太太进屋去了。

因为是头胎，兰香已累得筋疲力尽，加上难产疼痛，她已经有些快坚持不住了。幸亏接生婆老练有经验，一会儿就收拾停当，母子平安，众人皆大欢喜。当接生婆和徐妈将已裹好的婴儿抱给兰香看时，兰香侧过头一看到襁褓中婴儿的那一刹那，一行热泪便从她的脸颊流了下来。她为之经历了千辛万苦、九死一生，终于有了回报，终于迎来了她的儿子。这时，她可以欣慰地告诉玉清哥，他们有儿子了，她一定要把他抚养成人，然后再亲手交给他们冯家，到时她就能毫无遗憾地追玉清哥去了。徐妈和二姨太看到兰香这样，也不由得落泪。

当大太太强月娥听到婴儿的啼哭声时，心里则不是个滋味，她几次精心设下计谋，也未能除掉这个小孽种，看来他命不该绝，今后再想除掉他可就难了。因此，在兰香临盆时她没有过去，在孩子快满月前她也没有过去。这倒不是她不想过去装模作样地应付一番，而是那个该死的老东西侯世耀，不让她靠近，怕她谋害他的心肝宝贝。

眨眼间一个月快到了。兰香的儿子长得白白胖胖，只见他虎头虎脑，天庭饱满，一双乌黑的大眼睛炯炯有神，尤其是那微微上翘的嘴角和隆起的小鼻梁，像神了玉清。兰香整天抱着儿子亲了又亲、看了又看，像抱着一块宝玉似的不愿放下，除过徐妈和二姨太艾水仙外，几乎不让外人碰一下，生怕别人把她的儿子从她手中抢走。至于侯世耀，只因他担了一个生父的名，因此只允许他看，但不允许他将儿子抱出屋子半步。就连孩子的名字，也是她给起的。名为璟睿，璟为带光彩的美玉，睿指有智慧，小名江龙，寓意江水为之清，蛟龙跃苍穹，字永生。整个名字连起来，就是玉清永生，可见她用心良苦。没有文化的侯世耀，自然是不知其中意义的，因拗不过兰香，只好在起名上依了她，只要孩子的名字前面冠以侯姓，管他叫甚名也就无所谓了。这日后改换门庭、光宗耀祖，还要指靠这个小祖宗哩！

孩子出生后不久，侯世耀也感觉这个孩子有点不像他。但他又一想，甚猪婆生甚崽，只要兰香生的娃，不像大太太下的那几个种就对了。兰香给他生的娃，浓眉大眼，白胖帅气。庆幸自己终于有了理想的后人，这还多亏他花大价钱买了这个好婆姨，这还要好好感谢李媒婆哩。

对于这个刚出世不久的孩子，许多人也看出他不像侯世耀的种，虽然背地里私下嚼舌根，但为了讨好主子，当着侯世耀的面都异口同声说这孩子像极了老爷，将来必定是个大福大贵之人，听得侯世耀心里美滋滋的，更加确信这个孩子是他的后无疑了。强月娥见了这孩子以后，觉得这孩子一点都不像侯家的种，再加上这月份也不对，就更加确信她先前的猜测是对的。因此，她当着侯世耀的面说："我当是生了个甚宝贝疙瘩，原来是从外面捡了块野料石……"

侯世耀板着脸训斥道："死胖子，你把话说清楚，怎么是在外捡了块野料石？"

强月娥冷冷地说道："这你还看不出来？这个小东西哪一点儿像你？你再看，这女人怀娃一般都是十个月，哪有八个月生的。依我看，他八成是人家冯家的种，你让人家戴了绿帽子还把你美得不行。"

谁知侯世耀瞪圆了眼睛，骂道："放你娘的狗臭屁！"接着抡起巴掌，"啪啪"就扇了强月娥几记耳光，继续骂道，"你个瞎婆姨、死胖子，还想给老子扣绿帽子，看我不撕烂你的臭嘴！你不就是一直嫉妒三姨太吗，不就是怕她生的儿子胜过你生的儿子吗？从她怀上我的种到尔格，你几次三番都想打掉这个孩子，尔格你还不死心，又想打甚坏主意？实话告诉你，他就真是个野种，我也认了，你今后若再敢嚼舌根、打她娘俩的坏主意，我先弄死你。"说着，又要扬胳膊打强月娥。

这时，正好张管家俊仁有事来找侯世耀，便把他拉走了。挨了打的强月娥口鼻流血，见侯世耀走了，立即坐在脚地上哭叫着骂侯世耀，最后还是她的宝贝女儿将她劝住了。

常言道，有苗不愁长，这小江龙转眼已过了周岁生日，长得越发地惹人喜爱了。他已到了蹒跚学步、咿呀学语的阶段，兰香和徐妈寸步不离地跟着他，二姨太艾水仙也常过来看小江龙，并教他学叫二娘，甚是亲热，全府的人见了他，也都想亲一亲、抱一抱这位小少爷。兰香看着儿子渐渐长大，心情也大为好转，身体也随之恢复了起来，她那昔日姣美的容颜也开始再现出来。

侯世耀这个老色鬼，看到兰香已恢复了身体，渐渐按捺不住心中的躁动，便又想占她的便宜。一日天刚黑，侯世耀借看孩子为由，死皮赖脸地不走，说是要在这里过夜。兰香不让，侯世耀硬脱了衣服要上炕，兰香急了，便抓起炕上的剪刀握在手中，说："你再不走，我就死给你看！"可情火欲烧的侯世耀不顾兰香的威胁，跳上炕一把抓住兰香的剪刀抢夺了起来。兰香一边奋力地握住剪刀不放，一边哭喊着："你不是人，你是个畜生！"

两人争夺的响声和兰香的哭喊声，将入睡的小江龙惊醒了，他声嘶力竭地哭了起来，惊得侯府的人都赶来了。最先闻声赶来的是徐妈和二太太艾水仙，接着是强月娥、马改花等人，连大马猴也赶来了。大伙儿一看是这阵势，是劝也不是，拉也不是，竟一时愣在了那儿。还是艾水仙先开口了，说："老爷！快穿上衣裳，小心着凉。你看把孩子都吓着了。"侯世耀这才意识到自己还光着身子，又一看来了这么多人，一下子窘得丢下兰香，一把撸起裤子，抓起上衣跳下炕灰溜溜地走了。

这时，徐妈已将小江龙抱在怀中乖哄着，二姨太则夺过兰香手中的剪刀劝慰着兰香。而此时强月娥先是朝侯世耀的背影唾了一口，骂道："老烧脑，老贱货！"又对着兰香唾了一口说："骚货，有甚稀罕的！"接着对其他人吼道："看甚看，有甚好看的？还不嫌丢人现眼。滚滚滚！"说完，一拧胖屁股走了。

上次遭到兰香无情的回绝，侯世耀仍然不死心。过了不到两个月，他又像一头发情的老公驴，对兰香实施了淫威。这天下午天下着小雨，侯世耀见兰香门虚掩着，他轻轻推开门一看，发现兰香正搂着小江龙睡觉，便兽性大发。只见他蹑手蹑脚地进了门，又将门轻轻地闩上，准备猛扑上去实施强暴手段迫使兰香就范。谁知兰香被闩门声惊醒了，睁眼一看是禽兽不如的侯世耀，便一下子惊坐了起来，随手抓起炕边的剪刀大声说："姓侯的，你不要过来。你敢往前走一步，我就死给你看！"这把剪刀，已成了她用以防身的武器。

侯世耀先是被兰香的气势吓住了，转而又一想，也许她是用剪刀吓唬自己的，哪能真死哩？于是他慢慢地朝前迈了一步，想试探一下兰香的反应，熟料兰香竟用剪刀向自己左手腕的动脉血管划去，顿时鲜血直流。侯世耀害怕了，没想到这个小贱人还真的不怕死。他立马认怂了，求兰香放下剪刀，说他以后再也不敢逼兰香了。而兰香却说："你把门打开滚出去，我就放下剪刀。"这时，小江龙醒了，看见了地上的侯世耀，又看见娘手上流血，便吓得大哭了起来。

这时，门外来了好多人，只听徐妈急促地打着门，并喊道："快开门，快开门！"

侯世耀这时才开了门，对进门的徐妈说："赶紧给她把手腕包扎住。"又对二姨太说，"你赶快到镇上请大夫给她止血。"说完又垂头丧气地走了。大家进屋一看全明白了，立时给兰香包扎手腕的包扎手腕，请大夫的请大夫，哄孩子的哄孩子，忙活了一阵，总算安顿好了兰香母子。

经过这两次碰壁，侯世耀是彻底死心了，看来她把自己给恨死了，他想罢罢罢，权当是他花钱给小少爷雇了个奶妈子和保姆。因此，他对兰香的态度又来了一个大转弯，不再把兰香当作金枝玉叶的三姨太看，而是当作一个下人和保姆看，只不过没有像对待下人那样吆五喝六的，并且所给的待遇仍然未变。

　　不过从这以后，兰香再也没有遭受过侯世耀的骚扰和侵害，这才使她能够一心抚养她的小江龙。然而奇怪的是，经过这两次遭遇，这小江龙一见到侯世耀便吓得直哭，也不让他抱，直到能说话了，也不叫他爹，这让侯世耀心里很是不快，心想等他长大懂事了，兴许就会叫自己爹的。

　　后来，由于侯世耀对兰香看护得松了，允许兰香带着孩子出府上街。一天，兰香领着小江龙在街上碰到了冯忠贤。令人奇怪的是，兰香让江龙叫忠贤爷爷时，这个小家伙竟不避生，不仅奶声奶气地叫爷爷，还让忠贤抱。忠贤见了这个孩子，心里有一种说不出的喜欢，看他的长像，和玉清小时候的模样十分相像，便不由自主地臆想：这孩子该不会是他冯家的后？但这只是一种猜测，即便是真的，他此时也不能说，更不能相认。

　　忠贤回到府里，将他的所见和猜想告诉了母亲。折老夫人早就听说兰香生了一个很像玉儿的孩子，心里有一种说不出的感受，要若真是玉儿的孩子，那就是老天显灵了。于是，她让喜梅找机会，把这个孩子领来让她一见。

　　几日后，小喜梅看见兰香姐和徐奶奶领江龙在镇上玩，就悄悄地告诉她，说奶奶想见孩子。兰香点头同意了，并嘱咐她时间不能太长，小心被人看见。于是小喜梅给江龙买了一块糖果，抱起小江龙就跑回了府。当折老夫人第一眼看到小江龙时，就有一种似曾相识的感觉，看他的相貌眉眼，还有那小手的动作，活脱脱就是一个小玉儿。因为，玉清几乎是她一手带大的，对玉清小时候的模样和动作她太熟悉了。看着看着，她一把把江龙揽过来抱在怀里，脸紧紧贴着江龙的小脸蛋。就这样，她抱着小江龙好一阵默不出声，只是泪不停地从她的眼眶里涌了出来。大家都知道，老人家正想她的爱孙玉清哩。

　　这时，只见不到两岁的小江龙，看到人们都不说话，而且抱他的老奶奶不住地流泪，就说："奶奶听话，不哭！"并用小手替折老夫人拭着眼泪。

　　折老夫人破涕为笑，忙应了一声："哎！我的小重孙儿，老奶奶不哭，老奶奶不哭！"然后在江龙的小脸蛋上亲了又亲，众人都忍不住笑了。其实，从这一刻起，折老夫人就认定了这孩子定是他们冯家的后，人真是骨头里面认人哩，是羊肉就贴不到猪身上，是她的重孙儿迟早是会相认的。她多么想此刻就认下这个重孙儿，但她不能，因为他们冯家还没有充足的理由和证据，即使有，这"马驹"已经下到人家的马圈里了，要相认也得有个合适的理由。她想，此时不但不能认，而且还要远离这个孩子，免得被侯家知道了或看出了破绽，那兰香和孩子就会有危险的。

想到这里，只见折老夫人把小江龙给了小喜梅，并沉下脸说道："喜梅，真不懂事。谁让你把侯家的娃抱来的，赶快给人家送回去。"说毕，又转向忠贤说，"忠贤，还有府里其他人都给我听着，今后谁也不许亲近他，更不能把他再领进咱冯府来，尤其你个小喜梅，谁若违犯，一定家法伺候。都听见了没有？"众人刚才还看到折老夫人见了小江龙又是哭又是亲的，怎么突然间就变得这么无情了，都愕然地望着她，尤其是年幼的小喜梅更是不解，在心里直埋怨这个既无情又厉害的老奶奶。见无人应答，折老夫人又提高了嗓音，并用手中的拐杖使劲地戳着脚地说："都哑啦！听见了没有？"

小江龙刚才还看到老奶奶对他那么好，现在又这么凶，吓得"哇"一声哭了起来，喊着："我要娘，我要娘……"

看到折老夫人动怒了，众人赶紧异口同声地回答道："听见了！"

小喜梅不解地正要抱小江龙离去，又被折老夫人叫住了，只听她对喜梅说："去！告诉赵兰香，让她好好看护好她的儿子，今后再也不允许这个孩子迈入我们冯府一步！"说完，一挥手，让小喜梅抱着小江龙快走，然后毅然地扭过头再未看小江龙一眼。

当小喜梅把小江龙抱还给兰香时，兰香看到一脸不高兴的小喜梅和还在啼哭的江龙时，感到十分的诧异，就问小喜梅发生了甚事。喜梅把刚才奶奶的话原原本本地告诉了兰香之后，她也无法理解。她原本的意愿是，乘她能自由出入侯府，有意让小江龙多接触接触冯家的人，让他们慢慢地相知相熟，为日后能使冯府接纳小江龙创造条件。看来，她的想法错了，他们还是记恨和不肯原谅她，并误以为小江龙是侯家的后，这让她心里有说不出的难过和伤感。

后来，小江龙进冯府和被赶出来的事，还是被侯府的人知道了。先是强月娥，她感到十分的异样，按她的猜测，从江龙的长相来看，他八成是玉清的种，可为甚他冯家就看不出来和不相认哩？还有那个贼精贼精的死老婆子，难道她也看不出来？还那么绝情。看来，是她多疑了，这个孩子确是那老东西的种。这样想来，强月娥便渐渐地减少了猜忌，也减少了对小江龙暗藏的杀心。

当侯世耀知道了这件事后，却大发雷霆。不过，他听到的是兰香自个儿将江龙抱进了冯府，后被人家赶了出来。对于江龙被赶出冯府他倒无所谓，而是对兰香还暗恋着冯家的行为无法容忍，莫不是他要拿自己的儿去为那死了的玉清续香火不成？再联想到她几次拒绝他并以死相威胁，看来她还没有断了对那个死鬼的念想。一想到这些，他醋意大发，恨不能活吃了兰香。于是便怒气冲冲地指着兰香大声质问道："姓赵的，我问你，你前天把我的娃抱到哪里去了？你说！"

兰香一听心里明白了，侯世耀知道了前天江龙进冯府的事。于是她把头一扭，既不看侯世耀，也不做回答。

这时徐妈看到侯世耀的架势，怕兰香吃亏，就走向前替兰香做解释，刚叫了一声老爷，便被侯世耀打断了，推了一把徐妈说："待一边去！今格没你的事，我问这个贱货哩。"接着又指着兰香说，"不说是吧，你当我不知道？你胆子越来越大了，先是给死人去上坟，尔格又跑到人家府上献殷勤，没想到被人家赶了出来。你想去你就去吧，还要带上我的娃，你这是不是还想用我的种替那个死了的鬼续香火？你这不是骑到我的头上拉屎吗？过去，我看在你怀我种的份儿上懒得理你，今格我可不怕你了，老子今格要和你个贱人新账老账一块儿算！"说到这里，他凶相毕露，上前一把抓住兰香的头发，一把就把兰香拽倒在地，接着抬起脚在兰香的身上猛踹着，一边踹，还一边恶狠狠地骂道："我让你个贱货再给老子丢人，我让你个贱货再给老子难堪！"

兰香顿时被打得在地上翻滚，但她始终没有喊叫一声。倒是小江龙看到他的母亲被打成了这样，吓得没命地号哭，并试图趴到兰香的身上保护他的娘。谁知这时侯世耀打红了眼，一脚将江龙踢到了一边，继续挥拳打着兰香。徐妈见状，一把把江龙搂抱在怀中，在场的人未敢有一人上前去相劝。强月娥这时不但不劝，反而幸灾乐祸，并连声说："打得好，打得好！"

这时侯金来和大管家赶来了，他们是听到别人的议论才赶回府的。见状，金来上前一把抱住了父亲，并哀求道："爹！不能再打了，再打就要出人命了！"

张管家这时也劝道："东家，消消气，看把小少爷吓成甚了。再说，你打坏了三姨太，谁替你照看小少爷哩。"

在儿子和大管家的劝说下，侯世耀这才住了手，但他仍余怒未消地指着地上的兰香，说："要不是看在你是我儿娘的份儿上，老子今格绝不轻饶了你。但是你给老子听着，今后你若再敢干出出格的事来，看老子咋价收拾你。还有，今后再不允许你迈出侯府半步，更不允许你偷着把小少爷领到冯家去。如若让老子知道了，老子就弄死你！"说完后，又对着徐妈说，"还有你，让你看护好他们，你是咋看护的，出了事我连你也一块收拾！"说完之后，拍了拍身上的土走了。

侯世耀走后，人们才发现地上的兰香已经昏死了过去，大家七手八脚地把兰香抬回了她的房间进行施救。张管家吩咐金来去镇上请大夫，吩咐二姨太给兰香熬醒汤药，徐妈抱着小江龙，流着泪守在兰香的炕前。

一会儿，侯金来背着药匣子，把陈中贵请来了。只见陈大夫简单地诊断了一下兰香的伤情，然后从药匣内取出几根银针给兰香扎上，稍停又取出一包药给兰香服下。大家都紧张地看着满脸满身是伤的兰香，为她捏了一把冷汗。

不一会儿，只见兰香喉头响了一下，接着长出了一口气缓了过来。当兰香睁开眼，看到这么多人围着时，眼里不由得流出了眼泪。见兰香活过来了，大家悬着的心这才放了下来，纷纷问陈大夫三姨太的伤势如何。

这时，陈中贵才说："老爷下手太狠了，差点就闹出人命来。不过还好，没有伤到要害处，也未有大的骨折，只是背、腰和腿上有几处挫伤，只要按时服药和静养两三个月即可痊愈。"众人听了，都庆幸三姨太命大。

之后，兰香在炕上整整躺了两个多月，在徐妈日夜不离的精心服侍和二姨太艾水仙的照料下，兰香渐渐好了起来，也能挂着棍子下地行走了。兰香的伤渐渐好了，但她内心的创伤却无法痊愈，而且愈加深刻难忘。不过她庆幸自己还活着，只要她活着，就能看到儿子长大成人的那一天，就能看到儿子离开这个狼窝、回归冯府的那一天，她也就有机会报答徐妈、二太太等好心人的那一天。这样想来，她振作了起来，她对侯世耀的仇恨，已深深地埋藏在了心里。

侯世耀残害兰香的事，冯府很快就知道了。全府的人没有一个不痛骂侯世耀和同情兰香的。首先是忠贤，他悔恨自己不该把见到兰香和怀疑小江龙可能是玉清孩子的事说给母亲，害得兰香差一点没了命。其次是折老夫人，她后悔自己当时不该让喜梅抱江龙来见她，致使兰香这孩子遭了这么大的难。庆幸的是，多亏她没敢说出实情，并果断地将小江龙赶出了冯府，要不然，若引起侯世耀的猜忌和怀疑来，说不定他还会对孩子下手哩！想到这里，她后怕地不禁又为这对母子担心起来。

一切又恢复了正常，青龙镇的太阳照旧不停地升起落下，青龙河的河水，仍旧昼夜不停地流淌着。

半年后，兰香的伤彻底好了，身体也恢复了正常。不过，她像犯人一样被囚禁于侯府，几乎与外界隔绝。对于这种非人的生活，兰香并没有放在心上。不让出侯府，她就把全部心思用在了培养儿子身上，她教他识字，教他背诵唐诗宋词，给他讲岳飞精忠报国、杨家将抗辽保宋，以及屈原忧国投江等爱国故事，她要把儿子培养成国家的栋梁之材，将来好为国效力，匡扶正义，惩治邪恶，把天下为非作恶的歹人都惩办了。

小小年纪的江龙，虽然还不能理解母亲的一片苦心，但却会认写不少的汉字，并能流利地背诵三四十首唐诗宋词，这让兰香大喜过望，更增强了她活下去的信心和对美好未来的憧憬。

这日夜晚，皓月当空，月明如昼，万籁俱寂。只是清冷的秋风吹得树叶不时地沙沙作响，摇曳的树枝乱影在窗户上翩翩起舞，远处孤独的鸟鸣时不时地传入屋内。

是夜，兰香毫无睡意，望着户外的明月，她突然想起今天是八月十五中秋节，怪不得全府像过节一样吃了顿难得一见的饺子。中秋节，是家人团圆、共赏明月的时刻。此时，兰香看着身边熟睡的儿子，又想起远在冥国的玉清来，要是玉清哥还活着，他们三口人一定会团聚在一起共赏这良辰美景、天伦之乐的。然而该杀的乱匪夺走了她的亲人，这才让她误入了虎口，遭受这般非人的折磨。她恨这个没有天理的社会，她恨那些滥杀无辜的乱匪，更恨这个心肝黢黑、毫无人性的侯世耀。于是她一时悲愤交加，立即点着灯，铺了纸，挥笔写下了一首充满了无限感慨的诗词来：

秋　思

八月十五中秋夜，万户举目窗前倚。

明月忧伤静无语，满腹哀愁对谁叙。

千家欢悦我独悲，遥祭至亲暗自泣。

回看吾儿承母志，腰斩天狗挥长戟。

写完诗，兰香反复诵了几遍，一下子觉得排解了压在她心中的郁闷与苦愁。搁下笔，她又看了看熟睡中的儿子，然后伏下身在儿子的脸蛋上轻轻地吻了一口，眼里不觉涌出了两行滚烫的热泪来。

然而兰香的苦难并没有结束，又一只罪恶的黑手悄悄地向她伸来，这只罪恶的黑手不是别人，而是侯世耀的大公子大马猴侯金贵。这夜，大马猴趁老东西外出不在侯府之机，夜半三更悄悄来到兰香房前，先用刀尖拨开门闩，然后蹑手蹑脚摸上了炕，像只饿狼似的一下掀开兰香的被子扑了上去。兰香被这突出如其来的袭击吓醒了，挣扎着欲大声呼喊救命时，一下子被大马猴捂住了嘴叫喊不得。只听大马猴压低声音说："姨娘，别怕，我是金贵，只要你依了我，往后我来保护你。姨娘，我的心肝宝贝，你就依了我吧！"说着，他松开了捂兰香嘴的手，一把扯下了他的裤子，又用手去扯兰香的衣裤。

一听是大马猴，兰香由惊恐一下变得愤怒起来。她趁机从炕沿褥子底下拿出用以防身的剪刀握在手中，对着大马猴的胸膛厉声喝道："滚开！你再敢非礼，我就一剪刀捅死你！"

大马猴见状，一下子放开兰香退在一边。兰香趁机坐了起来，握着剪刀指着大马猴骂道："简直禽兽不如，你怎能做出这等猪狗不如的下流事来。你再不滚，我就要喊人了！"

大马猴还不死心，哀求道："你就依了我吧，我是真心喜欢你的，心肝宝贝……"说着又要上前。

兰香将剪刀一下子对准自己的胸膛，说："你再敢往前，我就死给你看！"

大马猴害怕了，他想起老东西逼她时她割手腕自戕的事，怕把她逼急了她真的会自戕，就连连摆着手说："你把剪刀放下。好，我走，我走！"这时，江龙被他们吵醒了，便哇哇大哭起来。大马猴一看不好，忙撸起衣服跳下炕准备离去。

谁知大马猴光身撸起衣裤刚跑到门口，门"哗"的一声被打开了，接着涌进了一伙人，用床单把大马猴一蒙，立即压倒在地将他结结实实地捆了起来。同时，只听许多人喊："打！"立时拳头、棍子雨点般地落了下来，一时打得大马猴像猪一样号叫起来。

原来这伙涌进来的人不是别人，而是强月娥、马改花、赵四、张金发、谢广生等八九个人，为首的当然是强月娥了。原来，这晚马改花闹肚子半夜要上茅房，当她上完茅房刚走出茅房时，就看见一个黑影一闪就不见了，她以为是贼，吓得差点尿了裤子。当她定神借着月光仔细一看，发现那个黑影蹑手蹑脚来到兰香屋前，不一会儿那黑影一闪身便进去了，紧接着听到里面有了动静和忽高忽低的说话声。起初，她还以为又是老爷去了三太太屋里，就准备回房继续睡她的觉，但刚走了两步一想，老爷今格不是去县城了吗，过一两天才会回来的。她立时起了疑心，这老爷又不在府里，那刚才进去的人又是谁呢？莫不是兰香耐不住寂寞约的野汉子？想到这里，她在心里骂道："好你个兰香，平时还装得人模人样的，看来也是个卖淫偷汉的骚货，这下让姑奶奶给抓住了。"马改花以为这是她给大太太立功的好机会，便立即来到西屋，隔窗小声喊醒了大太太，如此这般地说了一番。

　　强月娥一听，睡意全消，立即来了精神，俩人分头叫人，准备现场捉奸。马改花手脚麻利，很快就叫齐了五六个人，并准备好了捉奸的绳子、棍子、床单、火把等物，先于强月娥悄悄来到兰香屋前，守候在门外。这时强月娥也到了，见了马改花，小声问道："人还在里边不？"

　　马改花小声说："还在里边，你听！"

　　强月娥侧身细听，只听见里边说心肝宝贝什么的，激动得她心都快要跳出来了。接着，突然听到江龙的哭叫声和那个男人"嗵"地跳下炕的声音。她一想不好，嫖客要跑了，便大喊一声："给我上，不能让嫖客跑了！"众人这才涌了进去。

　　大马猴这时被打得嗷嗷直叫，大喊："饶命，饶命！"

　　强月娥指着地上的那人大声说："谁都能饶，唯独你俩这对奸夫淫妇饶不得。给我狠狠地打！"随即，赵四便抢起木棒朝地上的人狠狠打去。同时，强月娥对马改花说，"快上，连那不要脸的淫妇一块儿绑了打！"

　　还未等马改花上炕拖兰香，只听地上的那人哭喊道："别打啦！娘，我是金贵呀！"

　　强月娥一听，立马叫停。等解开绳子，扯去了床单就着火把一看，这人真的是侯金贵，只见他光精着身子缩成了一团，腿被打得动弹不得了。强月娥一看是儿子，刚张口"啊"了一声，便一下昏了过去，众人赶忙把大马猴重新用床单裹了，七手八脚地连同大太太抬回了各自的房间。

随后赶来的徐妈、艾水仙等人目睹了这一切，等人们把大太太和大马猴抬出兰香屋子后，便一齐进了屋。只见兰香穿着单薄的睡衣蜷缩在炕角里，浑身不停地发抖，一只手抱着啼哭的小江龙，一只手还握着那把锋利的剪刀。见状，徐妈赶紧上炕抱起江龙，艾水仙又找了件衣服给兰香披上，并夺下了她手中的剪刀劝慰道："妹子，这个禽兽不如的东西，曾经对我也动过瞎心眼，他们侯家就这德行。好了，不用怕了，往后多提防这畜生就是了。"

徐妈用小被裹了江龙，一边抱着乖哄，一边说："这真是作孽呀！你说这世上咋有这号缺德的人……"

大马猴虽说未给兰香造成多大的伤害，但却在她的心里留下了一道深深的伤痕。她痛恨侯府、痛恨这一对狗父子，更痛恨强月娥这个蛇蝎心肠似的坏女人，要不是为了儿子，她一刻也不想在这里待了，但为了年幼的儿子暂时能有个栖身之地，她也只能咬牙忍着。

再说强月娥被抬回房间，经过一阵施救，算是缓过来了。当她缓过气后，随之坐在地上呼天抢地道："我的天啊！我咋生了这么个孽种哩？这下可丢了侯家八辈子人了……"继而，她又指着兰香房的方向骂道，"都是那个小婊子惹的祸，老娘绝饶不了你！哎哟，我的老天爷呀，你咋不惩罚那小骚货哩！"强月娥原本是想借捉奸整死兰香，至少把她娘儿俩赶出侯府，但没想到人算不如天算，偷鸡不成反蚀了把米，差一点就将她那不争气的后人给打死了。想到这里，她突然止住哭，问站在一旁、呆若木鸡似的马改花说："那不争气的东西被打得……"

马改花哭丧着脸回答说："回大太太，听说大少爷的右腿被打折了。"

"那还不赶紧到镇里找常接骨匠去，杵在这里做甚哩！"随之强月娥又骂道，"都是你个多事婆惹的祸，看我回头咋收拾你。"

当马改花跑去看大马猴时，赵四已把常接骨匠请来了。此时，只见大马猴疼得大哭小叫、满炕打滚，吓得他婆姨不敢上前，不知所措。

这个接骨匠常茂财，可是这一带有名的接骨匠，专治跌打损伤，其医术还是从他父亲那里学来的，算是祖传，甚阵仗没见过，前几年侯世耀的小丈人赵振川的胳膊折了还是他接的，今格又轮到了他儿子，真是邪了门了。常茂财一进屋看到这阵势，二话没说，让赵四叫了三个身强力壮的伙计，将大马猴按在炕上，一经检查按推后，拿出他的那套家伙一阵鼓捣，敷了药、上了夹板后才将他的折腿接好了。之后，常茂财叹了一口气，说道："谁这么狠心，他的腿恐怕今后要残了。"

大马猴的婆姨慕竹梅恨透了这个不争气的东西，可他毕竟是她的男人，于是慕竹梅求着常茂财说："常大夫，求求你，你一定要治好他的腿。"

"我已经尽力了，好与不好，那就看他的造化了。"常茂财说完，就背起药匣子走了。

青龙镇虽说是个镇，但并不算大，这东街要是放个屁，西街也能听见。昨晚，大马猴欲强暴他三姨娘，被他亲娘捉奸误打折了腿的新闻，像长了翅膀似的不到天明便在全镇传开了。

一时间，侯府及侯世耀、侯金贵父子俩便成了人们谈论的笑料。人们议论侯家乱伦乱礼，他儿子欲强暴他三姨娘，硬是要给他的侯老子戴绿帽子，他亲娘吃醋，愣是将儿子的腿给打折了，这种风马牛不相及的传言，也能被人们传说得有根有据。有些人则是幸灾乐祸，嘲讽侯世耀的儿子打折了他小丈人的胳膊，他婆姨又打折了他儿子的腿，真是报应啊！而更多的人，则是对这一对狗父子的咒骂与谴责，并对三姨太兰香的处境和遭遇表示同情。

这一丑闻传入冯府时，冯府的所有人，对侯家的这一龌龊之事极为鄙夷。尤其是折老夫人，在唾骂大马猴乱伦乱礼的同时，更增添了对兰香母子身陷虎狼之口的牵挂与担忧，甚时能将他们母子接回冯府，脱离苦海就成了她的一块心病。

在冯族里，还有一个人表现得则与众不同，甚至显得异常的兴奋和活跃，他就是大嘴憨憨玉喜，他像发现了甚重大秘密似的生怕别人不知道，不仅在街上兴奋地乱跑乱叫，而且见人就说："你不知道吧，昨晚大马猴钻进三太太房里了，被人家给赶出来了。好家伙，把大马猴的腿都给打折了。"人们虽然把他不当个正常人看待，但他的宣传无疑起到了推波助澜的作用。可这还没有完，刚过了一会儿，不知哪位有才之人给玉喜编了一段顺口溜教给他唱。别看玉喜平时憨实实的，可背起这号顺口溜来却不输常人，不一会儿就背会了，于是他又高兴地跑到大街上大声唱道：

　　侯府邪、侯府脏，侯府是个臭水缸。侯家父子不是人，一对禽兽大色狼。一天老狼不在家，小狼欲强暴他三姨娘。母狼知晓发了威，叫人捉奸在夜黑。一顿暴打虽解气，却打折了儿子大马猴的腿。你说这侯家人品咋个样，乱伦乱礼臭名扬，臭名扬！

你说这玉喜还真是个人才，这顺口溜不仅背得好，声音亮，还带着一股子说唱腔，立时引得一群碎脑娃①和一帮子后生，跟在他的后面一个劲地起哄喝彩。这样一来，玉喜像打了鸡血似的，唱得就更加欢实起劲了。

要说这陕北地方邪还真邪，就在那天下午，已出门两天收租的侯世耀突然回来了。他一进镇，就看见玉喜在那儿咧着大嘴唱着甚，后面还跟了一大群后生和碎脑娃。谁知，还未等侯世耀弄清是咋回事，玉喜倒先看见了侯世耀，只见他止了唱，继而迎着侯世耀飞跑了上去，连鞋跑掉了也顾不上拾。玉喜跑上前，未等任顺年勒马停车，便抓住马笼头对着车上的侯世耀，上气不接下气说道："侯……侯老爷，你……你还不知道吧？昨晚，大马猴钻……钻进三姨太房里了，被人家赶出来，连腿都打折了。"

侯世耀一听，顿时火冒三丈，立即跳下车，一把夺过任顺年手里的马鞭，朝憨憨玉喜就是一鞭，破口骂道："死憨憨，再胡说，看老子不一鞭子抽死你！"

玉喜被侯世耀打疼了，哭着抱住头说："人家好心告诉你，你不领情反而打人家。不信，你问他们。"说着，用手指了指赶来看热闹和他身后的那帮人。

当侯世耀举起鞭子再次抽打玉喜时，忽听人群里有人高声喊道："侯老爷，甭打了，憨大嘴说得没错，你快回去看看吧。回去迟了，你那年轻的三姨太，怕就真被你的大公子给霸占了。"随即，人群里发出了一阵阵哄笑。

见状，大管家张俊仁上前说："东家，别打了，还是先回家看看吧！"侯世耀这才把鞭子一扔，头也不回就急匆匆地回府去了。

回到侯府，侯世耀直奔大太太强月娥的房间，见人不在，问了下人后知道她去了金贵那儿，又奔向了大儿的住处。一进门，见强月娥、赵四、谢广生等人都在这里，他便指着强月娥问道："贱人，我问你，这到底是咋回事？"

强月娥把嘴向躺在炕上不住呻吟的侯金贵一努，说："你问你的侯老子去。"

---

① 碎脑娃：小孩子。

侯世耀一听，心里明白了八九分，肺都要气炸了，只见他挥起拳头骂了声"孽种"，就要冲上炕去揍他的不肖后人。

这时，大马猴的婆姨慕竹梅"扑通"一声跪下了，哀求道："爹！不要打了，他的一条腿已经被打折了，刚接好，若再打怕真就残废了。"大马猴的婆姨，也是个穷苦人家的孩子，她嫁到侯府后，可没少受侯世耀和婆婆强月娥的气，他们几乎把她当个佣人一样对待。特别是她的男人大马猴，根本不把她当人看，稍不顺心对她非打即骂，对于他在外边干的那些见不得人的事，她也根本不敢管。然而这个屎弱的女人，却是一个心地善良的女人，她已经习惯了侯府对她的虐待。这次她虽然恨透了自己的男人，并觉得没脸见人，但她看在她和大马猴已有两个孩子的分儿上，跪下来求公公。

侯世耀见状，一下蹲在地上，用拳头捶着自己的腿哭号道："我这是亏了甚先人了？咋就养了这么个猪狗不如的畜生哩！丢死人了……"随即，他"噌"的一下站起来，指着强月娥问道，"是谁把他打成了这样？"

还未等强月娥回答，赵四便"扑通"一声跪下说："老爷，请息怒，是我打的。"

"咋会是你打的？"侯世耀疑惑地问。

"老爷，事情是这样的。昨晚大少爷钻进三太太房间，我们不知道是大少爷，大太太领上我们去捉奸时才将大少爷误伤的，请老爷饶恕我吧！"

侯世耀听后，抬起脚狠狠踢了赵四一脚，骂道："狗奴才，你的眼让驴给踢了，给我滚！"被踢倒在地的赵四，一骨碌从地上爬起来跑出了屋。侯世耀这时又指着强月娥骂道："你个贱货，老子才走了两天，这个家你是咋管的，连你的碎老子①也管不住。"接着又骂道，"你个臭婆姨，就给老子下不出好崽来。"

这下强月娥可不受了，理直气壮地说："是你的种不好，倒赖起老娘来了。有甚老子，就有甚儿子，他跟你还不是一个德行。"

侯世耀一听，上前就扇了强月娥两巴掌，骂道："你个贱货，再给老子皮犟，看老子不打死你！"

谁知强月娥发起了虎威，大声叫喊道："我不活了，老娘跟你拼了！"同

---

① 碎老子：小老子。

时一头撞向了侯世耀。侯世耀还想拾勘①上前去打强月娥，立马被众人拉开了。他知道，这母老虎要是发起威来，就甚也不顾了，于是趁机一掼门就出了屋。

侯世耀出了屋，气没处撒就直接去了兰香屋。兰香这时和徐妈正在给江龙喂饭，侯世耀走进来，一把夺过兰香手中的饭碗掼在地上，抓起兰香就打，一边打还一边骂道："都是你个贱人惹的祸，自打娶了你这个丧门星，我这侯府就没有消停过……"

此时兰香没有哭，也没有骂，任凭侯世耀打骂。而小江龙此时被吓得大哭起来，只见他一边哭一边扑上去紧紧抱住兰香，用他那幼小的身体护着母亲，使侯世耀无法下手。趁此机会，徐妈劝道："老爷，消消气，小心打着小少爷。"

见此情景，侯世耀才住了手，但仍旧指着兰香骂道："小贱人，今天先饶了你，等以后再收拾你！"之后，便气呼呼地走了。

侯世耀走后，兰香一把将江龙抱在怀里，眼泪不由自主地滚了下来。徐妈这时拍着江龙的头夸赞道："好样的，这么小的人就知道护娘了。"随后对兰香说，"女儿啊，看来你的罪没白受，有了江龙，你的苦总有到头的那一天。听娘的话，为了江龙这孩子，擦干眼泪，咬牙好好地活着。"兰香噙着泪点了点头。看得出，此时她的心里，充满了无限的欣慰和希望。

大马猴乱伦乱理欲强暴兰香、侯世耀反而毒打兰香的事，很快就传到了赵家河。当赵启明、赵启星兄弟俩听说此事后，再也无法忍受了。他们一想侯府的人，先是诬陷父母并将父亲毒打致死，接着三番五次地毒打妹妹险些要了她的命，如今又出了这档子事，实在让人无法忍受。早在父亲刚去世时，兄弟启星就提了把刀子要去侯家拼命，但被哥哥启明拦住了，并说君子报仇十年不晚，这一晃几年过去了，尔格启星说甚也不等了，启明也同意了，经商议后兄弟俩便采取了行动。

快到年关了，一个云高月黑、天寒地冻的夜晚三四更时分，侯府值夜的薛老头，听到大门外有异常响动，便打开大门探出半个身子想看看门外是甚响动。突然，一把明晃晃的尖刀对准了他的心窝，他惊得刚要喊叫，就被人

---

① 拾勘：挣扎。

捂住了嘴，并听到一个压低了的声音说："不许叫喊，叫喊就一刀捅死你！听着，我问你甚你就如实回答甚，不然……"

薛老头以为遇到了土匪或强盗，吓得直哆嗦，连忙不停地点头。只听来者问道："三姨太住在哪里？侯世耀住哪屋，人在不在？"

"三姨太住东边第三个房子，老爷今晚住在大太太那里，是西面第二个房子。"

来者说："你没有骗我吧？"

"没有，没有。"薛老头回答。

来者说："我们是阎王殿派来的武判官，是来催要侯世耀命的，不信你抬起头看看我们是谁。"这薛老头本来就迷信，抬头借着月光一看，果然见他面前站着两个披头散发、青面獠牙、身着白衣的小鬼，便吓得一下坐在地上晕了过去。那个白衣人，立即将晕倒的薛老头用绳子绑了拴在门墩上，并给他嘴里塞了块破布。之后，只见两个白影先来到三姨太兰香屋前，一人轻轻拍着门小声叫道："兰妮，兰妮，我是你启明哥，是来接你的，赶快穿上衣裳，抱上孩子跟我走。"原来，这两个自称是阎王殿派来的催命鬼，是赵氏兄弟，他们画了脸谱，披头散发装扮成了鬼模样。

自那晚大马猴钻入兰香房间后，兰香晚上睡觉就十分警觉。这晚，兰香并未睡实，听见门外有人小声叫她的小名，一听是大哥的声音，还是来接她娘俩的。心想，她娘俩根本出不了侯府，就是今晚侥幸逃出去了，明格也会被抓回来。再说，哥哥要是被他们发现捉住了，就必死无疑。于是，她隔门小声着急地说："大哥，你快走吧！要是被他们发现就跑不了了。"可是门外还是一个劲地催她快走。兰香急了，就说道，"哥，我不会跟你回去的，你再不走我就要喊人了。"启明见妹妹执意不走，只好离开了。

启明、启星来到大太太强月娥房间，费了好大的劲才将门拨开，但却惊醒了强月娥。她战战兢兢地披衣坐起，刚要戳醒睡得像死猪似的侯世耀时，门"哗"的一声开了。月光下，只见两个如鬼似的白影飘进了屋，强月娥"妈呀！"惊叫了一声，立即用被子蒙住头，哆嗦着不停地喊道："鬼，鬼！"

强月娥一下子将熟睡中的侯世耀惊醒了，他一下坐起身惊恐地问道："鬼！哪里有鬼？"话音未落，见一白衣大汉已站在了他的面前，他惊魂未定地问道，"你是谁？想、想干甚？"

白影答道："我是阎王殿派来的催命官，你作恶多端，今日就取了你的狗命。"说着，一把锋利的刀子刺向了侯世耀的胸脯。

侯世耀一听是催命鬼，又见一把利刃向他刺来，便吓得抱头大叫了起来。

只听"噗"的一声，侯世耀便倒了下去，随即一股黑血冒了出来。白衣汉还想再补一刀，这时院外已听到有人开门喊叫的声音了，随即两个白影便飘出了屋。

随后，赶来的人在月光下，远远地看见两个披头散发的白影从大太太的房间飘了出来，很快就不见了，吓得他们既不敢去追，也不敢进大太太的房间。后来，还是赵四和谢广生壮着胆，最先进了大太太的房间。只听大太太蒙着被子不停地喊道："有鬼，有鬼……"再一看，侯老爷浑身是血躺在炕上不停地呻吟。

见状，赵四上了炕扶起侯世耀，惊恐地叫道："老爷，你咋了？"

管家张俊仁和侯金来、侯金凤及二太太艾水仙等人随后也赶了来。侯金凤一见这场面，"哇"的一声哭叫道："是哪个黑心的害了我爹？妈呀！这可咋办哩……"

只见张俊仁对侯金凤说："小姐，不要哭了，救人要紧。"随即对赵四说，"赵四，你跑得快，你先去让陈大夫做好准备，我和金来、广生、老任头抬上老爷随后就到。"赵四听后犹豫了一下，但还是跳下炕壮着胆子出去了。俊仁和金来这才找了布条，为侯世耀包扎了伤口，即刻抬上侯世耀出了屋。

谁知赵四刚跑到大门口，被绑在门墩上的薛老头绊倒了。由于他先前看到过白衣人，刚才又一直听大太太喊有鬼，他以为这会儿鬼又回来找他了，吓得"妈呀"一声，爬起来就往回跑，且边跑边大声喊道："鬼，鬼！"险些碰倒了刚抬侯世耀出门的一行人。

张俊仁见状，要过火把和谢广生就往大门口跑，他举起火把一照，发现地上躺着的是值更的薛老头，忙给他解开绳子取下嘴里堵着的破布，然后摇醒薛老头问："这是咋回事？"

只见薛老头软里打胯，语无伦次地连声说："有鬼，有鬼……"

管家不愧是经过世面且有头脑的人，他不相信是甚鬼，肯定是老爷的仇家所为。于是大声说："哪里来的鬼？大家不要怕，救老爷要紧。"说完，指挥赵四和另一人先去了，随后和金来、谢广生、任顺年等人抬了侯世耀向街道走去。

侯府内早已人声鼎沸，大家都在惊恐地谈论着闹鬼的事。兰香这时早已穿好了衣服，从哥哥叫她后不多时辰，她就连续听到了人的哭叫声和呐喊声，她的心一下子提到了嗓子眼。心想，坏了！哥哥肯定被人家抓住了，她便抱着孩子不安地等待着噩运的到来。

不多时，徐妈来了，兰香便惊恐地问："徐妈，外边发生了甚事？"

徐妈是刚从大太太房间过来的，她和艾水仙及其他人擦洗完了大太太房间的血，并安慰了大太太一会儿，这才来兰香房间的。见兰香问，就叹了口气说："人不能做恶事，恶事做得多了连鬼都不饶他。刚才，听说来了两个鬼直奔大太太房间挖走了老爷的心，血流了一炕、一地，太吓人了。"

兰香一听，知道此事是两个哥哥干的，他们总算平安无事地离开了。于是一颗悬着的心这才放了下来，随后问道："徐妈，那老爷现在咋样了？"

徐妈说："听说快不行了，被抬到镇上去了，是死是活还不知道哩。不过兰儿，你往后可要多注意哩，晚上把门关好，谁叫也不能开。"兰香"嗯"了一声，点了点头。

算侯世耀命大，刀子只捅进了他的左下肋，并未伤到要害，经过陈大夫和常大夫的紧急抢救，总算捡回了一条命。不过由于伤势较重，又受到了惊吓，半年之后才慢慢恢复，还是落下了伤残，身体已大不如从前了，而且走起路来心慌气喘，人也瘦了一半。事后他想，那晚肯定不是什么鬼，而是他的仇家要害他的，但是这个仇家又会是谁呢？他无法猜测。是赵家兄弟？又不像，因为振川死了已两年多了，要报仇他们早就动手了，不可能等这么长时间。是同镇冯家人干的？似乎也不是，因为平日与他们并无这么大的仇恨。该不会是桃洼村的刘狗娃？因为去年他收租时，趁刘狗娃不在家，强暴了刘狗娃的婆姨。这也不像，因为她的男人是一个窝囊废，他没有这个胆。到底会是谁呢？这让他拿捏不准。大概是因为他做的恶太多，一时无法确定怀疑对象，怕报官错抓了人，引起更大的仇恨，因而他既未报官，也未到处嚷嚷，只好吃了哑巴亏。

侯府闹鬼、差一点抓走侯世耀的事，使刚刚消停的青龙镇又热闹了起来。人们在幸灾乐祸拍手称快的同时，都遗憾那晚两个索命鬼没有取走侯世耀的性命，于是就有人说，那两个鬼肯定是吃了侯世耀的黑食，才网开一面饶了他的小命。不过大多数人从这件事上，更加相信老一辈人说的"为人莫做亏心事，半夜不怕鬼叫门""恶有恶报，善有善报，不是不报，只是时辰未到"的谚语来。冯府折老夫人知道后，更是告诫自己的儿孙说："人作恶不可活，鬼作恶下油锅。人要多做善事，可不能像侯家那样，迟早会遭报应的。"

在青龙镇，更有人把它编成了陕北说书到处传唱。这说书人姓郑名保合，是个四十多岁的盲人，横石县人，因书说得好，经常由一小徒弟带领走州过县为大家说书，很受当地人的喜爱和欢迎。他不仅能说唱《岳飞精忠报国》《三英战吕布》《隋唐英雄传》等脍炙人口的历史故事，更绝的是他能现编现唱，而且生动传神、引人入胜。正巧，青龙镇姓杨的一户人在镇内开了一家茶馆，为招揽生意，时不时就请郑保合来茶馆小住几日为他说书助兴。

这几日，侯府刚发生了闹鬼事不久，这郑保合便编出了曲目叫《二鬼闹黄府》的说书来，一时间茶馆内座无虚席，热闹非凡。这日刚吃过早饭，又逢腊月闲着无事，因而杨家茶馆内早已挤满了前来听说书的人。只听坐在中间的郑保合清了清嗓，手拨三弦，腿荡竹板唱道：

哎——
弹起个三弦来嘣嘣地响，
听我给各位乡党说端详。
话说那古朝有一村，
村里就住了个大财东。
咳，这财东他姓黄来名有善，
家里的金银财宝就堆如山。
骡马成群来羊满圈，
老鼠猪狗也都穿绸缎那乎嘿。

哎——
要问他家为甚这地富，
原来他的先人早前是个大贼寇。
这财东他尖嘴猴腮没人形，

为富不仁哪尽恶行那乎嘿。
他小斗出来大斗价进，
逼债收租他从没留过个情。
为逼租他打残了贺老五，
为逼债他强暴了姓刘的妻那乎嘿。

哎——
这黄财东不仅凶残没人性，
他还是一个色狼没饱饥那乎嘿。
他娶了大房来娶二房，
娶的那三房更是好人样那乎嘿。
她年轻漂亮来赛貂蝉，
倾国倾城那莫谈嫌那乎嘿。
自古红颜哟多薄命，
从此她陷入了苦海深那乎嘿。

哎——
山地上的圪针哟结枣子酸，
大太太打翻了醋坛坛。
三太太父母初登他黄家的门，
她设计陷害那要了人家的命那乎嘿。
从此黄财东也变了脸，
无故找碴儿来生事端。
非打即骂哟恶相生，
从进府就莫把她当个人那乎嘿。

哎——
那畜生非人那如禽兽，
几次三番似霸王硬上弓。
烈性女子哟有个性，

打死吾身那死不从那乎嘿。
黄府大院那如地狱，
暗无天日哟魑魅行。
漫漫长夜哟何时是个头，
数着星星那盼天明那乎嘿。

哎——
倒伏的谷子那秕颗颗多，
歪桃树结不出个好果果。
黄财东的大儿起淫心，
乱伦乱礼哟没人性那乎嘿。
谁知大太太夜捉奸，
误将亲儿子的腿打残。
黄家那一对狗父子，
坏事做尽那丧天良那乎嘿。

哎——
朗朗乾坤哪有千眼，
人做恶事那天在看。
玉帝那动怒传下了令，
阎王爷拉了他的黑名单那乎嘿。
夜派催命鬼入黄府，
斩首掏心就取了他的命那乎嘿。
奉劝世人哟多行善，
善恶不同那有报还那乎嘿——

　　对于郑保合的这段说书，虽说人们都知道他说的是谁，但还是有人明知故问，并不断地喝彩叫好，热闹极了。过了许多年，郑保合的这段说书，仍然是人们百听不厌的首选曲目。

第九章　遇绝境得救入寺院
　　　　　　出深山平乱屡立功

　　话说黑水河冬生成功逃生后，把玉清在莲花寺遇害的消息带回了青龙镇，这才引起了前面的这一系列变故。其实那天玉清并没有死，而是侥幸地活了下来，但就当时所发生惨案的情形而言，搁谁都会认为玉清那晚定遭杀害被焚尸无疑。

　　那天冬生等人跳河后，乱匪将玉清等人用绳索串起来，又向莲花寺而去。当快接近莲花寺时，乱匪将玉清等被掳之人，暂停留在距村不远的地方，由十几个乱匪看着，然后大队人马便挥刀向莲花寺冲去。他们先包围了村子和寺院，不使一个村民和僧人逃掉，之后才展开了杀戮和抢劫，一直折腾到午夜方才停歇，随后带上所抢的财物，押着"人犯"往西南方向去了。

　　玉清等人在莲花寺目睹了这群乱匪的恶行，个个恨得咬牙切齿，但却毫无办法。玉清当时就暗暗发誓，如果自己还能活着，就一定要杀了这帮恶魔，平了这场匪乱，还陕北一个安宁。

　　这群乱匪沿西南方向继续行走了几天，路上，他听到一个乱匪小声对另一个乱匪说，明天上午就到了目的地，到时这些被掳来替他们背东西的人要全部杀掉，一个不留。听到此话，玉清就在心里盘算着，今天无论如何要逃脱，等到明天就只有一死了。

　　晌午已过，这群乱匪来到一个山谷间的平地时，首领下令在此歇息架锅做饭。这里两边全是陡峭的山崖，山上尽是茂密的树林，山谷较窄，只有这一条路可通过。这里地形比较适合看守，因而乱匪放松了警惕，只见他们人释兵器马下鞍，一个个仰面朝天、横七竖八地躺卧在平滩的草地上，只留了两个乱匪看守玉清他们。

　　玉清他们就坐在山谷右边的草地上，他认为这里是比较容易逃生的好地方，此时不逃，恐怕就再也没有逃生的机会了。因此，他开始认真观察了地形，发现他身后有一个突出的山梁一直通到了谷底，中间似有一条野兽出没踩出的小径，只要沿此小径攀上沟畔，就到了山体上面，或许就有了生还的希望。

玉清选好了逃生的路线，但如何才能顺利地逃掉，这才是最重要的。正好与他同坐在一起的，是一位三十多岁身体比较壮实的汉子，于是玉清小声地问道："这位大哥，你想不想逃生？"

那男子回答："咋不想哩，可没办法逃呀？"

玉清这时用头示意了一下身后的山梁，说："只要我们沿身后的山梁跑，若能攀上沟畔到了山上，他们就追不上我们了。尔格我俩背对着背，把绑我们手的绳子解开，然后听我的暗号。我甚时说跑，咱俩就不回头地向上跑，能跑出一个算一个，总比都让他们杀了强。"

那男子暗暗点了点头，接着他们背对着背，相互解开了绳索。玉清看到那两个乱匪正坐在地上打盹，就用手捅了一下那个男的说了声："跑！"两人便飞快地向身后的山梁跑去。

当玉清他们顺着山梁往上跑了三十多步时，那两个正在打瞌睡的乱匪这才惊醒了，其中一人大声喊道："有人逃跑了！有人逃跑了！"接着便提刀沿山梁追了上来，同时距离较近的几个乱匪也追来。

由于玉清身瘦体弱，跑了一阵就上气不接下气，腿软得跑不动了。而那个壮实的男子已跑在了前边，撂下了玉清一大截，他见玉清没有跟上来，就返回来拉玉清。玉清摆着手说："大哥，我实在跑不动了，你跑得快就不要管我了，能跑一个算一个。"

说话间，那男子已跑到了玉清跟前，拉起玉清的手又转身向山梁上跑去，边跑边说："兄弟，坚持住，再跑几步就上沟畔了，上了沟畔他们就追不上了。"玉清又鼓起勇气随那男子往上跑去。他俩跑到了山崖畔，因山崖太陡，玉清攀了两次也没有攀上去，那男子立即蹲下身将玉清连抱带推地扶上了沟畔的山崖。玉清攀上山崖，转身正准备伸手拉那位男子攀崖时，后面的乱匪已经追了上来。那男子刚向上伸出了手，追在前面的乱匪已扯住了他的一只脚，那男子自知逃不掉了，就缩回了手，并朝玉清大声喊道："兄弟，保重，我去了！"随即转身抱住那个乱匪一起滚下了山崖。当那个男子滚下山坡时，立即被几个乱匪乱刀砍死了。

山崖上的玉清，伸着手大声向山下哭喊道："大哥呀！你不该救我。我还不知道你的尊姓大名哩……"玉清在山崖上痛哭着，又见几个乱匪向山上追来，玉清见状忍痛转身没命地向山上跑去。

玉清上了山崖，沿山脊一直向西拼命地跑着，手脸和衣服被棘刺划破了也全然不知。他翻过一个沟坡又跑上一道山梁，不知跑了多长时间、多长的路程，他实在跑不动了，一屁股坐在地上再也起不来了。过了好长时间，他确信后边无人追来，这才站在山梁上观察着周围的情况。

这时太阳已经西斜，到处是一眼望不到边的山峦和茂密的森林。空旷的大山寂静无声，已落叶的橡树和深绿色的松树、柏树，随风发出一阵阵"呜呜"的声响，使人感觉阴森寒冷。他不知道这是什么地方，也不知道接下来他该逃往哪里。据他这几天走过的路、经过的几处山川河流判断，少说已走了有二三百里的路程，感觉早已走出了安宁、塞西县境。他刚死里逃生，绝不能再往东走，那里肯定还有乱匪，于是他决定迎着夕阳继续往西行走。

玉清顾不上孤独和害怕，找了一根木棍，以防野兽来袭。当天快黑的时候，他看见对面半山坡上好像有一个村庄，庄内有许多茂密的大树，村庄下面的山坡上好像还有一层层梯田，他一下子喜出望外，大步向那个山坡走去。可当他走近山坡时，眼前的景象却让他大吃一惊。

原来这里是一个古村落。只见村内荒无一人，到处是残垣断壁，街巷内除过横生的荆刺杂草外，就是一具具散落四处的白骨。这些白骨，有大有小、有躺有卧，还有完整靠墙站立的骨殖架子，而且有的缺头少肢，样子十分怕人。村内有大火烧过的痕迹，那些幸存的土窑和木屋已坍塌，只有石窑洞还比较完好，只是有些门窗已腐朽掉落，但有的还依旧顽强地坚守着已废弃了的家舍。

眼前的景象，令玉清毛骨悚然。他不知道，这里曾经发生了怎样的惨案，以致村毁人亡。他不知这幕悲剧是何人所为，是土匪、是兵燹？他更不知这起惨案发生在何朝何代、何年何月。也许这成了一个千古之谜，无人能解，只有村内十几棵粗大的古槐见证了这一切。

这时天马上要黑了，他顾不上多想，也顾不上害怕，无论如何今晚得找个栖身的地方再说。于是，他壮着胆子，小心翼翼地来到一处比较完好的院子。当他刚伸手轻轻地推开一扇半掩半开的大门时，院内中间的一孔窑洞里，突然发出了"哼哼"的嘶叫声，接着只见几只野山猪惊恐地夺路而出，将窑洞的门窗撞落了下来，也将玉清撞倒在地，吓得他心惊肉跳，魂都快没了。过了片刻，玉清惊魂未定地爬起身，他不敢到别处去了，怕再遇到什么野兽，于是退出院子，沿着刚上来的石阶又慢慢地走了下去。

太阳完全落山了，此时的玉清又困又饿，当他坐在路边的一棵大树旁，思考着今夜在何处充饥、何处栖身时，突然一群老鸹哇哇鸣叫着落在了他头顶的大树上。也许是看见了他这位不速之客，它们围绕着树冠上蹿下跳，鸣叫得更欢了。玉清一下子害怕起来，怕老鸹的叫声会招来什么豺狼虎豹，便一下惊觉地站了起来。这时，忽然有一块东西重重地砸在了他的头上，难道这古庄内藏有歹人？玉清一下瘫坐在了地上。等了片刻，不见有任何响动，他左右瞧瞧并不见人，正当他疑惑时，又有一块东西砸在了他的头上，然后掉落在了他的脚下。他拾起地上的东西一看，立时高兴起来，原来掉下来的是一个熟透了的柿子。他忙拾起来喜滋滋地咬了一口，柿子很甜，随之便一口吞进了肚里，顿觉肚子舒服了许多。

玉清抬头一看，原来这是一棵很大的柿子树，树叶已落完，一个个鲜红的柿子像小红灯笼似的挂满了枝头，周围有几棵高大的槐树完全遮挡住了柿子树，要不是他坐在了柿子树下，是很难被发现的。只是柿子现在还未到自然掉落的时候，他立即踏着厚厚的枯叶到处寻找，只捡了四个。由于柿子树高大笔直，他根本爬不上去。他急中生智，从地上捡起一块石头，使劲地向树冠上的老鸹投去。老鸹立时惊叫着扑棱棱飞到另一棵树上去了，随即树上掉下来十多个熟透了的大红柿子，他立即将其全部捡了起来，随口又吃了五六个，总算填饱了饥肠辘辘的肚子。

这时天已渐渐暗了下来，他不敢回庄内的院落栖身。正在他发愁时，忽然发现在进村的拱形山门洞上，有一个不太大的石阁楼，可能是村人用于防敌瞭望的阁楼，它镇守着村子，面对着山坡下开阔的梯田。他抱着剩下的柿子立即下到山门处，从旁边的门洞攀爬上了阁楼。阁楼不大，只能容三四人转身，南面只有一个不太大的窗户，窗棂已完全掉落，只有西北的木门还较完好。

这里倒是个栖身的好地方。玉清清理了一块地方，又下了门洞找来一根较粗的木棒扛了上来顶住了门，以防夜晚野兽来袭，一切准备好后他就在刚清理出来的地方坐了下来。山里的气候很冷，他缩在墙角冷得直哆嗦，身子蜷成了一团，不久便睡着了。

第二天清晨，当他被外面的鸟鸣声惊醒时，一睁眼发现他好好地躺在阁楼里，一缕温暖的阳光射进窗户照在他的身上，顿觉浑身暖和了许多。他壮起胆子咳嗽了两声，见周围除了鸟叫声外再无任何动静，就伸了一下懒腰，取掉顶门的木棒，怀揣柿子走出了阁楼。

这时天不早了，太阳已有一竿高了。玉清站在门洞上，仔细观察着古村和山坡的地块，并未发现有任何异样之处。古村庄毫无声息，山坡上的梯田长满了一人多高的荒草，有几个乱坟岗显眼地杵在那儿。这古庄邪乎又鬼怪，他要赶快离开这个可怕的地方，走出这荒无人烟的大山，找到真正的村落才能逃出险境。

于是，玉清快步走下山坡，沿一条沟道继续往西行走。走了不远，忽见前面有一条清澈的溪流，他早就口干得喉咙冒烟了，便趴下"咕噜咕噜"一口气喝了个痛快，完了摸出两个柿子吃了，剩下两个又揣在怀里这才又上了路。可走不多时，他突然感到头脑发热、浑身难受。

玉清拄着木棍加快了速度，想发发汗驱出寒气。然而没走多远，忽感肚子疼得要命，大概是喝了生水的缘故，他开始上吐下泻，把刚才吃的柿子全部吐了。就这还不行，他开始口吐黄水，身体忽热忽冷，摇摇晃晃地站不稳。他马上意识到他快支撑不住了，要是倒下就起不来了。不行！他不能就此倒下，他更不能死，他要坚强地活着，替那些遇害的乡亲和那个不知姓名的大哥报仇，他还要活着见到自己的父母、奶奶和兰香。于是他咬着牙，一手搂着肚子，一手拄着棍子坚持前行着。

前面的沟道没有了路，全是茂密的灌木和浑身长满刺的荆棘，他只能沿左边的沟道向山梁上攀爬。他开始打起了摆子，牙关上下不停地打着磕，腿也软得支撑不了身子。当玉清气喘吁吁、满头大汗攀上山顶时，他一点力气也没有了，一屁股坐在了地上。虽然他还在发烧中，但明显感觉身体不再那么难受了，肚子也不那么疼了，却饿得难受。这时他才想起怀中还有两个柿子，伸手一摸，发现那两个柿子早不知丢到哪里去了。没有了吃的，又发烧，这可不行，得赶快找户人家才有生还的希望。

玉清又挣扎着站起来，继续沿着山梁往前走。这里虽说没有路，但比沟道好走多了，山梁上生长着不太多的大树，脚下尽是半尺多高的荒草，所幸沿山脊梁有野兽踩出的一条小径穿行其中。玉清沿着山脊的小路，艰难地前行时，突然从路旁的草丛中扑棱棱飞出了几只山鸡来，一下惊得他坐在了地上。待镇定之后，他又挣扎着站了起来，举目四望，见群山起伏、林木浩渺、岚气氤氲，根本看不到尽头，一丝悲凉的气息随之又涌上了心头。谁知这时，他又感到发冷发热、头晕眼花，浑身像筛糠似的抖了起来，腿也软得支不起身子。

玉清挣扎着站稳脚跟，拄着棍子，又一步步艰难地往前走去。当他正低头前行时，忽然听见前边的荒草里，发出了沙沙的声响。他定神一看，发现有几只大灰狼挡住了去路，它们一个个眼睛发出蓝色的凶光，正龇牙咧嘴地注视着他，随时有扑上来的可能。他倒吸了一口凉气，跑是跑不掉了，看来今天他的命该绝了。狼见他没有任何反应，就慢慢地向他逼近，玉清手握棍子慢慢地往后退着。一直退到了山崖边，他侧目一看山谷很深，下面全是稠密的树木。现在前有恶狼挡道，后有深谷绝径，他完全绝望了。而这时，一头狼向他扑了上来，他立即举起棍子左劈右挡，谁知其他灰狼也一齐向他袭来。与其说让群狼活噬了，还不如跳下山谷保个全尸，想到这里，他一咬

冯玉清死里逃生后，在深山又遇恶狼

牙，便纵身跳下了深谷……

在大山的一个较为平缓的山坳间，坐落着一座寺院。寺院周围是参天的古柏，山上树木郁郁葱葱，地下林草蕴岚如茵，潺潺溪流穿行其间，寺庙就掩映在这青山翠柏之间，这里真是一处景色优美、深幽静谧的世外桃源、人间仙境。

这座寺院位于陕甘交界子午岭原始森林的大山里，属于陕西鄜州所辖。这座寺院叫隐灵寺，寺内有师徒三人，老僧法号慧觉，是一位七十多岁银须皓首的老者。他的大徒弟青云三十多岁，二徒弟醒云二十多岁。这寺前的山门两侧，写着一副楹联：

放下舍得名利犹如烟云，看破红尘世间万物皆空。
横楣：普救众生

他们师徒三人，整日以大山为伴，潜心修炼。

这天早晨，慧觉大师正在庙后一棵古柏下的石台上，双手合十端坐闭目练功。忽见二徒弟醒云来到师傅跟前，惊喜地说道："师傅，那位施主醒了。"慧觉大师听后，舒了口气，收了功，随即与徒弟醒云来到了禅房。

原来，这位施主不是别人，正是冯玉清。他已在寺庙睡了两天三夜，是师徒三人轮流照看救护，才将他救了过来。当他睁开眼看到身边的大徒弟青云时，奇怪地说："我没有死？我这是在哪儿？"

大徒弟青云说："你已经没有事了。这里是鄜州西川的隐灵寺。"

正在这时，慧觉师徒二人迈进门来。玉清想起身给他们行礼以示谢意，可却怎么也抬不起身子。见状，慧觉大师上前按住他说："施主，不能动，你的伤还未好，请安心歇息。"

玉清又重躺下，自言自语地说："我怎么跑到鄜州地界来了，又怎么到了隐灵寺？"

二徒弟醒云忙说："你是两天前，被一采药的父子相救抬到这里来的。当时你已昏迷不醒，奄奄一息，幸亏我师傅医术好抢救及时，不然你早就没命了。"

慧觉师傅这才转向玉清，说："施主，你只是受了点皮外之伤加上风寒，并未伤筋动骨，请在此安心调养时日，按时服药，就一定会好起来的。"接着，慧觉大师又问道，"敢问施主，你是哪里人士，又为何到了这里？"

这时，玉清才说出他是朔州府安宁县青龙镇人，以及如何遭乱匪后死里逃生、如何遇恶狼和跳下深谷。当时，就惹得二徒哽咽地哭了起来，大徒弟青云拳头攥得咯巴巴直响。大师听后，双手合十，口内不断地念叨着："阿弥陀佛，罪过，罪过！"之后，又安排大徒弟煎药，二徒弟看护玉清，然后默不出声地出去了。

当玉清从二徒弟那里，知道了药农父子救了他，内心非常感激，便问及那对好心的父子家住何处、姓甚名谁，以便等他伤好后好当面谢恩。但二徒说，他们走时未留下住址和姓名，这让玉清心里好生感动、念念不忘。

一个多月后，玉清的伤渐渐好了，体力也恢复了许多，可以拄着棍子在庙前庙后行走了。这些天，他看到老僧师徒三人，每天天不亮就起床诵经、练功，天黑时再诵一遍经、练一阵功后才上床歇息。

这天清晨，玉清早早起了床，拄着棍子来到庙后的空地上。他沐浴着早晨的阳光，呼吸着林间新鲜的空气，顿觉神清气爽，便坐在一块青石上观看师徒三人练功。只见青云、醒云二人在师傅的指点下，一会儿金鸡独立，一会儿鲤鱼打挺，一会儿如猿猴翻身，一会儿又如鹰鹞展翅，那一招一式，看得玉清眼花缭乱，不由得喝起彩来。二人又练了一阵双棍对打，这才退到一旁休息。

接着，慧觉大师手握一把锋利的大刀来到空地。只见他目光如炬，精神矍铄，右手握刀在后，刀尖朝上，左手捋了一把飘逸的长须，然后慢慢迈开左脚呈马步状，之后双手一抖，接着右手握刀倏地在空中画了一道弧线亮出了大刀。这一亮相，铿锵有力，干净利落。随之，只见他手握大刀上下翻飞，左劈右刺，一会儿如猛虎下山，一会儿似螳螂捕蝉，一会儿又如蛟龙入海，只见大刀飞舞，呼呼生风，寒光闪闪，不见人影，看得玉清目瞪口呆。正当玉清看得出神之际，只见慧觉大师已收刀驻足，然后又用左手捋了一把银须站定，并不见他倦怠喘气，真个好身手，不愧为大师。

等慧觉大师刚一收刀，二位徒弟和玉清不禁连声叫好、鼓起掌来。从这一刻起，玉清对慧觉大师佩服得五体投地，下了决心要跟大师习武练功。既然文不能平乱救民，他就要练得一身绝世武功除暴安良，也不至于看到乱匪行凶作恶时束手无策。主意已定，他不再有要走的想法，等学好了武功再走不迟。于是，他走到慧觉师傅面前，双膝跪地，叫道："师傅，请收下我做您的徒弟吧，我要跟您学武功，将来好平乱救民，为国效力。"

慧觉大师忙扶起玉清，说道："你不适合练武，等你伤好后便送你下山回家。"

玉清跪着说："师傅，您不收我为徒，我就不起来！"

慧觉师傅见状，便说道："你的身子还很虚弱，等你伤好了再说。"玉清这才起身谢过了慧觉师傅。

又过了一个多月，玉清的伤完全好了，身体也恢复如初。后在他的一再恳求下，慧觉师傅终于动了恻隐之心，愿意收他为俗家弟子，并赐法号静云。从此，玉清在隐灵寺潜心学武，早起晚睡，风雨无阻，慧觉师傅也将他高超的武艺悉数传于爱徒，并为他量身打造了一把刀柄上带有龙形花纹的大刀。

日月轮替，斗转星移。不知不觉，玉清来隐灵寺已三年了。三年来，在慧觉师傅的严格教授和青云、醒云两位师兄的陪练下，玉清用心学习，终于学有所成且练就了一副强健的体魄，眉宇间透着一股英武之气，与初来乍到时那个文弱的冯玉清简直判若两人。

这日清晨，慧觉师傅打坐诵完经后，招呼三个徒弟来到寺院后山的练功场地，对他们说："今日，是三弟子静云正式拜师学艺满三周年的日子，老衲想考考他的武功到底学得咋样了，也顺便检验一下你们两人的功夫。你们三人谁先来？"

其实，慧觉师傅今日设坛比武，是有他的真实用意的。他觉得玉清三年来，练功非常刻苦，每天早晚要比他的二位师兄多练一个时辰，不论刮风下雨、天寒地冻从未间断过，而且他的悟性极好，一点就通，一拨就会。尤其是他有满腹的学问，与他探讨佛道机缘、善恶因果及宇宙人生是一件幸事。可以看出，他的志向远不在佛门净地。他的武功已经练成，应该放他下山去实现他的抱负理想了。因此，今日名曰检验他的武功，实则是为他下山准备的一次总测试。

对于玉清来说，三年来，他不仅学到了不少真功夫，还从慧觉师傅那里学到了许多做人的道理及一些有益的佛学思想，这对于他今后人生道路的选择产生了较大的影响。而他拜师学艺不仅仅是为了传播佛学和弘扬中华武术精神，更是为了平乱救民、达济天下。武术总算学成，他的心早就飞出了寺外，飞向了青龙镇，飞向了赵家河。三年来，他已与大师及二位师兄建立了一种难以割舍的感情。提起他们三人的武功，玉清已与二位师兄不相上下，大师兄青云主要擅长棍棒，二师兄醒云主要擅长醉拳，而玉清从一开始，就侧重于大刀剑术，另外还兼学了棍棒、长枪、秘踪拳等。今日，慧觉师傅让他们三人同台表演，这时他们三位面面相觑，谁也不愿先出场，最后还是师傅点了大师兄青云的名。

只见青云双脚并拢抱棍献礼后，右手握棍立定，左脚慢慢分开，突然右手将木棍抛向空中，随之腾空跃起来了个鹞子翻身双手握住了棍子，在落地的一刹那就势劈下，震得林间鸟儿乱飞。起身时挥棒横扫、左右翻飞、上挑下戳，看得人眼花缭乱。只见棍棒飞舞，虎虎生风，真乃个：一木在手立天地，横扫千军如卷席；当头棒喝山欲裂，旋即飞舞携风起。青云舞罢棍棒，道了一声："献丑了！"醒云和玉清立时报以掌声，连声喝彩，可慧觉师傅不露声色，面无表情。

该轮到二师兄醒云出场了。只见他赤手空拳来到场中，双手抱拳道："师兄承让了。"说毕，只见他左手似提壶灌浆，右手似握杯豪饮，忽见他如醉汉东倒西歪，前俯后仰。在他将倒非倒之际，"嗖"地出拳似黑虎掏心，抬脚上踢似玉兔蹬月，左右闪击似螳螂捕蝉。真乃是：此君醉酒眼迷离，前俯后仰烂似泥；忽如猿猱拳脚起，一招制胜谁能敌。之后，他又醉态可掬，站立不稳，随之侧身倒地。只见他左脚着地，左肘支撑托住整个身体悬空而卧，右手仍提壶狂饮。少顷，他一个猴子翻身跃起收拳，引来了青云和玉清的喝彩与掌声，可慧觉师傅仍旧一言不发。

接下来该玉清出场了。只见他精神抖擞地来到场中，抱拳行礼后，左手握刀，深吸了一口气运至丹田，然后分腿站立，稳似铁塔。接着翻身将刀藏于身后，右膝抬起，右手举过头顶来了个白鹤亮翅。而后右手握刀左右挥舞，如火轮飞旋，前刺后戳如屠龙宰虎，横砍竖劈如削木开石，只见得刀光闪闪，耳畔生风。好一个：三尺利剑掌乾坤，一身绝技亦称雄；刀光剑影映日寒，怒卷云海可吞吴。舞毕，他双腿劈叉平直着地，刀尖"唰"的一声直指前方，随即来了个鲤鱼打挺立起身来，然后双脚并拢收刀，道了声："两位师兄见笑了。"玉清的精彩表演，同样赢得了青云和醒云的掌声与喝彩。

等三位弟子全部表演完毕，慧觉师傅这才对他们的表演一一作了点评。随后说道："你们三人今日的表演算是合格，各有千秋、难分伯仲。但是，你们不能满足于目前的成绩，仍要不断努力提高。要记住，修行练武之人，不在于花拳绣腿式的表演博得喝彩，而在于实战实用、在于灵活多变以智取胜。学武练功，不可争强好胜伤及无辜，更不能心生邪念助纣为虐，而要达济天下、普救众生。"

三位弟子双手合十，虔诚地回道："师傅，徒儿记住了。"

这时慧觉师傅一转话锋，说道："今日，是老衲正式收静云为徒满三年的日子。三年来，静云弟子潜心学艺、刻苦练功，现武艺已基本学成，可以下山去了。"

玉清一听跪下说："师傅，三年来师傅收留弟子并用心传授武艺，此等大恩令徒儿终生难忘，无以回报。还有二位师兄，待师弟情同手足，用心陪练，所以弟子今日之成就，全是师傅和二位师兄的功劳，我舍不得离开你们。"

慧觉师傅扶起玉清，说道："你有这份心意，老衲就知足了。我知道你的抱负远不在隐灵寺，而在江山社稷。时下社稷不稳，众生难安，正是国家用人之际，故而老衲成全你，早日让你下山惩恶平乱、建功立业。"

玉清说："还是师傅知弟子的心。不过这一别，不知何时才能再见到师傅和二位师兄。"

慧觉师傅说道："善哉，善哉！好男儿志在四方，不必挂念我们，只管实现你的理想和抱负去吧。只要你心中常有隐灵寺，我们就永远和你在一起。"

玉清应了一声，跪倒在地，给师傅磕了三个头以示谢意，之后又和二位师兄一一话别。用过早膳后，收拾好行囊，慧觉师傅和青云、醒云一直把玉清送到寺外的山门前，看着玉清一步步走下石阶，仍久久不肯返回。

快到晌午时分，玉清来到普集镇，这是他三年多来第一次踏入这个镇子。普集镇，名曰是镇，实则是一个不太大的小村子，只因它身处大山深处，又是陕西通往甘肃的必经之地，商贾行人过往必在此歇脚停留，久而久之便形成了一个小镇。全镇仅有二十多户人家，开有几间酒馆和旅店，平时显得比较冷清。

不过今日普集镇倒显得异常热闹，不知从哪里来了一队官兵，在一棵粗大的老槐树下围了好多人。玉清挤进去一看，只见树干上贴了一张告示，原来是平虏大将军霍宗昌，平定入陕西捻军和朱天雄祸乱的招兵告示。看罢告示，他沉思许久后，做出了一个应募参军的决定。他告别隐灵寺后，拟先回青龙镇看望奶奶及家人，再去看望他日思夜想的兰香妹，而后再与她完婚。但看了告示后，知道乱军乱匪还在陕北作乱，无数百姓仍面临朝不保夕的境地。于是他认为，个人的那一点事算不得个甚，祸乱不除，何以为家？因而他改变了主意，决定先参军平乱，而后再回家与亲人相聚、与兰香完婚。

大树下，一张桌子前，两个书记员和几个官兵正忙着接待前来报名参军的青壮年。这些前来应征参军的青壮年，大都是本镇和周围的百姓，也有为躲避战乱和家人被杀无处栖身的难民。在玉清前面排队的一个高个儿壮年，就是来自仓州的蔡金元，他的遭遇与玉清大致相同。他们互通了姓名后，都决心投军平乱、报效国家。幸运的是，他俩后来都被录取并编入了同一个新兵营，此后他们便成了一对出生入死的好朋友。

玉清所在的营隶属于霍宗昌治下第二十六营。该营大都是招募的新兵，有一千余人，编为五个汛，玉清和蔡金元又被编入第五汛。第二十六营有两个正副统领和十几个将领，他们大都是久经沙场的湘军老兵，有着丰富的作战经验，由他们负责训练新兵营。在第一天的训练中，统领彭雪松看到身背大刀、气度不凡的英俊青年玉清时，就单独将他叫出问了姓名，并问他有何特长，玉清一一做了回答。听说玉清是练武出身，又会耍大刀，彭统领立即让他当众给大家表演一番。

玉清来到场中，双手握刀，抱拳谦逊地向众人鞠了一躬道："冯玉清在这里献丑了，请大家多多指教！"说罢，随即舞了一套秦龙九阳剑的套路，只见大刀飞舞，寒光闪闪，冷气逼人。他时而跃起如大鹏展翅，时而前滚后翻如蛟龙闹海，看得大家眼花缭乱，喝彩声不断。

玉清舞毕，彭统领对着大伙儿问道："谁还会什么武功绝技？都一一献来。"

话音未落，只见蔡金元从一兵士手中要过一杆长枪来到场中，抱拳道："回彭统领，在下也学得一点武艺，今日愿献给大家，请多多指教！"说罢，只见他握枪在手，右手抬起，"嗖"的一声将长枪平直地抛了出去，矛头直冲前方。接着他一个翻身，在枪着地时用双手抓住枪身，猛力向后来了个回马枪。随之，他回转将枪尖朝下，猛抖数下后，又是左右横扫，又是前后连刺、上突下防。他的枪法虽稍逊玉清一筹，但也博得了众人的喝彩。其实，金元还有一个绝技，他射箭也是一把好手，不过他今日并未展其技艺。接下来又有几人，也各表演了几套拳路和武艺，但都无法跟玉清和金元相比。

当天，彭雪松便任命玉清为第二汛汛标，金元为第五汛汛标，各统领二百余新兵，而且经霍宗昌同意给他俩各配备了一匹坐骑，与正副统领及湘军老兵一起，负责新兵营的训练。在此后的陕北平乱中，这两支汛，成了第二十六营中最有战斗力的两个汛。

经过十多天紧张短暂的训练，这支新兵营，便随霍宗昌大军开往前线投入了战斗。在队伍开拔前，玉清万分激动，回想到自己在莲花寺险些丧命，后得隐灵寺慧觉师傅收留并传授武艺，这下就能实现他除暴平乱、保境安民的宏图大愿了。他决心在平乱中奋勇杀敌，建功立业，使陕西及家乡早日摆脱战乱之苦，使百姓早日过上太平安稳的日子。当晚，他挥笔写下了一首充满豪气的《出征》诗来：

> 三秦狼烟起，梦断黑水河。
> 立志效班超，投笔操刀戈。
> 平乱洒热血，还尸马革裹。
> 不求留青史，愿闻太平歌。

当时，陕北分布着一股西捻军、陇东董兆祥的起义军及朱天雄大股土匪（后扩充到五六千人）。他们时而相互攻伐，时而联合一起攻州夺县，殃及无数个村镇百姓，把个小小的陕北搅得天翻地覆、鸡犬不宁。

在这几股武装势力中，董兆祥的起义军却与其他乱军行为有所不同。董兆祥是在不堪忍受当地把总王蔼臣的迫害而被迫造反的，他虽然也反清反官府，但却很少祸害当地百姓，且有时为了保护村镇和百姓不被祸害，而不惜与其他乱军乱匪一战。后来，安宁及青龙镇一带，再未受到各路乱军乱匪的袭扰祸害，就得益于董军的保护，因而他的起义军深受百姓拥护，追随者甚，人数有六七万。

霍宗昌在认真分析了陕北的乱局后，制定了"审时度势、区别对待、剿抚并用、各个击破"的战略。按照这一战略，霍宗昌亲自挂帅，以副帅刘松山为先锋，率十余营分几路率先西击朱天雄乱匪。朱匪不堪一击，率先被剿灭。接着霍宗昌率军东击西捻军，经过几次大的战役西捻军兵败，剩余的四五万人全部被赶过黄河逃到了山西河北等地，至此陕西再无西捻军滋扰。

在剿除朱天雄匪乱和西捻军大小十多次战斗中，冯玉清和蔡金元率领的两个汛，作战勇敢，屡立战功，尤其冯玉清表现不俗，很得霍帅赏识。由此，冯玉清不断得到擢升，最后被破格提拔为从六品招讨使，蔡金元也由八品外委升任从七品游击副尉。随后，霍宗昌采取剿抚并用的策略，集中精力对付董兆祥军。他先用兵攻占了董兆祥部所占的几座县城和重镇，接着设计将董兆祥率领的精锐，围困于定远县章台镇，围而不攻、逼其投降。

官军围困董兆祥于章台镇半个多月后，在内无粮草、外无援军的情况下，城中大部分随董兆祥的起义军情绪发生了波动，董兆祥本人也产生了动摇。霍宗昌见招抚董兆祥的条件已成熟，就写了一封情真意切、言辞中肯的劝降招抚信。然而，在选派送信者的事上霍宗昌却犯了难，因为此事关系到招抚董兆祥的成败，需派一位有胆有识且能言善辩而又有一定身份的人前往，他一时还难以找到这样的合适人选。就在霍宗昌犯难之时，已调至霍宗昌帐下的冯玉清，自告奋勇前往劝降。霍宗昌权衡再三后，认为派玉清最为合适，于是便将信件交于玉清，并再三叮咛他一定要注意安全，若劝降不成争取活着回来。

玉清自知此次前往关系重大，能否劝降成功活着回来并无多大把握，他心里已做好了赴死的准备。当玉清临走时，霍宗昌问他还有甚交代的，只见玉清抱拳施礼后说道："回大人，在下临行前有两个请求。"

"冯爱将，有甚请求就讲出来，本帅一定满足你的要求。"霍宗昌说。

玉清说："第一个请求，如果末将这次去董营完不成任务被杀，望大人不必动怒攻打董部，应继续派得力之人去董营劝降。"

霍宗昌听后没有表态，紧接着问道："那你的第二个请求呢？"

玉清接着说："末将是朔州安宁县青龙镇人，家有一七十多岁的老奶奶和五十多岁的父母，如果我这次遭遇不测，请大人安抚我的家人并告诉家人，我是为剿匪平乱而死的，让他们不必伤心。另外，我还有一个未过门的妻子赵兰香，请替我告诉她不要为我难过，另选一好人家嫁了。"

听完玉清的两个请求，霍宗昌说："冯将军，你的第二个请求本帅答应你，到时一定会派人前往贵乡安抚好你的家人和你的未婚妻。这第一个请求嘛，本帅万不能答应。你若遭遇不测，我一定发兵血洗了董营，用董兆祥的人头祭奠将军。"说着，用拳头重重地砸向了几案。

玉清立即单膝跪地，恳请道："霍大人，万万不可！您若发兵攻打董部，势必坏了大帅制定的安抚大计，陕北的乱局何日才能平息？不知又会有多少百姓遭殃。因此，只要招降董部能成功，死一个小小的冯玉清也算不得个甚。再则，您不是常用林则徐大人的'苟利国家生死以，岂因祸福避趋之'的诗句勉励我们吗？因而为招抚大计，我愿冒这个险，还请大人三思，答应末将的请求吧！"

霍宗昌被玉清的真情感动了，沉思了一会儿，扶起玉清说："你能有如此的胸怀和气度，令本帅欣慰。好！本帅答应你。"停了一下，望着玉清又说道，"你此次深入虎穴，一定要注意自身安全。要做好全身而退的准备。我再挑选十几个身手不凡的勇士，随你一同前往，同时再调齐人马做好策应的准备。"

玉清说："谢谢大帅想得如此周全。不过，我此去不带一兵一卒，更能显出我们的诚意。若董兆祥铁心拒降，带再多的兵士也是枉然，反而会连累他们陪我一同丢了性命。"

在玉清的再三要求下，霍宗昌只好依了他。当玉清即将离帐时，霍宗昌对玉清说："冯爱将，你走之前，可有何信物托我转交于家人？"

玉清答道："回大人，末将没有东西可以转交。不过请拿纸笔来，我写几句话交于家人，他们见字如见我本人。"部下随即将纸笔给了玉清。只见他略一沉思，便挥笔写下了一首《诀别》诗：

塞上烽火连天涌，处处腥风血雨声。
此去章台招董部，为国尽忠做鬼雄。

霍宗昌接过诗连诵了两遍，他被玉清这首情系家国、视死如归的豪迈七绝感动了，连声称赞道："好诗，好诗！冯爱将不愧是一位精忠报国、情系黎民百姓的才俊儒将，本帅一定代为转到。"停了一下，他又拉着玉清的手，动情地说，"冯爱将，你一定要给我活着回来，我还等着为你办庆功宴呢！"玉清点了点头。随后，霍宗昌与其他将领，一同将玉清送出大帐，望着玉清孤身一人打着令旗去往了董营。

玉清来到章台镇，城上守军问明来者何人后，便放下吊桥放玉清进了城。等玉清刚一进城，便有十几个兵士上前将他绑了，然后推搡着他向董营走去。

玉清被押进了董营大帐。只见帐内两边站立着二十多位亲兵护卫和几员大将，一个方脸黑须，浓眉大眼，身材魁梧，身披红色战袍的汉子端坐于帐下。玉清心想，此人肯定是董兆祥无疑。未等那汉子开口，一亲兵护卫踢了玉清一脚，喝道："见了董大帅，为何不跪？！"

玉清一昂头道："我只跪拜霍宗昌大帅，从不跪拜叛贼乱将！"

这时又上来两个亲兵强按玉清跪下，可怎么也按不倒他。其中一位抬脚踢向玉清的小腿，可却像踢到了树桩一样被反弹了回来，然后抱住脚疼得哎哟哎哟直叫唤。立时，又上来两人强按玉清，可玉清仍稳如柱石，令那两位亲兵非常尴尬。这时，只见董兆祥一摆手，那几位亲兵便退了下去。

这时，一副将喝道："来者何人？快报上姓名！"

玉清高声回道："在下乃平房大将军霍宗昌大帅麾下，从六品招讨使冯玉清！"

董兆祥早就听说，霍宗昌部下第二十六营有一位攻城拔寨、斩将搴旗的儒将，不料今日前来的，正是威名赫赫的冯玉清。于是他欠起身，仔细地打量着眼前这位年轻军官，果然见他大气凛然、气度不凡，眉宇间透射出一股英武之气。其他将领一听冯玉清三个字，也立时瞪大了眼睛唏嘘不已。少顷，又一将军问道："冯将军，不知你今日前来有何贵干？"

玉清回答道："在下奉霍大帅之命，前来送霍大人亲书的招抚书信。"

这位副将一听，立刻对董兆祥说："董元帅，我们千万不能上他们的当。霍宗昌诡计多端，八成是派冯玉清来诱我们投降，而后再将我们一举剿灭。"这时，又有不少人也跟着大喊不能投降，不能接受招抚，有人主张杀了招降信使，与官兵决一死战。未等董兆祥发话，只见另一将领一挥手，立时上来四五个刀斧手，就要将玉清推出帐外斩首。

就在这时，一直未开口的董兆祥，向手下一摆手道："且慢！先将文书递上来，看他上面都说了些甚，而后再作处置不迟。"大帅发了令，那几位刀斧手便退了下去。接着，一亲兵从玉清衣兜内翻出招抚书给董兆祥递了上去。谁知他展开招抚书看后勃然大怒，将招抚书往案几上一掼，厉声说道："好你个冯玉清，你送来的哪是招降书，分明就是一封战书。你们不仅要收缴我的全部人马，还要抢占我的地盘，不给我们留一点活路，是可忍孰不可忍！"顿了一下，随即大声喝道，"刀斧手，给我把这个大胆的冯玉清拉出去砍了祭旗，定与官军决一死战！"话音刚落，那几个刀斧手立即推了玉清向帐外走去。

董兆祥这一举动，使玉清感到非常意外。招抚书是他同霍大人一同起草的，内容他都能背下来。这封招抚书，可谓晓之以理、动之以情、言之凿凿、句句暖心，按理董兆祥看后应该有所心动，不应拒降。看来，他是决心要与官兵对抗到底了。想到这里，他心有不甘，决心再作最后一次努力，就大声说道："董将军，您可能误会了，请允许在下再作解释。"

董兆祥挥手道："你还有甚解释的？拉出去，拉出去！"

玉清见董兆祥铁了心要与官军对抗到底，知道再作解释只能浪费口舌，反而让董兆祥以为他怕死。于是他没有再喊叫，对推搡他的刀斧手说："请放开我！我岂是贪生怕死之辈？我自己有腿，何用你们推搡。"那几个刀斧手便放开了玉清。只见玉清仰天哈哈一声大笑，从容地向帐外走去，一边走一边大声说道："董兆祥，看来霍大人和我都看走了眼。我原以为你是一位受人敬仰的大英雄，谁知你却是一个不识时务、鼠目寸光、胆小怕死的无名之辈！"

也许是受了冯玉清的嘲笑和激将，董兆祥大声喊道："先将他押回来，看他有甚话要说。"于是，被押出帐外的玉清又被押了回来。待玉清站定后，董兆祥开口说道，"你刚才为何发笑？为何说本帅是个不识时务、鼠目寸光、贪生怕死的无名之辈？"

玉清仍昂着头，毫无惧色地说："董将军果真愿听在下说出原委？"

董兆祥说："愿闻其详，本帅将洗耳恭听。"

玉清这时说道："说你不识时务、鼠目寸光，是你无视眼下所处的困境，无视你手下万余将士的生命安危，仍一意孤行，必将逃脱不了全军覆没的下场。几年来，你与霍大帅大军多有交手，胜算几何？目前你部已被官兵团团围困于章台镇达半月有余，你外无援兵，内无粮草，还能支撑多久？霍大人之所以久围而不攻，就是念及将军是一位受民敬仰的英雄，故而网开一面，给将军留了个迷途知返、归顺朝廷、戴罪立功的机会。"

说到这里，董兆祥插话道："你一会儿说我是不识时务的无名之辈，一会儿又说本帅是受民敬慕的英雄，此话怎讲？"

玉清接着说道："朝廷和霍帅知你当初起义造反，是被地方把总王蔼臣陷害所逼而为，并不是真心反叛朝廷。再说，你起事拥兵后，很少祸害百姓，并保护了大批百姓和村镇不被乱匪血洗杀戮，得到了民众的真心拥护。仅此，足以证明你是一位深明大义的英雄，故而霍帅不忍心看你误入歧途，诚心招抚你部归顺朝廷，共同为朝廷出力、除暴平乱、建功立业。"

"那将军又为何说本帅是个胆小怕死的无名之辈？"看得出，董兆祥被玉清的一席话打动了，连对玉清的称谓也变了。

玉清听董兆祥的态度有了转变，就大胆地说道："自古以来，两军交战，不斩来使。想我只此一人，并未带一兵一卒，就将董将军吓成了这样，非要将我斩首，然后再寻机突围逃命，这不是胆小如鼠的无名之辈又是甚？"玉清说到这里，又提高了声音说道，"在下招抚书已带到，该说的话已说完，听与不听全在将军。尔格，我的使命已经完成，要杀要剐，悉听尊便！"

刚才玉清的一席话，也说到了大多数将领的要害，他们已从心里接受了玉清招抚的主张。这时，一军师模样的人对董兆祥说："大帅，冯将军刚才的话似乎有些道理，请三思。另外，请大帅开恩，不要斩了来使，免得让人家说我们不仁不义。"这位军师一说完，又有几位将领立即附和着替玉清求情。

只见董兆祥哈哈一声大笑，离座走下帐来，向玉清拱手道："冯将军，让你受惊了。"说着，亲自为玉清松了绑，然后又为玉清赐了座。

玉清坐定后，说道："敢问董将军，您刚才唱的又是哪出戏？"

董兆祥坐定后，哈哈一笑，说道："我刚才不是有意要斩将军，我是在试探霍大帅招抚我部是不是真心。刚才听了冯将军的一席话，正合我意，我若不能审时度势归顺朝廷、为国分忧、除暴平乱，那本帅就真的成了鼠目寸光的无名之辈了。"他的话引得玉清和众将领都笑了。

待大家笑过后，董兆祥说："敢问冯将军，我部若真的被招抚，不知霍大帅将如何安置鄙人及我手下的众位将领，以及跟随我一同出生入死的众弟兄？"

玉清说："走时霍大帅亲口交代，你部若归顺后，你部人员一个不变，整编为一个营。该营仍由将军统领，军需给养统由朝廷拨给，但该营由霍大帅统一节制调度。"

董兆祥高兴地说："这样甚好！这样本帅就可以放心了。"接着又说道，"招抚后，仍由我统帅本营将士，难道霍大帅就不怕我又反了？"

玉清说："霍大帅说了，疑人不用、用人不疑，他真心待将军，相信将军定会真心待他的。"

"那怎样才能证明霍大帅招抚我部是真？"董兆祥仍不放心地说。

为了打消董兆祥的疑虑，玉清说："为了证明霍大帅招抚是真，我愿留下来做人质，待将军派人过去商谈好招抚事宜后，我再陪将军一起归往霍大帅大营。招抚若是有假，我愿献上我的项上人头，如何？"

　　军师赶紧说："这样甚好！还是冯将军想得周全。"听军师这样一说，董兆祥也只好点头同意。于是，董兆祥立即派了副将等十几人，带了玉清的亲笔信前往霍营大帐商谈受降具体事宜。

　　约两个时辰，董营去谈判的副将和霍宗昌派来的受降代表一行，带了受降书、委任状返回了董营，霍宗昌仍命玉清为受降全权代表。至此，董兆祥部正式接受了霍宗昌的招抚，被编为"董字"二营，董兆祥也被委任为前敌副总指挥，官居从五品。正式受降那天，霍宗昌率众文武官员，为董兆祥举行了盛大的欢迎仪式。

　　话说玉清在招抚董兆祥部时立了大功，更加得到了霍宗昌的赏识。陕北乱局平定后，霍宗昌拟奏请朝廷对玉清予以重用，恰在此时陕北朔州一带小股匪患又起的消息传至军中。玉清闻听后，向霍宗昌提交了辞呈，要求辞官返回故里，组建乡勇民团，继续剿匪平乱，保一方平安。

　　对于玉清这一文武兼备的爱将，霍宗昌是舍不得让他离开军中的，但当时大军驻扎于甘肃暂无大的战事。在此情况下，他想，让玉清返回故里成立乡勇民团剿匪安民，也不失为之上策，待后有大的战事，再将他召回不迟。尤其是他返回故乡后，还能与他的未婚妻赵兰香完婚，于是他便同意了玉清的辞呈，并叮咛以后若有大的战事，一定召回他，玉清也爽快地予以答应。

　　玉清辞官离开军营时，霍宗昌亲自为玉清书写了表彰其功的手札信函，要求沿途各驿站提供旅途食宿资费，并要求朔州、安宁县给予妥善安置和重用，最后盖上了平虏大将军霍宗昌的红色大印。临行前，霍宗昌在他的大营内，为玉清举行了盛大的欢送宴会，而蔡金元当时并未要求回乡，仍留在了军中。

　　席间，玉清伤感动情，回想自己今生能相遇霍大帅这位雄才大略、忧国忧民而又知人善任的朝廷重臣，真是他的福分，使他学到了许多受用的东西。还有董兆祥，玉清对这位深明大义、识时务且骁勇善战的陇东汉子钦佩有加。尤其与他并肩作战、出生入死的蔡金元，与他结下了难以割舍的生死情缘。行前，玉清与他们一一洒泪而别。

第十章　请巫婆作法害人命
痴情郎现身生还乡

　　青龙镇的天还是那样的蓝，青龙镇的河还是那样昼夜不停地流淌着。玉清离开的这六七年间，青龙镇已物是人非，发生了太多的变故。

　　自莲花寺发生屠村、屠寺惨案之后，青龙镇一带就再未遭遇过大的匪乱，人们尚能安稳地劳作度日。随之，一些幼小的生命，陆续地降临到了这块土地上，其中就包括玉清的亲骨肉小江龙，而一些亡者相继悄然离去，在该地堆起了一座座坟茔新冢，其中就有玉清的一座空坟冢。

　　在冯府，人们还没有从玉清离去的悲痛中完全解脱出来。尤其是忠贤，在承受了丧子之痛的巨大打击之后，身体远不如前，做事没了心劲，心里空落落地像失了魂一样。于是他辞去了青龙镇里正，由新推选的本家老九冯忠有接任。这冯忠有上任伊始，出于对全镇安全考虑，经与众人商议后，动员全街镇的男女老幼，历时三年，在原冯家庄园的基础上，修建了一座长百余丈、宽五十丈、高二丈的城池。

　　再说玉清的母亲，自患了精神病后一直未见好转，呆滞无语，有时连生活也不能自理，令人十分同情。而折老夫人，因长期思念爱孙暗自落泪，眼神已大不如前，坚强的她虽年过七旬，却仍替儿子忠贤掌管着这个家。好在长孙玉廉已能独立理事，将来掌管冯府家业的大任只有指望他了。老二玉孝倒也乖巧懂事，已成了其兄玉廉的重要帮手，而老三玉康养尊处优、平庸无为。

　　然而最让折老夫人放心不下的，就是生在侯府，貌似玉清的小江龙，是不是冯家的亲骨肉？若是，甚时才能相认使他回归冯府。她已七十有余，时日不多，她怕在她有生之年难以了却此愿，将会成为终身的遗憾。

　　冯府的另一个人物小喜梅，如今已长成了十七八岁的大姑娘了，其身材、长相并不比兰香差多少，只是性格，已不像年幼时那般敢说敢为、疯癫泼辣了，变得温柔腼腆多了。不过这些年，玉清哥的突然离去，像一块大石头一样一直压在她的心上，使她难以从痛苦中解脱出来。他们虽然不是亲兄妹，但却比亲兄妹还要亲，她忘不了，最初是玉清哥收留了她并给了她一个温暖的家，她忘不了，是玉清哥教她读书识字，让她懂得了许多做人的道理，她更忘不了，是玉清哥给予了她莫大的关爱和保护，这种救自己于水火，待自己胜过亲妹妹的大恩令她终生难忘。只恨这样的大恩，她今生再也无缘相报，这怎不令她内疚伤感呢？因而这几年来，她无心考虑个人的终身大事，每当父亲、奶奶提及或有人上门提亲时，她都以奶奶年迈、父母有病需要照看，或其他理由予以回绝。

在侯府又是另一番景象。兰香的大哥赵启明、二哥赵启星那晚装鬼，虽未能杀了仇人侯世耀，却造成他重伤，此后他的身体极度虚弱，越发显得衰老了，行走离不开拐杖。而他的大公子大马猴侯金贵，那晚被她的亲娘捉奸误打断腿后落下了终身残疾，虽没有拄拐杖，但左腿走路一瘸一拐的，好在他年轻并不碍大事。不过那晚，他乱伦企图强暴他三姨娘的事，已在全镇传得臭不可闻，人们见了他如同见狗屎一样躲着他走。而大马猴还是本性难改，见了漂亮女人仍然贼眼发亮、想入非非，不过从那以后，他再未敢打过三姨娘兰香的主意。心肠歹毒的强月娥，三番五次毒害兰香不成反而险些要了儿子金贵的命后，气得大病了一场，发誓一定要寻机除了兰香这个祸害不可。

侯府发生的这一连串不幸，在侯世耀看来，全都是因为他娶了兰香而导致的。他认为，兰香就是一个灾星，因而他几次都想休了她，但却担心赶走了兰香，江龙无人照看，会有被狠心的强月娥害死的可能，就暂且留了她，等江龙稍大点后再将她赶出侯府不迟，不过此后他待兰香的态度更冷峻恶劣了。而侯府的好人——侯世耀的二公子侯金来，此时已基本掌管了侯府大部分营生，他有时实在看不过父母对待三姨娘的所作所为，便会出面干涉阻止，这让兰香多少有了一点活路。

自兰香进入侯府的这几年间，她如同进入了地狱一般，随时都在和死神打交道。她依靠坚强的意志，硬是活了下来，尤其是看到儿子江龙一天天长大，也增添了她活下去的勇气和信心。在这几年间，她一刻也没有忘却对玉清痛彻心扉的思念，她仿佛觉得玉清哥始终和她在一起，陪她一起说话、一起流泪。因此，她要坚强地活着，要把儿子江龙抚养成人，完整地交还给冯家，她就可以了无遗憾地去见她的玉清哥了。

然而兰香的命运并不掌握在她的手里，而是掌握在侯世耀和强月娥手里，他们随时都会赶她出府或要了她的性命，尤其是那个狠毒的强月娥。就在前几天，强月娥为报那晚捉奸险些使儿子丧命的仇，找了一个神婆，事前给她如此这般地交代了一番，以给老爷驱鬼消灾为由，将她请进了侯府，设坛为侯世耀作法。

只见这一神婆，身披降魔服，手持除妖剑，口念驱鬼咒，披头散发地在屋内一阵施法后，突然仰天呼道："诸位臣民接旨听，我是玉皇大帝派来的天魁星；今日下凡显神灵，专为侯府驱鬼捉妖精。刚才，本帅作法，果见贵府上空有一股黑云笼罩，妖气蔽天，原来是一千年白狐修炼成精，潜入府中祸害老爷。"

强月娥故作惊恐地问道："大仙，这白狐精现在何处？"

神婆说："这妖就在府内。请夫人放心，她是逃不掉的。今日遇到本仙，算是遇到了她的克星，也是她的死期到了。"而在场的大多数人是不明真相的，又听说白狐妖精就藏在府内，个个吓得面如土色、惊恐不已。这时又听神婆说道："大家不要害怕，有本大仙在此，定能捉拿了此妖。大家随我来！"说着，带领众人出屋捉妖，连侯世耀也起身跟了出去。

只见神婆来到院中，突然用桃木剑一指东南兰香的屋子说："此妖就藏在那个屋子，大家快跟我前去捉拿！"说着，便带领强月娥等人冲进了兰香的屋。

兰香的屋里只有兰香和徐妈两人，小江龙上私塾还未回来。自强月娥请神婆进府折腾起，兰香就预感有一种不祥之兆，她不知道强月娥又准备使甚坏心眼，就让徐妈过去观看。待徐妈返回后，告诉她大太太请了神婆为老爷驱鬼消灾时，她就知道自己今天难逃一死。于是，她就将玉清给她买的蓝田玉手镯和一封信，包了交给徐妈保存好，并跪在徐妈面前说："干娘！这些年来，您老待女儿胜似亲娘，要不是有您的相伴和保护，女儿不知死过多少回了。您老的大恩，女儿今生怕是报不了了，只有等来世再报！今有一事，还需拜托母亲大人代劳。"

徐妈早就被兰香的话吓坏了，忙说："女儿，有甚话快说。"

兰香说："娘，如果女儿今日遭遇不测，就请娘将这只手镯和这封信务必转交给冯府折老夫人或冯老爷手上。并在适当时机告诉江龙，他的生父叫冯玉清，他是冯家的后代，让他长大懂事后一定要回到冯家去。"

其实这些年来，虽然兰香一直未对徐妈透露过半句有关江龙的身世，但凭直觉，她早就猜到江龙是玉清的亲骨肉，只是心照不宣不说罢了。今日见兰香对她说出实情，并代为转交信物，就知此事关系重大，于是接过信物藏在身上说："女儿放心！为娘一定会将信物亲手交于折老夫人或冯老爷的。"兰香便给徐妈磕了三个响头，这才起了身。

待兰香刚将后事安顿停当，神婆就带领大太太强月娥等人闯了进来。见屋内只有兰香和徐妈两人，有人便问神婆道："大仙，这屋里只有三姨太和徐妈，哪来的什么白狐精？"

只见神婆一指兰香，说："此女就是白狐精所变，你们这些凡眼肉胎的俗人，哪能识得此妖。她潜入侯府多年，兴妖作怪，前几年有两个小鬼夜闯侯府险些要了老爷的命，就是此妖作的孽。今日若不除掉此妖，侯府将会发生更大的血灾。"起初侯世耀半信半疑，经大仙这么一说，再联想起那晚可怕的一幕，也就信以为真了，其他人听后也都吓得不断地往后躲避。

这时，只见强月娥推了一把赵四和谢广生说："赵四、广生，还不快帮大仙捉拿白狐妖精，还等着让此妖日后祸害侯府、祸害老爷吗？"赵四自上次随大太太捉奸误伤了侯大公子后，常挨大太太和老爷的训，这次为了讨好主子，就壮着胆子上前抓住了兰香的胳膊，使兰香动弹不得。这时，马改花也上前帮忙捉拿兰香，她也是为了上次的事想为主子立功赎罪。

兰香见状，一边挣扎，一边拼命地大声喊道："我不是妖精，大仙的话全是骗人的，请不要相信她的话！"

强月娥哪容兰香再喊，就指使马改花用布塞住了兰香的嘴，她又用事前准备好的床单蒙住兰香的头，然后将兰香结结实实捆绑起来扔到地上说："大仙，此妖已被捉住，接下来该如何处置？"

神婆真像降妖的功臣一样，得意地说道："此妖已被我捉拿，这下她是逃不掉了，容我请示玉皇大帝后再做定夺。"说完，双手抱剑，闭起眼睛，口中又念了一阵谶语，然后睁开眼说道，"玉皇大帝下旨了，此妖罪孽深重，不可饶恕，应点天灯或沉河。"

众人一听，唏嘘不已，这玉皇大帝处置妖魔也太过血腥残忍了，便纷纷摇头表示难以理解。而侯世耀这时也被神婆蛊惑得呆若木鸡，未做任何表态，任凭神婆处置兰香。而强月娥，这时却充起慈善人了，向神婆求情道："大仙，我也是个行善之人，见不得酷刑。我看，对这白狐妖精，就不要点天灯了，就沉河吧，也让她死得痛快一点，请大仙恩准。"

神婆说："难得大太太一片仁慈，那就依了大太太之意沉河吧！"说毕，吩咐赵四等人抬起兰香去沉河。

徐妈见他们要抬兰香去沉河，就"扑通"一声跪了下来，哭着求情道："求求大仙，求求大太太！，你们就饶了兰香吧……"可神婆和强月娥像未听见一样，仍指挥人将兰香抬出了屋。

也许兰香命不该绝，神婆和强月娥指挥人刚将兰香抬出府门，迎面却碰上了强月娥的二公子侯金来。见状，他问强月娥道："娘，你们抬的甚，要往哪里去？"

还未等强月娥回话，神婆抢先说："我们捉了个白狐妖精，本元帅奉玉皇大帝之命，要将她沉河去！"

侯金来到底是读过私塾的，压根儿就不相信什么鬼神，他猜想一定是母亲伙同神婆，又在暗害可怜的三姨娘了。就拦住神婆说："哪里来的白狐精？能解开绳子让我看一眼吧？"

神婆不知道这是侯家的二公子，就大声说道："你是哪方来的妖孽？敢挡本大帅的道！再不让开，小心我连你也一块儿捉拿了。"

这时旁边有人说："大仙，这位是侯老爷的二公子侯金来少爷。"神婆一听，再未敢作声，却看着强月娥等她发话。

强月娥这时才对金来说："老二，这事你甭管。一切全听大仙的，有事忙你的去吧。"

侯金来说："这关乎人命的大事，我岂能不管？"说着，让赵四他们把人放下。

谁知强月娥发火了，对着金来说道："老二，你咋连老娘的话也不听，滚一边去！"接着又对赵四说，"还不赶紧抬上走，误了沉河的时辰你担当得起吗？"赵四看大太太发火了，又准备抬着兰香往外走。

"赵四，你连本少爷的话也敢不听。放下！"金来厉声喝道。在过去，赵四或许不会听二公子金来的话，但如今这二公子可是侯府的少掌柜，于是赵四等人乖乖地放下了兰香。金来立即上前解开绳子一看，果然是三姨娘，就扶起兰香并取下她嘴里的布团，之后愤怒地对神婆说："这就是你捉的妖魔？我看你才是害人的妖魔。你干甚不好，成天装神闹鬼到处骗人。可恶的是，你竟还要害人家性命。我看，今格就先将你沉到河里去，让你以后再害人！"说罢，又吩咐赵四说，"赵四、广生，给我把这个装神闹鬼的妖婆捆了，扔到河里去！"

还未等赵四和谢广生动手，神婆便吓得"扑通"一声跪在地上，头磕得跟个捣蒜锤似的求告道："我有眼不识泰山，还望二公子饶了我吧。我以后再也不敢装神弄鬼害人了。"至此，这位神婆，自称玉帝派到凡间的天魁星大元帅的魔法没有了，完全变成一个怕死的可怜虫。

金来踢了神婆一脚，说道："滚！"

神婆一骨碌爬起来说："是是是！"往外跑去。可刚跑了两步又返了回来，对着强月娥说，"大太太，你说好给我的银子还没给哩！"

强月娥的脸，"唰"的一下子红到了脖根。众人这才知道，这场驱鬼除妖的闹剧，原来是强月娥和神婆早就预谋好了的。金来这时指着神婆，替母亲解围说："你再瞎说，看我不真把你投到河里去！"

吓得神婆连连摆手说："少爷，这银子我不要了，不要了！"说完，踮着小脚一咯拧一咯拧地跑了，惹得众人一阵哄笑。

兰香这次又幸运地躲过了一劫，但她想，自己总不能老是这样幸运吧？说不准哪一天就会死在侯府、死在强月娥和侯世耀手里。这期间，兰香不是没想过要带儿子出逃，但是她能逃往哪里呢？赵家河是不能回的，若让他们抓回来必死无疑。逃往外地四处飘荡？在这兵荒马乱、土匪横行的年月，他们孤儿寡母恐怕连一天也活不成。若这时就将江龙送还冯府让他归根认祖，此路也行不通，因为冯府未必相信江龙是他们冯家的后。她前几年有意试探了一回，小江龙就被冯府无情地赶了出来。即便是他们相认了，又无凭无据的，恐怕江龙在冯府也难以立足。

思前想后，兰香认为，还是暂时寄留在侯府比较好。尽管她每时每刻都会有凶险，但至少儿子是安全的，这是因为，至少目前侯世耀还以为江龙是他的后，不会允许强月娥害了江龙的，至于她的安危就无足轻重了，只要儿子是安全的，她就是死了也是值得的。因此在侯府，她度日如年地苦熬着每一天，盼望着乌云消散，盼望着儿子快快长大。欣慰的是，儿子江龙很优秀，在她的精心教学下，已能背诵一百多首古诗词。在私塾里，虽然他的年龄最小，但却名列前茅，常得老先生冯尚儒的赏识夸赞，说他遇到了第二个年幼的冯玉清，今后必成大器。这些，都是兰香最引以为豪的，相比之下，她过去受的一切苦难就都不算个甚了。

玉清不在的这些年里，安宁县还发生了一件大事，那就是那位才气过人、爱民如子的好县官牛智祥，因过于耿直得罪了上司，后又被政敌陷害革了职，被发配回老家江苏去了。离开返乡那天，沿途百姓十里相送，场面极其感人。目前，新任县官同继洲刚到任不久，他到底是个清官还是赃官，到底是个好官还是个赖官，百姓一概不知，只能听其言、观其行了。

再说，玉清离开霍宗昌大营，经过一个多月的长途跋涉，终于回到了安宁县。在玉清返回青龙镇途经安宁县那天，玉清在县衙得到了这位新任知县的热情款待。当同知县看了霍宗昌亲书的信函后，立时对眼前这位战功卓著、英气逼人的青年大加赞赏，并挽留他屈就县丞一职，同时兼任安宁县武都把总，协助他主政安宁。玉清婉言谢绝了同知县的盛情，之后他又委任玉清为青龙镇、任家坪、邢家寨三乡镇民团团总一职，由他组建地方民团，承担起三乡镇保境安民的大任。这正中玉清下怀，剿匪平乱、保境安民，是他义不容辞的责任，他便爽快地答应了。当下，同知县立马行文告知三乡镇乡镇长和青龙镇驿丞田福学，要他们积极配合，全力支持。

这天，青龙镇迎来了一位特殊的人物，那就是失踪了六七年、误以为被乱匪杀害了的冯玉清。当玉清刚踏入青龙镇东街口时，便被人认出来，于是玉清还活着、玉清回来了的消息立即传遍了整个青龙镇，随后玉清便被围得难以移步。玉清感动得眼睛湿润了，他不停地向人们拱手问好。

突然一大汉挤了进来，他一见玉清，先擂了玉清一拳说："玉清，你还活着？你没有死？"接着一下抱住玉清，伤心地痛哭了起来。

原来这位大汉就是玉清的姑表兄、那晚跳河逃脱的折冬生。玉清一见表兄，两人紧紧地抱在一起，激动地哭成了一团。少顷，玉清含笑说："表哥，你兄弟的命大着哩，没有死！"

冬生一下破涕为笑道："没死就好，没死就好！那你后来是怎样逃脱的，这些年又去了哪里？"

玉清说："表哥，说来话长，容兄弟以后再慢慢细说。"

冬生说："那是，那是！哥以后再慢慢听你细说。"停了一下，他又催道，"咱们赶快回家吧，姥姥和大舅想你都快想疯了。"接着，他对围观的人大声说道，"让一下，请让一下！让玉清先回家，稍后大家再问不迟。"说着，便拉起玉清向冯府快步走去。

这下那个憨憨大嘴玉喜又有事干了，他扯着嗓子大声喊道："玉清没有死，玉清回来了……"且一边喊，一边东家入、西家出地满街镇乱跑，霎时累得下气不接上气。

消息传回到了冯府，大家都不敢相信这是真的。首先是折老夫人，当她听说玉清还活着并已回来了的消息时，只觉得脑袋一阵眩晕，差点摔倒，立即让忠贤和喜梅扶了她，颤巍巍地朝府外走去。而忠贤和喜梅父女俩，此时也激动得难以自控。

玉清刚一踏进府门，就看见父亲和妹妹喜梅扶着奶奶出来了，一下子跑上前跪倒在地，叫了一声："奶奶！"便泣不成声了。

折老夫人虽然眼睛有些昏花，但她看清了跪在她眼前的正是她日思夜念的爱孙玉清时，哽咽着说："玉儿啊！你可想死奶奶了……"便哭着再也说不出话来。

忠贤已是老泪纵横，抚摸着儿子的头悲不成声。玉清看到父亲苍老了许多，头发全白了，腰背也驼了，就又跪到父亲面前哭着说："爹！孩儿不孝，让您为孩儿担心了。"

这时的喜梅，早已哭成了一份水，她抱住玉清哭着说："玉清哥，这些年，大家都以为你让乱匪给害了。你知道，爹和奶奶想你想得都快疯了。你可知道，这些年，家人是怎样过来的吗……"

玉清说："都怪哥，这些年没有及时与家人取得联系，让家人跟着我受累了。"说话间，大哥玉廉、二哥玉孝、三哥玉康及嫂侄都来了，唯独未看到他娘，于是玉清问喜梅："喜梅，咋不见娘哩？"

喜梅用手指着坐在上院屋檐下的母亲，说："娘在那儿。"

玉清一看，只见娘散乱着头发，一个人默不出声地坐在那里。就问道："喜梅，娘这是咋啦？"

"哥，娘还不是经受不了打击，就成这样了。"喜梅伤心地说。

玉清一下子跑过去跪下，摇着母亲说："娘，你看看我。我是你的玉儿呀，我回来了！"

一直疯癫滞呆的玉清娘，当听到"玉儿"二字后，立即睁开眼睛看了玉清一阵，便"啊"了一声昏了过去。玉清连忙喊道："娘！你怎么了？你怎么了……"

这时忠贤走过来，说："玉清，你娘听说你被乱匪杀了后，就疯成了这样。不过不要紧，睡一会儿就会好的。"随即让王妈和喜梅背夫人回房去了。

玉清哭道："娘！都是孩儿不好，让您变成这样了。"

这时，折老夫人拄着拐棍，来到玉清跟前说："玉儿，你娘没事。不要打扰她，让她安安静静地躺上半个时辰就会好的。"随后握着玉清的手说，"孙儿，来！让奶奶好好瞧瞧我孙儿是胖了还是瘦了。"说着，眯起眼睛端详了一会儿，高兴地说道，"我孙儿是长高了，也没胖，只是皮肤比以前黑了，更结实了，更像个男子汉了。"说完爽朗地笑了起来。笑完后，又托起玉清的手说，"来！跟奶奶到上窑去，给奶奶好好说说，你这些年都去了哪儿，都是怎样过来的。"

玉清随奶奶来到上窑客厅，后边除过冯府的人外，还有本镇新赶来的一些人，连老秀才冯尚儒，也将私塾的学生提前放了学赶来，霎时一个小小的客厅便挤满了人。喜梅安顿好母亲，让王妈先照看着也赶了来挨着玉清坐了，而憨憨玉喜此时在厅外挤不进来，急得嗷嗷地转着圈儿。

玉清将奶奶、老秀才爷爷、老舅折俊卿、父亲及姑夫折庆荣，还有张新贵、杨百雄等长辈安顿在上位坐了，正要讲这些年他所经历的事情时，突然厅外有人喊道："让开，让开！"

随着喊声，只见两三个人挤了进来。为首的一进来便向玉清施了一礼，随后自我介绍道："鄙人姓田，名福学，是本镇的驿丞。县里同知县已来了信函，委任你为本镇、任家坪和邢家寨三乡镇民团团总，今后本镇的社会治安就靠冯团总了。我在驿镇所给你腾出了几间屋子作为你的府邸，今后我们就要在一起合作共事了，还望冯团总多多关照。"

玉清见来人是青龙镇的驿丞，忙起身给他让了座，说道："幸会，幸会！我刚回来就给田驿丞添麻烦了，以后还需田大人鼎力支持。"

"好说，好说。"田福学欠了欠身说。

这田驿丞到任已两年多了，他是青龙镇、任家坪和邢家寨三乡镇的最高行政长官。听他说玉清被知县任了三乡镇的团总，这官肯定比驿丞的官大，那玉清这几年在外都干了些甚，怎么会有这么大的来头？人们都好奇地瞪大了眼睛望着玉清，想急于知道答案。这时，老秀才冯尚儒问田福学道："田驿丞，这玉清刚回来还未立尺寸之功，这同知县咋就给他任了三乡镇的民团团总哩，这到底是咋回事？"

田福学一笑，说道："老先生，这您老就有所不知了吧？"

老秀才说道："愿闻其详。田驿丞，你就不要卖关子了，快讲讲吧。"

只听田福学说道："冯团总，他可是咱陕北的大英雄。这几年他南征北战，在陕北平匪平乱中立了不少军功，得到了平虏大将军霍宗昌大人的赏识和重用，官至从六品招讨使，比咱们同知县的官还大哩！"

经他这么一说，人们就觉得更玄乎了。首先是折老夫人、老秀才和忠贤不信，认为田驿丞是在撒谎，自己的孩子自己还不知道，他一个文弱书生，手无缚鸡之力，哪会舞刀弄枪地上战场打仗哩？于是老秀才看了一眼玉清，摇着头继续问道："这么说来，他既然是个大英雄，又得了平虏大将军霍宗昌大人的赏识，官至从六品，那他又为何回来了？而且同知县才给他任了个从七品级的团总呢。"

田福学说道："老先生，这话算您问到点子上了。您可知道，虽然咱冯团总年轻，可他的志向却大着哩！他谢绝了霍大人的挽留和举荐，就是为了剿匪平乱，保境安民的，因而才屈就了这么一个小小的三乡镇的民团团总，此等胸怀，令我田某人钦佩不已。"

老秀才还是半信半疑地说："这些你又是咋知道的？"

田福学说道："我是刚从同知县的信函中知道的。霍宗昌大人还专门为冯团总写了表彰其功的手札信印哩！不信，你让冯团总拿出来一看不就相信了嘛，鄙人还想一睹霍大人的手札信印哩。"

听他这么一说，玉清这才从他带的包袱内，取出霍大人写的手札信印交给了奶奶。折老夫人虽不识字，但她却认得红色的大印章，她拿起端详了一阵后，高兴地说道："还是我孙儿行，为咱们冯家争了光，不愧是我的好孙儿。"随之将信印递给了老秀才，这时识字和不识字的，也都一齐将头凑到了老秀才跟前。

老秀才接过信印，戴上老花镜仔仔细细、从头到尾看了一遍，看完后才感慨地说道："田驿丞说的一点儿也不假，玉清真乃文武双全的奇才。自古英雄出少年，少年时老朽就看出他不是一般的人，今日果然应验。能得平虏大将军霍宗昌大人的赏识重用，那可是至高无上的荣耀，这不仅是我们冯门的光荣，也是咱安宁县和咱陕北的光荣，真是后生可畏、前途无量啊！"说完，将信印交给众人传看。

这时，田福学起身告辞，说："冯团总，你和家人久别重逢，今日你刚回家，就和家人好好叙叙旧吧，我就不打扰了。今日只是拜会拜会，改日鄙人再为团总大人接风洗尘！"说完，领着来人走了，玉清一直把他送出了府门。

这时，一直进不了屋的玉喜，这下可逮住机会了，在玉清返回时，一下跑上前拉住玉清的手，嘻嘻地笑着说："玉清哥，你可认识我？俺可想你哩，嘿嘿嘿……"

玉清摸着玉喜的头，说："认得认得，这不是我玉喜兄弟吗。看，比我长得都高了。"

玉清的一番夸赞，立时使玉喜喜得手舞足蹈，咧开大嘴还想说甚，却被旁边的人吼道："去去去！哪里都有你，快一边待着去！"

玉喜嘿嘿嘿地笑着，转身跑出了府门，而且一边跑，一边高声喊道："我玉清哥当大官了，我玉清哥当团总了……"

玉清送走田福学回屋后，屋内的人已经等不及了，催促玉清赶快讲讲他的传奇经历，玉清坐定后，开始讲起了他的经历来。他从黑水河遇到乱匪，亲眼看到莲花寺惨案和如何逃脱讲起，到夜宿古庄、遇狼跳崖、药农相救、寺院学武，再到如何从军平乱，足足讲了一个多时辰。这期间，全客厅内鸦雀无声，讲到悲伤处，众人痛哭流涕，唏嘘声不断；讲到率军杀敌、平乱立功时，众人又激动不已，赞声不绝。

这中间，只有折老夫人最为伤情。她知道孙儿遭了这么大的难，心都要碎了，眼泪止不住地流了下来，手帕早已湿成了一团。等玉清讲述停歇的空档，她说道："玉儿啊！你能大难不死，这是我们冯府八辈积来的福。但是你不能忘了，因救你被乱匪杀了的那位不知姓名的后生，还有鄜州不知姓名的药农与隐灵寺的师傅等好人。记住，受人一恩，应永生不忘。要是没有这些好心人相救，哪有你的今天？孙儿，每年清明节时，不要忘了给那个后生也烧上一炷香。"

老秀才冯尚儒，接过折老夫人的话说道："玉儿，你奶奶说得对，受人点滴之恩，定当以涌泉相报；食人一口舍饭，当以石粮相还。孙儿，要记住，宽厚仁善、知恩图报，是咱们中华民族的传统美德，任何时候都要铭记于心、全力传承，切莫颓废遗忘。"

"奶奶、爷爷，孙儿记住了。"玉清回答着。玉清的父亲忠贤听了儿子的叙说后，对儿子这些年的遭遇也是百感交集，老泪纵横。而喜梅从开始到最后，一直都是泪流满面，伤感不已。

正当大家围着玉清听得入神时，突然佣人王妈跑进来高兴地说道："老夫人、冯老爷，齐夫人醒了，齐夫人好了……"

随着话音，只见已疯了多年的齐春叶光着脚跨进门来，连声喊道："我的玉儿在哪里？我的玉儿在哪里……"

玉清一见娘，连忙扑上去跪在母亲面前，抱住母亲哭着说："娘呀！你的玉儿在这里。"

只见齐春叶一边捶打着玉清，一边泣不成声地哭着说："玉儿啊！你跑到哪里去了？你让娘找得好苦啊……"接着，母子俩抱在一起哭成了一份水，引得其他在场的人也哭了起来。

齐夫人的突然苏醒，令人们兴奋不已，都说这是菩萨显灵。也有人说，这种在大悲之下得的疯病，也只有在大喜之下才能好转，今日玉清突然回来，她一看到儿子又一受刺激，病就好了。不管怎样，儿媳的病总算好了，折老夫人感慨地说道："真是母子连心哪。孙儿，你今后可要好好善待你娘啊！"玉清哭着连连点头。

玉清突然回到青龙镇的消息，也早就被憨憨玉喜传进了侯府，引起侯府的一阵躁动和不安。

首先是侯世耀，听说玉清没有死，已回到了青龙镇，起初压根儿就不信，正想抓住憨憨问个仔细，可玉喜一甩手说："不信拉倒！我还忙着哩，没工夫跟你扯淡。"说完，一甩手就跑了出去。当侯世耀正在纳闷时，又见憨憨气喘吁吁地跑进来说，"玉清当大官了，玉清当大官了！"喊完，又要转身往外跑。

侯世耀上前，一把抓住他问道："憨憨，你说玉清当甚官了，他真的还活着？"

玉喜这下跑不了了，就瞪着眼睛说："我说了，你不再打我了？"显然，他前几次来侯府传消息时，被侯家人给打怕了。

"你说，这下不打了。"侯世耀说。

憨憨玉喜这下放心了，眉飞色舞地说道："我玉清哥真的没有死，真的回来了，还当官了。"

侯世耀问："玉清当甚官了？"

玉喜说："我玉清哥当团总了，官可大哩！"

"这团总是个甚官，有多大？"旁边的赵四问。

"我也不知道是个甚官。反正可大哩，连你们都管。"玉喜得意地说。

这时，大马猴一瘸一拐地上前踢了玉喜一脚，骂道："真是个丧门星，尽报些老子不高兴的事，滚！"

玉喜捂着屁股说："说好了不打人的，咋又打人了？你们说话不算数、不算数！"

谁知大马猴扬起拳头说："你个臭憨憨，再不滚，看老子不打断你的腿！"

玉喜赶紧抱住头转身跑出了侯府，而且一边跑，一边大喊："侯府打人了，大马猴打人了……"

玉喜跑走后，侯世耀这下相信玉清没有死，玉清回到了青龙镇而且还当了个甚团总的官，他的心开始翻腾了。他知道兰香一直没有断了对玉清的念想，他原以为随着时间的推移，兰香就会慢慢地忘掉玉清，死心塌地地跟他过日子。这下没指望了，她知道玉清还活着，而且就近在眼前，心就再也收不回来了，以后他俩难免会旧情复燃，会不会再干出甚苟且之事来，那就说不准了。更为重要的是，那个已六岁的江龙，别人背地里都议论说这个孩子是玉清的种。论长相，他也怀疑过，但当时他想，即便他是冯家的后，但玉清已死，谁敢来他侯府相认，何况到底是谁的种还说不准哩。因此，他就权当是他的后养着，不信江龙大了不认他这个老子。然而尔格事情全变了，玉清活着回来了，贱人的心也复活了，若江龙真是玉清的种，她肯定会告诉玉清和江龙的，人家亲父子一相认，那就没他的甚事了，这不是白给人家养活了一个儿吗，这种赔本的买卖，是会要了他的命的。

这还不算，玉清跟江龙相认了，那兰香也会设法回到冯府一家人团聚的。即使他们不敢明里来，肯定会使暗招的：一是兰香可能会暗中下毒要了他的老命，等他一死，她就会光明正大地嫁过去；二是，玉清这次回来还当了个甚官，连县官都抬举他，手中有职有权，万一再给他安个甚罪名也会要了他的命。侯世耀一想到这些，便提心吊胆、寝食难安。

而强月娥自知玉清活着回来后，心就更慌了，她过去对兰香和他们赵家做的那些事，哪一件不够坐牢杀头的？平时兰香明知是她使的坏，但她只疼不敢呻唤。这下就不一样了，她的旧情人回来了，她肯定会向玉清诉苦告状的，玉清也肯定会替她出气治自己的罪。她只恨自己心太软了，当初要是心狠一些，早就要了兰香的命，何来尔格这些担惊受怕的事，然而现在一切都晚了，因此她也惶惶不可终日。

这天，兰香坐在屋门口，一边等江龙放学回来，一边给江龙缝补着衣裳。当她听说玉清活着回来的消息后，针线簸篮一下从她的手里掉到了地上，整个人像傻了一样呆呆地一动不动。她简直不敢相信自己的耳朵，更不敢相信这是真的。

正在她发呆时，江龙挎着书包回来了。看娘傻呆呆坐在那里一动不动，忙上前摇着娘，叫道："娘，您这是咋啦？"

这时兰香才回过神来，一把抓住江龙的手，问道："江龙，你听没听过有个叫冯玉清的人回来了？"

江龙不解地说："娘，您问这做甚哩？"

兰香摇着儿子的肩膀，急切地问道："儿子，快说！是不是冯玉清回来了？"

"娘，刚才是有个叫冯玉清的人回来了。为这，冯老先生还提前给我们放了学，然后他就到冯府看冯玉清去了。"

"那你见到他了没有？他长得甚样？"兰香仍一个劲不停地问。

江龙说："见了，只是人太多我到不了跟前。长相吗？个子高高的、帅帅的。奇怪，有人说我长得像他。娘，你问这些干甚哩？"

兰香听后，一把将江龙揽到怀里紧紧地抱住，眼泪一下涌出了眼眶。她再也控制不住自己的感情，不出声地抽泣起来。

小江龙不解地摇着母亲，惊恐地叫道："娘，您这是咋啦？"

这时，徐妈走了进来，看到兰香哭成了这样十分同情，就从兰香怀里拉过江龙说："江龙，跟奶奶到外边去玩，让你娘一个人待一会儿。"她拉起江龙临出屋时，扭回头对兰香说，"孩子，你就痛痛快快地哭一场吧。"边说边抹着眼泪走了。兰香回屋，一下子扑到炕上，用被子蒙住头放大声悲哭了起来，足足哭了有一个时辰。

夜晚，她将儿子哄睡后，翻来覆去不能入睡。她高兴，她日思夜想的玉清哥还活着，她为之几次想赴黄泉追寻的玉清哥，此刻就在距她不远的冯府，她感激老天有眼，今生今世她还能再见到玉清哥。尤其是，她为之九死一生生养的儿子，她终于有机会归还给玉清哥了，她的小江龙就不会再是一棵无根草，而是一个有亲生父亲的孩子了，这是最令她高兴和值得庆幸的。然而令她遗憾的是，他们以后虽有机会相见，但却永远不可能在一起了，如今她已成了别人之妻，身子已不干净了，即使有朝一日玉清哥愿意接纳她，她也没脸和人家在一起了。他们原来对天盟过誓，可后来尽管有种种原因，她还是背叛了玉清哥，连她自己也不会原谅自己，何况玉清哥呢？这老天爷真会捉弄人，原来他们是阴阳相隔难相见，今日却又是近在咫尺难相聚。她不知道，今后她将会怎样面对这一现实，又将会怎样挨过这难熬的每一天。

她准备瞅适当时机，先消除玉清哥对她的误解，再将江龙的身世告诉与他，然后就可以放心地把江龙交给玉清哥了。只要他们父子一相认，她的任务就算完成了，就再无甚遗憾和牵挂了；只要他们父子一相认，她是不会再待在侯府和青龙镇的，她会悄悄地离开青龙镇，到一个不被人知的地方结束自己的生命，然后再到阴间陪伴为她而冤死的父亲。不过，她会在那边为他们父子祈福，保佑他们父子平安，这样想来，她的心里也就宽慰了许多。

这一夜，玉清陪家人说了很多的话。玉清突然归来，其母突然苏醒，令冯府的人惊喜万分。这一夜，玉清虽陪家人说了很多的话，但他最想知道的还是兰香的情况，于是当他急切地问兰香的情况时，家人面面相觑，没有做正面回答。最后，还是折老夫人先说了话："玉儿啊！奶奶知道你想着兰香，她好着哩，不必担心。"

玉清说："奶奶，那我明天就准备去赵家河看兰香去。那次婚没有结成，让人家又等了这么些年，心里觉得怪对不起人家的。"其实，玉清这次辞官返乡，除过成立民团剿匪平乱外，那就是要与他朝思暮想的兰香完婚的。

见玉清明天要去赵家河看望兰香，大家心里都不是个滋味，又把目光投向了折老夫人，只听她说道："玉儿，去赵家河不急，你出门在外这么些年，家里人还想和你多待几天哩！尤其你娘的病刚好，你应该多陪陪你娘才是。至于去赵家河的事，我会安排的。"停了一下，她又说道，"玉儿，你远路回来，也未顾上歇一会儿，又陪大家拉了半宿的话，也该歇息歇息。再说，奶奶上了年岁也累了，你爹身体又不好，也到了该歇息的时候了，一切等明天再说。"

玉清立即点头称是，之后大家各自都散了去。大管家罗长庚早把玉清的房间收拾好，领玉清休息去了。玉清走后，忠贤、玉廉、玉孝、喜梅等人又来到折老夫人住处，商量该如何应付玉清要去赵家河看兰香的事。喜梅说："奶奶，我玉清哥可是个重情重义的人，他要是知道兰香已嫁人生子的事，那是受不了的，您说这可咋办哩？"

忠贤说："这事瞒是瞒不住的，他迟早会知道的。我看，不如明天就把实情告诉他，就怕他经受不了这个打击。"

停了半晌，折老夫人长叹一口气，说道："唉！我那可怜的孙儿，刚回来的高兴劲还没过去哩，恐怕又要经受打击了。我看，暂时先瞒住他，等过个一两天再告诉他，让他慢慢地接受，总比立马告诉他要强些。"之后，她又告诉所有的人，这一两天先稳住他，容她好好想想该如何告诉他。大家都觉得老夫人想得周到，就依了老夫人说的。

玉清回到他原来的屋子，感慨万千，难以入眠。睡在自己的炕上，与亲人叙旧拉话，他感到回家的感觉真好，尤其是他知道兰香还好，可能还在痴情地盼着他、等着他时，他的眼睛就不由得红了起来。他庆幸自己今生遇到了这个世上最好的女人，她不仅长得漂亮，心地也特别善良，且知书达理又懂诗文，是天底下少有的好女子。尤其当年在人们都以为他被乱匪杀害了的情况下，她还苦苦等了自己这么些年，也真难为她了，她一定受了不少的罪、吃了不少的苦，就这份情、这份意，他几辈子也还不完。因而，他要用一生的真情去待她、去爱她，以弥补多年来对她的亏欠。想到这里，他恨不能马上就见到他的兰香妹……

这一夜，玉清睡得很香，他是在对兰香的无尽思念中入睡的，一直睡到第二天日上三竿也未醒来。喜梅几次想叫醒玉清，可奶奶却不让叫，说让他再多睡一会儿，一直到快吃早饭了他才起来。吃过早饭，玉清又提出要到赵家河看兰香去，可折老夫人说让他明天去，今格就在家好好待着，她是准备晚上才给玉清说出真相的。

玉清听了奶奶的话，准备明天再去赵家河，但他说他多年不在家，想去街上走走。折老夫人只好让喜梅陪着玉清去街镇上转转，意在让喜梅防止有人告诉玉清实情。

玉清在妹妹的陪同下出了冯府，这才发现了山台上的新城，便好奇地问喜梅道："喜梅，何时修的这座城？"

"哥，就是在你失踪那年以后修的。"喜梅回答说。

"噢！这下好了，遇乱时全镇的人就再不用东躲西藏地乱跑了。"玉清说着，便和喜梅来到了街镇上。

当他踏上古老的街道，耳边传来铁匠铺那叮当作响的打铁声和饭馆、茶馆的吆喝声时，他感到一切都是那么熟悉和亲切。尤其是遇到老街坊邻居和熟人时，玉清都免不了要主动上前与他们打声招呼亲热一番。每当玉清和人们打招呼拉话时，喜梅都要站在哥哥身后给乡亲暗暗打手势，乡亲们看到手势立马就明白了，不是寒暄几句，就是笑着应付。

说来也怪，当玉清刚来到正街不远处时，迎面就碰上了侯世耀。玉清心里知道他人品不咋地，但毕竟是老街坊，而且又是长辈，于是玉清主动上前招呼道："侯叔，近些年身体可好？"谁知侯世耀抬头看了一眼玉清，返回身一句话未说，就拄着拐杖快步走开了。玉清纳闷地自语道："这侯老爷是咋的了？"

喜梅说："这侯世耀就那德行，甭理他。"

玉清笑着摇了摇头又朝前走去，走着走着，不觉来到了私塾学堂。私塾学堂位于街镇的西段靠山的一处台阶上，两进院子，中间有个过亭，很是讲究，听说是康熙年间村民集资所建，已有二百多年的历史。学堂大门是一个牌楼式建筑，大门两侧镶着一副砖刻的楹联，上联是"少时立志读好孔孟圣贤书"，下联是"来日方能成为国家栋梁材"。此楹联，据说是私塾落成那天，请了时任知县姓王的所写，后来被镶刻在了上面。此楹联不仅内容好，而且笔体遒劲有力，颇有颜柳之风，很得玉清赏识，他就是在此十年寒窗考取秀才的，今日故地重游，令他感慨不已。

此时，正在给学生授课的老秀才冯尚儒，看见他的得意学生玉清来到了学堂，立时惊喜万分，忙从学堂出来迎接玉清，并高兴地说道："哎呀！我们的大英雄冯举人驾到。有失远迎，有失远迎！"

玉清和老秀才既是师生，又是忘年之交，关系非同一般，玉清赶忙上前行礼道："老先生爷爷，您这不是折煞孙儿吗？！"说完，玉清和老秀才都笑了起来。

这时，正在学堂内上课的几十个学生也都跑了出来，围住玉清让他讲打仗杀敌的故事。这位英雄是青龙镇私塾有史以来出的唯一举人，老秀才不知给这些学生讲过多少遍了，并要他们以玉清为榜样，将来好成为国家的栋梁之材。冯玉清的名字，早已在他们的心里生了根，加之孩子是最崇拜英雄的，因而今日英雄突然现身，他们哪能放过这一难得的亲近机会，于是都争先恐后地拉着玉清的手问长问短，玉清望着眼前这些稚嫩可爱的孩子，一时不知如何回答他们提出的问题。这时，他发现不远处，有一个文静秀气，且年龄较小的孩子没有往前挤，只是在后边一直默不作声地看着他，于是玉清向他招手道："孩子，过来！到叔叔跟前来。"

当这孩子来到了玉清面前时，还未等玉清问话，他便立正说道："叔叔，我长大后，也要像你一样考举人、当英雄。"

玉清听后，高兴地把他抱了一下，并在他的小脸蛋上亲了一口，说道："莫看出，小小年纪，志气还蛮高的。"接着说，"只要你好好学习，长大后一定会超过叔叔的。"随即，他又转向老秀才问道，"冯爷，这是谁家的孩子？长得这么可爱。"这下可把老秀才难住了，因为昨晚玉清的奶奶吩咐过，他不能告知玉清实情，又见喜梅一直向他摆手，于是他一时不知如何回答。

未见老先生回答，这孩子便替老先生回答道："叔叔，我叫侯璟睿，小名江龙，今年六岁。我爹叫侯世耀，我娘叫赵兰香。"他嘴里像竹筒倒豆子一样全倒了个光，喜梅在心里暗暗叫苦，这下完了，这下露馅了。而老秀才此时更是不知所措，因为他未曾料到玉清会来学堂。

玉清听了小江龙的自我介绍，先是愣了一下，紧接着问道："江龙，你娘叫甚？"

江龙回答道："我娘叫赵兰香。昨天，我回家告诉娘说，有个叫冯玉清的人回来时，娘还哭来着。"

"你知道你娘是哪里人吗？"玉清紧张地问。

"我娘是赵家河人，但我一直未去过赵家河。"童言无忌，小江龙把一切都说了出来。

玉清一下子转回身，摇着喜梅的肩膀，瞪大眼睛问道："喜梅，说实话！这到底是咋回事？"

喜梅一看，事情到了这个地步，瞒是瞒不住了，于是说道："玉清哥，事情是这样的。当年你和冬生哥被乱匪掳去后，只逃回来冬生哥一个人，大家都以为你被乱匪杀了，所以我兰香姐后来就嫁给了侯世耀……"

还未等喜梅说完，只见玉清"啊"了一声，便倒地晕了过去不省人事。

见玉清晕倒了，大家慌了手脚，学生们也吓得哭成了一团。喜梅赶忙跑出私塾大声哭喊来人。立时，有几位壮汉快速跑来，七手八脚地把玉清弄回了冯府，陈大夫也跟着赶到了。

经过一阵紧张的施救，玉清虽没有了生命危险，但却一直昏迷不醒。折老夫人守在孙儿身旁，眼里噙着泪，她怕玉清挺不过这一关。忠贤守着儿子，昨日父子重逢的喜悦还未过去，今日又陷入了深深的焦虑和不安中。而喜梅从玉清晕倒的那一刻起就泪流满面，连声音都哭哑了，此时正陪在母亲身旁，一边替娘擦着眼泪，一边给娘说着宽心的话。冯府的其他人，也都心事重重地低头不语，全府上下，又都笼罩在了一片紧张的气氛中。

一直到第二天早晨，玉清终于醒了，但他的精神先垮了一半。兰香嫁人的事，对玉清打击太大了，他怎么也想不通，一个知书达理、重情重义、深爱着他的赵兰香，怎能背叛他先嫁了人？而且还嫁给了人品极差的侯世耀。他更是想不通，一个曾经与他山盟海誓、终身非他莫嫁的赵兰香，怎么就变成了一个低级庸俗的薄情女呢？他接受不了这一现实，甚至想放弃他回乡组建乡勇民团、剿匪平乱、保境安民的初衷，甚至有想出家当和尚的想法……

看到孙儿成了这样，折老夫人才将兰香当初跳河寻死和嫁给侯世耀的经过，一五一十地讲给了玉清，之后叹了口气说道："玉儿呀，自从兰香进了侯府，就如同跳进了火坑，三天两头挨打受气，真是好可怜呀！就在几天前，强月娥请来了一个神婆，还险些要了她的命。玉儿呀！你这次回来，不是要成立民团吗，如果你成立了民团，那侯家就不敢作害兰香了，那兰香就有救了。"

这时老秀才接过话，说道："玉清，刚才你奶奶说得在理。你是我看着长大和一手教出来的学生，你的志向和抱负我知道。你这次辞官还乡，还有更大的事情要做，可不能为了儿女这一点私情而跌倒了。想当年，你爷爷为了拯救全镇一千多口人的性命，不惜献出了年仅三十八岁年轻的生命，那是何等的壮烈伟大。为此，全镇人每年清明节都要祭奠你爷爷哩，你应该向你爷爷学习才对。大丈夫，应以国家社稷为重，以天下苍生福祉为己任，你这次回来还担负着剿匪平乱、保境安民的大任哩，可不能为了这点小事而误了大事。"听了奶奶和老秀才爷爷的话，玉清终于明白了兰香当初嫁人的缘由，他不仅从心里彻底原谅了她，还为她目前的处境深表担忧。于是他决心留在青龙镇，办好民团，并暗中保护兰香。

再说那天玉清在私塾学堂晕倒被人背走后，学堂就放了学，江龙一回到家，就把玉清在学堂晕倒的经过告诉了母亲。谁知兰香一听，只觉得一阵眩晕，她立即按住墙坐了下来，一行泪水不知不觉地又流了下来。江龙一看母亲成了这样，吓得哭了起来，忙摇着母亲说："娘！你这是咋啦？"

兰香停了一下，缓过了气才望着儿子说："江龙，娘没事。"

在江龙的心里，冯玉清的名字早就在他幼小的心里扎下了根，冯老先生经常对他们提到冯玉清，说他是一位了不起的举人，要他们向冯玉清学习，好好读书，将来好成为国家的栋梁之材，因而他早就把冯玉清当成了他学习的榜样和英雄。可令他奇怪的是，每当他从学堂回来问父亲冯玉清是谁时，父亲却说冯玉清是个坏人、是个魔鬼，让他以后永远也不要提"冯玉清"这三个字。他不信，就为他心中的英雄辩护，为此他还挨过侯世耀的多次打骂。但不同的是，每当他问起母亲时，母亲又说冯玉清是天底下最好的人，他相信先生和母亲的话，自然不相信父亲的话。尤其是从他记事起，就见父亲经常打骂和欺负母亲，对他也不是很好，因而从小他就对这位像恶爷爷一样的父亲有一种恐惧和陌生感。心想，他要是能有像冯玉清这样的父亲该多好啊！让他感到奇怪的是，冯玉清回来还不到两天，娘竟哭了好几回，冯玉清一听说娘的名字，竟还晕倒了。他不解地问母亲道："娘，冯玉清到底是谁？你咋一听到他的名字就哭了，他一听到你的名字咋还晕倒了呢？娘，他到底是谁？"

听了儿子的话，兰香既喜又悲。喜的是，她的小江龙终于长大了，也会思考问题了，然而他毕竟还是个孩子，有些事还不宜过早地告诉他。悲的是，他们父子有缘相见，但却无缘相认，这样要等到哪一天才是个头。面对儿子的好奇和质问，她不知该如何回答，于是就把江龙抱在怀里，流着泪说："龙儿啊！你还小不懂事，娘一时半会儿又给你说不明白。但你要相信，这冯玉清是天底下最好的人，长大后你自然就会明白的。不过从今往后，你也不要在外人面前再提他的名字了，心里记住就行了。记住了没有？"

江龙是个聪明懂事的孩子，虽然不能完全明白娘说的话，但还是点头回道："娘，孩儿记住了。"

这一夜，注定又是一个不眠的夜晚。兰香望着窗外朦胧的月光，心情格外地沉重。她知道，玉清哥已经知道她嫁人的事了，肯定接受不了的。她也知道，玉清哥死里逃生又在外漂泊了这么些年，他还是深深地爱着她的，要不然他也不会放弃大好的前程辞官回青龙镇，更不会因她嫁人而痛苦成了这个样子。想到这里，她感到深深的自责和内疚，要是自己早早地死了，或许玉清哥也不会难过成了这样，但尔格木已成舟，一切都无法挽回了。想到这里，她的眼泪又忍不住流了下来，这些年她已经忍受了这么多的苦难，可她不忍心再让玉清哥经受这样的痛苦。然而她的担心和忧伤，是不能代替玉清哥的痛苦的，她不知道今后该如何面见玉清哥，此刻她的心像刀绞一般地疼痛。于是她披衣下了炕，沉思良久后，愤然提笔填了一首词《菩萨蛮·离别怨》，以排解她心中的苦愁与郁闷：

> 昨日约会对天盟，今日邂逅恩怨深。
> 多少魂牵梦，竟成离别恨。
> 无限伤心泪，孔雀各西东。
> 最使断肠处，相见难重逢。

填完词，兰香连诵数遍，竟情不能控，泣不成声。

再说，玉清在众人的劝说下，情绪好了许多，折老夫人心里甚是欣慰。这时，她突然问玉清说："玉儿，你看兰香生的儿子像谁？"

玉清这才想起，那天在学堂看到侯江龙时，就有一种似曾相识的亲切感，觉得他帅气的长相和气质，不像侯家的人，当时他也感到有些蹊跷，只是并未在意。这时见奶奶问起，就好奇地说："奶奶，您问这干甚哩？"

折老夫人说："我看这个侯江龙，就不是他侯世耀的种，倒像是咱们冯家的后，也就是你的娃，你说哩？"

玉清听后，"啊"了一声说："您咋这样说哩？"

折老夫人用眼睛盯着玉清，继续问道："玉儿，跟奶奶说实话，那年你准备和兰香结婚前，你俩是不是单独在一起了？"玉清立即低下头避开了奶奶的目光，红着脸点了点头。看到玉清的表情和反应，折老夫人"噢"了一声笑道："这就对了。掐指算来，兰香在进侯府之前就已经有了身孕。生江龙时又早生了两个月，这样刚好是十个月的足月，难怪全镇都议论说，这个娃不像是侯世耀的，倒像是咱们冯家的娃。起初我也不相信，但当我见了他以后，就感觉他就是我们冯家的后，只不过当时我未敢相认。这下好了，你回来了，我们一定要找机会把我们的娃要回来。"折老夫人说完，好像卸下了千斤重担似的长吁了一口气。

玉清听后，心里一阵发热，自己已经有后了？他感到身上又多了一份责任，他一定要振作起来……

强月娥和侯世耀殴打赵兰香

第十一章　重振作组建民团营
　　　　　赴侯府含泪救兰香

　　玉清回青龙镇已有七八天了。经过几天的思考，玉清终于从痛苦中走了出来。既然事已至此，他只能接受这一残酷的现实，何况兰香嫁人事出有因，这也怪不得她。尤其是她含辛茹苦、九死一生为自己养育了亲骨肉，就冲这份情，他已彻底原谅了她。于是他重新振作了起来，拟尽快组建乡勇民团，剿除匪患，还地方以安宁。

　　这天早饭后，玉清独自来到位于街西的驿镇所。这时，田福学正在驿镇所忙着，忽见玉清走了进来，忙起身迎道："冯团总，在下不知大人今日前来，有失远迎，有失远迎！"

　　玉清还过礼坐下后，说："田驿丞，鄙人这几日身体有些不适，怠慢您了，今日特来向您赔罪！"

　　田福学忙摆着手说："不敢当，不敢当！冯团总严重了。今后，咱们就要在一起共事了，不必客气。"停了一下又问道，"冯团总，你的身体无大碍吧？"

　　玉清不好意思地说："已经没事了。"

　　田福学哈哈一笑，说道："过去的就让它过去吧！回头，我给你物色一个，包你满意。"之后又说道，"你来得正好，关于咱这一带的匪患，我正要向你汇报哩。"接着说道，"咱陕北大的匪乱虽被平息了，可各地的土匪盗贼又趁机滋生了，他们结伙成群、占山为王，经常出没打家劫舍、祸害百姓。这些土匪，多的几百人，少则十多个，还有零星的，骚扰得当地百姓不得安生。"

　　玉清惊愕地说："有你说的这么严重？"

　　田福学叹了一口气，说道："这几年国家不太平，就连咱们这小小的陕北又是战乱，又是匪乱，致使百姓深受其苦、朝不保夕，朝廷是顾得了东顾不了西，因而地方的治安还得靠地方去维持。你知道，地方的力量有限，县城那点兵连自身都难以保全，根本对付不了乡间的这些匪患。官兵一来，他们就跑得无影无踪，官兵一走，他们又出来兴妖作乱，真是拿他们一点办法也没有。"停了一下，田福学又说道，"你知道，咱们这一带有几股土匪？"

玉清摇着头说："不知道。"

田福学伸出四根手指说："就咱这一带，一共有四股土匪——西山鹞子梁有一股土匪，五六十人，为首的土匪头子胡柴进，外号独狼。昨日肖家河来人报案，说是独狼带了十几个土匪，进村抢了一些粮钱和四五头牛，还将村内四个女人拉到山上去了，其中一女人的男人上前欲夺回婆姨，还被土匪当场给杀了，肠子都流出来了。北山有一股土匪，盘踞在安宁与横石县交界的蟒头岭，匪首钻天豹周万昌，手下有三四十人。东山的土匪在神仙岭，为首的土匪是东北虎黄龙彪，数他的势力最大，有二百余人。南川的土匪，在安宁通往肤安县的黑龙沟，数他的势力最小，只有七八人。这些土匪，虽然不敢到县城和大的乡镇捣乱，但他们却经常到小的村庄生事作恶，官府剿了几次也奈何不了他们。"说到这里，田福学又继续说道，"冯团总，关于这些土匪的详情，容我以后再慢慢讲与你。当前，我最担心的，怕这些土匪的势力越来越大，说不定他们哪一天就打进我们青龙镇来了，到时候我们的损失可就大了。"

玉清听了田福学的介绍，心情变得沉重起来。他当初之所以入隐灵寺学武，而后又毅然从军，就是为了平息陕北的祸乱，使黎民百姓过上祥和安稳的日子，没想到大的战乱虽平，但各地的小股匪乱仍在肆虐泛滥、祸害百姓。就说道："匪患不除，家国不宁。看来我辞官回乡组建民团的决定是对的。"

田福学一听，立即高兴地说道："这就对了，只要有你冯团总挂帅，何愁我县匪患不除？"停了一下又说道，"冯团忠，为便于你工作，我已将驿镇所的前院全部给你腾出来了，一共十二间房窑，够你们用了。我们驿镇所，已全搬到了后院，只等着你走马上任哩！"

"田驿丞，这使不得，我怎能让你们搬到后院去哩。"玉清十分不安地说。

田福学说："请你不必推辞。再说后院房屋比前院多，也安静，你们人多居前院出入也方便，何况这是同知县特意关照过的，我只是奉命行事而已。"

玉清只好说："那就恭敬不如从命了。"说着，当即在田福学的陪同下，将前院的房间及布局视察了一遍，并在田福学的参谋下，对窑洞和房间作了大体的规划。

玉清是个急性子，当天就和田福学商议了民团组建、人员招募、队伍训练，以及民团费用筹措等具体事宜，一直到晚上才回到冯府。

自玉清早饭离开冯府后，一整天了也不见他回来，忠贤和折老夫人不由得担心起来，后来知道他去了驿镇所，经派喜梅探问后，才知道他和田驿丞在商谈成立民团的事，也就放心了。看来，玉清是迈过这道坎了，他要创办民团，就当全力支持才对。于是等玉清一回府，忠贤就问道："玉儿，听说你和田驿丞谋划成立民团的事？"

玉清回答说："爹，有这回事。听田驿丞说，咱这一带的匪乱还相当严重，只有成立了民团武装，才能剿除这些土匪，保一方平安。"

忠贤说："这世道，官府是靠不上了，也只有靠地方自保了，但组建民团也不是件容易的事，不知道你心里是怎么谋划的，都需要家里为你做些甚？"

这时，折老夫人插话说道："玉儿，成立民团可是个大事，你又是民团的头儿，咱得全力支持你办好民团才是。要钱、要物，你尽管开口，咱们可不能输了其他人家。"

玉清高兴地说："有了爹和奶奶的支持，我心里就更有底了。"停了一下，他继续说道，"我和田驿丞商量过了，民团的人以咱们青龙镇为主，拟在镇内挑选二百名身强力壮且年轻的后生为团丁。全镇每户出一名，家中兄弟多的，可出两名以上。至于经费，咱们镇上六大富户，每户年出五十两银子、一石粮，其余家户视其情况出十至二十两银不等，出粮二至三斗不限，特别困难的家户粮钱均免。咱们家也算本镇的大户，钱粮不存在问题，至于团丁，我想让我三哥也参加，不知道奶奶和爹的意见如何？"

忠贤听后，略一沉思说："你们定的我没意见，钱粮咱们带头出。你们兄弟四人，按理说出两个团丁合情合理，但你知道你三哥从小未担过事，且身懒怕胜任不了。"

折老夫人对儿子说："老三好吃懒做担不住事，还不是你惯的。正好，有玉清管着他，让他磨炼磨炼也是好事。再说了，民团是咱玉儿组建的，咱不带头，谁还愿意让自家的孩儿参加。至于粮钱费用，我看咱们应比镇内其他大户多出些，这样人家才服你，才愿意出这份银粮。"

"奶奶，那您说，咱们应出多少才算合适？"玉清紧跟着问。

"那得看你爹愿意出多少了。"折老夫人说。

听了娘的话，忠贤爽快地说："成立民团，是咱镇亘古以来未有的大事，咱们理应多贡献些。我看这样吧，其他大户出银五十两，咱出七十两；人家出粮一石，咱出一石三斗咋样？"

玉清高兴地说："爹！谢谢您的支持，我一定不负众望，一定会把民团办好的。"折老夫人，也对儿子慷慨的态度表示满意。

有了家人的支持，玉清创建民团的信心大增。他先找了姑表兄折冬生，本家堂兄冯玉春、冯玉奎，堂弟冯玉文以及张家的张德山、张德洲与杨家的杨长武、杨长福等关系较好的旧时伙伴一商议，均得到了他们的赞同和支持。其中冬生动情地说："表弟，只要有你领头，我们就愿意跟着你干。大丈夫男子汉，与其在家默默无闻地老死，不如跟你参加民团保境安民，轰轰烈烈地大干一场，即使死了也能扬名于世，岂不快哉！"

冬生的话，一下点燃了在座兄弟的激情之火，玉奎站起来涨红着脸说："我比你们几个年龄都大，我虽是个大老粗没有多大本事，但我会杀猪宰羊，一二百斤重的肥猪，一只手都能把它撂倒，杀个土匪盗贼，还不像杀个猪羊一样简单。只要我能加入民团，定能多杀土匪、为民除害，说不定我还能当个英雄哩！"玉奎的话，把大家都逗乐了，在场的人都纷纷表态，宁当英雄，不做孬种。

玉清等大伙儿说完，起身说道："感谢大家对我的信任和支持。不过加入民团，也是有危险的。要是真打起仗来，那是要流血的，甚至会死人的，难道你们不害怕吗？"

张德山带头说："自古打仗哪有不流血牺牲的，何况我们是为保境安民，即使真的死了，那也是为国尽了忠、为民献了身，死也值了。因此，我们不害怕。"

"德山弟说得对！我们愿随玉清赴汤蹈火，在所不辞。只要你玉清指到哪里，我们就打到哪里，绝不会给咱青龙镇丢人的。"玉春慷慨地说。

玉清被他们的激情感染了，当即表态，要将青龙镇民团办成全县乃至全陕北一流的民团，上对得起霍都统和同知县的信任，下对得起青龙镇百姓的期盼。接着，他吩咐大家回去，说服家人支持创建民团，并动员各自的亲友积极报名参加。

两天后，在青龙镇街中心戏楼前的广场旁，贴出了一张招募青龙镇民团的告示，戏楼前立即围了上百名前来报名参加民团的青壮。折冬生、冯玉春、冯玉文、张德山等人，登记的登记，验收的验收，维持秩序的维持秩序，忙得不亦乐乎。玉清见一下子来了这么多人，超出了他的预想，当即定了几条标准，即年龄必须在十八周岁以上至四十周岁以下，家中是独子的不收、身体瘦弱且有残疾的不收、抽大烟和耍赌的不收。即使这样，经过初次筛选，符合报名的人数还多达三百人，超出了一百人。经过玉清再三做工作，最后压缩到二百人，这其中本街镇的就有一百五十多人，其余均是附近村的人，最后就以这二百人组建起了青龙镇民团。

青龙镇民团的人算是有了，但民团的粮饷还没有着落。于是，田驿丞主持召开了青龙镇各大户募集民团粮饷的会议，镇内冯忠贤、冯忠厚、冯忠全、冯忠有、折庆荣、折庆祥、侯世耀、张明理、张兆卿、杨百雄、杨百万等富家大户和其他户都来了。当玉清将成立民团的重要意义、募集粮饷的用途及具体数额对大家讲了后，得到了与会大多数人的赞同和支持，都愿意按每年所规定的粮饷数额缴纳。其中冯忠贤按先前的承诺，当场宣布每年愿出银七十两，粮一石三斗，即刻受到了田驿丞的表扬和其他人的好评。有了冯忠贤的带头，折庆荣、冯忠厚、冯忠有、张明理、杨百雄等富户，均表示愿意在规定的基数上，再加银十至三十两、粮三至五斗不等，其他户也都积极地予以认缴。而此时，唯独侯世耀迟迟不表态，他不表态，作为家门中的侯世怀、侯世武也不好表态，导致其他小户也缄口不言，致使会议一时出现了冷场现象。

看到这种情况，主持会议的田福学点了侯世耀的名，说："侯老爷，大家都表了态，你也该表态了，愿不愿意出民团的粮饷？"

原来，侯世耀压根儿就不愿意参加今天的会议，更不愿缴纳民团的粮饷。在他看来，创办民团，实质是在壮大他冯家的势力，他冯玉清任团总，手握兵权，这整个青龙镇还不是他冯家说了算，连驿丞田福学也得听他的，这今后哪还有他侯世耀的活路？这不是明摆着往他冯家脸上贴金吗，可是这话在台面上他又不能说明，况且他分文不出又说不过去。正在他犯难之时，听见田驿丞点了他的名，就只好硬着头皮站起来说："田驿丞，这创办民团虽是好事，可我家的情况比不上冯忠贤他们几家的情况，即使这样，我也要咬牙认缴。"说到这里，他停顿了一下，好像下了很大的决心似的伸出两根手指，说，"银子吗，我每年出二十两；粮吗，每年出四斗。"

侯世耀刚一说完，还未等田福学说话，台下就有人说道："侯老爷，亏你说得出口。谁不知道你侯老爷，是咱这一带数一数二的富人家，光粮田就几十顷，牛羊满圈，连你家的老鼠也穿的是绸裤裤。你出的这个数，我都替你臊得慌！"这人一说完，台下立时传来一阵嘲讽的议论声。

可侯世耀却一副哭穷的样子，说道："你们有所不知，我家只是应了个虚名，其实并不比你们好多少。你们知道，我侯府虽家大业大，但却人多口多，花销费用也大。这两年年景又不好，多年的租也收不上来，几处生意也是入不敷出，我能出这个数那也是尽了最大的力了。"

台下的人实在听不下去了，这时只见另一人站起来哈哈一笑，说道："侯老爷，你的这些话只有鬼才信哩！你家人多是不假，那是因为你娶的婆姨多，可咱镇上有的人穷得连一个婆姨也娶不起。好家伙！你一下就娶了三个婆姨，这最后一位竟花了一百块银圆，你能说你穷得出不起这点粮饷？"

这个人的话，立即引起台下人的一阵哄笑。而侯世耀却不以为耻地说："这位兄弟有所不知，我正为娶了这个贱货后悔哩！你若想要，拿一百块银圆归你，我就有钱缴民团的粮饷了。"他说这话的用意，显然是针对冯玉清和冯忠贤父子，说毕后还故意朝坐在台上的玉清瞥了一眼。

大家都知道，前一阵玉清为他的心上人成了侯世耀的小妾还难过了好一阵，这情绪刚好了又被这无赖戳到了痛处，都替玉清打抱不平起来。冯家的冯忠全生气地说："姓侯的，你不要欺人太甚！谁不知道你是一位爱财如命的主，一提到为公家的事出粮饷，比割你身上的肉还难，你不想出就说不想出，扯那些淡有甚用！"

可侯世耀非但不反省自己，好像是占了理似的一副得意扬扬的样子，说道："冯老七，我说卖我的那个贱货，你着的哪门子急？她又不是你原来的相好，关你个屁事！"

侯世耀越说越不像话了，气得忠全青筋端冒，手握拳头就要揍侯世耀。而侯世耀却大声嚷嚷着说："冯老七，你还想打老子不成？别以为你们冯家得了势老子就怕你。来，有本事就朝老子这儿打！"说着，指着他的脑瓜望着冯忠全，摆出一副满不在乎的样子。

这时，坐在台上的玉清已气得浑身打颤。这几日，他的心情刚有所好转，一下子又被这一无赖戳到了痛处，他顿时觉得头脑一阵嗡嗡响。没想到他心爱的兰香，竟嫁给了这样一个禽兽，看来他根本没有把兰香当人看过，难怪奶奶及家人对兰香的遭遇十分担忧，兰香真是掉进了万丈深渊。想到这里，他怒火中烧，两只拳头捏得咯吧咯吧直响，欲起身好好教训教训这个猪狗不如的东西，也为兰香出一口恶气。

正在大家担心玉清发作之时，只见田福学暗中拉了一把玉清的胳膊让他坐下，并小声说："兄弟，请不要动怒，一切有我做主。"转身，他敲了几下桌子，大声说道，"不要吵了，都给我坐下！"侯世耀和冯忠全这才坐回了自己的位置，会场也安静了下来。其实田福学心里早就明白，今格认缴创办民团的粮饷，最难说话的就是侯世耀了，不光是这一次，几乎每次遇到这样的公益事情，他总是第一个站出来反对。当然，这一次他也没指望侯世耀主动表态、认缴创办民团的粮饷，他早就做好了思想准备，这次不但要让他认缴规定的数额，而且还要让他比其他人缴的都要多。因此，等会场一安静下来，他向着侯世耀问道："侯老爷，我再问你最后一遍，创办民团最低的粮饷基数，你是出还是不出？"

侯世耀说："我又没说不出。"

"其他几户不但积极认缴了规定的基数，而且还多认缴了不少，你到底准备出多少？"田福学紧接着问。

"人和人不一样，他们愿出多少我管不着，我只能出银二十两，粮四斗。"

田福学问道："侯老爷，你考虑好了没有，就出这个数不变了？"

侯世耀一挺脖子，说："考虑好了，就这个数不变了。"

田福学听后再未说甚，却转身对身边的协办郭维亮说："郭协办，你把状告侯世耀的材料念给他听。"

只见郭维亮取出一份文件，念道："田驿丞并牛知县大人，小民今状告青龙镇街恶霸侯世耀。同治六年（1867）九月十一日，侯世耀收地租时，将我姑母逼得上吊自缢身亡，请求驿丞和知县大人，判侯世耀目无王法、草菅人命，并赔银二百两安抚家小。诉状人寇治林、寇治权。"郭维亮念完一份，又取出一份念道，"小民田福珍，今状告青龙镇街恶霸侯世耀，于同治五年（1866）八月三日逼要地租时，将我父田广玉右腿打断致残，导致终身残疾，失去劳动能力，家庭生活陷入困境。请求判处侯世耀十年监禁，并赔偿三百两白银。诉状人，贺家湾草民田子珍、田福珍。"

郭维亮念完后，又取出一份材料准备继续往下念时，侯世耀赶忙制止道："等等！不要念了。"然后对田驿丞说，"这些案子，不是早在孙驿丞时就结案了吗，怎么尔格还要重提这些事？"

田福学说："这是上任孙驿丞给我移交的材料，既然移交给了我，说明你的案子还没有结，那我就有权重新受理这些案子。"停了一下，他又指着侯世耀问道，"侯世耀，我问你，这状纸上告你的事可否属实？"

侯出耀一听，连喊冤枉。他心里明白，是他向孙驿丞使了银子才平息了这些事。他原以为就过去了，没想到这个老奸巨猾的孙驿丞收了银子，却并未给他撤案，这下可害苦他了，他一时不知如何是好，接下来便沉默不语了。

田福学见侯世耀半晌没有回答，就说："你不出声，就说明你默认了。既然如此，我现在就有权将你拘押起来，送县衙过堂受审。按你所犯的罪行，怎么着也得判你个十年八年的，罚银，少说也在五六百两。"说完，猛拍了一下桌子，朝屋外喊道，"宋纪元、王百朝！你俩进来，尔格就将侯世耀拘押起来送往县衙。"话音未落，只见宋纪元、王百朝二人应了一声，手提木枷和铁镣来到了侯世耀面前。

侯世耀一向作威作福惯了，哪见过这阵势，早已吓得头冒虚汗，浑身发抖。只见他"扑通"一声跪了下来，连连求饶道："田驿丞大人，求您开开恩，看在我年岁大的份儿上，就饶了我吧？小的知错了，创办民团的粮饷我愿全额认缴。不！别人出多少，我就出多少。"

田福学见侯世耀彻底尿了，就说："只要你认罪就好。不送县衙可以，那要看你的态度了。"

侯世耀赶忙说："只要不将我送往县衙，创办民团的粮饷，我认了。"为了表示他的态度，又说道，"他冯忠贤出银七十两，我出银八十两，他出粮一石三斗，我出一石四斗，这下总可以了吧？"

众人一听，一片哗然。有人说："侯老爷，你平时不是挺威风的吗，这阵咋就尿成这样了？你先前连三十两银子都不愿意出，这一下子要出银八十两，粮一石四斗，这今夜该不会心疼得要了你的老命吧？"这人的话，引得众人一阵哄笑，而侯世耀此时脸一会儿青、一会儿紫，气得嘴唇直哆嗦，一句话也说不出来了。

等众人笑声一停，田福学对侯世耀说："侯老爷，赶后天晌午，你要将八十两银子和一石四斗粮，如数交到驿镇所来。逾期不交，那就怪不得我了。"

侯世耀此时悔恨交加、哭笑不得，只得应道："是是是！赶后天晌午，一定将粮饷如数交来。"

这时，田福学才向宋纪元、王百朝挥了挥手，二人便提了木枷和铁镣退出了屋。先前，有些准备跟着侯世耀不想缴粮饷的人，一看侯世耀乖乖地服软了，都纷纷表态愿缴。于是，所有参会的人，也都不同程度地认缴了创办民团的粮饷。最后经郭协办统计公布，青龙镇街共筹得银一千二百两，粮五十三石，按人头计算，两年的费用绰绰有余。

有了这些粮饷，玉清的底气更足了。他立即布置打造兵器，于是镇内三个铁匠铺，昼夜不停地赶制刀矛弓箭，他还将祖辈留下来的两门榆木大炮进行修理。为便于民团操练和不干扰镇内居民的正常生活，玉清带领冬生、玉奎等三十余人，在驿镇所后山的空地上，修整出了一个偌大的练兵校场。同时，他借鉴霍宗昌大军绿营的建制，将青龙镇民团改称为青龙镇民团营。在建制上，民团营下辖三个标队，一标由冯玉春任标队长，二标由冯玉文任标队长，三标由杨长武任标队长，冯玉奎、张德山、杨长福三人，分别任了副标队。而折冬生，则被任了副团总，协助玉清主持全营工作，直接对玉清负责。在隶属关系上，接受安宁同知县的管辖，为了取得地方支持，在政务上，又接受青龙镇驿丞田福学的监管。为了严肃军纪，玉清又给这支新组建的民团营，制定了几条严格的营规，并将霍宗昌治军一些好的经验和做法引入了民团营。

一切准备就绪后，玉清和田福学选了一个黄道吉日，在青龙镇举行了一场青龙镇民团营成立誓师大会。

这天，在新校场上，民团营二百名团丁手持新打制的刀枪，个个神采奕奕、精神抖擞，列队站于主席台前等待检阅。检阅台上，除冯玉清、田福学和任家坪乡与邢家寨乡乡长孟良柱、王兴业外，正中坐的就是知县同继洲。同继洲是专程前来参加青龙镇民团营成立大会的，这也是他主政安宁县两年来办的第一件大事。他要借此机会，建立起直接由他掌管的地方武装，除过剿匪防匪外，就是要确保他施政的顺畅，为他以后的晋升奠定基础。因此他今日前来，除过给新组建的民团营鼓劲打气外，一个重要的目的，就是要确立他作为主帅的身份和地位。同继洲今日前来，不是空着手来的，除带来了县衙筹集的百两军饷外，还给玉清团总赠送了一匹赤红色战马。

另外，他今日前来，还带来了武金事官姚大全。他带姚大全的目的，主要是想让他与玉清比试一下武艺。因为，姚大全掌管着县城的防务，手底下有五十多名官兵，他本人也有一些武艺，至于玉清到底有多大的能耐，他只是听说，并未见玉清显露过身手，因而他要姚大全和玉清比武。若是姚大全胜了，玉清便少翘尾巴，易于他日后掌控民团营；若玉清胜了，就可借机敲打一下姚大全，让他明白这人上有人、天外有天，离了他姚大全，安宁的天自有人替他撑着。他这样做，就是想让两人能有所顾忌，以便日后能服服帖帖地听命于他。

今天被邀请在检阅台上就座的，还有年逾七旬的老秀才冯尚儒老先生，此外还安排了青龙镇在创办民团营认缴粮饷数额较大的冯忠贤、冯忠全、折庆荣、张明理、杨百雄、侯世文几人在台下前排就座。前排应邀的还有侯世耀，但不知为甚他没有来。

今日，校场周围围了近千人的观众。其中，折老夫人按捺不住激动的心情，她想一睹孙儿玉清挂帅民团营的英武风采，因而在喜梅的搀扶下，端了一个凳子早早就坐在了校场内侧一个显要的位置。可以说，青龙镇的人，但凡有空的，都怕错过了这千载难逢的盛事，因而校场内外人头攒动、好不热闹。

上午吉时一到，检阅仪式在鞭炮声中拉开了序幕。检阅仪式由田福学主持，他分别介绍了主席台上就座的各位要员和受邀人员后，接着第一项仪式便是由姚大全武金事，宣读对民团营团总冯玉清、副团总折冬生及三个标队长等有关人员的任命。之后，知县同继洲，亲自向玉清等人颁发了委任状，并向玉清赠送了银票及马鞭。接下来，由玉清介绍了安宁县青龙镇民团营的筹建情况，和今后训练及剿匪的具体计划。而后在一阵热烈的掌声中，同继洲发表了热情洋溢的讲话，首先他讲了成立安宁县青龙镇民团营的重大意义，接着对玉清心系家乡、勇于承担保境安民、剿匪平乱的义举给予了大力的褒奖。

随即，同继洲将话锋一转，大声对台下说道："父老乡亲们！今格参加青龙镇民团营的每一位将士，都是咱青龙镇百里挑一的优秀青壮年。你们担负着朝廷的重托、百姓的期望，相信你们一定会在团总冯玉清的带领下，苦练杀敌本领，使青龙镇民团营成为一支服从命令、听从指挥、攻无不克、战无不胜的铁军劲旅，为我县乃至整个陕北的剿匪平乱大业建立功勋、扬名立万。兄弟们，你们有没有信心？"

同继洲一番慷慨激昂的演讲，使台前这二百名团丁一下子群情激奋、热血沸腾，立即大声回答道："有信心，有信心，有信心！"

同继洲一讲完话，检阅就开始了。先由同继洲向玉清授予了一面三角形黑边蓝底、中间画有青龙的军旗，玉清走下检阅台，将军旗转交于冬生，然后县衙一名衙役牵过了头戴红花的大红马。玉清一看到这匹大红马，立即想到了他曾在霍宗昌大营骑的那匹赤兔战马，便备感亲切。他接过缰绳后一跃就跨了上去，只见大红马昂首一声嘶鸣，前蹄腾空，后腿直立了起来，这要是搁一般人的话，早就被掀下马来。可玉清毕竟是一位冲锋陷阵的战将，他的御马之术同他的武功一样了得。只见他紧勒马缰，身子紧贴在马背上，在原地打了几个转，随之扬鞭催马，向离弦的箭一样骑马绕场两周，待他重新驰回台前下了马时，立即引起了人们的一片喝彩声。

随后折冬生举旗在前，玉清骑马在后，接着二百名团丁排成三路纵队，随着玉清一声令下，排着整齐的队列绕场两周。虽然这些刚入伍的团丁步伐还不是很整齐，但经玉清事前三四天的紧张排练，已走得有模有样了。

检阅结束后，同继洲拉着玉清的手，说道："冯团总，今天趁大家的兴致正浓，你何不把你的武功给大家亮一下，也好给大家助助兴。"

玉清拱手道："知县大人，在下那点武功，哪敢在您及众人面前献丑呢。"

还未等同继洲说话，身边的武金事姚大全一拱手，对玉清说道："冯团总，早就听闻您身手不凡、武功盖世，不然也不会得到霍大帅的赏识。在下不才，今天愿向冯团总请教，不知冯团总可否赏脸。"

玉清一听，姚金事是有备而来的，看来，今天只好和他过招了。于是，他双手抱拳道："恭敬不如从命，还请姚金事承让！"

这姚金事四十多岁，强壮的体魄似座铁塔，胳膊粗如木椽，圈脸胡和一双露着凶光的眼睛，一看就不是个善茬。在安宁县城，他黑白两道通吃，手下的人和城内的百姓都惧怕他，谁要是犯事落在他的手里，不死也得脱层皮，人们背地里送他一个绰号"姚阎王"。他虽然对百姓凶狠，但对上司却阿谀奉承有术,因此知县已换了几任,他却稳坐这把交椅,同知县已是他服侍的第三任县官了。他看着这位文弱清秀、白面书生样的冯玉清,心想,今天一定要给这小子一个下马威,让同知县看看,这安宁县是依靠冯玉清还是他姚大全。于是,他把官服一脱扔给一个衙役,双手握拳道:"不必客气,来!"接着,他来了个半蹲,提腹运气后,两只胳膊上的青筋冒得老高。

玉清看到这姚大全也是个练家子,有一定的功力,需小心对待。只见他把脑后的辫子往脖梗上缠了几匝,将脚下的长袍提起往腰间一别,身子半蹲做防御状,并围绕姚大全转着圈寻找其破绽。

姚大全见玉清只做防守不予进攻,求胜心切的他突然给玉清来了个扫堂腿,玉清只一个轻轻地后跃便躲过了。谁知玉清还未站稳,姚大全便一个黑虎掏心直捣玉清的心窝,玉清一个后翻,又躲过了。

两招过后,姚大全未伤及玉清一根毫毛,他已恼羞成怒,不顾练武之人的忌讳,飞起右脚直踢玉清的下裆命门。玉清看到这个姚大全是一个没有武德的下三烂,就有意教训他一顿。只见他双手抓住姚大全踢出的右脚,飞起一脚踢向他的左腿腕,姚大全疼得"啊"了一声将要倒地,就在他将要倒地之时,玉清放开他的右脚将其一把扶住。谁知姚大全刚一站稳,趁玉清弯腰扶他的一瞬间,突然用双手死死抓住玉清的双臂。这家伙力气真大,他把玉清像老鹰抓小鸡似的提在了半空,接着使出了浑身的蛮力,像抡火轮似的将玉清抡了起来。玉清被他像铁钳似的大手钳住双臂动弹不得,又被他抡在空中失去重心,毫无抵抗反击之力。此时围观的众人及所有团丁,都紧张地屏住了呼吸,都认为这次玉清非输无疑,折老夫人更是紧张得不敢再看了。而同知县的脸上,却露出一丝喜色,心想这玉清的武功也不过如此,今后有姚大全牵制他,就不怕他不听自己的使唤。

姚大全这一招,叫作飞鹰抓兔。被抓抢的人只要被抡上三四圈,就会被抡得不辨东西、眼冒金星,而后再被他重重地摔出去,不被摔得腰折腿断,也会被摔个半死。玉清毕竟是练过功的,又得了隐灵寺高人慧觉师傅的指点,自有一套破解的妙招。在姚大全将他提空之后,他已暗暗运气,在他刚被抡了两圈还未被抛摔出去之际,他反抓住姚大全的双腕,借其臂膀为支点来了个玉兔蹬月的动作。只见他双腿一收,双脚狠狠地踢向姚大全暴露在外的双腋窝。这是人的一个软肋,只要击中此要害,对方便会双臂无力,轻者月余难以恢复臂力，重者会导致手臂残废。就在玉清将要踢向姚大全双腋窝的一刹那，他突然心生慈悲，只用了六分的力，就见姚大全"哎哟"一声站立不稳，身子向后一仰倒了下去，两手也无力地松开了。这时，玉清早已双脚着地稳稳地站住，不过他仍然抓着姚大全的手腕才没有使他倒下，并扶他站稳了才松开了手。玉清高超的武功和险中取胜的精彩表演，立时引来了全场人的喝彩与掌声。折老夫人这时才抚着胸口，长长地出了一口气，冯忠贤也欣喜地望着儿子。

然而玉清这时却自谦地一抱双拳，故意说道："姚武金事好身手，在下愿服输，愿服输！"

姚大全输了比赛、吃了哑巴亏心中自然不快，这时又被玉清这般嘲讽，心里更不是滋味，本想发作一通，又恐被同知县和众人小瞧了，就只好硬着头皮说道："冯团总，承让了！"他本想也抱拳回礼，但双臂已抬不起来了，只能耸了耸肩以示回敬，惹得不少人抿笑不止。

同继洲本想让姚大全露一手给他长长脸，没想到他输得一塌糊涂，就轻蔑地瞥了一眼姚大全，然后对身后的一个衙役说："扶姚金事下去休息吧！"随即，姚大全便在那位衙役的搀扶下，垂头丧气地退到了一边。这时，同继洲对玉清说："冯团总，你真不愧是霍宗昌大人看上的人才，武功好生了得，真是百闻不如一见，今日让本知县大开眼界了。这今后青龙镇民团营的训练，还要仰仗冯团总了。"

玉清拱手道："知县大人过奖了，训练民团营是在下的本职所在，我绝不会辜负大人的期望，一定会把民团营训练好的。"

同继洲微微一笑，满意地说道："这下鄙人就放心了。今后你就放开手脚去干吧，本知县绝不会亏待你。"说完后，一手托起玉清的手，在田驿丞等人的陪同下走向了驿镇所。至此，这场青龙镇民团营的检阅仪式就此结束，可围观的群众还没有看过瘾，仍久久不愿离去。

今天青龙镇，几乎全镇人都集中到校场观看民团营检阅仪式了，可已侯府，却上演了一出让人心寒的闹剧来。

自从侯世耀那天从驿镇所一回到侯府，就跟丧了考妣一样吊丧着脸，强月娥忙问出了甚事。只见侯世耀一下子蹲在地上，双手抱住头哭号道："这下可将老子坑惨了！"接着，他便把在驿镇所田福学如何逼他出了八十两银子和一石四斗粮的经过，向强月娥说了一遍。

强月娥一听"啊"了一声，一下子坐在脚地上号啕大哭起来，一边哭一边咒骂道："好你个该死的田福学，你这不是要我们侯家的命吗？雷咋不劈了你个挨刀子的。"她哭号了几声，好像想起了甚似的，转而咒骂起玉清来，"这都是那个该死的冯玉清惹的祸。要是没有他，就不会成立甚鸟民团，不成立民团营，也就不会有这档子事了。冯玉清，乱匪当初咋没把你杀了哩！把你杀了，我们就不用遭这场大难了。你咋不快死哩……"到最后她越骂越毒，声音越来越高，目的就是骂给兰香听的。

侯世耀和强月娥的哭闹声，引来了府内许多人，但却没有一个人敢出来相劝。这时，只见二公子侯金来上前劝道："娘！不要哭闹了，成立民团，那是同知县让成立的，又不关冯玉清的事。再说了，人家大户都出了粮饷，咱们不出也说不过去。"

强月娥一听，气就不打一处来，对着侯金来骂道："好你个吃里扒外的东西，我咋下了你这么个白眼狼，不向着自家人说话，咋替人家说起好来了。"

侯金来小声反驳道："我不是向着谁，我是依理说话。"

强月娥一听更来气了，大声骂道："依你娘的屁理。老娘就不出，看他们能把我咋样？"

这时，一直未说话的大管家张俊仁劝道："大太太，不要生气。咱们是小胳膊拧不过人家大腿，要是赶后天不交齐这些粮饷，到时田福学来人把老爷抓了送到县衙，那花的银子可远不止这些，说不定老爷还要受牢狱之苦哩。"

侯世耀一听这话，立马骂起强月娥来了："我说你个丧良心的，不让出粮饷，是想让田福学抓我去坐大牢不成？我看你就没安好心！"强月娥被他这么一骂，立时哑口了，但却仍心疼得哭个不停。

可哭归哭、闹归闹，侯世耀和强月娥还是在第三天乖乖地筹集了钱粮送到了驿镇所。今天的民团营检阅仪式，田福学邀他去校场前排就座，可侯世耀认为这是田福学狠狠打了他一耳光，还要他强装笑脸去给姓冯的捧场，他再蠢也蠢不到这个地步。再说，他一想到那白花花八十两银子，心疼得都快要碎了，哪还有心情去看他们的得意劲呢，而且他也不许侯府其他人去看热闹。因此，当镇中校场那边传来鞭炮声和人们的一阵阵欢呼喝彩声时，侯世耀的心情简直糟透了，在府内坐卧不宁，看谁都不顺眼。当他正在院内烦躁不安时，看见兰香在东屋依着门、伸着脖子向校场方向张望，气就不打一处来，走上前用拐杖指着兰香大声训斥道："贱货！咋的，坐不住了？那你咋不去给你那野汉捧场哩？有胆量就给老子去呀！"

自从玉清回到青龙镇后，虽然兰香的处境没有变，但她的心情却好了许多，因为她已有了盼头，尽管她暂时还见不上玉清哥的面，但她相信他们总会有相见的那一天。等他们见了面，她就会把她嫁给侯世耀的原因讲给玉清哥听，以求得他的谅解。因此，这些天她总是在寻找机会想见玉清一面，无奈那老东西看她看得更紧了，她像囚犯似的被禁锢于侯府，几乎失去了自由，因而她只能耐心地等待着。后来，当她听说玉清哥振作了精神创建了民团营，心里有说不出的高兴，盼望他能以此为契机，干出一番惊天动地的伟业来。今天的校场检阅仪式，她虽不能前去观看，但她却早早地将儿子江龙放出去替她观看了，而且她的心也飞向了校场。谁知这时侯世耀却走过来指着她骂，她知道侯世耀今天心里不痛快有意找她的碴儿，就像躲瘟神似的转身回了屋。

兰香的这一举动，更加激怒了侯世耀，他立马拄着拐棍追进了屋，指着兰香继续骂道："咋啦？老子说得不对？你个贱货，自从那姓冯的一回到青龙镇，你的魂都被他勾走了。但老子告诉你，你个贱货虽不让老子碰，但你想那野汉也是白搭。即使沤，也要把你沤烂在侯府，因为你是老子花银子买来的，死了也是老子的鬼。"

兰香看着侯世耀那张丑恶的嘴脸，感到一阵阵恶心，她咬着嘴唇把头扭向一边不搭理他。可侯世耀骂到这里，突然发现江龙不在屋内，就又指着兰香问："江龙哪里去了，是不是你放他到校场看那姓冯的去了？"

兰香实在忍不住了，就说："他已经长大了，自己长着腿，我哪管得了！"

侯世耀一听，大声吼道："你还敢跟老子顶嘴！今格不好好教训教训你，你也不知道马王爷是八只眼！"说着，举起拐棍狠狠地向兰香的头上劈来，兰香用手一挡，右胳膊立即起了一道血印。侯世耀又举起拐棍朝兰香打来，为了逃命，兰香一把将侯世耀推倒在地，拔腿就向屋外跑去。

当兰香刚跑到门口时，只见一个肥胖的身躯挡住了她的去路，并听到一个恶狠狠的声音叫道："好你个贼人！竟敢打起老爷来了。平时我都舍不得动他一根指头，你倒下得去手？"兰香抬头一看，横在门口的竟然是强月娥，她身后还有大马猴、侯金凤、赵四、马改花等人。原来，他们是在听到侯世耀的吵骂声赶过来的，起先强月娥只是站在门外听，她盼不得让侯世耀把兰香狠狠揍一顿，以解她这几天的心头之恨。可这时见兰香推倒了侯世耀想逃出去，就堵住了兰香的去路，随即朝身后喊道："金贵、金凤，这贱人要对你爹下黑手哩。快！把这贼人给我绑了。"随着喊声，大马猴和侯金凤拥进门来就将兰香压倒在地，赵四又拿了根绳子把兰香绑住拉到屋外，绑在了院内的一棵树上。这时，校场检阅仪式刚结束，人们在经过街镇时，听到侯府内的吵闹声，立时拥进了不少看热闹的人。

只见强月娥指着兰香，对围观的人说道："大家快来看哪！我家的这个贱女人不守妇道。前一阵听说她相好的野汉子没有死，就起了歹心，准备谋害我家老爷，以成全了他们的好事。就在刚才，她将老爷关在屋里毒打，幸好我及时赶到，要不然老爷早就没命了。"停了一下，她又说道，"我这可不是瞎编的，我们侯府内的人都看见了，他们可是证人。"说着，转身对着大马猴、侯金凤、赵四等人说，"你们说是不是？"

侯府内的人，除过大马猴、侯金凤、赵四、马改花四人点头外，其他人，包括二太太艾水仙在内的人却没有一个点头的。他们都知道，这是老爷和大太太对兰香的欲加之罪，都对兰香的遭遇十分同情。镇内其他围观的人也都知道强月娥说兰香的野汉子，指的就是冯玉清，但他们根本没有想到，侯世耀和强月娥，竟然这样捕风捉影地残害这个可怜的女人，都发出一阵阵低沉的谴责声。

然而侯世耀夫妇并不理会众人的反应，好像抓住了兰香的什么把柄似的，非要置兰香于死地不可。只见强月娥指着被绑在树上的兰香，对众人说："今格就当着众人的面，非得动用家法好好教训教训这个娼妇不可，不然指不定她还会干出甚有损侯府脸面的事来。"说着，对赵四命令道，"赵四，给我用皮鞭，狠狠地抽这个贱人！"

赵四平时虽说凶狠，但他明明知道兰香是无辜的，再说让他当着镇内这么多人的面替他们行凶作恶，他是下不去手的，尤其是冯玉清已回到镇里而且又当了民团营团总，他害怕冯玉清日后会找他算账。于是，赵四虽提了皮鞭，但却围着兰香转着圈迟迟不下手。

侯世耀看到赵四这样，上前叫道："赵四！看你那熊样，平时把你白养活了。"说着，从赵四手里夺过皮鞭，然后指着兰香骂道，"好你个贱人！竟敢推打起老子来，简直翻天了，看老子今格不打死你！"随即抡起皮鞭，向兰香身上狠狠地抽去。一边抽，还一边骂道，"谁给你的胆量，敢跟老子作对？今格就让你尝尝这皮鞭的厉害，看那个野汉子敢出来救你……"

此时的兰香，一声不吭地咬着牙，不停地摆着头，不让侯世耀的皮鞭抽打到她的脸上。她知道玉清活着回来了，侯世耀是不会让她活多久的，或许今日就是她的死期。但令她遗憾的是，她虽然高兴玉清哥能活着回来，但她在死前却不能见他最后一面。然而此刻，她又害怕见到他，因为她不愿意让玉清哥看到她这样可怜，这样玉清的心会碎的。对于死，她没有任何惧怕，从进入侯府来，她已不止一次地面对死神了，今天她面对镇内这么多人，更不能向侯世耀和强月娥这样的恶人低头。

就这样，侯世耀的皮鞭一下一下重重地抽打在兰香身上，十几鞭过后，她终于撑不住了，头一歪便晕了过去。可侯世耀仍然没有住手，还在抽打着兰香。正在这时，忽听有人大吼一声："住手！"随着喊声，只见一人分开众人冲了进来，一把抓住侯世耀的手腕把他提了起来，疼得侯世耀"哎哟哎哟"直叫唤，皮鞭也掉到了地上。

几乎同时江龙也扑上来，搂住母亲大声哭喊道："娘，娘！你醒醒，你醒醒……"哭声撕心裂肺，引得不少围观的人也伤心地抹起泪来。

原来，就在侯世耀进兰香房间打骂兰香的时候，正在厨房做饭的徐妈，放下手头的活儿跟了过来。当她看到大太太等人堵在兰香门口，就知道兰香今天又要遭殃了，她一看府内这些人中没有人能救得了兰香，就准备到街镇上去叫二公子侯金来制止他父母的暴行。当她刚出了侯府，就看见折老夫人刚从校场看检阅仪式回来，此时在喜梅的搀扶下正向侯府内张望。折老夫人看到急火火走出侯府的徐妈，就问侯府发生了甚事，徐妈便将侯世耀打骂兰香的事如实说了。折老夫人一听，顿时气得用拐棍戳着地说："作孽呀！"随即，让喜梅快去叫玉清来制止这种暴行，还说这是她让玉清去的，于是喜梅这才跑去叫来了玉清。就在玉清带了玉奎、张德山赶往侯府时，江龙正好也回来了。

玉清一进侯府，看到侯世耀正在挥鞭毒打兰香，立即怒火中烧，只见他一手提着侯世耀，一手指着他厉声问道："是谁让你把人打成这样的？你是要打死她不成？"

侯世耀一看是玉清，起先有些害怕，但转而却嚷着说："姓冯的，这是我们的家事，你管不着！"

强月娥先是一愣，继而也冲着玉清喊道："姓冯的，你是从哪个女人裤裆里冒出来的东西，我们在教训我们家不守妇道的娼妇哩，关你个屁事。你是不是心疼了？你这才回来几天，就耐不住了，竟跑来要抢人了……"

这时，玉奎实在忍不住了，上前就给了强月娥两个嘴巴，并大声骂道："姓强的，你再敢胡咧咧，看我不撕烂你的嘴！"

众人早就看不下去了，这时对着强月娥大声喊道："打得好，打得好！"

强月娥被玉奎两巴掌掴得嘴角流血、眼冒金星，待她看清是杀猪匠玉奎扇的她，竟耍泼地尖声叫道："姓冯的野汉子带人来抢人了！金贵、金凤、赵四，给我上！老娘今格跟他们拼了！"她一边大声叫着，一边回头向玉奎撞去，大马猴和金凤也一齐扑向了玉清。

玉奎可不惯着强月娥，一把抓住她的头发，照脸又是几巴掌。强月娥平时在心里就惧怕这个杀猪匠冯玉奎，见他真动了凶，就害怕了，竟捂住脸惊恐地愣在那儿不敢再上前了。此时，玉清一把将侯世耀重重地摔在了地上，而后拾起鞭子，准备狠狠地抽向扑来的大马猴和侯金凤等人。这时随后赶来的冯玉春、冯玉文、张德山等见状，也撸起袖子准备和玉清一起狠狠地教训一顿侯府这些禽兽不如的东西。

正在这节骨眼儿上，田福学赶来了，只听他大喊一声："都给我住手！"随即站在了玉清前面，指着侯世耀、强月娥等人说道："真是没王法了。你们在家里私设公堂，将人打得半死，是我让冯团总前来制止你们行凶的。你们不但不收手，反而加害冯团总，这是要造反不成？"他的话一下子将强月娥他们给镇住了，便站在原地不敢动了。

原来校场检阅仪式结束后，田福学和玉清一送走同知县，就安排折冬生带领民团继续在校场训练。不一会儿玉清被人叫去了侯府，田福学就知道侯府内一定出了什么大事。他知道，玉清与赵香兰有那么一段渊源，怕玉清去了不便行动，万一再闹出什么出格和失理的事来，他这个驿丞也不好出面了。因此玉清前脚刚走，他后脚就赶了来，幸亏他赶得及时，要是玉清他们和侯家一打起来，这事情就难以收场了。这时，当他看到被捆到树上的兰香被人打得昏死了，顿时怒气冲冲地指着地上的侯世耀，大声斥责道："好你个侯世耀！你私设公堂、草菅人命，违反了大清王法，又妨碍冯团总执行公务，该当何罪？今格咱们老账新账一起算！"随即，他大喊一声，"来人！给我把这个目无王法的侯世耀绑了，带到驿镇所，明天押送县衙下大狱。"随着喊声，上来两个人，将侯世耀拉起来用绳子绑了。

强月娥见状立马炸了，死死抱住侯世耀不让被带走，接着哭喊道："田大人，请您高抬贵手，放过我家老爷吧？"

田福学指着强月娥，吼道："你给我让开！将人打成了这样，也有你的一份罪恶。若再不放开，连你也一同抓了下大狱！"强月娥立时吓得松开了手，随即田福学一挥手道，"带走！"侯世耀便被押出了侯府。

这时，玉清已解开了捆绑兰香的绳子，把已昏死了的兰香紧紧地抱在怀里。他看着昔日的兰香，已被侯世耀折磨成了这个样子，心如刀绞，伤心的泪水扑簌簌掉了下来。刚才他的情绪已经失控，要不是田驿丞及时赶到制止了他，他早就把侯世耀和强月娥打成肉饼了。

田福学看着昏迷着的兰香，对强月娥说："姓强的，你赶快去请大夫，她要是有个三长两短，你们非得抵命不可！"强月娥早已乱了方寸、不知所措，连忙回答道，"是是是……"随即，田福学对玉清说，"冯团总，你就把人交给其他人照顾吧，相信她不会有事的。尔格咱们先回驿镇所去，那里还有更重要的事情需要我们商量。"

这时，折老夫人拄着拐棍上前说："玉儿呀，你就放心地跟田驿丞去吧，兰香就交给我。兰香虽说不是我孙儿的婆姨，但她却是我们冯家的干女儿、我的干孙女，我们冯家就是她的娘家人。今后，她若再被侯家这样欺负，我们还要管，总不能由着他侯家把人往死里整吧。"停了一下，她又对田福学说，"田驿丞，你说我老婆子说的在理不在理？"

田福学听后，连连点头说道："老夫人说的在理。您冯家与赵家原本就是干亲，当然就是赵香兰的娘家人了，应该管，应该管。"

折老夫人说："田驿丞，有您这句话我心里就有底了。不过我还有一个请求，不知田大人应允不应允？"

田福学说："老夫人尽管说吧。"

折老夫人说："兰香这孩子命苦，尔格又被侯家打成了这样，身体很虚弱。我想把她接到我们冯家住几日，待她的伤养好了再把她送回来，不知大人可否应允？"

田福学说："应该，应该！您既然是她的娘家人，接回去住几日合情合理。"说完，他又转向在一边拉着哭声的强月娥说，"听见了没有？折老夫人要把赵兰香接到冯府住几日，待她的伤好了再送回来。"

强月娥拉着哭腔说："是是是！"

田福学说："折老夫人，您尔格就可以把她接走了。"

折老夫人应了一声，刚准备让人背兰香走时，喜梅领着陈中贵已赶来了，折老夫人只好让玉清把兰香抱回了她的卧室。陈中贵把过脉后略做了检查，然后对田福学、玉清和折老夫人说："三姨太无生命之忧，只是受了皮外伤。由于她的身体虚弱，经不住这般殴打，晕厥了过去。请你们放心，我先给她扎几针，然后再开几服药，她慢慢就会好起来的。"说着，他从药袋中取出几根银针，在兰香的脸部和头上扎了几针，不一会儿兰香慢慢地醒了，众人这才松了一口气。

玉清看到兰香醒了，一把抓住兰香的手，高兴地说："兰香，你终于醒了。是我不好，让你受苦了。"说着，难过地掉下泪来，泪珠也滴在了兰香的脸颊上。

兰香醒来后，第一眼看到流泪的玉清时，悲喜交加，久藏在心中的那份情感，如决堤的洪水一泻而出。她再也控制不住，便张开双臂，一下子搂住玉清失声地痛哭了起来。她庆幸，她这个死了多少回的人，今天还能活着见到她日夜思念的玉清哥，即使尔格死了，她也能闭上眼睛。

此时的玉清，也紧紧地抱住兰香泪如泉涌，引得所有在场的人也都为这一对有情人伤心不已。可伤心归伤心，但他们已是两家人了，也不可能再走到一起了。也许此时兰香一下子清醒了，只见她推开玉清，含着泪说："玉清哥，今生还能活着见到你，我已知足了。你忙你的去吧，我不会有事的。"

田福学看到兰香和玉清难过成了这个样子，虽然也很同情，但兰香毕竟是有夫之妇，怕他俩再这样下去，会给侯家及镇里人留下口实于玉清不利，就对玉清说："冯团总，她已经没事了，你就交给他们管好了，咱们得赶紧回驿镇所去。"折老夫人及徐妈等人也劝玉清放心地去，玉清这才依依不舍地随田福学出了屋。

当田福学和玉清刚一出屋，只见强月娥一下子跪在田福学面前，一把鼻涕一把泪地哭求道："田大人，求求你放了我家老爷吧！我们知错了，我们今后再也不打三姨太了，就求求你放了我家老爷吧？"侯金凤和大马猴也跟着跪下来求情。

田福学怒斥道："尔格知道错了？早就晚了。这回非得把侯世耀送县衙不可，这大清的王法，岂容你们随意冒犯。让开路！不让开，连你也一起抓去坐牢！"说完，让折冬生、张德山将强月娥拉到了一边，与玉清等人回了驿镇所。

等田福学和玉清一走，折老夫人坐在炕头前，握住兰香的手说："好可怜的孩子，看被他们折磨成甚了。闺女，咱冯家就是你的娘家，我尔格就接你到咱家住几天，等养好了伤再送你回来。"喜梅也在一旁相劝着。

可兰香却摇了摇头，然后含泪动情地说："谢谢奶奶的好意，我哪儿也不去，就在这里养伤。"

"傻闺女，这是为甚？"折老夫人不解地问。兰香只是摇着头甚也不说，折老夫人见状又说道，"闺女，我是怕我们走后，他们再折磨你。"

"奶奶，我已经习惯了。我不会有事的，您老就请回吧。"兰香说。

这时徐妈也说道："老夫人，您就放心吧，这里有我伺候，不会有事的。"

见兰香执意不去，折老夫人像是明白了什么似的，对徐妈说："有你照顾，我也就放心了。"说完，又转向兰香说，"闺女，那你要按时服药，好好养伤，我会常来看你的。"说完，在喜梅的搀扶下，告别兰香出了屋。

当折老夫人刚一出屋，强月娥又一下跪到折老夫人面前，哭着让折老夫人替她求情放了她家老爷。折老夫人看着强月娥，立马指着她的鼻子斥责道："我说侄媳妇、侯家的大太太，你们侯家做事也太没人气了。自兰香嫁到你们侯家，你们就没把她当人看待，想骂就骂，想打就打，几次还险些要了她的命。今格要不是我孙儿和田驿丞及时赶来，这会儿她恐怕早就不在阳世了，这是在作孽呀！要知道，人在做，天在看，你们这样做迟早会遭报应的！"说到这里，她用拐杖狠狠地戳了戳地，又继续说道，"你们把人打成了这样，抓他去坐牢，那是他罪有应得，如果死了人，那还要抵命哩！"

停了一下，折老夫人又说道："我说侄媳妇啊！你当兰香是棵无根的草，无人疼、无人管吗？老身今格就明确地告诉你，她是我的干孙女，我们冯家就是她的娘家人。今后啊，谁要是再敢欺负她，首先我这老太婆就不答应，一定会前来讨个公道，你听明白了没有，啊？"

"听明白了，听明白了。我们以后再也不敢欺负兰香妹子了。我向你发誓，我们侯家再做出对不起兰香妹子的事，就遭天打五雷轰，不得好死！"强月娥对天发毒誓后，又央求道，"老夫人，您大人大量，还请您在田驿丞面前替我们求求情，把我们家老爷放了吧，我给您老磕头了。"说着，竟趴在地上给折老夫人磕起头来。

折老夫人看到强月娥这样，就轻蔑地说："侯家大太太，我可受不起你磕的头。再说，我一个老婆子哪有那么大的面子？你还是另请别人去吧。"说着，拄着拐杖就要离开。

这时大管家张俊仁走上前来，说道："老夫人，今天的事确实怪我们家老爷做得太过分。尔格，我家大太太也认错了，想必我家老爷这阵儿也后悔哩。您老就看在咱们是街坊邻居的份儿上，就去给我们家老爷求个情吧？谁都知道，您老是咱青龙镇一带德高望重的人，您老说过的话、做过的事，没有谁不佩服的。凭您老的威望和为人，只要您老愿意前往，田大人一定会给您老面子的。"原来大管家刚从外边赶回来，见府内发生了这样的事，首先想到的就是求折老夫人了。

听了张俊仁的话，折老夫人觉得他说的也还是在理。再说，她平时就对侯家的这位大管家印象不错，还有侯家的那个二公子金来也是个不错的后生，并不像他的父母那样心地不善。于是她想，只要侯家能改过认错，今后不再欺负兰香，不一定要把侯世耀送县衙下狱。想到这里，折老夫人对张俊仁说："俊仁贤侄，你不要给我老婆子戴高帽子了，我是几斤几两，我自个儿还不知道？不过话又说回来，咱们侯冯两家都同在一个镇子，这低头不见抬头见的。常言道，冤家宜解不宜结，得饶人处且饶人，只要侯家能真心改过，往后不再折磨殴打兰香，我是会原谅他们的。不过我的话，田驿丞能不能听，能否放人，我就没把握了。"

张俊仁和强月娥几乎是同时说道："只要老夫人愿意前往，我们就很感激了。"

折老夫人说："那我只能去试一试了。"停了一下，又对着强月娥说道，"世耀家婆姨，我去田驿丞那儿求情，不是为了让你们感谢的，只要你们以后不再打骂祸害兰香，我就谢天谢地了！"说完后，就在喜梅的搀扶下去了驿镇所。

折老夫人走后，强月娥还是不放心，她忽然想起了在本县田河镇任副镇长的本家远房侄儿强自修。强自修虽然官不大且她原来也不怎么待见他，可眼下只有求他帮忙了。于是，强月娥即刻派赵四去了田河镇，求她的这位远房侄儿。

　　后来，果真在折老夫人和强自修的求情下，田福学只将侯世耀关了一夜，第二天就将他放了回来。不过侯世耀被押到驿镇所后，早已吓得尿了裤子，浑身像筛糠似的抖个不停，他怕冯玉清借机把他送到县衙要了他的命。他第二天在被家人接回时，不住地向田福学和冯玉清磕头并一再保证，他今后再也不打骂兰香了，并向田驿丞写了保证书，之后才被放了回来。

冯玉清在廊州隐灵寺学武练功

第十二章 敢担当刻苦练精兵
初出战全歼西山匪

今日，是青龙镇民团营成立以来正式开训的日子。天刚微微亮，青龙镇就响起了嘹亮的号角声和民团操练的阵阵喊杀声。顷刻间，小小的青龙镇便打破了它往日的宁静，出现了有史以来未曾有过的热闹场面，从此青龙镇的人们又多了一份安全感与自豪感。当夜，玉清心情激动、热血奔涌，便挥毫写下了一首颇有气势的《雁歌行》来：

> 五更又闻角号鸣，卯时校场亲点兵。
> 临危受命平匪乱，新建乡勇民团营。
> 谁言书生百无用，上马亦可统三军。
> 只要苟利为家国，何忌生前身后名。

玉清将诗写好后，悬挂于他的营房内，尤其将"只要苟利为家国，何忌生前身后名"的诗句，作为他的座右铭，时刻提醒他不忘自己剿匪平乱、保境安民的使命。

经过两个多月的紧张刻苦训练，玉清已经训练出了一支闻号而动，出则能战的乡勇民团营，大伙个个摩拳擦掌，纷纷要求出战作恶多端的土匪，建立功勋。

就在玉清训练民团营的这段时间里，霍宗昌奉旨亲率大军又参与了一个大的战役，临行前他并没有忘记他的爱将冯玉清，曾致函朔州府和安宁县，请玉清同往出征。但安宁知县同继洲出于私心，不愿将刚组建的民团营交与他人，其次是担心玉清走后安宁县的防卫得不到保证，就以安宁匪患严重，需留玉清和民团营剿匪平乱为由，回函了朔州府和霍宗昌。

霍宗昌在接到安宁县和朔州府的回执后，考虑到大军西征后陕北兵力空虚，确需留一得力之人镇守陕北，就同意了安宁县和朔州府的请求，并亲笔给玉清写了一封书信，嘱咐他以国事为重，担负起陕北剿匪平乱的重任，不辜负朝廷和百姓的重托与企盼。然而霍宗昌给玉清的这份回信，同继洲并没有马上交与玉清，而是等到霍宗昌率大军西征一月后才交与了玉清。玉清在接到霍宗昌的亲笔信后，十分遗憾，责怪同知县使他失去了一次卫国杀敌、报效朝廷的机会。但事已至此，他只能谨记霍宗昌大人嘱托，自觉担负起陕北剿匪安民的重任，同样也能一展抱负、为国尽忠效力。

霍宗昌率大军西征离开陕北后，陕北境内一时兵力空虚，各地土匪又兴妖作乱起来。这些强盗土匪认为，如今天下大乱，朝廷根本无暇顾及地方安危，这正是他们扩充势力、占山为王的好时机。一时间陕北大地上祸乱刚平、匪患又起，甚至还出现了一些势力较大的土匪围攻县城，公开抢劫乡镇的事件。安宁县虽没有这么严重，但县境的几股土匪也没有闲着，他们时不时地抢劫村舍，围攻乡镇，闹得人心惶惶、民不聊生。

同知县害怕土匪攻打县城，就命令玉清招收团丁扩充青龙镇民团营，并加紧训练，随时准备移驻县城，共同防守县城的安全。玉清正有扩充民团营的意愿，接令后立即在任家坪、榆树坪、郝家湾、龙华寺、红石咀各乡镇张贴了招兵告示，由于人们对玉清的信任和敬仰，前来报名者趋之若鹜，最后经过精挑细选，玉清只招收了二百余人，使青龙镇民团营扩充到了四百余人。有了这四百人的队伍，民团营的势力大增，士气大振，玉清也更加充满信心。他一边抓紧训练，一边随时准备移防县城。不过在准备移驻县城之前，为了确保青龙镇一带不再遭受匪患的侵害，经与田驿丞商议，玉清决定先围剿距青龙镇最近且对青龙镇危害最大的西山鹞子梁土匪胡柴进。因为他们只有五六十人，实力并不算大，围剿他们胜券在握。此役，不但可使新成立的民团营得到实战锻炼提振士气，还可震慑其他山头土匪，使他们不敢肆意妄为，可谓一石二鸟。

恰在此时，妄自为大的胡柴进，无视新组建的青龙镇民团营，竟然率领土匪抢劫了西川莫家湾，不仅打死了两个村民，而且还强暴糟蹋了村内三名妇女。接到报案后，玉清怒火中烧，这简直是对民团营的公开挑衅，是可忍孰不可忍！他立即点集了一百多名训练有素的人员，由他亲自带队，直奔莫家湾而去。

莫家湾，位于青龙镇以西二十多里地的深山内，是邢家寨乡的一个小山村，全村五十多户人家，共二百来口人，因其地处偏远，因而常遭土匪盗贼的骚扰打劫。当玉清带领人马赶到时，土匪早已逃之夭夭，只见几处被土匪点着的房屋已烧得墙倒屋塌，还在不断地冒着黑烟。那三个被土匪糟蹋了的妇女两个跳了河，一个上了吊，连同被杀的那两个男子，共五具尸体直挺挺地躺在村边。整个村子，一片狼藉，哭声连天。当他们看到玉清等人时，齐刷刷跪在玉清等人跟前，哭求他们剿灭这股土匪，为他们报仇。那些同往的民团营兵士看到这一惨状后，也齐声高喊道："杀了土匪，杀了土匪！"

面对这些受难的百姓，玉清强压心头怒火，大声说道："父老乡亲们！我们来迟了，让你们受苦了。不过请你们相信，我今天一定带领民团营，剿灭这帮土匪，替乡亲们报仇。"随后，他上前扶起几位跪在前面的老者安慰了一番，接着让玉栓和玉康带领十余名兵士协助老乡料理亡者后事。然后，叫了几位老乡做向导，带领大队人马直奔西山鹞子梁而去。

鹞子梁距莫家湾只有十来里路程，紧临塞西县境。为防备土匪西逃和与北山蟒头岭钻天豹周万昌土匪会合，玉清带领队伍在快接近匪巢时，在向导的协助下认真观察了地形，然后制订了一个西北设伏、正面进攻的作战计划。之后，由他带领四十多名将士，绕道埋伏于土匪极易西逃塞西、安保县必经的一个隘口险道，由玉奎带领三十余将士绕道北面狮子峰设伏，截断土匪北逃之路，正面由冬生带领三十余人担任进攻任务。

计划停当后，玉清和玉奎各领人马绕道向设伏地而去。半个时辰过后，两处设伏人员已经到位，冬生便组织人马，由正面向鹞子梁土匪盘踞的寨子发起了攻击。

鹞子梁山寨其实是一座土寨，寨内只有十多孔土窑洞和土房子并无险可守，只是它居高临下，视野开阔，每当官府带大军围剿时，居于寨内的土匪发现官兵后就逃之夭夭，等官兵一走他们又重新聚拢而来，因此官兵拿他们一点办法也没有。就在十几年前，安宁知县率官兵捣毁了这座土寨，盘踞在土寨的一股土匪另逃他处，也使这一带消停了许多年。只是后来由于胡柴进的出现，又使这里不太平起来。这次玉清是下了决心要剿灭胡柴进并捣毁土寨，为民除害。

按照玉清的计划，冬生为了把动静搞大，在发起进攻时，又是鸣号又是擂鼓，在二十多人的后面是五六人拖着树枝摆成长蛇阵左右奔跑，闹得黄土飞扬，似有大队人马在后。

土寨内，胡柴进和众匪徒刚刚返回，正在大摆宴席庆贺他们的胜利，寨楼上只留了两人瞭望。正当胡柴进和众土匪喝得兴起时，忽然一土匪慌慌张张跑到胡柴进跟前，报告说："报……报告，冯冯冯玉清大军，来啦！"

胡柴进正在兴头上，被这土匪一打搅，便不耐烦地冲他吼道："去你妈的，你没看见老子正喝酒吗，真扫兴！"

那土匪继续结巴着说："胡爷，真真是官家……大大大军到啦，不信您去看一下。"

这时坐在一旁的三当家、人称黄喉貂的孙旺高起身说："大当家的，前一阵听说青龙镇的冯玉清成立了一个民团营，也许他真的带大军攻打山寨来了。我们还是去看看吧，小心没大错。"

胡柴进喝得已有些醉意，听了黄喉貂的话，自言自语道："冯玉清大军真的来啦？我们刚回来，他哪有这么快？"随即，胡柴进在那一匪徒和黄喉貂的搀扶下，摇摇晃晃地爬上了土楼。待他一爬上土楼，便远远望见一大队人马向寨子杀来，烟尘滚滚、鼓声阵阵。见此情景，胡柴进酒醒了大半，他不知玉清带来了多少人马，一时慌了手脚。

黄喉貂立即对胡柴进说："大当家的，看来他们是有备而来。常言道，好汉不吃眼前亏，我们还是赶紧撤吧。"

"是，快撤，快撤！"胡柴进一边说，一边跟跟跄跄地滚下了土楼。正在吆五喝六喝酒的众匪徒，听说官府大军来了，立马像炸了锅似的抱头乱窜。

黄喉貂立即大声喊道："不要乱，不要乱！赶紧带上家伙和值钱的东西快撤。"在他的指挥下，众匪徒丢下辎重和抢来的粮食，只带了刀枪和值钱的金银珠宝，打开寨门朝着西北方向的深山逃去。而胡柴进、二匪首人称大刀王的赵五和三匪首黄喉貂三人，各背了二百多两银子，骑了马与众匪徒一齐拥出了寨门。

冬生见土匪弃寨往西逃去，也不紧追，只是虚张声势，并保持着一定的距离。众匪徒像受惊的兔子，顾不上回头，一个个没命似的朝玉清设伏的方向奔去。

玉清设伏的地方叫红石崖，两边是峭壁，中间只有一条弯弯曲曲的山路通往塞西县境。翻过红石崖隘口，便进入高低起伏、梁峁纵横的丘陵沟壑地带，即使藏有千军万马，也极难被对方发现。

鉴于红石崖地理位置的重要，玉清才决定自己带队在此设伏。待他带人在两面山崖上刚埋伏好，就听见土寨那边传来了阵阵鼓号声，他知道是性急的表兄冬生带人开始攻打山寨了。果然不多时，只见一群土匪乱哄哄地朝这里窜来，他吩咐弟兄们沉住气，不要过早地暴露目标，一切听他的指挥。

当冬生像赶羊一样将土匪赶向红石崖时，只见三个骑马的人飞也似的沿谷间小径狂奔而来，为首的正是匪首独狼胡柴进，其他土匪则被远远地甩在了后面。情况发生了突变，玉清当机立断，他让德山现场指挥，等土匪全部进入山谷后再发起攻击，自己则骑马沿山梁向西边山谷的出口驰去。

也许是第一次上阵，没有经验，也许是过分紧张激动，土匪大队人马还没有完全进入山谷包围圈时，德山便发布了攻击的命令。于是两边埋伏的将士，便一齐向山谷投掷石块和擂木，堵住了土匪西逃的去路，不少土匪已被石头擂木击中，死伤了七八人。进入山谷的土匪见中了埋伏，便又斡转身向谷口涌去，幸好被谷中两边冲下来的将士包抄在了谷中，一时间喊杀声、刀枪的碰撞声响成了一片。被包抄在谷中的土匪，被这突如其来的攻势吓蒙了，除过几个少数拼命抵抗的悍匪外，多数已吓得魂不附体，乖乖地跪在地上举械投降了。对于那几个仍拼死抵抗的悍匪，德山他们三四个人对付一个，经几番打斗，三人被乱刀砍死，最后一个也不得不缴械投降。

就在德山他们全力围剿谷中土匪时，那些未来得及进入谷中的二十多个土匪见势不妙，回身又跑向了土寨方向，却迎面碰上了冬生带领的人马。受惊的土匪见状，不敢迎战，又向西北、西南方向四散而逃。冬生立即命令队伍分头追击，只见他手持大刀，大喊一声冲上前去，手起刀落，已有两颗土匪的人头落地，其他将士受到了鼓舞，也大着胆子直扑土匪。经过一阵搏杀，又有几个土匪死于刀下，其余土匪再也不敢抵抗，都乖乖地做了俘虏。

这时，山谷伏击战已经结束，德山带人支援冬生来了。两支队伍会合后，经清扫战场，共毙土匪七人、伤十一人、俘二十六人，民团营只有五人受了轻伤，此战取得了重大胜利。

正当两边民团营兵士相互拥抱、欢呼胜利之时，远在北面设伏的玉奎，正带人气喘吁吁地赶到。他见战斗已结束，就懊恼地怨自己运气不好，没有参与激战一显身手。这时他发现主帅不在，便问张德山道："张标副，咱们的主帅呢？"

经玉奎这么一问，德山才想起玉清独自一人，骑马追那三个匪首去了，不免担心起来，忙紧张地说："刚才冯团总让我留下指挥设伏，自个儿骑马追那三个西逃的土匪去了。怪我疏忽大意，刚才只顾高兴，把这事给忘了。"

冬生等人一听，也立即慌了起来。只听玉奎冲着德山吼道："好你个张德山，你当时为甚不多带几个人一同去追。我跟你说，冯团总要是有个三长两短，看我不宰了你！"说完，即刻领着十余人匆忙地朝山谷跑去，德山随后也跟了去。

再说，玉清单人单骑，由山坡驰到谷底出口时，刚一回转马头，就见三匪首骑马迎面驰来。三匪首见谷口有人挡住了去路，忙勒住马头停了下来。正当三匪首不知所措时，只听玉清大声喝道："来者可是西山匪首独狼胡柴进？"

胡柴进观察左右后，确认谷口再无伏兵，仅有此单骑一人，于是就大着胆子说："小子！听着，本大爷就是独狼胡柴进。那两位，一个是我二弟大刀王赵五，一个是我三弟黄喉貂孙旺高。你是何人？敢挡我们的道，这不是找死吗？识相的，赶快给本大爷让开道！"

玉清听后，厉声说道："我是青龙镇民团营团总冯玉清。你们这帮祸国殃民的土匪，今日遇到我，算是你们的末日到了。还不快快下马受降，免你们一死！"

他们对冯玉清参加陕北平乱的经历和身手虽有所耳闻，但并未见真，况且他今日只是单人单骑，并不见得是他们三人的对手。于是，胡柴进仗着人多势众，就准备带领其他二匪，一齐冲上去斩了挡道的冯玉清。

这时，二匪首大刀王赵五对胡柴进说："大当家的，对付这样一个黄口小儿，何必大哥上阵。让我先会会他，看他到底有多大的能耐！"说毕，便挥起大刀催马向玉清杀来。

玉清不知经历了多少恶仗、硬仗，并不把赵五放在眼里，等他举刀杀到近前，才拍马迎了上去。经过两轮交战，玉清感觉这个赵五还真有些功夫，便不忍心杀他，欲收降他于帐下，使其悔过自新、为国效力。因此当战至第五回合时，玉清勒缰立于马上，用刀指着赵五说道："好你个赵五，亏你空有

一身武艺，你不思报国，反而害民，天下哪能容你？只要你迷途知返，愿意
受降，我可免你一死！"

　　谁知赵五毫无悔过之意，误以为玉清的武艺不过如此，竟狂妄地叫道：
"姓冯的，少啰唆，看刀！"说着，再次举刀朝玉清的脑门砍来。

　　玉清见状大怒，还未等赵五的大刀砍下，便跃马迎了上去，只见他手起
刀落，赵五便惨叫一声栽下马一命呜呼了，他身上带的银子也散落了一地。

　　玉清的刀法如此之快，赵五是怎么死的他自个儿是弄不明白了，而在一
旁观战的胡柴进也没看出个名堂来。他见玉清斩了赵五，这才知道玉清的厉
害，便与黄喉貂挥刀提枪一齐朝玉清杀来，企图夺路而逃。

　　玉清哪能放过二匪，立誓要活捉了他们，便跃马上前挡住二匪去路，接
着三人便大战了起来。一时刀光闪闪、人喊马嘶，玉清越战越勇，二匪渐渐
不支，胡柴进想急于脱身不敢恋战，于是趁黄喉貂助阵之际，虚晃一枪拟夺
路而逃。

　　玉清看到胡匪要逃，便大喝一声："胡匪，哪里逃！"随之撇下黄喉貂朝
胡柴进追了上去。而狡猾的黄喉貂，自知他俩不是玉清的对手，趁玉清追赶
大当家之际，便撇下胡柴进自个儿逃命去了。

　　这时，玉清催马加鞭，不多时便追上了胡柴进，凶残的胡柴进见难以逃
脱，等玉清靠近时，突然回身一枪刺向了玉清。对于胡柴进的这招回马枪，
一般人是难以躲过的，而玉清早有防备，只见他一侧身躲过了胡匪的回马枪，
接着手起刀落，只听胡柴进"啊"的一声，右手被雷击了似的耷拉了下来，
长枪也飞出了丈余外。接着玉清又是一刀，险些将胡柴进砍下马来。

　　原来玉清要活擒了胡匪，故而并未伤其要害，不然胡柴进早就见阎王
了。胡柴进自知逃脱不掉，早已吓得魂不附体，但为了活命，他便用左手卸
下身背的二百余两银子献于玉清道："英雄好汉，请放我一马。只要你放了
我，这二百多两银子都归你！"说着，便将银袋扔向了玉清。

　　玉清用左手接住银袋，右手举着刀指着胡柴进，大声说道："你作恶多
端，罪孽深重。休要说这二百多两银子，今天就是搬座金山来，也休想让我
放了你！"

　　胡柴进彻底绝望了，但他不甘心束手就擒，在玉清上前捉拿他时，突然
用左手从腰间拔出一把匕首，猛地刺向了玉清。玉清没有提防这一着，险些被

匕首刺中胸部，幸亏他眼疾手快，一侧身躲过了匕首，随之将胡柴进抓离马背举在空中，然后又把他重重地摔在了地上，顿时把胡柴进摔了个半死。这时玉清翻身下马，将胡柴进绑了撂于马上。此时，黄喉貂早已逃得无影无踪了，玉清只好作罢，押上胡柴进和缴获的两匹战马，沿山谷返回了土寨方向。

玉清没走出多远，迎面就碰到了前来接应他的玉奎等一行人。见到玉奎他们，玉清下了马，然后将马背上的胡柴进解下往地上一扔，对玉奎说道："冯队副，这就是匪首胡柴进，你给我好生看押，千万不能让他跑了。如若跑了，我拿你是问！"

玉奎立正道："报告团总，只要交给我，保证他跑不了！"随即吩咐其他人，押着胡柴进往谷内走去。这时他才回过头小声问玉清道，"玉清，没伤着哪里吧？刚才你一人去追土匪，可把我们吓坏啦。"随后，又指着胡柴进问道，"怎么就他一个？那两个匪首呢？"

玉清淡淡地说："有甚可怕的，我这不是好好的吗。三个匪首，让我斩了一个，活捉了一个，只可惜让三匪首黄喉貂孙旺高给跑掉了。"

玉奎听后，一竖大拇指道："你果然厉害。你单人单骑对付三个匪首，杀一人、擒一人已经很了不起了。逃了一个不算个甚，往后总会有机会捉住他的，不必自责。"

身边一团丁接着说道："我们的冯大帅是谁？那是身经百战的人，甭说是三个匪首，就是再来个十个八个的也不在话下，你们说是不是？"其他人忙附和着连连称是。

此时的玉清顾不上听他们吹嘘，他关心的是整个战况，于是忙转身问德山道："张标队，我让你指挥的伏击战况如何？"

刚才德山一直为当初未派人随玉清追击匪首而自责，这时听见玉清问他，忙回道："报告团总！此伏击战大获全胜，共斩杀土匪十一人，活捉三十余人，无一漏网。我们仅有五人受了轻伤，无一阵亡。"

玉清听后，高兴地拍着德山的肩膀说："好，好！首战告捷，极大地提振了我们青龙镇民团营的士气，我一定奏请同知县，奖励此役作战的有功人员。"

"这都是团总你指挥得好。"德山谦虚地说。随后，玉清带领来人向土寨急驰而去。

此时的鹞子梁土寨，已是一座空寨。寨内一片狼藉，桌椅东倒西歪，破碎的瓷坛酒罐，还在汩汩地流着刺鼻的烈酒。这时，只听玉清命令道："大家听着！现在你们的任务是赶紧打扫战场、捣毁土寨，然后带上所有缴获的物资银两、押上被俘虏的土匪迅速返回莫家湾。"

玉清的话音一落，大家在团副折冬生的指挥下，立即行动了起来。这时，忽听土寨北边一个房里传出了女人的呼救声，玉清等人循声走近一看，发现房内关着七个披头散发、衣不遮体的妇女。

原来这些女人都是附近村庄被土匪抢上山来的良家妇女，她们一个个被土匪蹂躏得不成了样子。刚才玉清大军攻打土寨时，土匪才扔下这些妇女仓皇而逃。这些女人并不知道外面发生了甚事，还以为是另一拨土匪攻打山寨，正在哀叹她们的命苦，又要遭受土匪的百般折磨了。但当她们听了玉清的一番讲话后，才知她们遇到了好人、遇到了救星，这才拼了力气呼喊救命。玉清忙命人砸了铁锁，打开牢房救出她们，并命人好生予以照料。

看到这些受害的妇女，所有在场的人对她们都深表同情，有几个团丁竟提了刀要斩杀了被俘虏的土匪替她们报仇。

这时玉清强压心中怒火，忙上前制止他们说道："先不要乱杀人，等回去审问清楚了，对那些作恶多端、罪行较大的土匪，定要严惩，一个也不能放过。"

就在玉清解救那些妇女的同时，冬生已派人将土寨内缴获的粮食、辎重及金银珠宝清理完毕，正在装运送往寨外。随即，玉清立即命令所有的人迅速撤出寨子，然后将柴草堆放在房屋和土楼下，并倒上食油及散酒。这时玉清举起火把，用力掷向寨内，随着"轰"的一声巨响，只见寨内瞬间燃起了熊熊大火，顿时火光冲天，黑烟翻冒，伴随着噼噼啪啪的声响，顷刻间房倒屋塌，土楼和山寨便成了一片火海。

望着被毁的土寨，玉清长吁了一口气。他终于带队伍捣毁了土寨，铲除了毒瘤，可以还这一带百姓安宁了，他感到了从未有过的欣慰和轻松。

当玉清带着队伍，押着被俘的土匪刚一进莫家湾，村内的百姓立即围了上来。他们一看到被俘的土匪，便一齐愤怒地高喊道："打死他们！打死他们……"随之拳头、鞋子、石块雨点般地落在了土匪的身上，打得他们一个个嗷嗷直号叫。

其中，有几个老者和村民，认出了糟蹋那三个妇女的土匪，便不顾团丁的阻拦，将那三个土匪按倒在地一顿暴打。一位白发苍苍的老婆婆，抡起拐棍一边打，一边哭着骂道："再让你祸害人！再让你祸害人……秀英呀！我那可怜的儿媳呀，老娘替你报仇了……"顿时现场一片混乱。

这时，玉清站在一棵古槐下的土坎上，举起手大声喊道："乡亲们！大家不要乱，请静一下听我说。"

听到喊声，那些愤怒的百姓才住了手，现场也随之安静了下来。这时，玉清大声说道："乡亲们，你们此时的心情是可以理解的。请大家相信，这次既然抓住了他们，官府定会根据他们所犯的罪行定他们的罪，该杀头的杀头、该坐牢的坐牢，绝不会轻饶了他们。"

玉清的这番话，还真起了作用，刚才情绪失控的人们，渐渐地平息了下来，并相继退到了一边。

这时玉清把话锋一转，高兴地大声说道："乡亲们！我现在告诉大家一个好消息，西山这股土匪，已被我们剿灭了，除过死伤和一个逃跑的外，包括匪首独狼胡柴进在内的三十多个土匪，全部被我们活捉了，土匪的老巢土寨，也被我们彻底捣毁了，大家以后可以安心地过日子了！"

百姓听后，立即欢呼起来，人们齐刷刷地跪在玉清面前，纷纷呼喊道："感谢冯团总为我们除了害，感谢恩人冯大人……"

见此情景，玉清赶紧跳下土台，一边扶起跪在前边的几位老者，一边慌忙地说道："使不得，使不得！剿匪平乱、保境安民，是我们青龙镇民团营份内的事，不值得大家这样。快快请起！快快请起！"

这时，一位皓首白发的老者流着泪说："冯大人，这些年来，我们深受这些乱贼土匪的祸害，没有过过一天安稳的日子，要不是您今天领兵剿了他们，往后我们这些弱民百姓，就真的难以活命了。您就是我们的大恩人、我们的冯青天！"说到这里，他又哽咽着说道，"冯大人，今格我们这些刚受了难的百姓，实在拿不出甚好东西慰劳你们，但为了表示我们的感激之情，就请接受我们一拜吧！"说着，带头向玉清跪下磕起头来，其他人也一齐跪下向玉清磕起了头。

此时，玉清的眼眶湿润了，他的心被这一老者的话深深地刺痛了。他强忍住眼泪，一把扶起老者动情地说道："老人家，我们还是来晚啦，让乡亲们遭受了这么大的难。不过请老人家和乡亲们放心，今后只要有我冯玉清在，有青龙镇民团营在，就不会再发生这样的事。今后，若有哪里的土匪乱贼，胆敢再祸害你们，我一定领兵杀得他们片甲不留！"说完，他让所有的百姓都起了身。

之后，玉清叫来冬生和留在该村帮百姓善后的冯玉栓，吩咐他们从缴获的粮食和银两中拿出一部分，交于村中的管事和那一老者，让他们接济遭难的百姓和那五户死了人的家户，用于救助应急。同时，他又吩咐老者，要好生安顿好从土寨救出的那七个妇女，明天派人把她们送回各村各家，让她们早日与亲人团聚。

等安顿好了这一切，玉清见天色已晚，就告别乡亲，带上队伍、押着俘虏返回了青龙镇。

当玉清带着队伍返回青龙镇时，已近夜里亥时，只见镇内火把通明、锣鼓喧天。原来，先期回镇的团丁，已把这一好消息带回了镇里，这时冯玉文、田福学、老秀才、折俊卿、冯忠有、张兆卿、杨百雄等带领留守的团丁及众乡亲，早就来到了街镇口，迎接凯旋的民团营将士。

等玉清大队人马一进入街镇，冯玉春、冯玉文、田福学、冯忠有、老秀才及杨百雄等人，便快步迎了上去。田福学握住玉清的手，激动地说："我代表青龙镇的父老乡亲，欢迎我们的英雄们凯旋！"

"冯团总，你们首次出师，便大获全胜，不仅大涨了我们民团营的士气，而且打击了这一带土匪的嚣张气焰，连我这个未参战的人也感到无上的荣光！"杨百雄接着说。

这时老秀才冯尚儒，脸笑得像开了花似的捋着长须说："玉清啊，你小子这下可给我们青龙镇和冯家长脸啦！像你这样提笔能写惊世文，上马能做三军帅的全才，在我们安宁县也找不出第二个。这次你领兵剿灭了西山土匪，为民除了一害，可谓功德无量，连我这个老朽也替你感到高兴……"

还未等玉清说话，他已被一群团丁和后生抬起来不停地抛向空中，一时间欢呼声、庆贺声不绝于耳。

这时，田福学对着欢闹的人群大声说："好啦，好啦！冯团总及众将士行了一天的军、打了一天的仗，到尔格还未吃上一口饭。请大家不要闹了，赶快让道让他们吃饭和休息去，等明日再欢庆。"听了田驿丞的话，大家这才停止了欢闹，迅速让出了一条道。

这时，忽听一人喊道："玉清哥，玉清哥！"

等玉清站稳地，回过头一看是妹子喜梅，就上前道："喜梅，你也来啦？"

喜梅高兴地说："哥，你是咱家的大英雄，你打了大胜仗，我当然要来的。"说着，拉起玉清的手，浑身上下打量了一遍，问道，"哥，你没伤到哪里吧？"

玉清一笑，用手指刮了一下喜梅的鼻梁，说道："妹子，你哥是谁？那是刀枪不入的齐天大圣，谁能伤得了我？"

"你就吹吧！"喜梅说着，擂了一拳玉清，然后抿嘴笑了。

"爹没有来？"玉清突然问。

"爹早就来啦！你看，在那里。"喜梅说着，用手指向了不远处。

玉清看见了父亲，招手同他打了招呼。之后，回过头对喜梅说："喜梅，你和爹先回去，等我忙完了公事就回来。"

"玉清哥，那你早点回来，娘和奶奶还在屋里等着你哩！"喜梅说。

"知道啦！"玉清应了一声，转身就奔营部去了。

回到驿镇所，玉清和田福学立即连夜对被俘的进行突审，最后甄别出包括胡柴进在内罪行较大的土匪十五人，罪行较轻且检举揭发他人又愿意痛改前非、有立功表现的土匪十四人。玉清决定，将那十五个罪行较重的土匪，押往县城交由同知县发落，对剩余十四个罪行较轻，且揭发他人有功又愿意悔过自新的土匪，经教育后放他们回家。玉清之所以这样做，自有他的道理，因为按大清律历，对抓获的土匪，地方政府有权就地正法，无须上报朝廷。因而他担心，若将这二十九个土匪全部押往县衙，万一同知县不分青红皂白将他们全部砍了头，那不等于滥杀无辜吗？这势必会对他今后的剿匪造成一定的负面影响，更不利于惩恶扬善、伸张正义。他的这一主张，也得到了田福学的赞同，于是第二天，玉清当众宣读了被释放土匪的名单，并当场释放了他们。这些被释放的土匪，一个个感激流涕，不住地向玉清磕着头并一再表示，从今往后一定弃恶从善、永不祸害百姓。接着玉清派了二十多名团丁由冬生负责，带上他写给同知县的亲笔信函和提审土匪的记录与口供，押着那十五个罪行较大的土匪去了县城。

第十三章　任巧莲相亲上冯府　民团营奉旨移县城

玉清带领青龙镇民团营，剿灭了西山土匪的消息，很快在安宁及相邻几县传开了。一时间，不仅青龙镇民团营的名声大振，而且冯玉清的名字更是家喻户晓、人人尽知。青龙镇这个昔日并不起眼的陕北小镇，一下子成了人们关注和热议的焦点。

这几日，玉清无心理会人们的议论与赞美，他所关心的是同知县会对押往县城的十五个土匪做何处置，对他私放土匪和将缴获的战利品留作军饷的做法是何态度。因为冬生从县城返回后，并没有带回同知县的具体回复，只口头捎回来一些表扬与鼓励的官话。

对于同继洲的态度，玉清揣摩不透，至于他个人的功与过，自会有人去评说，这些他并不去多想。他所担忧的是这支刚刚组建起来的民团营，会不会因他而受到影响？其次，虽说这次西山剿匪之胜，会极大地震慑和打击安宁县境和邻县土匪盗贼的嚣张气焰，会使他们有所收敛，但也不排除他们会有报复行为，或结伙攻打青龙镇及县城的可能。因此，他觉得自己的责任更大了，他必须要有心理准备，绝不可掉以轻心。

然而不管咋说，这次的胜利还是极大地鼓舞了全营将士的士气，也使百姓有了一份安全感。一想到这些，玉清的心里也轻松了许多，又把主要精力投入队伍的训练上来，以应对突发事件。随之，由玉清和田福学共同主持，在青龙镇召开了一次庆功表彰大会，表彰奖励了西山剿匪战中的有功人员，之后队伍的训练又如火如荼地展开。

这几日玉清比平时更忙了，不但很少歇息，也很少回家，这可心疼坏了折老夫人。她知道，她的这个孙儿心气儿高，是个干大事的人，但不论干多大、多重要的事情，也不能不歇息，万一累坏了身子咋办？而令她最牵挂的，还是孙儿的婚姻大事，他今年已满二十五岁了，至今还没有成家。前些年，是因为那该杀的乱匪使他失踪了多年给耽误了，好不容易盼他回来了，却又因为他知道兰香的事而伤心不已，这哪里还敢给他提亲说媒？这下好了，他不仅缓过气了，而且还干出了这么大给祖宗争光的事来，趁他尔格心情好，得赶快给他说个婆姨，也就了了她的一桩心事了。

其实，在玉清心情刚好转，接了青龙镇民团团总差事的那会儿，折老夫人就托人给孙儿提过亲，可玉清总推说忙不应茬儿。折老夫人明白，玉清心里还装着兰香，还有他的亲骨肉江龙。当然，如果玉清能娶了兰香，就能公开认了他的亲骨肉，那么他们一家三口就能亲亲热热地在一起，那是再好不过的事。然而，这已是不可能的事，因为兰香已是人家姓侯的人了，只要侯世耀不休兰香，玉清就娶不了兰香，娶不了兰香，玉清也就相认不了江龙。再说了，尽管兰香在侯府受到百般的虐待，但她愿意不愿意再嫁到冯府来？也不好说。

思来想去，折老夫人还是准备另给孙儿说一位令他称心如意的姑娘，至于江龙，等以后有机会再相认不迟。于是，她与儿子忠贤一商量，这几天又忙着托人给玉清提亲说起媒来。好在这几日，本镇和外乡镇不断地有人前来提亲，经过筛选，折老夫人选中了任家坪乡与她有老亲关系的任广录的孙女任巧莲。这广录在任家坪乡，论家道和人品还算不错，他的孙女巧莲也是一位知书达理、模样儿俊俏的女子，年方十八岁，正当妙龄年华，与她的宝贝孙儿可谓郎才女貌，是十分般配的一对儿。因此，她与儿子忠贤一商量，就答应了这门亲事，谁知玉清仍推说忙不肯前去相亲。

这回老夫人可真生气了，父母之命、媒妁之言，这回由不得他。他不是忙嘛，忙得连相亲这样的大事也顾不上，因此她就自作主张，捎话让广录带上孙女来青龙镇相亲，看他还有甚话说。

这天，任广录果真带上孙女来青龙镇相亲了。按亲戚关系，广录管折老夫人叫姨表姐，只是多年未曾走动过，这次前来相亲，自然受到了折老夫人的热情款待。一阵寒暄过后，折老夫人拉住巧莲的手，左瞧瞧，右看看，然后对广录说道："啧啧啧！看，我们广录的孙女长得多水灵、多俊俏，就像仙女似的。要是我家玉儿，能娶上巧莲姑娘，那是他小子上辈子修来的福。"一句话，说得巧莲的脸立即泛起了一朵红晕，害羞地低下了头。

"来来来！喜梅。"折老夫人喊着站在一旁的喜梅，对她说，"喜梅，你赶快到驿镇所叫你玉清哥回来，就说家里来客人啦，让他快点儿回来！"喜梅应了一声刚走出门，又被折老夫人叫了回来，并拉到一旁小声交代了一番，这才让喜梅去了。

按理说，奶奶给玉清哥张罗着说婆姨，她这个做妹妹的应该高兴才是，可喜梅这时却怎么也高兴不起来。这倒不是因为这位远道而来的妹子长相不漂亮，配不上她玉清哥，论身段、论长相、论气质，她并不比当初的兰香姐差多少，要是他俩能结合在一起，那也是天设的一双、地造的一对。而令她高兴不起来的原因，是因为她心里装着一个难以启齿又不被世人知晓的秘密，当然这个秘密，是与她的玉清哥有着直接的联系。

自从玉清哥和奶奶当初收养了她以后，喜梅就把这里当成了她唯一的家，把玉清哥当作了她最亲近的人。还在她十岁的时候，听说玉清哥被乱匪害了，她哭得眼睛都肿了；当得知兰香负了玉清哥嫁给了侯世耀，她曾找兰香拼过命；当玉清哥突然活着回到了青龙镇，并且成了陕北平乱的英雄时，她又高兴得几宿未睡好觉。再后来，当玉清哥为了兰香陷入极度痛苦时，她不知陪玉清哥流了多少眼泪，生怕他想不开做了傻事。也就是从那一刻起，她有一种强烈的愿望，她想成为他的人，如果能嫁给玉清哥，她会把心掏出来待他，并用自己这颗滚烫的心，去温暖和慰藉他那颗受了伤的心。

也就是从那一刻起，她对玉清哥的情感，已不再是原来那种单纯的兄妹之情了，已变成了一种可以托终身、共生死的情感了。还在玉清哥未回青龙镇之前，奶奶曾多次托人给她寻婆家，都被她借故推托了，这不是因为她未到出阁的年龄，也不是她不愿意嫁人，而是她一旦外嫁了，就不能服侍在奶奶和爹娘左右了。因此，她想晚几年出嫁，多服侍奶奶和爹娘几年，以报答冯家人对她的收留养育之恩，也算替玉清哥尽了一份孝心。而另一个原因，是因为她还未遇到过令她中意的人，这个人要像玉清哥那样才貌出众，即使赶不上玉清哥，但相貌与才华也不能太差。尽管这个人还未出现，但她隐隐约约感觉这个人离她并不远。

在玉清哥回到青龙镇后，喜梅的心开始萌动了，尤其当她得知玉清哥在外未成家，又不能与兰香姐重归于好时，她就有了这门心思。有几次她想对玉清哥表露心声，但话到嘴边又咽了回去。她不知道玉清哥有无此意，是否愿意娶她，假若玉清哥压根儿就没有这个想法或一口拒绝了，那多尴尬，这往后他们恐怕连兄妹也做不成了。她也曾想对奶奶说出她的心思，然后再让奶奶促成他们这桩婚事，然而她又怕奶奶嫌弃她的身世，那她连奶奶的孙女也做不成了。

思来想去，喜梅觉得她无法向玉清哥和奶奶开口，更无法向外人诉说她心中的秘密。因此，她只能把对玉清哥的那份爱，深深地埋藏于心。不过，她对玉清哥的关爱更深了，只要他还未成家，仍然是孤身一人，她就不嫁人，她就这样默默地疼爱他一辈子、照顾他一辈子。因而她既想让玉清哥娶上一位令他十分称意的女子，又怕他真相中了别人，使她彻底失去与玉清哥结为连理的机会。自打任巧莲远道来家后，尽管她有一百个不乐意，但还是前往驿镇所去叫玉清哥回家相亲。

校场上，玉清正在操练队伍，见喜梅来了，就向冬生交代了一下，之后来到校场边对喜梅说："喜梅，你不在家好好服侍奶奶和爹娘，跑到这里做甚哩？"

"是奶奶让我叫你回去的！"喜梅说。

"尔格叫我回去做甚哩？你没看我正忙着嘛！"玉清说。

"家里来客人啦！奶奶让你赶快回去。"喜梅催促着。

"这家里来甚重要客人了，还非得让我回去？"玉清疑惑地说。

"这我也不知道，你回去不就知道了嘛。"喜梅明明知道奶奶让玉清哥回去相亲，可她不能那么说，因为这是临出门时奶奶特意吩咐她的。

玉清不再问了，便跟着喜梅回了府。他一进客厅，见一白发老者和一年轻姑娘坐在客厅，奶奶和父亲正陪着他们拉话。他从未见过这两位一老一少的客人，老者看上去有六十多岁，穿戴讲究，面目清瘦，精神矍铄，一看就不是一般的人家。而那位年轻的姑娘，相貌端庄，皮肤白皙，衣着得体，一看也不是一般农家的小户之女。出于礼貌，玉清冲他们笑了笑，算是打了招呼，之后问候了奶奶和父亲，便站在了一旁。

"玉儿，听我给你介绍。"折老夫人指着老者对玉清说，"这是任家坪乡咱们的一个老亲，姓任，你管他叫老舅哩！"

玉清冲他点了点头，叫了声："老舅好！"

折老夫人又指着坐在旁边的姑娘，介绍道："玉儿，这位是你广录老舅的孙女，叫巧莲。论辈分你们是一辈，她比你小几岁，你就叫她巧莲妹子好了。"

玉清又笑着冲巧莲点了点头，巧莲立即起身向玉清微微施了一礼，并用羞涩的目光瞥了一眼玉清，然后又坐回了原位。

介绍完毕，折老夫人没有马上说明这一老一少来家的真实目的，而是说："玉儿啊！你这位老舅不常来咱家，今格来啦，不管你有多忙，也要陪你老舅和你这位妹子吃顿饭、拉拉话。"

玉清一听，心里全明白啦，原来奶奶叫他回来，是为了让他相亲的。对于奶奶的这份热心，玉清不止一次地借故回绝过，可奶奶这次竟将人家女方叫到家里来了。看来，奶奶这回是认真的，加之在家里奶奶的话可谓一言九鼎，而且今日又当着客人的面让他坐下来陪人家吃饭，他只好点头答应了。

折老夫人见孙儿爽快地答应陪客人吃饭，立即吩咐喜梅让厨房上菜。席间，当玉清给奶奶、父亲及客人分别敬过酒后，折老夫人故意对广录说："广录，你的这位孙女，今年几庚了？寻下婆家没有？"

"老姐姐，我家孙女今年十八了，属猪的，尔格还未找下婆家哩！"任广录说。

"啧啧啧！巧了。我家玉清也未成家，要是你不嫌弃，咱们两家做个儿女亲家如何？"折老夫人望着广录说。

广录立即高兴地说："那敢情好呀！只要咱两家做了儿女亲家，那就是亲上加亲，是再好不过的了。不过……恐怕我家巧莲，高攀不上你家玉清哩！"

"这是哪里话！论家道，你广录弟也是任家坪数一数二的人家，论你家孙女的相貌，那也是百里挑一的俊女子，配我家玉儿那是绰绰有余。要是她能嫁到我们冯家来，我一定会把她当我的亲孙女一样对待，绝不会让她受半点儿委屈。"折老夫人笑着说。

广录赶忙说道："只要你同意，我还有甚说的，一切听老姐姐的。"

这时，折老夫人未征求玉清的意见，也未给他说话的机会，就高兴地说："那敢情好！两个娃的事，就这么定了。"随后，她又转向忠贤说道，"忠贤，刚才我掐指算过了，两个孩子的属相没问题，年龄也合适。论长相，人家孙女配咱玉儿，那是没得说，像这样的人家，那是打上灯笼也难找，我是一百个乐意。"停了一下，她又说，"忠贤，不过玉清是你的儿子，这最后拍板钉橛的事，还得你来做。"

忠贤说："只要您老乐意，我更是没得说的，这事还是您老说了算。"

折老夫人说："那好！那这事就这么定了。等过一晌选个好日子，先给他们把婚订了，撵年底就给他们成亲。"继而又转向广录说，"广录，你看，这样安排合适不？"

广录早已喜得合不拢嘴，一切皆合他的心愿，看来这回不虚此行，就高兴地说："我没意见，一切按老姐姐说的办。"

这下玉清可急了，奶奶没有征询他的意见，就替他做了主，这不是硬逼他就犯吗？于是他站起身刚开口叫了一声"奶奶"，就被折老夫人制止了。

折老夫人最了解她这个孙儿了，她知道他至今还惦记着兰香，可那已是不可能的事了，得赶快给他说个婆姨使他断了这个念想。可她托人给他说了好几个女子，他总是以各种理由不予相见，这次说甚也不能由着他了，她得替孙儿做主应下这门亲事，不能征询他的意见。于是，折老夫人故意开玩笑地对玉清说："玉儿，看把你急的。一会儿有甚悄悄话，等吃过饭后再给你这位新认的巧莲妹子说去！"说毕，对着广录说，"来来来！快吃饭，你看我们光顾着说话，饭菜都凉了！"说着，抬手给广录及巧莲各夹了一筷子菜。

奶奶这次给玉清搞了个突然袭击，弄得他措手不及。他原本想给客人倒过酒后就借故离去，没想到奶奶未征求他的意见，便当着人家的面答应了这门亲事，这让他非常被动。他知道，奶奶是个要强好面子的人，他虽心里不乐意，但却不能当着客人的面驳了奶奶的面子，更不能使客人和那位姑娘下不来台。但若不能及时表明态度，将会给这位姑娘造成一定的误会，这使他陷入了两难之中，一时竟不知如何是好。

吃过饭，折老夫人借故她的这位表亲不常来，就和儿子忠贤陪他到居室拉话。临走时，对玉清交代说："玉儿，你留下来，陪你这位巧莲妹子拉话，可不能冷落了人家。你若冷落了人家，我可饶不了你小子！"说完，就和客人出去了。

折老夫人走后，偌大的客厅里，就只剩下玉清和巧莲两个人了。两个互不相识的人在一起，一时找不到合适的话说，气氛一下子变得紧张起来。玉清这个见过大世面的人，此时竟不知怎样开口，就用目光仔细地打量着眼前这位妹子。只见她高挑匀称的身材，瓜子型白皙的脸庞，一双柳叶眉下，长着一对眸黑明亮会说话的大眼睛，还有那高翘端直的鼻梁、棱角分明的小嘴唇，无不透射出少女青春之美。尤其是她的右下巴上，长着一颗美人痣，更增添了几分迷人的魅力。论长相、论气质，他认为眼前这位妹子，与兰香有几分相像，已从心里对她产生了几分好感。

然而好感归好感，她却并不能替代兰香在玉清心中的位置。自打玉清看到兰香在侯家受到非人般的折磨，他就发誓要将兰香救出苦海，让兰香回到自己身边。尽管兰香目前还是侯家的人，但他相信，兰香迟早会回到他的身边，而且这一天并不会太遥远。因为这个原因，他才不想相亲结婚，也不想让奶奶成天为他的事操心。尽管他对眼前这位妹子印象不错，但他们是不可能在一起的，既然不能在一起，他就必须得给这个姑娘表明态度。可是，该如何把自己的想法告诉这个姑娘，而且既不能伤了人家的自尊心，又能得到她的谅解，这使玉清犯起难来。

而此时的巧莲，面对一直不语且不断打量着她的玉清，心情格外地紧张，一直低着头不敢正眼瞧一下他，手心都出了汗。自从第一眼看到玉清，她就被眼前这位英俊帅气、气宇不凡的男子吸引。这和她在来青龙镇之前，心里想象的那个英雄——冯玉清基本相似，这也是她心目中想要的那种男子，如果能嫁给这样才貌双全的男子为妻，那是她最大的心愿。不过，她不知道玉清心里是怎么想的，是否对她满意、是否愿意娶她，这些她全然不知。她越是这样想，心里就越是忐忑不安，甚至连自己心脏突突的跳动声也听得见。

"巧莲妹子，认识你很高兴，欢迎你来我们家做客！"玉清终于打破僵局，找了这么个得体的话由开了头。巧莲只是冲玉清笑了笑，又埋下头不停地用手抚弄着衣角，她的脸已红到了脖颈儿。见巧莲没有接话，玉清又没话找话地问道："你家里几口人？都有些甚人？你识字不识字？读没读过唐诗宋词？"

巧莲这才重新抬起头，鼓起勇气回答道："回玉清哥的话，我家共八口人，除了爹娘爷爷奶奶外，我上有两个哥哥，下有一个十一岁的弟弟，我是家中唯一的女孩。未上过私塾，但也识得几个字，会背诵一两句简单的诗词，可那都是跟上过学的哥哥学的，让玉清哥见笑了。"巧莲终于放松下来，既然人家愿意认她这个妹妹，她也得认下这个哥哥，这样称呼既显得亲切，又拉近了他们之间的距离。

听了巧莲的回答，玉清感觉面前这位有几分腼腆羞涩的姑娘，是一位通晓事理、善解人意的女子。既然这样，他也就不用担心他的态度会给她带来伤害，于是把话锋一转，说道："巧莲妹，看来你也是一位知书达理的好姑娘。刚才，当着那么多人的面，我有很多话不便对你说，尔格只有咱俩，我就把我的心里话告诉你，希望你听后不必介意！"

玉清的这番话，令巧莲的心咯噔了一下。看来，她刚才的想法，只是自个儿一厢情愿，人家并没有相中自己。也是的，人家能文能武、才貌双全，在全安宁县也找不出第二个，而且这次剿匪又打了胜仗，成了陕北人人仰慕的大英雄，像他这样年轻有为的人，哪能看上她这样平庸的女子呢？在这个时候，跟上爷爷跑到人家府上来相亲，那不是攀龙附凤、趋炎附势的小人吗？一想到这里，她自惭地恨不能找条地缝钻进去。但为了掩饰自己窘迫失落的神情，她故意用平静的语气说："玉清哥，有甚话你就直说吧，我不会介意的。"

从巧莲神情的变化和语气中，玉清明显地感觉到了她心中的不快，于是他尽量采用平和的语气说："巧莲妹，今天的事，我事前并不知道。不过奶奶这样安排，自有她老人家的道理，只是这样唐突的安排，势必给妹子和你爷爷造成了一定的误会和不好的影响，我代表奶奶和我们冯家，向妹子表示深深的歉意！"

"玉清哥，你想说甚就说吧。我能接受，不必那么自谦！"巧莲不冷不热地说。

玉清这才转到正题上，说道："巧莲妹子，咱俩虽是第一次见面，但我对你的印象还是十分满意的，只是我没有这个福气与你结为伉俪，还请你多多谅解。"

听了玉清的话，巧莲感觉受了莫大的侮辱。她知道会是这么个结局，但他也用不着这样拐弯抹角，既然觉得自己配不上他，那就照直了说，她反而能接受。可明明是他看不上自己，却偏偏说他十分满意，这不是拿她当傻子吗？她倒要当面问问，他为甚要这样耍弄人。于是，巧莲一改自惭窘迫的神态，反而用质问的口气说："玉清哥，我是个直性子，喜欢直来直去。你既然没有相中我，可为甚却说对我的印象十分满意？既然满意，又为甚说你没有这份福气？恕我愚钝，没有听明白为兄的话，特向你这位大才子请教！"

巧莲不卑不亢，有礼有节的反问，倒真把玉清给问住了。他越发感觉眼前这位女子，不是平庸之辈，她的相貌不仅端庄秀丽，心地也和相貌一样俊美透亮。对这样的女子，他不忍心伤害她。于是，玉清把他从小与兰香订了终身，到他们长大后相亲相爱；从中举后准备与兰香完婚，到遭遇乱匪九死一生；从入寺练武到从军平乱，再到放弃功名返乡寻找兰香；从兰香误入侯府受到非人折磨，再到他决心救出兰香与她拟度百年之好的所有事，如实地对巧莲讲述了一遍。说到最后，玉清眼噙泪花，十分伤感地说："巧莲妹子，如果我不能救她出苦海回到我的身边，我宁愿终身不娶。因此，还请你理解我的苦衷。"

巧莲静静地听着玉清的叙述，听着听着，不觉眼睛湿润、心里发酸，最后竟泪流满面、泣不成声了。她被他俩的爱情故事感化了，更被玉清对兰香的那种真挚的爱恋深深地感染了。没想到，这位曾经驰骋沙场、平乱救民的铁骨英雄，竟有这般的柔骨情怀。尤其为了心爱的女人，甘愿放弃美好的前程，为了救心爱的人出苦海，甘愿终身不娶的精神令人十分敬佩。世上哪个女人，若能遇到这样重情重义的男人，那是她前世修来的福分，只可惜自己没有这个福分了。不过，她从内心祝福他们，愿他们苦尽甘来、终成眷属。于是，巧莲含着泪对玉清说："玉清哥，你俩的故事让我很感动。这下我理解你的态度和选择了，我不但不会怪你，还请你原谅我刚才的冒失和无礼！"

巧莲果然是个善良、知书达理的好姑娘。听了她的话，玉清这才放下心来。见她哭成了这样，玉清取出他的汗巾递给巧莲，并说道："巧莲，能取得你的理解我就放心了。不过，你和爷爷这次来青龙镇的事情未能如愿，你怎样向你爷爷交代呢？"

巧莲说："这个不用你担心，爷爷也是个通情达理的人，我想他是能理解的。不过，我倒担心你如何向你奶奶交代哩。"

玉清想了想说："你看这样行不行？"

"你说！"巧莲望着玉清说。

玉清说："爷爷奶奶问起时，我俩先默许了，等你们一走，我再如实告诉奶奶，她也拿我没办法。这样，既给足了奶奶面子，也能使你爷孙俩体面地离开青龙镇，你说行不行？"

巧莲说："也只能这样了。"停了一下，她又伤感地说，"玉清哥，能认识你，我打心眼里感到高兴，可遗憾的是，我没有福气成为你的人。我不知道，我今生还能不能遇到像你这样好的人……"

望着巧莲失落的神情，玉清安慰她说：“巧莲妹子，请不必这么伤感！像妹子这么好的女子，何愁觅不到自己心仪的如意郎君。”停了一下，玉清接着说，“巧莲妹子，今生我们虽然无缘成为夫妻，但我们可以成为异姓兄妹。如果你不介意，从今格起，我就正式认下你这个妹妹了！”

巧莲这么大，还是第一次与一个陌生男子这么近距离、这么面对面地敞开心扉交谈。她被他的真诚打动了，能认下这么一个哥哥，她认为这次来青龙镇值了，于是冲玉清微笑着点头应允了。

玉清和巧莲两个人，在客厅拉了一下午的话，眼看到了晚饭时辰还不见人出来。折老夫人、忠贤及广录他们自是心里欢喜，看来这门亲事十有八九是成了。折老夫人见天色已晚，觉着也差不多了，就让喜梅去通知他们要吃晚饭了。

喜梅一下午都闷闷不乐，提不起精神来。这个远道而来的陌生女人，比她只大半岁，模样儿并不比她强多少，可她的命却比自个儿好。看玉清哥和巧莲一下午都在客厅拉话的那股亲热劲，玉清哥肯定是相中巧莲了，她的心一下子感到空荡荡的没个着落。于是，喜梅没精打采地来到客厅，没正看他们一眼，传达完奶奶的话后就准备往外走。

这时玉清叫住了喜梅，对巧莲介绍道：“巧莲妹子，我来给你介绍一下，这是我的妹子玉梅，大家都叫她喜梅。她是我兄妹中最小的，所以大家都宠着她，把她也宠惯坏了。不过她人不错，心地善良、心直口快，还有几分侠女的豪气哩！噢！我忘记介绍了，她比你小半岁，你就称呼她喜梅好了。”

巧莲赶忙起身向喜梅施了一礼，很有礼貌地叫了一声：“喜梅妹子好，以后，咱们就是姐妹了，有做得不到的地方，还请妹子多多担待！”

喜梅一听，心里就更不是滋味了，这还没过门哩，就把自个儿不当外人。于是喜梅不冷不热地说：“我可当不了你的妹子，以后我还要管你叫嫂子哩！只要你往后不找我这小姑子的碴儿，我就烧高香了。”

听了喜梅的话，巧莲和玉清没有再说甚，只是微笑着相互对视了一下。谁知他俩的这一诡异神情，更刺激了喜梅，只见她噘起嘴巴，把头扭向一边，不再搭理他们。

玉清见状，笑着对巧莲说：“巧莲妹子，我没有说错吧？这位侠义妹妹，可不是好伺候的主，若是惹恼了她，可够你喝一壶的。”

还未等巧莲说话，喜梅就生气地说："你们欺负人，你们欺负人……"说着，就赌气地朝外走去。

这时，恰好折老夫人陪着广录从外边进来了，听到屋内的嬉闹声，就乐呵呵地说道："是谁欺负我家喜梅了？"

喜梅见奶奶来了，就用手指着玉清和巧莲说："是他们合伙欺负我哩！奶奶，你可要管管我玉清哥，他尔格还未把新人娶进门，就不认我这个妹妹了。"

折老夫人借着话题，说道："谁让你不肯寻婆家来着？你要是寻了婆家，就会有人疼、有人爱，看谁还敢欺负我家喜梅！"折老夫人的一句话，一下子说得喜梅脸通红，低下头不再言语了。折老夫人又转向广录，继续说道，"广录呀！我的这两个宝贝孙子一直不让人省心，一个不愿意娶，一个不愿意嫁。这下好了，等给玉儿订了婚，就该给喜梅寻婆家了。"

还未等广录答话，喜梅却不高兴地说："奶奶，我不嫁，我不嫁！我要陪奶奶一辈子……"

"傻丫头，又说浑话了。我一个死老婆子，有甚好陪的。再说，我都是快入土的人了，哪能为了我而耽误你们的终身大事呢？那我不就成了害人的老妖婆了吗！"折老夫人说着，用手指亲昵地戳了一下喜梅，逗得大家都笑了。

说话间，饭菜上齐了，等大家都落了座，折老夫人观察了一下玉清和巧莲的神情，便乐呵呵地问道："玉儿，你俩在屋里拉了一下午话，想必都没甚意见吧？"

玉清望了一眼巧莲，笑着点了一下头。而此时的巧莲，虽说答应了玉清一起隐瞒爷爷奶奶，但她却感到十分的遗憾和失落。毕竟，玉清是她遇到的第一个令她倾慕和心动的男子，可老天爷却偏偏不安排他们成为夫妻而只做兄妹，这让她心有不甘。但她既然答应了人家，就得信守承诺，就得把这个好人做到底，于是对着老夫人轻轻地点了一下头。

折老夫人原来还担心玉清这个犟板筋不同意哩，见两人都点了头，这才放下心来。于是高兴地说道："这下好啦！只要你们俩人没意见，那我就准备请人看个好日子，尽快给你们把亲订了。"说完，端起酒杯对广录说，"广录啊！我得先感谢你给我们冯家送来了这么好的闺女！"在座的也一齐端起酒杯，相互祝贺。

第二天吃过早饭，巧莲和爷爷要起身回任家坪了，玉清一直把他们送出镇外一两里地远。广录走在前边，有意让两个年轻人在后面多拉拉话。而巧莲和玉清在后面虽然走得慢，但却谁也没有开口说话，只是默默地相伴而行。

此时，已过了寒露时节，而黄土高原却似乎已进入了冬季。只见山上的草木已经枯萎，远处光秃秃的山峁沟梁上，笼罩着一层薄薄的银霜，路边树枝上悬挂的几片黄叶，在寒风中摇曳着，又慢慢地飘落了下来。空旷的黄土高原上空，瓦蓝瓦蓝的天空万里无云，有几只落单的大雁，正不成队形地飞过天空，并发出几声低沉凄厉的鸣叫。巧莲望着眼前的景象，似乎觉得她就是一只孤单的飞雁，何处才是她的栖身之地？想到这里，她生出了无限的伤感。尤其是这次青龙镇之行，她与玉清的相识，使她生出了一种相见何必曾相识，同是天涯沦落人的无奈与惆怅。

这时，突然一阵寒风迎面吹来，巧莲不由得打了一个寒战，一下子使她从沉思中回过神来。她感觉玉清已送出很远的路程了，就停下来说："玉清哥，时辰不早了，你就回去吧！"

此时的玉清，心里也有一种说不出的感受。虽说他们相识仅一日之多，但巧莲在他的心里已留下了很深的印象，他觉得自己挺对不住她的，似乎多送一程，就能减少他心中的愧疚，于是对巧莲说："巧莲妹子，天还早哩，让我再多送你一程吧！"

"千里送客，总有一别，你就回去吧！再说，镇里还有好多事在等着你哩，就送到这里吧！"巧莲坚持地说。

"那好吧，路上要多加小心！"玉清望着巧莲说。

"你就放心吧，路上有爷爷哩！再说这是官家大道，不会有事的……"巧莲说完，就转回身向前走去。可她刚走了两步，又掭转身，泪汪汪地望着玉清说，"玉清哥，我们这一别，不知甚时再能相见？"

玉清上前紧走了两步，握住巧莲的手，说："巧莲妹子，我们已是兄妹了，再相见也不是甚难事。只要妹子想哥了，可随时来青龙镇，不过我也会前往任家坪去看你的。"

巧莲心里明白，他们这一别，恐怕这辈子再也见不到了。你想，她一个大姑娘家，哪能随随便便跑去见一个男人，那将会遭世人非议的，也会给玉清哥及家人造成不好的影响。想到这里，她的心里有说不出的难受，泪水一直在眼眶里打转，要不是爷爷就在近前，她真想扑上去抱住玉清哥痛哭一场。但是她忍住了，只是冲玉清苦笑了一下，抽出手回过头去，眼泪这才"哗哗"地流了下来，之后她头也不回地走了……

玉清送走了巧莲，心事重重地回到府上。折老夫人一看到玉清，就说："玉儿，你去前街叫你来运爷来，就说我有事找他。"

"找他做甚哩？"玉清疑惑地问。

折老夫人说："你这小子，倒把这事给忘啦？叫你来运爷，是选日子好给你俩成亲哩！"

玉清这才想起该应付奶奶了，就满不在乎地说："奶奶，不急，等我忙完了这一阵再说！"

"你说甚？你不是同意了这桩婚事吗？那还不赶快把婚给订了，还要等到甚时哩？"折老夫人生气地说。

这时，玉清才不得不如实地说："奶奶，我尔格根本没有心思考虑这事。"

这下折老夫人真生气了，举着拐杖指着玉清说："你说你，人家前脚刚走，你后脚就反悔了，这哪像一个男人做的事，更不是我冯家人做的事。再说了，我当着人家的面，大嘴大帮子给人家应承了，你可倒好，说反悔就反悔了，这让我的老脸往哪儿搁？让我以后还咋见人哩？你要气死我呀！"

这时，忠贤和喜梅从屋外进来了。刚才儿子和母亲的对话，忠贤听得真切，一进屋就上前扇了儿子一巴掌，骂道："好你个不孝的东西，看你把你奶奶气成甚了？还不给你奶奶跪下！"

见父亲动了怒，玉清只好跪在奶奶面前。忠贤余怒未消地继续骂道："你以为你是谁？你不就是个小小的团总吗，有甚了不起的！人家巧莲哪一点配不上你？再说，你当着人家爷孙俩的面，已经答应人家了，怎能反悔呢？你能丢起这个人，我和你奶奶可丢不起这个人。我们冯家，人老几辈也没出过像你这样出尔反尔、不讲信誉的东西！大丈夫男子汉，一言既出，驷马难追，就是拼了性命，也要信守自己的承诺。不守承诺的人，连猪狗都不如！"停了一下，他又提高嗓音说，"这事就这么定了，没有商量的余地！这两天就选日子给你们定亲，赶年底把婚给我结了，听见了没有？"

玉清跪着说："爹、奶奶，我尔格真的不想考虑这事，您听我给您解释……"

忠贤一听，脸都气青了，哪里还肯听他解释，就打断儿子的话骂道："你还有甚解释的？你个不孝的东西，是不是真要把我和你奶奶气死不成？看我不打死你……"说着，去夺母亲手中的拐杖打玉清。折老夫人抓住拐杖不给，他环顾了一下，见找不到合适的家伙，就脱下右脚的鞋，朝玉清的头上打去。

玉清也不示弱，挺直了脖子由父亲打。可喜梅这时却再也忍不住了，忙哭喊道："爹！不要打了，不要打了……"一边哭，一边不顾一切地扑到玉清的身上，护住了哥哥。

折老夫人也没有想到，儿子会生这么大的气，大声制止道："忠贤，你给我住手！世上哪有你这样做爹的？骂两句教训教训就是了，还真动手打了，你不心疼我还心疼哩！我看你也欠揍！"说着，举起拐棍，在忠贤的背上敲了一下。

这时，王妈、玉清娘和玉清的两位嫂嫂等人也赶了过来，忠贤这才住了手。

见来了这么多人，折老夫人一把拉起玉清，说："玉儿，起身回话。这里都是咱自家人，没有外人，你就当着大家的面，说一说你尔格为甚不想考虑你的婚事？你若能说出个子丑寅卯来，奶奶就依了你。"

玉清这时也不想隐瞒了，就说："奶奶，您老知道，我心里一直放不下兰香，她尔格还在侯府受苦受难，我一定要想办法把她救出来。等她出了侯府，我就名正言顺地娶了她，与她成亲结婚，白头偕老！"

听了玉清的解释，折老夫人叹了口气说："玉儿呀！奶奶知道你心里一直装着兰香，可这是不可能的事。兰香虽是个不错的女子，但她尔格已是结过婚的人了。退一步讲，她若出了侯府并且还愿意再嫁给你，但她已是二婚的人了，我们总不能娶一个二婚的女人进我们冯府吧？这还不让世人笑话死。再退一步讲，即使这些我们都不在乎，可事情并不一定能随了你的愿。你想啊，就侯世耀的为人你是知道的，他知道你想要娶兰香，他就不会轻易放了兰香，他若不休兰香，你如何娶她？总不能明抢吧。再说了，人家兰香这阵，还不知咋个想法哩。因此孙儿呀，你就死了这条心吧！咱们再另找一个称心如意的姑娘，不也是一样生儿育女、居家过日子吗？"其他人也随即劝起玉清来。

谁知折老夫人的一番话，并未改变玉清的态度，只见他对奶奶说："奶奶，我尔格谁也不想要。只要兰香一天不出侯府，我就一天不考虑此事，她要是一辈子不出侯府，我就一辈子不成家。"

"你个孽障！你奶奶给你说了这么多，可你一句也没听进去，你这不是要活活气死我吗……"说着，忠贤举手又要打玉清。

"你要打，就打死我好啦！"这时，玉清的娘护住儿子说。众人见状，又纷纷劝起忠贤来。

忠贤知道，玉清娘病刚好不久，不敢再受刺激，就住了手。其实，他刚才打儿子的时候，心里也不好受，但他不能就这么看着儿子一辈子不成家吧？尔格他打也打了、骂也骂了，可这小子就是油盐不进，一句好话也听不进去，这让他一时没了主意，苦恼地抱头蹲在了一边。

"好啦，好啦！打打闹闹的成何体统，传出去还不让镇上的人笑话？"折老夫人说着，又走到玉清跟前说道，"玉儿，我问你，你既然铁了心要等兰香，可你为甚昨天要答应人家巧莲？看你如何给人家回话，反正我是没脸见人家，更张不开这个口！"

玉清说："奶奶，其实您老误会了。昨天，我并没有答应这门亲事。昨天下午，我已把我的真实想法告诉了巧莲，人家也是一个通情达理的人。"

"那这么说，你俩昨天是演戏给我老婆子看的，是不是？"折老夫人问，玉清这时低下头不言语了。见玉清不回答，折老夫人生气地说，"好啦，好啦！既然这样，我以后再懒得管你的事了，看你一辈子不打光棍儿才怪哩！"说着，用拐棍狠狠地戳了戳脚地。停了一下，她又对大伙说，"都散了散了！你们该干甚干甚去，不要管他的事了，由着他去。"说完，在喜梅的搀扶下，回她的卧室休息去了，众人也都散了去，玉清随后也回了他的驿镇所。

玉清总算过了这场相亲的关，又一门心思投入队伍的训练中。这日玉清正在校场练兵，田福学派人叫玉清到他的办公室去，玉清给冬生安顿了一下，就径直来到田驿丞的办公室。一进门，见县衙武金事姚大全坐在上位，并有两个随从立于身后。玉清上前打了招呼，随即问道："姚武金事，我这一晌比较忙，未能亲自前去给同知县汇报，不知同知县有无怪罪？"

这时，一个立于姚大全身后的随从说道："冯团总，我们的姚武金事，已升为从八品外委千卫总了，你得管他叫姚千卫总才是。"

听了这位随从的话，玉清心里纳闷，姓姚的甚时升官了？又为何升的官？于是，玉清狐疑地改口称呼道："姚千卫总，一路辛苦了！不知姚千卫总今日前来有何公干？"

姚大全见玉清改称他为千卫总，这才露出一丝笑意说："冯团总，我这次来是奉了同知县的指令，一是宣读朔州府和安宁县的嘉奖令；二是送同知县的手谕。具体内容都写在上面，你一看便知。"说着，撇了一下嘴，示意田福学将嘉奖令和手谕交给玉清看。

田福学让玉清坐下后，将嘉奖令交给玉清说："冯团总，具体情况我都知道了，等你看过后咱们再做商议。"

玉清接过嘉奖令，只见朔州府的嘉奖令上面写着：

> 近年来，朔州府境兵燹匪患不绝，盗贼流寇横行不息，致使民生凋敝、百姓蒙难。
>
> 在此危困之际，安宁知县同继洲分国忧、解民困、修武备，大破桐树底乱党和青龙镇匪贼，斩匪若干，擒匪三十余，为各县之楷模。经奏报榆阳道和陕西督府，对安宁县予以嘉奖，对知县同继洲及武金事姚大全各记功一次、晋升一级。安宁县青龙镇民团团总冯玉清，在此次剿匪中虽有立功表现，但因私放土匪、私扣缴获物资，本该治罪，但念其在陕北平乱中的卓著表现不予追究，功过相抵，望吸取教训，以此为鉴。鉴于青龙镇驿丞田福学监督不力，犯有失察之罪，给予训诫之罚。

玉清又拿起县府的嘉奖令，看其内容与朔州府的嘉奖令完全不同。县府的嘉奖令，对他的剿匪之功大加褒奖，极尽溢美之词，并给予参加剿匪的折冬生、冯玉奎、张德山等将士通报表彰并记功一次，对田福学也给予了一定的表彰。而嘉奖令中，对玉清私放土匪、私扣缴获物资之罪及田福学的失察之责，并未深究。

看了嘉奖令，玉清认为朔州府对他的惩戒，是早在他的预料之中，只要不追究他的罪责、不解散民团营他就感谢了，因而他根本就没有奢望记功受奖。然而这次西山剿匪，与同继洲并无关系，可朔州府却将功劳全记给了同继洲，这要放在一般人身上肯定是不让的，必会问个明白，可玉清并没有把这些放在心上。他只是弄不明白，朔州府在对待他的问题上，为何只论过而未议功，而同继洲并未参加剿匪却大获褒奖，还有那个姚大全也给记了功、晋了级，他是何时平了桐树底乱党？这一切，令玉清如丈二和尚摸不着头脑。

此时的田福学，心里也不是个滋味。可他却看得明白，之所以这样，同继洲肯定在上报给朔州府的战况中，把剿匪的功劳全记在了自己的头上，并对玉清和他有不利的说辞，上峰要不是念在玉清陕北平乱有功的分儿上，一定会治玉清罪的。至于同继洲颁布的嘉奖令，大力表彰玉清和自己，那只是一纸毫无意义的空头支票，意在安抚并继续利用他们。而对姚大全立功的事，那就更好解释了，因为同继洲要独揽剿匪大功，就得给最知情的姚大全一点好处，不至于使姚大全向上揭露他的阴谋，并使他死心塌地听命于自己。别看同继洲表面斯文正直，给人以好感，但在事关升迁发财的事情上，他是不会错过任何机会，甚至会不择手段的。像他这样阳奉阴违、两面人生的官吏，他见得多了，可年轻正直的玉清未必能看得明白，可这些他又不能对玉清明言，只能表示对他的同情。于是，他对玉清说道："冯团总，嘉奖令中，朔州府对你的处分是有些重了。此次剿匪中，你应立功受奖，但因我当时未能坚持自己的意见，才使你受到了如此的委屈，真对不住你！"

玉清说："只要能剿灭匪患，受点委屈算不了甚。私放罪行较轻的土匪，将缴获的粮银留作军饷都是我的主张，与你无关，但因此也让你受到了牵连，令我心里很是过意不去！"

这时，姚大全接过话茬儿说："你二位就不要自责了。你们可知道，私放土匪、私扣缴获粮资，哪一款都不是一般的罪，轻则会坐牢，重则会与土匪同样被正法的。好在同知县和我百般向董知府大人求情说好，这才免于对你们的责罚，同知县并以县府的名义，对你们大加褒奖，因此你们应感谢同知县才是。"

玉清听后，还想解释他那样做的理由，可刚张口就被田福学制止了，并对姚大全说："姚千卫总，你们的心意我们领了，请回去代我们向同知县表示谢意！"说着，他又对玉清说，"冯团总，同知县的手谕，是让你抽调二百个民团去安宁县城执行紧急任务，明天你和姚千卫总就得一同带队伍开往县城，咱们还是先商量该如何抽人吧。"

姚大全说："商量抽人的事先不急。按同知县的吩咐，让我先把朔州府和同知县的嘉奖令当众宣读了，随后咱们再商量抽人的事。"

既然姚大全这么安排，玉清和田福学只好照办。很快队伍集合齐了，玉清先向众人介绍了姚大全，只见姚大全向前跨了一步，接着干咳了两声，随之装腔作势地宣读了朔州府的嘉奖令。众人听到朔州府的嘉奖令，只表彰奖励了同知县和姚大全两人，而作为立有大功的冯玉清不但无功反而有罪，大家对这样的结果大为不满，便交头接耳地议论起来。

这时，折冬生愤愤不平地大声说道："姚千卫总，这次西山剿匪之战，是在冯团总的亲自指挥和带领拼杀下取得的，为甚不给他记功授奖？说他私放土匪、私留缴获粮饷有罪毫无道理。要知道，冯团总释放的那十几个土匪，都是些没有恶行且罪行较轻的土匪，释放他们可起到教育其他土匪弃恶从善、迷途知返的效果。要我说，冯团总不但无罪，反而有功！再说私留缴获粮银一事，原本民团营只有二百人，所用粮饷还是本镇几大富户提供的，之后县上又让扩招，队伍一下子扩充到三四百人，县上又不给民团一文一厘的粮饷，你让这三四百人喝西北风去？他这样做，完全是为民团营着想，自己又没贪一文一厘，而且镇上几大户中，数冯团总家出的粮饷最多。要我说，像他这样心系百姓、公而无私的人，全安宁县能有几人？你们不但不表彰他，反而说他有罪，这能服众吗？"

刚才冬生说的这些，多数人是不知情的，玉清也从未向众人表过功。经他这么一说，大家对冯玉清更是钦佩有加，于是纷纷为自己的主帅鸣起不平来。这时，耿直火暴的玉奎高声嚷道："姚千卫总，你们这样做我们不服！功劳明明是冯团总的，可却将功劳全记在了你们自个儿的头上。再说，记就记了，可你们却还要给他安些罪过，世上哪有你们这号无耻的人？"之后，他又大声骂道，"这真是寡妇生娃哩，净给狗办了一场好事……"接着，众人便七嘴八舌地议论怒骂开来。

此时，只见姚大全脸一阵儿红、一阵儿紫地难看极了，酒渣鼻子都气歪了。见此情景，田福学担心惹怒了姚大全不好收场，便大声制止道："请大家不要误会，听我给大家解释……请大家静一静，姚千卫总还有县府的嘉奖令要给大家宣读。"

可众人根本不听田福学解释，有人嚷嚷道："不听不听！什么狗屁嘉奖令……"

玉清这时举起手大声说道："不要吵，不要吵！听我给大家说。"众人这才静了下来，玉清接着说道，"弟兄们，西山剿匪之胜，是在所有参战弟兄的英勇奋战下取得的，不是我冯玉清一个人的功劳，是大家的功劳。再说，我们组建民团营，是为了剿匪平乱、保境安民的，并不是为了邀功受奖的，只要家乡百姓不再受匪患之害，就是我最大的心愿，至于立功受奖之事，大可不必计较。因而从尔格起，大家不许再议论这件事了，免得影响士气、动摇军心。再则，这次西山剿匪之战，只是我们的小胜，今后我们大的剿匪行动还在后面，必定会有许多硬仗、恶仗要打，因此，不能因这次记功之事而影响了我们剿匪平乱的大计。大家说是不是？"

本来大家还有更多的怨气要对姚大全发，但他们的大帅既然这么说了，大家也只好强压心中的怒火不言语了。刚才玉清的一席话和他那高风亮节、不贪图名利与顾全大局的气度，令田福学更加感慨，相形之下，同继洲和姚大全的做法，就显得非常龌龊下作、令人作呕。不过，他还是接过玉清的话，鼓励了大伙一番，之后姚大全才顺利地宣读了同知县的嘉奖令，也使众人的情绪有所平息。

晚上，在田福学的办公室，玉清、田福学、姚大全三人，围绕抽调民团赴县城一事，一直商议到深夜。这次同知县急调民团营去县城，并未说有甚急事，当田福学询问姚大全时，他也说不知甚事。玉清知道军队的规矩，一般不便说的肯定事关重大，因此他不便再问只能遵照执行，但在具体抽谁、留谁的事情上却犯了难。按照姚大全传达的指令，同知县让玉清只抽调训练有素且参加过西山剿匪之战经过历练的军士。而田福学则担心，若将训练有素且有作战经验的军士一抽走，留下的净是些新入伍的人，一旦青龙镇有事将难以应付。况且玉清随队伍一走，留下的新兵由谁来带、谁来训练、谁又能担负起这一重任呢？

最后经过玉清再三考虑，采取了一个折中的办法，即将训练有素和新入伍的军士各分出一半成立一个队，由他带队去县城，剩下的由副团总折冬生、第二标队长冯玉文统领留守青龙镇。于是第二天，玉清便带领冯玉春、张德山、冯玉奎、杨长武、杨长福等二百余人随姚大全去了县城。

近日，安宁县城禁闭森严，往来进出人员都要经过严格的盘查，各城门口也都增加了岗哨，如临大敌一般。据城内市井小民传言，近日，同知县要将押在县衙大牢的十五个土匪及乱党全部处斩，东山匪首黄龙彪拟联合北山土匪钻天豹周万昌劫法场攻打县城。

此消息一出，城内一片哗然。安宁县城自古以来，也没有处斩过这么多人犯，这势必会引起其他土匪的恐慌与仇恨，于是他们联合起来攻打县城也是有可能的。况且数东山土匪势力最大，他们本身就有二百余人，再加上其他山系的土匪，总人数起码也有三四百人，而县城衙役和官兵总数加起来才几十人，根本不是土匪的对手。因此，城内一时人心惶惶，一些家大业大的家户昼夜不安，一些人开始向外转移资产和遣散起家眷来。

对于城内的这些传言并非空穴来风，从玉清派人将被俘的土匪一押到县城，人们对于县太爷的态度和那十几个土匪命运的猜测，就没有停歇过。其实，对于知县同继洲而言，他正准备利用西山剿匪之胜和这些人犯，为自己的升迁做一篇大文章。

说起这位同知县，他还真有一段曲折的经历和来头。同继洲是湖北孝宁人，出身一小户农家，家庭虽不算富裕，但也过得去，父亲从小将他送入学堂，把改换门庭、光宗耀祖的希望全寄托于他。而他也不负家父重望，从小便刻苦用功，先后读完了私塾、县学，十七岁考取了秀才，二十一岁又考取了举人，成了全县为数不多、很有希望登科及第的学子。然而在此后的三次京试中，他却屡考不中，这给他造成了很大的打击，也使他失去了继续京试的信心与勇气，这时家父也再没有能力供他继续读书，他也不想学范进浪费大好的青春年华。于是失意的他，经父亲求人说情，便通过远在陕西府衙做事的一个亲戚举荐，在府衙谋得了一个八品文职书记员的差事，此时他已三十有余。

这文职书记员，虽是一个刀笔小吏，整天干着抄抄写写的差事，但却有机会接触巡抚、督抚这些决定他前途命运的大官。在最初的两三年内，他干事认真、吃苦耐劳，再加上他文字功底好，常常会得到主管上司的夸赞，因而他充满了信心，时刻等待着上司对他的提拔重用。然而三四年过去了，眼见身边的同僚大都得到了提拔重用，且有的文才学识远不及他，唯独他还原地未动，仍干着枯燥乏味的抄写工作。后来，一位已升迁到关中某县任知县的好友，点拨他说："咱们的主管上司，看似清廉正直，实则是一个贪得无厌之人，你不给他行贿送礼，光凭实干，是不会得到他的举荐和重用的。"

经好友这么一点拨，他才恍然大悟，于是同继洲狠了狠心，从好友处借了一部分，又向民间借贷了一部分，共凑足了三百两银子，在上司过寿那天孝敬了他。上司推让了一番后，欣然接受了。

同继洲自孝敬了上司后，果然不出几个月，他就被委任为陕北安宁县知县。这虽是一个七品的小芝麻官，又是一个鸟不拉屎的苦焦之地，但他毕竟是主政一县的朝廷命官。他相信，凭着他的才华与能力，再加上他已深谙官道之要，不出几年便会时来运转、官运亨通，况且他在陕西府衙已有了上司这个大靠山，因此他没有推辞，欣然接受，并带着上司写给朔州知府董兆琦请予关照的信函远赴安宁上了任。初到安宁，面对百业萧条、匪患又起的现状，他的心已凉了半截，尤其是在得知前任牛智祥知县遭人诬陷丢了官，使他激情全消。听说诬陷牛智祥知县的，就是现任武金事姚大全所为，还有一个是师爷俞振海。他们二人一文一武，长期盘踞县衙狼狈为奸，多年来县太爷走了一个又一个，可他俩却稳如泰山，谁要是不把他俩对付好了，谁的位子就难以坐稳。

在了解了这些情况后，同继洲曾有过知难而退的想法，但考虑到自己花了大价钱，好不容易才谋得了这一职位，怎能轻易放弃呢？尽管安宁是一个苦焦贫瘠的偏远县，但再穷也不能穷了知县。他相信民间传的那句话："三年清知府，十万雪花银。"因此他相信，凭他的能力，不仅可以治理好这个县，而且还可以轻松地赚取十万雪花银的，至于花出去的那区区三百两银子，就更不成问题了。而对付像俞振海、姚大全这样的人，他有的是办法，因为他身后有靠山大树，所以他并不惧怕他们。只要他们不危及自己的前程和利益，并能为他所用，他会手下留情，给他们一些甜头和好处的，否则他将会痛下杀手、绝不手软。好在此二人还算识相，在他上任伊始，便对他恭敬有加，先后试探性地送上了孝敬的银两，他也毫不客气地笑纳了。

在稳住了县衙底班后，他还是把主要精力用在了干事施政上，他要干出一两件实事、大事给上司看。经过一番思考，他认为必先剿平匪乱，使百姓能够安居乐业、商贾能够放心地贩运经商。但是他心里明白，要剿平匪乱或使他们不敢轻易作乱，就县城现有的这么一点兵力和武金事姚大全是不行的，听说姚大全还与某些山系的土匪暗有勾结，是个黑白道上的人。因此要平匪戡乱，必须得有一支属于自己掌控的武装，但如何才能建立起这支武装，这让他一时犯了难。

恰在这时，冯玉清解甲返乡，这是上苍赐予他最理想的将官，因此经报朔州府批准，他便成立了由冯玉清为团总的青龙镇民团营。可喜的是，这冯玉清不愧是霍宗昌赏识的英才，青龙镇民团营才成立几个月，就取得了西山剿匪的大捷。可令他不悦的是，玉清竟然未经请示汇报，就私放了十多个土匪，并私留了缴获的战利品，一些银两是不是进了他的腰包就很难说清了。不过，他并不打算追究，他要给玉清些好处，玉清才肯为自己效力卖命，再说这毕竟是个开始，他还需要玉清给他取得更大的成绩。

尽管如此，同继洲还是利用这次西山剿匪之胜做足了文章。在上报给朔州府的报告里，他将整个功劳归为己有，详尽汇报了他是如何实施剿匪安民策略、如何运筹帷幄，又是如何调兵遣将巧设伏兵，如他亲临战场一般。而对于冯玉清，点是点到了，却用墨不多，而且他将玉清私放土匪、私留缴获财物的事也做了汇报，只是做了一些说明为其开脱。他之所以这么做，就是要达到使玉清既有功而不受奖、既有过而不受罚的目的，日后便于他掌控、为他所用。

对于姚大全镇压乱党一事，纯属小题大做的一桩冤案，而且是得到了同继洲的默认的。事情的起因是，某日收税官苏吉贞去南沟乡桐树底村收税，因有两户人家交不起稞税，苏吉贞便要强行拉走人家的牛和驴抵税，双方发生了争执，继而引起了村民的不满和围殴，将苏吉贞打得头破血流。这苏吉贞哪吃得了这个亏，跑回县衙向同知县哭诉，说桐树底村村民抗税不交，围殴朝廷税官，藐视大清王法，企图谋乱造反。

同继洲听后并不相信，抗税不交是常有的事，怎能扯到造反上来，于是他安慰了一下苏吉贞，并派姚大全去桐村底妥善处理此事。谁知姚大全带了六七个兵士与苏吉贞一到该村，便将两户人家的主人和参与围殴苏吉贞的人捆了起来，拟押往县城。这一做法一下激起了全村人的愤怒，纷纷拿起叉把、镢头、木棒等围上来要求放人。

可姚大全哪肯放人，提出让这些人的家人拿出一百块大洋他才能放人。这些村民一听更是愤怒异常，这时一位四十岁左右的壮汉握着镢头，挺起胸膛说："你们简直就是一群土匪强盗！今年天旱庄稼无收，老百姓都难以活命，可你们却还要强收各种税赋，尔格又要他们的家人拿出一百块大洋才肯放人，这不是逼百姓造反吗？尔格是要银没有，要命一条，你们若不放人，除非从我身上踏过去！"说话的人叫杨百启，是拒交稞税户杨百中的哥哥，他的身后还站着身怀六甲、穿着破烂的杨百中的婆姨吴英英。

姚大全一听，立即大声喝道："大胆贼子，莫非你要造反不成？你们不拿银子来，休想让我放人。你们若还不让开，格杀勿论！"

杨百启并不惧怕他的威胁，转而对身后的众人说道："乡亲们，不用怕！他们平时欺压咱受苦人惯了，今天若不放人，绝不放他们走！"说着，紧握镢头，继续往前逼去。在他的带领下，村民们不断地大声喊道："放人！放人……"并步步逼了上去。

眼看局势无法控制，那几个握刀的兵士也慌了神。谁知在这紧要关头，姚大全痛下杀手，他趁杨百启毫无戒备之机，用刀一下戳进杨百启的肚子，顿时殷红的鲜血喷了姚大全一身一脸，只见杨百启握着的镢头还未举起来，便摇晃着倒在了血泊中。

杨百中的婆姨见姚大全杀了她的家兄，便发了疯似的冲了上去，嘶喊着："我与你拼了！"

谁知姚大全把心一横，挥刀又将吴英英砍翻在地。杀红了眼的姚大全，手提血淋淋的大刀，瞪大的眼睛像铜铃，对围上来的村民说道："谁再敢上前，一律就地正法，还不快闪开！"

姚大全连杀两人，不！确切地说是连杀三人，村民一下子被眼前血腥的场面和杀人魔姚大全的气势给镇住了，没有一个人再敢上前。就在村民还未回过神来的时候，姚大全和苏吉贞便带着官兵，押上被抓的五个村民快速逃离了该村。

姚大全这次来桐树底村，想借此捞些外快了事，没想到发生了后来的血腥事件。既然事已至此，他索性借此给自己捞些好处，于是在回城的路上，他和苏吉贞密谋，把这一事件说成是杨百启造反的大案，把姚大全说成是平乱的英雄。

同继洲听了汇报后大吃一惊，没想到一个简单的抗税事件，竟演变成了一桩聚众谋反的大案，而且为此还搭上了三条人命。他心里明白，其中必有隐情，一定是姚大全制造的一起冤案，这使他陷入了两难境地。他清楚，这二十年来，大清国内忧外患，对内平乱需要大量的资费，对外赔偿洋人又需上千万两白银，加之朝廷还要维持其庞大的日常花销，国库早就入不敷出了。朝廷每年不得不层层加征税赋，而这些加征的税赋，最后又全都落在了百姓的头上，致使百姓苦不堪言，因此各地屡屡发生抗税抗捐的事情，也就不足为奇了。

对于百姓的这些苦楚，他是能够理解的，可他又能怎样呢？因为他同继洲是朝廷的命官，既然他食着朝廷的俸禄，那就得替朝廷当差办事。他明明知道，百姓已到了卖儿鬻女、典房子当地的地步，可他还得狠着心逼迫收税官下乡收税。因为他不这样做，就难以完成上边下达给该县繁重的税赋任务，轻者会被通报批评，重者会被撤职查办，他可不想因此而受到处分，更不想为此丢了官。

同继洲经过一番思考和权衡后，还是采用了姚大全的说法，将桐树底的抗税事件定性为杨百启、杨百中聚众抗税、殴打朝廷税官、企图揭竿造反的大案。就这样，同继洲将西山剿匪之胜和桐树底戡乱平叛的报告呈了上去，没几天上边的批复就下来了。结果，他如愿以偿地得到了上峰的嘉奖，姚大全也由从九品武金事升任为从八品千卫总。为了安慰未立功受奖的冯玉清，也为了稳定军心，他这才以县府的名义对玉清和相关人员发了嘉奖令。但令他没想到的是，上边对这十几个土匪和被抓的五个村民全部叛了斩立决。对于那十五个土匪，他感到不意外，那是他们罪有应得，而对于那五个被抓的村民，不应处斩，入狱坐牢就行了，尤其是杨百中那个年仅十六的儿子杨二虎不该死，对此他在报告中也做了说明。谁知上峰强调，这是非常时期，对待土匪和反贼就要采取非常手段，绝不能心慈手软。

既然省州都下了处斩令，他也只好将错就错遵照执行了。不过，要在县城一下子处斩这么多人犯，必定会引起全县的震动，万一其他山系的土匪前来劫持法场咋办？他不得不防，而且这是他出任安宁知县做的第一件大事，万不能出现任何差错。为了以防万一，他便急调民团营前往县城，担任警戒和守城任务，同时也能借机将民团营的精锐和冯玉清，调至县城抓在他的手里。只要有了这支队伍，他就有了从政的本钱和底气。

于是，为了迎接民团营的到来，同继洲特派姚大全前往青龙镇。接着，他将距府衙不远的一座空置学堂，打扫干净作为民团营的军营，还动员了县学学堂的学生、教员及城内工商各界三四百人，为民团营举行了一个盛大的入城欢迎仪式。

当玉清在天黑前，带着队伍赶到县城时，被同知县的这个欢迎仪式搞得不知所措。同继洲见了玉清，立即上前拉着他的手，热情地说道："冯团总，一路辛苦了。在下未能亲往青龙镇迎接，还望冯团总见谅！"

玉清回礼道："知县大人公务繁忙，怎敢劳您大驾。"

接着，同继洲将玉清分别介绍给了城内几位有头有脸的人物，玉清也与他们一一施礼互致了问候。

欢迎仪式一结束，姚大全便领玉清和民团营官兵进驻了学堂。待一切刚安排好，师爷俞振海便前来邀请玉清去了县衙。一进县衙，玉清见了同继洲，就急着问道："同大人，我已奉命将队伍带到，有何紧急公务，就请下令吧！"

同继洲说："不忙，不忙。你刚到县城，我特意在此为你接风洗尘，等会咱们再谈公事不迟。"说话间，酒宴已摆好。作陪的除过姚大全、师爷俞振海、书记员党俊生、捕快班头蒋卫朝、副监狱长麻六等衙内的人外，还有县城开明绅士郑相芝、杨百贤、吴佩奇及县商会会长卢占农等人。

等众人落座后，同继洲首先端起酒杯说："冯团总这次西山剿匪，是立有大功的，我代表县府和全县百姓敬你一杯，请！"说着，就要与玉清干了这杯酒，其他人也都起身端起了酒杯。

可玉清却说："同大人，这份功劳我可不敢独贪。要说功劳，那还是同大人的功劳大。要是没有同大人恩准成立乡勇民团，就不会有青龙镇民团营，也就没有这次西山剿匪之胜。"其他在座的人，也都附和着玉清的话，夸赞着同知县。

玉清说这话，并不是违心的奉承话，而是他的真心话。可同继洲却认为，这是玉清在讽刺他，显然他是有情绪的，于是不好意思地说道："冯团总，要说朔州府对我的嘉奖，确实让我汗颜。按理说，该奖励的应该是你冯老弟，可上边却要追究你私放土匪和私扣缴获战利品的事，还是我一再替老弟说情，才免予对你的追究。"

玉清听后，还想再作解释，同继洲却制止道："好啦，好啦！咱们不说这些不愉快的事了，只要本知县和全县百姓，承认你冯团总是全县的大功臣，就比什么都强。来来来！咱们为冯团总的到来干了这一杯！"说着，端起酒一饮而尽。接着，在坐的人，也都向玉清敬起酒来。

等宴席结束，送走了开明绅士郑相芝、杨百贤等人之后，同继洲将玉清、姚大全、俞振海等人叫到了议事厅。等大家坐定后，他说道："现在，都是咱们自己人了，我有一件重要的事情，要向各位宣布。"接着，他把上峰批复处斩土匪及乱党的事作了传达。直到这时，除过同继洲、俞振海知道这个处决的密函外，其他在座的人是不知情的，包括姚大全。当时，同继洲本想告姚大全知晓，但俞振海提醒他说，姚大全有通匪的嫌疑，还是暂不给他说为好。同继洲一想，师爷说的也有道理，万一姚大全事前将机密透漏给了土匪，土匪趁县城兵少晚上劫牢怎么办？还是小心为好，直到这时，他才将机密告诉了在座的各位。

众人听后，不禁面面相觑，窃窃私语起来。而姚大全更是惊得瞪大了眼睛，望着同继洲说："同知县，上面这么快就批下来了，何时行刑？"

同继洲说："省督和朔州府的批复说得明白，非常时期，必须采取非常手段，这些人犯全部处斩，连乱党中那个十六岁的少年杨二虎也未能赦免，可见朝廷对待土匪和乱党的态度是坚决的。"而后，他又指着密函继续说道，"上边批复中，要求务必在九月十五日这天，将他们就地正法。冯团总，这次调你和二百名军士来县城，就是为了加强城防戒备以防万一，你的责任可不小哩！"

玉清一听，这才知道同继洲调他带队伍来是为了协助行刑的。他思忖早知道这样，就不该带队伍来县城，但既然来了，就得按同知县说的去做，这使他十分地矛盾，于是避开同继洲的目光，没有做任何回答。

同继洲见玉清没有吭声，于是提高了声音，既是对玉清也是对所有在座的人说："这个密函已经下发几天了，我之所以没有事前告知大家，就是怕走漏了风声发生了意外。今天已是九月十二日了，距行刑的日子还有三天，恰好今天冯团总也带队伍进驻了县城，所以今天告知大家，就是要大家做好各方面的准备，保证这次行刑任务的顺利完成！"

等同继洲说完，大家才知道这个事情的重要性和紧迫性。于是，同继洲对这次行刑的具体任务，作了详细的部署和分工，包括张贴告示、城防守卫、刑场警戒、刑车路线和沿途的防卫等，一一作了具体的部署安排，会议一直开到深夜才结束，大家带着各自的任务，神情紧张地相继离了去。至此，安宁县城从未有过的，一场血腥处斩人犯的大事件，就此拉开了序幕。

第十四章　偷换梁死牢放匪首
西门外法场多冤魂

　　第二天天刚放亮，当安宁县城东西城门刚一打开时，便有几个官差在城门口张贴了告示，等待进城和出城的人便一齐围了上去。当人们看清是要处决人犯的告示时，便交头接耳地议论起来，因为安宁县城好几年没有处决过人犯了，而且这回一次就要处斩二十人，这在朔州府和省城，恐怕也是没有见过的。一时间，城内城外、街头巷尾，人们关于处斩人犯的消息便迅速传扬开来。

　　安宁县城坐落于青龙河中游北岸，东西长南北窄，城池依山而筑，只有东西两个城门，青龙河绕城而过，形成了一个天然的护城河，异常坚固、易守难攻。城内有两条街道，分前街后街：前街较宽，直通东西城门口，沿街两边分别住着几家大户人家，其余皆是店铺、酒馆及骡马大店等；后街靠山，两边住着几户有钱有势的大财东，其余是些分散的小住户及贫民区。县衙就坐落于前街靠东离城门口不远的地方，坐北面南，县衙前有一宽敞的广场，县衙石台高筑，门前竖立着两个丈余高的石旗杆，后蹲两只巨型石狮。进入大门，迎面是升堂断案的殿宇大堂，紧后是专供议事的大厅，左右两边是几幢供县太爷、师爷、衙役、捕快等起居的厢房，整个县衙高深莫测，气魄威严。

　　县牢狱位于城东后街紧靠山的位置，分前后两进院落。前院分别是提审人犯的讯问室、行刑室、探视室、临时羁押室及供牢头、狱卒居住的房屋等，后院主要是关押人犯的二十几孔石窟洞。整个牢狱，高墙围绕，铁门铁窗，甚是森严。

　　在牢狱不远处的西侧，是守卫县城官兵营的驻地，姚大全就住在这里。整个县城东侧都被县衙、牢狱、兵营占有。玉清及他的民团营，被安排在了县衙靠西的学堂内，这样民团、兵营、狱卒便形成了"品"字形护卫着县衙。

按照昨晚同知县的分工，玉清及他的民团营主要负责城防安危和刑场秩序的维护；姚大全主要负责刑车的筹备、押运及善后工作；牢头仍负责牢房的安全，并抽调十几个官兵加强了防守。一旦发生土匪攻城和劫持法场的突发事件，同继洲交代由他亲自坐镇指挥，军事行动由玉清全权负责，并有先斩后奏之权。为了使玉清尽快进入角色，同继洲让姚大全带玉清先熟悉城内情况，并于第二天午时交出城区防务。

同继洲之所以这样安排，主要是不放心姚大全，万一如俞振海说的那样他私通土匪，由他担任城防若放进了土匪，那岂不是要坏了大事，由玉清守城和保护法场他才能放心。至于姚大全是不是通匪，他没有证据不好妄下结论，因为他到任刚两年多，县衙内的水到底有多深他不得而知，万一搞错了，将会危及他的前程和安危，所以他对玉清寄予了很大的信任和厚望。

姚大全昨晚从县衙出来，并没有马上回兵营，而是从后街绕了一个圈，来到前街一家挂着"王记祥"招牌的酒馆前，他轻轻敲了几下门，等了一小会儿门"吱呀"一声开了一条缝，他一闪身便挤了进去。

这家酒馆的掌柜姓王名庆魁，馆内有两个伙计，一个叫王发印，一个叫张铁锁。其实这个酒馆，是东山匪首黄龙彪安插在安宁县城的联络点，酒馆只是一个幌子，馆内的王庆魁和那两个伙计，就是黄龙彪在县城的眼线，城内有什么事情、官府有何行动，全都在他们的掌控中。尤其是那些南来北往做生意的驮队及富商，若是被他们探知，出城后在途经北山、东山时都会遭到土匪的打劫。可是在县城内，却很少发生过土匪入城打劫或遭扰百姓的恶性事件，这倒使商旅和百姓对县城的治安表示赞许，自然对负责县城安全的姚大全，也就多了几分好评。

要说这个姚大全，可是一个十足的红顶子通匪之人，他身为朝廷官差，食着朝廷的俸禄，背地里却干着通匪的勾当。前几天，东山土匪三当家白广才带人来到姚大全家，让他设法救出西山土匪胡柴进他们，姚大全略加思索后就爽快地答应了，可他万万没有想到，这些被俘土匪，再过三天就要处斩了。因此当晚间会议一结束，他便急不可耐地绕道来到"王记祥"酒馆，向东山土匪黄龙彪、白广才通报了信息。

说起东山匪首东北虎黄龙彪，为何要营救西山匪首胡柴进，这还得从头说起。黄龙彪虽然是一位凶残的土匪，但他却很会笼络人，对下属也较好，因此颇得众匪徒的拥戴，后在姚大全的庇护下渐渐做大，人数也由不足百人迅速发展到二百余人，成了这一带乃至临县山系土匪中的老大。哪个山头若有了矛盾或发生火拼，都会让他出面从中调停，他也俨然像一位好打不平、行侠仗义的救世主。后来，为了进一步笼络人心、扩充自己的势力，他还与各山系匪首结拜为兄弟，形成了以黄龙彪为首的土匪帮。

这次玉清带着民团营剿灭了西山土匪，三匪首黄喉貂逃脱后，探得胡柴进等弟兄被俘后押在了县牢里，就转身来到了东山神仙岭匪巢。当他说明来意，坐在虎皮椅上的黄龙彪立马起身说道："冯玉清这个黄口小儿，竟敢端了我六弟的山寨，待我日后带人踏平青龙镇，替你们报了这一箭之仇！"

黄龙彪的话一落音，其他匪首也跟着嚷嚷道："踏平青龙镇，替六弟报仇！"

这时黄喉貂忙说："大王，这个仇是一定要报的，但眼下最要紧的，是得先把我家大掌柜的救出来，免得夜长梦多。"

黄龙彪搓着手说："对！先救出六弟再说。请老弟放心，六弟有难，我哪能不管呢？不救出六弟，我黄龙彪日后还咋价在江湖上混哩！"随即对白广才说，"三弟，你明天就带人下一趟山，一定要想办法把六弟救出来。"黄龙彪之所以答应救胡柴进，是因为他有这个把握，其次是通过营救胡柴进，可进一步树立他在各山头的威信。

黄喉貂一听，立即趴在地上向黄龙彪叩拜，并动情地说："大王不愧是重情重义的好大哥，我先替我家大掌柜向大王磕头了！"其他匪首及众匪徒，也都竖起大拇指连连夸赞着黄龙彪，黄龙彪自是心花怒放、喜不自禁。

白广才遵令后，已来过了一趟县城，在探知关在牢里的胡柴进等人暂时没有危险后，就准备和黄龙彪想一个可行的计策救出胡柴进。但还未等他们想出可行的计策来时，城里却传来了十万火急的消息，于是白广才于当日又带了六七个土匪，化装成商人如约来到县城。姚大全见了白广才，将县衙两天后，要处斩关在牢里土匪的具体安排通报给了他，并说："白老弟，这事确实不好办。同继洲为防备我，事前并未向我透露半点风声，并从青龙镇调来了冯玉清和他的二百多人的民团接替了我的城防事务，要不是我等你们进了城才交了城防事务，恐怕你们连城也进不了。"停了一下，他又接着说，"这次营救胡柴进，而且一次要救出十几个人，这比登天还难，你看咋办哩？"

白广才一听，也皱起了眉头，沉默了一会儿说道："姚大人，我知道这事难，但再难也得想办法。我们大掌柜的说了，花多大的代价也要把人救出来。"说着，把一个银袋放在桌上，指着银袋说，"这是一百两银子，你先用着，不够的话我后边再给你。"

姚大全推开银袋说："这不是银子多少的问题，我确实帮不了你，你们还是另想办法吧！"

这时白广才一下变了脸说："姓姚的，这回你救也得救，不救也得救，不然我就把你过去的事全给你抖搂出来，你看着办吧！"姚大全听后，脑袋立马耷拉了下来。见他这样，白广才缓和了口气说，"这事关系到我们大当家的脸面和声誉，所以必须想办法救出胡柴进他们，至少要救出胡柴进，我想姚大人一定会有办法的。"过了好一阵，姚大全终于想出了一个办法，便对白广才说，"我看，必须采取偷梁换柱、移花接木的办法。"接着，他把计策向白广才说了一遍，最后说道，"按照这个计策，只能救出胡柴进及少数两三个人，其他的就无能为力了。"

白广才一拍大腿，说道："好计策，就照你说的办！"停了一下又说道，"你看，能不能把他们都救出来？"

姚大全说："这我已经尽力了，其他人是救不出来的。之所以这样，还是因为监狱的事我说了算，即使这样，我还是要冒很大风险的。"

白广才想了一下说："也只能这样了。你为此费心了，事成之后，我们一定会重谢你的。不过，你明天要抓紧行动，我们明天晚上准时来接人。"接着，他俩又商量了具体的行动方案，直至深夜，白广才他们才离去。

第二天，姚大全开始实施起了他的计划。好在这一晌碍事的监狱长郑福全回家看望他那病重的父亲去了，监狱的事全由他一人说了算。于是他先在各牢房内转了几圈，最后在一个号子里，挑出了一个貌似胡柴进的人，借故审讯他将他带进了审讯室。一番拷打后，又给他灌了一大碗浓辣椒水，那位犯人立即辣得哇哇大叫，不一会儿他便喉咙沙哑得说不出话来。之后，他让副监狱长麻六将其关押在十二号牢房，与胡柴进关在了一起。接着，他又让麻六上街抓来三个叫花子和一个流浪汉，将他们投进了关着其他土匪的号子里，并点名叫出了四个土匪单另关进一个号子，又将胡柴进也关了进去。

在做这些事的时候，麻六觉得蹊跷，就问姚大全说："姚大人，这是……"

姚大全说："这是上峰的意思，休得多问。要是多舌，小心你的小命难保！"

麻六立即吓得连声说："是是是！小的知道了。"

姚大全在做完这些后，总算松了一口气，只等着晚上白广才来接人。可他还是不放心麻六，此时麻六若跑去告诉同知县，那一切都完了，因此一整天他都让麻六跟他在一起，使他没有机会去告密。到了晚上亥时许，他将麻六叫到一旁说："同知县让把关在号里的那几个流浪汉放了，完了同知县让你去见他，说要奖赏你。谁若挡了你，你就照此说，有我替你做证。"结果麻六信以为真，以为这是一个讨好知县的好机会，便照着去做了。当麻六带着人顺利地出了监狱时，姚大全早就等候在监外，见到麻六就对他说："同知县让你把这些流浪汉交给一个姓白的，并送他们出城后，就让我带你去见他。"

麻六说："这守城的人都换成了冯团总的人，怕是难以出城！"

姚大全说："这你就不用管了，同知县早就安排好了，你跟我走就是了。"说着，便领着麻六和胡柴进等人，拐弯抹角地来到城南城墙下一个排水洞口。这个排水洞口有桶口般粗细，对外直通青龙河，平时洞口被铁栏栅罩着，这时铁栏栅已被人撬开摞在了一边。洞口边有几个彪形大汉在那里等候，麻六这时忽然感觉不对劲，刚转身想跑，就被一大汉提溜了回来，并低声喊道："请跟我们走一趟。你若喊叫或跑，就一刀宰了你！"直到这时，麻六才知道他的顶头上司姚大全和土匪是一伙的，但为时已晚，只好乖乖地跟着土匪爬出了洞。可怜的麻六，在同土匪去东山匪巢的途中，被土匪一刀结果了性命。

就这样，姚大全神不知鬼不觉地放走了胡柴进等五个土匪。整个营救过程，只有麻六一个人知晓，其他人是不知情的，现在麻六已死，他就可以高枕无忧了。

这两天，同继洲在安排好了行刑的有关事宜后，对监狱还是不放心，第二天就带人来到了监狱。在姚大全的引领下，他逐个视察了监牢，特别是对关押着匪首胡柴进和其他土匪及桐树底五个死刑犯的号子看得尤其仔细。当他走到十二号监牢时，指着里边披头散发、满脸是血的人问姚大全："这个人犯，可是匪首胡柴进？他怎么成了这样？"因为胡柴进在过堂时他是见过的，故而才疑惑地问。

"报告同大人，因为他这两天常在号子里闹腾，故而下边才对他用了刑。"

"即使明天要处斩，也不能对他滥施酷刑，你要好好管教管教手下的人。"同继洲说。

"是是是！我一定严加管教手下的人，今后绝不会再发生这样的事。"姚大全赔着笑脸说。

那个假胡柴进一听说他成了匪首胡柴进，而且明天就要被处斩时，立即发了疯似的冲到牢门口，用手镣狠劲地敲打着铁门，张着嘴哇哇地大声叫喊着。

"他这是咋啦？"同继洲奇怪地问。

姚大全回答说："他是怕成了这样。从昨天起，他知道自己要被处斩了，一下吓得连声音都哑了，从昨天到尔格，一句话也说不出来。"

同继洲听后摇了摇头，心想：杀人不眨眼的匪首也怕死，之后他便离开了。那个人望着同继洲和姚大全的背影，一边哭号着，一边用头撞着铁门。

接着，同继洲随姚大全来到关着其他土匪的监牢前，同继洲立即闻到一股刺鼻的尿臭味，忙用衣袖捂了嘴。这时，还未等同继洲问话，只见几个蓬头垢面、穿着破烂的人一下子冲到铁门前，高声叫喊道："快放我们出去！凭甚关我们，我们可是守规守矩的良民啊！"

同继洲这是平生第一次踏入监狱的门，从未见过这种恐惧场面。也许是受到了惊吓，便紧走了两步离了监牢门口，回转身对姚大全说："这又是咋回事？"

姚大全知道刚才喊叫的那几个人，是昨晚关进来的叫花子，说："回大人，这些土匪都怕死，听说要处斩他们，一个个都吓成了这样。他们一看到县太爷您，就会喊冤，希望您能发慈悲放了他们。"说完，姚大全咽了一口唾沫，又继续说道，"同大人，您可能没见过这种场面吧？临刑前的囚犯都这样，还有比这更恐怖的，像这样的场面，我见得多了，也就见怪不怪了。"同继洲听了点头"哦"了一声，也没有再说甚。

这时，姚大全说："同大人，我们还接着往下看吗？"

同继洲连连摆着手说："不看了，不看了。由你负责，我是放心的。"随后，他来到了监狱值班室，一个狱卒立即给他搬过来一把椅子。同继洲坐下后，手指着站得笔直的其他狱卒说："明天就是行刑的日子，你们这里可不能出事。所以，你们今晚要提起精神来，千万不能大意！"随即，他又对姚大全说，"姚千卫总，从现在起，你不能离开监狱一步。出了事，我拿你是问！"

姚大全立即立正说："同大人，我这两天一直未离开过监狱。请大人放心，我一定会百般警惕的，保证明天不会出现任何差错。如果出了事，你拿我是问就是了。"

同继洲立起身，用手拍了拍姚大全的肩膀，说："好！这就对了，这里的事情我就全交给你了。"说毕，在捕快班头蒋卫朝和几个衙役的簇拥下回县衙去了。同继洲走后，姚大全又将所有狱卒召集起来，训了一阵话之后也出去了。

这两天，监狱内的一些异常动作，引起了一些狱卒的注意，感觉昨天抓进来和昨晚放出去的人不太一样。尤其是被放的人中，好像有匪首胡柴进和其他几个土匪，还有昨晚到现在一直未见麻六的面，就更觉得这里面有问题了，于是当姚大全一走，他们便交头接耳地议论起来。其中，一个叫杨来合和常胜军的狱卒，还专门到监号里查看了一回，果然有问题。只听杨来合议论道："妈呀！我的乖乖。这匪首胡柴进和其他几个土匪都跑了，填进来几个替死鬼，明格还处斩个甚？"

常胜军说："我也觉得有问题。可你没看，昨天是麻六抓人和放的人，还说是同知县让这么做的。到底是同知县让这么干的，还是麻六私下里这么干的？这我们就闹不清了。"

这时，一个狱卒凑上来说："我说，你俩的脑袋让驴给踢了。你莫看，昨晚放人时，咱们的姚千卫总也在场，而且还做了证，肯定是同知县和姚千卫总让这么干的。麻六虽说是个副监狱长，他哪有那么大的胆量和能耐？"停了一下，他又接着说，"你莫看，刚才姚千卫总还领着同知县查监了，难道他们看不出问题？要不是他们合伙这么干的，哪能甚都没说就这么走了？"

另一个狱卒说："我说你们都是猪脑子。自古以来，都是官匪勾结，上下勾结，古朝像这样偷梁换柱、瞒天过海的事还少吗？尔格朝廷都烂杆成甚了，下边这些贪官、坏官哪管得了？像尔格这样的冤案和离奇的大案多得去了，上边哪有人管这些破事，还不是任由下边这些赃官乱作为？万一出事了，前边有姚千卫总这个大个子给咱顶着，你怕个甚。所以，咱一个小卒子，不用瞎操心，干好咱们该干的差事就行了。"

他们几人正议论着，忽见姚大全又来到了监狱，在听到他们的议论后，就大声训斥道："你们在此议论甚哩？在这非常时期，你们不干好各自的差事，跑到这里瞎议论个甚？若再乱嚼舌根、管不住自己的嘴，小心我割了你们的舌头！"停了一下，他又呵斥道，"去！还不快回到各自的岗位去！"吓得杨来合他们吐了一下舌头匆忙地走开了。

第二天，行刑如期举行。刑场就设在西城门口不远的河滩里。这里是以往处斩人犯的地方，只见偌大的石台上搭起了一个临时大帐，台前摆着十个行刑的木墩。河滩里早已挤满了前来观刑看热闹的人。刑台旁和刑场周围站着三四十个挎刀团丁和官军，西城门口到城内监狱两旁，也都是三步一岗、五步一哨。

快晌午时分，随着一阵锣声，只见一顶官轿和一行人从西城门出来了，到了刑场落了轿，从轿内走出了县太爷同继洲。只见他今日换了一身新官服，前胸褂子上绣的鹨鹅图案格外耀眼，红顶子官帽殷红如血。在他的身后，依次是穿着长袍马褂、眼戴圆石头眼镜的师爷俞振海，还有冯玉清、书记员党俊生等人。今日，冯玉清也身着褂子上绣着犀牛图案从七品武官的官服。下了轿的同继洲，先用双手正了正官帽，之后用手指弹了弹官服，在师爷俞振海的搀扶下，带领随行人等缓步登上了台子，依次坐在行刑官的位置上。

今日行刑官只有同继洲和冯玉清两人，同继洲坐于主斩官正位，玉清坐于监斩官次位，其他人都分立两旁。本来玉清是不想坐在台上的，对于处斩人犯他并不害怕，在战场上他见得多了。但今日的情形完全不同，因为他对几个将被处斩的死囚犯有异议，因而今日坐在台上这么近距离看着他们被处斩，心里不是个滋味。他今日担负城防、刑场警戒和防止土匪劫法场的重任，尽管有不同意见，但他还是尽力去做。他除过加强了城防和刑场警戒的力量外，还抽出了一队人马在东西城外加强了警戒，万一遇到土匪劫持法场和偷袭县城，他也便于果断处置，而且他将这个重任交给了他信得过的冯玉春负责。这时他人虽坐在台上，但心却操着刑场与城防的事。

过了一会儿，又听到西城门口响起了一阵锣声。随着锣声，只见穿着从八品千卫总官服、骑一匹黑马的姚大全从城门口走了出来，紧跟着依次驶出了二十辆死囚车。只见死囚车的木牢里，押解着脖戴木枷、脚戴铁镣，背插着写有姓名并打了红叉木牌的死刑犯。奇怪的是，死囚犯每人嘴上还勒着一个布条，原来这是姚大全的发明，主要是为防止这些人犯乱喊叫露了马脚，可谓残忍至极。

第一辆死囚车上是写有姓名的胡柴进，其次是薛永强、薛永刚、王银虎、贺智军等土匪，后边是桐树底村的杨百中、杨百先、赵丙南等，最后便是杨百中不满十六岁的儿子杨二虎。

道旁两边的百姓一看到前边的土匪，一下子围了上来，有人向囚车扔菜帮、鸡蛋和土块等物，有人则大声喊道："杀了土匪！杀了土匪！"场面一时失控。这时两边负责警戒的民团营军士，使劲地拦着愤怒的人群。而在囚车队尾，从梧桐底村赶来的杨百中、赵丙南等人的家人及亲朋，围着囚车哭喊着来送亲人最后一程，顿时囚车内外哭成了一片。

费了好大的劲，姚大全才带人将这些死囚犯押到了石台前，清兵和狱卒每两人一组，依次将这些死囚押上台，他们齐刷刷地站在了台子一边。那个假匪首胡柴进和其他几个死囚犯早已吓得腿脚发软，是官兵和狱卒连拖带架地把他们押上台的。那几个被顶了死刑的叫花子和流浪汉，也早已成了一滩软泥，浑身抖得像筛糠一样，裤子内的屎尿水顺着裤腿流了下来。台前十个木墩后，早已站着十个身穿血红马褂、赤膊袒胸、怀抱鬼头大刀的刽子手。这种阵势，不要说死囚犯会吓得尿裤子，就是一般胆小的人，也会吓得尿了裤子。

这时，姚大全走到同继洲跟前，报告说："报告知县大人，人犯已全部带到，请发落！"同继洲应了一声，摆了一下手，示意他站在一边。当台下的人们看到死囚犯中有一个十多岁的孩子时，便发出了阵阵唏嘘声，台下立即骚动了起来。不一会儿捕快班头蒋卫朝上前报告说："报告大人，午时三刻已到，请下令行刑吧？"

同继洲这时转向玉清说："冯团总，咱们开始行刑吧？"

谁知玉清一伸手说："且慢！同大人，我有话要说。"同继洲和其他人一听都愣住了，不知他要说甚。原来，自从假胡柴进被押上台的那一刻，玉清就感觉这个人有些不太对劲。看大样似胡柴进，但细看似乎某些地方又不像，这才让他生了疑。此人蓬乱的长发遮住了半个脸，而且满脸的血迹，他不敢确认这人是不是胡柴进。于是为了慎重起见，他还是提出了质疑："同大人，这些人犯都验明正身了吗？尤其是匪首胡柴进，是不是他本人？"

同继洲听后觉得奇怪，都甚时辰了，他怎么提出了这样的问题，于是对玉清说："冯团总，你是不是觉得有问题？"

"我怎么看着，那人不像是匪首胡柴进。"玉清用手指了一下假胡柴进说。

同继洲回答说："这个是没问题的。再说，行刑前都对这些死囚犯验明正身了，是不会有错的。"说着，同继洲又扭头问姚大全，"是这样吧？"

这时，站在一旁的姚大全十分紧张，但为了掩饰内心的惊慌，他故作镇定地说："回同大人和冯团总的话，这些人犯，我都一一仔细地验证过了，是没有问题的。再说，这等人命关天的大事，谁敢造假？因此，我敢用我的人头担保！"停了一下，他又继续说道，"关于匪首胡柴进，尔格连我看着也不像了。是这样的，在他知道自己将要被处斩时，整个人就崩溃了，昨天还不停地用头碰撞铁门，所以就变成了这样。"

"冯团总，是这样的。昨格午后，我亲自去了趟监狱逐一进行了查看，是没有问题的。你看，还有什么疑惑要问？"同继洲说。

玉清见同知县和姚大全都说没问题，而且姚大全愿用他的人头担保，以为是他多疑了，就摆了一下手："同大人，没有了。"

姚大全一听，悬着的心这才掉到了胸腔并催促着说："同大人，午时三刻已过，行刑吧？"

同继洲对玉清说："冯团总，既然再没问题了，那就行刑吧。来！我俩先在文书上签了字。"说着，同继洲在师爷俞振海递过来的文书上，提笔签上了自个儿的名字，随后玉清也在文书上签了名。

签完文书，只见同继洲拍了一下惊堂木，大声说道："各位听令！书记员党俊生，先宣读朔州府和省督的处斩令。"党俊生遵令走到台前，台下立即安静了下来，等他宣读完毕，台下又是一阵躁动。同继洲又拿起惊堂木，狠劲地拍了一下案几，大声说道："班头蒋卫朝听令，行刑！"说着，将一个写有斩字的竹令箭掷于地上。

随着一声令下，几根冲天炮连响了十下。炮声一停，假胡柴进等十个第一批被处斩的人犯，被依次押到了刑台前跪下头贴着木墩，那些挺立不愿跪的人犯，也被官兵和捕快衙役照腿窝踢得跪了下来。接着，那十个刽子手，手提大刀，拔下插在人犯背上的木牌扔在一边，然后双手举起了鬼头大刀，等着处斩官的命令。

此时，台下的观众争相向台前拥来，都想目睹处斩人犯的过程。一些夹在其中的孩子被挤得直哭叫，一些挤到台前的人，有的捂住脸，只从指缝偷偷地看。有的则睁一只眼闭一只眼斜视着台上，有些女人干脆抱着头，转过身子不敢往台上瞅。

这时蒋卫朝举起令旗,手一挥大声喊道:"行刑!"随着一声令下,只见刀光闪闪,在刽子手鬼头刀落下的瞬间,十颗人头落了地,立时滚热的红血水四处飞溅,其中有两颗血淋淋的人头,像滚西瓜似的滚到了台下的人群里。

台下靠前的观众,立即发出一阵尖叫声,像躲避洪水猛兽似的往后退去。有几个胆大的人,立即抱起血淋淋的人头,如同抱着烫手的山芋一样又抛向了台上。

台下有人闻到这刺鼻的血腥味,已开始哇哇地吐起来,有几人当场吓得晕了过去。台上主斩官同继洲也是第一次看到这么血腥的场面,此时用衣袖挡住了眼不敢看。坐在一旁的监斩官玉清,此时把头扭向了一边。

当第一批人犯被处决后,那些行刑的官兵及衙役,将十个被斩者的尸体及人头归置一起拖到了一旁,接着将第二批待斩的人犯押了上来,随后,蒋卫朝又举起手中的令旗。

这时突然有一个披头散发的年迈女人,冲破警戒的军士,发疯似的冲上台跪在了案前,冲着同继洲大声哭喊道:"县官大老爷,不能斩杨百中他们和我的孙儿,他们是冤枉的,请看在虎子还是个孩子的份儿上,就饶了他们吧……我的青天大老爷!我,我给你磕头了……"她一边哭喊着,一边趴在地上使劲地磕起头来,头都磕出了血。原来这个女人是杨百中的母亲赵氏。

此时,坐在案后的同继洲似乎受到了惊吓,一下子往后斜靠在椅子上,生怕她上前抓扯他。两边的官兵见状,立即上前按住老人,准备把她拖下台去。

这时,已被押着跪在刑台前的杨百中,不知甚时咬断了勒在他嘴里的布条,回身朝母亲哭喊道:"娘!不要求他们,我和儿子先去了,您老要照顾好自己!"说完仰天哈哈一笑,大声说道,"老子三十年后还是一条好汉!"几个官兵怕他再喊,立即上前用布条勒住了他的嘴。而跪在旁边刑台前的杨二虎,扭头望着爹爹和奶奶,眼泪"唰唰"地流了下来。

见状,回过神来的姚大全冲官兵喊道:"快将这个疯老婆子拖下去!"那两个按住老人的官兵,便把她连拉带扯地拖了下去。继而姚大全又冲蒋卫朝喊道:"还愣着干甚?快行刑!快行刑!"

蒋卫朝便把令旗一挥,喊道:"行刑!"话音刚落,那几人的头颅又被刽子手砍了下来,台下又是一阵惊呼和骚动。

坐在台上的玉清,此时恨不能把头埋进地缝里。他眼睁睁地看着不该斩和不应斩的人被砍了头却不能相救，他穿这身官服还有甚用？他坐在这里又算个甚？于是，他没有向任何人打招呼，便提前起身离开了。

行刑一毕，桐树底村十几个村民，便哭喊着拥上了台子，将被斩的五个村人的尸首归拢在一起，装在提前预备好的棺材里拉了回去。随即又上来一拨衣衫褴褛的人，将假胡柴进和那几个冤屈鬼叫花子、流浪汉及几个真土匪的尸首，抬到一个拐沟里去埋了，他们是县衙事前雇来处理人犯尸体的人。

当日，就在县城处决人犯的同时，在东山神仙岭的匪巢里，黄龙彪正在为被救出的胡柴进等五个土匪，举行压惊庆贺宴会。偌大的洞穴里，聚集了二百多个土匪，只见坐在高台上的黄龙彪，身披黑色大氅，浓密的眉宇下，透着极具杀伤力的凶光。在他的左右，依次坐着二匪首黑震东、三匪首白广才、师爷李过以及胡柴进、黄喉貂等众匪首。

此时，只见黄龙彪立身站起来，使劲咳嗽了两声，大厅里立时静了下来。接着他环视了一下大厅，然后端起酒碗大声说道："弟兄们！今日，是专为六弟胡柴进等兄弟化险为夷、死里逃生举行的庆祝宴会。来！大家端起酒，为我六弟大难不死干了这一杯！"他洪亮的嗓音，震得岩壁嗡嗡作响。

随着话音，众匪徒纷纷端起酒碗，齐声道："庆贺六哥死里逃生！"便一仰脖喝干了酒。

"这第二碗酒，"黄龙彪端起酒，停了一下才说道，"这第二碗酒，是敬被冯玉清杀了的西山兄弟和今日被官府处斩了的兄弟的。"说着，将碗中的酒泼洒在了地上。

黄龙彪的这一举动，立即激起了众匪徒的情绪，只听众匪徒呼喊道："为死去的兄弟报仇！为死去的兄弟报仇……"

黄龙彪摆了摆手，等大厅静下来后，又端起第三碗酒说："这第三碗酒，"他望着胡柴进和黄喉貂孙旺高说："这第三碗酒，是欢迎六弟胡柴进和孙旺高兄弟加入我们阵营的。"待众匪喝干了酒，他又大声说道，"我宣布，从尔格起，他俩就是我们的人了。胡老弟坐第四把交椅，孙老弟坐第七把交椅。往后，大家都要称呼胡老弟为四爷，称呼孙老弟为七爷，谁要是和他俩过不去，就是和我黄龙彪过不去。"说到最后，他提高了嗓门大声问道，"大家听清楚了没有？"

众匪徒高声回道："听清楚了！"随后，众匪徒立即离座趴在地上就拜，齐声叫道:"四爷好!七爷好!"

见此情景,胡柴进感动得热泪盈眶了,立即起身伸手说道:"弟兄们快快请起,快快请起!"然后转向黄龙彪,双膝跪地抱拳道,"感谢大哥的救命之恩。在老弟落难之际,大哥不但救了我,而且收留了我,还给我俩安排了第四、第七把交椅坐,大哥就是我的救命菩萨,是我的再生父母,请受小弟一拜!"说着,低头就拜。这时,黄喉貂孙旺高和那几个被救的土匪,也同时趴在地上磕起头来。

胡柴进接着说:"大哥,你的大恩小弟难以回报。今后,小弟这条命就是大哥的了,我愿为大哥两肋插刀、赴汤蹈火!"

黄龙彪赶紧扶起胡柴进和黄喉貂,并拍了拍胡柴进的肩膀说:"四弟言重了,言重了!救小弟只是举手之劳,何必这样在意呢。再说了,小弟落了难,哪有不救之理,这不是大哥我的为人。今后,咱们就是一家人了,只要有大哥的,就绝不会亏待了四弟、七弟和众位弟兄。"

听到这里,胡柴进感动得难以自控。众匪徒也向黄龙彪三呼万岁。这个黄龙彪,莫看他匪性十足,但他很有心计,这些年来他常用这些小伎俩,降伏和收拢了众多匪徒,这些匪徒愿意为他死心塌地拼死效命。胡柴进一边抹着泪,一边说:"大哥,你要为我那些死去的弟兄报仇!一定要杀了冯玉清,血洗青龙镇!"

黄龙彪一拍胸脯说:"请四弟放心,这个仇大哥一定会替你报的。"其实黄龙彪有他的想法,他知道县城警备森严一定有所防备,加之青龙镇情况不明,因而他未敢贸然行动。这时,他入座端起酒碗,说道:"今日,暂不提报仇的事,只为庆祝四爷、七爷获救而放开了喝!"他的话音一落,大厅里立即觥筹交错,吆喝声不断……

这几日,安宁县城像开了锅似的,无论街头巷尾、茶庄饭馆,人们都在议论着那天行刑的事。而一些人又在神秘地议论着另一件事,那就是被斩的匪首胡柴进被人调了包,真胡柴进被土匪救上了山。还说,放走胡柴进的人,竟然是县老爷和姚千卫总,街上常见的几个叫花子不见了,还有那个副监狱长麻六也不见了,还说这是从县衙里知情者的口中传出来的。一时间,人们又把议论的焦点集中在了这一个个疑点上,而且越传越离奇、越传越玄乎。

这些神奇的议论,同样也传进了玉清的耳朵里。当他听了这些传言后,不禁大吃了一惊，再联想到那天在刑场上，看到胡柴进和另外几个土匪不像本人的事来，越发感到这其中必有隐情，一想到这些，他浑身都起鸡皮疙瘩，也使他对官场产生了一种从未有过的恐惧感和厌恶感，后悔自己不该带队伍来县城。

这些天，这些议论也先后传进了同继洲的耳朵里。先给同继洲传话的人是俞振海，说那天处斩人犯时他也觉得蹊跷，街上的议论很有可能是真的，但他不相信其中的幕后黑手是知县大人，因此，他是特意给知县大人提醒的。而且他还帮同继洲分析说，这一幕后的黑手，肯定是姚大全无疑，因为别人是没有这个条件和这个胆量的。他说这话，自有他的用意和目的，因为在与姚大全的多年相处中，他深知姚大全是一个什么货色，他也知道他暗中通匪得了不少黑银的事。他想让姚大全也分给他一杯羹，在他旁敲侧击提及此事时，姚大全不但不承认，还把他狠狠地数落了一通，往后他就对姚大全非常不满了。因而，他想借此机会敲打敲打他，让他以后放聪明些。其次，他认为这个事太大了，作为师爷，他有必要给知县提个醒，使他有个防备。

同继洲在听了俞振海传给他的街议后，不禁大吃了一惊，若真像人们传言的那样，他可真就铸下大错了。他心里清楚，事情若真是这样，那这个幕后黑手肯定是姚大全无疑，难怪他那天去监狱时，看到姚大全的行为很是反常。以前，虽听说姚大全有通匪的嫌疑，但没想到他如此大胆阴黑，一想到此，他的心里就不由得一阵阵发冷。不行，姚大全若真通匪，那就一定要除掉此人，免得以后再被他连累了。于是，同继洲叫来了俞振海，对他说："师爷，处决人犯这件事，确实如人们议论的那样有问题，这姚大全是第一个怀疑的人。因此我找你来，就是要商量个办法，不然等上峰怪罪下来，那事情就严重了。"停了一下，他见俞振海没搭话，就又接着说，"如果幕后黑手真是姚大全，那就必须将他绳之以法，不仅可给冤死的人昭雪，也能给上峰和百姓一个交代，你看如何？"

这时，俞振海扶了扶架在鼻梁上的石头镜，说道："同大人，尔格这事毕竟还是个传言，并无真凭实据，若兴师动众地派人去查，万一搞错了那就被动了。如果查实是姚大全干的，就得把他抓起来，那就等于对外公开承认这事搞错了，那作为一县之主的您，也是脱不了干系的，万一上边再追查下来，大人会受牵连的。因此，我看这事不能公开进行。"

"那你说，此事怎样进行才稳妥？"同继洲望着俞振海说。

俞振海想了一下，说道："这事，我们到任何时候，都不能承认搞错了，但姚大全通匪一定要治他的罪。我看不如这样，尔格姚大全还未觉察到您怀疑他，大人先把他单独叫来询问一下，他若能将人们的质疑说清楚，那咱们以后再议。如果他说不清楚，再将他抓起来不迟，但需另给他安一个罪名才是。"

同继洲听后，觉得师爷的主意甚好。接着，他们便商量出了一个具体的办法：在同知县单独质询姚大全期间，由俞振海和蒋卫朝挑选七八个武艺高强的衙役和官兵，事前埋伏在隔壁房间，要是听到摔杯的信号，便一齐拥进来将他拿了。

当他俩刚商议停当，正准备离去依计行事时，突然一个衙役进来报告说冯团总求见。随着话音，玉清已走了进来。"冯团总，有事吗？"同继洲问。

"同大人，我是来向大人辞行的。"玉清说。

"你这是要到哪里去？"同继洲好奇地问。

玉清回答说："我要带队伍回青龙镇去。"

"为啥？"同继洲更是不解了。

玉清这时才回答说："同大人，我这次奉命来县城的任务已经完成了，我该带队伍回青龙镇了。"

同继洲听后，停了半晌才说："冯团总，多亏你这次带民团营来县城，才保证了这次任务的顺利完成，没有出现任何差错，我还未来得及给你庆功呢！"停了一下，接着说道，"冯团总，你现在还不能走。"

"为甚？"玉清不解地问。他一刻也不想在县城待了，尤其听了同继洲要给他庆功的话，心里就更不是个滋味。他刚想张口重申他离开县城的理由时，却被同继洲制止了。

只听同继洲说道："这里的事情还远没有结束，东山土匪很有可能会随时攻打县城。所以，你目前还得继续留下来，负责好县城的防务。"他说这话，是顾虑万一姚大全通匪属实，若他再与土匪勾结破了县城，那就不好收拾了，因此他当下还离不了玉清和民团营。再则，这支民团营的精锐，好不容易被调到了县城，并由他节制调遣，他怎能轻易放手呢？在这样的乱世中，他手里有了这支合法的军队，他就能呼风唤雨、掌控乾坤，因而他说什么也不能让玉清和这二百多人的民团营离开县城。于是他对玉清说："冯团总，当下情况复杂，先委屈你继续守好县城，尤其是这几天，要对进出县城的人严加盘查，一旦发现可疑之人，立即拘捕，无须汇报。总之，县城的安危就全交给你了，你要昼夜不停地做好县城的警戒和防卫。好啦！你先回去吧。我现在还有一件紧急的公务要处理，有事咱们以后再说。"说毕，做出了送客的手势。玉清见状，也不好再说甚，只能转身告辞了。

等俞振海将一切安排到位，同继洲便差俞振海去请姚大全。

这两天，姚大全虽说了却了心中的一件大事，但他的心里并不轻松，特别是听了城中对他的议论，心里就更不安起来，担心同继洲追查起来他就危险了。因此这些天，他一直在琢磨这件事，并想了许多应对的办法，包括到了最坏的地步。

恰在这时，俞振海请他去县衙，说是同知县有要事请他。姚大全一听，心想坏啦，肯定是东窗事发了，这如何是好？于是，他把俞振海拉到一旁，急切地问道："师爷，可知同大人叫我做甚哩？"俞振海摇着头，装出一副毫不知情的样子。姚大全见状，就央求道，"俞兄，你肯定知道。请看在咱俩多年交情的分儿上，就如实告诉我吧，我绝不会亏待你的。"说完后，去里间取出三十两银子交给了俞振海。

俞振海也没有推辞，接过了银子，这才小声说："谁让咱们是老交情哩！说了也无妨。"停了一下，他望着姚大全道，"你听没听到这两天街上对你的议论？"

姚大全听后，故作惊讶地说："对我的甚议论？我怎么一点也不知道，你说给我听听。"

俞振海知道，姚大全是在明知故问，就直截了当地说："人们议论说，那天处斩的那个匪首胡柴进，是用牢里关着的惯偷常大兴顶替的，真胡柴进被你前一天晚上早就放跑了。这事同大人也知道了，而且也怀疑上了你，因此，你要做好心理准备。"

姚大全一听大喊冤枉。不过，他心里已有了底，尔格常大兴、麻六和那几个无人问津的叫花子已死，死无对证，只要他一口咬定不是他干的，料他同继洲拿他也没办法。但为了保险起见，他对俞振海说："俞兄，我确实是冤枉的，你一定要在同大人面前替我解释。只要你能帮我过了这一关，老弟一定不会忘了你的。"

得了好处的俞振海，这时慷慨地说："好说，好说！为兄我一定会尽力的。"

就这样，姚大全来到了县衙。当他一走进同继洲的房间时，只见同继洲厉声喝道："好大胆的姚大全，你可知罪？"

姚大全若无其事地说道："敢问大人，您这是为甚，我何罪之有？"

见姚大全这副神态，同继洲不知原委，仍按原来与俞振海商议好了的方案，继续厉声说道："何罪之有？你私通土匪、偷换死囚犯、枉杀无辜叫花子等人，还不从实招来！"

谁知姚大全却一笑，说道："同大人，我胆小，这种玩笑可开不得。再说，这事是从何说起的？"

"谁跟你开玩笑！"同继洲又严肃地说，"是不是你被土匪事前收买了，才干出这种偷换人犯、移花接木的事来？你不但欺骗了我，也欺骗了在场的所有人。你好大的胆，还不从实招来！"

姚大全听后，大声喊道："同大人，我冤枉！一定是有人陷害我，还请大人替我做主，还我一个清白。"

"你少给我装蒜！"同继洲一指姚大全说，"我都调查清楚了，你用惯偷常大兴，替换了匪首胡柴进，用街上的几个叫花子，替换了牢里的多个土匪。再说了，这两天监狱是你负责的，这进出监狱的人，没有你的同意哪能行得通，谁有这么大的能耐和胆量？不是你还能是何人？"停了一下又说道，"我问你，副监狱长麻六，这几天哪里去了？你给我一一从实招来！"

姚大全一听傻眼了，他怎么全都知道了，看来是隐瞒不过去了。这时他脑子突然闪过了一个恶念，干脆一不做二不休，趁屋内无人杀了知县，再想法逃出去投奔东山土匪黄龙彪。他相信凭他的武功，衙内这几个废物是挡不住的，于是他下意识地摸了摸藏在腰间的匕首。当他正准备撩起官服拔刀时，听到同继洲问起麻六，他即刻又换了主意。

同继洲感觉姚大全快招架不住了，欲突破他的最后防线一举将他拿下，可忽见姚大全撩起官袍，手向腰间摸去，便惊恐地说道："姚大全，你想干甚？"随即举起茶杯准备往地上摔。只见姚大全"扑通"一声跪在地上说，"同大人，我敢对天发誓，我没有干过此事，我是冤枉的。"

同继洲见状，才放松了下来，随即把茶杯放到桌上说："那我问你，麻六现在何处？你先给我说清楚。"

姚大全继续跪着说："同大人，提起麻六，下官有一事不明，正想向大人请教哩！"

"有何不明？你说。"同继洲望着姚大全说。

姚大全说："是这样的。临刑前的那天晚上，麻六说，知县大人您要再次夜审胡柴进等土匪，说只让他一人带着去，并说用惯偷常大兴和抓来的几个叫花子替换他们，还说让我不要问，照办就是了，那晚他就是对我这么说的。当时，大多数人都听见了，不信，您可以随便叫几个狱卒来问。之后，也未见麻六和那几个土匪回来。整个抓人放人的全过程，都是麻六一个人经办的。"

同继洲听后，惊诧地说："有这回事？那你当时为何不来找我问个清楚？"

姚大全苦笑了一下，说道："同大人，在下在官场这么些年，官场的规矩我懂，凡是这等秘密大事，上峰不让下属知道的，下属哪敢多问，只能遵照执行就是了。这几日，在下正想问大人哩，尔格事情已经过去了，您应该让麻六回监狱了。监狱长郑福全外出回来后，还一直问我要人哩，我也好给他及监狱的人有个交代。"

姚大全以守为攻的策略，还真奏了效，同继洲听后惊讶地说："有这等事？"随后又接着说，"我根本不知道这些事呀？我也从未向他安排过什么，更不知道他现在何处。"

这时，姚大全装出十分惊讶的样子说："那这么说，是麻六一个人假借您的名义干的，这是要嫁祸于大人您呀！"说着，他"呸"了一口，继续说道，"想不到，通匪的内鬼是麻六，真是知人知面不知心，今后我见了他非宰了他不可！"

同继洲"唉"了一声，说道："杀什么杀，他人恐怕早就跑到土匪那里去了。"

"即使跑到土匪那里，我也要抓住活剐了他！"姚大全愤愤不平地说。过了一会儿，他又说道，"同大人，我知道这些天，人们都把矛头指向了你我，尤其是大人您。"

同继洲觉得不能再问下去了，再问下去，他就成了指使麻六、偷放匪首的奸细和幕后黑手了。于是就扶起姚大全说："请姚千卫总不要在意，我这也是身在其位不得不这样。再说，我也是听到人们私下的议论，才叫你来问个明白的。你说，这该死的麻六一跑，什么都说不清了，难不成还要我替他背黑锅不成？"

"当然不能让我们替他背黑锅。我看不如这样……"姚大全望了一眼同继洲，然后环顾了一下四周不说了。

同继洲示意姚大全坐下，然后急切地说："这里没外人，有什么好主意，请尽管说来。"

姚大全这才凑近同继洲说："事情既然这样了，我们不妨把麻六通匪的事放出去，就说他私通土匪、私放死囚、畏罪潜逃，这样人们就会把议论的焦点转移到他的身上。再说，那几个冤鬼已死，是不会有人替他们申冤的，只要上边不知道，也就无人追究，我们也就相安无事了。至于人们的议论那算个甚，过段时间自然就消停了。"停了一下，他又继续说道，"如果我们闭口不言，不把责任全推到麻六身上，下面的议论就更凶了，万一下面哪个对你我有成见的小人，再把此事捅到上边去，那你我不仅要替麻六背黑锅，还要被革职查办哩！"

同继洲一听，觉得姚大全说的有道理，就说："也只好这么办了。"

正在这时，忽听隔壁传来了一声低沉的咳嗽声，姚大全立马警觉地问："谁？"

"是隔壁房间值班的衙役。"同继洲回答说。其实，这是蒋卫朝故意发出的信号，他们已在隔壁埋伏一个多时辰了，早就等得不耐烦了，于是急性子的蒋卫朝才发出了询问的暗号。

姚大全听说隔壁是值班的衙役，这才放下心来。他见事已平息，就起身说道："同大人，时辰不早了，再没甚事我就走了。"

尽管刚才同继洲相信了姚大全的话，但并未消除他对姚大全的怀疑，因为这件事还牵扯到了自己，他也只能这样了，于是他向姚大全摆了摆手。可在姚大全起身欲走时，却又转身对同继洲说："同大人，我们同在县衙共事，都不容易，望大人以后不要轻信他人的谗言，冤枉了在下。"说着，从身后摸出装有五十两银子的银袋，塞到同继洲手里，而后说道，"同大人，这是一点小意思，望大人今后多替下官分忧解难。"说完，就带上门出去了。

姚大全走后，同继洲手捧银袋愣在了那儿。这下他全明白了，这个通匪的幕后黑手果真就是姚大全，要不姚大全也不会无故送银子给他。他清楚，如今动不了姚大全，姚大全早就找好了替死鬼麻六，而且还给自己挖了一个坑，此时若动了姚大全，姚大全就会把矛头直接指向他，那他就是有一百张嘴也说不清，到时会掉进姚大全挖的坑里。直到这时，他才真正领教了姚大全的阴毒狠辣，但事已至此，他也只能这样装聋作哑，并按姚大全说的去做。

当同继洲刚收好银子时，蒋卫朝等人就推门走了进来。蒋卫朝一见同继洲，就问道："同大人，您怎么把他给放了？"只见随后跟进来的俞振海，立即向蒋卫朝摆了摆手，示意他不要问了，因为他知道姚大全使了甚手段。

这时，同继洲对他俩说："现在事情搞清楚了，此事全是麻六一个人干的。"

"那姓姚的就没一点责任？依我看，他的嫌疑最大。"蒋卫朝愤愤不平地说。

"这事不要再议了。事情是麻六背着我干的，他私通土匪，罪该当诛！"说着，同继洲让俞振海马上起草一份通缉麻六的告示广为张贴。

第二天，安宁县城东西城门口，果然贴出了通缉麻六的告示，这个可怜无辜的麻六，即使做了冤鬼，也没有逃脱姚大全的算计。

第十五章 苦人儿含泪捎书信 新标统怒擒癞皮狗

初冬的陕北，已是满目萧瑟，寒气袭人。早晨的太阳，没有一点儿暖意，远处的山峦沟壑，光秃秃的没有一点生机，近处的坡地田埂，罩上了一层薄薄的银霜，如同撒了一层盐似的那么耀眼。青龙河畔，阴冷湿滑，河面虽没有完全封冻，但两边早已结满了冰凌，河边不时走来挑着木桶打水的人，惊得寒枝上的老鸹呱呱鸣叫着飞向了远方。镇边的官道上，三三两两起早的老者，正佝偻着腰挎着粪筐，低头铲拾着牲畜的粪便。青龙镇的上空，不断升起缕缕青色的炊烟，塞北高原上新的一天又开始了……

侯家大院内死一般的寂静，主人们正缩在被窝里睡着懒觉，佣人们已经起来开始生火做饭、倒马桶和打扫院落。

在下院拐角的猪舍里，只见一个穿着单薄、身体消瘦的年轻女人，一边不停地咳嗽着，一边弯腰打扫着圈舍。这个女人不是别人，正是侯世耀的三姨太、玉清时刻挂念的女人赵兰香。

被驿丞田福学放回来的侯世耀，虽然和强月娥向田驿丞及玉清、折老夫人发过毒誓，保证今后不再打骂兰香了，可他们却另换了一种法儿继续折磨着兰香，那就是让兰香喂猪和打扫猪舍。这个活儿，原是府内一个年过半百姓白的男佣人干的，现在却换成了从未干过这种苦活儿的兰香来干，这个馊主意也只有强月娥才想得出。

兰香一下子由尊贵的主人变成了下人，而且每天要提着沉重的猪食桶往返三四次，还要清理铲除猪尿粪，有时连府内的佣人也看不下去了，便偷偷地帮一下她，若是被侯世耀和强月娥看见了，就会遭到一顿臭骂。

外人认为兰香对这种巨大的落差和变化肯定是受不了的，但在兰香的眼里，这种日子要比时常遭受他们的打骂虐待好得多，她宁愿面对这些有灵性的动物，也不愿意多看一眼侯世耀、强月娥这对猪狗不如的牲畜。只是每天干完活儿后，她已累得直不起腰来，好在有徐妈给她捶背揉腰并安慰她，有时二姨太水仙也会给她揉胳膊搓腿宽慰，这多少会使她感到一丝的温暖。只是前一晌换季时，她得了风寒，落下了咳嗽哮喘的毛病，一到夜晚便咳嗽得喘不过气来。每当这时，她便思念起玉清哥来，要是他能在自己的身边该多好啊！可她知道，她的玉清哥虽就近在咫尺，却如同相隔两世一样难得一见，这让她心里万分地空落和痛楚，彻夜失眠。

这天夜里，兰香又失眠了，她便披衣点上灯，翻出之前写的几首诗词看着、诵着，不觉已泪流满面、哽咽不止。为了排遣心中的悲苦，她又提笔写下了一首题为《苏幕遮·秋思》的词来，这首词任谁看了都会伤情落泪的。只见词中写道：

> 恶风疾，霜满天。满眼凄凉，塞上暮烟寒。山廓沉沉水无涟。
> 愁云难消，更见青日淡。
> 断魂乡，梦魇远。夜闻君语，才聚忽又散。泪眼对灯难成眠。
> 无限相思，孤雁声声咽。

兰香写完词，读着读着又落起泪来。末了，她坐在镜前，呆呆地端详起自己的容颜来。只见镜中的她，面容消瘦憔悴，布满愁云的脸上没有了昔日的俊俏，满是泪痕的双眼，如同两汪凝固的潭水呆滞无光，高翘的鼻梁和尖尖的下巴，犹如嶙峋的山廓一样显得是那样的不协调。特别是她的头上，又多出了几根刺眼的白发……啊！她才二十六岁，正值美好年华，怎么一下子变成了这副模样。她不敢再看了，便捂住脸，趴在桌上抽泣起来……

鸡已叫三遍了，窗户纸开始发白，院内有了响动。她挣扎着爬起身，叫醒熟睡的江龙，帮他穿好衣服梳好了辫子，在儿子身挎书包欲出门上学时，她总忘不了叮咛儿子，要听老师的话好好读书。之后，她便艰难地出了屋，迎着早晨的寒风忙她的去了。就这样她每日迎着日出等天黑，数着星星盼天明，一日复一日地苦熬着。

这日早饭后，折老夫人穿着暖和，在喜梅的陪伴下来到了侯府。她已有两三个月未来侯府了，此番前来，她不仅是为了看望兰香，还有一件更重要的事情。

折老夫人刚一进侯府，正好碰上外出买菜的徐妈，便问兰香在不在，只见徐妈趴在她的耳边耳语了一阵，就匆匆地出去了。折老夫人一听，顿时气得脸色陡变，便拄着拐棍朝下院的猪舍走去。

此时兰香包裹着头巾，外穿一件蓝大褂，正吃力地提着一大木桶泔水往猪槽里倒，见折老夫人和喜梅走来，一时惊讶得说不出话来。折老夫人一见到兰香，一把从她手里夺下木桶和马勺扔在地上，拉起兰香的手说："走，寻他姓侯的去！世上哪有这种事，让他的太太当下人去喂猪，这不是作践人吗？"

"姓侯的简直就不是人，这比杀了我兰香姐还使她难受。不行，得找他算账去！"喜梅气愤地高声大喊着。

"奶奶，不用去找他们，这不是挺好的吗。"兰香劝着折老夫人不肯走。

听到下院的喊叫声，强月娥扭着胖屁股，一边朝下院走一边喊道："这大清早的，是谁在那里号丧哩？"当她走近一看是折老夫人时，忙赔着笑脸说，"噢，原来是大婶来啦！您来我家，咋不提前打个招呼呢，好让我们迎接您呀！"

"去，待一边去！我要找侯世耀理论。"折老夫人用拐棍拨开强月娥，拉着兰香继续往前走。

这时侯世耀戴顶圆毡帽，披了件黑大氅，拄着拐棍一瘸一拐地走来说："是婶子呀！我这不是来了吗。"

折老夫人一见到侯世耀，就用拐棍指着他，问道："世耀啊！你怎能让你的女人干喂猪这么重的活儿呢？"

还未等侯世耀回答，强月娥就抢先说："婶子啊！我这还不是为她好？"

"侄媳妇，我今格倒要听听，你是咋格为兰香好的？"折老夫人问。

强月娥脸上堆起笑，指着兰香说："婶子你看，她一个人闷在屋里都闷出病来了。我让她喂猪，是给她一个锻炼的机会，让她活动活动筋骨，对她的身体有好处啊！"

"哪里有这么锻炼人的？她一个瘦弱的女人，提着这么一大桶泔水，你提给我看看。"折老夫人说。

这时，喜梅愤怒地指着强月娥说："哼！你说得好听，你那么胖，为甚不去喂猪锻炼哩？你若是能这样锻炼，保证几天就能掉十几斤肥肉。"

"你……"强月娥指着喜梅，脸憋得通红，气得一时说不上话来。她本想发一顿淫威，但当着折老夫人的面不便发作，只得强咽了这口恶气。这时不断围上来的一些佣人，有的捂着嘴在偷笑，有的则暗自幸灾乐祸。

"喜梅，不得无理！"折老夫人制止着喜梅，继而转向侯世耀说，"我说世侄呀！你的德行咋就改不了？先前，你三天两头对兰香不是打就是骂，还几次险些要了她的命。尔格可倒好，你虽然不打她骂她了，可却又变着法儿折磨她，这不是造孽吗？你就不怕恶事做多了，老天爷惩罚你！"说着，她双手拄着拐棍狠狠地戳了戳地，然后继续说道，"世侄呀，你莫看兰香初进你侯府时是甚模样，她这么鲜嫩的一朵花，尔格被你们侯家糟蹋成甚了？你不心疼，我这老婆子还心疼哩！你要是不愿意要她，我们冯家要。"

"姓侯的，你就不是人，不是人！"喜梅早已忍不住哭出声来，指着侯世耀说。而此时侯世耀脸青一阵、紫一阵的，一句话也说不上来。

这时，折老夫人对着侯世耀继续说道："我说世侄呀！不论咋说，兰香尔格名义上还是你的女人，你这样对待她，就不怕世人戳你的脊梁骨？就不怕给你们的后人留下几世的骂名？"

也许是折老夫人的话语感化了他，也许是他的良心有所发现，只见侯世耀指着强月娥说："这都是那个瞎婆姨让这么干的。"

"怎么赖上我了？"强月娥显得非常委屈。

折老夫人说："不管是谁的主意。世耀，你打算往后还这样折磨她哩？还是……"

侯世耀忙说："婶子，我不再这样对她了。我若再这样对她，那我还是人吗？"

"这还像人说的话，但不知道你说的话算不算数？"折老夫人说。

"一定算数！"侯世耀又指着白长元说，"老白，从尔格起，你还喂你的猪，其他的就不用你干了。"长元听后立即应了一声。谁知强月娥却叹了口气哼了一声，随即一甩手，拧着肥胖的屁股离开了。

这时，侯世耀堆着笑脸说："婶子，您老难得来一趟。既然来了，就到窑里坐坐。"

折老夫人看了一眼侯世耀，说："世耀，你忙你的去吧。我已有些时日未见我的孙女了，若再不来看她，恐怕就见不上她了。所以，我要到兰香的屋里陪她拉拉话。"

侯世耀这才哈着腰，点着头说："是是是！那您老就陪她去拉话，我就不打扰了。"

折老夫人一摆手说："那你忙去吧！"随即，替兰香拍了拍身上的土，然后拉起兰香的手说，"走！到你屋里去。"之后，在喜梅的搀扶下朝兰香的东屋走去，徐妈、二姨太水仙也跟了过去。

一进屋，还未来得及脱去蓝大褂，兰香一下子搂住折老夫人委屈地哭了起来，惹得在场的人也都落了泪。折老夫人一边抚着兰香的背，一边替她擦着眼泪安慰道："兰儿，只要有奶奶在，他侯世耀就不敢再欺负你了。"

这时喜梅擦去眼泪，竖起大拇指说："奶奶，还是您厉害，几句话就把那胖婆姨降服了。"

"是啊！要不是您今格来，可怜的兰香还不知道遭罪遭到甚时哩？幸亏您老救了我的干女儿，我这里向老夫人说声谢了！"徐妈说。

水仙插话道："老夫人，您老不知道，我俩虽说是他的二姨太、三姨太，其实甚都不是。他们想怎样对待我们，就怎样对待我们，有时连个做下人的都不如。只是我逆顺惯了，倒未受多大的委屈。而兰香妹秉性倔强，不肯向他们服软低头，这才遭受了这么大的磨难，有时看着兰香妹子遭难，我心里也不好受，只是我人微言轻，只能干着急而无良方。"

折老夫人坐下后，说道："兰香是个命苦的孩子，阴差阳错地嫁到了侯府，没有过过一天好日子。幸亏遇到了徐妈这样的好心人，还有水仙侄媳妇，要不是有你们暗中疼着她、护着她，她也不会活到今天，我应该谢谢你俩才是哩！"

徐妈和水仙赶忙说："使不得，使不得！真正要感谢的人，是老夫人您！"

这时，兰香已缓过了气，跪倒在老夫人面前，含着泪说："这些年来，冯府和奶奶就是我的依靠，要是没有了冯府和奶奶，我早就不想活了。请受孙儿一拜！"说着，给折老夫人恭恭敬敬地磕了一个头。

折老夫人扶起兰香说："傻孩子，一家人何必这样。今后，再不许说死呀活呀的话。不为别的，就是为了江龙，你也要咬牙给我活下去！"她重新坐下后，继续说道，"兰儿呀！人活一世不容易，什么风浪都得经，什么路都得走，经不起风浪的人，就撑不起船，受不了磨难的人，就走不远路。记住，天上没有不散的云，地上没有翻不过去的山，只要坚持，什么坎都能迈过去。"

折老夫人的话，说得兰香心里敞亮了许多，也让徐妈和艾水仙钦佩不已，纷纷点头称是。

"奶奶您是谁呀？您就是当今的佘太君，这安宁县能有几个女人跟您老比的。"喜梅笑着得意地说。

"贫嘴，看我不打你！"折老夫人嗔怒地用拐棍敲了一下喜梅，喜梅做了一个鬼脸，藏到了兰香的身后，惹得其他人都笑了。

顷刻间，屋内一扫刚才郁闷伤感的气氛，转而传出从未有过的笑声。徐妈见时辰不早了，向二姨太递了一个眼色说："老夫人您常不来，就多陪兰香拉拉话，我们有事先走了。"

"好！那你们忙去吧，我陪兰儿拉会儿话。"折老夫人说着，起身将徐妈和水仙送出了屋。

徐妈和水仙走后，折老夫人让喜梅给兰香洗了脸、梳了头，又找了件加厚的上衣给她换上，整个人一下显得精神了许多。喜梅将兰香拉到梳妆台前坐下，对着镜子里的兰香说道："啧啧啧！你看，还是我兰香姐长得好看，跟一朵花儿似的。"兰香瞥了一眼镜中的自己，确实与昨日镜里的她判若两人，便红了脸说："喜妹子真会揶揄人，你看我似霜打的花儿一样蔫巴成甚了，哪有妹子你好看。"

就在喜梅为兰香梳洗时，折老夫人在思考着另一件事，这件事直接牵扯到兰香本人，也是她今天来的真正目的。

自上次给玉清相亲遭拒后，虽然失了她的面子丢了她的人，为此忠贤也打了玉清，但无奈玉清却非兰香不娶。她当时确实生了玉清的气，发誓不管玉清的事了，可生气归生气，该管的还要管。既然他心里一直放不下兰香，她就准备随了他的愿，虽说她老了，但她也不是那种不通情达理的人。然而，放开他们冯家的声誉和脸面不说，可兰香毕竟是有夫之人，要做成这件事，非得费一番周折不可，非得给他人一个交代不可。因此，经与儿子忠贤商议后，她决定先来给兰香说一声，征求一下她的意见。只要兰香同意了，她就可以直接找世耀让他休了兰香，这样冯家就能名正言顺地把兰香娶进门，她的重孙江龙，也就能随母进冯府了，这也算是一件两全其美的事。只要兰香这里没问题，至于侯世耀，不怕他不同意，因为她老婆子有的是办法对付他。

折老夫人今日进得府来，看到侯家这样虐待兰香，再联想到兰香这些年所受的苦难，说甚也要让她离开侯府，即使没有玉清这档子事，她也会把兰香救出苦海，回到自己的身边。然而如何向兰香提及此事，她已思谋了好几天，就怕倔强的兰香不同意，因为从上次她准备接兰香过去住几天遭拒的事，她就预感到事情并没有她想象得那么简单。但不管咋说，她今格也要说服兰香，让她脱离苦海。

见时辰不早了，折老夫人对喜梅说："喜儿，你到学堂接江龙去，他快放学了，我还要与你兰香姐说会儿话。"

"噢！奶奶。"喜梅应了一声出去了。其实她心里早就知道，奶奶这次来，是为了撮合玉清哥和兰香姐的事。

等喜梅一走，折老夫人招呼兰香坐到她的跟前来，然后拉着兰香的手说："兰儿呀！今格看到你在侯家遭受这么大的磨难，奶奶的心简直要碎了，说甚也不能让你再在这里待了，奶奶一定要把你救出来接回咱冯府去。"

"谢谢奶奶！我在这里已经习惯了，就不用麻烦奶奶了！"兰香说完，又咳嗽起来。

折老夫人赶紧给兰香捶着背，然后叹了一口气说："傻孩子，你看你都被他们糟蹋成甚了，再待下去真的要把命丢在这儿了。我的傻孙女，听奶奶的，奶奶一定会把你带回咱家的。"

"奶奶，这恐怕不行。再说，即使要走也不是那么容易的。"兰香失望地说。

见兰香的态度有所转变，折老夫人高兴地说："兰儿，这个不用你管，奶奶自有办法。"

兰香问道："奶奶，不知您有甚办法？"

折老夫人说："你玉清哥自回来后一直不愿意提亲成家，这都是因为他心里一直放不下你并且非你不娶。我也知道，这么些年来你心里也一直有他，我老婆子再古板，也要成全了你们，让你们一家三口团聚了。"见兰香没吱声，她又说道，"兰儿，只要你同意，我就让侯世耀休了你，然后我就风风光光地把你迎回咱冯府。"说完，望着兰香等待着她的回答。

其实，兰香何曾不是这样想的，能离开侯府回到玉清哥的身边，是她梦寐以求的事。她知道，玉清哥这些年一直孑然一身不愿相亲娶妻，并与他爹和奶奶闹翻，那都是因为他心里一直放不下自己，世上像他这样痴情重义的男子，恐怕再也找不出第二个来。为此，她无比感动。然而感动归感动，她与玉清哥已是不可能的事了。是她背叛了玉清哥先走了这一步，她对不起玉清哥。再则，这些年她已被侯家折磨得变了样，那个曾经如花似玉、样儿可人的兰香已不存在了。如今的她面容憔悴、惨不忍睹，因此她不能也不配成为他的妻子。她真心爱玉清哥，就应该让玉清哥另找一个比她更好看、更年轻的姑娘为妻，她应该成为他们的积极促成者，而不应成为他们的绊脚石。

兰香的这些想法，不是一时的冲动，而是发自内心的，只是这些想法，她一直没有机会向奶奶诉说，更没有机会当面对玉清哥倾诉。正好，今格借此机会，她要向奶奶如实道来，并通过奶奶转述给玉清哥，希望能得到奶奶和玉清哥的理解。于是，隔了好一阵，兰香才回奶奶的话说："奶奶，您和我玉清哥的好意我心领了，只是孙儿没有福气成为我玉清哥的人了，这也许就是命！"

"怎就没这福气了？什么命不命的，连我这老婆子也不信这个，你一个年轻人怎么也信起它来了？只要你敢于争取，命运就会握在自己手里，你说是不是？"折老夫人说。

兰香说："奶奶，您知道，是我先走了这一步。尔格，我的身子已不干净了，相貌也变得难看极了，我已不配做我玉清哥的人了。像我玉清哥这么好的人，应该另寻一个模样儿更好、心地更良善的女子才是。还请奶奶谅解孙儿的苦衷，烦请奶奶把我的意思转告给我玉清哥，让他彻底忘了我，免得误了他的终身大事。"

折老夫人听后，叹了一口气说："我说你这女子咋就这么犟哩！再说，你当初嫁给侯世耀，那是被逼无奈的，这个世人都知道，我们和玉清并不在意这个。再退一步讲，哪有那么现成的好姑娘哩？即便是有，你玉清哥也未必就愿意。"

兰香说："眼前就有一位现成的。"

"谁？"折老夫人疑惑地问。

"就是咱家的喜梅，你看合适不？"兰香说。

折老夫人一听，笑了一下说："兰儿，你这不是说胡话吗？她可是玉清的妹子哩。"

兰香按住胸口咳嗽了一阵，然后喘了一口气说："奶奶，这个我知道。喜儿只是我玉清哥的义妹，又不是亲妹妹，这个全镇的人都知道。再说了，喜梅不仅模样儿好看而且正直善良，又识得些文字，是我玉清哥的最佳人选。"

"可他俩毕竟以兄妹相称了这么些年，恐怕一时半会转不过这个弯来。"折老夫人说。

"这有甚转不过弯的。"兰香接着说，"奶奶，您没觉得，一提到我玉清哥，喜梅的眼神就不一样了，说明她心里早就有了这个意思。这些年，她一直不肯寻婆家，就是在等我玉清哥哩。"

兰香突然说出这样的话来，这让毫无思想准备的折老夫人一时转不过弯来，于是说道："啧啧啧！你咋越说越离谱了。尔格在说你和玉儿的事，你咋就扯到喜儿身上了。你就听奶奶一句劝，我们冯家不嫌弃你，只要你应了，剩下的事就好办了。"

兰香拉住奶奶的手说："奶奶，话虽这样说，可我不能一错再错。也许我的命不好，前边我已经对不住我玉清哥了，这往后我不能再做对不起他的事，您还是成全了我玉清哥和喜梅的婚事吧！"停了一下，她态度坚决地说，"奶奶，我意已决，您就不要再劝了。我今生不能做我玉清哥的女人，但只要能做他的妹妹和您老的孙儿，我就知足了。"

折老夫人终于明白，兰香不肯答应这门亲事的真实原因，不禁更加赏识她了。她不仅是一位有情有义的奇女子，而且还是一位设身处地为他人着想的好女人，只是这样的好女人，放在侯家如同一棵白菜让猪给糟蹋了。不行！说甚她也要把兰香救出来，不能让她再在侯府遭这份罪了。于是说道："兰儿啊！奶奶知道你的心思了，只是太委屈你了。"停了一下，又接着说，"兰儿，即使你做不了我的孙儿媳，但你仍是我的干孙女。走！我尔格就去找侯世耀，让他休了你，把你接回咱冯府去。"说着，拉着兰香就要去找侯世耀。

可是兰香却说："奶奶，您老不用去求他，只要有您和我玉清哥在，谅他也不敢把我怎么样。"

"兰儿呀，只是你受的这份罪，何时才是个头哩？"折老夫人叹息地说。

"奶奶，不用为我操心。我身边还有江龙在，日子也就不觉得苦。等我把江龙照看大了，我就把他的身世告诉他，然后再把他完完整整地交还冯府，我也就没甚牵挂的了。"

"兰儿，你真是奶奶的好孙女！"折老夫人一边感动地抹眼泪，一边搂住兰香说。

兰香扶着折老夫人说："奶奶，您先坐会儿。趁您来了，我给我玉清哥写封信。"说完就坐到书案前写起信来。不一会儿，信写好了，她将信叠好交与折老夫人说："奶奶，请您务必亲手把这信交给我玉清哥。"

折老夫人将信装好后说："兰儿，你就放心，我一定会亲手将信交与玉清的。"

正说着，喜梅接江龙回来了。只见江龙挎着书包，一蹦一跳地进了屋，一见到折老夫人，就甜甜地叫了声："老奶奶好！"

"好，好！"折老夫人一边用手按住江龙的肩，一边仔细地将他从头到脚打量了一番。眼前的小江龙，活脱脱就是二十多年前的小玉清，她一下将江龙揽在怀里，脸贴着江龙的头说："噢！我的小宝贝，多日不见又长高了，长得更帅了。"江龙此刻也乖乖地躺在折老夫人的怀里，一点儿也不认生。

看到江龙与折老夫人的那股亲热劲，兰香的心里不由得一阵发酸。她见时辰不早了，就从折老夫人怀里托起江龙说："奶奶，时辰不早了，您老就回吧，我就不留您了。"

折老夫人起身说："兰儿啊，你可要照顾好自己，奶奶一有空，就会过来看你的。记住，他们若是再敢欺负你，你就找人传话给我，看我过来咋收拾他们。"

兰香应了一声，对喜梅说："喜妹子，要照顾好奶奶。"

"知道了兰香姐，你也要照顾好自己。"喜梅临出门时，又转回身对兰香说，"兰香姐，不用怕他们，咱们冯家就是你的后盾！咱奶奶就是佘太君，我，就是那个抢烧火棍的丫头杨排风！"

喜梅的话把折老夫人逗乐了，假装嗔怒地对喜梅说："贫嘴！还不快回家，少在这里逞能。"

兰香这时却说："奶奶，请您一定不要忘了我说的话。"

"兰香姐，你给奶奶说甚话了？还不让我知道。"喜梅耐不住性子好奇地问。

折老夫人知道兰香说的甚，就有意避开话题对着喜梅说："这里没有你的事。"

正在这时，徐妈回来了，拦住折老夫人说："老夫人，都晌午了，我家主人让我留您在府里用饭哩。"

话音未落，只见侯世耀拄着拐杖，一瘸一拐地走过来说道："婶子，您老来了几次，连一顿饭也未吃过。今格说甚您老也要留下来吃顿饭，就算侄儿给您老认错赔不是了。"

"世侄呀！你把话都说到这份儿了，按理我应该留下来吃了饭再走。只是你家的饭菜太贵了，我可享受不起，只要你今后能给我兰香孙女赏一口饭吃，并不再作践欺负她，我也就谢你了。"折老夫人不软不硬、入情犀利的话，一下噎得侯世耀脸红脖子粗的说不出话来。折老夫人见状，缓了口气说道："世耀，可能我的话重了些，请你不要介意。要是你以后做的和你说的一样，那比请我吃十顿饭都强。不过，今格这顿饭你先记着，等我下次来再吃！"说完，拄着拐棍，在喜梅的搀扶下向大门口走去。

这些天来，安宁县城关于处斩真假匪首的议论，渐渐平息了下来，似乎一切都恢复了正常，然而对于知县同继洲来说，此事并没有过去。那天，当同继洲知道了姚大全的底细后，脊背直发冷，他敢背着自己偷梁换柱放了胡柴进等匪徒，说不定日后还会背着自己干出甚要命的事来。如今，他虽不能动他，但也绝不能再重用他，必须削弱他的权力重新起用一个可靠之人，不然他这个知县，就成了由他摆布的提线木偶了。

然而一连几天，同继洲也没有想出合适人选来，最后他竟将目光落在了玉清身上。因为现有人选中，大都是原府衙班底的人，他们与姚大全到底有多大的瓜葛他说不准。就说师爷俞振海吧，那天让他去叫了一趟姚大全，他回来的口气都变了，后来还一再为姚大全推责说情。还有那个捕快班头蒋卫朝，尽管他在自己跟前说了许多不利于姚大全的话，但他们私下里是否有勾结，他就不得而知了，何况抓放小偷流浪汉，别人是插不上手的，因此他们一个也靠不住。玉清就不同了，他性情耿直，又有几分书生气，肚子里没有那么多弯弯绕，更重要的是他来自乡下，跟县衙和城里人没有任何联系。就拿这次调他来县城执行任务来说，在那么特殊复杂的情况下，他尽职尽责，保证了城防和刑场的安全，要是当时把权力全交给姚大全一个人，还不知会发生甚事来，看来当时的决策是对的。经过一番思考后，他决定报请上峰将冯玉清升为从七品武都标统，将青龙镇民团营改编为安宁县标营，将驻县城的三十多个官兵交由玉清一并统领，全权负责全县的社会治安与县城的安全。至于姚大全，准备以他负责监狱失职，犯有不可推卸的责任为由，削其负责监狱的权力只让他负责县衙捕快一项事务。有了这些成熟的想法，他心里一下子轻松了许多，并找玉清吐露了拟委玉清以重任的想法，不管玉清同不同意，就先暂时任命玉清为安宁县标营标统。

对于玉清而言，虽然同继洲拟提携重用他，但这并没有改变他返回青龙镇的决心，尤其是一想到那天桐树底村那五颗血淋淋的人头和杨百中父子临刑前的那一幕，他非常内疚。后来城里有关真假匪首及幕后黑手的议论，更使他如坠云雾之中，久久不能平静。一想到这些，他觉得这里不是他待的地方，他必须离开这里回青龙镇，不能留下来稀里糊涂地让同继洲把他当枪使，于是他准备找个机会，再次向同继洲请辞。

然而还未等玉清再次向同继洲请辞时，县城却发生了一件震动全城的大事。

原来，姚大全在来县衙当差后，他那在家的四弟姚大发，便哭着闹着要跟他到县城闯天下，吃香的喝辣的，姚大全拗不过他的软磨硬泡，便将他带到了县城。这姚大发，低矮墩胖，紧锁的眉骨上没有一根眉毛，右眼和右嘴角向上歪斜着，就像用线吊起来一样。黝黑的脸上，堆满了一块块横肉，酷像一只癞皮狗，因而人们背地里都叫他癞皮狗。

这姚大发人不仅长得奇丑，而且满肚子的坏心眼，整天游手好闲、不务正业，在家里就不是一个省油安生的主。姚大全将他带到县城后，知道他不是一个受苦的人，又一字不识，最后就把他安排到一个酒馆当了一个跑堂的。可刚干了两天，这个姚大发就开始不安分了，不是粗喉咙大嗓门吓跑了客人，就是不把自个儿当外人，坐到客人桌上胡吃海喝，有时甚至将街上那些不三不四的人，请到酒馆好酒好肉地招待一顿，末了只记账不付费。掌柜的实在撑不住了，就要打发他，然而请神容易送神难，他又不是那么好打发的。掌柜的想报案，又惧于姚大全的淫威，最后好说歹说，给了他一些银两才将他打发了。

尝到甜头的癞皮狗，故技重演，主动跑到别的酒馆死皮赖脸地要给人家当伙计，人家不敢用他，只能给些银两打发了他。后来，姚大发又发现了一个来钱的路子，他发现苏吉贞和他手下的一些收税官，隔三岔五地到酒馆店铺借收税之机吃拿卡要，而那些掌柜的不敢得罪，挨了宰还得强赔笑脸；街上的混混也常到酒馆白吃白喝一顿，县衙的一些衙役和官兵也常到酒馆白吃白喝，完了不仅不付账还寻衅滋事。于是他灵机一动，纠集了六七个混混，自觉地担负起了这些酒馆店铺的"保护人"。他整天戴一副茶色石头镜，头戴黑西瓜皮帽，身穿紫袍短褂，手摇薄扇，在那群混混的簇拥下东家进西家出，若碰到那些吃白食和寻衅滋事的，他便亮明身份，吓得那些人便灰溜溜地走了。完了，掌柜的少不了要款待他们一顿，并送上一些银两。时间一长，他不满足了，就直接按酒馆店铺的大小、生意的好坏按月收起保护银来。一些老板起初不愿意交，他就暗中指使街道的混混进去捣乱，然后他再出面予以摆平，逼得那些老板不得不乖乖地交了保护银。

这样一来，姚大发不仅有了钱有了势，成了县城名副其实的一霸和黑社会老大。不过最近有一件事，姚大发可是玩大了，连他这个有钱有势的亲哥哥姚大全恐怕也救不了他。一天癞皮狗喝大了酒，摇摇晃晃走在街上，迎面碰上了城内钟姓一大户人家的四姨太张氏，他一见这个迷人的四姨太，便心生歹意，拦住人家的去路要非礼人家。跟随的一个混混提醒说："四爷，使不得，这是城南钟云章钟老爷的四姨太！"

"哼！甚钟老爷？老子就是县城的他大爷！"说完，一下子扑上去，就将那妇人压倒在地胡摸乱啃起来。这时，幸亏钟家几个家丁赶了来，一把抓起癞皮狗就是一顿暴揍，打得癞皮狗嗷嗷直叫，口眼更歪斜了。这癞皮狗哪受得了这个气，晚上就带了几个人在钟家后院放了一把火，烧了几间房逃之夭夭了，幸亏钟家人扑救及时才未造成大的损失。

这钟云章，是县城数一数二的富贵人家，在包头、山西、朔州及省城都有生意，在各衙门也都有一定的关系，连州县的官员都要敬他三分，自然这事就搁不下了。于是一怒之下，他便联络了城内几个有一定身份的人，向同知县告了一状，要求惩办癞皮狗，并捎带连他哥姚大全也告了。接状后，同继洲怕事情闹到上边于自己不利，就决定拘捕姚大发给钟家一个交代。但是派谁去拘拿姚大发呢？思来想去，就想到了玉清，于是同继洲即刻派人去叫玉清到县衙来。

这阵儿，玉清正想再次找同继洲谈及带队伍回青龙镇的事，见知县宣他，就快步来到了县衙。见了同继洲，还未开口，同继洲便对玉清说："冯标统，现有一个紧急公务需要你亲自去办。"接着，他便将缉拿姚大发和他所犯之事，向玉清简要地说了一遍。

玉清听后，直接说道："同大人，这缉拿凶犯的事，是姚大全和捕快班头蒋卫朝的事。"

同继洲说："这事牵扯到姚大全，所以他不能去，蒋卫朝又靠不住，所以这才请你出马的。"停了一下，又接着说道，"这个癞皮狗姚大发，横行街里、坏事干尽，不清除这个无赖难以平众怒，因此这事还得你亲自去不可。"

玉清原本就是一位疾恶如仇之人，见不得这种以强凌弱、祸害平民的市井恶人，更不惧怕姚大全的权势，于是未说甚就答应了。当他带人赶往姚大发住处时，不见癞皮狗在家，这时一个人告诉他，癞皮狗正在德富祥酒楼吃酒哩，玉清又立刻带人赶过去。一进酒楼，只见癞皮狗正若无其事地同一帮混混在吃酒，此时他一手端着酒碗，一手舞着，正在那里得意忘形地海吹。见玉清带了人来，立时警觉地瞪着眼，惊恐地问道："你你你！想干甚？"

玉清把拘捕令向姚大发眼前一展，厉声喝道："给我拿下！"两个军士立即上前捉拿姚大发。姚大发一看不妙，随手举起酒碗就向一军士砸去，随后一转身蹿上酒桌准备越窗逃跑。这时又有两名军士一跃上前抓住姚大发的腿，一把将他拽到地上压住绑了。

被绑了的姚大发，一边挣扎着，一边斜着眼叫道："你们吃了熊心豹子胆了，敢绑你大爷。你知道我……我是谁吗？说……说出来吓死你们！"

"你不就是姚千卫总的狗弟、癞皮狗姚大发吗？抓的就是你！"一军士说。

"知道了还不快、快放了我。放迟了，有你们好、好看的！"姚大发歪着头叫喊着。

玉清大声说道："少废话，给我带走！"随即几个军士便押了癞皮狗往外走去。

这下癞皮狗可急了，坠着屁股不肯走，并朝愣在一旁的混混骂道："狗日的，还不快给老爷上！"那几个混混这才虚张声势地上前欲救癞皮狗。

玉清立即抽出刀，喝道："还不快给我退下！谁敢上前，一律给我拿下！"那十几个军士立即摆开阵势亮出了刀，那几个混混立时吓得一扭头，挖奔子跑出了酒馆。

姚大发被押到县衙大堂后，仍然蹩跳着，并大声喊叫道："你们凭甚抓我？我要见我哥！我要见我哥！"

同继洲见姚大发还这样嚣张，勃然大怒，大声喝道："癞皮狗姚大发，你藐视王法、咆哮公堂，给我大刑伺候！"随着话音，几个衙役上前将姚大发按倒在地，抡起杀威棒就是一顿杖责，打得他哭爹喊娘连连求饶。

正在这时，姚大全闻讯赶来了。一见这阵势，立即上前对同继洲说："同大人，不知小弟所犯何事？"

同继洲把诉状往地上一扔，说道："自己拿去看！"

姚大全拾起地上的诉状瞥了一眼，然后说道："同大人，这事不一定属实。小弟平时做事虽有点儿出格，但他绝不会干出这种荒唐的事来，还请大人明察！"

姚大发一见他哥来了，立即干号道："哥啊！我冤枉。他们平白无故地抓我，还打我，我冤枉啊！"

姚大全环顾了一下四周，问道："是谁抓的你？"

"是我抓的他！"玉清说。

姚大全立即上前，指着玉清愤愤地说："姓冯的，我与你前世无冤、后世无仇，你为甚在我背后捅刀子。有本事就直接冲我来，何必拿我弟出气！"

玉清一听，正要与他理论，却被同继洲制止了，只听他大声说道："不关冯标统的事，是我让抓的！"停了一下，继续说道，"姚千卫总，你作为长兄，不严加管教你弟，却纵容他胡作非为，竟敢在光天化日下调戏钟家四姨太，还放火烧了人家的房屋，像你弟这样的人不该抓吗？这件事已经在县城引起了很大的民愤，钟家和县城许多人已联名告到了县衙，而且连你也告了。你说，我作为一县的父母官，不能不给这些人一个交代吧？"

姚大全听后，辩解道："同大人，我弟在县城犯浑不假，但他绝不会干出放火烧人家房屋的事来，这一定是有人栽赃陷害。请大人给我时间，我一定查清事实真相，给大人一个满意的交代！"

同继洲冷冷地说道："这就不劳你大驾了，我已派人查清楚了。这次不仅要治你弟的罪，你也要受到惩戒。"随后，又指着姚大全说道，"你作为负责县城及社会治安的千卫总，不为朝廷效力、替本知县分忧，却纵容你弟扰民作恶，犯有失职包庇之罪，因此本县不得不秉公执法。从今日起，暂停你的所有职务，回家反省去吧！"说完后朝左右喊道，"来人，摘取他的顶戴花翎！"两个衙役立即上前，摘取了姚大全头上的花翎。

对于姚大全而言，同继洲上次并未为难他，这让他心生感激之情。不过，此后他变得谨慎小心起来，生怕有甚新的把柄落到同继洲手里，就没有上次那么幸运了。于是他这一晌也断了与城中"王记祥"酒馆的联系，然而他怕甚就来甚，在这节骨眼上又出了这档子事。他一听说四弟被抓了，就立马想替其弟开脱，没想到同继洲还是借故降了他的罪、撤了他的职。于是，他急切地叫嚷道："同大人，您不能这样对我。请大人明察，还我一个清白！"癞皮狗一看大哥也被治了罪，一下子瘫软地坐在了地上。

这时，俞振海上前对姚大全说："姚千卫总，同大人这也是为你好，就请先委屈一下。再说，同大人正在气头上，等过了这阵你再申辩不迟，就请先回吧！"他一边说着，一边向姚大全递着眼色，姚大全也就不再嚷叫了。

这时，只听同继洲向左右喝道："来人！给我把姚大发押入大牢，听候发落。退堂！"说罢，就拂袖而去。

不出一阵工夫，冯标统抓了癞皮狗的消息很快就在县城传开了，人们奔走相告，高兴不已。有的店铺酒馆前，还不时响起了震耳欲聋的鞭炮声，以庆贺冯玉清为民除害，并有几家商铺联合起来，赶制了一块写着"为民除害，包拯再世"的牌匾，敲锣打鼓地送到了民团营驻地。

同继洲抓了癞皮狗、免了姚大全的职后，立即向上写了报告，请求任命玉清为县标营标统，不几日上峰的正式批复就下来了。这样，玉清的民团营和县城的官兵，即改编为安宁县标营，玉清也正式成了第一任标统。

就在人们沉浸在抓了癞皮狗姚大发的喜悦之中时，被停了职回家反省的姚大全此时心里却不是一番滋味。这些天来，他把停职和小弟被抓的仇恨，全记在了玉清的头上，因为自玉清和他的民团营被调来县城后，他明显感到同继洲不再像以前那样信任和重用他了。他先是削弱了自己的权力，这次又借他四弟的事干脆把他一撸到底，紧接着又给玉清加官晋爵，这显然是要弃他而倚重姓冯的了。姚大全一想到这里，就恨得咬牙切齿，算是跟玉清结下了死梁子。可恨归恨，怎样才能扳倒他而东山再起，一时还想不出好法子来。

就在姚大全坐卧不宁、无计可施之时，俞振海却前来看望姚大全了。姚大全一见俞振海，立刻动情地说："俞兄，你能在这时看我，简直让我感动得要落泪了。你看，我尔格官也丢了，小弟也被抓了，这可咋办哩？"

俞振海拍着姚大全的肩说："姚老弟，快别这样说了，咱俩是甚关系？我若不来看你，那还算人吗？至于老弟和大发弟的事好说，没有过不去的火焰山。"

听了俞振海的话，姚大全更是感动地说："俞兄，真是危困知朋友、患难见真情，看来我姚某没有白交俞兄一场。"随后接着说道，"俞兄，我这次被免职和小弟被抓的事，都是姓冯的使的坏，这分明是要整倒我取而代之，这往后哪还有咱兄弟的活路。"

俞振海喝了一口茶，不紧不慢地说道："咱先不说是谁使的坏，先说说你和你弟的事咋格收场哩。"

"我正为这事犯愁哩！有甚好办法，还请俞兄给小弟指点一二。"姚大全望着俞振海说。

俞振海停了一下，胸有成竹地说："我看，要解这个套，只有釜底抽薪才能破题。"

这时姚大全婆姨端上了酒菜，姚大全给俞振海斟满了酒，催促道："咋价格釜底抽薪？请老兄快讲。"

俞振海喝了一口酒，这才慢条斯理地说道："你看，四弟干的事也不算个甚。他虽对钟老爷的四姨太无礼了，但并未造成事实，而是酒后的一种失态。至于纵火一事，那是一时糊涂所为，不就是烧了两间房子嘛，而且又没造成人员伤亡和大的财产损失，并不是多大的事。依我看，你应该主动给人家赔情道歉，再主动将责任揽到你身上，求得人家的谅解。比如抓你弟、停你职的事，就说是你让抓的，是你主动引咎辞职的，不得已你再破费一点赔人家一些损失，之后再求他们撤了诉状。这样，同知县就不会为难了，我再从中替老弟说说情，用不了多久，你不但会官复原职，同知县也会放了你弟的。不知此计怎样？"

姚大全一听，立即高兴地说："能行，能行！你真是我的大救星，这让我咋谢你哩！"说着，端起酒，"来！小弟敬你一杯。"便一仰脖子干了。

俞振海也喝了酒说："老弟，咱俩谁跟谁？在老弟危难之时，我不想办法救你谁救你哩！"

姚大全感动得都快要哭了，抽泣着说道："俞兄，你真是我的大恩人。就照俞兄说的办。"接着又说道，"俞兄，你说，对于那个不食人间烟火的冯玉清咋办？怎样才能整倒他，出了我这口恶气！"

此时，这个老奸巨猾的俞振海却一笑，说道："那是你俩的私人恩怨，我不便掺和。要我说，人以和为贵，得饶人处且饶人。他如今已升为县标营标统了，这往后，你俩毕竟还要在一块共事哩，到时不能说我没提醒过你。"

姚大全忙会意地笑着说："俞兄批评得对，我记住了。"

可他却在心里暗自骂道："老滑头，你不干，我一个人去干，不信整不倒他。"

就这样，姚大全、俞振海俩人喝了大半天酒。末了，姚大全不忘塞给俞振海二十两感谢银，俞振海假装推辞了一番，便揣上银两，酒足饭饱地离开了。

玉清离开青龙镇已一个多月了，折老夫人除想孙儿外，还有一个重要的事情让她放心不下，就是玉清的婚姻大事。自她从侯府回来后，她知道让兰香和玉清婚配已是不可能的事了，但为玉清另找一个称心如意的姑娘又谈何容易。对于孙女喜梅，她不是没考虑过，只是觉得他俩从小就以兄妹相称，让他俩婚配怕不合适，更重要的是怕世人说闲话。可是经兰香这么一说，也觉得不无道理，尽管他们是兄妹，但喜儿是玉清捡来的，这镇上的人都知道，她认为镇上的人不会有过多议论的。这喜儿是她看着长大的，人品和性格都没的说，如今已长成了十七八的大姑娘了，论长相就更没的挑。前几年，给她寻婆家她死活不肯，难不成她心里早就有了玉清？怪不得每当提及玉清时，她的表情都变了。折老夫人越想越觉得他俩再合适不过了，若能促成此事，这两个小冤家的事情不就都解决了吗，免得她成天为他俩的事犯愁。她想好后，就把此事告诉了儿子忠贤，起初忠贤也觉得不合适，但在她的解释下最后也同意了。事不迟疑，接下来就看喜儿的了，折老夫人决定先探探喜儿的态度再说。于是，一天晚饭后喜梅服侍她准备就寝时，她留住喜梅说："喜儿过来！奶奶跟你拉个事。"

喜梅坐到奶奶身边，问："奶奶，有甚事哩？"

折老夫人说："喜儿，你个人的事情咋办哩？还准备拖到甚时哩？"

喜梅咯咯一笑说："奶奶，您咋又提这事了，我不是早就对您说过，我不寻婆家吗？"

"又说胡话了。女人哪有不寻婆家的？再不抓紧，可就真嫁不出去了。"折老夫人点了一下喜梅的额头说。

喜梅噘起小樱桃嘴，撒娇地说："人家就是不寻嘛，我要陪奶奶一辈子。"

折老夫人生气地说："你哪能陪我一辈子，如果我死了哩？"

"如果您……"喜梅险些将死字蹦出来，忙做了一个鬼脸改口说，"如果奶奶仙逝了，我再嫁人。"

"你这不是盼我早死吗？"折老夫人故意拉下脸说。

喜梅慌忙摆着手解释道："不不不！我不是这个意思。"

"那是甚意思？"折老夫人盯着喜梅问。

"我是说，我尔格还未遇到合适的。"喜梅害羞地进一步解释说。

折老夫人"扑哧"一声笑出来，随后说道："看看看！小狐狸尾巴终于露出来了。"

"奶奶欺负人，奶奶欺负人！"喜梅红着脸，摇着奶奶的手说。

"别闹了，别闹了！这里就有一个现成的，就看你愿不愿意了。"折老夫人一本正经地说。

"您说的是谁？"喜梅望着奶奶问。

老夫人说："他远在天边，近在眼前。他不是别人，就是你玉清哥。"

喜梅一听，脸"唰"一下红了，然后说："奶奶，您是不是老糊涂啦，他可是我的亲哥呀！"

折老夫人认真地说："这个我知道，我又没老糊涂。你俩本就不是亲的，又无血缘关系，咋就不行？"

"这样人家会笑话的。"喜梅望了一眼奶奶说。

折老夫人说："这有甚笑话的。镇上人都知道，你是我那年从街上领养回来的，如今你俩结为夫妻，那是天经地义的，有甚怕的。"

"可是，我玉清哥还等着我兰香姐哩！"喜梅说。

"这个我知道。尔格兰香并不想回到咱冯家来，还是她向奶奶提说了你。只要你愿意，奶奶就给你俩撮合这事。"

停了一会儿，喜梅终于害羞地点了点头，然后低下头沉默不语了。其实在她的心里，早就盼望着这一天的到来。虽说她从骨子里爱着玉清哥，只是顾忌玉清哥割舍不下兰香姐，而兰香姐更是放不下玉清哥，她再怎样有想法也不能横插一杠子，即便是误了自己的终身大事，她也不能做出这种丧良心的事来，更不能为了自己而伤了别人的心。尔格兰香姐有了态度，想必自有她的道理，这下她就不会再有顾虑了，况且奶奶和兰香姐也都是这个意思。这事如果能随了她的心愿，她一定会百般地疼爱玉清哥，使他不再活在无休止的痛苦中，然而这件事不知玉清哥是甚态度？这不免又使她担心起来。

在得到了喜梅的确信后，折老夫人便要急着见玉清，但又怕他借口公务忙不肯回来。于是，她就假装有病，让人往县城捎了口讯，让玉清尽快回来看她。

县城暂时风平浪静，玉清时刻都想带队伍回青龙镇，恰在这时接到了奶奶有病的消息，即刻来到县衙找同知县说明了来意。

同继洲本不想让玉清走，但又考虑到他奶奶有病也就同意了。他对玉清说："你奶奶有病，她也想孙儿这是人之常情，我准了你的假。"

玉清说："同大人，尔格县城也没多大的事了，我想带队伍回青龙镇，以减轻大人的负担。"

一提到要带队伍回青龙镇，同继洲显得有些不高兴了，就说："冯标统，县城目前并不太平，周围山系的土匪随时都有攻打县城的可能，我不得不防。你身为县标营标统，应该顾全大局才是，不能只想着青龙镇。再说，这百十来号人，本知县还是能供养起，这就不劳你操心了。"停了一下，他又说道，"冯标统，是不是我哪里怠慢你了，或克扣了军饷，使得你三番五次地要带队伍走？"

玉清听后赶忙说："不是，不是的！你听我解释……"

玉清还想再说甚，但却被同继洲制止了，说："既然不是，那你就安心在这里待着。常言道，养兵千日，用兵一时，说不定哪天就是你带兵抗敌之时、建功立业之日。"未等玉清说话，他又继续说道，"冯标统，当下你先回去看你奶奶要紧，再说你来县城有些时日了，也该回趟青龙镇了。"

同继洲这一番入情入理、体贴入微的大道理，自然使玉清无话可说，只能悻悻而别。在他即将出屋时，同继洲又叮嘱道："冯标统，你这次回青龙镇，可在家多待些时日、多陪陪家人，这里要是有事，我会派人通知你的。回去时，请代我向家人及你奶奶问好。"在玉清准备转身离开时，他又说道，"回去时，带上几个卫兵，路上也安全一些。"

玉清说了声："谢谢大人的关心。"之后便告辞出了县府。他回到标营后，把这里的军务全盘托付给了玉春和德山，只带了两个亲兵就急匆匆地回了青龙镇。

回到青龙镇，玉清见过父母后，就直接去了奶奶屋。一进屋，见奶奶正和喜梅拉话，就急切地问道："奶奶，您哪里不舒服？咋不早告诉孙儿哩？"

一见玉清，折老夫人自是高兴，但却故意显出不高兴的神情说："你尔格是个大忙人，我哪敢打扰你。"

"奶奶，您说哪里话，我时常惦记着奶奶。这不，我一接到信，就立马赶了回来。"说着，拉着奶奶的手说，"您要是有病，就得赶紧看。镇上不行，我就带您去县城，找最好的大夫。"

"这才像我的孙儿，算奶奶没白疼你。"停了一下，折老夫人说，"玉儿，其实奶奶身体没有病，是心病。"

玉清奇怪地问："奶奶，您得了甚心病？"

折老夫人说："得了想孙子的病。咋价，这个病不能得？"

玉清一听奶奶没有病，这才放下心来，然后笑着说："能得，能得！"说得折老夫人也笑了起来。

自从一见到玉清，喜梅的心便"嗵嗵"地跳个不停，脸也烧得滚烫，也不敢正眼看他，这种感觉可是从未有过的。在玉清哥和奶奶拉话期间，她的心跳才有所缓和，这时她怯生生地说："哥，你回来啦！还没吃饭吧？我给你弄饭去。"说着，就要转身离去。

这时，玉清却说："喜梅，不忙。多时不见，你咋连称呼都变了，不叫玉清哥了，直接叫成了哥，不过这样更好，倒显得更亲了。"喜梅的脸一下羞得通红，可玉清却未察觉，仍继续说道，"喜梅，我多时不在，你常服侍爹娘和奶奶，辛苦了！"

喜梅避开玉清的眼睛，红着脸不自在地回道："都是自家人，没甚辛苦的。"

这时，折老夫人注意到了喜梅表情的细微变化，对喜梅说："喜儿，你哥还没有吃饭，你去厨房帮王妈给你玉清哥弄饭去。"喜梅应了一声，赶紧低着头去了。

喜梅出去后，折老夫人对玉清说："玉儿，奶奶这次叫你回来，是有事对你说。"

"奶奶，有甚话，咋还这么急？"玉清说。

"甚话？还不是你个人的婚姻大事。"折老夫人说。

玉清一听，责怪地说："奶奶，我还当甚急事哩？这事，我不早就对奶奶说过了吗，暂不考虑吗。"

折老夫人对着玉清说："小子！你是不是还放不下兰香？"

"奶奶，您这不是明知故问吗。我今生今世，非兰香不娶。"玉清显得不高兴地说。

折老夫人说："这事，我前一晌去过侯府问过兰香了，她本人不同意。"

玉清听后一怔，说："不可能吧？奶奶，您是不是在骗我？"

"谁骗你了。不信，你自己拿上看去！"折老夫人说着，将兰香的信塞给了玉清。

玉清连忙打开信，只见上面写着：

玉兄钧鉴，见信如见人：

你我自幼青梅竹马、两小无猜，本应成为一对恩爱的夫妻，但苍天无情，活活拆散了我们的美好姻缘，使得我们天各一方，生死未知。这些年来，每念及玉兄，便心如刀绞、夜不能寐，终日以泪洗面。天涯之大，不知兄在何处？我曾梦里寻君千百度，曾入鬼门欲轻生……自兄死里逃生，重现故地，令我欣喜若狂，情不能控。然，愚妹今已成他人之妻，已不再是清白之身，断不值为兄如此错爱，更不配与兄再续良缘，因而还请玉兄另择佳偶，免误终身，也可了却妹之牵挂。

今顺便相告一事：江龙乃你之亲骨肉，甚为幸焉！今我仍需用心呵护培养，待他再长大点懂事后，定将他完璧归赵，我也就再无遗憾。

顺致问候，勿念！兰。

今有一小诗相赠：

春别

春去花谢不忍睹，空留残枝鸟语消。

劝君莫惜旧时兰，天下何处无芳草。

玉清展信一连看了几遍，不觉眼圈发红，哽咽难语，都甚时了，她还在为他着想，世间难有这么重情重义的女子，不枉他们相识相爱了一回。她的信虽短，但字字显露真情，句句贴腹暖心，尤其她最后的《春别》诗，更加催人泪下。不行！这回他得向侯世耀摊牌，说甚也要把兰香救出苦海。想到这里，玉清立即要动身前往侯府去。

折老夫人见玉清要出门，就惊奇地问道："你要到哪里去？"

"我找侯世耀去，求他把兰香还给我。"玉清边回答边往外走。

"回来！混账东西，你给我坐下！"折老夫人怒喝道。

见奶奶动了怒，玉清才回身坐了下来。只听奶奶说道："你当你是去讨要东西那么简单？你是去要一个大活人。尔格兰香不愿意，若侯世耀再不同意休她，我看你咋办？你这样冒冒失失地到侯家去，这不是私闯民宅、骚扰人家有夫之妇吗？看人家不打断你的腿！"

"他敢！"玉清一瞪眼说。

"他不敢，看我敢不敢！"折老夫人说着，抓起炕边的拐棍就去敲打玉清，玉清一趔身子躲开了。这时，折夫人缓和了口气说："孙儿呀！事情已经到了这一步，你就认命吧。兰香的事不成，咱们还得接着往前走，总不能在一棵树上吊死。噢！对了，兰香就给你介绍了一个人，我看挺合适的。"

"谁？"玉清抬起头问。

"就是咱家喜梅。"折老夫人说。

玉清简直不敢相信自己的耳朵，惊愕地说道："喜梅？奶奶，您没吃糊涂药吧？他可是我的妹子呀！"

折老夫人一本正经地说："奶奶又没老糊涂到这种地步，哪能不知道？喜梅小时是你给我捡回来的，又不是你的亲妹子，咋就不行？论长相、论人品，哪里配不上你？"

"这我知道。喜梅尽管是我们收养的，可我们从小生活在一起，在我的心里，她可比我的亲妹子还要亲，我哪能娶她哩？不成，万万不成！"玉清连连摇着头。

"你是怕世人说闲话？还是压根儿就没看上她？"折老夫人问。

直到这时，玉清才明白奶奶急着叫他回来是为了何事，怪不得刚才看喜梅的表情有些反常，原来是为了这事。于是说道："奶奶，都不是，而是我俩根本就不可能在一起。"

"就没有商量的余地了？"折老夫人望着玉清问。

玉清断然地说："奶奶，这不是商量不商量的事。从道义上讲，就不应该这样想。"玉清觉得这事太突然了，他根本没有思想准备，其次从情义上讲，他怎么能娶自小就与他兄妹相称的妹子哩。更重要的是，兰香已在他的心里生了根、发了芽，任谁也取代不了兰香在他心中的位置。他相信，他们总会有走到一起的那一天，即使现在不能，他也愿意等，哪怕等到白了头也心甘情愿。

折老夫人见玉清态度如此坚决，也就不好再说甚了，她又陷入了无尽的愁肠中。这时，喜梅怀着志忑不安的心情进来了，看到俩人的神情，心又开始"扑通"乱跳了起来，又装作若无其事地对奶奶说："奶奶，给我玉清哥的饭备好了。"接着又转向玉清说，"哥，饭好了。你一定饿坏了吧？"

玉清不好意思地望了喜梅一眼，赶紧将目光移开说："不用了，我得先去趟驿镇所，看一下留守的民团营弟兄去。"说着，起身就要往外走。

这时，折老夫人长叹了一口气，说："让他去吧！即使留下了他的人，也留不住他的心。"

自打喜梅一进屋，从奶奶和玉清哥的表情，她就知道了结果。这也是她早就预料到的，好在奶奶没有当着他俩的面说出来，要不然多尴尬，恐怕他们连兄妹也做不成了。不过从这件事看，像玉清哥这样痴情重义的男人世间少有，她即使没有这个福分成为他的女人，但却有幸成为他的妹妹，只要她一生遇不到自己心动的男人，她就愿这样默默地陪他一辈子、爱他一辈子。于是，她装着甚事也未发生过似的，平静地劝道："玉清哥，饭菜都准备好了，还是吃了饭再走吧，不然奶奶会生气的。"玉清见状，只好跟上喜梅去了。

玉清还未吃完饭，冬生、玉文、德洲、德江等闻讯赶了来。冬生一见玉清，一下抱住他说："玉清，你可回来啦，这几个月来可想死我啦！"

玉清擂了一拳冬生，也笑着说："我也一样想你们。"之后，玉清把他带队伍去县城后所领受的任务、同知县处斩人犯和成立县标营，以及他三番五次要求带队伍回青龙镇的经过，向他们叙说了一遍。

冬生听后说道："这个狗县官，喜怒无常、滥杀无辜，咱可不能被他们当枪使。我看，你还是把咱们民团营二百个兄弟尽快拉回来，好好干咱们的事，免得受他们的摆布受窝囊气。"其他人也附和着，要玉清把队伍拉回来。

玉清说："我也是这样考虑的。不过，这事不能操之过急，得容我找一个合适的理由再说。"接着问道，"表哥，我走后，家里没出甚事吧？"

冬生回答说："这半年来，镇内无甚事发生，也未见东山、北山的土匪有甚异常行动，队伍训练也正常。只是大伙觉得无事可做，训练有所松懈，一些人就成天嚷嚷着要去县城加入你的县标营效力，再这样下去，队伍怕是要散架了。"

玉清听后，觉得是时候考虑民团营和标营下一步的打算了，就对冬生他们说道："我这次回来，一是想家、想你们；二是要与你们商议，我们下一步的打算。"说完，便同冬生他们一同去了驿镇所。

玉清和冬生他们一回到驿镇所，先去拜望了驿丞田福学。田福学一见玉清，高兴地说："玉清，你可回来啦！你若再不回来，我可要去县衙向同知县要人了！"

"我这不是回来了嘛。有甚事，田大人尽管吩咐就是了。"玉清望着田福学说。

田福学说："当下，确有一要紧的事需要你处理。"停了一下说道，"事情是这样的。西寨乡麻子街，有一姓卢的七兄弟，他们仗着人多势众，长期横行乡里，称霸一方，无人敢言。最近，卢家老四卢艾全，借故强占了同街温彦昌的一处房产，并持菜刀砍伤了受害人，其他卢姓兄弟又将其两个儿子毒打了一顿，已六旬的温彦昌便于第二天气绝身亡。温家人不服，便告到了我这里，要求为他们申冤。对于卢氏兄弟的恶行，我早就忍无可忍了，正好借此机会对他们予以打击，伸张正义。这下你回来了，你看我们何时行动？"

等田福学说完，玉清便怒不可遏地说道："田驿丞，我们当初成立民团营，就是为了除暴平乱、保境安民的，岂容这些恶霸横行乡里，祸害百姓。田大人，这事你就交给我，等我安顿好了民团营的事，就率民团营去擒了卢氏凶犯。"

"有你这句话，我就放心了。"田福学说完，又和玉清等人商议了一些其他事情，之后玉清他们便回了民团营驻地。

第十六章　俞师爷献计借匪力
　　　　　　姚千总假胜官复位

　　第二天天刚亮，随着嘹亮的角号声，玉清便全副武装地出现在校场上。民团营的军士，一看到他们的主帅回来了，便呼啦一下围了上来问长问短，玉清也和他们热情地打了招呼。之后，待冬生整理好了队伍，只见玉清向大家问了一声好，随即说道："弟兄们，我们青龙镇民团营是咱安宁县，乃至整个陕北第一个成立的地方武装。我们的目的和主要任务是剿匪平乱、保境安民，自我们民团营成立以来，虽然在剿匪中取得了一些小胜利，但并未遇到大的战事，一些土匪盗贼还在继续作乱、祸害百姓。如咱县东山最大的匪首东北虎黄龙彪、北山土匪钻天豹周万昌，加起来有三四百之众，这些土匪不除，咱青龙镇、安宁县乃至整个陕北都不会太平。因此，我们的任务还很重，要担负起剿匪平乱、保境安民的重任，就得加强训练，提高杀敌本领，绝不能有厌战厌训的情绪，否则就不配做我青龙镇民团营的将士！你们对训练有没有信心？"

　　玉清慷慨激昂的一番话，一下子点燃了大家的情绪，只听大伙齐声回道："有信心，有信心！"随即，玉清对他们的训练又提出了一些新的具体要求，而后在玉清的亲自参与下，民团营的训练又如火如荼地开展起来。

　　第二天，玉清决定带队伍去执行除黑擒凶任务。当民团营的众兄弟知道后，都争先恐后地报名前往，最后玉清只挑选了三十多人随他和冬生悄悄地出发了。

　　当队伍快到麻子街时，玉清让队伍偃旗息鼓，在距街不远处等待命令，仅带了十余人徒步进了街。在问清了卢四的住处后，便径直去了卢四家。

　　卢艾全正在家，当他听说官兵前来捉拿他欲外逃时，玉清已带人进了院子。卢四一看跑不了了，就提了一把菜刀跑出屋，指着玉清嚷道："你们想干甚？"

　　"你是卢四卢艾全吗？"玉清大声问。

"老子就是卢四，你要干甚？"卢四凶狠地说。

玉清大声喝道："卢四，你横行乡里，欺压百姓，行凶砍人，罪不容赦！"随即对身后的团丁喊道，"给我拿下！"

"谁敢上前，我就一刀砍了谁！"卢四一手举着菜刀，一手指着欲上前捉拿他的团丁叫喊着。

那几个团丁看到眼前的卢四五大三粗、跟个凶神恶煞似的，一个个面面相觑，不敢上前。

这时，只见玉清挺身向前，指着卢四说道："大胆恶徒，还不认罪服法！"

谁知卢四"咿呀"大叫一声，举刀就朝玉清的面门砍来。只见玉清一闪身躲过了菜刀，随即飞起一脚将卢四踢倒在地。就在卢四即将爬起再次挥刀砍向玉清时，玉清一把抓住卢四握刀的右手腕一用力，只听卢四疼得叫喊了一声，菜刀"哐当"一声掉在了地上。接着，玉清一脚将他踩在地上，那几个团丁这才一拥而上将他绑了。

就在玉清押着卢四刚出院门时，卢家六兄弟鼓动了八九十个不明真相的街邻，手持棍棒、拦住了去路。只见为首的卢家老大卢艾娃，指着玉清说道："凭甚抓人？还不快把人放了。"

玉清抽出刀，大声说道："我们抓他，自有抓他的道理，你们都给我让开！若不让开，一律按妨碍公务论处！"

谁知卢家老大一声冷笑，说道："你也不打听打听我们是谁？竟敢在虎口里拔牙！识相的，就赶紧把人给我放了，否则，你们几个也休想走出麻子街一步！"看来，他仗着人多势众，根本就没把玉清他们放在眼里。

"我再重申一遍，我们是在执行公务，赶快给我让开！"玉清威严地说。

"哼！没那么容易。"卢家老大随即高声喊道，"众兄弟，给我上！"

随着喊声，卢家六兄弟手持家伙在前冲了上来，后边的人也呐喊着一齐逼了来。玉清回头喊了声："吹号！"随后，迎着卢家兄弟就冲了上去。只见他用刀背左挡右砍，早就把冲在最前边的卢家老六、老七撂翻在地爬不起来，几个团丁上前又把两人绑了。这时玉清举刀怒吼道："谁再敢上前，一齐抓了坐牢！"

卢家兄弟和围拢上来的一群人，被玉清的身手和气势吓住了，便纷纷向后退去。然而卢家老大，看到玉清一下子抓了他家三个兄弟，便朝后大声喊叫道："乡亲们，官家欺负百姓，咱们跟他们拼了！"

还未等他带人再次冲向前时，街外听见号角的众兄弟，在冬生的带领下早已冲进了街，将这群人团团围了起来，并一齐大声喊道："放下凶器！"被围的人回头一看，一下子不知从哪里冒出了这么多官兵，哪里还敢往前，纷纷丢掉手中的家伙往后退去。

这时，玉清指着卢家老大喝道："给我把他拿下！几个团丁立即上前将他绑了。此时，卢家老大像霜打的茄子一样蔫了，剩余的其他三个兄弟，也只能眼睁睁地看着玉清将他们四个兄弟押出了街。"

玉清带着队伍，押着卢家四兄弟，赶天黑前就回到了青龙镇。还和上次一样，田福学早就带了人在街镇口迎候了。

当晚，玉清和田福学就对卢家四兄弟进行了审讯。之后决定，将行凶的卢艾全一人，押往县衙交由同知县处置。于是，田福学连夜就向同继洲写了公函，于第二天派人将卢艾全押往了县城。对于卢氏其他三兄弟，在他们低头认罪，愿意退还霸占温家房产并为受害人赔偿一定费用的情况下，将他们当场予以释放。

在处理完麻子街卢氏兄弟的事后，玉清决定暂且留下来，帮冬生搞好青龙镇民团的训练，然后再设法调回县城那二百多兄弟，这样他就能率领民团营剿灭县域内东山、北山的土匪，还地方安宁。当他把自己的打算和想法告诉田福学和冬生、玉文后，得到了大家的赞同与支持，于是，玉清每天又忙于民团营的训练。

队伍进入正常训练后，玉清才有了空闲时间，考虑起他和兰香的事来。看来，让兰香和江龙在短时间内回到自己身边已是不可能的事，从兰香来信与末尾的那首诗，就可以看出她的良苦用心了。她越是这样待他，他就越是放下兰香，今生他非她不娶，为此他愿意等，哪怕等到白了头也无怨无悔。然而他越是这样想，就越是想见到兰香，把他心中的想法一股脑儿地告诉她。可他们虽近在咫尺，却如同远隔天涯，他每天经过侯府门前时，多么希望能看到兰香的身影，哪怕看一眼也行。可是，每次的企盼，都变成失望，他曾不止一次地想一脚跨进去，但还是忍住了，因为他没有任何理由进侯府。但无论怎样，他还是要把自己的真实想法告诉她，思来想去，他回了兰香一封短信，托在学堂的江龙亲手转交给他娘。

从折老夫人来过侯府之后，侯世耀虽然发了善心没有再让兰香喂猪干苦活儿，但还是不让她出侯府半步，怕她去见冯府的人或跟玉清私会，她仍然像失去自由的囚犯一样被囚禁于侯府，这种精神上的折磨，要远比让她干苦活儿、累活儿更折磨人。由于长期遭受这样的虐待和折磨，她的身体已大不如前，气喘得更厉害了，有时咳嗽起来，连气都喘不上来。

这天下午，兰香一个人坐在屋门口，对着高高的侯家院墙发呆。在她看来，这侯府的院墙再高，也挡不住她远飞的心，更挡不住她对玉清哥的思念。她不知道，玉清哥见了她的信后会作何感想，听不听她的劝慰另娶她人，或与喜梅喜结良缘……

"娘，看！我给你带信来啦！"兰香正在胡思乱想着，突然放学回来的江龙，冲她高兴地喊叫着。

兰香见是儿子，偷偷地抹了一把眼泪，问道："江龙，是谁的信？"

江龙从书包里取出信，说："娘，是冯叔叔的，他让我亲手交给娘。"

兰香接过信，将信紧紧地贴在胸口，之后对江龙说："龙儿，你冯叔叔给娘的信，千万不能对任何人说。"随即说道，"这下没事了。刚放了学，你就到外面找小伙伴玩一会儿去吧！"

"娘，孩儿知道了。"江龙卸下书包，高兴地应了一声，然后一蹦一跳地出去了。

江龙走后，兰香忙回屋坐于桌前。只见信上写着：

兰妹，来信收悉。

生逢乱世，十年来你我遭大难而未死，幸甚！然，你我今日虽在同镇，但却难以谋面，更知妹深陷苦海却不能出手相救并守护于妹左右，令兄万分悲痛。

今日，我欲与妹重续旧情、同结秦晋之好，却遭妹之拒绝，我知妹之用意，皆为愚兄之所虑。从来信与妹的诗词中，更知妹之真心天地可鉴、妹之情谊可熔金石，因而与妹结为恩爱夫妻，是愚兄今生之最大夙愿。只要妹在，我愿耐心等待，即使等到海枯石烂、地老天荒那一天，亦无怨无悔！

江龙之身世兄早已闻知，甚是欣慰。每每见他，倍觉至亲可爱，企盼全家早日团聚，孤鸟早日归林。

　　兰妹，兄纵有千言万语，也难表为兄之爱意，故回赠妹诗一首，望勿念！

　　　　　　　无题

　　花落叶碧春犹在，历经风雨兰更香。

　　莫叫相思鸟空啼，何时比翼得成双？

　　　　　　　　　　　　　　　玉兄奉上

　　兰香看着、读着，一时情不能控、泪如雨下，便趴在桌上失声地痛哭起来。没想到，玉清哥铁了心地爱恋着她，竟这般固执地不听她劝，这使她深深地陷入了无限的痛苦之中，更加地感到自责和不可原谅。

　　夜已经很深了，兰香却毫无睡意。她悄悄地爬起来，给熟睡中的儿子披了披被角，然后披衣坐到桌前，点上油灯，拿出玉清的信又看了起来。看着看着，兰香不由得又泪流满面。此时，屋外不知甚时下起了淅淅沥沥的小雨，稀疏的雨点，不时地拍打着屋外的树叶，发出令人心碎的声响，使深秋的夜晚更显得清冷寂寞、催人泪下。此情此景，引发了她的无限感慨，于是她略一沉思，便又填了首《苏幕遮·秋殇》的词来，以排遣她心中的忧伤：

　　　暮云天，黄昏地。寂寞梧桐，更兼冷清雨。雨打桐叶声声泪。

　　草枯莺消，春老谁人惜？

　　　秋风紧，无绝期。满目凄凉，滚滚寒流急。魂牵梦萦难相聚。

　　两厢同悲，此情何处寄？

　　兰香填完词，手捧词稿哭着、看着，看着、哭着，不知不觉地趴在桌上睡着了……

　　玉清回青龙镇后，姚大全可没有闲着，他依俞振海之计果然奏效，钟四爷在得了他的好处和上门认错求情后，就去县衙撤回了诉状。这样一来，同继洲再无理由羁押癞皮狗姚大发了，姚大全又趁机看望了同继洲，求他放了兄弟姚大发。

　　同继洲在得了姚大全的好处后，又见钟老爷撤了状，就做了顺水人情，爽快地答应放人。在放人时，他对姚大全说："看在咱们同衙的分儿上，我就答应你。不过你听着，你弟放出来后让他回老家去，不能再在县城待了，免得再给你我添麻烦。日后，他若再犯了事，谁也救不了他！"

"是是是！他放出来后，我一定让他离开县城回老家去。不过这件事，我还要感谢同大人的宽宏大量，以后定当好好地为大人当差效命。"姚大全感激地说。

"不要谢，今后只要管好你弟就行了。"同继洲说。姚大全连连点头称是，但是却没有离去的意思，同继洲见状问道，"还有事吗？"

姚大全张了半天嘴才说道："同大人，你看这事已了结了，能否恢复我的……"

同继洲望了一眼姚大全说："你的意思我明白。你弟可以放，但你的职务暂时还不能恢复，因为在你弟这件事上，你是有过错和责任的。再说，我刚停了你的职，现在就恢复你的职务，恐引起别人的误会和非议。所以，暂时还得委屈你一段时间，至于何时恢复，我自有安排。"

姚大全听后，心想有戏，就满脸堆笑地说："还是大人想得周到，我就听大人的。"说完告辞了同继洲。

姚大全从县衙出来，虽然心里高兴，但他知道同继洲现在的胃口是越来越大了，他给的那点银两，只够释放他四弟，若要恢复他的职务，不知还得多少银两才能喂饱他，看来他比自己还要黑、还要坏。他这样想着，便来到牢房办理了相关手续，之后就径直来到了关押姚大发的号子。

其实，姚大发被关进号子后，狱头郑福全并没有为难他，那些狱卒慑于姚大全的淫威，更是不敢怠慢，还时不时地给他买些好烟好酒溜贴他。而这个癞皮狗，也不把自己当外人，不是对那些狱卒吆三喝四，就是吹嘘他哥很快就能将他捞出去，到时只要他在他哥面前替他们美言几句，保管他们一个个会升官发财……果然他被关了五六天后，姚大全便来领他出狱了，一些狱卒为了表功，一个劲地对姚大全说，他们是如何如何照顾其弟的。而姚大全却懒得搭理他们，只是叫了监狱长郑福全直奔号子而去。牢门刚一打开，姚大发一见到姚大全，立即扑上去抱住姚大全，拉着哭腔叫道："哥呀！你咋才来？小弟可在里面受苦啦！"

姚大全冷冷地说："我这不是来了吗？"随即对郑福全说，"福全，你先出去到监门外等我，我与小弟拉几句话就领他出来。"郑福全应声出去了。

郑福全还未走多远，姚大发嘿嘿一笑，露出大黄板牙说："哥呀！我知道你最疼小弟了，你真是我的亲哥哥。"说着，竟抱住姚大全，在他的脸上美美地亲了一口。

谁知姚大全一把推开姚大发，随即将他按倒在地就是一顿拳打脚踢，一边打，一边骂道："谁是你的亲哥？打死你这不争气的东西，看你以后还敢再给我惹事！"

姚大发被打得在地上边滚边号叫："哥呀！别打了，我再也不敢了，你就饶了小弟吧！"

姚大全这才住了手，指着姚大发说："你给我起来！"姚大发乖乖地从地上爬起来。只见他被打得鼻眼紫青、口角流血，耷拉着头不敢看其兄一眼。这时又听姚大全说道："大发，你给我听好了！你出狱后，一刻也不能在县城里待，给我立马滚回老家去！听见了没有？"

挨了打的姚大发，见为兄这样凶狠绝情，竟歪着头从牙缝里挤出声音回道："知道了！"

这时，姚大全才换了口气说："四弟，你不要怨大哥。我打你，是让你长记性为你好。要知道，你不能再待在县城了，再待下去，咱兄弟俩都得完蛋。你知道，我费了多大的劲才将你捞出来，明格你就给我回老家去。"

姚大发这时才明白了其兄为甚打他，就垂头丧气地说："知道了。明格我就走，不再给你添麻烦。"

当姚大全领着姚大发出狱时，那些还想攀龙附凤的狱卒，争相前来相送。而姚大发却用衣袖挡住半个脸，不敢去看他们，可他还是不断地做着鬼脸，算是与他们告了别。

送走四弟姚大发后，姚大全想急于恢复他的官职，但一时又无计可施，于是他又想起了师爷俞振海来。这天，姚大全在县城最好的酒馆"德福祥"订了一桌上好的饭菜请来了俞振海。二楼的包间里，只有姚俞二人，酒过三巡后，姚大全说道："俞兄，今日请你来，一是为了答谢俞兄上次为救四弟所献之计；二是同大人还没有恢复老弟的官职，特向俞兄讨教良策。"

俞振海捋了一把胡须，慢条斯理地说："请教不敢当，但只要是为了老弟的事，我定当全力以赴、在所不辞！你说说看。"

姚大全这才将他面见同继洲，送上五十两银子的经过细说了一遍，之后说道："俞兄，看来这个同继洲也是个黑心的主，送了五十两银子才放了四弟，若要恢复我的官职，还不知道要送多少银子哩？可我尔格没有银子呀！拿甚去孝敬他？"姚大全故意装出一副穷酸相。

俞振海沉思了片刻后，说道："只要你肯拿银子，就有办法对付他，只怕你不拿。"

姚大全现出很难肠的神情说："俞兄，我刚才不是说了，老弟确实拿不出野食喂他了。"

俞振海见姚大全既想官复原职，又不愿再使银子，就说："既然老弟有难处，那咱就得另想办法了。"

"能有甚办法？"姚大全望着俞振海说。

俞振海停了一下，说道："这次不用花银子，走一招险棋如何？"

姚大全急切地问："是甚险棋？老兄快说。"

俞振海故弄玄虚地说："就看老弟有没有这个胆量了。如果老弟有了这个胆量，保证你一文银子不花便能官复原职。"

"哪能这么容易哩？"姚大全摇摇头说。

"要说容易确实不难，就看你敢不敢了？"俞振海说到这里，看了一眼姚大全不往下说了。

姚大全这时急得抓耳挠腮，催促道："老兄，你这不是要急死人吗，是甚好计？快说与我听。"

俞振海这才压低声音说："这次得来他个出其不意，借力打力之计了。"

"怎么个出其不意，借力打力？"姚大全更是一头雾水地问。

俞振海环顾了一下四周，之后说道："老弟，如果能让东山土匪来攻一下县城，那事情肯定能成。"他出此计是有所指的，因为他知道姚大全通匪，而且也只有这一条路了。

然而姚大全听后，神情显得有些紧张，忙摇着手说："老兄，使不得！那可是通匪，是要被杀头的。"

俞振海见他不承认通匪的事，也就不愿当面揭穿他，于是说道："既然老弟不愿承担通匪的罪名，那为兄就无能为力了，你还是另请高明吧！"说着，站起身就要走。

姚大全忙将俞振海按回原座说："别介老兄。我是怕这个事让同知县知道了，那后果就严重了。再则，怎样个借力法才能达到目的？容我想想，看值不值得冒这个险。"其实在他的心里，借土匪之力，那还不是一句话的事，只是他不想让俞振海知道他通匪，更不想给这个老奸巨猾的师爷留下把柄才这样说的。

俞振海见姚大全这样，就故意装糊涂地说："老弟，关于你通匪不通匪的事，咱暂且不说。就是你真通匪了，我绝对不会对任何人讲的，这点请老弟放一百个心。"

姚大全一听，正准备向俞振海解释什么，但却被俞振海制止了，只听他继续说道："老弟，我说的借力打力之计，就是在土匪攻打县城之时，城内虽有冯玉清的二百多人的民团，但却无主帅，由谁挂帅守城御敌，就成了关键。"

"那不是有冯玉清吗？"姚大全说。

俞振海说："玉清请假回了青龙镇，一时半会儿是回不来的。你想，土匪一围城，谁不怕死？同继洲为了保命，就必然会下令死守城池。此时，他想让冯玉清给他守城，已是远水不解近渴，那就只能请老弟挂帅出征了。到时，我再给他进言几句，这样，老弟不用花一两文银，就可以官复原职，而且还必须由他亲自来请你不可。到时候，老弟再推辞一番拿拿架子，你的身份岂不就抬高了吗？"

姚大全听后，一拍大腿高兴地说："好计，好计！俞兄，你不愧是诸葛再世、智多星下凡。来，干杯！老弟谢你了。"说着，端起酒杯一饮而尽。

几句溜须顺耳的话，说得俞振海喜形于色，满脸的红光。他饮过了酒说："老弟过奖了！"停了一下又接着说道，"老弟，你还不能高兴得过早了。要实施好这一计谋，关键的三条还必须做到。"

姚大全急切地问："哪三条？"

俞振海说："第一，土匪攻城，必须是假攻、佯攻；第二，在你领兵出击时，土匪必须佯败撤退，双方不可交战；第三，就是时机要把握好。也就是说，此事宜早不宜迟，时间一拖，姓冯的回来一切就都晚了。"

姚大全听后，点着头说："老兄说的极是。但怎样才能联系上土匪，并让他听咱们的话呢？"

俞振海知道，姚大全这话是故意说给他听的，就朝姚大全诡谲地一笑说:"那是老弟的事了。我想,老弟一定会有办法的,总不能让为兄我既为你出谋划策,又为你联系土匪吧?"说完,望了一眼姚大全,俩人都心照不宣地笑了起来。

两人定好计谋后,俞振海起身要走了,姚大全从怀里摸出一袋银子,塞到俞振海手里说:"老兄,这是三十两银子,是感谢老兄献计救兄弟的谢银。"

俞振海推让说:"老弟,不必客气,咱俩谁跟谁?你的事就是我的事,而且我只是动了动嘴皮子,哪能收你的银子哩。"

姚大全一笑说:"这点银子,老弟还能拿得出。我刚才之所以那样说,是不愿意再将银子给同继洲。至于给老兄,我是心甘情愿的,因为在我遇难的时候,只有老兄出面帮我,我不孝敬老兄还孝敬谁哩。"

俞振海收起银子,说道:"既然老弟把话说到这份儿上了,那愚兄只好收了。请老弟放心,只要有为兄在,老弟就没有过不去的火焰山。"他临出门时,又回过头叮咛道,"要抓紧行事,免得夜长梦多。另外,一定注意保密,绝不能走漏了半点风声。"

姚大全送走了俞振海,心里总算踏实了,立即马不停蹄地来到"王记祥"酒馆,对王庆魁如此这般地交代了一番,并让他明早就派人去东山。等这些都安排停当了,他这才放心地回了家。

第二天,安宁县风平浪静,县城还和往常一样人流不断。但是到了第三天,不仅刮起了风,天空黑沉沉地似要下雨,而且快晌午时分,城东突然接二连三地涌来一拨拨惊慌失措的逃难人。他们一边跑,一边惊恐地大声喊道:"快跑,快跑!东山土匪黄龙彪来了!"

这一喊不要紧,立即引得城内城外一片紧张慌乱。城内,一些酒馆商铺纷纷关门停了业,一些富豪随之闭门塞窗如临大敌,一时间人喊马叫、一片慌乱。此时,守城的兵士也慌了起来,玉春从未见过这样的场面,一时不知如何应对,便紧急下令关闭了东西城门。

土匪前来攻城的消息,有人早就报告给了同继洲。同继洲被这突如其来的消息吓蒙了,立即带了官兵协领赵光亭、师爷俞振海、捕快班头蒋卫朝和十几个官兵衙役,登上了东城城楼。这一看,确实将同继洲吓出了一身冷汗。只见城下不远处,黑压压地围着好几层土匪,足有六七百人,其后不远处的几个村镇黑烟端冒、火光冲天。但见"黄"字帅旗下,一个身披紫罗袍，骑着大黑马的大汉立于马上，旁边几人擂着响鼓，那些手持兵器的土匪还不停地高喊着："打进安宁城，活捉同继洲……"

同继洲被这阵势吓坏了，暗自思忖道：东山土匪不是说只有二百多人吗，怎么一下子冒出来这么多？眼下，城里只有二百多个标营军和二三十个驻守官兵，这哪里是土匪的对手？若真打起来，定会城破人亡的。一想到此，他顿时慌了神，头上的虚汗直冒，站立不稳，要不是有人左右扶着，恐怕当场就瘫软了。

这时，只见那大汉一抬手，那些叫喊的土匪立马停歇了下来。接着，那大汉用马鞭朝城上一指，大声喊道："城上可是狗官同继洲吗？我是东山土匪东北虎黄龙彪。识相的赶快打开城门放老子进去，可免你一死，若让我打了进去，定会杀你个片甲不留！"

他的话音刚一落，那些土匪又高声喊叫了起来。

同继洲一听，彻底绝望了，两腿一软跌坐在地起不来了。这也难怪，他本就是一介书生，从未经过任何战场，更未遇到过如此险境。这时，倒是俞振海显得比较镇定，他见同继洲成了这样，立即让人将知县架着下了城楼，接着对冯玉春吩咐道："冯副标统，你先带领弟兄们守好城，绝不能放进来一个土匪，待我们商量出应对的办法就有救了。"说完，就与其他人一起匆忙地回了县衙。

在回县衙的路上，俞振海脑里突然闪过了一个可怕的念头，是不是姚大全和黄龙彪约好了，要真攻打县城？要不然，怎么一下子来了这么多土匪，是不是黄龙彪把各山系的土匪都动员来了？要是这样，那县城可真就难保了。一想到这里，他直后悔当初不该贪图钱财，替姚大全出此馊主意，但事已至此，一切都晚了。于是，他把心一横，只能按原计划进行，生死祸福，也只能听天由命了。

同继洲回到县衙已缓过了气，此时正坐在堂上六神无主，见随后到来的俞振海，像遇到了救星似的对他说："师爷，你看咋办？快给我拿个主意来。"

俞振海环顾了一下四周，见赵光亭、蒋卫朝、郑福全这些衙内有兵衔的几个人都来了，就对同继洲说："大人，城内能带兵打仗的人都在这里，你问问他们吧。"

同继洲这才打起精神，对在座的各位说道："你们谁愿意替本知县领兵退敌？"那几人面面相觑，谁也不吭声。同继洲生气地一拍案几，说道，"都是一群废物，我平时养你们有啥用，关键时刻一个也顶不上。"停了一下，他摇了一下头，叹了一口气说，"这阵要是有冯标统在就好了。"

这时俞振海见赵光亭他们几个，没有一个敢于领兵退敌的，又见同继洲都快急疯了，就趁机说道："同大人，冯标统确实是最佳的人选，可他尔格还在青龙镇，这远水不解近渴呀！"停了一下又说道，"大人，我给您举荐一人，他肯定能胜任。"

"谁？"同继洲急切地问。

俞振海这才说："此人就是千卫总姚大全。"

"姚大全？他不是被我停了职在家反省吗？再说，他有通匪的嫌疑。此人不可靠，不可靠！"同继洲停了一下又说道，"师爷你看，让标营副标统冯玉春统兵退敌如何？"

俞振海摆着手说："万万不可。冯玉春资历尚浅，恐难服众。再说，他也未经过这样的大阵仗，若让他挂帅，万一胜任不了那就糟了。要我说，还是姚大全比较适合。"

经他这么一说，同继洲犹豫了。见状，俞振海接着说道："同大人，虽说姚大全有通匪之嫌，但目前并无他通匪的证据。古人云，疑人不用，用人不疑，在这非常时期，只要大人您大胆地起用了他，相信他一定会替您领兵退敌的。再说，他弟的事，人家已经撤了状，也就算没事了，尔格是时候恢复他的职务了。"同继洲听后还在犹豫，于是俞振海进一步说道，"同大人，不能再犹豫了。再犹豫下去，黄龙彪就真要打进城来了，到时候全城的百姓和我们这些人，恐怕一个也活不了。依我看，此时只能冒这个险了，这或许还是一条生路。否则，一切都来不及了。"

同继洲听后，这才下了决心说："也只能这样了。师爷，你赶紧去请姚大全来。"

俞振海为难他说："同大人，我去恐怕不合适。常言道，这解铃还需系铃人，就请大人屈尊前往亲自请了。"

到了这个时候，同继洲只能应了，于是说道："好！那我就屈尊前去请他。"说着，便和俞振海一同带人去了姚大全家。

土匪攻打县城的消息，姚大全早就知道了，此时他正躺在炕上盖着被子装病哩。当听到俞振海在进院时的叫喊声，他知道是同继洲来了，就故意呻吟起来，并咳嗽不止。

"姚千卫总，同知县来请你出山了。"随着话音，俞振海与同继洲已跨进门来。

同继洲一看姚大全躺在炕上不住地呻吟，不知他是真病还是装病，也顾不上知县的颜面了，就说："姚千卫总，土匪正在攻打县城，我是来请你挂帅出征的。"

姚大全听后，咳嗽得更厉害了，边咳嗽边说："同大人，恕在下有病，不能下榻给您施礼了。再说我一个戴罪之人，哪能受此大任？您还是另请高明吧！"

同继洲被姚大全钺了一顿，搁在平常，他肯定会大发雷霆的，可此时只能忍了，随即说道："姚千卫总，当时停你的职也是迫不得已，希望你不必计较。现在土匪攻打县城，无人能挂帅退敌，一旦城池被攻破，全城就会生灵涂炭，所以还请你不计前嫌挂帅出征，拯救全城百姓。"

姚大全一听心中大喜，但他还是假装推辞说："感谢大人对我的厚爱和信任，只是我这身体……"

俞振海见姚大全板扯^①得差不多了，就说："姚千卫总，同大人已把话说到这份儿上了，又放下了县老爷的架子屈尊前来请你，你就答应了吧。"

经俞振海这么一说，姚大全一把扯下蒙在头上的毛巾，掀开被子坐起身说："既然这样，为了全城百姓的安危和知县大人的一片诚意，我愿带病出征御敌。"说着跳下炕，给同继洲施了一礼。

同继洲忙扶起姚大全说："快快请起！形势紧迫，就请你即刻上任。"停了一下又说道，"你还有什么要求，请提出来。"

姚大全略一沉思，说道："只有两个要求，一是既然由我统帅三军，为便于形成统一指挥，必须将城上守军'冯'字大旗换成'姚'字大旗。"

同继洲未加思索地说："这一条没问题，我答应你。那第二条呢？"

姚大全说："这第二条简单。在我挂帅退敌期间，知县大人要授予我先斩后奏之权。"

同继洲爽快地说："这个也没问题。"停了一下，又问道，"还有啥要求

---

① 板扯：故意拿架子。

没有？"

姚大全这才高兴地说："没有了。"

同继洲催促道："既然没有了，那就赶快走马上任。这县城的安危、全城百姓的死活，就全靠你了。"

姚大全拍着胸脯说："请大人放心，只要有我姚大全在，县城就不会有问题，我愿与县城同存亡！"

这时同继洲的眉头才展开了，感动地说："我代表全城的百姓感谢你！"随即，他又委任俞振海为监军一职，随姚大全去城东，当众宣布他的这一决定。

这时俞振海却说："同大人，让姚大全做统帅，总得有个名分吧？因为他尔格甚都不是了，你看……"

经俞振海这么一说，同继洲想了一下说道："那就让他暂时代理县标营标统一职。好啦，赶快上任吧！"

此时，姚大全还想让同继洲直接任命他为县标营标统，取玉清而代之，正欲说话时，却被俞振海制止了。只听俞振海说："姚代标统，先这样吧。当下御敌要紧，赶快领命出征吧。"姚大全一听，也只好同意了。之后，同继洲匆匆告别了姚大全。姚大全这才换了官服，挎了刀，拿上早已准备好的"姚"字帅旗，骑上马和俞振海一起驰向了城东。

城东早已聚齐了各路人马，经清点连同玉清的两百名标营军共有二百四十多人。俞振海当众宣布了同知县的命令，其他人倒未说甚，可冯玉春、冯玉奎、张德山、杨长福及众标营的弟兄却不干了。冯玉奎便大声说道："我不服！我们标营二百余人，为甚不让副标统冯玉春挂帅退敌，却让一个有通匪嫌疑的姚大全做统帅，这不是拿城中百姓的性命往贼寇嘴里送吗？我们断不能接受！"他的话一落音，其他人更是一致反对。

见玉奎当众说出这番话来，姚大全一时气得脸色铁青，当他正要发作时，却被俞振海制止了，只听他说道："冯标队，可不敢瞎说。说姚代标统通匪，那只是一些人的猜测，并不是事实。眼下大敌当前，我们应该精诚团结、共同御敌才是，可不敢窝里斗自乱了阵脚。再说，由谁挂帅，同知县和我们是经过认真考虑后做出的决定，在这方面，姚代标统比冯副标统有经验，你就不要多虑了。"说到这里，他又转向玉春说，"冯副标统，在此危急时刻，刚才冯标队的言语，犯有蛊惑人心、动摇军心之罪，按律当斩，你说是不是？"

玉春看到再这样僵持下去，真的就要内乱了，由谁任统帅不重要，只要能领兵退敌就行。想到这里，他转向玉奎说道："冯标队，不得无理！大敌当前，我们应服从同知县的安排，接受姚代标统的指挥。"听了他的话，玉奎及标营的众弟兄才再未出声反对。

直到这时，姚大全的脸色才转了过来。只见他向前跨了一步，说道："弟兄们，面对土匪大军压境，只有我姚大全敢于接受统兵退敌的重任，不为别的，就为城中数千父老乡亲的性命，我也要跟黄龙彪拼了。请大家不要怕，只要弟兄们听我号令，精诚团结，就一定能打退城外的土匪。"姚大全几句简短慷慨的话，使许多人一下子消除了顾虑。姚大全又说道，"弟兄们，既然大家对我这个三军统帅没有异议，那我可要行使我的职权了。不过，我把丑话先说到前面，谁若不听我的号令，畏敌不前，或蛊惑动摇军心，一定军法处置，这也是同知县委任我时授予我的先斩后奏之权。"他说这话时，还特意狠狠地看了一眼冯玉奎。

玉奎也不怕他，狠狠回撑了他一眼。这时俞振海催促道："姚代标统，该怎样用兵退敌，你就下令吧！"见师爷这样安排，赵光亭、蒋卫朝、郑福全等也都催促姚大全赶快下令。

这时只听姚大全说道："好！请各位随我来。"随即，便带领俞振海、冯玉春、赵光亭、蒋卫朝等一行人登上了城墙。等上了城墙，姚大全手搭凉棚向城下望去时，也不禁吃了一惊，不是说好了只是佯攻吗，怎么一下子来了这么多土匪？是不是黄龙彪变了卦，要真攻打县城，这如何是好？他不禁在心里暗暗叫起苦来。然而很快，他便有了主意，要是黄龙彪真要攻打县城，现在就算带了全城的守军出城迎战，也没有用。如若这样，他就多带些兵士出战黄龙彪，然后再与土匪一起回攻县城，县城则必破无疑，这样他就为黄龙彪立了头功；如果黄龙彪信守承诺只是佯攻，只要他一带兵出城，黄龙彪定会带土匪退去的，而他就会兵不血刃轻松地退了土匪。这样，他不仅会得到众人的信任，还会成为守城退敌的大英雄，他认为当下已没有别的选择，只有冒险一试了。于是，他便发布了第一道命令，就是拔下城上的"冯"字帅旗，换上他的"姚"字帅旗，这也是他事前与黄龙彪商议好了的。

当赵光亭带了几个官兵，准备换了插在城头的帅旗时，不仅遭到了玉奎、德山、长福及标营众将士的阻止，连玉春也反对起来。只听玉春说："姚代标统，这样不妥。安宁县标营是冯玉清任标统的标营，他只是暂时告假，又不是不回来了。再说，你只是暂时代理标统之职，这要是换了帅旗，是会影响士气的。"

姚大全把两手一摊，对着俞振海说："师爷，你看！我的第一道命令就行不通，这还咋价让我挂帅退敌哩？"

见状，俞振海又出面调停道："冯副标统，换帅旗只是临时的应急措施，等冯标统一回来，就立马把'冯'字帅旗再换回去。再说，尔格暂时换了帅，也应暂时换了帅旗才对，这样也便于姚代标统指挥、号令三军。冯副标统，你也是一个通情达理、顾全大局之人，不能因为这么一点小事而误了军机大事，这个责任谁也承担不起，你说哩？"

听了俞振海的话，玉春再未坚持他的意见，但却说道："只要有利于退敌，暂时换旗可以，但必须在冯标统返回县城时，再把帅旗换回来。"

"这个没问题，只要冯玉清一回到县城，就会立马换回'冯'字帅旗。这个我可以用我的人格担保。"俞振海拍着胸脯说。

既然有了俞振海的保证，玉春向玉奎他们一挥手，说："听他们的，换旗。"玉奎和长福等人这才退到了一边，姚大全立马指挥赵光亭他们换上了"姚"字帅旗。

姚大全换了帅旗后，便跨前一步，对俞振海说道："师爷，不！俞监军。尔格万事俱备，接下来我就要发号施令了。"说完此话，还未等俞振海回应，他便一手握刀，一手叉腰大声说道，"各位将领，听我号令——守城大部分将士要随我出城迎战土匪，城上只留赵协领的二十多个官兵和俞监军守城。"

此令一出，立即引起一片哗然。首先是捕快班头蒋卫朝站出来说："姚代标统，你这是甚命令？城下土匪多达六七百人，我们满打满算只有二百多人，全部出城不就等于是肉包子打狗有去无回嘛。再说了，我们捕快这十几个人，抓个人还可以，哪打过仗？这不是跟上你白白送死吗。我反对！"

谁知姚大全听后大怒，指着蒋卫朝大声喝道："大胆蒋班头，你敢违我命令，临阵怯战不说，还妖言惑众、扰乱军心，罪该当斩！"随即向左右喝道，"给我把蒋卫朝拿了，就地正法！"赵光亭闻言，立即和几个官兵上前绑了蒋卫朝，就要当众斩了他。赵光亭之所以如此卖力，不仅因为他与姚大全本就私交甚好，还因为姚大全刚才让他留下来守城，更因为他尔格已升为三军统帅，他此时不听姚大全的还能听谁的。

"且慢！"随着喊声，只见玉春上前说道，"姚代标统，大战在即，先斩一将，实为不妥。再说你这一决定我也反对。你想，眼下是敌众我寡，只要我们依托坚固的城池死守，土匪就难以打进来，你这时带兵出城，不是要送掉弟兄们的性命吗？因而万万不可，请收回成命。"

"对，不能出战！""这是甚狗屁命令，我们不听。冯副标统，你就领着我们守城吧，我们听你的。"这时，玉奎、德山、长武、长福及多数人也都反对起来。

姚大全一看，他的两道命令一连遭到了这些人的反对，尤其是标营军和冯玉春。看来只要冯玉春在，是无人能听他的将令，只有带他们出了城，他才能见机行事、有所作为。想到这里，他决定先除掉这个碍事的冯玉春，接下来的事情就好办了。

于是，他一指玉春大声说道："冯玉春，你身为标营副标统，不协助我率部出城杀敌，却三番五次带头违我将令，大长土匪志气、灭我威风，你这是畏敌怯战、罪不容赦！"说到这里，他立即对赵光亭吩咐道，"赵协领，你立刻给我把这个畏敌怯战的冯玉春拿下，连同蒋卫朝一同就地正法。"随着话音，赵光亭抽出大刀，立即和几个官兵要上前捉拿玉春。

这时，玉奎"唰"的一下拔出刀，横在玉春面前大声吼道："谁敢上前，我这大刀片子可不认人。"随即，德山、长武、长福及二三十个标营的人也抽出刀横在了玉春前面。一时间，双方剑拔弩张、怒目相对，气氛一下子紧张了起来。

见此情景，俞振海赶紧上前喝道："都给我把刀放下！"继而转向姚大全说，"姚代标统，我看冯副标统他们说得有道理，你这一决定确实欠妥。"随后他继续说道，"你想，我们这点兵力，只要能守住城就不错了，哪能倾巢出城战匪？这要是万一败了，城内就无守兵，那不是等于把城池拱手让与土匪吗？"俞振海这样说，自有他的担忧。他原以为，姚大全跟黄龙彪是事前说好了的，只是佯攻，不久就会自行退去，但现在看到土匪一下子来了这么多，而且用力攻城，根本没有退去的意思，因此他不得不防。万一姚大全带兵出城降了土匪，那城池的安危就不保了。在这种真假难辨、状况不明的情况下，为保险起见，他才不得不出面阻止。

姚大全没想到俞振海此时也反对，若再拖延下去，那他的计划就一个也实现不了，因此他必须说服俞振海尽快让他带兵出城。于是，他对俞振海说："俞监军，我既然决定亲率大军出战，那就一定有取胜的把握。不要看土匪人多，可他们都是一群乌合之众，根本不堪一击，只要我带领将士们奋力杀敌，就一定能打退土匪，确保城池无虞。"姚大全说完，见俞振海还在犹豫，就一拍胸脯继续说道，"俞监军，你还不相信我？我敢用我的项上人头作保，此次出城若不能杀退土匪，我这颗头颅任由俞监军取了。"说完，又向俞振海递了一个眼色。

听了姚大全的陈述和保证，又见他递过来的眼色，俞振海虽然会意，但还是难以下决心。经过一番激烈的思想斗争，他决定暂且相信姚大全，权当赌一把了，于是对姚大全说："好！姚代标统，我暂且相信你，那就由你统兵出城吧！"

姚大全一下子来了精神，只见他手握大刀，首先来到蒋卫朝和冯玉春面前，指着他俩说："为了严肃军纪，号令三军，必须将这两个扰乱军心、畏敌怯战的家伙就地正法。"说着就要举刀行凶。

"住手！"只见俞振海上前制止道，"未出征前先斩两将，这是兵家大忌，况且他俩的担忧并没有错，刚才我也反对你出兵，难道你连我也要斩了不成？"说着，上前给蒋卫朝松了绑，又对玉春说，"冯副标统，请你不要与他计较，当下最要紧的是精诚团结、共同御敌。"玉春也未说甚，只是轻蔑地望了一眼姚大全。

姚大全本想借机除掉玉春，为他掌控标营消除一大障碍，经俞振海这么一挡，看来是不能遂他愿了，可他仍忘不了要给玉春一点颜色看，于是就指着玉春和卫朝说道："要不是看在俞监军的面子上，本帅一定不会饶了你们。但你俩给我听好了，你们的人头，本帅先给你俩留着，下次若再敢违我将令，定斩不饶！"说完，便登上台阶，用刀往城下一指，说道，"各位军士听令，现在大家随我一同杀出城去！"

"且慢！"只见俞振海上前说道，"姚代标统，我看不如这样。根据现有的兵力，我拨给你一百人马随你出城，留下一百多人由冯副标统统领守城，万一你失利了，我们也好出城接应。"

姚大全一听脸色陡变，心想今格俞振海是怎么了，老是坏他的事。是他不信任自己，还是改变了他原来的想法？于是沉下脸说道："俞监军，这一百人马也未免太少了。这么一点人马，根本就起不到震慑土匪的作用，我看最少不能少于二百人。"

俞振海想了一下说："我这样安排，不仅是为了你好，也是为了全城百姓好。你觉得人少了，那我再拨给你五十人。"

谁知姚大全还是不满意，生气地说道："俞监军，今日我为帅，是听你的，还是听我的？"

可俞振海却不紧不慢地说："姚代标统，你为帅不假，可你别忘了我是监军，我是代表同知县行使职权的。我这个监军，有任免罢黜和杀生大权的，你要是嫌人少不愿出城一战，我可以另换一帅。"

俞振海的话，一下子把姚大全给降住了。他心想，不能和俞振海把关系搞僵了，若再坚持下去，万一他把自己换了那可就来不及了，于是就改了态度说："俞监军，一百五十就一百五十吧，谁让你是监军哩。不过，有这一百五十人，我照样能杀退土匪。"停了一下，他又说道，"俞监军，事不宜迟，请你赶紧给我拨出一百五十人，随我出城一战。"

这时俞振海对冯玉春、赵光亭、蒋卫朝及郑福全说："这样吧，标营出一百二十人，剩下的由你们三家各出十人，你们几个没意见吧？"玉春几人相互看了一下，都点头表示同意。

人刚抽好，姚大全就急不可耐地要带队伍出战，可俞振海当即又任命玉奎为破敌先锋偏将，配合姚大全一同退敌。在姚大全率队即将出城时，他又把玉奎拉到一旁小声说："冯偏将，我现在交给你一个秘密任务。"

"甚任务？"玉奎问。

俞振海压低声音说："一会儿出城以后，你要紧随姚大全不离左右，若发现他有降匪变节的动向，你就一刀宰了他，然后代替他指挥队伍奋力杀敌，我和冯副标统会在城上为你鼓劲助威的。"俞振海之所以这么做，是因为他担心姚大全出城降了土匪，那后果就严重了，因而他得留一手，唱一出"魏延反、马岱斩"的好戏。

玉奎听后大吃一惊，不解地问道："俞监军，这是为甚？"

"你不要问为甚，你只管照做就是了。"说毕，又让玉春给了他一匹马，这才送他们出城。

当姚大全率队冲出城门时，那些土匪一看到"姚"字帅旗，便停止了攻城，随即在后督战的土匪便转身飞快地撤退了，而冲在前面的土匪，却冲着出城的官兵连喊带叫地跑了过来。看到这一幕，姚大全也不知道黄龙彪演的是哪出戏，一时不知如何应对，就勒住马头观望起来。

玉奎骑马紧随姚大全也停了下来，他牢记俞振海临出城时交给他的命令，此时紧握大刀，密切地注视着姚大全的一举一动，只要姚大全有投匪的举动，就一刀宰了他。这时，冲在前面的张德山、杨长福等标营众将士奋勇地迎了上去。连斩了几人后，只见这些所谓的土匪一个个跪在地上，举着手哭喊道："不要杀我们！我们是附近村镇的老百姓，这些土匪不但杀人放火抢东西，还逼我们假冒土匪攻城。"

这时德山一听，忙下令不许杀老百姓，然后问一中年汉子说："这些跑过来的几百人都是老百姓？那土匪都到哪里去了？"

那一汉子指着身后的人说："他们和我一样，都是被逼来充当土匪的。真的土匪也就一百多人，他们见你们杀出城来，一个个跑得比兔子都快。你看，那不是。"说着，用手指了一下跑出很远的土匪。

说话间，姚大全和玉奎策马赶到，在弄清了事情的原委后，玉奎气愤地骂道："这些土匪真贼，咋会想到用老百姓冒充土匪欺骗我们。"接着，向姚大全请战道，"姚代标统，趁土匪还未跑远，我愿带领队伍追上去，保证杀他个片甲不留！"

姚大全此时心中暗喜。原来黄龙彪是应他之约佯装攻城的，他不禁佩服黄龙彪这一疑兵之计，那叫一个绝。接下来，他也应该来一个佯追才对，只是不能追得太紧。于是对玉奎说："追是要追的，但要小心这群狡猾的土匪设有埋伏，先派十几人前去侦察一番，待探清虚实后再追不迟。"玉奎一听有道理，立即派了德山和杨长福带领十余人前去侦察。

不一会儿，张德山、杨长福及前去侦察的人回来报告说，前面没有埋伏。姚大全这才翻身上马，与玉奎率大队人马向土匪逃跑的方向追去，同时蒋卫朝也疏散了被土匪强逼来的百姓。姚大全和玉奎带领人马追了几里地，连一个土匪的影儿也未看到，他们只好收兵返回。

姚大全带领人马浩浩荡荡地返回了县城，同继洲带县城有关绅士名人及城中近千名百姓，早早就恭候在东城门口迎接了。姚大全一到，鼓乐、鞭炮齐鸣，同继洲立即迎上去握住姚大全的手，激动地说："姚代标统此等神勇，击退了土匪，解救了城中百姓，我代表全城百姓感谢你。"

姚大全满面风光地说："击退土匪、保护城中百姓，是在下的分内之事，不必感谢。"

这时，俞振海对姚大全说："这次县城遇险，多亏了知县大人在关键时刻，大胆起用了姚代标统，这才击退了围城的土匪，化险为夷，可喜可贺！"说完两人会心地相视一笑。俞振海在心里，直埋怨姚大全这次整得动静太大了，而且土匪还趁机袭劫了城郊几个村镇，这损失也未免太大了，但事已至此，也只能这样了。

接着，几个绅士上前为姚大全佩戴了大红花，并递上了几张银票作为奖励，姚大全并未推让，悉数收入囊中。回到县城，同继洲为姚大全和参战的有关人员，举办了盛大的庆功晚宴。宴会上，大家纷纷向姚大全敬酒庆功，他也大言不惭地吹嘘自己是如何临危受命、如何力排众议率众出城杀退土匪云云，听得在座之人，不断地竖起大拇指对他赞不绝口。

通过这次事件，众人对于姚大全通匪的议论自然烟消云散，同继洲更是对姚大全深信不疑，不但恢复了姚大全的千卫总职务，任命他为标营军代标统，而且将标营军、驻城官兵也交由他掌管节制。

姚大全通过阴险卑劣的手段，不仅让同继洲恢复了他的职务，还轻易地做了县城统帅三军的县标营军的代标统，又如愿以偿地将玉清和赵光亭的人马通通纳入了自己的麾下，可谓一石三鸟。事后，黄龙彪等人专程为姚大全送了相当数量的赏银，姚大全也不忘给俞振海数十两的谢银，以封他的口。可有一件事却让姚大全放心不下，那就是玉清返回县城咋办？到时候同继洲碍于玉清的名气与威信，再将标营军交由冯玉清统领，那他岂不是竹篮打水一场空。于是经过几天的谋划，一个更加阴险狠毒的计划在他的腹中形成。

第十七章 解危困大破东山匪
入圈圈反遭奸细害

　　县城遭遇土匪围困，和姚大全带兵出城解围的消息，很快就传到了青龙镇，玉清听后庆幸姚大全化了此险。他原本想，在安排好留守青龙镇民团营训练的事后，就即刻返回县城，但自从知道土匪大举进犯县城的消息后，担心土匪攻打青龙镇，就决意再留些时日，帮助田福学和冬生制订防御计划、训练民团，以应对土匪来犯。于是，在玉清的带领下，全镇即刻进入了紧张的防御备战中。

　　这天天刚黑，玉清拖着疲惫的身子，刚回到驿镇所民团营驻地，一个兵士突然进来报告说："报告冯标统，有一位老乡给你送来一封信。"

　　玉清接过信拆开一看，只见上面写着：

　　冯标统：

　　　　我是北山蟒头岭聚义堂石拴虎，在下久闻标统豪侠仗义、除暴安良、爱护百姓，令我钦佩至极，本想登门拜访，只因身背匪名不便面见。今来信有一急事相告，东山大匪首东北虎，约我两天后夜袭青龙镇。我虽为落草之人，但不忍故乡遭劫、英雄蒙难，故以信告之，望早做准备，以防不测。

　　　　石拴虎承上，请予保密，后会有期！

　　玉清看过信后，立即说："送信人在哪里？马上叫他进来。"

　　那士兵说："送信的是一年轻人，他将信交与我就走了。"

　　见送信的人走了，玉清又将信反复看了几遍，不禁心里犯起疑来。我与这石拴虎并不相识，更不知此人底细，他为何要将这个机密告诉我？在他心中，凡是落草为寇者，十有八九都是作恶之人，而且他知道北山匪首是钻天豹周万昌，此人是一个作恶多端、杀人不眨眼的魔王。此人还有一个癖好，就是凡被他绑了票的人，没有一个是活着回来的，最后都被活埋了，他对企图逃跑和背叛他的土匪，也是采用同样残忍的手法。玉清原准备剿灭了西山土匪后，再寻机剿了北山的这股土匪，然后举兵攻打东山势力最大的黄龙彪，继而一举将安宁县境的土匪全部肃清，使安宁县真正成为安宁太平之县。之后，他再向朔州府和榆阳道请缨，率领民团营清除陕北境内的匪患，他认为此生只要能做成这一件事，就不枉来人世间走一遭。

现如今，他还未顾上剿除北山、东山之匪，他们倒先找上门来了，而且北山的匪情到底如何，这石拴虎又是何人？他一概不知，其中会不会有诈？但是从来信中看，他似乎说得很中肯。经过一番思考后，他认为宁可信其有，不可信其无，他要早做准备，免得被动挨打。

主意已定，他随手烧了来信，立即叫上折冬生、冯玉文、张德洲、杨树怀几人到田福学的房间商量起保镇防匪的事来。听了玉清的汇报后，田福学是一百个不相信，他认为青龙镇有训练有素的一百多民团营将士，而且还有威震四方的冯标统，土匪就是吃了雄心豹子胆，也不敢前来攻打青龙镇，后在玉清的再三劝说下才有所相信。于是，他们对着玉清手绘的地形图，一直商谈到深夜，才制订出了一套周密的歼匪作战方案来。

第二天，田福学和玉清共同主持召开了会议，接着田福学组织驿镇所全体人员，挨家挨户动员全镇的家户和商人，提前将值钱的东西转移和藏匿好，镇内所有的人务必于明天午后撤到城内，由城内二十余户人家接待并安排食宿，剩余的青壮编成预备队，统一听从冯玉文的指挥加入抗匪之列。玉清主要负责抗敌歼匪之事，他将民团营编为两队，作为主战力量，又将镇内四十岁以下的青壮年组成后援部队，由里正冯忠有负责，主要担任往城墙上运送石头瓦块、木料柴草等御敌武器。在做好了这些准备后，玉清又把主要精力放在怎样夺取这场战斗胜利的部署上来。

其实，东山土匪夜袭青龙镇的消息千真万确，这是姚大全使的借刀杀人之计。那天，他找了城内酒馆掌柜王庆魁，让他派人尽快送信给黄龙彪，信中他让黄龙彪带兵攻打青龙镇，并说玉清的主力标营军精锐二百多人都在县城由他节制，青龙镇留下不足百人，都是些老弱和未经训练的新兵，根本不堪一击。为保险起见，他会设法将玉清调回县城，剩下的民团营就会群龙无首，这样就更有把握。还说青龙镇冯、折、侯、杨几大户富可敌国，若拿下了青龙镇，就可获得丰厚的财富。

黄龙彪接信后大喜过望，决定亲自挂帅出征。冯玉清和他的民团营，是悬在他头上的一把剑，说不定冯玉清哪天就会率民团营剿了他，所以他必须先下手为强。而且冯玉清的精锐都被调到了县城，留守的那一点人马根本不在话下，破了青龙镇是不成问题的。

军师李过却劝黄龙彪说："大当家的，这次攻打青龙镇不比县城，佯攻县城有姚大全暗中做内应，我们才能从容而退。虽说青龙镇民团营的精锐都被调到了县城，可镇内还有一百余人，万不可轻敌，还请大当家的三思。"还未等黄龙彪说话，此时做了第四掌柜的胡柴进，一听说要攻打青龙镇，便急不可待地说："大哥，攻打青龙镇何劳大哥亲往，我愿替大哥带兵前去破了青龙镇，端了冯玉清的老巢。若不能破了青龙镇，我愿提头来见！"

三匪首白广才劝说道："四弟不可轻往，别忘了是姓冯的领兵破了你的山寨、活捉了四弟的。要不是大哥出手相救，你怕早就做了他的刀下鬼，因此还是不敢贸然行事的好。"

胡柴进平时最忌讳别人提这件事了，首先，他觉得这事是他的奇耻大辱，做梦都想平了青龙镇，杀了冯玉清。其次，他投靠黄龙彪快一年时间了，但却寸功未立，他感觉黄龙彪和其他几个头领都看不起他，因此说甚，他也不能放过这一大好时机。于是说道："三哥说得对，我确实栽在了姓冯的手里，那是因为我提前没有防备，中了他的圈套。这次就不同了，这次是在我有备而他无防的情况下进行的，况且又有山寨里这些英雄好汉，定能杀个他措手不及。再说，我的命是大哥救的，我的命就是大哥的，今格大哥要平了青龙镇，此时我不报大哥的大恩，还待何时？即使为此丢了性命，也是值得的。"

听了胡柴进一番慷慨激昂的说辞，白广才等人还是不相信地摇着头。一看众人还是不相信他，胡柴进急了，面向黄龙彪一跪说："大哥，我愿立下生死军令状，此去不平了青龙镇，我这颗人头就由大哥处置。"为表其决心，他忽一下抽出刀，伸出左手食指一刀砍下去，只见食指被剁下一节，顿时左手鲜血直流，可胡柴进却若无其事地说，"大哥，如若四弟这次失了手，就如同这根手指一样，任由大哥砍了。"

黄龙彪这下真被感动了，急忙起身走下石台，一把抓起胡柴进的手动情地说："四弟，何必这样。即使失了手，我也不能失去四弟呀！"说着，立即叫人给他包扎了伤口，之后继续说道，"四弟，大哥相信你。这次就由四弟挂帅，派一百兄弟由你指挥。"

胡柴进感动得再次跪下说："谢谢大哥的信任，这次若不能取胜，绝不活着回来见大哥！"这时，黄喉貂和那四个被救的土匪也一齐跪下说道："谢谢大哥的信任，愿为大哥赴汤蹈火、在所不惜！"

"快快请起，快快请起！"黄龙彪急忙扶起胡柴进。这时，白广才还想说甚，却被黄龙彪制止了，随即说道，"我意已决，无须再说。这次就由老四挂帅，明日就前往攻打青龙镇！"

军师李过见黄龙彪主意已定，只好说道："既然大掌柜的主意已定，那我们只有全力以赴破了青龙镇。不过，为了保险起见，我看这次攻打青龙镇，是否由三掌柜挂帅，四弟为副帅并兼征讨先锋如何？另外，明日下山时间有些仓促，能否放在三天以后，这样我们就有了充足的准备时间，取胜的把握就会更大一些。"

对于这位军师，黄龙彪还是比较信任和言听计从的，他的一些活动和谋略都源于军师，尤其是上次攻打县城使用的疑兵阵，就是他献的计。因此，他认为军师说得有道理，就说："此次出征，就依军师所言，老三为主帅，老四为副帅兼征讨先锋，时间就定在三天以后。好啦，都各自散了回去准备去吧！"待众人散去后，黄龙彪让李过即刻给姚大全写了同意三天以后攻打青龙镇的回信，但要他一定设法把冯玉清调离青龙镇，信写好后当即派人送往了县城。

随后，李过和白广才、胡柴进与黄龙彪一起，又商议起攻打青龙镇的细节来。李过认为，虽然冯玉清民团营的精锐已调到了县城，但留下的民团也是不好对付的，用一百多兄弟攻打青龙镇很难有胜算，因此一定要增加兵力才有胜算的可能。然而老三、老四带走一百多弟兄，寨内只有六七十留守的弟兄，要再增加兵力，只有向外借兵了。但眼下西山胡柴进已成了光杆司令，北山钻天豹手下倒是有五六十人，只可惜前不久内部起了火拼，由一个新入伙不久叫作石拴虎的人给取代了。这石拴虎到底是何方神圣，至今还未来东山朝拜，当家的还未顾上前去追问此事。但无论咋说，既然同道为匪，就有臭味相投之处，就得彼此照应。因此，他决定向石拴虎借兵一同攻打青龙镇，也好借机试探一下他的虚实软硬，他若愿出兵皆大欢喜，他若不愿出兵，待后带人剿了他，再将他的人马归入东山不迟。他将此计献于黄龙彪，得到了黄龙彪的首肯。

关于如何攻打青龙镇，李过认为宜智取不宜强攻。他谋划先派人混入青龙镇做内应，然后趁夜晚突然杀进镇去，必能打他个措手不及。

对于军师的计谋，黄龙彪、白广才、胡柴进、黄喉貂连连称好，于是第二天，白广才挑选了五个行事机敏且身手不凡的土匪，化装成生意人前往青龙镇。

再说，这五人来到青龙镇后，宿于镇中一曹姓山西人开的旅馆。店主家共七口人，除过婆姨和一个十一二岁的闺女外，膝下还有两个儿子。大儿子名叫曹智文，已三十多岁，帮助父亲料理旅馆，已有家室；二儿叫曹智斌，二十余岁，尚未婚配，目前参加了玉清的民团营。对于这些商人的到来，店家甚是热情。土匪说他们也是山西人，是前往甘肃做生意的，要在这里小住几日，并提前付了五天的费用，且拿出三十两银子作为他们的伙食费，要店家拣好的给他们上。店主看到这伙山西老乡出手如此大方，心里自是高兴，有问必答，小儿曹智斌晚上回家时，也兴致勃勃地将民团营的事情讲与他们听。

第二天吃过饭，这伙商人说此地是块风水宝地，又有老乡在此做生意，便想在此购置一块上好的宅地，作为他们途经的落脚地，并提出让店家陪他们到镇上一同选房，事成后将会重重地谢他。店家曹兴旺便信以为真，庆幸能遇上这么阔绰的老乡，便领了这些人前街后巷、城内城外转了个遍，逢人便介绍说这是他们山西的老乡，还帮他们选房谈价并做保人。

直到快晌午时分，这伙商人终于看好了街中一处房产。他们回到旅馆后，便很快地将镇内的布局画了一张草图，饭后派人以回山西筹钱为由返回了东山神仙岭。当黄龙彪和军师接到同伙带回青龙镇目前尚无任何动静的消息时，便决定拟于两天后的夜晚袭击青龙镇，到时以城头火把为号，然后内应打开城门迎接大队人马入城。

黄龙彪与李过等商议妥当后，于第二天一早，就打发那人重新潜回了青龙镇。接着，李过以黄龙彪的名义，给石拴虎写了一封邀请信，让他带领北山兄弟一同攻打青龙镇，答应事后获利按三七分成，并要他同意与否务必予以回话。

石拴虎当天接信后，陷入两难境地：一边是阴险毒辣、势力最大的匪首黄龙彪，他若不答应，势必会惹恼了黄龙彪，说不定黄龙彪哪天就会带人讨伐他的，他刚杀了周万昌取而代之，屁股还没坐稳就要被灭掉，心有不甘；他若答应了，又不忍心使英雄冯玉清蒙难，再说这也有悖于他的初衷。思前想后，他先给黄龙彪回了一封他愿意带人攻打青龙镇的信，之后又派人给玉清报了信。

再说，玉清在接到石拴虎来信的第二天，又接到了同继洲连发的三封十万火急的命令，说县城有非常重要的军情，让他立即回县城议事。玉清接信后陷入两难境地，他原来还准备从县标营中，抽调一部分标营军支援青龙镇，没想到县城又有了匪情，此时他若不遵令返回县城，将会受到违抗军令的惩处，但他若回了县城，那青龙镇的安危就无法保证。最后经过一番思考，他认为县城有坚固的城池，并有那二百多训练有素的标营军，因此不会有问题，而青龙镇的情形就大不一样了。于是他决定留下来，待解了青龙镇之危后再回县城复命不迟，即使受点惩罚也是值得的。

其实，这三道十万火急的命令是姚大全让同继洲发的。他向同继洲慌报了军情，说是据探子报告，东山黄龙彪又联络了几个山头的土匪要来攻打县城，让冯玉清火速回县城协助他守卫县城，同继洲一听害怕了，这才向玉清连发了三道命令。他出此阴招，就是要将玉清调离青龙镇，以便使黄龙彪能够得手，待玉清回城后再想办法除掉，以解除他的心头之患。因此他料定，玉清在接到同继洲的三道命令后，一定会返回县城的，之后他又给黄龙彪通报说这边的事情已安排妥当了，让他们放开了手脚去干。

这边，玉清决定留下来后，除做了周密的部署外，即刻加强了镇子的防守，镇内往来人员一律只准进不许出，全面封死了与外界的联系。这时，由东山返回的那一土匪已进了镇，当他们发现镇内似有觉察，正在进行紧张的备战时，就准备派人再回东山将这里发生的新情况告知黄龙彪，但为时已晚，待在曹兴旺旅店内的土匪出不了镇，只能暗自做着内应的准备。而那边，黄龙彪在接到石拴虎愿意带人攻打青龙镇、冯玉清已被调回县城的准信后，觉得万事俱备，就与李过及其他匪首为白广才、胡柴进、黄喉貂举行了隆重的壮行仪式，胡柴进和白广才便率领一百三十多个土匪，浩浩荡荡地朝青龙镇方向开去。

玉清在封锁了青龙镇的消息后，便带人对镇内的所有外来人员进行了盘查。有人反映，曹家旅店前两天，住进了五个可疑的自称是山西的商人，玉清便带人径直来到了曹家旅店。那五人先是一惊，接着便热情地又是递烟又是让座，当他们得知眼前这位英俊威武、气宇不凡的青年就是大名鼎鼎的冯玉清时，不禁倒吸了一口凉气。而当玉清盘问他们时，一旁的曹兴旺忙解释说："冯团总，这些客人是我们山西的老乡，他们是去甘肃做生意的，我敢用我们全家人的性命担保，他们绝对没问题。如果出了问题，我愿负全责。"

其中一人点头哈腰地说："团总，我们是做生意的良民，与曹老板是同乡，还是亲戚。"

虽然玉清看这几人有些可疑，但有曹兴旺作保，也就再未追问，于是对他们说："尔格是非常时期，不许乱走动，下午和曹老板一同要撤进城内去。"那几人连忙点头称是，玉清说完后又带人去了别的地方。

天快黑的时候，镇内的老人及妇幼均已按计划陆续撤往了城里。玉清在街上碰到了父亲，便问道："爹，您老这是要往哪里去？"

忠贤咳了一声说："城内那几家谁都不愿意接待侯家。这不，你奶让我接他们到咱家去。"

玉清一听，侯家还没有地方躲，就说："爹，我跟您一块儿去。"说着，便带了人随父亲一起朝侯府走去。

一进侯府，只见院内乱糟糟地站着侯家的人，地上堆放着大大小小的包裹及值钱的东西，兰香手里拎着一个包袱，手托江龙站在一旁。这时，只见强月娥一手叉腰，一手指着侯世耀骂道："你看你把人活成甚了，关键时候，没有一家愿意收留我们的，我这是倒了八辈子霉了，咋就摊上了你这么个丧门星……"侯世耀此时沮丧地低着头，一言不发。

正在埋怨侯世耀的强月娥，看见冯忠贤及玉清等人进了府，便立即迎上前，堆着笑脸说："他冯叔来啦？好些日子未见你们，还怪想的。"

忠贤也不搭理她，径直走到侯世耀跟前说："世耀，走！带上家人到我府上避难去。你看，街上的人大都撤到城里了，再不走就来不及了。"

这时，侯世耀像遇到了救星似的说："老哥，关键时候，还是老哥靠得住，你让我说甚好呢！"

忠贤说："甚也不用说了，都是街里街坊的。快，带上家人跟我走！"

"快，带上东西跟冯老爷走！"强月娥这时也高兴地说，其他人立即行动起来。

"叔叔，叔叔！"只见江龙跑过来，拉住玉清的手高兴地叫道。

玉清这时一边吩咐随行人员帮忙拿东西，一边牵着江龙的手说："江龙，别怕！有叔叔在，土匪就不敢来。"随即对兰香说，"兰香，还愣着干甚？快走啊！"说着，接过了兰香手中的包袱。

兰香看到玉清，一种难以言状的情感一下涌了出来。她深情地望了一眼玉清，点头"嗯"了一声，就搀扶着徐妈，跟在玉清身后出了侯府。

冯府已经接纳了四五户人家，府内叽叽喳喳地挤满了人，小娃哭、大人叫，好不热闹。此时，折老夫人与喜梅他们正忙着安顿来人，见侯世耀一家来到，忙热情地迎上去说："世耀，都来啦！"

侯世耀一见折老夫人，立即感动地说："姊子，又给您老添麻烦来啦！"

折老夫人说："这是甚话？我还怕世侄不来哩。"

"在咱全镇，唯有老夫人是大慈大悲的活菩萨，我们感激还来不及哩！"强月娥抢着说。

折老夫人说："来了就好，来了就好！我已给你们预备了一间厢房。"说着让喜梅领他们去，而喜梅却噘着嘴，极不情愿地领他们去了。折老夫人这时拉起兰香和江龙的手，对侯世耀说："世侄，就让兰香娘俩跟我一块儿住，我好长时间未见着兰香了，我想与我孙女晚上好好拉拉话，可以吧？"

侯世耀赶紧说："能成，能成！"随即跟上玉廉走了。

折老夫人转而对玉清说："玉儿，你就把兰香交给我，忙你的去吧。"

玉清答应着，将包袱交给兰香说："兰香，你就跟奶奶去吧。到了这里，就跟回到自己家一样，有甚事，你就直接跟奶奶说。"

兰香自踏入她曾熟悉的府门时，心里就有一种说不出的感受，听了奶奶和玉清的话，更是倍感温暖，红着眼眶说："知道了玉清哥，你要当心自己的安全，我和奶奶等你平安归来。"

"你和奶奶放心吧！我不会有事的。"说完，玉清带人出去了。

当玉清刚出了城门，一个团丁跑来报告说："报告冯标统，我们抓了一个奸细，他自称是山西商人，刚才趁混乱时偷跑出镇，被我们撵上逮住了。"

"尔格人在哪里？"玉清问。

那团丁回身一指说："那不是！"只见几人押着一个被绑的人来到了玉清面前。

玉清一看，就是他先前见过的那五个山西商人中的一个，不由一惊。险些让这些奸细隐藏了下来，那后果就不堪设想了。他自知这些土匪狡猾，不肯轻易承认，于是不露声色地打量了他一阵后，突然大喝一声："来人，给我把这个奸细拉下去斩了！"

一个团丁说："冯标统，不审问啦？"

玉清不耐烦地说："非常时期，还审问个甚？立即拉下去斩了！"

玉清的话音刚落，那人便"扑通"一声跪下说："求大人不要斩我，我交代，我交代！"

玉清大声说道："有话快说，少啰唆！"那人这才颤颤巍巍地承认，他们的确是东山土匪，是混入城内的奸细，准备今晚在大队人马攻城时，在城内做内应打开城门放大队人马进城。其暗号是，在城上以火把为号，攻城带队的是四头领胡柴进，还有三头领白广才和七头领黄喉貂。玉清听后问道："那你又为何逃出镇去？"

那奸细说："我们发现你们早有防备，怕他们今晚吃了亏，欲逃出镇去告知他们。"

玉清问："这事曹老板知道不知道？他是不是奸细，他们四人现藏身何处？"

那人回答说："这事曹老板不知情，他不是奸细。我们那四个人和曹老板一家，听说都躲进城里一个叫刘丙升的家里了。"

玉清一听全明白了，原来东山土匪攻打青龙镇的消息千真万确，他感激这个未谋过面但却给他传递情报的石拴虎。还有，他知道了西山匪首胡柴进真没有死，那晚真让人调了包给放跑了，还有黄喉貂，原来他俩都投奔了东山土匪黄龙彪，这次说甚也不能让他俩再逃了。之后，他让两个团丁押着奸细在街上等候，立即带了二十几人进了城直奔刘丙升家去。进了刘家，见那四个土匪正在屋内一个角落里，围在一起交头接耳地密谋着甚，玉清指着他们大喊一声："大胆奸细，给我拿下！"那四人先是一惊，接着欲起身反抗时，已被拥进来的兵士按倒在地绑了。

这时，坐在一边的曹兴旺，一见这些人是土匪奸细便慌了神，忙对玉清说："冯团总，这事我全然不知，是他们骗了我，我可不是奸细呀！"

玉清说："这不关你的事。"随即对兵士说，"带走！"玉清和兵士便押了土匪出了刘家。这时，在场的人见他们身边藏了土匪，个个吓得直吐舌头。玉清缉拿了五个土匪，之后叫了担任守城任务的冬生等人与田福学一起，重新制订了作战方案。

今夜，青龙镇上空没有月亮，周围漆黑一片，街上静悄悄地没有一点儿声响，只有值夜的打更声。

此时，夜已很深了，白广才、胡柴进已带土匪埋伏在距青龙镇只有三里地的蛤蟆湾，只等石拴虎的人马到来。已等了一个多时辰了，还不见石拴虎的人马到来。胡柴进已等得不耐烦了，正要起火埋怨时，却见北山来了两个人，说他们石掌柜正领着大队人马赶往这里，距此还有五六里路程。胡柴进一听，立时火冒三丈，大骂姓石的胆小怕死，并呵斥那两人回去告诉石拴虎加快速度，他们先赶往青龙镇在镇外等他。随即，他对白广才说："三哥，不等了。我们先把队伍拉到青龙镇外再等他们，也好先观察一下镇里的情况，而后再见机行事。"白广才一想也只能这样了，便点头同意，于是他俩便带上土匪悄悄地向青龙镇而去。

当白广才、胡柴进、黄喉貂带领众土匪来到青龙镇时，但见镇内一片宁静，说明他们毫无防备，此时又忽见城上有几个火把在晃动。胡柴进一见，不由心中一阵大喜，以为他们的内应得手了，就对白广才说："三哥，快看！城上的火把亮了，说明我们的内应得手了。趁他们毫无防备，我这就带弟兄们杀进去，定能大获全胜。"

白广才忙摆着手说："四弟，不可轻率，防止有诈。再说，石拴虎的人马还未到，再等等。"

可报仇心切的胡柴进哪里听得进去，便说道："不等了！再等下去会误事的。"随即对众匪徒大声喊道，"弟兄们，跟我杀进城去，发财立功的机会到了！"便身先士卒地率领土匪冲进了镇。

白广才见拦不住胡柴进，就冲着他的背影喊道："四弟，那我带人在镇外接应你。"随即，喊住了后面的三十几个土匪留在了原地。

当那群亡命之徒跟着胡柴进喊杀着刚冲到城下时，只见城上火把齐明，随之鼓号响起，瞬间城上的石头瓦块像雨点般地投掷而下，接着燃烧的柴捆喷着烈焰滚下城来，照得城下通亮。冲在前的土匪被石块砸中的、被大火吞噬的不下二十余人，立时死伤了一大片。这突如其来的打击，一下子把胡柴进打蒙了，就在他发愣时，只见一些土匪抱头向后逃去。胡柴进见状，挥刀连砍两人，并大声喊道："不许后退，给我往前冲！"可土匪自知城里人有了防备，哪能听他的，仍没命地往后逃去。而这时，却见镇外一大队人马冲进镇来，同时城里的人也打开城门冲出了城，胡柴进见大势不好，便转身消失在了黑暗中。

原来，镇外杀进来的这一队人马，是玉清率领的民团营将士。为了打好这一仗，玉清让冯玉文、张德洲、冯忠有率一部分民团营和城内的壮年守城，并密切监视土匪的动向，待土匪到来时，再假借内应在城上点起火把，告知来匪城内得手了。而玉清、玉栓、德江、树怀皆率领大部分民团营，事先埋伏于镇子对面的山根下，只要镇里的战事一开，他就率大队人马杀进镇来。于是，待玉清率队杀进镇后，在内外夹击下，除过负隅顽抗的匪徒被砍了外，其余土匪也都乖乖地做了俘虏。整个战斗，持续了不到一个时辰便大获全胜，此仗共毙敌五十多人，俘四十余，镇内百姓及民团无一伤亡。

可是在清理战场时，除过俘获的匪首黄喉貂孙旺高外，却始终没有找到三匪首白广才和四匪首胡柴进。原来，白广才看到冲到城下的弟兄遭到了打击，又见身后杀来一队人马，自知不妙，便丢下胡柴进带着三十多人，悄悄地逃回了东山神仙岭。而胡柴进自知中了埋伏，哪敢恋战，便趁乱一个人跑到镇中一处墙角躲了起来，之后又逃出镇消失在了黑暗中。

在玉清的精心谋划和指挥下，未损一兵一卒，便取得了伏击土匪的重大胜利，全镇的人欢呼雀跃。女人们忙着做饭慰劳民团营将士，男人们则忙着打扫战场、处理毙命土匪的尸体，一直忙到天亮，之后在城内避难的人才陆续回了家。此时，忙着送水做饭一夜未合眼的兰香，多么想给玉清端上一碗热腾腾的饭菜，说上一两句贴心的话儿，可直到她离开冯府时，也未见到他的影子，这让她倍觉伤感，因而在返回侯府时，几乎是一步三回头。

玉清这阵儿正和田福学商议这些被俘土匪的处置意见。他吸取了上次的教训，怕同继洲再向上邀功斩了所有的土匪，便突击审讯了这些土匪，最后甄别出了包括黄喉貂在内的十二个罪大恶极当斩的土匪，对其余二十几人建议收监坐牢。同时，玉清在给同继洲拟写报告时，以他和田福学的名义，也给朔州董知府写了份建议报告，并差人送往了朔州。接着，玉清顾不上歇息，即刻挑选了二十多个团丁，押着黄喉貂等土匪就赶往了县城。

玉清伏击东山土匪大获全胜的消息，早已传进了安宁县城。同继洲在听到这一消息后非常高兴，他认为玉清又给他立了一大功，从此东山土匪不会再对县城构成威胁了，他还能借此事向上邀功请赏。姚大全得知这一消息后，不禁大吃一惊，他知道这下闯大祸了，黄龙彪遭到如此大的败绩和损失，一定不会饶过他的。眼下只有一条路可走，那就是必须想办法杀了冯玉清，并将他的人头献给黄龙彪，或许能消除他的心头之恨而饶他不死。

因而，姚大全表面装出一副高兴的样子，心里可却在谋划着除掉玉清的计划。当他得知同继洲要表彰玉清时，就对同继洲说："同大人，冯玉清这次大胜东山黄龙彪土匪，是该为他庆贺的，但他违抗您的军令，不按时回城复命的事不可不追究。大人您想想，他尔格是兵权在握，根本不把您放在眼里，对您连发的三道十万火急的命令置之不理，幸亏土匪这次夜袭的是青龙镇，要真袭击的是县城，那县城和大人您不就危险了吗？因而，这次还是要给他一点厉害和警告，不然，他以后哪会听您的？"

经姚大全这么一说，同继洲也认为冯玉清目中无人，是得给他一定的教训，要不然以后就更没法掌控他了，于是他问姚大全道："那你说，怎样做才合适？"

姚大全见同继洲被他说动了，就趁机说道："大人，冯玉清功是功，过是过，功过是不能相抵的。我看，给他搞欢迎仪式就算了，搞个小范围的庆功宴还是有必要的。但是必须关他几天禁闭，杀杀他的傲气，看他还再敢违抗您的命令。"

同继洲听后说："给他一定的处理是必要的，但要关他几天禁闭，这怕不妥吧？"

姚大全望着同继洲说："大人，我觉得这样很有必要。不这样做，姓冯的就不知道，这安宁县是姓同还是姓冯。这样做就能使其他人对您绝对忠诚，否则往后谁还听您的。"停了一下，他又继续说道，"大人，我知道您为难。但不要紧，为了大人，我来唱这个黑脸，相信他也无话可说。再说，只是临时关他几天，又不是真关。"

同继洲最后终于同意了，就说："就依姚代标统的意见办，到时由你来宣读对他的处罚决定并实施关押。好啦，你下去准备去吧！想必冯标统快到了，我还要拟写表彰和处罚他的决定哩。"姚大全如愿以偿，领命而去。

姚大全走后，同继洲立即叫来师爷俞振海和书记员党俊生，对他们如此交代了一番。俞振海听后，不解地说："同大人，冯标统虽有错，但罪不至关押吧？他毕竟是有功之人，这样做恐怕不妥吧？"

同继洲说："这有何不妥的？他剿匪有功就表彰他，他违抗军令就处罚他，功是功、过是过。再说，只是暂时关他几天，以示惩戒，又不是真关。"俞振海一听，知道这是姚大全从中使的坏，就未再说甚，只好照办。

当玉清押着被俘土匪来到县城时，闻知此事的百姓早早就在西城门口自觉地站了好几行，等玉清一到，鞭炮鼓乐齐鸣，欢呼声响成了一片。城内的标营军更是欢欣鼓舞，纷纷上前与押送土匪的民团营军士相拥而抱，玉春、德山、玉奎、长武、长生、长福上前握着玉清的手说："冯标统，你又打了大胜仗，我们真为你高兴。"接着，玉春又关心地问道，"咱青龙镇，没受甚损失吧？"

玉清说："这次几乎全歼了来犯土匪，咱镇丝毫未受损失。"他说着，环顾了一下四周，未见县衙的一个人前来，就对玉奎说："你带人，先去把土匪押往县牢关了，注意交接好手续。"说毕，一个人就去了县衙。

同继洲见了玉清，高兴地说："冯标统，这次你在家乡又打了大胜仗，一下子歼灭了八九十个土匪，又为咱们县立了一大功，真是可喜可贺！"

玉清说："剿除匪患，乃本人的职责所在，谈不上功劳。"说着，递上表册和报告说，"同大人，这是全部被俘土匪的名单，还有我与田驿丞写给大人关于这次剿匪的战况以及对这些土匪的处置意见，请大人过目。"

同继洲接过表册与报告瞥了一眼，然后放在桌上说："这个不忙，待我以后再看。你也累了，先坐下歇息歇息。"说着，喊人给玉清沏了一杯茶。

玉清站起身说："同大人，要是再无甚事，我就回营歇息去了。"

"不忙，不忙！待会本知县还要为你接风摆庆功宴哩！"同继洲说。

"不用了。这点小胜，何劳大人这样。"玉清说着，又要抬脚告辞。

同继洲将玉清按到椅子上说："庆功宴一定要给你摆的，我都安排好了，他们一会儿就到。"等玉清坐下后，他又看着玉清说，"冯标统，你可接到了我的十万火急令了吗？"

玉清回道："回大人，接到了。"

"那你为何没有按时回来？而我是连发了三道命令的。"同继洲严肃地说。

"回大人的话，当时青龙镇情况紧急，因此我没有及时赶回来。"玉清说完后，又补充道，"当时土匪要攻打青龙镇，我是想等先解了青龙镇的危机后再回城复命。这不，青龙镇的战事一结束，我就马不停蹄地赶了回来。"

同继洲听后说："你知道，你这是违抗军令的行为，是要受惩罚的！"

玉清说："在下知道，愿接受知县大人的惩罚。"

同继洲说："这可是你说的。我没有看错人，冯标统真不愧是一位能屈能伸的大丈夫。"

正说着，一个衙役进来报告说："报告大人，宴席已准备好了，大家正等着知县大人和冯标统哩。"

同继洲对玉清说："好啦！关于你违抗军令的事，一会儿再说，我们还是先去赴宴吧，大家都等急了。"说着就先出了屋。

玉清一走进宴会厅，在座的俞振海、姚大全、蒋卫朝、赵光亭、郑福全、党俊生等人立即起身鼓掌欢迎，姚大全带头说："欢迎我们的英雄凯旋。"这一热烈的欢迎场面，倒搞得玉清不好意思起来。

等大家都落了座，同继洲端起酒杯说："今天这个宴会，是专为冯标统设的。就在昨天，冯标统在青龙镇率领留守民团营军士大败东山土匪，这是咱安宁县有史以来，在平息匪乱上取得的最大一次胜利，为安宁县立了一大功。因此，我代表全县三万多父老乡亲，向冯标统敬一杯！"其他人也纷纷端起酒杯向玉清祝贺。

玉清忙端起酒杯说："谢谢知县大人和众位的抬举。不过，那都是众兄弟和全镇人的功劳，并不是我一个人的功劳。我也代表全镇的父老，谢谢知县大人和众位的关爱。"说着，首先干了酒，其他人也都干了。接着，宴会正式开始，大家有说有笑，气氛十分融洽。

约莫一个时辰，因为大家热情敬酒，玉清已有些醉意了。这时，同继洲站起身说："好啦！今天的庆功宴到此结束。下面，本知县有两个决定，要当着冯标统和大家的面宣读。"停了一下，他对俞振海说，"师爷，由你宣读第一个决定。"

俞振海起身拿出一份告示，对玉清说："冯标统听令！"玉清起身跪了下来。只听俞振海宣读道，"安宁县标营标统冯玉清，心系百姓，用兵有方，在青龙镇大胜东山土匪，为平息县境匪患立有大功，特记大功一次，以资鼓励。"宣读完毕后，大家都为玉清鼓起掌来。

接着，同继洲又对姚大全说："姚卫千总，宣读第二份告示。"

姚大全站起来，先清了清嗓子，随后大声说道："冯标统听令！"继而拿出告示念道，"县标营标统冯玉清，目无朝廷律法，在匪情严峻时，只惦记青龙镇，不顾及县城安危且有意违抗军令，本应重责，但念其在剿匪中立有战功，故而从轻发落。给本人记大过一次，暂停县标营标统一职，由姚大全继续代任，只保留青龙镇民团营团总一职，并处以关押半月，以示惩戒。"

此令一宣读，其他不知情的人立时两眼圆睁，大惑不解。玉清也觉意外，原以为同继洲只是口头训诫，没想到处罚如此之重，但又考虑到军令无儿戏，为了维护知县的尊严，虽有不满，但还是默认了。

这时，同继洲对玉清说："冯团总，我本来不想这样，但功是功、过是过，且军令如山，岂能儿戏。因此，我只能这样了，还望你能体谅本知县的一片良苦用心。"

玉清说："在下知错，愿接受惩罚！"

"好！那就先委屈你了。"同继洲说着，向姚大全示意了一下。

姚大全立即走到玉清跟前说："冯团总，那就对不住了。"随即朝外喊道，"来人！"话音未落，门外立即涌进来六个官兵。姚大全这时指着仍跪在地上的玉清，喝道，"摘下他的顶戴花翎，给我拿下押往县牢。"那几个清兵便上前，摘下玉清官帽上的花翎，将他拉起来戴上铁铐押了出去。整个过程，玉清没有做任何反抗。

当姚大全押着玉清刚出了县衙，迎面碰上了刚从监牢返回县衙、向玉清复命的玉奎等二十多人。他们一看有人捉拿了他们的统帅，便呼啦一下围了上来。玉奎上前，指着姚大全质问道："冯标统犯了何罪，为甚抓他？"

姚大全见状，对玉奎说："他违抗了军令，我是奉了同知县的命令抓他的。"

"他违抗了甚军令？"玉奎紧盯着姚大全问。

姚大全说："就在前天，据探子报告，说东山黄龙彪纠集了几百名土匪要来攻打县城。因而同知县连发三道命令，让冯玉清带队火速返回防卫县城，但他拒不执行命令，所以他违抗了军令就得关他几天，以示惩戒。"

玉奎一听，大声说道："我是守城的，土匪要来攻打县城我怎么不知道？"停了一下，他指着姚大全说道，"哦！这下我明白了。土匪真正要攻打的，是青龙镇而非县城，你们火速调玉清率民团营来县城，就是有利于土匪攻打青龙镇的。难怪你们要连发三道命令催他回城，原来是要把他关起来谋害他。你说，是不是这样？"

众人这时似乎才明白了，就纷纷嚷叫道："甚违反了军令？这分明就是秦桧害忠良，没安好心！""冯标统刚剿匪打了胜仗，你们不但不表扬他，反而抓了他，你们这不是在替土匪出气吗？""狗县官功过不分、是非不明，同继洲简直就是个混账王八蛋！""你们才是通匪的奸细，真正该抓的人是你们……"

姚大全这下可急眼了，指着冯玉奎大声叫道："简直是血口喷人、一派胡言。土匪攻打青龙镇，我和同知县怎能知道，幸亏他们攻打的是青龙镇而不是县城，否则问题就严重了。因而，关他半个月是轻的，否则是要治他的罪的。"

玉奎见他这般狡辩，便不再与他理论，就指着姚大全厉声说道："冯标统是无罪的，请你立即放了他！"

这时，县衙门口聚集了很多人，也一同跟着喊道："放了冯标统，放了冯标统！"

姚大全一看事情要闹大了，眼看要被他关进笼里的老虎冯玉清又要被他们放走了，就抽出刀对玉奎说："大胆冯玉奎！你想造反吗？我是在执行公务。请你给我让开，若不让开，就以谋反的罪将你们拿下，一并送往县牢！"

姚大全的话，像点燃了火药桶似的，一下子激怒了众人。只见玉奎和二十几个军士，一下齐刷刷地抽出刀摆开了阵势，那些围观的群众也胳膊挽着胳膊围了三四层护住了玉清。玉奎握着刀，对姚大全说："你今格要是不放冯标统，我就跟你拼了！"姚大全和那几个官兵，被眼前的阵势吓住了，举着刀不敢上前一步。

就在双方对峙僵持不下时，玉清跨前一步，对玉奎大声说："玉奎，不得胡来！姚千卫总也是在执行公务，不要为难他。"

"不行，他们是有意谋害你的，他们今天必须放人！"玉奎执拗地说。

玉清说："你这样做，是更陷我于不义。再说，他们只是暂时关我半个月，我不会有事的。你要是为我好，就赶紧带人让开。"随即，他举起戴镣的双手，朝围观的众人大声说道，"谢谢大家对我的关爱，还是请大家让开道吧！"见玉清这么说，玉奎和众人不得不让出一条道，姚大全这才押上玉清匆匆地走了，玉奎等人不放心，随后也紧跟了去。

姚大全押着玉清进了监狱，郑福全早已回到了监牢。这时他也弄不明白，冯标统到底犯了何罪，值得知县和姚大全这样对他。凭他对冯标统为人的了解与好感，他知道肯定是有人与冯标统过不去才有意整他的，于是提前赶了回来，给冯标统预备了一个条件较好的牢房，等玉清一到，就把他关了进去。

关了玉清，姚大全总算松了一口气，然后对郑福全说："你要好生看护好冯团总，不能出现任何问题，也不能让任何人探监。要探监，必须得经我的允许。"

郑福全说："姚代标统请放心，不会出问题的。"

之后，姚大全对跟进监牢的玉奎等人说："这下你们可以放心了吧？只是关一阵子就放了，不会有事的。"

玉奎也不搭理他，对郑福全说："郑监狱长，冯标统就交给你了。你要好生待他，不能出任何问题，出了问题，我会找你算账的。"

郑福全同样点着头说："请冯标队放心，我向你保证，不会有问题的，出了问题，我愿承担一切责任。"安排好了玉清，姚大全和玉奎这才带着各自的人离开了县监牢。

玉清无故被抓、被关的消息，当天就在县城传开了，立即引起了人们的议论和猜忌。大多数人认为，县衙内出了奸贼，抓冯标统是奸贼害忠臣哩，并纷纷替冯标统鸣不平，镇内几位有正义感的绅士，还准备联络城中百姓去县衙请愿。玉春知道玉清被关后，更是按捺不住心中的怒火，与德山、玉奎、长福、长生等一商议，决定第二天带领众标营兵去县衙要人。而此时的同继洲也深感对玉清处罚过重，不该关他，幸亏玉清识大体顾及了他的颜面，要是当时闹腾起来他就不好收场了。特别是以这种理由关押玉清，实在是有些牵强，更不能服众，现在闹得满城风雨，他真后悔当初不该听姚大全的话，但事已至此，也只好硬着头皮这样了。

可此时的姚大全却并不这么想，他认为关了玉清才是他的第一步计划。接下来，他绝不会让姓冯的活着走出监狱，而且越快越好，免得夜长梦多。更重要的是，他怕黄龙彪这几天就来找他算账，早早地结果了玉清，然后将他的人头献与黄龙彪，也许黄龙彪就能放过自己。至于如何让玉清死在监牢，他有的是办法糊弄同继洲，于是他很快就想出了一个更为狠毒的计谋来。

天黑以后，姚大全来到监狱，他问郑福全道："今格被冯玉清押回的那些土匪，都关在了哪里？"

郑福全回答说："黄喉貂等十二个要犯关在九号牢房里，其余的关在十五号牢房。"郑福全又奇怪地问道，"你问这个做甚哩？"

姚大全将郑福全拉到一旁，小声说："将冯玉清关到九号牢房里。"

郑福全惊诧地说："这样不妥吧？会出人命的。"

姚大全掉下脸说道："哪有那么严重？这是同知县的意思，你只管照做就是了。"

郑福全听后一脸疑惑，迟迟未动。姚大全见他不肯动身，就催促道："还愣着干甚，误了大事你担当得起吗？"随后说道，"走哇！我陪你去。"郑福全无奈，只好提了钥匙，跟上姚大全去了关押玉清的牢房。

郑福全打开牢房叫出玉清，玉清问道："你们这是要将我弄到哪里去？"

姚大全说："给你换个更好的地方。"玉清再没细问，反正进了这个地方，就得由他们摆布，于是跟上郑福全和姚大全，穿过长长的狱道来到九号牢房前。

牢门打开，玉清刚一走进去就发现不对劲，里边怎么有这么多犯人，就转身问道："怎么将我关在这里？快放我出去！"

可是牢房门"咣"的一声被关上了，姚大全说："冯团总，对不起，因为有更重要的人犯要关押，牢房不够用，就暂且委屈你了。"说完，叫上郑福全头也不回地走了。玉清敲打着铁门，朝姚大全背影大声喊道："姓姚的，你给我站住，我有话要问你。"可姚大全哪肯理他，一转身就出了牢狱。

玉清这一喊不要紧，却招来了同牢十几个犯人，他们围着他看了一会儿，突然一人冲玉清说道："还认识我不？"

玉清借着狱道微弱的灯光一看，见是西山三匪首黄喉貂。原来，这里面关的，全是经过他审理过的重刑犯，他明白了姚大全将他关在这里的用意。直到这时，他才意识到同继洲和姚大全借故关他半个月，实质是要借土匪之手置他于死地，可是一切都晚了。想到这里，他反倒冷静了许多，于是轻蔑地望了一眼黄喉貂，虽然没有理他，但却警觉起来。

黄喉貂见玉清认出了他，就哈哈一阵大笑，之后说："姓冯的，没想到，你这个剿匪的大英雄也成了阶下囚，与我们这些罪大恶极待斩的土匪关在了一起。"说完后，他突然举起双手，激动地喊道，"苍天呀，大地啊！你可把残害我们的仇人送到面前了。"说着，他朝其他土匪喊道，"弟兄们，这就是昨晚袭击了我们，又抓我们来这里的仇人冯玉清。给我上，弄死他！"

那些土匪一听说眼前的人，就是仇人冯玉清时，便一齐怒喊着朝玉清扑了上来。玉清虽然双手还戴着铁镣，但并不惧怕他们，只见他做半蹲状，突然举起铁镣将冲在前的两人砸倒在地，接着一个扫堂腿又扫倒了两个。其余土匪一看冯玉清还这般厉害，一下愣住了，围着玉清不敢再上前，玉清也半蹲着不断转着身注视着他们，眼内喷射出愤怒的火焰。

这时，黄喉貂喊道："弟兄们，不用怕！拉出去砍了头是一死，杀了仇人也是一死，而且还能赚一个。弟兄们，跟我上！"说着，带头扑向了玉清。这家伙还真有一点功夫，玉清被铐了手行动不便，连试了两招都没有击倒黄喉貂，其他人见玉清注意力全集中在黄喉貂身上，便趁机扑上来，死死抱住玉清的腰使他动弹不得。这时，黄喉貂扑上来，就照玉清的太阳穴捣去，想一拳结果了玉清的性命。在这千钧一发之际，玉清飞起一脚，一下子踢到了黄喉貂的前心窝，只听黄喉貂"啊"的一声倒在地上爬不起来了。同时，玉清用肘向抱他的两个土匪头部击去，但那两人仍死死抱住玉清的腰不放，其他几人又趁机扑了上来。

在这危急时刻，在外执勤的两个狱卒，听到牢里有喊叫打斗的声音，立马跑过来喊道："住手！住手！再不住手，就把你们统统拉出去砍了！"

狱卒的到来，才使那些土匪住了手，那几个被玉清击倒的土匪，这才爬起来搀扶起黄喉貂退到了一边，玉清暂时也得到了解救。一个狱卒，用木棒指着那些土匪吼道："你们都给我放老实点，再不许打斗。谁要是再打斗，就将谁拉出去单独修理。"在狱卒的呵斥下，那些土匪和黄喉貂，才拥坐在了牢内靠里边的一个圪塄里，玉清也拖着疲惫的身子坐在了靠门口的墙角。平息了牢内的打斗，留下来一个狱卒继续监视着他们，另一个赶紧跑去给郑监狱长汇报去了。

郑福全刚送走了姚大全，一听说九号牢房发生了打斗，心想不好，立马带人赶了过来。当他看到坐在牢门口一角的玉清时，紧张地问道："冯标统，你没事吧？"

玉清一笑说："我没事。"

郑福全见玉清没事，就对那些土匪说道："你们平时杀人放火，尔格关在牢里了还不老实。你们若再敢在牢里行凶打人，我就让你们尝尝这牢里的刑罚，保证让你们一个个生不如死！"随即，他又吩咐三个狱卒守护好九号监牢，一有情况，立即鸣哨示警，随后他又安慰了玉清一番这才走了。

牢房内死一般的寂静，只有狱卒值夜的脚步声和偶尔犯人梦魇中的号叫声与痛苦的呻吟声。狱道内的灯光，闪烁不定、忽明忽暗，整个监牢显得阴森恐怖。

在九号监牢内，没有一人入睡。黄喉貂和那帮土匪瞪着圆溜溜的眼睛，注视着昏暗灯光下的玉清，像一群恶狼似的眼睛发着蓝光。玉清感觉他如同置身于狼窝，随时有被这群恶狼吞噬的可能，因此他警惕地注视着他们，一刻也不敢放松。

此时的玉清，才真正意识到了他所处的险境，看来他今晚是凶多吉少了。但让他不明的是，同继洲为甚要置他于死地，他与同继洲又没有什么过节，更无深仇大恨……若不是同继洲，那就是姚大全了，难道是因为他与自己争兵权？或是因为他曾抓了他弟癞皮狗？可这些也犯不上非要取了他的性命不可。那只有一个解释，他果真是通匪的奸细，他是要借土匪之手整死他。只恨青龙镇没有活捉住胡柴进，要是捉了胡匪，他一进城就会把姚大全抓起来的，但这一切都晚了。

夜已经很深了，玉清一连几昼夜都未合过眼，又加上刚才与牢内的土匪搏斗了一番，之后又高度警觉地提防着土匪，他的精力终于支持不住了，不知不觉地睡着了。此时，牢房内没有一点儿响动，也听不到值夜人的脚步声，大概狱卒也靠在牢门口睡着了，只有狱道的灯光还忽明忽暗地闪烁着。

忽然，一个土匪悄无声息地爬到玉清跟前，一看玉清睡着了，就向其他土匪摆了摆手。只见几个土匪悄悄地爬过来，用事先准备好的两条长裤带，轻轻地套在了玉清的双脚和脖子上。只听黄喉貂小声喊："用劲，弄死他！"那几个土匪便"咿呀"一声，狠劲地勒紧了玉清的脖子。

玉清一下子惊醒了，刚喊了一声："来人啊！"便被人捂住了嘴呼喊不得，想动脚，却被人捆了动弹不得，他下意识用铁镣砸了一下门就晕了过去。

靠在牢外墙上迷糊的狱卒，听见牢内的动静，一下子惊醒了。一看这情形，立即吹响了警哨，十几个手持警棍的狱卒，一下拥进了牢房挥棍打散了土匪，迅速解开了勒在玉清脖子和脚上的裤带，其余几个狱卒举着警棍喝令土匪蹲下。

这时，郑福全闻讯赶了来，一看玉清直挺挺躺在地上一动不动，立即叫人又是掐人中又是压胸捶背，不一会儿见玉清长出了一口气总算缓了过来。郑福全见玉清缓过来了，忙扶着玉清并不断地喊道："冯标统，你醒醒！冯标统，你醒醒……"

又过了一会儿，玉清才慢慢地睁开了眼睛。当他第一眼看到郑福全时，就有气无力地说："郑监狱长，差一点我就见不到你了。"

郑福全见玉清活过来了，立时高兴地说："多悬呀……"之后又说道，"好啦！这下没了，这下没事了。"随后将玉清交给别人扶住，然后指着蹲在墙角的土匪，厉声说道，"刚才都是谁干的？有种的给我站出来！"

那些土匪低着头，相互看着，没有一个人应声。这时，蹲在里面的黄喉貂站起来说："是我让干的，咋啦？"他摆出一副死猪不怕开水烫的嚣张神态。

"大胆！竟敢在牢狱内谋划杀人，真是活得不耐烦了。给我带走！"郑福全话音一落，黄喉貂立即被押了出去。

这时，玉清已经能坐起来了，郑福全望着玉清心里犯了难。若将玉清继续关在九号监牢，玉清必死无疑，这也正是姚大全所想要的结果。但是他清楚，如果玉清死在监牢里，那姚大全就会找个替罪羊把责任全推给他，就如同上回监狱发生了偷梁换柱放跑土匪的事。凭直觉，他认为是姚大全干的，可姚大全却找了个替死鬼麻六，这要是他当时在，说不定这个替死鬼就是他了。如今，姚大全又要使坏，不过他也是个有良知和正义感的人，他不能眼睁睁地看着冯标统这样的英雄好汉被姚大全害了，即使以后受到姚大全的刁难和暗算，他也不能做出这种助纣为虐、陷害忠良的恶事来。于是，他对玉清说："冯标统，让你受惊了，是在下的失职。"

玉清说："这不关你的事，我还要谢你哩！"

郑福全说："不用谢，我这就将你换回原来的牢房去。"说着，吩咐人搀着玉清又回到了原来的牢房。接着，他带人将黄喉貂带进了审讯室，美美地惩罚了一顿，才让人将打得半死不活的黄喉貂拖回了牢房。

第二天一大早，姚大全就急匆匆地去了监狱，他是准备替玉清收尸的。

谁知他进了监狱一问，玉清还好好地活着，顿时变了脸，找到郑福全后气愤地质问道："是谁把姓冯的又关回原来的号子？这是有意违抗同知县的命令！你知罪吗？"

郑福全顶撞道："是我让关回去的。你知道不？昨晚冯标统差一点就被黄喉貂他们打死了。要是冯标统昨晚死在我的监牢里，是你负责，还是我负责？"

姚大全被问住了，忙换了语气，假惺惺地说："竟发生了这样的事？这些土匪真是匪性不改。"接着又说道，"好啦！我这就给同知县汇报去。"说完，便拂袖而去。

姚大全前脚刚走，后脚玉奎就带人来了监狱。一听说昨晚发生的事后，立即火冒三丈，气愤地说道："这分明是姚大全和同继洲要害死冯标统。走！找他们算账去。"说着，就要带人去县衙。

郑福全赶紧拦住玉奎说道："冯标队，不可冲动，你们还是先看看冯标统再说。"随即，领上玉奎他们去了牢房。

玉奎一见到玉清，就抱住玉清哭着说："让你受苦了。"随后愤怒地说道，"狗贼姚大全，我绝饶不了你，尔格我就带人去宰了他！"

玉清望着玉奎说："七哥，不能这么鲁莽，我这不是好好的吗？"接着说道，"凡事要冷静，他们关我并不是那么简单，你这样冒冒失失地一闹腾，反而会把事情闹糟，说不定还会连累你和众弟兄的。"

"我不怕！"玉奎说。

郑福全接着说："冯标队，冯标统说得对，不能莽撞，还是要另想办法营救冯标统，这里有我照顾，他暂时不会有危险的。"

玉奎这才压住了怒火，对玉清说："无论如何，也不能让他们再关你了。他们昨晚没有害了你，还会想别的法子害你，所以我们一定要想法子救你出狱。"之后，转向郑福全说，"郑监狱长，那冯标统就先交给你了。"说毕，又安慰了玉清几句，便带人匆匆地离去了。

第十八章　众军民齐心救功臣
出牢狱不改初衷情

　　玉奎回到军营，把牢里的情况告诉了玉春和德山他们，军营里立时炸了窝，众人立即提了刀叫嚷着要去牢里救出冯标统。玉奎记住了玉清的话，极力地劝住了大家，玉春、德山、玉奎、长武、长生、长福几人经过商议，决定带领标营众兄弟去县衙请愿，要求释放玉清。

　　当玉春带人来到县衙时，只见县衙大门口站着十几个手持兵器的官兵。玉春向一个头领说明了来意，那官兵头领说："同知县尔格正忙着，没有工夫见你们，你们还是走吧。"

　　玉春耐着性子说："我们也有很重要的事情，要面见知县大人，还是麻烦进去通报一声吧。"

　　玉奎平时就看不起这些趾高气扬的官兵，见他挡了道，他的火暴脾气又上来了，指着那个官兵说道："你让不让开？"

　　那个官兵见玉奎和所有标营军都没有带兵器，也就不怕他们了，于是就大着胆子抽出刀喝道："大胆！你们想造反吗？谁敢上前，格杀勿论！"其他几个官兵也抽出刀横在了前面。

　　玉奎一听，把胸脯一挺，大声说道："来，有种的就朝老子这里来！"说着，一步步逼了上来，其他人也随后跟了上去，那几个官兵见状，只得握刀慢慢地往后退去。

　　这时，县城的郑相芝、杨百贤、吴佩奇、卢占农等几位开明绅士，领着七八百个百姓赶来了。一看这情形，郑相芝赶忙上前，一拍玉春和玉奎的肩膀说："兄弟，不可这样，让我给他们说说。"说着，对官兵头领说，"这位军爷，我们是城里的请愿团，是来请求知县大人释放冯标统的，还劳进去通告一声，让我们和这几位兄弟进去。"

那位官兵说："请不要为难我们，这是姚代标统吩咐的，说是没有他和同知县的命令，谁也不能进去。"

原来，按照姚大全的计划，昨晚玉清必死无疑，他担心玉春带领标营军前来闹事，因此在他去监牢前，就调了十几个官兵守在县衙前，并交代没有他的命令，不许放任何人进去，如果冯玉春、冯玉奎胆敢前来闹事，就把他们以谋反的罪名抓起来。谁知他去了监牢后，却发现玉清还好好地活着，这一下打乱了他的计划，由监牢出来后就直接回了家另想计策去了。

这里，任凭郑绅士如何求情，清兵头目还是不肯放他们进去。于是，衙门前的群众和标营军，就纷纷喊起了口号："放了冯标统，放了冯标统！""惩治奸贼，拯救英雄！"立时县衙外喊声一片，而且人越聚越多。

同继洲此时正在衙内用早膳，昨晚姚大全的狠毒计划和清晨给县衙增调官兵的事，他是不知情的。这时衙外的喊声如潮，不觉吓了他一跳，忙让俞振海出去看看出了甚事。不一会儿，俞振海进来报告说："回同大人，衙门外来了千余百姓和标营军，为冯玉清请愿来了，要求释放冯玉清，并要面见大人。"

"啊！怎么发生了这样的事？"同继洲一下显得慌乱起来。

俞振海说："我看，大人不见是不行了。不如这样，让他们各派出几个代表进来见您如何？"

"快快有请！"同继洲着急地说，随即连饭也顾不上吃了，就直接去了县衙大堂。不一会儿，俞振海领着郑相芝等六位请愿团代表及冯玉春、张德山、冯玉奎、杨长福、杨长武、折长生标营军代表进来了，同继洲赶忙给他们赐了座。

待坐定后，玉春首先起身问道："同大人，敢问冯标统所犯何罪？你为何将他打入大牢？要知道，他可是刚刚在青龙镇剿灭了来犯的东山土匪，你不但不表彰奖励他，反而要加害他，请给我们一个合理的解释。"

郑相芝接着说："同知县，我们惊闻冯标统昨日被打入大牢。他可是咱安宁县的剿匪英雄，他前天带领民团营，在青龙镇剿匪刚打了大胜仗，你们昨日就将他打入大牢，此等使亲者痛、仇者快的事有失公允、有失民心。因此我们几位，代表县城三千多百姓，请求知县大人立即释放冯标统，以平民怨。"说着，他将请愿书递上说，"大人，这是我们的请愿书，请大人过目。"

同继洲接过请愿书，"啊啊"地不知该说甚为好。这时，德山站起来直截了当地说："同大人，我只想问你一句，冯标统所犯何罪？你为甚要关他？"

同继洲说："他不听军令来县城。"

德山紧跟着问："你急着叫他回来，县城到底有甚急事？"

"土匪又要攻打县城了，叫他回来是防守县城的。他不听令没有及时赶回来，难道不该治他的罪、关他几天吗？"同继洲好像找到了充足的理由，望着德山回答说。

这时玉春说道："同大人，县城哪来的土匪？我是负责守城的，我既未看到土匪的影子，也未听说土匪要来攻城，是谁说的？"

这下倒把同继洲问住了，停了半晌才说："是姚千卫总说土匪可能要来攻城，所以才急调冯团总回来守城的。"

玉春说："你知不知道？土匪真正要袭击的是青龙镇。冯标统那会儿正忙着部署抗击土匪的大事，此时你却要调他回县城，这和当年秦桧发十二道金牌，调回正在前线抗金的岳飞有甚区别？你这不是在帮土匪的忙吗？说不定，这是你和姚大全早就与土匪串通好了的，所以才这么做的。"

"说！你和姚大全是不是奸细？是不是你们合起伙来，要害死冯标统？"玉奎大声说。

同继洲被玉春他们问住了，支支吾吾半天回答不上来，便恼羞成怒地指着玉春说："你，你不要污蔑本知县！"

郑相芝和其他请愿团代表一听，都"唔"了一声说："原来是这样，怪不得你们要急着招回冯标统并关了他……"

这时玉奎接着说："同大人，请先不要动怒。我问你，退一步讲，即使冯标统有错，关就关了，说好关半个月就放了他，可刚关了一晚上你们就急着要整死他，这又咋格解释？"

"冯玉奎，你好大的胆！你是怎样跟知县大人讲话的。"俞振海虽然觉得玉春他们问得在理，但他不相信会有这样的事，认为玉奎越说越离谱了，就出面斥责起玉奎来。

同继洲一听也觉诧异，就对俞振海说："不要制止，让他把话说清楚，要不我就真成了私通土匪、陷害忠良的秦桧了。"

玉奎巴不得让他说话，就跨前一步问道："那我问你，你们为甚昨晚就迫不及待地将冯标统与他抓的那十几个土匪要犯关在一个牢里。你可知道，半夜里，这伙土匪差一点就要了冯标统的命，我不知你们安的是甚黑心肠？"

同继洲一听，惊得半天说不上话来，接连"啊啊"了两声说："竟有这等事？"停了一下，又说道，"我只是让姚大全暂时关他几天，并未让他将冯标统与这些土匪关在一起，你说的这些我不信。"

玉奎说："同大人，我说的句句属实，我敢用我的性命担保。不信，你可以叫姚大全和郑监狱长当面对质。"德山、长福、长武、长生也一齐愿意做证。

见状，同继洲这才想起姚大全来，叫道："姚大全在哪里？"

俞振海说："一大早就未见他，可能在家里。"

"去！给我把他叫来。"紧接着又说，"去！把郑福全也给我叫来，让他们速来县衙见我！"俞振海赶紧差人去了。

不多时，郑福全先来了。同继洲一见到郑福全，便指着他问道："郑监狱长，你们昨晚是不是将冯标统与那些重刑犯土匪关在同一个牢里了？"

"回大人的话，是关在了同一个牢里，还差一点使冯标统丢了性命。"

同继洲一拍桌子，怒喝道："你好大的胆！是谁让你这么干的？"

郑福全早有思想准备，就冷静地回道："回大人的话，是姚千卫总让这么干的，还说这是知县大人您的意思，让我不要多问。大人您想，我一个牢狱小吏，哪敢自作主张？"

同继洲一听，气急败坏地说："简直是一派胡言，这岂不是要陷我于不仁不义吗？"接着叫道，"姚大全来了没有，姚大全来了没有？"

此时，姚大全已经到了，听见同继洲喊他，忙回答道："来了，来了！"

同继洲一见姚大全，就指着他骂道："好个大胆的姚大全，是谁让你假借我的名义，将冯标统和土匪关在一起的，你可知罪？"

这时，姚大全装出不知情的样子说："回大人的话，这是从何说起呢？这事我一点儿也不知道呀？"

同继洲见他这样，就又指着郑福全说："郑福全，你说，到底咋回事？"

郑福全说："昨晚，是姚大全让我把冯标统与土匪关在一起的，并说是您让这么做的。事情就是这样的，而且监牢里有许多人是可以做证的。同大人，我说的句句属实，我敢用我的性命担保。"

谁知，姚大全却暴跳如雷地指着郑福全说："姓郑的，你这是血口喷人！

人是关在你的监狱的，出了事哪能这样胡说呢。"之后，他又转向同继洲说，"大人，我冤枉！请大人明察，一定要还我一个公道。"

郑福全一听，脸都气青了，立即指着姚大全愤怒地说道："姓姚的，你真阴险恶毒！此事明明是你让这么干的，尔格又想诬陷我。幸亏我发现九号牢房里的那些土匪，是想要了冯标统的命，因而我又把冯团总重新关回了他的单间，才没有弄出人命来。要不然，冯标统必死无疑，我也将会成为你的替罪羊。"

听到这里，同继洲这才知道此事是姚大全干的，可他又不想治姚大全的罪，但为了给冯玉春和标营以及郑相芝等人一个交代，他只能委屈郑监狱长一同受过了。于是，未等姚大全再说甚，就大声喝道："够啦！你俩不要再相互咬了。出了这么大的事情，你俩都有责任，都得治罪。"

这时，站在一旁的俞振海也心如明镜。可吃人家的嘴软，拿人家的手短，为了减轻姚大全的罪责，也为了使同继洲能下得了台，于是对同继洲说道："同大人，他们两人各执一词，这事一时难以搞清楚，留待以后再说。但对他俩自然是要处罚的，依愚之见，不如每人各罚一月俸禄，让其作深刻反省，毕竟此事未造成大的人命事故，处罚不宜太重，您看这样是否恰当？"

同继洲一听俞振海这样说，心里便有了主意，就说道："这样处罚也太便宜他俩了，除罚他俩一个月俸禄外，给每人记大过一次。"

这种不痛不痒的处罚，姚大全心里自然高兴，忙跪下谢道："谢谢大人开恩，我愿接受处罚。"

可郑福全心里明白，同继洲对他俩各打五十大板，显然是在有意偏袒姓姚的，就跪下赌气地说道："同大人，这事毕竟发生在我管的监狱里，不论咋价说，我都难辞其咎，我也无颜再做这监狱长了。因此，我请求辞职，请大人恩准。"

同继洲一听，立即拉下脸说道："怎么？你不服处罚？那我就……"

未等同继洲说下去，俞振海赶忙上前对郑福全说："别介。出了这么大的事，同大人也是被逼无奈，你要予以体谅。再说，尔格牢里还关着那么多待处理的土匪，此时你咋能一撂挑子走人哩？"说着，他又对同继洲说，"同大人，我看对姚代标统的处罚维持不变，对郑监狱长只口头警告就行了，以示训诫。大人您说呢？"

同继洲一想，也只能这样了，就对郑福全说："看在师爷的面子上，这次就轻饶了你，下不为例。"接着，他又对姚大全和郑福全说，"还不退下！"姚大全谢恩后，赶紧转身就要离去。

见同继洲要放了姚大全，玉奎跨前一步，挡住姚大全对同继洲说："同大人，事情明摆着，就是姚大全想要害死冯标统的，不能就这么轻易地放过这个奸人，你对他的处罚我们不服。"德山、长福及郑相芝等人也表示不服。

玉春接着说道："同大人，整个事情的经过已十分清楚了。说土匪要攻打县城，完全是姚大全一手制造的假情报，土匪夜袭青龙镇那才是真。姚大全为何要这样做呢？他之所以要向您提供假情报，并唆使您向冯标统连发三道命令催他火速回城，就是想使青龙镇群龙无首，以便让土匪顺利得手。而他和土匪的阴谋破败后，在冯标统得胜刚一回到县城，他就迫不及待地将冯标统下了大狱，而且想借土匪之手整死他。"说到这里，他又转向姚大全问道，"姚千卫总，我说的没错吧？"未等姚大全答话，他又转向同继洲说，"同大人，由此足以证明，姚大全就是一个十足的土匪奸细。这不能不使人怀疑，上次放跑匪首胡柴进等死刑要犯，就是姓姚的干的，麻六只不过是他的替死鬼而已。还有，前不久土匪围攻县城，姚大全不费吹灰之力就退了围城的土匪，我怀疑这也是他和土匪唱的双簧戏。其结果是，土匪打劫了几个村镇满载而归，他姚大全又取得了你的信任，不仅官复原职，还可以继续藏在县城做土匪的内应。因此，请大人明察，一定要将这个通匪的奸细捉拿归案，就地正法！"

"对！请知县大人明察，一定不能让通匪的奸细逍遥法外，使真正的英雄蒙难。"郑相芝、德山及玉奎等人也义愤填膺地说。

这时，姚大全已紧张得不得了，豆大的汗珠不停地从头上滚落下来。刚才玉春的话句句戳到了他的要害，好像他什么都知道似的，如果同继洲听了他们的话真要把他捉拿了，那一切都完了。因此，他必须采取避重就轻之法先平了玉春、玉奎他们的怨气，不能使他们再穷追下去了，于是姚大全"扑通"一声跪下喊道："同大人，我冤枉啊！我承认，将冯玉清与土匪关在一起，的确是我让这么干的。我之所以要将他与土匪关在一起，就是想让土匪教训他一顿，出出他抓我弟的怨气而已，别无他意，更无害他之心。至于他说我通匪，放跑了匪首胡柴进和东山土匪演双簧的事，完全是他们的猜测与诬陷。我敢用我的脑袋担保，绝对没有这回事，请大人相信我。"

"同大人，不能相信他的话，他就是陷害忠良的秦桧、通匪的奸细。我们强烈要求，缉拿奸细姚大全，为民除害！"冯玉奎、张德山、杨长福、杨长武、折长生几乎异口同声地喊道。

同继洲本想草草了结此事，但刚才听玉春这么一说，他不由得又开始怀疑起姚大全来。然而说他是奸细吧？又没有可靠的证据，说他不是奸细吧？种种迹象又表明他们说的也许是事实。这使他一时不知该抓他还是该放他，尤其抓了他，是会对自己不利的。想到这里，他觉得对姚大全只罚一月俸禄和记大过的处分，标营的人和郑相芝等绅士肯定是不能接受的。于是他想了一下说道："我看这样吧！既然他承认将冯标统和土匪关在一起是他干的，而且嫁祸他人，并险些闹出人命这一条，就应治他的罪。"

这时，大家都看着同继洲，看他如何处理姚大全。只听同继洲说道："鉴于姚大全所犯之罪，着即免去他的千卫总和代标统职务，回家深刻反省。至于大家怀疑他通匪一事，待本官调查清楚了，一定会给大家一个满意的交代。"

大家见同继洲仍在偏袒姚大全，就纷纷嚷道："不能这么轻饶他，应将他绳之以法！"这一嚷，又使同继洲犯起难来。

俞振海一见不好收场了，就出来给同继洲解围说："诸位听我说，听我说。同大人这样做，只是权宜之计，待查清了事实真相，一定会给诸位和众人一个满意的交代的。再说，姚大全又跑不了，一旦查清他通匪和谋害冯团总的事实，定会将他绳之以法的，请诸位相信鄙人和知县大人吧！"

玉春见同继洲不会再对姚大全作任何处理了，只好说道："好！既然这样，我们就相信师爷和知县大人的话……"

未等玉春把话说完，姚大全不敢再停留了，就对同继洲说："同大人，在下愿意接受这样的处罚，尔格我可以走了吧？"

同继洲没好气地说："滚！"姚大全爬起身，一溜烟似的跑了出去。

姚大全一走，玉春说："同大人，事情都清楚了，是姚大全有意设计陷害冯标统的，证明冯标统是无罪的。这下，大人该释放冯标统了吧？"接着，郑相芝等也催促同继洲放人。

同继洲忙说："放人，放人！"随即对郑福全吩咐道，"郑监狱长，你去，把冯标统带到这儿来见我。"郑福全应声出去了。

过了一会儿，玉清来到县衙大堂，同继洲忙迎上前，赔着笑脸说："冯标统，让你受委屈了。"玉清只是淡淡地一笑并未答话。同继洲这才发现，玉清还戴着铁手铐，就说："怎么还给他戴着手铐？"其实，这是玉清故意不让郑福全打开的。

郑福全说："没有您的话，谁敢给他打开。"

同继洲忙说："快打开，快打开！"

当郑福全准备给玉清打开手铐时，玉清却说："不忙。"既而转向同继洲问道，"同大人，您不是说我违抗了军令，要关我半个月吗？咋才关了一晚上就要放了我？"

同继洲尴尬地说："你无错更无罪，这完全是一场误会。"停了一下又说道，"冯标统，对不住，让你受惊了。我现在就当庭释放你，并向你赔情道歉。"说着，要过钥匙亲自为玉清打开了手铐。

玉春、德山、玉奎、长福、长武、长生等人这才围着玉清伤感地说："你受苦了。"

玉清淡淡一笑说："没事！"

这时，玉春指着郑相芝几人，对玉清说："这几位大人，一听说你被关了，于是大清早就带领城中千余百姓，前来县衙请愿救你。"

玉清双手抱拳，施礼道："多谢前辈前来相救，玉清这里谢过了！"

郑相芝忙上前回礼道："冯标统不必多礼。冯标统一心剿匪平乱，为的是咱陕北的老百姓，像冯标统这样胸怀天下苍生、心系庶民百姓的英雄不多。我们虽为平庸之辈，但却不愿看到忠良含冤、英雄蒙难，故而率城中百姓前来请愿相救。这点苦劳，不必挂齿。"

郑相芝的一番话，重重地打了同继洲的脸，只见他的脸青一阵紫一阵的难看极了。为了消除尴尬，他干咳了一声，接着说道："郑绅士说得对，我们不能使忠良含冤、英雄蒙难。今天的误会险些铸成了大错，幸有几位开明绅士和冯副标统等人提醒，才使我有机会知错改错。现在我宣布，冯玉清不但没有错，而且立有大功。从现在起，撤销对他的一切处罚，恢复他的标统职务，而且清兵营也由他节制，县城的整个防务一并交由冯标统全权负责。"说完，高兴地望着玉清，等着他的谢恩。

还未等玉清回话，冯玉春便说道："同大人，你不是昨天刚停了冯玉清的职，任命姚大全为县标营代标统吗？怎么？刚过了一天，你又要恢复了冯玉清的标统了，怎么变得这么快？"玉春的话令同继洲十分尴尬，张着嘴半天说不上话来。在场的人，也都对这个反复无常、朝令夕改的同继洲投以了鄙夷的目光，连俞振海也替他感到脸红。

见大家都这样看着他，同继洲也顾不上尴尬了，就厚着脸皮说："刚才我已免了姚大全的所有职务，这才恢复冯玉清标统的。还请冯标统不必介意，即刻上任吧。"

可玉清却说道："谢谢同大人的好意。官复原职没有这个必要，我就担任我的青龙镇民团营团总一职。"他说这话并不是虚假的推辞，而是他的真实想法。自他带民团营进驻县城的一年多时间里，他深感官府的腐败与昏暗。他认为这里不是他久待的地方，更难以实现他剿匪平乱、保境安民的宏图大愿，只有回了青龙镇，他才能有所作为，才能干出一番事业来。

玉清的回答，使同继洲感到很意外，就诧异地说："冯标统，怎么，你还不肯原谅本知县？"

俞振海原本是不想让玉清官复原职和留在县城的，他见玉清去意已决，就假惺惺地上前劝道："冯标统，你看，知县大人已向你赔礼道歉了，也恢复了你的官职，你就屈就了吧？"

"冯标统，我代表全城的百姓也请求你留下来，我们需要你呀！"这时，郑相芝几人也相继劝道。

只见玉清向郑相芝等施了一礼，回道："谢谢各位贤士和城中百姓对我的信任和厚爱。我此番辞职回乡，仅是我一人而已，标营的那二百多兄弟仍然留在城中，有他们在，可保县城平安无事。"继而又转向同继洲和俞振海说，"我此番请辞回乡，绝无半点埋怨的意思，确是因为本人身体不适。昨夜在牢里，遭到土匪的暗算，胸部和腰部都受了伤，因此我得回家调理养伤，还请恩准。"

见玉清态度坚决，同继洲只好说："好！既然你身体不适，那就准许你回家养伤。不过，你请辞标营标统一事，咱们以后再议。"停了一下又说道，"冯标统，你回青龙镇，那县标营和县城的防务谁来负责？"

玉清一听，像同继洲这样反复无常、昏聩无能的人，怎能治理好一个县？把标营交给他管辖节制，就更不让他放心，于是说道："我走了不要紧，有副标统冯玉春在，他负责标营和县城的安全是没有问题的。"紧接着又说道，"同大人，为便于玉春对标营的节制和县城的防务，我建议大人任命冯玉春为县标营标统，请恩准。"

"对！请大人任命冯玉春为县标营标统，军中不可一日无帅。"郑相芝首先表示赞同。

可俞振海却急了，生怕同继洲同意了。他认为标营绝不能再让冯家人去掌管，这样就更难节制了。但此时他又不能明着反对，于是就给同继洲摆着手势，并暗中指着赵光亭，希望他能任命赵光亭。

俞振海的手势，同继洲自然明白。可他认为就目前的情形而言，标营这二百号人，换了谁也镇压不住，如果任命赵光亭，他们肯定是不服的，但如果任命冯玉春，那他以后再想掌控标营就难了。于是他想了一个折中的办法，既不驳玉清和郑绅士的面子，又留有余地，于是说道："冯标统的建议好是好，不过我刚恢复了你的职务，不能现在就变卦吧？我看这样，就让冯玉春先暂代理标营标统一职，全权负责标营和城防事务，你们看如何？"

谁知同继洲刚一说完，玉春立马说道："同大人，您的任命我不能接受，我正要向大人辞职，随冯标统一同回青龙镇去。"

他的话刚一落音，玉奎、德山、长福、长武、长生也随口说道："同大人，我们也要求辞职回青龙镇去。"

同继洲一听脸色大变，正要发火时，只听玉清说道："玉春，你们不得这么无理！你们都走了，留下这二百号兄弟谁来带？县城谁来守？因此，你们必须得留下来。"说完后，他一边给玉春递了一下眼色，一边又说道，"还不快给同大人认错。"

玉春似有所悟，这才对同继洲说道："同大人，我是个粗人，请大人不必跟我计较，我领命就是了。"他这么一说，玉奎几人也都不再说甚了。

这时，同继洲才变回脸色说："这就对啦！好了，这事就这么定了。"接着说道，"现在趁大家都在，我招待各位，既算是为冯标统压惊，也算是为冯标统饯行，请冯标统和各位给本知县一个面子吧？"

玉清起身说："谢过大人了。我要回标营与大伙告个别，就不劳大人了。告辞！"说完，便头也不回地出了大堂，玉春、郑相芝等一行人，也告辞随玉清而去。

玉春、郑相芝他们陪着玉清一走出县衙，玉奎便朝着衙门外的人们大声喊道："冯标统放出来了！冯标统放出来了……"立时，人们欢呼着潮水般地涌向了玉清。

玉清被这场面感动了，不停地向众人挥手喊道："谢谢大家，谢谢大家！"此刻，他心中所有的怨气都化为乌有了，一股难以抑制的激情，又在心中燃烧了起来……

这两天，姚大全像热锅上的蚂蚁似的坐卧不宁。他悔恨自己没有借刀杀了玉清，还被同继洲治了罪、丢了兵权，万一此时黄龙彪派人来取他的性命，他就难逃一死了。想到这里，他更加恐慌起来，晚上睡觉也得抱着刀并睁着一只眼。一连熬了两三个晚上，他实在撑不住了，于是第四天，便又找来了俞振海讨教应对的办法。他还是在"德福祥"为俞振海准备了一桌上好的饭菜，俞振海刚一落座，他就迫不及待地说："师爷，你说我该咋办呀？"

俞振海喝了一口酒，不紧不慢地说："咋办？这不是挺好的吗。我也想在家歇上几个月，可同知县不让呀！"

姚大全说："这不是歇几个月的问题……"

"那是为甚？"俞振海未等姚大全回答，又接着说道，"哦！你是嫌给你的处罚重了？可你要知道，就这还是我在同知县面前替你拦挡说情才有这个结果的。当时那种场面，不把你当作通匪的奸细和谋害玉清的凶犯抓了，就算便宜了你，就这两桩罪，判你个斩立决也不为过。可是，同知县只撤了你的职，你就知足吧！"

姚大全忙感激地说："我知道，这还多亏了师爷替我说情周旋，我感激还来不及哩。"说着，他从胸前摸出一个银袋，往俞振海跟前一放说，"这是感谢您的。"

俞振海这次没有推让，收了银子望了一眼姚大全，然后诡谲地一笑："说吧，还有比撤职更大的事吗？"

姚大全给俞振海斟满了酒，然后一碰干了说："老哥，确实有一件比这更重要的事。"

"说吧，说出来听听！"俞振海说。

这时，姚大全又警觉地环视了一下四周，说道："我是怕这两天，东山土匪会派人前来杀了我。"

俞振海听后，知道他要说甚了，就嘿嘿一笑说："笑话，土匪无缘无故地咋会来杀你？我不信。"

"真的，也许这两天就会派人杀我的。"姚大全十分地紧张，好像土匪就藏在他身旁似的。

俞振海见他这样，就说："你呀你！你不把事情说清楚，我咋帮你哩。"

姚大全好像下了很大的决心似的，端起酒一口干了说："事到如今，我也不瞒你了。给土匪通风报信、调回冯玉清让土匪攻打青龙镇的人是我，想借刀杀人欲除掉姓冯的人也是我。"说到这里，他两眼盯着俞振海，想看俞振海的反应。

俞振海听到这里平静地说："我早就知道你通匪的事，只是不想当面揭穿你而已。"

姚大全听后，惊奇地问道："你是咋知道的？"

俞振海这才说道："自你上次从刑场上，以狸猫换太子的手法救走匪首胡柴进开始，我就怀疑你了，因为别人是没有这个权力和机会的，只有你有。再后来，我就多了一个心眼，发现你常去'王记祥'酒馆，我暗中一调查，才知道这个酒馆是东山土匪开在城里的一处秘密联络点。就在土匪假装攻城的前一天晚上，你就去了'王记祥'酒馆，我就猜到那天土匪攻城并非真攻，你说是不是？"

姚大全一听傻眼了。原来，他甚都知道了，就紧张地问道："既然你甚都知道，那你为甚不向同继洲告发抓了我呢？"

俞振海嘿嘿一笑，拍了一下姚大全的肩膀说："我傻呀！你通匪碍我的甚了，而且我还能得到你的好处，我何必去告发你。"说到这里，他意识到自己说得太露骨了，于是又改口说道，"再说，咱俩谁跟谁？咱俩是过命的交情，我哪能做出这种出卖兄弟的事？再者，我要是把你和'王记祥'酒馆出卖了，若土匪知道了，那还不要了我和我全家人的命吗？"

姚大全听后，这才放下心来。可他心里明白，他为了朋友是假，为了那人见人爱的银子才是真，不过他还是挺感激地说："老哥，你这个朋友我没有白交，够江湖朋友，你让兄弟咋个谢你哩？来，兄弟敬您一杯！"

俞振海干了酒，又接着说："兄弟，在这乱世里，谁能靠得住？这县老爷靠得住吗？古人说得好，这铁打的衙门流水的官，昨日是牛老爷，今日是同老爷，说不定明日就变成了李老爷、张老爷。可你还是你、我还是我，他们再咋换，我不还是个小小的师爷吗？你最大也就是个标统了，还能升到哪里去？所以，这种世道，唯有你我兄弟相互帮衬照应着，才能在这乱世中求生存，才能在这县衙里待下去……"

俞振海越说越起劲，姚大全也觉得他说得没错，但他此时没有闲工夫听俞振海说这些，就打断俞振海的话说："俞兄说得对，只要咱们兄弟俩联起手来，这安宁县还不是咱兄弟俩的天下。"停了一下，又接着说道，"既然俞兄甚都知道了，我也没必要瞒你了，通匪的人是我，设计陷害姓冯的人也是我。我原来没有告诉你是不想让老兄跟上我受牵连。我这次之所以要要了玉清的命，就是想取而代之。只有我牢牢地掌握了兵权，老兄你坐稳了师爷这把交椅，咱们一文一武、一里一外，这安宁县就是咱们的了。不过，尔格我甚都不是了，有再好的想法也是白搭，所以才想让老兄替老弟出个主意。"

听了此话，俞振海这才回到话题上，说道："我说老弟，你咋就聪明一世糊涂一时呢？你想，你把玉清同土匪关在一起，想借土匪之手打死玉清。你想过没有，玉清若被土匪打死了，那同知县如何向标营的二百多人和全城的百姓交代呢？事情真到了那一步，同知县不拿你的命平息众怒才怪哩！你莫看那天早晨，玉春带了标营军，郑绅士也带了全城的百姓大闹县衙吗？要不是玉清还活着，同知县就下不了台，要不是有为兄我替你周旋说情，你能有这么好的结果？"停了一下，俞振海吃了口菜继续说道，"还有，你咋能想出让黄龙彪派土匪攻打青龙镇哩？结果没有得手几乎连老本都折光了，你想，黄龙彪能放过你吗？"

姚大全说："师爷，我正为这事发愁哩？要是黄龙彪真派人来杀我，我手无兵权，晚上睡觉门口连个站岗的也没有，就只有等着他取我的脑袋了。"

俞振海听后，也觉得问题严重，想了一会儿说道："当前最要紧的，是要恢复你手里的兵权，哪怕只管一二十个官兵也行，这样就会暂时安全些。"

可姚大全却沮丧地说："尔格同知县已对我大为不满，哪里还肯让我再掌兵权。"

俞振海说："活人还能让尿憋死，办法都是人想出来的。"停了一下，说道，"还是老办法，有钱能使鬼推磨，天下谁人不爱财。他同继洲也是人，又不是吃斋念佛的和尚，不为了升官发财，他干吗要来咱这苦焦的陕北做官哩？再说，他也没少从你我手里拿过银子。"

姚大全皱着眉头说："那这次又得拿多少银子才能喂饱他？"

俞振海说："弄不死耗子毒药少，舍不得孩子套不住狼。再说，我知道你这些年捞了不少，你要这么多银钱干甚哩，命都快保不住了，还心疼这点银两？"

姚大全终于被俞振海点拨通了，就点头说："俞兄，我知道咋办了，但接下来又该如何运作哩？"

"只要你去向同继洲认个错，完了你再送上足够的银子，接下来的事你就不要管了。"说完后，他又补充说，"你见了同知县，千万不能承认你通匪的事，就说是因为玉清抓了你弟，你是为报私仇才这么干的。事不宜迟，今晚天黑后你就去。"

"好！记住了，多谢大哥。"说完，俩人也顾不上吃喝了，就各自散了去。

天黑后，姚大全咬了咬牙，拿出一百两银子包好去了县衙。同继洲一见到姚大全，一拍桌子怒喝道："姚大全，你还敢来见我！你知道你给我惹了多大的祸，害得我差一点就下不来台。"

姚大全一进门，就跪了下来，这时赶紧磕着头说："大人，在下知罪，在下知罪！由于我的鲁莽，确实给大人带来了麻烦，所以我是特意向大人认罪的。"停了一下，他抬头望了一眼同继洲，说道，"大人，都怪我心胸狭窄，只想着报他抓我弟的仇，让土匪整一下他，可并没有加害他的意思，更没有通过匪。请大人相信我，我对大人是绝对忠诚的，没有半点儿歪心。"

同继洲说："要不是看在你平时效忠我的分儿上，这次绝不会轻饶了你！"

这时姚大全趁机说道："我知道大人对我好，要是没有大人的提携和关照，哪会有我姚大全的今天，因而今晚，我是特意感谢大人来的。"随后，取出银袋放在桌上说，"大人，这是我的一点心意，还请大人收下。"接着说道，"大人，要是没有别的事，那我就告退了。"之后，未等同继洲发话就起身离去了。

姚大全从县衙一出来，就去见了俞振海。俞振海高兴地说："好！只要他收了银子，事情就好办了。明天，我就去见他说你的事，你就等着好消息吧！"

"那就拜托俞兄了。"姚大全说完，就告辞回了家。

谁知姚大全刚到家，就见从他的卧室走出几个人。他一看竟是匪首白广才，身后还跟着三个面目狰狞的土匪。只见白广才右手拿着匕首，一边敲击着左手掌，一边冷笑着说："姚标统好自在，到哪里快活去了？"姚大全一下子傻了眼，心开始剧烈地跳个不停，张着嘴半天说不上话来。

只见白广才走到桌前，一只脚往凳子上一踩，把匕首往桌上一扎，恶狠狠地说道："好个大胆的姚大全，你竟敢戏弄我家大掌柜，我看你活腻了？你可知道，由于你的假情报，害得我们折损了多一半的人马，不杀了你，何以解恨！"停了一下又说道，"光杀你一个也太便宜你了，要杀，就杀了你们全家，一个不留。"说着，他朝里间喊道，"押出来！"随着喊声，他的婆姨、十二岁的女儿和九岁的儿子被三个土匪押了出来，而且他们都被反绑着手，嘴里还塞着毛巾，他们都惊恐地看着姚大全，可嘴里却支支吾吾地说不出话来。

姚大全一看，两腿一软，立马跪下求饶道："白兄弟，不要杀他们，有话慢慢说，有话慢慢说。"

"好说个屁！"白广才一使眼色，两个土匪立即上前，扭住了姚大全的胳膊使他动不了身。然后，白广才走到他婆姨母子三人面前，一手握刀，一手摸着姚大全婆姨的脸："这茄子太老，没味道。"之后又蹲到他十二岁的女儿面前，摸着她的脸说："这小娘们不错，像根嫩黄瓜似的肯定有味。要不？让我当面尝尝鲜，也好让你开开眼界。"

姚大全磕着头，叫道："不要，不要！看在咱们多年合作的份儿上，你就饶了她吧，她还是个孩子啊！"

"那行，就看在咱们合作的份儿上，饶了她。"之后，白广才又蹲到姚大全小儿子面前，狞笑了一下说，"那就用你小儿子的血，祭奠我那些死去的兄弟？"说着，举起匕首就要捅下去。

"白大爷，不要呀！不要……"姚大全哭喊着求饶道。

这时，白广才收起刀说："行！要我不杀他们可以，但你必须得答应我一件事！"

姚大全说："白大爷，甭说一件，就是十件、一百件我也答应。"

白广才："那好！不用十件、一百件，就一件。"

"白爷请讲。"姚大全说。

白广才这才说道："我家大掌柜的，让你救出关在牢里的弟兄。你若救出他们，就饶你及你们全家不死，若救不出，一个也别想活命！"

"啊！这……"姚大全自知办不到，就说，"白爷，能不能换个条件？"

"不行！就这条件。你要是办不到，我这就要了你儿子的命。"白广才说着，又掏出刀对准了他儿子的心窝。

这时姚大全的婆姨挣扎着朝姚大全不住地点头，示意他快答应了人家。姚大全无奈，只好点着头说："好！我答应，我答应。"

白广才收了刀说："好！那就限你两天时间，必须救出我的那些弟兄。"

姚大全为难地说："白爷，两天时间太短了。你知道，这次不比上次，我刚被停了职，守城的全是姓冯的人，牢狱头也不听我的，所以难度太大，你就多宽限儿日吧。"

白广才略一思考后说："那就给你三天时间。"

"不行，不行！时间还是太短，你就给我十天时间，容我好好考虑考虑。"

"不行！就三天，多一天也不行。到时若救不出人，那只有用你们全家的人头交差了。"白广才凶狠地说。

姚大全低头想了一会儿，只好硬着头皮说："三天就三天吧。"

白广才这才说："好！三天以后我来接人，若接不到人，就甭怪我无情。告辞！"说完，一摆手，四个人便出屋消失在了黑暗中。

白广才他们走后，姚大全立马给婆姨孩子解了绳，他们立时惊恐地抱在一起哭个不停。姚大全安慰他们说："好啦，好啦！这下没事了。"可他心里清楚，别说三天，就是给他三个月他也办不到。

安慰好了家人，姚大全惊魂未定地想了半宿，最后他决定先送走家人再说。于是天还未明，他就敲开了城西车马店王掌柜的门，雇了一辆马车，赶在天亮前，就将家人送往乡下婆姨她三舅家避难去了。家里的钱财，除交给婆姨带走了一些外，剩余的被他藏在后院的地窖里。天亮后，他就去见了俞振海，把昨夜土匪让他三天救出关在牢里土匪的经过说了一遍。

俞振海一听，一时也想不出好办法，就安慰他说："别急，让我先见了同知县再说。"说完，就马不停蹄地去了县衙。

同继洲用过早膳刚来到书房，一见到俞振海便说："师爷，这么早求见有何事？"

俞振海说："大人，是关于姚大全的事。"

"有甚就说吧，这里又没有外人。"同继洲说着，给俞振海让了座。

俞振海坐下后，说道："同大人，这两天我考虑，咱们县城的安全还是存在很大的隐患。你想，冯玉春是个头脑简单、有勇无谋的人，由他代理标营标统负责城防安全，我怕靠不住，因此……"

同继洲打断俞振海的话说："你想说甚就直说吧，不必绕圈子。"这时，俞振海才放开胆子说："大人，在冯标统这件事上，姚大全是有错的，但那只是他为报私愤一时糊涂，大人已经惩罚他了。不过，他对大人还是忠心的，而且在带兵打仗上还是有过人之处的。你想，标营的那些人都是冯玉清带出来的，像冯玉春、冯玉奎、张德山、杨长福、杨长武、折长生那几个人，都是冯玉清的死党铁杆，他们哪能和您是一条心。若再遇到土匪攻城，谁愿意替大人卖命守城哩？我看，还是姚大全靠得住。因此，我有个不成熟的建议，是否让姚大全再代理标营标统一职，这样也好给他个戴罪立功的机会。大人，不知此建议是否合适？"

同继洲听后，停了一会儿说道："姚大全说是为了泄私愤，但此事影响太大了，我停他的职，对他来说已是最宽大的处理结果了。再说，我刚免了他且又任命冯玉春为代标统，现在又恢复他的代标统，难免会让人说我朝令夕改，这样多有不妥。"之后，他又接着说道，"我看这样吧。先恢复他千卫总一职，只掌管县兵营，专门负责县衙的安全，县城的防卫和全县的安全，还暂时由冯玉春负责。至于何时恢复他代理标营标统的事，等以后视情况再说吧！"其实，这个决定是在姚大全昨晚走后他就做出的。这样做，对姚大全和冯玉春都能说得过去。可俞振海听后还想说甚，同继洲却制止他道："好啦！此事就这样定了。这一决定，就由你代我宣布和办理去吧！"说罢，就又捧起他的圣贤书看了起来。

俞振海一想，也只能这样了。虽未恢复姚大全的代标统，但却恢复了他的千卫总职务，而且还直接掌管着三十多个官兵，这已是不错的结果了。因此，他一从县衙出来，就把他见到同继洲的结果向姚大全说了，之后又说道："这下好了，你又成了掌管官兵的千卫总了，你还用再怕土匪吗？只要你待在县城内，就是安全的。"

姚大全听后，立即高兴地说："就依老兄的，这让我咋谢你哩！"

"快别说了，咱俩谁跟谁？不过，你要断了与土匪的一切往来，只要把城内的防范做好了，你就不会有事的。"姚大全听后连连点头称是。随后，俞振海领着姚大全，分别到标营、官兵营和县牢交代宣布了一番，直忙了大半天。

姚大全恢复了千卫总、掌管了官兵营后，他做的第一件事，就是通知了"王记祥"酒馆老板王庆魁，说县衙已知道了他们的底细，马上要来抓他们了，让他们赶快逃去。王庆魁一听，立即拿上现银，与其他几人溜出城逃回了东山匪巢。接着，他以保护知县安全为由，只身搬进了县衙与同继洲比邻而居，并派了十多个官兵昼夜守卫在县衙，同时又安排了十多个官兵，加强了城内各街道的巡逻巡查。这样一来，姚大全心里踏实了许多，此后便深居衙内很少外出，似乎一切都过去了。第三天晚上，当白广才带人潜入城中再找姚大全时，知道他已躲进了县衙，一气之下便放火烧了姚大全的住宅，还殃及了相邻几户人家。幸亏标营和城内百姓奋力扑救，才未酿成大祸，姚大全庆幸他躲过了一劫。

两天前，当俞振海领上姚大全来到标营，宣布同知县的新命令后，立即在标营引起了一阵轩然大波，众将士纷纷谴责同继洲这种忠奸不分、出尔反尔的行径。当俞振海和姚大全一走，玉奎、德山、长福等人便大声嚷嚷着要离开县城回青龙镇，不再伺候同继洲、姚大全这些一丘之貉的狗奸贼了。玉春见此情形，忙劝道："我和大家的心情是一样的，县城的确不是我们待的地方，离开县城那是迟早的事，但不是现在。请大家不要忘了，冯标统临走时对我们的叮嘱，遇事一定要沉住气，不能凭感情用事自乱了阵脚。至于何时离开县城，以何种理由离开，我们要做好长远的计划。所以，还请大家暂时忍耐一段时间。"听了玉春的话，大家躁动的情绪才有所平息，似乎一切又恢复了正常。

在玉清还未回青龙镇之前，他在县城遭人陷害和城中百姓请愿救他的消息已传回了青龙镇，这使家乡的父老和民团营对他的处境十分地担忧，见他平安归来，这才放下了悬着的心。

玉清一回到青龙镇，便先回府向奶奶和家人报了平安。可当他屁股还未坐稳时，田福学、折冬生、冯玉文、张德洲、杨树怀以及老秀才冯尚儒、里正冯忠有等一大群人，便闻讯来到了冯府看望他。田福学一见到玉清，就说："冯标统，你可回来啦！你若再不回来，我也要带上全镇的父老乡亲，到县衙去请愿。"

玉清望着眼前这位年过半百的老驿丞，心想，像他这样清廉正直的地方小吏已十分少见。有了田驿丞的支持和配合，他才能顺利地拉起民团营这支队伍，并三战土匪、严惩黑恶。因此，他对田驿丞由衷地钦佩和尊敬，于是说道："田驿丞，这次我回青龙镇就不打算再走了，我就在青龙镇当我的民团营团总，至于县城标营那二百个弟兄，我一定会想办法把他们带回青龙镇的。只要我们精诚团结、和衷共济，同样能在青龙镇实现剿匪平乱、保境安民的宏图大愿。"

"对！我要的就是你这句话。只要你有如此大的决心，我定当全力支持配合你。青龙镇的父老乡亲，也是你坚强的后盾，到时候何愁陕北的匪患不除、百姓不安。"田福学激动地说，冬生和众人更是同声附和。

狱中匪徒欲取冯玉清性命

第十九章　青龙镇召开庆功会
　　　　　蟒头岭初识神秘人

　　恰在此时，玉清和田福学先前写给朔州府的信有了回音，信函是由邮差加急直接送到青龙镇的。信的大意是，表扬了玉清和田驿丞剿匪的功绩，并给二人各记大功一次，同时让玉清抓紧民团营的训练，随时听候朔州府的调遣，为陕北的剿匪戡乱再立新功。信的署名是朔州知府董兆琦，还注明此函也发往了安宁县，让知县同继洲将那些被俘的土匪，直接上解到朔州府听候处置。

　　玉清和田福学看了信函很高兴，田福学立时提议道："冯标统，我看，我们应借此机会召开一个庆祝大会。这次剿匪取胜，连董知府都肯定了我们的功绩，他同继洲不召开，我们自己召开，也好借此机会好好提振一下大家的士气，你看如何？"他的这个提议，立即得到了玉清和大家的赞同。同时冯尚儒提议，由冯、折、张、杨几大户出资，请朔州的秦剧社来青龙镇助演。此提议也得到了大家的赞同，折老夫人更是一百个支持。她认为请朔州秦剧社，这是青龙镇人老几辈都没有过的事，一定要办得热闹像样，不能让人家小瞧了青龙镇，于是她让忠贤多出两成的银子，带个好头。

　　经过紧张的筹备，朔州的秦剧社如期请到了，而且还请到了秦剧社的台柱子——名旦"兰州红"。此人名叫蔡春元，仓州仓原人，因他早年在兰州学艺唱秦腔曾一度唱红了兰州城，故而人们称他为"兰州红"，只因后来躲避战乱回了家乡，之后又辗转来到了朔州的秦剧社。另外，镇里还请了人们熟悉的陕北艺人，横石县的盲人郑保合。

　　一切准备就绪，庆功大会就在驿镇所前的广场上举行。戏楼前张灯结彩、火把齐明，青龙镇像过节日一样喜气洋洋，异常热闹。为了这次活动的顺利举行，民团营还加强了镇子的巡逻，以防土匪袭击破坏。

傍晚时分，人们不断地扶老携幼来到了戏台前。今晚折老夫人也穿戴一新，神采奕奕地在喜梅和忠贤的搀扶下提前赶了来，与冯尚儒、冯尚杰、折俊卿、张明理、杨百雄等镇内年岁较大的老者，被安排在台下靠前的位子坐下了。不一会儿，广场上已人山人海，周围的台阶上、树根和树杈上都是人，这是青龙镇有史以来的第一次盛会，因而谁也不愿错过。这时，江龙突然跑到前排折老夫人跟前，叫道："老奶奶，老奶奶。"

折老夫人一看是江龙，一把将他揽在怀里问道："江龙，你和谁来的？"

江龙站起来，指着不远处说："我是和我娘及徐奶奶一起来的。"

折老夫人、忠贤及喜梅回头一看，眺见了不远处的兰香、艾水仙和徐妈，便向她们扬了扬手打了招呼，之后喜梅把江龙抱了与她坐在了一起。其实，兰香今晚不是为看戏来的，是冲着玉清来的。自玉清回了青龙镇，兰香听说玉清在县城差一点儿遇害并受了伤，担心得不得了，想见他一面，哪怕远远地眺一眼，只要他没事她就会放心的。因此，她以看戏为由来广场，没想到这回侯世耀一高兴，就准许她让二太太及徐妈陪着去看戏，她这才怀着忐忑不安的心情挤在了人群中。

在庆功大会和秦戏还未进行前，先安排了郑保合的说书。郑保合不愧是陕北的说书匠，他今晚说唱的曲目，是自编自演的《青龙镇大捷》，冬生将他领上台一报曲目，台下便已欢呼起来。郑保合来到台上，先向台下鞠了一躬，随后坐在凳子上，只见他手抱三弦，腿绑竹板，然后拨动三弦，在响板的伴奏下娓娓地弹唱了起来：

　　哎——
　　弹起那三弦来定准格音，
　　各位看官来你就仔细地听。
　　话说那安宁县有个青龙镇，
　　出了个英雄名叫冯玉清那乎嗨——
　　他浓眉大眼那长得格帅，
　　年轻有为那是奇才。
　　文武双全那无人比，

胸怀家国为己任那乎嗨——
他早年随霍宗昌那平匪乱，
南征北战那建奇功。
受皇恩他官封了六品招讨使，
前途无量那万人慕那乎嗨——

哎——
雄鹰那高飞来鸿雁格翔，
英雄的志向那非朝堂。
他不贪富贵来轻功名，
毅然辞官解甲就回了乡那乎嗨——
他心系百姓那忧天下，
保境安民就成立了民团营。
西山剿匪他端了土匪的窝，
麻子街县城除恶那百姓乐那乎嗨——
东山的土匪那气焰格盛，
倾巢出动那要夜袭青龙镇。
全镇的父老那都慌了格神，
一场血腥灾难那即将临那乎嗨——

哎——
英雄他沉着冷静来不慌神，
巧施妙计来布疑兵。
天高月黑来满世界格静，
土匪偷偷摸摸就进了个镇那乎嗨——
忽听得鼓号齐鸣格震天价响，
全镇的男女老少那齐上了阵。
英雄他身先士卒那冲在格前，
杀得那土匪人仰马翻哭皇天那乎嗨——
民团营的将士来真神格勇，

瞬间土匪那就死伤了一大群。

死的死来格降的降，

青龙镇一战就威名格扬那乎嗨……

　　郑保合绘声绘色、声情并茂地一通说唱，立即引来了台下雷鸣般的掌声。末了，冬生宣布，青龙镇剿匪庆祝大会正式开始。第一个上台讲话的是田驿丞，他讲了举办这次庆祝大会的目的与意义，表扬了此战中表现勇敢的青龙镇军民，并宣读了朔州府的嘉奖函。接下来玉清讲了话，他介绍了此战的大体经过及成果，特别赞扬了田驿丞及全镇父老乡亲对他工作的大力支持，并向大家表明了他扎根家乡、剿匪平乱、保境安民的意志和决心，得到了台下一片热烈的掌声。

　　之后，冬生宣读了由驿镇所和民团营联合对此次作战有功人员的表彰。受表彰的战士有折冬生、冯玉文、张德洲、张德江、冯玉康、杨树怀、田兴运、刘保忠、侯天保和牛少华等数十人。表彰的百姓有冯忠有、冯忠宽、冯忠全、冯忠贤、冯向荣、折庆荣、杨更儿、张君卿等十余人，而且年过七旬的折老夫人也以支前有功人员受到了表彰。这些受表彰的人，每人胸前都戴了朵大红花，是由田福学、玉清及镇中德高望重的老前辈冯尚儒、冯尚杰、折俊卿、张明理、杨百雄等授予的。在受表彰的这些人中，折老夫人最引人注目，她在喜梅的搀扶下上台受奖时，脸高兴得笑成了一朵花。

　　庆典仪式结束后，接下来是人们盼望已久的秦腔大戏要上演了。戏未开演前，台上的锣鼓家伙便咚咚锵锵地敲了起来，一下子将人们的情绪提吊了起来。上演的第一出戏是《杨门女将》。等锣鼓家伙一停，扮演佘太君的"兰州红"一亮相，台下立时响起了热烈的掌声和呐喊声。接着音乐响起，"兰州红"便唱起了娓娓动听的秦剧来，他那字正腔圆、铿锵有力的唱腔，听得台下观众颔首闭目，如痴如醉。随着剧情的发展变化，"兰州红"做唱念打，一招一式，出神入化，十分到位，引得那些戏迷们频频点头叫好。而更多的人，则是为杨门三代忠烈女媳，大败西夏贼寇的英雄壮举所感动，这更加激起了人们同仇敌忾、保家卫国的豪情壮志。这出戏一结束，台下便响起了潮水般的掌声。

　　第一出戏演完后，中间插演了一段小剧目，接着第二出大戏又上演了。

第二出戏，演的是人们喜爱的《花亭相会》。扮演主角张梅英的人，还是"兰州红"，他虽在上场累得够呛，但经过小憩后又精神饱满地上了场。他那靓丽的扮相，甜美的声腔，把一个重情重意、千里进京寻夫的张梅英演得活灵活现。台下的观众，一会儿，为高文举高中后被温丞相强赘为婿而愤慨；一会儿，为张梅英千里寻夫卖身为奴进温府受尽百般屈辱而落泪；一会儿，又为他们苦尽甘来，破镜重圆而释怀庆幸。整个演出，人们的情绪，完全随着剧情的变化而变化，随着故事的跌宕起伏而起伏。戏演到了很晚才结束，人们在过足了戏瘾后才依依不舍地各自散了去。

一连几日，青龙镇的人都沉浸在那晚举办庆功晚会的喜悦中，尤其是郑保合的说书和"兰州红"的演唱，成了人们津津乐道的热门话题。

然而这几天，兰香的心情却另是一番滋味。那晚，当她看到玉清站在台上讲话的那一刻，她既为他的平安归来和不凡的战绩而高兴，又为他的身体状况而担忧。玉清，是这个世界上最让她牵挂的人，他的痛痒、他的安危，无时无刻不牵动着她的每一根神经，以至于多时不见他或听不到他的消息，她便坐卧不宁、茶饭不思。可每当她远远地看到他时，她的心里就更加地绞痛和难过。她认为，她的命远不如《花亭相会》中张梅英的好，人家千里寻夫亦有好的结局，可他们虽近在咫尺，但她却难以跨出一步。她和玉清，明明是一对恩爱的夫妻，但苍天却活活地拆散了他们美好的姻缘；他们明明是一对彼此牵挂、可以以命相托的终身伴侣，可他们却成了相闻难相聚的断肠人，甚至见面时连一句贴心的话儿也无法诉说，这种感受更加地折磨人。她知道，他们今生是不可能重续旧情、喜结良缘了。不要说他们中间横着侯世耀这道难以逾越的鸿沟，就是社会世俗的闲言碎语，也会像洪水一样将他们淹没的。而作为深爱着他的人，自己宁肯备受煎熬，也不愿让他承受这样的压力与不幸。这样想来，只要她还活着，能经常听到他的声音和消息，甚至能远远地看上他一眼，她的心里也就宽慰得多了。

她越是这样地想，心里就越发地痛楚，越是这样地想，就越是断不了对玉清的牵挂与思念。于是，她提笔作了一首充满着无限情感的《暮春寄语》的诗，以寄托她的相思之苦、伤心之痛：

墙外青萝墙内花，

红楼玉树幽径斜。

最使无奈相思苦，

近在咫尺若天涯。

谁怜织女伤心泪，

呼遍人间无应答。

可怜彩蝶折双翼，

何时飞到牛郎家？

　　祝捷庆功晚会之后，玉清这几日也并未闲着，他在践行着对乡亲们做出的庄严承诺，一心扑在民团营的训练上。然而他心里明白，要消除匪患，为安宁和陕北创造一个安宁太平的世界，像同继洲这样昏聩无能、尸位素餐的人是靠不住的，他必须得立足于青龙镇这一根据地、必须得依靠民团营这支乡勇武装。当前，他须想办法把留在县城的那一半人马拉回来，然后再扩充一部分人员，使民团营总兵力达到五百人，这样，他就能剿灭陕北境内的匪乱救百姓于水火，即使将来无功无名，他也死而无憾。好在朔州董知府也有此意，并对他寄予了厚望，这更增强了他练兵备战的信心。

　　时间过得很快，转眼到了来年的开春。这日中午，玉清从校场刚训练完毕回到营房，忽然一兵士进来报告说有人求见，玉清忙吩咐将来人请进来。不一会儿，只见一位二十多岁的后生走了进来，玉清打量了一下他，问道："你来自哪里，找我有甚事？"那后生看看左右，并没有回话。玉清会意，忙吩咐左右退下。

　　见屋内没有了外人，那后生才说道："冯标统，我叫马延娃，是从北山蟒头岭来的，我们大当家的让我给您送一封信。"说着，从袖中取出信交给了玉清。玉清接过信展开一看，只见上面写着：

　　冯标统别来无恙。

　　上次来信，通报了东山黄龙彪来袭，知你大获全胜，特表示祝贺。今派人相邀，请近日来北山一叙，有要事相商。可否赏光？

　　石拴虎敬上

玉清读完信后，望着眼前自称是马延娃的精干后生说："上次的信，是不是也是你送的？"

"是我送的。"马延娃回答。

玉清听后，拍着马延娃的肩膀让他坐下。之后，吩咐手下给他端来饭菜，他也不作假，端起来就吃。等吃完了饭，玉清对他说："你回去告诉你家大掌柜，就说我三天以后准时赴约。"之后，让卫兵将马延娃送出了镇。

送走了马延娃，玉清将石拴虎约他去北山的事，说与了田福学和冬生，立即遭到了他俩的反对。

冬生说："不能去！土匪反复无常，不知他们葫芦里卖的甚药，万一他摆的是鸿门宴，你去岂不是自投罗网吗？"

田福学也说道："尽管姓石的上次送的情报没错，但我们并不知道他的底细和来路。他是不是与黄龙彪有仇？或是想借你的手除掉黄龙彪，为他日后称霸安宁清除障碍？尔格黄龙彪受了重创，几乎折了老本，再没有资本与他一争高下了，眼下只会担心你会率兵剿了他，所以他才……"

其实，玉清早就有去北山拜会石拴虎的意愿。别的不说，就因为他在关键时刻送了情报，使青龙镇免遭匪患之害，这才使他有了时间提前布阵设伏大败土匪，就这份情，他也应该当面向他致谢。如果石拴虎真是一位绿林好汉，他此去正好可以说服石拴虎弃暗投明，下山加入民团营与他共同剿匪平乱、保境安民，岂不更好？于是玉清对二人说道："凭我的直觉，此人的本质是不坏的，此番邀我去北山并无恶意，因此我准备亲自去一趟北山会会他。"

田福学说："这个险不能冒。尔格社会动乱，人心叵测，他到底有甚目的、有甚想法，在没有弄清楚之前，是不能去冒险的。"

冬生说："玉清，让我代替你先去探个虚实，等我回来后再决定你去还是不去。"

玉清说："你不能去，他要见的人是我而不是你。"然后转向田福学说，"田驿丞，这个神秘的石拴虎，我还是决定去见一见。"

田福学见劝不住玉清，就说："你既然要去，那就得多带些人去，这样也安全些。"

玉清说："不用，带那么多人倒显得咱们没诚意，我只带一两个卫兵就行了。"

"要带人那只能是我了，有我保护你是绝不会出问题的。"冬生抢着说。

"不用。你不能去，你要留下来带好民团营，帮田驿丞守好镇子，万一我遭遇不测，你要领兵剿了这股土匪，消除北山的匪患。"停了一下，玉清又说道，"关于我这次去北山会石拴虎的事，一定要保密，如若事情不成，万一传到同继洲和姚大全那里，他们又会借题给我做文章。"

"这个你放心，我们一定会替你保密的。"田福学又接着说道，"你这次去，一定要给我平安回来！"玉清点了点头，让他们不必担心。

三天后的一个清晨，玉清只带了卫兵田兴运和刘保忠两个人去了北山蟒头岭。这北山蟒头岭，位于青龙镇正北偏西方向，距青龙镇三十多里，要翻越几道沟梁，足有一天的路程。一年来，安宁县境先后有西山、东山的土匪被玉清剿灭和剿灭了一大半，一些零星的小股土匪及强盗已不敢明目张胆地打劫作乱了，因而青龙镇一带，暂时出现了安宁太平景象，经过此地的商贾及行人也渐渐多了起来，连别处的商贾也改道来这图个平安。

玉清出了镇，由北山溯流而上。过了一道沟，爬上一座山梁后，抬眼向北望去，但见山峦连绵起伏、沟壑交错纵横，犹如汹涌的波涛气吞山河、遥接云天。好一派高原寥廓壮美的景象，立时使他心潮澎湃，激情难抑，深感生于斯、长于斯的黄土地虽然贫瘠苍凉，但却是另一番迷人的景致。每当他踏上故乡的这块土地时，他才感到心里是那么样的踏实，才感到浑身充满了力量。面对此情此景，他突然激情涌动，诗兴大发，便拔刀起舞，并随口吟出了一首《高原咏怀》的辞赋来：

> 漠漠荒原，千秋沧桑。
>
> 日月如梭，人生几何？
>
> 男儿有志，志在家国。
>
> 赐我弯弓，能射大雕。
>
> 赠我利剑，可降龙虎。
>
> 少壮用命，万死不辞。
>
> 江河不竭，浩浩荡荡。
>
> 烈士高歌，天地为殇！

玉清优雅的舞姿、慷慨激昂的吟唱，引得兴运和保忠喝彩声不断。

玉清咏完辞赋，心如潮涌，志凌云霄，浑身有使不完的劲，带着兴运和保忠加快了行进的脚步。当他们刚转过一个山峁时，忽听沟那边的山梁上，随风飘过来悠扬的信天游。玉清放眼望去，只见山那边的圪梁上，有一老者反穿羊皮袄，手拿牧羊铲，一边挥动着羊铲，一边亮开嗓子悠闲地唱着信天游。在他的周围，有群雪白的山羊，像云朵一样慢慢地移动着，这苍凉动人的歌声，如同来自天上，让人陶醉。只听见老者唱道：

哟——
蓝天就高来黄土地厚，
寥廓的高原哟就眺望不见个头。
一座座山来一道道沟，
咱受苦人就爱唱这信天游。
枝头上的双雀雀哟沙窝窝里的雁，
好不过咱陕北的婆姨汉。
一旦咱二人交上了心，
你就是和我过命的人。
羊羔羔撒欢来驴驹子叫，
黑地里睡觉哟也偷着笑。
痴情的婆姨哟重情价汉，
日子再苦哟也觉得甜。
黄土里哭来黄土里笑，
悲欢离合哟情难了。
黄土里生来黄土里死，
生死相依哟永不离。
哟——
黄土里生来黄土里死，
生死相依哟永不离——

是啊！这黄土地虽然苦焦，但却孕育了一代又一代的生命，祖祖辈辈的受苦人，就是在这块神奇的黄土地上演绎着情爱、相守着彼此、传递着薪火。玉清这样想着，不由得又想起兰香来，不知她最近怎样了？侯家有没有再虐待她……这些无时无刻不在揪扯着他的心。然而，更使他伤情的是，他们虽然彼此相亲相爱，但却不能执手相伴；他们虽然彼此相互牵挂，但却不能相见、倾诉衷肠，难道世间还有比这更令人痛楚的吗？为了不再去想这些使人伤感的事，他对田兴运和刘保忠说："你们谁会唱信天游？如果会，也给咱来一段。"

刘保忠指着田兴运说："他会唱。"

兴运不好意思地说："会倒是会一点，只是唱不好。"

"没关系，权当是给咱们解个闷。"玉清鼓励着。

"那好。那我就给咱唱一个《走三边①》的民歌吧，这还是跟我爷爷学的。若唱得不好，请多多包涵。"兴运说。

"你少卖关子了，赶快唱吧！"保忠催促说。

兴运这才一抱拳道："那我就献丑了。"接着，便放开嗓子唱道：

哟——

一座座山来一道道川，

走三边的路儿哟就连着个天。

赶牲灵的后生哟云里头走，

圪梁上的妹子哟泪蛋蛋流。

哟——

头顶着星星哟脚踩着月，

胸装着妹子哟就不寂寞。

勾人的毛眼眼哟模样儿俏，

天下的人儿哟就数咱妹子格好。

哟——

高粱抽穗穗哟梢尖尖红，

哥哥就是妹妹的意中人。

---

① 三边：指定边、安边、靖边一带的地域。

九曲的黄河哟万里格流，

妹的魂儿就随哥哥哟走。

哟——

六月的日头哟长又格长，

一天见不上格面面哟就想得格慌。

前世的冤家哟后世的债，

咋就割舍不下对妹子（哥哥）的爱。

前世的冤家哟后世格的债，

咋就割舍不下对妹子（哥哥）的爱——

"唱得好，唱得好！"兴运刚一唱完，保忠连连拍手叫好。接着又说道，"兴运，你个毛小子，恐怕还没闻过女人的味儿哩，咋就把男女之间的爱唱得那么到位呢？你是不是早就亲过女人的口、拉过女人的手了？是不是已经有了相好的了？快交代！"他一边说着，一边用手挠着兴运。

兴运红着脸，一边躲着保忠，一边嗔怒地说："人家本来不想唱，你却偏要听我唱，是不是我唱到你的心坎里了？是不是你早就闻过女人的味了……"接着，两人嬉闹了起来。

玉清也觉得兴运唱得好，这时制止道："你俩别闹了，你看天已不早了，咱们还是赶快赶路吧。"于是，三人又继续朝前走去。

玉清他们还没走出几十步远，突然在山梁一侧的山道上，传来了一个声音说道："喂！刚才的那个小伙子唱得那么好，为啥不唱了？"

"唱得不好，让你们见笑了。"田兴运远远地冲他们回道。

"唱得好，唱得好！我就爱听陕北的民歌。"说话间，只见一行五六人的驮队，从山梁的斜坡上已来到了玉清他们近前。其中，一约四十岁的中年壮汉，一边走一边问道："喂！敢问老乡，安宁县青龙镇咋走哩？"

一听说他们要去青龙镇，玉清三人不约而同地向他们投去了诧异的目光。当他们走近时，几乎是在同时，玉清认出了那位壮汉，那位壮汉也认出了玉清。玉清惊喜地叫道："蔡兄，咋会是你哩？"说着便快步迎了过去。

"冯招讨使，咋能在这里遇到你哩？这些年，你可想死老兄了。"那位壮汉说着，也扑了上去，两人喜极而泣，紧紧地抱在了一起。

少顷，玉清高兴地向兴运和保忠介绍道："你俩可知道，他就是当年和我一起，在霍都统帐下平匪乱的英雄蔡兄蔡金元。他不仅使得一手好枪，还射得一手好箭，在陕北平匪乱中可是立有大功的。"

兴运和保忠立即上前施礼道："见过英雄蔡大哥！"

蔡金元忙回礼道："不敢当，不敢当！"随即牵着玉清的手，向同行的人介绍道，"诸位，这位就是我为你们常提到的、安宁县青龙镇六品招讨使冯玉清，他骁勇善战，屡立战功，尤其是他孤身深入虎穴招降董兆祥义军的事，更是威名远扬，很得霍宗昌大人的赏识。"

同行的人一听，忙鞠躬拜道："久闻冯将军大名，今日得见，十分荣幸！"

"过奖了，过奖了！能认识你们，我也十分高兴。"玉清随后对金元说道，"蔡兄，咱们甘肃正宁一别，已有五六年了吧？这五六年来，我经常想念着大哥，没想到今日能在这里碰到你，真是太令我高兴了。"随之紧接着问道，"蔡兄，当时我执意离开绿营军回了乡，后来听说你们随霍帅西征，把入侵的外国人赶出了国门、收复了失地，我真替你们高兴。只可惜，我没有参加上这场反击侵略者的战斗，这是我一生中的最大遗憾。"

金元安慰道："冯老弟，你也不必自责。当时甘陕平乱结束后，大家并不知道要西征。就在你离开队伍后的第二年我们才知道的，我这才随军前往，也算是命中有缘吧，让我为国尽了一回忠。"随即又说道，"冯老弟，你虽然没有去西征杀寇，但你在家乡也同样干出了一番轰轰烈烈的事业来。你拉起队伍成立了民团营，剿土匪、惩黑恶，为保一方平安立了大功，为兄也替你高兴。"

"蔡兄，我在家乡干的这点事，你是咋知道的？"玉清好奇地问。

金元哈哈一笑，说道："这些年，我也一直在关心着你的情况。前不久，我们村的'兰州红'到你们镇上唱过戏，他回村时我才知道了你的近况，他对你可佩服啦！这不，这次我们去包头做生意，是专门绕道来青龙镇看你的。"

听他说么一说，玉清这才想起那个名旦"兰州红"来，只因他那会儿忙，也未曾问过"兰州红"是哪里人士，因而错过了打听金元消息的机会。于是"哦"了一声说道："蔡兄，我的那点小事不值得一提，还是说说你吧。这些年，你们西征肯定打了不少胜仗，那些外国人不好对付吧？霍大帅和董兆祥将军都好吗？"

一提到新疆之行，蔡金元便来了精神，立即高兴地说道："提起收复被外国人侵占的国土，那可是有个说头了。"于是金元滔滔不绝地说了他随霍大帅抗击外国洋夷、收复失地的战况，足足说了一个时辰。听着听着，玉清像想起甚似的问金元道："蔡兄，在此次西征中，你也是立有功劳的，按理你也应该受到朝廷的封赏才是，不知老兄怎的又回家做起生意来了？"

金元见问，就说道："承蒙霍大人抬爱，我原也是受到封赏并被举荐到甘肃某地做了一官半职的。可你知道，我是个大老粗，斗大的字不识几个，天生就不是做官的料，加之家有六十多岁的老母，因此战役结束后，我就解甲辞职回乡侍奉老母了。去年老母仙逝后，我便约了同村几位老乡走南闯北做起了生意，比起你今日之壮举来，简直不值得一提。"

"咳！话不能这么说。蔡兄西征一役为国尽了忠，回家奉母又尽了孝。人常说忠孝不能两全，可你既尽了忠也尽了孝，做到了忠孝两全，岂不是人生的最大快事？"

金元哈哈一笑，说道："那倒是，那倒是。"随即，他又关切地问道，"老弟，我知道你当时放着大好的前程不顾回了家，一是为了剿除家乡的匪乱，二是为奔你那未过门的俊妹子的，你回家与她完婚了没有？弟妹现在还好吗？"

玉清见金元问到了他和兰香的事，就情绪低落地叹了一声说："感谢老兄还惦记着我的事。也许我们命中无缘，这件事已成了我终身最大的遗憾。"

"怎么？是她没有等你另嫁人了？还是出现了什么变故？那你后来又娶了哪家的小姐……"金元不禁疑惑地问道。

"咳！说来话长，真是一言难尽。"于是，玉清把兰香被迫嫁给了本镇恶人侯世耀，以及他一直等待着与兰香重续旧情而至今未婚的经过，一五一十地讲与了金元。

金元听后，无不感动地说："真是一对有情的人儿，像你们这样的事，真是世间少有。不过事已至此，你要等到哪一年才是个头？以愚兄之见，你还是断了这个念想，另选一位妹子娶了，身边也好有个人照应，总比你孤零零一个人的好。"

玉清摇着头说："不可。我曾对她发过誓，今生非她莫娶，而且她如今还在侯府受着苦难，我一定要设法把她救出苦海。为了这一天，我愿意等下去，哪怕等到白了头也心甘情愿。"停了一下，玉清说道，"好啦蔡兄，不说这些伤心的事了，说说你和嫂子及家人的情况吧。"

金元这才说道："我当年在普集镇参军前，贱内已给我生有两个儿子，前几年我回家后，两个儿子已长成了十多岁的小伙子了，身体很壮实。前年，你嫂又给我生下了一个女儿，已两岁了，很是讨人喜欢。"玉清听后，很是羡慕高兴，不断地向他表示祝贺。

这时，与金元同行的几人，看到金元和玉清两个久别重逢的人，有说不完的话、叙不完的情，便在兴运和保忠的帮忙下，索性卸了驴骡身上的驮子，原地坐下歇息起来。玉清和金元见状，也席地而坐，就他们所关心的话题又继续拉了起来。约莫又过了一个时辰，保忠见时辰不早了，就提醒玉清说："冯标统，你看时辰不早了，我们是继续前往北山呢，还是返回青龙镇？"

玉清这才收住话，一拍脑袋说："你看，我差点把大事忘啦。"随即回头对金元说，"蔡兄，你这次远道而来，一定要在青龙镇多住几日。我先让我的卫兵田兴运领你们回我们青龙镇，我有要事先去一趟北山，待我明日返回后再好好招待蔡兄。"

金元见玉清有要事，就说："冯老弟，你既然有要紧的事，我就不打扰你了。正好，我也见了你，这次我就不去青龙镇了，以后有机会再去看你。"说着，就要吩咐人动身离去。

玉清说甚也不让金元走，并让兴运带他们回青龙镇。可兴运却不放心地说道："冯标统，你们二人去能行吗？万一他们不怀好意翻了脸咋办哩？"

金元一听，立即关心地问道："冯老弟，你去北山要会什么人，有危险吗？"

玉清这时才说道："蔡兄，是这样的。北山有一股土匪，四五十人，匪首叫石拴虎，他约我今日去北山与他相会，说有要事相商。"

"此人你熟悉不熟悉，他的底细如何？"金元接着问。

玉清答道："与此人从未谋过面，对他的底细尚不清楚。不过凭感觉，此人并不像个坏人，我此去不会有危险的。"

"你与他既不熟悉，又不知这些土匪的底细，我看你还是不要去冒这个险的好。"金元劝道。

玉清说："蔡兄，我已答应人家今日按时赴约，如果不去，就会让人家小瞧了咱。再则，这次去若能劝说他们弃恶从善，加入我们的民团营，既消除了北山一带的匪患，又壮大了我们民团队伍，岂不是两全其美的事，因此我决定冒险一试。"

金元知道玉清是一个有谋略、有胆识的人，他既然决定了要去，就不好再相劝，于是说道："老弟，你既然要去，我也不好拦你。这样吧，就让他们几个跟上姓田的小兄弟先去青龙镇，我跟你一块儿去北山，也好有个照应。"

　　"那不行，此去还不知是凶是吉哩，怎能让老兄陪我冒这个险。你忘啦，当初我可是孤身一人前往董营劝降的，面对上万人的董军我都没有怕过，还怕他们几十个小蟊贼？老兄，你就回青龙镇等消息吧。"玉清说。

　　金元说："老弟，此一时彼一时，这次说甚也不能让你一个人去冒险。你忘啦，咱俩什么样的刀山没上过，什么样的火海没闯过？你这次去闯土匪窝，怎能少了我蔡金元？"玉清还想说甚，金元挥着手说，"好啦！你甚也不要说了，就这样定了。"玉清见状也只好同意了，于是金元对同行的人交代了一番，只背了一把大刀，就与玉清和刘保忠三人踏上了去北山的路，田兴运也领着其他人返回了青龙镇。

　　这时，太阳已经落山，天马上要黑了，可距北山蟒头岭还有近一半的山路，玉清他们不得不加快了脚步。越往北走越显荒凉，几乎见不到一棵树木，只有那一个接一个的黄土山丘望不见尽头。天很快黑了下来，好在天边挂有一牙弯月，虽朦胧灰暗，但总比没有月亮强得多，玉清他们凭着感觉，扬着脚下的尘土深一脚浅一脚地摸黑行进着。

　　也不知摸黑走了多久，突然玉清三人不知同时被什么东西绊倒了。还没等他们回过神来，已被一张大网罩住了，接着一下子拥上来七八个人将他们压住绑了。玉清预感遇到了北山的土匪，就喊道："放开我们，我是青龙镇的冯玉清，是来见你们石大掌柜的。"

　　只听一个人说道："少来诓我。既是冯标统，为何白天不来，偏要在黑夜里鬼鬼祟祟地来？我看你们不是东山黄龙彪的探子，就是官府派来的奸细，一准没安好心。"

　　刘保忠还想解释，另一个人说："少听他们废话，我看先把他们押回山寨，交由石爷发落。"接下来不由分说，玉清和金元、保忠被他们蒙了眼押往了山寨。

　　走了不多时，一人说："到了，待我进去报告。"不一会儿那人出来了，将玉清他们带进了一个地方，玉清听见这里有不少人，里面很嘈杂。

　　这时，只听一人喊道："取下他们的眼罩。"随即玉清的眼罩被取了下来。

他揉了揉眼睛，定神一看，只见这里是一个很大的山洞，洞顶和四壁的油灯照得洞内通亮。在洞子的正中位置，威坐着一位三十多岁的中年汉子，只见他中等身材，浓眉大眼，隆额阔面，目光炯炯有神。在他的左右，分别坐着几位头领，周围还站着许多执刀握枪的土匪，他们一齐将目光投向了站在中央的玉清及金元、保忠三人的身上。

"台下站着何人？报上名来。"一匪首朝玉清喝道。

玉清神态自若地答道："在下乃安宁县青龙镇冯玉清。"

众人听后都"哦"了一声，有人说："快叫马延娃来，看他是不是真的冯玉清。"

随着话音，马延娃进来了。他一看到玉清，立即高兴地对上座的人说："大掌柜，此人就是大名鼎鼎的冯标统冯大人。"说完后赶紧跑上前，让人给玉清三人松了绑。

坐在正位的壮汉一听，忙走下台来到玉清面前，一抱拳高兴地说道："果真是青龙镇的冯标统，得罪了，得罪了！"之后又自我介绍道，"我就是给你送信的石拴虎。"之后又说道"你咋才到？我今格带人在蟒头岭等候你一天了，天黑才将人撤了回来，我还以为你失约或不敢来了呢。"

玉清抱拳还礼道："幸会，幸会！很抱歉，路上有事耽误了些时间，所以来晚了。"之后一笑又说道，"既然我答应赴约，就不会食言的，今日天上就是下刀子我也会按时赴约的。"

石拴虎一笑，说道："冯标统不愧是一位讲诚信的英雄好汉，令在下佩服，佩服！"随即，指着金元和保忠问道，"这两位是……"

玉清指着保忠介绍道："这位是我的卫士刘保忠。"之后又指着金元说，"这位，可是甘陕总督霍宗昌大人手下的一员虎将，当初曾和我一起在甘陕平过匪乱，后又随霍帅西征新疆，与外敌血战过的英雄蔡金元大哥。他是仓州人，这次是去包头做生意路过青龙镇，与我相约专门来蟒头岭拜会石掌柜的。"

石拴虎一听，忙恭敬地施礼道："见过英雄蔡兄，欢迎、欢迎！"

金元也很有礼貌地回道："幸会、幸会！"

石拴虎爽朗地一笑，拉起他俩的手说道："二位英雄今日能屈尊前来山寨，是给了我石某人好大的面子，令我寒舍蓬荜生辉。"之后又说道，"你们也走了一天的路程，咱们还是先吃了饭再谈正事，算是我为二位接风洗尘了。"说着，便吩咐手下在大厅里摆上了宴席。

宴罢，玉清这才问道："石大当家的，不知你约我前来有甚要事相谈？"

拴虎说："也无甚大事，就是仰慕英雄的为人，想约你上山见上一面，交个朋友。"随即，又对其他作陪的匪首说，"各位都散了吧，今晚我要与两位英雄拉他个通宵。"说完，让人安顿好了保忠，就牵了玉清和金元的手，来到洞中靠右的一个石屋。

等玉清和金元坐定后，石拴虎这才说道："冯标统，刚才人多口杂，说话多有不便。其实，我这次请你来，不仅仅是为了认识你，是真有大事要与你商议。"

玉清未等他往下说，就打断他的话说道："石兄，你先别急着说，应先受我一拜才是。"说着，便起身向拴虎行了一个大礼。

拴虎忙扶起玉清说："你这是做甚哩，快快请起！"

玉清这才说道："上次多亏了你事前派人给我送来密信，才使我有了防备，最终歼灭了东山来犯的土匪，从而使我们青龙镇躲过了一劫。此等义举大恩，就是你不请我来，我也要亲自上山向你道谢的。"

拴虎一笑说："这点小事，只是举手之劳，何必挂齿。"

玉清认真地说："这不是小事，而是一件功德无量的善举、义举。"停了一下又接着说道，"石掌柜，可我有一事不明。你我素不相识，又不是一条道上的人，你为何要送密信帮我？你就不怕得罪了黄龙彪，日后找你算账吗？"

拴虎听后说道："我们虽素不相识，也不是一条道上的人。我之所以出手帮你，一是出于对你的敬仰，二是出于道义和良心。"

玉清说："这样说来，你也并非一个坏人，可你又为何落草为寇了呢？还听说你是杀了前匪首钻天豹周万昌取而代之的。"

拴虎听后一下子变了脸色，生气地说："谁说土匪都一定是坏人？我当土匪，那完全是被逼的，我杀钻天豹，那也是他罪有应得！"

金元见他这样，一下子警觉起来，而玉清则不慌不忙地说："既然这样，在下愿闻其详。"

拴虎喝了一口茶，待情绪缓和了之后，便深深地叹了口气，说道："其实，我并不是个坏人，更不想落草为寇。之所以走了这条路，完全是被恶人和这个社会给逼的。"于是，他把自己的不幸遭遇，一五一十地向玉清和金元道了出来。

原来，石拴虎是绥州义河村人，他本不姓石而姓鲍。他们兄弟共五人，他是兄弟中的老四。因他舅父膝下无子，因此在他三岁时，父母便把他过继给了绥宁县东四十里铺舅父石守仁为子，替舅父母养老送终。舅父虽是一个胆小谨慎、老实巴交的受苦人，但却做得一手好石活，在当地也是小有名气的石匠手艺人，经他雕刻的石狮、麒麟、飞龙、卧虎、莲花等石活活灵活现、逼真传神，因此不论是修窑建屋，还是垒桥造陵，都常受雇于人。只可惜他后继无人，自三岁的亲外甥过继给他为嗣后，他视为己出，倍加疼爱，并取名为拴虎。他原本想让拴虎读书，好使他入仕做官、光宗耀祖，没承想他念了两年私塾便逃学不念了，后来非要跟他学石活手艺不可。看来，他并不是块读书的料，于是守仁便把自己的好手艺毫无保留地传给了儿子，没几年工夫，拴虎也成了一名手艺不凡的小石匠，于是他爷俩经常走南闯北，成了绥州一带有名的石匠世家了。前多年，石守仁给拴虎娶了一位模样儿俊俏、性情温顺的婆姨，小两口儿也很恩爱，日子过得有滋有味。

然而一场意外的遭遇，却彻底改变了石拴虎的命运，颠覆了他的人生。

那是一个寒冷的冬天，他和舅父接到了本县薛镇一闫姓、名百万大财东家的石活，给他家修建陵园，要求在其父仙逝三周年竣工，也就是腊月二十五这天完工，工期三个月，工钱说好了是八十块银圆。舅父对这一石活比较上心，为了按时完工，除过爷俩外，还叫了自家一个侄儿没黑没明地干了起来。那年冬天，天特别地冷，接连下了两场大雪，干活又都在露天，他们的手被石头震裂了口子，指头不听使唤，脚也冻得红肿，但为了赶工期，他们还是咬牙坚持着干活。好在这家主人还可以，他们吃住在东家，时不时还有烧酒好肉招待，他们庆幸遇上了好人家，活儿就做得既快又细法。

将近年关时，老天又突然降了一场大雪，积雪有半尺多厚，大地白茫茫一片，寒冷的北风裹着雪花发出刺耳的呼啸声。好在石活已基本做完，离竣工只有几天了，因舅父惦记着身患哮喘病的舅母和身怀有孕的拴虎婆姨，便让拴虎和那个侄儿先回了家，自己留下收尾和领工钱，谁知这竟是他爷俩的最后一别。

工程如期完成了，主家请了许多亲朋，在其父仙逝三周年和陵园落成那天，举行了隆重的揭陵庆典仪式。事情办得很大，主家雇请了两拨唢呐乐班，绕陵三周，又是吹打，又是放鞭炮，好不热闹。主家领客人绕陵园参观时，来人对石匠精湛的石艺赞不绝口，主家一脸的风光，守仁心里更是乐开了花。

第二天上午，也就是腊月二十六这天，待来客都走了后，主家给石守仁设了一顿答谢便宴，让他吃了饭就拿上工钱赶紧回家过年。当饭吃到一半时，东家婆姨说她去给石师傅拿工钱去，可不一会儿她却慌慌张张地进来说："当家的，不好啦！给石师傅的工钱不见了，这可咋办啊？那可是整整八十块银圆哩。说着，竟急得哭了起来。

"别急别急！兴许是放哪儿了，再找找。"东家劝慰着说。

东家婆姨说："早晨起来我就取出放在屋内桌上的抽屉了，这一眨眼的工夫咋就没了，难道它会长腿不成？"

瘦高个儿的东家说："这就日怪了，府内今早只有张妈和李老头两人，其他人又不在呀？再说了，石师傅也不是外人。"

这时，佣人张妈说："东家，我可没拿，刚才太太带人在我的住处已经搜过了。"佣人李老头说他也未拿。

这时，大家将目光齐刷刷地投向了石守仁。石守仁像被蜂蜇了一样，他可从来没有被人这样看过，为了证明自己的清白，便提出说："那就请大伙也到我的住处搜一搜。"

"好！那就去看一下吧。"东家说着，便和婆姨领着众人去了石守仁住的下房。

这间下房只有一张桌子和一个大土炕，空荡荡的再无他物。只见炕边放着一个布包，里边装盛着锤錾等铁器，再就是一个已捆好了的铺盖卷，都是石守仁出门所带之物。包内一目了然，甚也没有，但当东家婆姨解开炕沿边的铺盖卷，刚一抖搂时，只听"哗啦啦"一声响，白花花的银圆便从铺盖卷内掉了出来。众人立时傻了眼，石守仁更是目瞪口呆，惊得张着嘴说不出话来。这时，东家拾起地上的银圆一数，不多不少刚好八十块。于是东家婆姨便一把揪住石守仁的衣领，破口骂道："姓石的，你是不是等不到我给你发工钱就自己拿了，你是不是还想拿双份的工钱？真是人没长尾巴比驴都难认，看你平时人模狗样的是个受人抬举的手艺人，可没想到你竟然还是一个三只手的贼。"

东家也恼悻悻地说："石师傅，我平日待你不薄吧？你咋能做出这种辱没祖宗脸面的事来，真丢人！"

石守仁从来没遇到过这种事，也没被人这么怀疑侮辱过。这时，他似乎才回过神来，忙喊道："东家，我冤枉，一定是有人陷害我，请东家相信我！"

"啊哈！冤枉你？常言道，捉贼捉赃、捉奸捉双，东西都从你的铺盖卷里跑出来了，还嘴硬，真是裤裆里吊棒槌不是个东西。"东家婆姨恼怒地说。

石守仁不断喊冤、百般解释，但却毫无作用，最后还是被东家送进了县衙。更可气的是，那个糊涂狗县官不问青红皂白，便赏了他二十大板，直打得他皮开肉绽，尽管他死不招认，最后还是给他定了个偷窃的罪名将他下了大狱。事后才知道，这个县官是得了东家的好处才这样的。

这石守仁虽是一个老实胆小的人，但他却是一个诚实守信、光明磊落的人，他视名节如性命，做事一定要对起父母为他起的名字。可如今他却遭人诬陷，他就是跳进黄河也洗不清了。他心里明白，肯定是东家不想付他工钱才诬陷他的。这让他今后咋价格活人哩？子孙今后更是无法在人前抬头，想来想去唯有一死，才能证明自己的清白。于是后半夜，他趁同牢的人都睡熟之际，解下裤带绑在铁窗上自尽了。

腊月二十七，当石拴虎接到县衙的通知时，就和几位本家人急火火地去了县里。他怎么也不相信，舅父偷了东家的银圆畏罪自杀在牢里，一定是黑心的东家不想付工钱而陷害了舅父，肯定是狗县官吃了黑食与东家串通好了的。想到这里，一向温顺的他就像一头发怒的狮子，跑到东家想要讨个说法，可东家不但没有好话，反而指着拴虎说道："你爹偷了钱，你还有脸来寻事，我看你们父子俩没一个好货。"

东家婆姨接着说："他上了吊那是他畏罪自杀、死有余辜。再说，他是死在县牢里的，与我们何干？"

拴虎一听肺都要气炸了，立即冲上前要与他们拼了，却被闫家的两个儿子和几个家丁乱棍打了出来，幸被本家来的人硬给拽住了，不然当时就会闹出人命来。拴虎气不过，又跑到县衙击鼓鸣冤，县官说："你父偷窃证据确凿，上吊自尽那是畏罪自杀，你若再胡搅蛮缠，就将你以扰乱公堂的罪收监下狱！"拴虎无奈，只能强压怒火，雇了辆驴车将舅父的尸首搬运回家。待人运回村时，舅母见状，一声未哭上来就随舅父去了。

家里一下子失去了双亲，拴虎像塌了天一样哭得死去活来。按当地风俗，死人是不能与活人一起过年的，因此在本家及村人的帮忙下，赶在大年除夕这天，他便草草地安葬了双亲。舅父母一生勤劳善良，可到头来却落了这么一个下场，临走时也未风光过一回，连个唢呐乐班也没有。苍天啊苍天！你咋就这么不公呢？好人咋就得不到好报哩？他恨不公的苍天，他恨吃人的社会，他更恨恶毒的东家和黑心的狗县官。"你们不让我的父母活到过年，我就决不会让你们活到初一，杀父之仇不报，何以为人！"拴虎想到这里，他只觉热血上涌、眼内喷火。

天快黑的时候，当村人准备张灯结彩、燃放鞭炮欢度除夕之夜时，拴虎对身怀有孕的婆姨说，他要去父母的坟地走一趟，之后腰别铁锤、怀揣一把杀猪刀悄悄地出了村。他先来到双亲的坟前，"扑通"一声跪下，泣不成声地哭着说道："二老呀！孩儿不孝，让您二老蒙受冤屈了。今夜，孩儿就去杀了那个黑心肝的闫百万，替您老讨回公道，此仇不报，就绝不活着回来见您！"说完，伏地磕了三个响头，便起身向薛镇方向而去。

拴虎踏着积雪，摸黑来到薛镇，只见镇内灯火闪烁，时不时响起阵阵鞭炮声和狗的狂吠声，镇内完全处于节日欢庆的气氛中。拴虎先来到闫家新建起的陵园，拿起铁锤就是一通猛砸。一边砸还一边愤愤地骂道："活人作恶，还想给死人立牌坊，我叫你的先人也不得安生！"砸完后，他看着东倒西歪、残破不堪的陵园，心里总算舒了口气。

砸完陵园，夜还不深，拴虎在镇外等了一个多时辰。这时，镇里已安静了下来，没了任何声响，拴虎这才悄悄地摸进了镇。

闫家大门紧闭着，大门口和院内屋檐下挂着几盏大红灯笼。院中燃着一个粗大的树桩，树桩燃得正旺，不时发出噼噼啪啪的声响，将院子照得通红。院内静悄悄的，看样子人已经入睡了，拴虎一纵身翻上了墙头，又轻轻地落到院内。谁知当他双脚刚一落地，主家的大黄狗"噌"一下不知从哪里冒了出来，"汪"的一声就朝他扑了上来。幸亏拴虎早有防备，随即从腰后抽出铁锤迎面朝狗狠狠地砸了过去，大黄狗便"扑通"一声倒地，腿蹬了几下就不动弹了，拴虎赶紧躲在了黑暗处。

正屋的人似乎听到院内有响动，闫百万披衣开门出了屋，往院内看了看，并未发现异常，正准备回屋时，拴虎一跃而出，用刀尖抵着他的后背，低声说："不要出声！要是出声，老子立马捅了你！"

闫百万一看是拴虎，哪敢出声，腿已抖得走不了路。拴虎推着他进了屋，并用脚带上了门。屋内闫百万的婆姨，此时正抱着银匣子在炕上数钱哩，见百万身后是握着明晃晃刀子的拴虎，吓得正要喊叫时，拴虎用刀指着她低声吼道："不许叫，叫一声就宰了你！"东家婆姨吓得筛成了一团糠，一手捂着嘴，一手不住地摆个不停。

　　这时闫百万颤抖着说："贤侄，不要胡来！有话好好说，好好说。"

　　"我问你，我爹到底偷没偷你家的银圆？"拴虎愤怒地问道。闫百万支支吾吾地不肯说，拴虎一下拽住他脑后的辫子，一把把他的头拎了起来说："不说是吧？那我就先宰了你！"说着，把杀猪刀架在了他的脖子上。

　　"我说，我说！"闫百万用手一指婆姨说，"都是这个死婆姨使的坏，不关我的事。"

　　东家婆姨一听，忙跪在炕上抱着银匣子说："贤侄都是我的错，是我财迷心窍冤枉了你爹。"随即她又说道，"这都是那、那老东西出的瞎主意。"说着，抱着银匣子已溜下炕准备往外跑。

　　拴虎一听，果然是这对黑心肠的狗夫妇害了父亲，他一咬牙，一刀捅进了准备溜出屋的东家婆姨心窝，热乎乎的血立时溅了他一身。闫百万见状，吓得"啊"了一声欲夺路而逃，拴虎一转身两刀又结果了他的性命，旋即将油灯往炕上的铺盖上一扔，炕上的被褥便"砰"的一声蹿起了火苗。他随即拉开房门，听见几个屋子已有了响动，便迅速翻过院墙消失在了黑暗中。当他跑出镇再回头看时，闫家已是一片哭喊声，凶猛的大火已烧红了半个镇子，他哈哈一阵大笑，心里直喊痛快。

　　此后，拴虎成了朝廷通缉的杀人犯，婆姨也被押到了县衙，在严刑拷问折磨下，他那未出世的可怜孩子没有了，他的婆姨因大出血也死在了牢里，还是本家人帮着料理了后事。

　　拴虎的亲人都死了，家也没有了，绥宁县他是待不成了，于是他开始了逃亡生涯。一年后，他辗转来到了安宁县境，路上又交了四个为生活所迫外出讨饭的难友，虽然说住无定所、食无保证，但倒也快活自在。可拴虎心想，这样下去终究不是长远之计，于是在一个破庙里，他们五人一商量，还不如当土匪痛快，于是他们就近投靠了钻天豹周万昌当起了土匪。

　　这钻天豹倒也识才，他看拴虎浓眉大眼、腰圆体壮、气宇不凡，而且又带了四人入伙，就给他封了个小队长，手下领了十余人。但落草后不久，他就发现这伙土匪并非他想象中豪侠仗义、劫富济贫、除恶扬善的英雄好汉，而是一群无恶不作的坏人。尤其是匪首钻天豹，不仅长相凶恶，而且更是一个性情戾暴，杀人不眨眼的恶魔。他毫无道义而言，抢劫不分穷富、杀人不管好坏，只要不从和反抗者则必死无疑。他常祸害百姓，强抢民女，经他抢上山的良家妇女最多时有十五六个，供他及手下的土匪享乐。他还有一最大的嗜好，就是杀人，他杀人的手段极其残忍，那就是活埋。不论是商人百姓，还是被抢上山的妇女或是他手下的土匪，只要是犯在他手里的，都会被他活埋，因此北山一带村庄的百姓都称他为活阎王，连吓唬小孩都打他的名号。

拴虎真后悔来此做了土匪，几次想逃出去都没有成功，因此他只能暂栖匪巢，暗寻逃跑的良机。于是，他和当初一同来山寨的郭家义等几个要好的兄弟一商议，大家认为出逃还不如杀了这个恶魔，没想到机会还就真来了。这年三月初十是钻天豹五十岁大寿，寨内张灯结彩，一片喜庆，二匪首唐占邦领众匪徒齐聚匪巢大厅，向钻天豹叩首跪拜、三呼万岁。而钻天豹则身穿大红寿衣，高坐于太师椅上，完全把自个儿当成了不可一世的土皇帝。

礼毕，匪徒便入座开怀畅饮起来。接着，唐占邦带领其他匪首及几个小队长分别向钻天豹敬酒祝寿，身边还跟着三个手提酒壶的斟酒官。等轮到拴虎敬酒时，拴虎举起酒杯向钻天豹祝寿道："祝大王寿比南山，长生不老！"说着，端起酒杯做饮酒状，钻天豹应着也举起酒杯一仰脖饮了酒。就在这刹那间，只见拴虎一摔杯迅即从袖中抽出锋利的匕首，一下刺进了钻天豹的咽喉，钻天豹还未来得及喊叫一声，便"扑通"一声倒地毙命了。

这时，洞内正在饮酒的众匪徒，见拴虎杀了钻天豹，立即惊呼了起来。二匪首唐占邦见状，先是一愣，继而指着拴虎对那三个斟酒官大声喊道："反了，反了，拿下他！"唐占邦的话音刚落，只见刚才那三个斟酒官，没有去拿石拴虎，却抽出尖刀抵住唐占邦的脖子和心窝，说道："放老实点，否则宰了你！"吓得唐占邦不敢动了，随后便被那几人绑了。

其实这一切，都是拴虎他们几个早就谋划好了的。这时，只见拴虎提刀一步跨上酒桌，然后对众匪徒大声说道："弟兄们！请不要害怕。我今格杀了钻天豹周万昌，是为民除害、替天行道！"停了一下，他又继续说道，"弟兄们！我们是土匪不假，但大多数人都是被逼上梁山的。可我们这位大当家的，都领我们干了些甚？不是杀人放火，就是祸害百姓，强暴良家妇女，而且杀人成性，手段残忍。试问，我们谁没遭受过他的欺凌？不少兄弟就惨死在他的手里，说不定哪一天我们也会没命的。大家说，像他这样的人，不应该杀吗？"

其实，大多数土匪早就对钻天豹不满了，只是平时敢怒不敢言罢了，这时见拴虎杀了他，心中无不高兴，又听他这么慷慨地一说，都高声喊道："该杀！该杀！"

这时，台下与拴虎一起上蟒头岭的郭家义喊道："兄弟们，石队长行侠仗义，替天行道，替我们除了一害，我们就拥石队长做我们的大当家的，凡愿意的，就跟我参拜石大当家的。"说着，带头跪下就拜。

大多数人也跟着跪下参拜道："我们拥护石队长做我们的大掌柜！"

那几个没有跪拜的土匪，一看就是钻天豹的死党爪牙，此时他们不知所措，转身看着被绑的唐占邦。这时唐占邦才如梦初醒，他想挽回败局取而代之，便大声喊道："弟兄们！别上他们的当。他们杀了大掌柜是大逆不道，是不忠不义。有良心的，给我拿了石拴虎和他们几个。"

唐占邦这么一喊，有些土匪犹豫了，那几个爪牙拔出刀，就要上前杀了拴虎救出唐占邦。但还未等他们动手，一些拥护拴虎的人一拥而上，杀了那几个平时作威作福的帮凶，并将剩余的几个爪牙绑了起来。

郭家义这时指着唐占邦对拴虎说："大当家的，你说该如何处理他？"

拴虎指着唐占邦，"呸"了一口说："你还有资格说忠义二字？你助纣为虐、滥杀无辜，不知干了多少伤天害理的恶事。睁开你的狗眼看看，尔格还有多少人愿意跟随你继续作恶？"继而对着众人大声问道，"像唐占邦这样的恶人，大家说该咋办？"

众人齐声回答道："杀了他！杀了他！"

拴虎点了一下头，挥手说："那就杀了他！"郭家义手起刀落，唐占邦便一命呜呼了。这时，那几个爪牙立马跪地连连求饶。

待控制住了局面，拴虎便对众人说道："兄弟们，感谢大家对我的信任。可是我才疏德薄，恐当不了这个家，还是请大家另推贤能的兄弟就任吧！"

"石大掌柜，尔格只有你才配坐这头把交椅，再没有人比你更合适的了。"有人喊道。

郭家义也接着说："石兄，只有你做了大掌柜，才能带大家走一条光明的道。你若不答应，我们就跪着不起来。"说着，又带头跪了下来，众人又一齐跟着跪倒在地。

就这样，北山蟒头岭易了主。在大家的拥戴下，拴虎坐上了大当家的位子，郭家义、刘大成分别坐上了第二、第三把交椅。就职仪式结束后，拴虎对众人说道："既然大家信任我，我就得给大伙当好这个家。现在，我要宣布几项决定：第一，咱们的堂号应该换个名字了，今后就叫聚义堂。何为义？就是要多做善事少行恶，行侠仗义铲不平，除暴安良不欺弱，劫富济贫行大道，这就是我说的义。凡是与此不相符的，都不是我聚义堂的作为，凡作恶祸害百姓的，都要受到惩罚。第二，咱们既然改名为聚义堂，那就得有个堂规，这堂规就是……"说到这里，拴虎环视了一下大家，继续说道，"这个堂规就是一不祸害百姓，二不糟蹋妇女，三不滥杀无辜，四不酗酒滋事，五不背信弃义。就这五条，大家能不能做到？"

众人认为，大当家的给他们立了让人信服的新规矩，都齐声回答道："能做到！能做到！"第二天，蟒头岭的山寨里，便挂起了聚义堂的大旗。

听完了拴虎的叙述和他落草为寇的原委，玉清被眼前这位有着不凡经历和疾恶如仇、行侠仗义的汉子感动了，于是说道："石掌柜，你不是坏人，是个好人。你的遭遇令我同情，你的英雄义举更令在下钦佩，请原谅我刚才的冒失。"

此时，金元也动情地说："石掌柜，看来你也是一位敢作敢为的英雄好汉。杀父之仇必报、作恶者必诛，这才是大丈夫男子汉的作为，你替天行道的义举，令我十分敬佩，今日能认识你真是幸运。"

拴虎忙说："二位过奖了，今日能认识二位，也令我十分高兴！"随后对玉清说道，"冯标统，你不是问我为甚要给你送情报吗？尔格我可以告诉你。那次东山东北虎约我联手夜袭青龙镇，我虽为匪，但是我打的是义字旗号，我怎能眼看着无辜的百姓遭殃，因此我就派人给你送了密信。那夜他们夜袭青龙镇时，我知道你们有了防备定会取胜的。所以那晚，我的大队人马根本未去青龙镇，只派了两人搪塞他们。"

"那你就不怕东北虎知道后来报复你？"玉清说。

拴虎回答说："不怕那是假的，他当时可是有着一二百人。可是为了义字，为了青龙镇上千口人的性命，我已做好了与他火拼的准备，何况我手下也有五十来号兄弟，而且大伙儿心齐，说不定谁赢谁哩。"停了一下，又笑着说道，"尔格，我就更不用怕了。"

玉清说："为甚？"

拴虎回答说："上一次你真厉害，他派的一百三十多人，几乎全被你吃掉了，尔格只剩下三四十个残兵败将，他哪还敢来找我的麻烦。"

玉清听后高兴地说："确实是这样，多行不义必自毙。东北虎黄龙彪那也是咎由自取，用不了多久，我就会领兵剿了他。"停了一下，玉清问道，"石兄，你下一步有何打算，总不能带领这帮弟兄做一辈子土匪吧？"

听到这里，拴虎这才说道："冯标统，这就是我这次请你上山来的原因。"

"说说看。"玉清说。

拴虎看着玉清说："我把义旗已经树起来了，我想请你上山入伙，领着我们轰轰烈烈地大干一场。"

拴虎喝了一杯酒，接着说："冯标统，我想学当年李闯王，揭竿而起反了大清。而要干成这件大事，非得你这位文武兼备，在百姓中享有崇高威望的人挂帅不可，只要你登高一呼，肯定能山呼海应的。"

玉清听后，沉思了一会儿说道："石掌柜能有如此雄心壮志，令我钦佩。但是你知道，那可是造反、是祸国，是会被杀头的。"

拴虎说："我不怕。自古咱陕北这块土地上就不乏英雄，如若失败被杀，添上我的名字就是了。"

玉清停了一下说道："我敬你是位英雄好汉，不如这样吧，你带领你的弟兄下山加入我的民团营，我向朔州董知府大人求情赦免了你的罪，然后再任命你为民团营副团总。咱们兄弟携手，剿匪平乱、保境安民、报效朝廷，不也能轰轰烈烈地干出一番事业吗？总比你当土匪强，不知你意下如何？"玉清将他这次上山来的目的亮了出来。

拴虎一听，立即摆手说道："不可！不是我信不过你，而是信不过官家、信不过朝廷。"他接着说，"你看，尔格朝堂是奸臣当道，地方都是些贪得无厌的狗官把持。你看尔格社会乱成甚了，到处造反闹乱，洋人都打进紫禁城了，可这帮昏庸的狗官，仍然只顾自己，哪管百姓的死活。"说到这里，他还是摇着头。

玉清说："你说的这些也许是事实，但也不全对，朝廷和地方还是有清官和好官的。

"可惜这样的清官、好官太少了。"拴虎又接着说，"就这样的好官，也不一定能得到好报。就说鸦片战争后，朝廷还不是屈服于英国人，不仅查办了主张抗烟的朝臣，并赔偿了人家数千万两白银吗？更可气的是，朝廷后来还允许国人吸食种植大烟，咱陕西可是种植大烟的大省哩。你没看那些抽大烟的倾家荡产、卖儿卖女，多惨哪！可官府却还要处罚那些不愿种大烟的州县和农户哩，并美其名曰是为了增加朝廷的税赋。呸！增加的税赋，都进了那些狗官的腰包，都赔给了那些外国狗强盗，简直是伤天害理、祸国殃民！"

拴虎停了一下，又继续愤愤不平地说道："就说我吧，明明是恶人陷害了父亲，可那狗贪官硬判父亲是贼，逼死了我家四口人，我是有冤无处申、有理无处诉。再说你吧，文武双全一身豪气，剿匪平乱，保境安民，立了多少功劳，可前不久你却遭奸人所害被同狗官关进了大牢险些遇害，要不是好心的百姓相救，早就没命了。因此，我与官家势不两立，更不能答应你加入民团营受他们的摆布。"

拴虎说的这些，玉清不是不知道，但他认为朝廷和官府还是好人多，朝廷还未到改朝换代、无可救药的地步。不过对于朝廷强迫各州县种植大烟一事，他虽知道一些，只是这几年他把主要精力都用在了练兵和剿匪的事情上，倒是很少关心过大烟造成的危害。想到这里，他对拴虎说："你说的这些，虽然都是事实，但是我大清还未到不可救药的地步。关于举义旗反大清一事，毕竟不是一件小事。你想，只要战端一开，不知又会殃及多少个家庭和无辜的百姓，那咱们陕北又要遭受战火的摧残了，因此这个事我们暂且不说，以后再议。我认为，眼下咱陕北最当紧的，还是剿匪平乱、保境安民，至于清除烟害一事，我今后肯定会用心的。我还是请你考虑能否随我下山，带领弟兄们加入我的民团营，以便给弟兄们谋一条出路。"

拴虎说："谢谢冯标统的美意，恕我不能从命。要我说，冯标统，你干脆上山领着我们干，免得将来受他们的祸害。"

这时金元插话说："玉清，石掌柜说的不无道理，你就不要为难他了，毕竟人各有志。我看他占山为王、劫富济贫、除恶扬善，也不枉为人一世。你俩虽然走的路不一样，但都是为了伸张正义，为了天下贫弱的百姓，因此你俩都是我心目中的英雄。"停了一下，他又说道，"至于我，还继续做我的生意，等我赚了钱、发了财，说不定还能为你俩帮上忙哩。"

"还是蔡兄说得对，既然冯标统不愿意上山入伙，那你也就不要勉强我下山了。我们各自为阵，各干各的岂不更好？不过你今后若有用得着我的地方，尽管言语一声，为了朋友，我会赴汤蹈火、在所不辞！"拴虎说。

听金元这么一说，又见拴虎态度如此坚决，于是玉清说道："既然石掌柜不愿意下山加入民团营，那我也不能强人所难。不过，关于你想造反一事，还请三思，这毕竟不是一件小事，就你们这么一点人马，如同以卵击石，你还是要多替你的那些弟兄着想。"最后他又补充说，"这件事就到此为止，就当过过嘴瘾，千万不能说出去，否则到时我也救不了你。"

拴虎听后，淡然一笑说："多谢标统的好意。正因为这不是一件小事，所以才请你上山商量的，既然你不愿意这么做，单凭我的能力是干不成这件大事的。所以啊，我还是继续当我的土匪，你做你的标统，咱们各走各的道，井水不犯河水总可以了吧？"

玉清听他这么一说，悬着的心总算暂时放了下来，于是说道："这我就放心了。不过，你继续当你的土匪可以，但是你要遵守你立下的诺言，对得起义字这面大旗，不祸害百姓、不滥杀无辜。否则，我会领兵剿了你的。"

拴虎说："请你放心，我一定对得起义字大旗，不祸害百姓、不滥杀无辜，如若违犯，你领兵灭了我，我毫无怨言。"

玉清被拴虎的诚心打动了，就高兴地说："这样甚好！今后你若有甚事或遇到了甚困难，尽管说一声，我也一定会尽全力助你的，绝不含糊！"

这时，拴虎望着玉清和金元说："尔格我就有一事，不知二位是否应允？"

"有甚事？就请说吧。"玉清说。

拴虎这才认真地说道："今日能认识二位英雄，是我今生最大的幸事，若二位不嫌弃，我愿与二位结为异姓兄弟如何？"

金元是一个性情中人，听他这么一说，首先高兴地说："好啊！我早有此意，过去因战事忙，我与玉清错过了结拜兄弟的机会。今日相遇，又相识了石掌柜，这是天意，我们也是三个人，我们也来他个桃园三结义。"

玉清也接着说："对！没问题。蔡兄是与我一同共过生死的兄弟，石掌柜又是舍身救我青龙镇百姓的大恩人，我们结为兄弟，天经地义、理所当然。"

"那这么说，二位是同意了。"拴虎接下来高兴地说，"我看，择日不如撞日。今日正好是八月初六，是个吉利的好日子，我们尔格就举行结拜仪式如何？"他的提议，立即得到了金元和玉清的赞同。接着，他们各报了生辰年月，金元属狗，四十岁，年龄最大，当属大哥；拴虎属兔，小金元五岁，三十五岁，当属二哥；而玉清属鸡，又小拴虎六岁，二十九岁，当然为三弟了。

论罢了年龄，拴虎取出三个大碗斟满了酒，点上了香，然后一齐跪在香案前，并用匕首划破食指向碗中滴了血，接着磕头盟誓，结为了同生死、共患难的金兰兄弟……

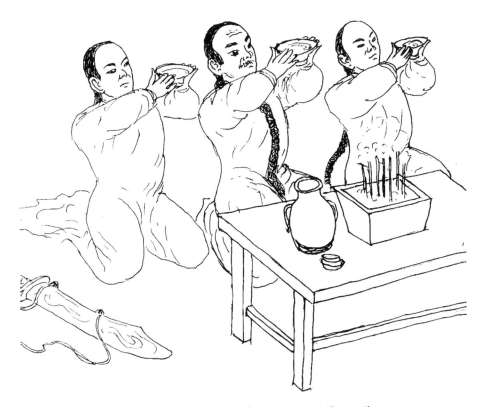

蔡金元、冯玉清、石拴虎在蟒头岭结拜为异性兄弟

第二十章　伙奸夫害死婿与婆
##　　　　　　犯众怒二人被沉河

　　玉清由北山返回后，留金元他们在青龙镇小住了几日，并将他介绍给了田驿丞，同样受到了热情款待，之后金元便领着他的驮队北上去了包头。

　　送走了金元，玉清暂且将民团营的训练交由冬生负责。在他看来，此次去北山虽未劝说石拴虎下山加入民团营，但却弄清了石拴虎的底细，消除了他对北山匪患的担忧。然而，此去北山，对于石拴虎所说的大烟之害，却引起了玉清的高度重视，如果陕北烟土真像拴虎说的那样严重，那大烟之害，同样大于匪患之害，如果只除匪患而不除烟害，那陕北的百姓同样不会有好日子过。就目前安宁县境的情形而言，西山匪患已除，东山黄龙彪受了重创暂时也翻不起什么大浪，北山由石拴虎掌控不会祸害百姓，可以说安宁县境暂时不会有匪患之忧，接下来他要将主要精力用在消除烟害、救民于水火这件事上。尽管这件事没有人授意他去做，而且消除烟害有悖于地方官府的意愿，但这件事总得有人管，总不能任由它继续泛滥、贻害无穷。

　　玉清这样想来，觉得这不是一件小事，必须得先搞清楚大烟之害的程度，而后才能采取措施和行动，于是他决定先从青龙镇调查做起。这天玉清来到驿镇所，一见到田福学就开口问道："田驿丞，咱们青龙镇所辖的三个乡镇，有没有种植大烟的？"

　　田福学惊奇地问："你问这个做甚哩？"

　　"你只管回答我。"玉清说。

　　"有！"田福学回答。

　　"有多少？"玉清接着问。

　　田福学想了一下，回答说："据不完全统计，三个乡镇种植罂粟七千多亩。"

玉清听后用责备的口气说:"田驿丞,你作为青龙镇的最高行政长官,你不知道大烟是害人的吗,你咋还能允许农户种这么多罂粟哩?"

田福学听后,叹了一口气说:"我怎能不知大烟是害人的,但那是上边让种的,我能有甚办法。"

"那你就不能带头抵制吗?"玉清仍旧责备地说。接着,他将在北山听石拴虎说的烟害之事说与了田福学,最后说道,"田驿丞,这种情况如再不制止,则国将不国、民将自灭,大清是要亡的呀!"

田福学这时却说道:"据我所知,咱们陕北的烟害,远比你了解的要严重得多。"说到这里,他又叹了口气说,"可你知道,造成这种恶果的责任不在下边,全是朝廷之过。咸丰十年(1860),咸丰帝明令种植罂粟,并先在陕西推行。同治元年(1862),刚登基的同治帝又颁布了种植罂粟的新法令,在两朝皇帝的推动下,种植及吸食鸦片之风遍及全国,而陕西更盛。只是后来陕西发生了战乱,罂粟种植才有所减缓,但随着战事的结束,陕西总督又催促各地种植罂粟,而且层层下有指标,完不成种植和征收罂粟税收任务的还要处罚。在我任青龙镇驿丞以来,咱们镇种植罂粟面积还是相对少的,只有六七千亩,仅占耕地面积三成多,有的乡镇竟高达四五成。"

说到这里,田福学从抽屉内取出一纸公文,放在桌上一拍说:"你看,这是同知县前几天刚发来的公文,要求青龙镇三个乡镇年种植罂粟要达到一万亩,比往年多出了四千亩,完成税银三万多两。如完不成任务,不仅要加征税银,我这个驿丞还要被责罚,我这几天正为此发愁哩。"

玉清看了一眼公文说:"你说的这些,我以前咋不知道哩?"

田福学笑了一下说:"你是冯府的少爷,又不种地,又不经商,哪能知道这些?再说,你少时读书,遇匪乱又八九年不在家乡,尔格又忙于剿匪平乱,当然不知道这些了。"停了一下,他又接着说道,"就咱们镇里,哪一户不种植罂粟,光镇上就开有四五家烟馆。这些,你可以到镇上看一看,再回家问一问你奶和令堂大人。"

玉清听后,这下全明白了,就对田福学说:"田驿丞,我刚才错怪你了,请不要介意。"停了一下又说道,"田驿丞,种植罂粟的事,咱们左右不了朝廷和省府,但身为地方官吏,咱们要为咱们的百姓着想,应当抵制种植罂粟，关闭所有烟馆。"

"咋个抵制法，咋个关闭法？"田福学问。

玉清想了一下说："我看，以你我的名义，咱们联合向同知县写个报告，阐明种植罂粟之危害，要求在全县范围内停止种植罂粟，取缔烟土交易，铲除所有烟馆如何？"

田福学说："你的想法虽好，可根本就行不通。不要说同知县不会答应，你就是把折子写到朔州、省府甚至朝廷，他们也不会答应，我劝你还是不要管这事的好。"

玉清说："田驿丞，照你这么说，这事就没救了？"

田福学说："不是说没救了。全国、全省、全县咱管不了，但在青龙镇我还是有办法的。"

"有甚办法？"玉清问。

田福学说："我的办法是不抗而拖。明面上我是支持的，但我却不积极，谁愿种谁种，谁不愿种我绝不强迫，能拖则拖、能了则了。这次加增的种植面积和税银，我也不准备下发，就说无人愿意种植，大不了免了我的职就是了。"说到这里，他接着说道，"我这个人不会顺应世事，又不会给上峰使好处，所以常讨人嫌，因此干了十多年了还是个驿丞，这个芝麻大点儿的官，我早就不想干了，也累了，免了倒干脆轻松。说心里话，这几年要不是遇到你这位年轻有为、心系百姓的好后生，我早就辞职不干了。"

听了田福学的话，玉清心里一阵酸楚。他望着年过半百、满头花白的前辈，心想也确实难为了他，他已尽力了，也不能再连累他了。但是，面对如此社会乱象，如果不能阻止和根除大烟这颗毒瘤，那将贻害无穷。然而，他明明知道凭自己一己之力是阻止不了这种现象的，但他还是决定一试。于是，他望着田福学说道："田驿丞，经你这么一说，我全明白了。但是，我还是要向上反映民情、陈述大烟之害、阻止罂粟种植。不过，请你放心，这次我以我个人的名义写折子，或亲自到县里当面向同知县陈述。"

田福学听后，不高兴地说："玉清，你把我田某看成甚人了？我也是一个有着一颗忧国忧民之心的人，我是担心你不但改变不了这一现实，反而会影响你的前程。你毕竟年轻，前程远大，将来会干出更多利国利民的大事来，我是不愿意看着你往火坑里跳。"

玉清听后，抱拳说道："谢谢前辈的关心，不过我意已决。再难，我也要一试！"

田福学见劝不了玉清，就叹息地摇着头说："你咋就一根筋哩！"继而又说道，"既然你要做，我也拦不住。不过我可提醒你，他们听自然最好，如果不听，你也不要坚持了，毕竟这不是你该管的事。"

"噢！知道了。"玉清嘴里应着，可心里已经下定了决心非这么做不可。

第二天，玉清带着田兴运和刘保忠，准备去青龙镇下辖的三个乡镇再作一番调查，然后就去县衙向同知县陈述大烟之害。当他还未起身时，突然玉有跑来说："玉清，不好啦！出大事了。"

玉清一听，忙说："玉有哥，不要急，慢慢说，到底出甚大事了？

玉有说："玉宝弟和六娘被人害了。"

玉有所说的玉宝和他娘，是玉清的本家。玉宝的父亲忠发，在冯门中排行老六，夫妇俩为人忠厚老实，膝下有二子，老大玉朝也是个老实本分的人，已成家分开另过，这玉宝是他的二儿子，小玉清几岁，也已成家，与二老同住一院，就住在城外西街一个巷道内。玉清听后紧张地问："咋遇害的？凶手是谁？"

玉有说："咋遇害的，你去了就知道了。不过，凶手是大马猴侯金贵和玉宝的婆姨白银花。"

"咋会是他俩哩？"玉清奇怪地问。

"你就不要问了，赶紧走吧！"玉有催促道。

玉清没有再问，便与玉有快步来到了玉宝家。一进院子，眼前的景象让他惊呆了。院子里已来了好多人，只见玉宝娘直挺挺躺在院中，玉宝也被人用门板抬出了屋，就停放在其母旁，玉朝两口子趴在母亲与兄弟的尸体旁号啕大哭，忠发老人捶着胸蹲在一旁泪流不止。院旁的杏树上，捆绑着侯金贵和白银花，在他们的旁边围了好多人。人们不住地指指点点唾骂着他俩，有的还拿起棍子、鞋子要上去厮打他们，幸亏被几个站在杏树前的民团兵士挡住了。

人群里，只见憨憨大嘴玉喜，手舞足蹈地大声喊着："卖×哩，偷汉哩，害死人要抵命哩……"

玉喜他娘边追打着玉喜，边制止道："我的憨儿哩，甭喊了，甭喊了！"

可是却禁端^①不住他，他的喊声越来越大了。

这时，冬生见玉清来了，便简要地向他说了事情的经过，并要他拿主意。

其实要说起这件事来，那还得从几年前说起。

原来，前几年忠发给小儿玉宝娶了附近村庄白姓女子白银花。他的小儿玉宝比他的哥哥长得既帅又精干，娶的这姓白的婆姨，长得水灵秀气，有几分姿色。玉宝家有二三十亩田地，光景虽不算多富，但也算殷实小康之家，吃穿不愁，而白银花家相对较贫，能嫁到镇里这样的家户也算是称心如意的。

刚结婚时，俩人如蜜罐似的出双入对、形影不离，引逗得镇里那些个年轻后生们猫抓鼠挠地难受。可是好景不长，在他们刚结婚才半年多的时间里，玉宝一次上山干活时不慎从山上掉下来摔断了腰，成了下半身瘫痪的残疾人，成天躺在炕上让人喂吃喂喝、端屎端尿。

突然不幸的遭遇，几乎将不到一年新婚的白银花击倒了。她如同六月天掉进了冰窟窿，从头凉到了脚跟，成天哭得跟个泪人似的。她曾想丢下他另嫁人一走了之，但她不忍心看他那无助乞求的眼神，她下不了那个狠心。再说，父母劝她不能做昧良心的事，要守妇道，凑合着过吧。她曾经想到过死，但一想到死，她就十分地恐惧和害怕，再说，她刚满二十岁，人还没活出个滋味来咋能说死就死了呢？说不定哪天奇迹发生他突然好起来，那她不就白死了吗？那多可惜。于是，经过一段痛苦的思想斗争，她浮躁的心终于慢慢地平静了下来，开始精心地伺候起男人来，幻想着奇迹的出现。

自玉宝成了残疾人后，最愁肠的还是他的父母。他们担心年轻水灵的儿媳，怕她熬不过一年半载就会爬起尻子走人，到时谁也拦不住，再说为了自己的残疾儿子总不能耽误人家一辈子吧。可问题是，他们年龄一天天大了，这往后谁来照顾儿子哩？一想到这些，他们简直要崩溃了。然而不知何故，近来儿媳紧蹙的眉头舒展开了，对儿子伺候得也上起心来，这让老两口儿喜出望外，屋内屋外的重活尽量不让儿媳去做，让她多陪陪儿子，有好吃好喝也尽量留给了她。他们这样做，就是想留住她的心，能使她安心地多陪陪儿子。

---

① 禁端：制止、阻止。

忠发家的日子就这样平静地过着，镇内所发生的一切事情好像与他们无关似的，他们老两口儿只想维持着这个脆弱的家不受外界干扰。然而某天，这种平静的日子却骤然被打破了，就再也没有消停过，并像这凶险的青龙河一样布下了一个个深不可测的旋涡……

在青龙镇，玉宝一下子娶回了这么令人眼热的俊女人，引逗得那些个爱沾腥的馋猫整天惦记着，无奈有玉宝和他的家人看护着，他们连多瞅一眼和骚情拉句话的机会也没有。其中最焦躁不安和上心的，要数大马猴侯金贵了。他一看到白银花老毛病就犯了，有事没事总要到人家大门外踅摸几回，有次碰到玉宝的娘被狠狠地臭骂了一顿，玉宝只要在家门口碰到大马猴，就会去揍他，吓得大马猴夹着尾巴赶紧跑了。

这样一来，大马猴如烂猫吃不到腥成天发癫狂，回家不是打婆姨就是寻碴儿闹事。这侯世耀不知他的猴老子又犯了哪根神经，指着他骂了几句，可大马猴却拧着脖子与老子较起劲来，怨侯世耀给他娶了这么个狼都不吃的丑婆姨，让侯世耀给他换个像玉宝婆姨一样的俊女人。侯金贵是侯世耀三十多岁才得的长子，早就将他惯坏了，他知道自己的猴老子是个甚货色，骂一阵也就没事了。可这大马猴却并不死心，不敢去玉宝家门前踅摸，就成天带着他的那些烂仔在镇里招摇过市、显摆扎势，其目的就是要引起白银花的注意。

白银花根本就看不上大马猴这副德行，不会正眼瞧他一眼，急得大马猴抓耳挠腮，无计可施。

常言道，不怕贼偷，就怕贼惦记，大马猴并没有死心，只要是被他惦记上的，总想办法要得到它。机会终于来了，玉宝被摔成了残废，他幸灾乐祸了好一阵，他想这个刚结婚不久的俊女人，哪能耐得住寂寞、守得住空房，这不正是老天赐予他的良机吗？然而白银花被她公婆看得更紧了，连大门也不让出，他还是没有机会。

再说，白银花精心伺候了男人一年多后，男人的病情不但未见好转，反而更重了，起先人还能扶着坐起来，说话也较利索，后来竟连坐也坐不起来，话也说不清了。她以为他快不行了，这样她就可以早点儿解脱了，可找来郎中一看，大夫说听脉象没问题，不会有大碍，只是以后恐怕要长期卧床，得有人伺候了。她一听彻底绝望了，难道自己要守这个瘫子过一辈子？老天也太不公了。那些天她彻夜难眠，想了好多好多，直想得她脑仁子疼也没想出个好的解脱办法来。她认为，自己是这世上最不幸的女人，刚二十岁出头，像一枝含苞待放的花朵，还未绽放哩就被霜给打蔫了；她像空中的一道彩虹，还未露出七色的光环，就让大风给吹没了。她虽然年轻，可也是过来人，做夫妻的日子虽短，但夫妻之事的那种感受令她刻骨铭心、终生难忘。老人常讲，这好地怕干旱，好女怕没汉，这没男人的日子还真不好熬。每到夜深人静，劳累了一天的她，只打一个小盹就再也睡不着了，每当这时，她多么需要男人的宽慰和爱抚，哪怕是陪她拉几句话也行。可望着躺在身旁的男人，跟个死人没有甚区别，每当这时，她只能无助地直愣愣地望着黑黢黢的窑顶发呆，任凭忧伤的泪水顺着眼角流淌……

几月后的一个傍晚，天刚擦黑，银花伺候男人想早早地歇息，便来到门外的灰圈①提尿盆，当她刚走到灰圈口时，突然有人抱住了她的腰，她一下惊得魂都要出来了。当她刚要挣扎呐喊时，只见那人压低声音说："别出声，我是金贵！"接着说，"好我的妹子哩，你可想死我啦！只要你依了我，甚事我都答应你，哪怕为你当牛做马也行，说不定哪天我会用八抬大轿把你娶进门，对你好一辈子。"

这时银花一听是大马猴，就压低声音厉声喝道："大马猴，放开我！你再不放开，我就要喊人了。看玉宝他爹、他哥来了还不捣了你的脑浆！"

"我才不怕哩！他们来了，还以为你勾引我哩。再说，只要能和你好，我甚都不怕！"大马猴说着，已经等不及了，一边在银花的脸上狂亲，一边连声说，"好我的妹子哩！你就依了我吧？我会把心掏出来给你的……"

此时，不知银花心里是怎样想的，于是不再挣扎了，并闭上眼睛随了他的愿，任由他折腾。完事后，大马猴扶起银花又是一阵狂吻，并说："此后你就是我的人了，我会对你好一辈子，若食言让雷劈了我！"

谁知，银花一下子用手捂住大马猴的嘴说："快别说了，你快走吧，小心被人看见！"

大马猴被感动了，又亲了一口银花说："你真是我的亲妹子。你等着，我还会来的！"说完，便消失在了夜幕里。

这一夜，银花睡得很沉也很香，一直睡到天亮方才醒来，以至男人无人

---

① 灰圈：大门外有围墙的简陋露天厕所。

给接尿，尿湿了炕她也不知道。她在回忆着昨晚那一幕，虽然来得突然，但却使她感到了一丝宽慰。她在想，他人虽坏，但却对她如此地好、如此地上心，要是真能如他说的那样爱她、疼她，总比没男人疼爱强……

这女人一旦出了轨，就像无舵的船一样随波漂流，哪怕前面是暗礁、险滩也无所顾忌了。有了第一次，就有了第二次、第三次，银花和大马猴，隔三岔五地总要在一起鬼混。对于这种事，她已经无所谓了，而且多日不见大马猴，还真有些想他。有时她也在心里骂着自己，可她却像染上了烟瘾一样难以拒绝，像掉进了泥潭一样越陷越深，成天无心伺候男人，甚至在心里盼着他快点儿死。就这样平静地过了几个月后，银花开始变得不安起来，她担心哪一天事情败露了，她就死定了，她曾几次让大马猴想办法，他总是说办法还没想好，好像这样偷偷摸摸正合了他的意。不行！无论如何，得在今年有个结果，她再也不能和他这样不明不白地鬼混了。

其实，银花和大马猴的事，镇里好多人都知道，只是不明着说就是了。最先知道的，自然是银花的公婆，多少次忠发都想拿镢头挖死大马猴，但是都被老伴儿制止了，她是怕捅下了人命要抵命，而且留下儿子谁管哩。再说，这号事传出去还咋在镇里做人哩，于是只能暂时忍了。

而最不能容忍此事的，还是玉宝本人。他虽瘫在炕，可他的脑子没有瘫，当他第一次知道婆姨和那个狗东西大马猴做那事时，肺都要气炸了，他真想一拳打死他，可他不但动弹不得，竟连话也说不清。再说，这事若让二老知道了，那还不要了二老的命？思来想去，羞辱和苦恼只能由自个儿担了。可是后来，他们越来越不像话了，竟当着他的面干那种下流的事，完全视他为无物似的，他真想用砖一砖砸死大马猴，可自己连抬手的能力也没有，他只能打掉了牙往肚里咽，他想总有一天，老天爷会惩罚他们的。

这天，天已经快亮了，银花一下子坐了起来，推了一把一丝不挂、睡得跟死猪一样的大马猴说："快起来！天快亮了，再迟让人碰见咱们就死定了。"大马猴伸了一下懒腰，还想再睡会儿，被银花拧住耳朵一把提了起来，他这才穿好衣裳下了炕。当他临出屋时，将银花拽到门口，俩人小声嘀咕了一阵，临了大马猴交给银花一个纸包，并叮咛了几句，然后才出了门。

其实，大马猴交给银花的纸包，里面装的是剧毒鹤顶红，此药人服下后顷刻就会气绝身亡，而且不留任何痕迹，不像服砒霜的人口吐白沫、七窍出血。原来，大马猴让银花给玉宝服下此药，造成自然死亡之象，然后过几日他再把银花娶进侯府做二姨太。对于此计，银花自然称好，准备一两天内就实施，让他等候消息。

再说大马猴出了银花的屋，别看他腿瘸，可当他瘸着腿走到院墙的豁口处，一跃便轻松地翻过墙，消失在黎明前的黑暗中。当他离开玉宝家没走多远，被镇内值夜的两个营兵看见了，一个叫冯玉明，是玉宝的一个堂弟，另一个叫张松茂，他们早就听说大马猴和白银花的事了。作为本家人的冯玉明，早就想替他玉宝哥出了这口恶气，只是苦于抓不到证据，只能干着急。正好，今天他看到一个黑影，从玉宝哥家的方向一瘸一拐走过来时，猜测八成就是大马猴，便要上去抓他，却被松茂制止了，并小声说："此时不能抓。你又没抓到玉宝家院墙内，他不承认咋办？要我说……"他趴到玉明耳旁嘀咕了一阵，只见玉明点了点头，就放黑影过去了。

这一整天，银花都慌得不行，坐卧不宁。她多次拿出纸包，想在饭里或水里放进鹤顶红给玉宝服下，可她手抖得就是不听使唤，毕竟他是她的男人。人常说，一日夫妻百日恩，何况他们两年了，再说这是一条命呀，她无论如何也下不去手。

银花的这一反常表现，立即引起了细心婆婆的注意，她借给窑里送饭的机会，问银花怎么了，可银花却说没有甚。她不放心，就把她的担忧给老头子说了，忠发也看出了一点异常，就提醒说晚上要多留神。

天黑得很慢，一整天了玉宝家那边没有任何动静，大马猴已经等得不耐烦了，在屋里进进出出像丢了魂似的。婆姨嫌他碍事，刚说了一两句，就被大马猴抽了两个大嘴巴，并破口骂道："你给老子再皮干，老子就撕烂你的嘴！你信不信？老子今格把你休了，明格就娶一个俊女人回来。"婆姨立即捂着脸，哭着躲到一边去了。

侯世耀看到他的小先人又发飙了，气得骂道："你给老子又抽甚风了？迟早非把你抽死不可！"大马猴哪买他的账，翻着白眼仍不停地进进出出，气得侯世耀拄着拐杖，一颠一颠地走开了。

夜已近未时，月亮早已沉没了，青龙镇黝黑一片，死一般的宁静。青龙镇里的人似乎都睡得很香，连平时爱叫唤的狗此时也懒得叫一声，只有打更人懒洋洋的报更声，和街口、城墙上值夜兵丁晃动的灯笼在守护着这个宁静的夜晚。

然而一个黑影的出现，打破了这宁静的夜晚。只见这个黑影从侯府一出来，穿过街镇，鬼鬼祟祟地拐进后街西巷，径直来到了玉宝家院墙外，而又有两个黑影紧随其后。接着，这一黑影四下里窥探了一下，便从豁口翻墙进了院子。

随后，另两个黑影也来到了院墙外的豁口处，只见一个黑影被另一个扶着刚爬上了豁口，还未等他往下跳时，只听"汪"的一声，一只狗扑了过来，吓得他赶紧退回来低声说："日了怪了，刚才他进去时，狗为甚不咬哩？"

另一个黑影说："你没听人说嘛，老子打儿儿不恼、嫖客翻墙狗不咬，谁让你不是嫖客哩！"

"去你的！都甚时了，还有工夫开玩笑。"那人说。

其实，这二人不是别人，而是昨晚碰上大马猴的冯玉明和张松茂，他们一心要为玉宝出气，严惩这个猪狗不如的奸夫大马猴。他俩之所以昨晚未动手，就是未等到捉奸捉双的最佳时机，后来他们一商量，决定从今晚开始，先从侯府门前蹲守开始，就不信抓不住他个现行。果不然，这大马猴才隔了一天就憋不住了，他俩当然不会放过这个难得的机会。人倒是跟上了，但进不了玉宝家的院子，如果强闯，惊动了左邻右舍不说，大马猴也会借机跑掉的，要是银花再拽住他们反咬一口那可就说不清了。于是他俩一商量，决定守株待兔，不信他大马猴不出来。好在天不早了，再有一两个时辰就要亮了，看他还能在里面待多久。只要抓住了奸夫，看他还有甚话说。于是，他俩一分工，玉明守在门口，松茂守在院墙的豁口处，他就是插翅，今晚也休想逃掉。

再说大马猴进了院子，轻轻敲了一下窗户，门便吱咛一声开了一条缝，银花探出头向外看了看，见公婆屋内的灯黑着，便一把把大马猴拉了进去，随即关了门。大马猴一进屋，便一把抱住银花，又是乱摸、又是狂吻，可银花却一把将他推开了小声说："都甚时了还能顾上这事，你说咋办哩？快拿个主意。"

"怎么，你没有下手？"大马猴问。

"我下不去手，毕竟那是一条命吗？"银花几乎是哭着说。

大马猴不满地说："真是妇人之心。你下不了手，那咱俩的事就成不了，我也就娶不了你。"

"那你说咋办哩？"银花问。

大马猴说："我来！"随即又说，"药呢？"

"在这里。"银花说着，从衣袖内取出纸包交给了大马猴。

大马猴接过纸包，伸头撩开布帘向里屋望了望，见玉宝躺在黑屋炕上没有任何动静，就缩回头对银花说："去！把灯点上，舀一碗水来，趁他睡着了赶紧给他灌下。等他一蹬腿，我也走后，你再哭着喊人就说他走了。"

银花哆嗦着点上了昏暗的油灯，又用瓷碗从门旁的水瓮里舀了一碗水，放在了前炕的桌子上。大马猴立即打开纸包，将鹤顶红倒进碗里用筷子搅了搅，然后端着碗，与银花蹑手蹑脚地掀开布帘向里间走去。

自从大马猴进了宅，玉宝娘听见院内有动静，尤其是听到大黄叫了一声，就知道是大马猴进来了，忙推醒老伴儿说："老头子，快起！那鬼又来了。"说着，披了件衣裳轻轻开了门先出去了，忠发随后穿好衣裳跳下炕，从门后摸过镢头抓在手里也出了门。他们轻手轻脚地来到儿子窗下，听见里边有小声说话的声音，又见屋内点起了灯，忠发握着镢头就要冲进去，却被玉宝娘拉住了。她怕闹出人命，只要他不危及儿子的性命，她只得忍了。忠发见老伴儿不让他进屋与大马猴拼命，就又生气地蹲在了一旁。

其实里间的玉宝此时并没有睡着，他人虽然残了，但眼睛和耳朵没有残，刚才他们说话的声音虽然小，但他隐隐约约还是听见了他们说话的内容。他一下绝望了，这个狠心的女人，等不到他死就要对他下毒手了，可他不能就这样被他们害了，死前也要挣扎一番留下他们的罪证，于是他假装睡着了似的一动不动。

大马猴端着碗来到玉宝的炕前，一只手一下子按住了玉宝的头，另一只手端着碗就往他的嘴里灌药。谁知玉宝哪来的那么大的劲，一下抬手打掉了药碗，接着用双手抓住大马猴的脖子使劲地掐着，嘴里还咿咿呀呀地喊着，可他毕竟手上无力，对大马猴丝毫构不成威胁。大马猴先是一惊，继而反用双手死死掐住了玉宝的脖子，玉宝拼命地挣扎着。大马猴朝银花喊道："快帮忙！捂住嘴。"

此时银花害怕了，正在不知所措时，听见大马猴喊她，便来不及多想，就上前用手捂住了玉宝的嘴。

听见屋里碗掉到地上和打斗的声音，玉宝娘一想不好，肯定是他们对儿子下毒手了，于是拍着门大声喊道："开门，开门！你个挨千刀的，是要我儿的命吗？"忠发也用手捶着门大喊开门。见叫不开门，玉宝娘又朝院外大声喊道，"快来人啊！大马猴杀人了……"

屋内正在实施杀人的银花慌了，放开手对大马猴说："咋办哩？"

大马猴仍然死死掐住玉宝的脖子说："甭管那么多，先弄死他再说！"说话间，见玉宝一蹬腿不动弹了，这才松开手对银花说，"跟我来！"随即拉上银花向门口走去。

忠发见叫不开门，就用力向门上撞去，由于用力过猛，门被撞开了，但他收不住脚一下跌倒在门里了。大马猴和银花见状，立马跑出了屋，正碰见玉宝娘大声喊人，大马猴飞步向前，一脚踢在玉宝娘的心窝上，只听"扑通"一声，玉宝娘便栽倒在院内不动弹了。此时忠发已从脚地上爬了起来，转身出了屋，举起镢头满院追着大马猴，银花则吓得躲在了一边。而玉宝家的大黄狗，此时也蒙了，围着忠发和大马猴狂吠不止，不知该下口咬谁，引得全镇的狗也跟着狂吠了起来。

在院外守候的玉明和松茂，由于等的时间较长，不知不觉睡着了。这时，院内的喊声和狗叫声把他们惊醒了，一骨碌爬起来。此时天已经发亮了，当他们用力撞开大门时，见忠发举着镢头追着大马猴满院子跑，玉明一个箭步上去，一脚就将大马猴踢翻在地，接着骑在他的身上就是一阵暴打，而忠发此时举着镢头要挖死大马猴。松茂赶紧跑上去死死抱住忠发说："叔，使不得，使不得！打死他太便宜他了，应交玉清处理。"忠发这才住了手。这时，大马猴已被玉明绑了，而银花一看不好，正准备跑出门外去，也被松茂扑上去压倒在地绑了。

玉宝家院里的响动，立即引来了左邻右舍。当人们一进院子，看到这种情景时，都惊呆了，再一摸躺在院中玉宝娘的鼻息，发现她早已断了气。而忠发此时顾不上管老伴儿，与松茂跑进屋一看，儿子虽然睁大着眼睛，但却一动不动地躺在炕上，地上的瓷碗碎了一地，鹤顶红的药水所到之处，正冒着白沫。他已控制不住自己晕了过去，幸亏被众人救了过来。

这时，冬生等人也闻讯赶来了，玉宝的哥嫂也来了。冬生一边派人去叫玉清，一边安排人将玉宝母子的尸首停放在院中，并将大马猴和白银花捆绑在了院中的杏树上。

玉清一进门看到这种情景，感到很痛心，怎能发生这样的事呢？大马猴这个畜生，作奸犯科，又连杀两人，罪不容赦！而银花这么一个女人，怎就变成了勾搭奸夫害死亲夫的淫妇呢？这简直令人难以置信，于是，玉清立即派人去通知田福学，看这事该如何处理，并准备将大马猴和白银花押解到驿镇所去。

此时，院子的人越聚越多，忠贤扶着老母折老夫人来了，老秀才尚儒和族长尚杰、里正忠有也来了。折老夫人进来一看，顾不上谴责那对狗男女，立即叫人找了两块床单给玉宝母子盖了脸身，将尸体移停到边窑里，并让忠贤负责料理后事。族长尚杰和老秀才尚儒及众多冯族人，不同意将大马猴和白银花押往驿镇所，认为这是族里发生的惨案，应按族规和家法自行解决，玉清也只好依了他们。

院里的人们，这时围在杏树下，愤怒地谴责着大马猴和白银花，有人指着他们大骂，有人向他们唾唾沫、扔石块，而大多数人则高声嚷道："杀了他们！沉河淹死他们……"

面对愤怒的人群，大马猴早吓得屎尿水都出来了，浑身打摆子一样抖着，低着头不敢看众人一眼。而此时的白银花，倒显得比较镇定，她知道自己犯下了死罪，也就没打算活，所以她此时闭着眼睛扬着头，任凭众人怎样骂她、羞辱她，只是咬着嘴唇一句话不说。

这时，侯世耀和强月娥也赶来了，他们早已知道儿子犯下的罪恶，只是想来救他一命。当他们刚一进院子，众人愤怒的目光立即转移到了他俩的身上，恨不能将他生剥活吞了。折老夫人看到侯世耀，走向前指着他说："世耀呀！常言道'子不教，父之过'。他今格做下这号伤天害理的事，你这个当爹的脱不了干系。"停了一下又说道，"我说世耀呀，这江山易改，秉性难移，你们侯家的门风咋就改不了了呢？而且一代不如一代，你让我咋格说你好哩！"

侯世耀听后，低着头无言以对。可谁知强月娥此时不知道是咋想的，为了救儿子，竟不顾眼前的事实和众怒，上前一把扯住玉清嚷叫道："冯玉清，是你派人捉的我儿并陷害他的，你还我家清白并放了我儿，否则我跟你没完！"

强月娥的举动，一下子点燃了人们愤怒的火焰，有几人立即上前抓住她就打，一边打还一边骂道："呸！你儿子作奸杀了人，你还有脸来闹事，真是有其母必有其子，都不是好东西！""打死她，打死她！"玉宝的哥哥玉朝过来也要动手打她。只见强月娥抱住头，扭动着肥胖的身躯，左冲右突就是出不了众人围殴的圈子。

玉清见状，就用身体护住强月娥，并大声制止道："不许打，不许打！谁杀了人谁承担，与他娘无关！"随即，让几个营兵将强月娥拉到一旁并维持现场秩序，这样现场才安静了下来。

这时，族长冯尚杰、老秀才冯尚儒、里正冯忠有与几位族人一商量，便将大马猴和白银花押往了城中冯家祠堂，除留忠贤几人和折老夫人在玉宝家继续料理丧事外，其余冯姓人都前往冯家祠堂开会，玉清也随族人去了祠堂。

一起去冯家祠堂的人很多，侯世耀和强月娥也跟了去。但冯家祠堂大门外有人站岗，只许冯姓人入内，其他外姓包括冯姓的女人也一齐被挡在了大门外，大马猴和白银花则被绑于祠内院中的一棵柏树上。

当冯姓男人基本到齐后，族长冯尚杰正准备宣布开堂会时，有人报告说田驿丞到了。话音未落，田福学已进了祠堂大殿，尚杰将他安置在列席位置坐下了，然后尚杰、尚儒、忠有、忠全、忠宽及玉清六人立于队前。堂会由族长主持，只见尚杰燃了一炷香，躬身三拜后将香插于供桌前的香炉内，然后跪于列祖列宗牌位前三叩首，众人也都齐刷刷地跟着叩首跪拜。之后，尚杰跪着说道："列祖列宗在上，第十三世掌门人冯尚杰，率族人有要事向先祖禀告。"

尚杰说毕后，尚儒接着说道："列祖列宗在上，我祖自定居青龙镇以来，以德为本、以孝为先、艰苦创业、励精图治，故才有我族今日兴旺之盛，绵延十六世而不衰。然今家门不幸，十五世冯玉宝之恶妻白银花，勾搭奸夫侯金贵害死亲夫、弑其婆母，辱我先祖、坏我家风，罪大恶极、天理不容。为匡扶正义、惩处奸恶、扬我族威，今将这对奸人交由族人议处，还望列祖列宗降旨！"

尚杰接着说道："刚才族人尚儒已向先祖秉告了大马猴和白银花的罪行，大家这下可以公议了，对这两个恶人该如何处置？"

有人说："这有甚好议的，自古杀人者偿命，将这对奸人沉河处死就是了。"

又一个接着说："咱们族规上说得明白，第六条作奸犯科者除族，第九条杀人害命者偿命，他们连害两命，俩人都得抵命！"

"对，处死他们！""将二人沉河，替玉宝母子报仇！"众人不断地呼喊着，都要求将他们沉河处死。

尚杰根据大家公议的结果，决定沉河处死大马猴和白银花。这时，他转向田福学和玉清说道："田驿丞，你和玉清是咱青龙镇的最高长官，一来看我们这样处理是否恰当，二来是让你俩做个见证人，你说呢？"

田福学望着玉清说："你既是咱地方社会治安的军事责任人，又是你们家族的后继人，你的意见呢？"

玉清说："我作为族人，对发生这样的事深感痛心，作为地方社会治安的责任人，更是不能容忍这样的恶人行凶，因此，我同意按族人公议的意见，沉河处死他们。"

这时田福学站起来说："你们刚才公议的，虽然是你们冯族的意见，但合理、合情、合法。他们作奸犯科，连害两命，不杀不足以平民愤，不杀不足以扬正气，我也赞同将他们沉河处死。"停了一下，他又对玉清说，"冯标统，事完后以咱们二人的名义，向同知县写个报告，也好对县衙有个交代。"玉清立即点头同意。最后商议，由玉清主持行刑，因为他既代表公家，又代表冯姓氏族，由他主持最为合适，而田福学、冯尚杰、冯尚儒、冯忠有、冯忠全、冯忠宽等作为见证人，时间定在午时，地点选在街前青龙河踅水湾。

一切准备就绪，时间将近午时，只见玉清走出祠堂，对等候在祠堂外的众人宣布道："各位乡亲，经我冯姓族人公议，并经田驿丞同意，现将奸夫淫妇侯金贵、白银花押往青龙河踅水湾沉河惩处，请大家都到踅水湾去观刑吧！"

众人一听，立即欢呼起来，都争相往街外踅水湾跑去。而此时，一直守在冯姓祠堂外的强月娥一听，便"啊"了一声晕倒了，侯世耀的二公子侯金来虽不愿听到这一消息，但他深知其兄罪孽深重、必死无疑，也只能暗自伤感。可侯世耀这时却"扑通"一声跪在玉清面前，流着泪哀求道："冯标统，求你开开恩饶了他吧，他毕竟还年轻，就给他一个重新改过的机会吧。"

"求求冯大人开开恩，就饶他不死吧。他若死了，留下的两个娃可就没爹了，还是行行好饶他不死吧。"大马猴的婆姨慕竹梅，此时也给玉清跪下哭求着。

看到这种情景，玉清说："不是我不给你们情面，是他太残忍了。我若饶他不死，既对不起死去的玉宝母子俩，也无法向全镇的人交代，怪只能怪他自己。"说完，让几个营兵将他们挡在了一边。

大马猴听说要将他沉河处死，立即吓得瘫软成了一摊稀泥，被拉出祠堂时已无法行走，只能由两个壮汉驾着前行。而银花却不要人搀扶，大有一种视死如归的感觉，只可惜她的这种勇气用错了地方，也可能是她对自己所犯罪行被处死的认可。不过此时，她看不起大马猴，他既然有胆量作奸行凶，却没有勇气承担后果，简直没有一点男人的骨气，真后悔自己不该和这样的人相好。尔格一切都来不及了，要是还有来世，她一定弃恶从善做一个恪守妇道的良家妇女。

青龙镇从街道前往河边趸水湾的路两边，早已站满了前来看热闹的人。午时，一长溜队伍出了城门来到正街向趸水湾而去。只见队前是四人抬的两根长号，不时地吹奏出低沉哀回的号音，随后是田福学、玉清及冯姓族长、老秀才、里正等人，在他们的身后，是被人架着的大马猴与押着的白银花，最后才是冯姓众人紧随其后。

队伍经过时，人们不断地指点着大马猴与白银花，有人一边唾骂，一边不住地向他们扔石块、菜叶和破鞋，有些女人甚至欲上前撕扯他们。而此时憨憨玉喜，则又张着大嘴气喘吁吁地跑来跑去，一边跑还一边不停地喊着："奸夫大马猴，嫖了破鞋白银花，连害两命罪恶大，扔到河里喂王八！"别看玉喜是个憨憨，口无遮拦，可遇到这号事却颇有才气，念出的词还一套一套的。

伴随着呜哩呜哇的长号声，队伍到了趸水湾。这里早已清出了一块空地，玉清和田福学等人来到河边的空地上，喝令将大马猴和白银花押到场中。只见冬生走到玉清跟前，报告说："报告冯标统，午时三刻已到。"

玉清清了清嗓子，大声对围观的众人说道："各位父老乡亲，就在昨夜，本镇人犯侯金贵伙同淫妇白银花，杀死冯玉宝及母任氏，震动街镇、人神齐愤。他们二人长期勾搭成奸，既辱没了我冯氏家门，又败坏了本街镇良好风气。因此，为清理我冯氏家门孽障，净化本镇之风气，为死者申冤报仇，经冯氏族人公议，决定将奸夫侯金贵、淫妇白银花沉河处死，也请父老乡亲做个见证。"说完，他向田福学和族长冯尚杰示意道，"时辰已到，可以行刑了。"二人点了点头，于是玉清大声命令道，"行刑！"

随着一声命下，侯金贵和白银花被五花大绑押了上来，几人拿出布团去堵他们的嘴，几人拟用麻袋去装载他们。

此时，大马猴却绝望地大声哭号道："我不想死，请饶了我吧！我再也不敢了……"那两个行刑的人似乎未听见他的喊叫，只管去塞他的嘴并用麻袋去装他。而此时的白银花却没有挣扎，任凭他们施刑，她只想早点儿死，以便得到彻底的解脱。

正在这时，忽听有人喊道："请等一等，请等一等！"众人回头一看，只见折老夫人提着一个篮子，在两个年轻人的搀扶下来到场中，然后对田福学和玉清说："他们虽然犯下了不可饶恕的死罪，但也不能让他们饿着肚子上路，请允许我给他们喂了饭，再让他们上路吧。"

田福学听后，一拍脑门说："老夫人您说得对，我差点儿忘了。不论朝廷还是地方处决人犯，行刑前都得让他们饱餐一顿才送他们上路，您就依规行事吧。"

折老夫人听后，走到银花面前，从篮里取出一个黑瓷罐，并取出两只碗盛上了罐中的和杂面，然后端到银花嘴边说："孩子，上路前你就吃了这碗饭吧。到了那边，再也不敢作孽了，争取来世做个好人。"一边说着，一边用瓷勺给银花喂着饭。

此时，银花也许是真心悔罪了，并感激折老夫人来送她最后一程，感动得眼泪直流，张开嘴一连吃了几大口，之后点了点头说："奶奶，我知错了。谢谢您老来送我，到了那边，我一定做个好人，以赎我的罪过。"

折老夫人放下碗，给银花擦着泪说："孩子，不要怨大家，自古杀人者偿命，你就认命吧！"停了一下，她又说道，"不过请你放心，你走后玉宝和你婆婆的后事，我们会料理好的。"银花点着头，难过得哭出了声。

折老夫人又端起一碗饭，来到大马猴跟前，可大马猴却声嘶力竭地哭喊着："奶奶，我不想死，请救救我吧……"

折老夫人说："孩子，不要哭了。你的罪孽太深了，谁也救不了你，你就吃了这碗饭上路吧！"说着，端起碗喂饭给大马猴，可大马猴却哭喊着摇摆着头不肯吃。

这时，侯金来走上前说："奶奶，还是我来吧。"说着，接过折老夫人手中的碗。

大马猴看见了金来，像看见了救星似的哭喊道："金来，快救大哥，快救大哥呀……"

金来平时就看不惯他兄长的这副德行，兄长哪里听得进去他这个做弟弟的劝告，为此，他常担心其兄的恶行迟早会闯出祸端来。果不其然，他今格的恶行，终于得到了报应，这完全是他咎由自取，怨不得别人。不过，作为亲兄弟，他还是要来送他一程的，而在来趸水湾之前，他已安排族人硬是将父母拖了回去。这时，他端起碗对其兄说："哥呀！你就不要哭了。你杀了人就得偿命，谁也救不了你，你就吃上两口上路吧？"说着，硬是给他喂了几口面，便放下碗扭头就离开了。

刚才的一幕，确实给在场的所有人上了一课。你看人家冯家，不愧是仁义之家，是非对错分得清清楚楚，即使是犯了死罪的人，该严惩的严惩，该行人道的还得行人道，这不得不使人钦佩和折服。

这时，玉清走上前大声说道："午时三刻已到，行刑沉河！"

玉清话音一落，几个营兵和几个冯姓后生，已用布团堵住了大马猴和银花的嘴，并将他俩分别装在两个麻袋里扎了口，随即抬到趸水湾水深流急的岸边，用力抛入了河中。只见两只麻袋即刻沉入水中，随即河面上泛起了几串水泡，之后又恢复了平静，大马猴和白银花就这样结束了他们罪恶的生命。

玉清在处理完这桩凶案后，又带着兴运和保忠下乡调查去了。然而，就在他下乡做调查的七八天里，县里又发生了一件大事。

原来，秋播以来，知县同继洲给各乡镇下达的增加罂粟种植的任务，遭到了大多数乡镇的抵制，一些有正义感的乡绅及农户更是极力反对，一些乡村还出现了集体抵制种植罂粟和捣毁烟馆的事件。而且本县双河乡的东鲁村，有一个叫何随升的农民，他带领本村村民抵制罂粟种植，为此还和县衙派往乡村催种罂粟的官差发生了冲突，并打了县衙专管烟土种植的任武子。同继洲派姚大全带了十来个清兵前去捉拿何随升，却激怒了本村村民和附近几村的村民，数千村民拿上叉把锄头，围住姚大全及官兵以示抗议，姚大全一看众怒难平，就带着来人灰溜溜地夹着尾巴逃回了县城。

姚大全逃回县城一汇报，同继洲大怒，拟调县城标营军前往镇压，可代标统冯玉春借故城防事大拒不前往。为此，同继洲要撤了冯玉春的职，而俞振海却认为若免了冯玉春的职，恐引起兵变不好收拾，镇压乱民之事需作长远计议，同继洲只能暂时作罢。

此时，不仅安宁县的百姓聚众抗烟抗税，周边的塞西、塞北、定远、横石及鄌州几县也相继发生了抗烟抗税事件，大有星火燎原之势。面对这种情况，同继洲生怕安宁抗烟抗税的事态扩大不好收拾，要是上峰再怪罪下来，那更是吃不了要兜着走了。

不行！他得趁这种乱象刚冒头就得将其打压下去，不然他可就成了治县不力和完不成烟税任务最差的典型了。思来想去，他还是准备动用一百多标营军，而要调动标营军前去镇压那些刁民，只有召回玉清才能帮他完成这一任务。

就在同继洲还未来得及派人前往青龙镇时，玉清在做了一番认真的调查后，径直来到了县城，准备向同继洲陈述他的禁烟之策。玉清来县城的路上，已经听说了双河乡东鲁村和临县多地发生抗烟抗税的事件，他越发地感到问题的严重，同时也担心同继洲调守城标营军去乡下镇压平息此事，不知玉春他们能不能顶住同继洲的压力。因此，他进城后没有先去县衙，而是直接奔向了标营营部。当他得知玉春拒绝了同继洲的调遣，当即赞扬了玉春的做法，并吩咐说标营军是剿匪平乱、保境安民的义军，而不是祸害百姓的虎狼之军，在大是大非面前头脑一定要清醒。

玉清回到县城的消息，有人早已报告给了同继洲，他立即差人去请玉清，并让姚大全和俞振海前来相见，拟与他们共同商议应付双河等乡镇聚众抗烟抗税之事。而叫姚大全来的另一个目的，就是要让姚大全当面向玉清认错并赔礼道歉，使两人冰释前嫌、重归于好。

当玉清一走进同继洲的书房，同继洲立即起身上前，握住玉清的手说：“冯标统，你可回来啦。我正要差人前往青龙镇请你哩！来来来，请坐，请坐！”姚大全和俞振海也起身见过了玉清。

玉清还礼后坐下说道：“同大人，不知大人请在下何事？我这不是不请自来了吗。”

“当然请你是有要事相商的。”同继洲说着，并转过头向姚大全递了个眼色。

姚大全立即起身，向玉清施了一礼，假惺惺地说道：“冯标统，上次全是我的错。由于我心胸狭窄，险些铸成了大错，还请你大人不计小人过，我这里向你赔礼了！”说着向玉清弯腰鞠了一躬。

玉清早就看清了姚大全的嘴脸，但当着同继洲和俞振海的面，他不想揭穿他，于是淡淡地说：“没事。事情都过去了，无须再提。”

同继洲见状，高兴地说：“这就对了。你们二人冰释前嫌、和好如初，是本县之幸啊！"

俞振海接着说："你看，还是冯标统心胸开阔、高风亮节，一看就是个干大事的人。"同继洲和姚大全立马附和着。

同继洲这时望着玉清说："冯标统，想必你也听说了，咱县双河乡等村镇相继发生了聚众抗烟抗税事件，而且东鲁村刁民何随升，聚集了数千百姓聚众闹事，围殴公差，抗拒官兵，气焰十分嚣张。"停了一下，他又说道，"对待这些刁民乱党，就应依法打击镇压，不能任由事态扩大，影响全县的农事和社会稳定。叫你来，就是商议调守城标营军，前往镇压乱党一事。"

玉清一听，知道同继洲在这件事上的态度，与他的想法大相径庭。看来，同继洲就是造成这种乱象的始作俑者，为了他所谓的政绩和前程，他是不会顾及大烟之害和百姓死活的。可尽管如此，他还是要力争同继洲能从民族危亡、社稷安危的大局着想，与他站在一起抵制或少种罂粟，减少大烟之害和繁重的税赋，以解民生之苦。不过他暂时没有说出自己的想法，岔开话题说道："同大人，您知道，我已向大人请辞了标营军标统了，哪还有权调遣标营军？"

同继洲一听，以为玉清还有怨气，就说："冯标统，你听我解释。当时关你确实是个误会，还请你原谅。再说，我当时并没有同意你辞去县标营标统一职，这下你回来再重新把县标营标统的担子担起来。而且，标营军是你一手组建起来的，你在军中的威信是谁也代替不了的，所以请你立即走马上任，替本知县分忧，替朝廷做事。"

玉清一听心里全明白了，同继洲还想把他当作一枚棋子，把标营军当作祸害百姓的工具，这是绝对办不到的，于是说道："同大人，我这次来县城，并不是奔标营标统一职来的，而是另有大事要向大人汇报，因此恢复我标统一事没有这个必要。"

同继洲听后本想发作，但听玉清说另有要事汇报，就说："好啦！这事咱先不说，你不是有要事汇报吗？那就先说说你的要事吧！"

玉清说："同大人，在汇报这件要事之前，我还有一件事要向大人汇报。"

"好！那就汇报吧。"同继洲显得不耐烦地说。

只听玉清说道："同大人，就在几天前，我们青龙镇发生了两个命案。本镇村民侯金贵与有夫之妇白银花勾搭成奸，并合谋害死其夫冯玉宝和婆母任氏。"

还未等玉清说完，同继洲就气愤地说道："这对狗男女伤风败俗，连害两命，按大清历律当斩！"

玉清说："因事发突然，民愤极大，乡人要求当即将二人处死，因而我与田驿丞未来得及向大人奏报，就应村民的强烈要求当即将二人沉河处死。"说着，掏出他与田福学联合写的报告递给了同继洲。

同继洲接过报告看了一眼，说道："你二人做得对。对这样的恶人，就应该沉河处死！"说着，在报告上批了字后交俞振海存档，然后回过头对玉清说，"冯团总，这下该说说你的要事了吧。"

玉清这时说道："同大人，其实我这次来县城，也是为了全县种植罂粟一事。"

"有什么好的想法就说出来，这里又没有外人。"同继洲说。

玉清说："同大人，您也是饱读圣贤书之人。我想，国之根基在于稳民，民之根基在于强农，这样的道理您比我要懂得多。因此民众乃国之根本，农事乃民之根基，可当下国人广种并吸食鸦片，其结果既毁民之肌体，消其意志，又致使农事荒废，粮食奇缺，导致老少息枕、男女争食、倾家荡产、卖儿鬻女者比比皆是。据我近来对青龙镇所辖三乡镇的调查，大烟之害要远比这严重得多，鸦片之害甚于洪水猛兽。因此，我向大人进言，可否在安宁县境禁止种植和吸食鸦片。"

玉清停了一下，又接着说道："双河乡东鲁村何随升等人，自觉起来抵制种植鸦片，就是他们先于我们认识到了鸦片对他们的危害，因此他们的行为不但没有错，反而应该支持才对。"说着，从衣袖中取出了他和田福学联合写的折子递给同继洲说，"同大人，这是我和田驿丞写给您请求制止种植吸食鸦片的折子。"

同继洲原以为，玉清能支持他并率兵前去镇压那些抗烟的刁民，没想到他的想法和态度，竟与自己截然相反。开始他还耐着性子听玉清陈述，但听到最后简直不耐烦了，于是接过玉清手中的折子往桌上一扔，阴着脸说："冯标统，以上你说的这些，我岂能不知？关于禁烟种烟，全得听朝廷的。道光帝下令禁鸦片没有错，而咸丰帝和同治帝下令种植鸦片也没有错，此一时彼一时，我们做臣子的，只能遵命行事，哪能左右得了朝廷的事？现在国家处于多事之秋，内忧外患，战事不断，库赋空乏，朝廷不用此法何以充盈国库，何以应付诸事，哪还有他途？"说到这里，他拿出一份公文朝桌上一掼说，"你看，这是朔州府的公文，今年给咱县又追加种植罂粟四万亩，税银六万两，加上原定任务共约二十万两白银，如果罂粟在白露前种植不上，明年这二十多万两税银就无法完成，到时是你负责还是我负责？"

"就是啊冯标统，你也要体谅同大人的难处。"俞振海说。

玉清听后，还想再争辩，但刚一张口，就被同继洲打断了，只听他说道："无须再说了，有什么不同意见和想法，你可以直接找上峰去说，在我这里，只有服从。"

玉清说："同大人，这是关系到国计民生的大事，您若不听我进言，我自然要去朔州、省府层层进言的。"

同继洲生气地说："上哪里进言那是你的事。不过，你是我任命的青龙镇民团营团总和县标营标统，那就得听我的。"停了一下又说道，"我再问你一遍，你是领兵前往东鲁村镇压作乱的刁民乱党呢，还是抗拒不去？"

玉清回答说："同大人，恕在下难以从命。不过，我还是要向大人进一言，东鲁村村民没有错，您不能采取这种方法对待他们，这样会激化矛盾，将会发生不可预测的后果，还请大人三思。"

同继洲听后勃然大怒，一拍桌子站起来，指着玉清说道："冯玉清，我怎样做，用不着你来教。你竟敢与我作对，那本知县就立刻免了你的职！"

玉清此时也站起身，大义凛然地说："同大人，用不着你免职，我这就辞去青龙镇民团营团总和县标营标统一职。"说着，双手取下官帽放于桌上。

同继洲没想到，玉清这么冥顽不化和不识时务，竟敢当面顶撞他，一时气得指着玉清说不上话来。

俞振海见事情闹成了这样，就上前拿起玉清的官帽说："冯标统，同大人也是一时的气话，并非要免你的职。你也不要介意，有话坐下慢慢说。来！把官帽戴上。"姚大全此时也假心假意劝起玉清来，其实在他的心里，巴不得让同继洲把玉清免个干净。

而玉清却用手挡住了俞振海递来的官帽，说道："师爷，你不用劝了，我辞职的决心已下。尔格卸了官帽，我就可以轻松地去朔州、上省府进言了，也无须连累同大人。有事，由我一人承担！"

同继洲一听，气急败坏地说："师爷，无须劝他。我就不信了，离了张屠夫，还能吃带毛的猪？离了你冯玉清，安宁县就不转了？你既然想做千古留名、忧国忧民的谏臣贤士，那我就成全了你。我现在就正式宣布，同意你辞去青龙镇民团营团总和县标营标统之职。"说完后，转向姚大全说，"姚大全听令，我现在正式任命你为安宁县标营标统，青龙镇的二百多民团立即调防县城，统归你节制，明日你就去青龙镇接防。冯玉清，你要配合做好接交工作，并交出帅印。"

同继洲还未宣布完，姚大全早就喜得合不拢嘴，忙趴在地上，磕着头说："谢谢大人的信任和栽培，我一定不辜负大人的厚爱，如期完成任务。"

同继洲没有搭理姚大全，却对着玉清说："冯玉清，这样安排你没意见吧？"

玉清也没有多想，就说："没意见。"

"既然没有意见，那你明天就配合姚标统回青龙镇，做好交接事宜。"同继洲紧接着说。

"请大人放心，既然我辞了职，就会交出帅印和交接一切手续的。我这就告辞了。"玉清说完，便头也不回地大步走出了县衙。

玉清一回到军营，就把刚才见到同继洲的结果对玉春、玉奎、德山、长武、长福、长生等人说了。他们几人一听，立即气愤地大骂着要去找同继洲讨个说法，但却被玉清制止了。

玉春沮丧地说："玉清，你这一走倒是轻松了，可留下我们和这二百多兄弟咋办？再说，我们早就不想在这里待了，你再将青龙镇的二百多兄弟拱手交给他们，这不等于把我们全圈进城里这只笼子任由他们摆布吗？"

张德山接着说："冯标统，你一辞职，不就等于把你辛辛苦苦拉起的这支队伍交给了这些坏人吗？与其这样，我们还不如趁早散火回家的好。"

"对！你辞了职，我们也不干了。"玉奎、长福、德山、长生几人也随声附和着。

玉清听他们这么一说，一时沉默无语。刚才，他只想着不屈服于同继洲图一时之快，可没想到会出现这样的结果，他这一走，玉春他们也要走，那这支队伍肯定就会散伙的。若真出现了这种状况，同继洲和姚大全就会以逃兵或唆使队伍哗变的理由治他们的罪。不行！绝不能让这一悲剧发生，必须得想出一个万全之策来，玉清一时陷入了沉思中。

见玉清半晌沉默不语，玉春说："这有甚难的，尔格只有散伙这一条路了，出了问题我兜着，与其他人无关。"

"对！尔格就散伙，等人全走了，看他们找谁问罪去。"玉奎愤然地说，其他人都赞同地嚷嚷着要散伙。

玉清见状忙说道："这样绝对不可！你们散伙一跑，他们就有理由治你们的罪。再说，跑了和尚跑不了庙，他们会追到你们各家缉拿你们的，到时就被动了。当下，你们几个要先稳住阵脚，一切等我从朔州回来后再作长远计议。"

德山说："这里有我们几个，稳住县标营是不成问题的，但青龙镇民团那二百个兄弟咋办？明天姚大全前往青龙镇去接收，谁能阻挡得了？"

玉清想了一下说："青龙镇这二百多民团，绝不能交给同继洲和姚大全，免不了要先走一步了。"随后对玉春吩咐道，"今晚，你就派两个兄弟带上我的亲笔信，让冬生和田驿丞明天一早就将队伍解散了，解散的原因，我会在信上说明的。"

"那你解散了青龙镇民团，同继洲和姚大全若怪罪下来咋办？"长福担忧地说。

"这个责任，由我一个人来负。我想，他们暂时还不能把我咋样？"玉清说。

"冯标统，你是不是非要去朔州不可？能不能不去？你想，同知县不听你的，董知府就能听你的？搞不好，他们要加害你咋办？"德山担忧地说。

"德山说得对，大厦将倾，独木难支。大清烂成这样了，就凭你一个人能挽救得了大清？要我说，你就不要去冒这个险了。"长福进一步劝道。

玉清说："你们不要劝了，朔州府我是一定要去的。明末顾炎武曾说过'天下兴亡，匹夫有责'。古人尚能如此，我又有甚理由不尽我的绵薄之力呢？他们不听是他们的事，但我不能看着鸦片泛滥、祸国殃民而不顾。此去，即使有凶险，我也要当面向知府大人陈述鸦片之害，希望他们能顾及社稷安危、体恤民生之苦而制止罂粟种植。"

玉春叹息地说："你这人甚都好，就是一根筋认死理，不撞南墙不回头！"其他人见劝不住，也只好依了他。

第二天一吃过早饭，姚大全便迫不及待地来到标营驻地，催促玉清和他一同去青龙镇，接收那二百多人的民团营，一起去的除姚大全外，还有师爷俞振海、捕快班头蒋卫朝和书记员党俊生。姚大全还带了二十多个全副武装的官兵和十多名捕快，约三十人，他带这么多人，主要是为应对玉清和民团营的，怕他们不愿交出兵权唆使民团营哗变造反。

姚大全带人来到军营，见了玉清就催促道："冯标统，请随我和师爷一同去青龙镇，接收民团营那二百多兄弟吧。"

俞振海也说道："冯老弟，我这也是奉命行事，请给个方便。"

这时，只见玉清平静地说："唔！我忘告诉你们了，我前几天已将民团营解散了。

姚大全听后大惊失色道："啊？你把民团营解散了？你好大的胆子！"

"姚标统，你听我解释。"玉清接着说道，"是这样的，经过近一时期的连续剿匪，青龙镇一带的匪患已基本肃清，再养那么多兵已无意义。再说，这二百多人的吃喝，每天也得花费不少银两，镇里那些大户人家已不愿再出粮饷了，因此我就把他们解散了，等有了战事再将他们召回便是。"说完，又朝着姚大全说，"姚标统，我这样做不知有何不妥？"

姚大全听后，大有兴师问罪之势，立即拉下脸说道："即使要解散，那也应该事前给同知县秉告一声才是，你怎能自作主张呢？"

玉清说："昨日我倒是想向同知县汇报来着，可还未等到我汇报，同知县就免了我的职，我哪有机会汇报。正好，我尔格说了也不迟，烦请二位转报同大人，要责要罚请便！"

姚大全一听这还了得，他这不是要跟同大人公开叫板吗？于是他正准备向玉清发难时，俞振海连忙制止道："姚标统，我看冯团总这样做并无不妥之处。一则，当前青龙镇一带确无匪患之忧，养那么多人确实没有必要；二则，你刚接收了县城标营军，一切都还未理顺，若再增添二百多人，这吃住粮饷都成问题。我看，就先这样吧，等粮饷之事解决了再召回他们不迟。"

"那同知县那里咋交代哩？"姚大全说。

俞振海说："这个由我来禀报，你不用担心。"姚大全听后就再未深究。俞振海接着对玉清说，"事情就这样了，待我回去向同大人汇报，我想他是会理解的。"随后，俞振海和姚大全只好带人回县衙交差去了。当同继洲一听说玉清私自解散了民团营，便勃然大怒，即刻要抓玉清治罪，还是俞振海从中说情才替玉清解了围。俞振海认为，玉清尔格已辞了职，民团营也已解散，对于一个无职无权又无实力依靠的人来说，他也翻不起什么大浪，无须忌惮。况且，他不是要拯救万民、上书禁烟吗？到时若惹恼了上峰，不用大人出手就会有人收拾他的，这样同继洲才作罢。然而姚大全并未就此罢休，他认为玉清不除难消他的心头之恨，留着他迟早是个祸害，而当他知道玉清第二天要去朔州时，一个新的阴谋又在心中生成。

再说，玉清在玉春、玉奎的陪同下，去县城看望拜会了绅士郑相芝、杨百贤、吴佩奇和商会会长卢占农等人，他们几位都是县城有一定影响的知名人士。玉清此番前来，一是感谢上次他们带领城中白姓去县衙请愿救他一事；二是征求他们对禁烟的意见，以争取他们的支持。

在这之前，玉清为请愿禁烟，惹恼了同继洲被迫辞职一事，县城的这几位知名人士和城中的百姓都知道了，他们对玉清这种忧国忧民、为请愿禁烟而不惜辞官犯上的精神所感动。因此玉清所到之处，受到了他们的热情接待，除过称赞玉清的义举外，也都在上递给朔州府的折子上签了名，坚决地和玉清站在了一边。

第二天吃过饭，玉清要起身上路了。起身前，玉清叮咛玉春等人遇事一定要冷静，切莫做出过激的行为遭到他们的暗算。玉春答应着，并要派十余人护送玉清去朔州，玉清坚决不让，只带了卫兵田兴运和刘保忠两人就动身了。

第二十一章　遭行刺血染龙泉镇
　　　　　　杀姚贼枭首挂城门

　　由安宁县城到朔州府，有一百多里路程，中间要翻越两座大山，需行走两天。玉清三人由县城出来后，走了几十里山路，赶天黑来到了肤安县的龙泉镇。此镇是安宁县前往朔州的必经之地，位于山沟的要道上，镇子呈南北走向，长不过百丈，宽不过百步。镇内居住着六七十户人家，人口不足千人。镇内有三四个酒馆，只有一个骡马大店，因此南来北往的行人都得在此歇脚过夜，此店倒显得热闹非凡。

　　这家大店的掌柜姓姬名有成，五十多岁。他在此开店多年，是一个老江湖，南来北往应酬自如，生意倒还做得惬意顺心。他膝下有一子名来顺。这来顺，年纪二十六，一只眼残疾，但人还算老实，去年老父给他花大价钱娶了一房年轻貌美的婆姨，听说是安宁县人，目前是他们一家三口在经营此店。

　　玉清一行来到镇上已经天黑，只有几家酒馆、一家药店和这家骡马大店门前的灯笼还亮着。街上行人稀少，偶尔有几个吃饭喝酒和歇脚住店的客人从街上走过，如果没有几声狗吠，街镇上就死一般地寂静，使这个黑咕隆咚的街镇显得有几分阴森恐怖。玉清三人来到骡马大店。进得店来，店主之子姬来顺和两个伙计热情迎上前来，兴运将玉清的枣红马交与伙计，对少东家说："店家，给我们三人来一间上好的房间。"

　　还未等少东家回话，一个伙计却上前说道："客官，没问题。楼上就有一间上好的三人客房，要不要跟我上去看看？"兴运和保忠点了点头，便跟着他上了二楼，进入南边的一间客房。这是一间三人住的客房，房间较为宽敞，坐于窗前就能看见街面上的动静。保忠走出房间在楼道上观察了一下，发现店内住客稀少，只有二楼紧挨他们的房间住有一拨客人，于是他俩下了楼对少东家说:"店家,就住那间。"说着,交了定金便领玉清上了二楼。

在玉清他们进房间时,隔壁房间有人探出头鬼头鬼脑地窥视了一下他们,于是保忠进门后对兴运说:"我怎么感觉这个店里有一股子杀气。你看,咱们隔壁住着的这拨人鬼鬼祟祟的,不像是好人。"

兴运说:"没事,即便他们不是好人,我们三人还用怕他们?再说,这镇里就这么一家旅店,我们不住这里还住哪里?"

玉清接过说:"没事,我们晚上提高警惕就是了。"保忠听后再未说甚。

玉清他们刚坐下,只见刚才那个伙计提了一壶热水又上了楼。他一进屋,一边给脸盆内倒水,一边说:"各位客官,先洗洗脸歇歇脚,等饭菜好了我再来叫你们。"说着转身就要出屋。

保忠总感觉这个伙计怪怪的,就叫住他问道:"喂!你是这家的伙计吗?"

"我就是店里的伙计,有事吗?"他回答说。

"唔!没有事,我就是随便问问。"接着,保忠又指着隔壁问道,"店家兄弟,敢问那些客人是从哪里来的?"

那个伙计回答说:"听说是由北边哪个县来的,是下午先于你们到的,也是路过。客官尽管放心,不会有问题的。"说完,就匆匆带上门出去了。

当玉清他们刚洗完脸,正准备躺在炕上展展腰时,忽听有人敲门。兴运上前打开门一看,见一年轻貌美的少妇端着茶盘立于门前,便好奇地说:"你这是……"

只听少妇说:"我是本店的女主人,是来给客人送茶水的。"

"噢!我们正渴了,那就请进吧!"兴运说着,闪开身让进了女主人。谁知女主人进门一看到玉清,先是一愣,继而失声叫道:"玉清哥,果真是你?"

听到叫声,玉清抬头一看,也惊愕地说道:"巧莲妹,咋会是你?"说着,忙接过茶盘放于桌上。接着,四只手紧紧地握在了一起。兴运和保忠见他们二人不仅认识,而且还以兄妹相称,想必关系非同一般,就相互递了一个眼色,提刀带上门立于了门外。

原来这个少妇,就是两年前,玉清的奶奶给玉清说的,她的那位亲戚的孙女任巧莲。他俩的亲事当时虽然未成,但彼此却留下了非常好的印象,尤其是巧莲对玉清重情重义、为等他的心上人孤守终身的精神所感动。她理解他的一片苦衷,她不怨他也不恨他,她从心里已把他认作自己的哥哥了,她真心祝愿他们两个有情人能成眷属，然而她的婚姻却是十分的不幸，她没有觅到自己的如意郎君。自爷爷突然离世后，他那嗜烟如命的父亲，为还烟债把她卖到了这偏远的小镇沦为他人之妻。

这户姬姓人家经营着这家骡马大店，光景还算不错，只是她嫁的这个男人平庸窝囊、胆小怕事，一旦受了别人的气或遇到不顺心的事，就常拿她出气。当她受到打骂虐待的时候，心里就特别地委屈痛苦，也就很自然地想到了她曾认识的义兄冯玉清。每当这时，她就会以嫁鸡随鸡、嫁狗随狗的际遇安慰自己，这也许就是她的命，她也就这样一天天地苦熬着，有时店内人手不够时她也来店里搭把手解解闷。可是在她的心里，始终没有放下和玉清相识的那段情，没有忘记他们认作兄妹的那份义，于是在龙泉镇，她常留意北边来的客人，尤其是安宁县的客人，并常向客人暗中询问玉清的消息。当听到好消息时，她会高兴不已，当听到坏消息时，她会担心得几宿睡不着觉，有时她会假想，某日她的玉清哥会经过龙泉镇、会突然出现在她的眼前，那该多好呀！然而这种渴求，却变为了一次次的失望和痛苦，甚至她想，恐怕今生今世他们再也无缘相见了。就在傍晚，店里来了几个客人，她似乎又听到了一个她所熟悉的声音，立时激动得心都快要从喉咙里跳出来了。就在刚才，她听说来客是安宁县的，于是她迫不及待地借送茶水之故上二楼来一探究竟。

此时玉清，根本没有想到会在这里遇到巧莲。自从那次他们相识后，他就没有忘记这个使他心动过的俊妹子，要不是他心里装着兰香，他一定会娶她为妻的。然而，尽管他们无缘联姻，但他还是常惦念她，不知她找到如意郎君了没有，不知她的生活是否幸福，他今生是否还能见到她……

这些个问号每每在他闲暇之余就会冒出来。可令他万万没有想到，在这偏僻的小镇，她却突然出现在眼前，这怎能不让他惊喜呢？

兴运和保忠刚一出门，玉清和巧莲便忘情地拥抱在了一起，巧莲流着泪，注视着玉清说："玉清哥，见到你真高兴，你还好吗？"

玉清一边为她擦着泪，一边说："我很好。"之后又问道，"巧莲妹，自青龙镇一别后，我常惦记着你，没想到今格能在这里遇见你，你是咋格到这里的？"

巧莲流着泪说，"玉清哥，我爹抽大烟，把家里值钱的东西都卖光了，最后竟以五十块大洋把我卖到了这里。"

"就是店家的那个少掌柜？"玉清问。只见巧莲低下头，咬着嘴唇点了点头。

"他对你好吗？要是他对你不好，我就拿钱把你赎回来，再为你另寻一个好人家。"玉清关切地说。

"玉清哥，不用了，谢谢你还没有忘了我。"巧莲停了一下又接着说，"我在这里还可以，只能凑合着过了。那你尔格还……"

巧莲下边的话还未说完，就听见楼下有人大声喊道："贱人！上去这工夫了咋还不下来？看我不打断你的腿！"

巧莲一听，对玉清说："他叫了。我得下去了，等有机会我们再聊。"说着，松开玉清的手转身向门口走去，临出门时又回过头说，"玉清哥，你等着，我下去给你们备饭去，等一会儿再来叫你。"说完，就匆匆地下楼去了。

玉清看得出，巧莲在这里过得并不幸福，真替她嫁给这样的人感到惋惜。巧莲刚出了门，兴运和保忠就进来了，当俩人问及那女人是谁时，玉清简要地说了他与巧莲的关系，他俩听后都为玉清未娶她而感到遗憾。

过了一会儿，一个伙计上楼请玉清他们用饭。玉清他们下了楼，见门口的一张桌子上早已坐着五个怪模怪样的客人，他们都带着家伙，刀具就放在桌边。看样子，他们也在等着用饭，有人还不停地注视着他们。

这些人好像是楼上玉清他们隔壁的那拨人。玉清他们觉得这些人有些异样，坐下时都警觉地注视着对方，并将佩刀置于身旁。

"饭菜来啰！"随着一声吆喝，只见两个伙计各端一盘菜来到两张桌前。他们放好菜后，先前那个伙计给玉清他们三人各斟了一杯酒，然后端起酒杯说："敢问客官，你们可是从安宁县来的冯玉清大人一行吗？"

保忠奇怪地问："你怎么知道我们是来自安宁县的？"

那个伙计说："昨格安宁县城有人捎来话说，今日有冯标统大人要从这里经过，让我们好生招待。"

玉清一听，以为是县城哪位绅士关照过此店，就放松了警惕说："在下就是冯玉清，给店家添麻烦了。"

那个伙计说："果然是冯标统大人，有失远迎！"随后又说道，"冯标统，我代表我们店家，对大人表示欢迎。这壶酒算我们东家的一点心意。来！先干了这杯酒。"

这时，保忠有些生疑，端着酒杯说："你们店掌柜为甚没来？"

"唉！我家店掌柜两口子，一听说今格来的是重要客人，他们正在里间亲自为你们掌勺下厨哩，吩咐我们先陪几位喝酒，等一会儿他们就会出来亲自为诸位敬酒的。"说完，又端起酒杯说，"来！我敬诸位。"

玉清见伙计这样说，就消除了戒心，端起酒对兴运和保忠说："你莫听人家说，掌柜正在里边忙着吗，不要驳了人家的面子。来！你俩都端起酒，咱们共同干了。"说着，与伙计碰了一下酒杯，就要带头干了这杯酒。

当玉清正要喝酒时，巧莲突然从里间跑出来，大声喊道："不能喝，酒里有毒。他们是坏人！"

巧莲这一举动，使玉清三人大惊。玉清扔掉酒杯，一下抽出刀就向巧莲跑过去。因为巧莲身后有一人手握利刃追了出来，这人不是别人，正是玉清送进大牢的癞皮狗姚大发。今天真是遇到冤家了，只见玉清大声喊道："癞皮狗，不要伤害她，有种就朝我来！"

原来，姚大发离开安宁县城回家后，吵得他父母不得安生，姚大全无耐，不得不将其弟介绍给了远在肤安县龙泉镇当镇长的朋友边崇全，给他谋了个镇公所干杂役的差事。因此，当姚大全得知玉清要去朔州进谏禁烟一事时，想必他一定要住宿龙泉镇，便提前送信给姚大发，要他一定要结果了玉清的性命。姚大发接到信后喜出望外，心想，他终于可以报安宁县城的一箭之仇了。于是，他便纠集了一帮亡命之徒，装扮成过往行人先于玉清住进了该店，并派了两人装扮成店家伙计，同时威胁姬家父子做好配合且不能走漏半点风声，否则将杀了他们全家，姬家父子怕死，只好照办。这一阴谋，巧莲事前并不知情，当她从楼上下来时，连同姬家父子已被癞皮狗控制在厨房里间，直到癞皮狗给酒内下毒时她才知道他们要害玉清，便挣脱后不顾一切地冲了出去。

此时姚大发先是一怔，继而从巧莲身后用左胳膊扼住了巧莲的脖子，并用刀尖指向玉清说："别过来，你若过来，我就捅死她！"

就在巧莲刚才跑出来大喊的那一刹那，坐在旁边的那一桌人迅速抄起家伙向玉清他们杀来。兴运和保忠一看是癞皮狗姚大发，就知道大事不好，立即抽出刀朝扑过来的这几个恶徒迎了上去。他俩手脚利索，手起刀落已各撂倒了一个，其余三人见不是他二人的对手，都愣在那里不敢上前。

谁知正在这时，刚才敬酒的那个伙计，趁玉清与癞皮狗对峙，注意力全集中在巧莲身上时，迅速从腰间拔出尖刀，一下插入了玉清的后背。玉清顿时血流如注，可他仍咬牙回转身一刀结果了此人的性命，但玉清已手捂腰部倒了下去。

见玉清被同伙刺倒了，癞皮狗一下撂开巧莲，赶过来要再给玉清补上几刀。这时巧莲冲上去，死死拖住癞皮狗不撒手，谁知这个丧心病狂的家伙，竟举起刀朝巧莲的背部、腰部狠劲地猛捅一气，只听巧莲叫了一声："玉清哥……"便倒在了血泊中。

兴运回头一看，见玉清被人刺倒了，又见癞皮狗举着血淋淋的短刀，正要向躺在地上的玉清刺去。他一转身，一个飞刀过去，已将癞皮狗的人头削下，接着跑过去一把抱起玉清哭叫着。而保忠见状，大吼一声，冲向了那三个歹徒和另一个伙计，这四人早已吓破了胆，哪里还敢迎战，便扭头夺门而逃，跑在后面的被他追上一刀结果了性命，待保忠追出门外，那三个歹徒早已逃得无影无踪了。

等保忠回了屋，见兴运搂着玉清在不停地哭叫，就说："尔格不是哭的时候，赶紧救人要紧。"说着，就背上玉清去镇上找大夫施救。

骡马大店的动静和惨案，惊动了镇内的左邻右舍，不少人便跑来想看个究竟。保忠见来了许多人，就大声说道："各位乡亲，刚才癞皮狗一伙想暗害我们。请行行好，快帮我们抬这位受伤的人去镇上找大夫救治。"众人一听，忙卸了门板，抬上玉清就往外走。这时保忠又说，"各位，请将这位店家的老板娘也抬上，兴许她还有救。"于是又有几人抬了巧莲出了店。而此时，被禁于后厨的姬家父子，早已吓得不知所措，浑身打战。

街镇的人很有正义感和同情心，他们抬着玉清和巧莲，飞快地来到一家医馆前叫开了门，请大夫赶快救人。不多时，只见一位年逾六旬，白发银须的老者来到玉清跟前，检查了一下伤势，立即让人将玉清抬往里间。但当他检查了巧莲后，便叹息地摇了摇头，让人又将巧莲抬了回去，随后就进到里间施救玉清去了，看样子巧莲早已断了气。

镇中这位大夫姓姜名治中，本地人，是当地有名的创伤接骨大夫。此时兴运和保忠却担心得要命，焦急地在厅堂里踅出，唉叹不止。约莫过了两个时辰，姜大夫才从里间出来，兴运两人忙迎上去问道："姜大夫，我家主人他……"

姜大夫疲惫地说："他伤得很重，刀子再偏一点就没救了。不过我已给他止了血，缝合了伤口，能否缓过来就看他的造化了。"

兴运、保忠一听，连连致谢，随即就要进里间去探望玉清。姜大夫忙拦住说："不能进去！病人还昏迷着，目前尚未脱离危险，不能打扰。"

兴运和保忠"扑通"一声跪下说："姜大夫，求求您了，救救我家主人吧！"

姜大夫扶起他俩，之后缓了口气说："你们放心，我会尽力的。"接着问道，"敢问客官，你们从哪里来，又要到哪里去，为何在此遇害？"

只见兴运抹了一把眼泪，回道："回姜大夫话，我家主人是安宁县标营标统冯玉清大人。他是要去朔州府，请求董知府禁除陕北烟害而路过此地的，谁知原在安宁县城作恶而遭我家主人惩戒过的癞皮狗姚大发，不知从甚地方冒出来，是他带人在店里行的凶。"

"噢！是这样的。"姜大夫接着说，"冯标统？我听说过，他可是青龙镇剿匪平乱的英雄冯玉清吗？"

"正是！"刘保忠说。

一听说玉清，姜大夫说道："冯标统真乃咱陕北少有的青年俊杰，先前他为保境安民而平乱剿匪，如今又为禁除陕北烟害而四处奔走，不料在此却遭歹人所害，我作为行医之人，一定会尽全力救治他的。"

"两位客官，请你们放心，姜大夫可是咱这一带的神医，有他相救，你家主人一定会没事的。"一乡民说。

另一个乡民说："客官，这癞皮狗姚大发，可是我们龙泉镇的一大祸害，他凭着在你们县做大官哥哥的背景，在我们这里可是坏事做尽、无人敢惹。尔格好了，他被你们给杀了，真是大快人心。"

正在这时，镇长边崇全带人进来了，他一进门就问道："哪位是安宁县来的人？"龙泉镇发生了这么大的事，边崇全大为震惊。当他带人去了现场，才发现死了这么多人，作为一镇之长的他感到事情重大，为了开脱自己的责任并能给上峰一个交代，他在店里讯问了店主和几个乡民后，就又到这里找当事人来了。

兴运不知来者何意，便挺身回答道："我就是从安宁县来的，找我们何事？"

"我是龙泉镇镇长边崇全，请跟我们走一趟！"边崇全说。

"有事不能在这里说吗？"兴运望着他说。

边崇全语气强硬地说："不能！这里说话不方便。"

这时保忠上前说道："哦！你就是边镇长。我正要找你哩，你倒找上我们了。"随后气愤地说道，"我们一行去朔州府，经过此地被姚大发雇凶行刺，你作为一镇之长是如何管理属下的？听说癞皮狗姚大发还是你们镇上的人，这起凶杀案是不是你与他合谋的？我明格就上朔州府告你去！"

边崇全一听一下腿软了，忙摆着手说："不关我的事，不关我的事。我此番前来，只想询问一下事情的经过，纯属例行公事。"

"有甚你就当着大伙的面问吧。"保忠缓和了口气说。

"麻烦你把当时的情形说一下，我做一下笔录也好给上司有个交代。"边崇全恳求道。

"那好吧。"接着，保忠与兴运就把事情的经过说了一遍。保忠最后说："要是冯标统有个三长两短，我一定跟你没完！"

边崇全随即说："你家冯大人是不会有事的，姜大夫可是我们这一带有名的神医，你就放心吧。"随后，他对众人说道，"这两位客官在笔录上签字画了押后，烦请诸位做个见证，也在上边签上名字或按个手印。"

"没问题，我们都愿意做证。"众乡亲说。待兴运、保忠签字画押后，在场的人也都争相画押或按了手印，连姜大夫也签了字，这样边崇全等人才急匆匆地走了。

这时，姜大夫对众人说："谢谢大家了！冯大人我会全力救治的，请大家先回吧。"

兴运和保忠忙向众人鞠躬道："谢谢诸位搭手相救，我在这里谢大家了！"并一直将这些好心的乡民送出了屋。

是夜，兴运和保忠一夜未合眼，俩人轮流照看着玉清，夜间姜大夫还进来为玉清用了几次药。然而天明时，还不见玉清苏醒，姜大夫给他换了药重新缠好白布，之后又给他服了一服汤药，并仔细把了脉，这时才对兴运两人说："二位客官，冯标统一时半会醒不来。我看，请二位先雇辆马车将他赶快送回家乡去，否则怕回不了家。"

保忠一听急了，说："姜大夫，行行好！救人救到底，我在这里给您磕头了。"

兴运接着说："这里距我们青龙镇有七八十里路，万一路上再出了事咋办？"

姜大夫说："我把过脉象了，他一时半会不会有事，回到家是没问题的，还是赶快把他送回家的好。"停了一下又说道，"我给他该做的手术做了，该用的药用了，我也尽了心，接下来就看他的造化了。如果三天之内能醒来，说明他命不该绝，如果醒不来，也只能怪老天不公了。"说完，让家人出去帮他们雇车马去了。

兴运、保忠一听，知道玉清的伤势严重，心想也只能这样了。之后，保忠跟着姜大夫家人雇车马去了，兴运回骡马店牵了玉清的枣红马，并取了行囊回到了医馆。不多时保忠雇好了车马，在众人的帮忙下将玉清抬上大车安顿好。可就在兴运给姜大夫付药费及治疗费时，姜大夫说甚也不收，并说："我一生救人无数，今格能救治像冯标统这样忧国忧民、体恤百姓的忠勇之士，是老夫的荣幸，你若再给我钱，就是看不起我。你们赶快走吧，万一在这里耽搁了，就连家也……"见他这样说，兴运再未坚持。临走时姜大夫又给了保忠一大包药，并向他仔细安顿了用法用量及应注意事项，之后才目送他们上了路，这时镇内不少人也自发地把他们一直送出了镇。

就在当天下午，玉清在龙泉镇遇刺的消息传到了安宁县城，而且传说玉清已遇刺身亡，凶手为新任安宁县标营标统姚大全之弟姚大发。

此消息一出，立即在县城引起了轩然大波，大家都认为这是姚氏兄弟合谋做下的一桩血案。首先是标营军二百多兵士，在冯玉春、冯玉奎、张德山、杨长武、杨长福、折长生的带领下，直接冲向了县衙要宰了姚大全。

镇守在衙门外的十几个官兵，一看一下子来了这么多标营军，一时慌了神，一面派人进去报告，一面拔出刀挡在县衙门外。可标营军哪里怕他们，高声呼喊起了"惩办凶手姚大全，替冯标统报仇"的口号。

这时，有近千人也来到了县衙前。原来，县城的百姓一听说冯标统遇害，个个义愤填膺、怒不可遏，便在郑相芝、杨百贤及卢会长等人的带领下来到了县衙抗议示威，同样要求严惩凶手姚大全，替遇害的英烈讨还血债。

玉春和郑绅士等人一商议，各带了五六个人作为谈判代表，要求面见同知县。当传话人还未移步时，只见俞振海、党俊生、蒋卫朝出现在了衙门口。

原来，玉清遇害身亡的消息，也很快传进了县衙。首先姚大全一听到此消息，高兴得差点要蹦起来了，他庆贺玉清终于死了，他就可以独掌标营大权，无所顾忌地大干一场了。然而，当他听说，他弟也被玉清的人杀了，不免心里有些难过。可当听说标营军和全城的人，都认定他是幕后元凶，并集体到县衙找他算账来了，又使他非常害怕和惶恐不安起来。

当同继洲听到这一消息时，感到非常震惊。不用别人怀疑，他就认为这是姚大全指使他弟干的。令他没想到的是，姚大全竟如此狠毒，说不定人们还会怀疑这事他也参与其中，这样必然会引起标营军的愤怒和城内百姓的抗议。于是，他找来俞振海，让他替自己想出一个应对的办法，可当他们还未商量出应对的结果来，县衙外就已聚集了近千名抗议的人，因而同继洲赶忙让师爷出来解围。

俞振海几人出来后，一看这阵势立即同意了玉春和郑相芝等人的请求，并带这些谈判代表入内面见了同继洲。双方很快进入了正题。玉春、玉奎、德山、郑相芝等谈判代表要求，立即将幕后黑手姚大全交由标营军处置。可同继洲借故事发突然，容他调查清楚了再作答复，因此双方争执不下，谈判已进行一个时辰了还没有结果。这时，外面的人早已等不及了，呼喊声、口号声此起彼伏，尤其是标营军的将士，持刀欲冲进县衙，气氛十分紧张。同继洲终于扛不住了，向谈判代表承诺道："明天上午，一定会给你们答复的。如若是姚大全所为，一定会将他绳之以法，严惩不贷！"

玉奎说："明天上午答复可以，但晚上他跑了咋办？"

同继洲拍了拍胸脯说："我以我的人格担保，他跑不了。他若跑了，我将引咎辞职。"

有了同继洲的保证，玉春、玉奎、德山和郑相芝、杨百贤、卢会长等才勉强同意，并劝说衙门外的众人相继散了去，县衙前的危机才算暂时解除了。

等抗议请愿的人一走，同继洲立马差人把姚大全叫了来。等他一到，同继洲一拍桌子，大声吼道："大胆姚大全，刺杀冯玉清，是不是你指使你弟干的？"姚大全一下跪下大声喊道："同大人，我冤枉啊！我与他有过节不假，但我犯不上要他的命，更不可能指使我弟去杀他。还请大人明察。"

"狡辩！冯玉清去朔州你是知晓的，不是你通知你弟半道杀了他又是何人？再说了，上次就因为他抓了你弟你记恨在心，假借他违抗军令将他抓进大牢欲害了他，给我添了多大的麻烦。这次，你兄弟联起手来，又在异地加害于他，你还有何话说？"

姚大全一听，尽管同继洲说的都是实情，但他死活不承认，于是哭着说道："同大人，我兄弟死得好惨呀！他们之间有仇不假，或许是姓冯的在龙泉镇看到了我弟后先动了杀机，我弟不得已自卫才发生了这桩血案。"说完，他又伤心地哭号道，"我弟死得冤啊！请同大人为在下主持公道，还我弟一个清白！"

同继洲想，虽说他明知是姚大全干的，但他死不认账，两个当事人又都死了，让他如何去查，但他必须要给冯玉春和郑相芝他们及众人一个交代。于是，他一拍桌子喝道："够了，不要号了！反正这件事与你脱不了干系，待我查清真相后看你还有何话说。"随即，吩咐捕快班头蒋卫朝派人，先将姚大全看管起来，不能让他离开自己的住处，随时听候发落。

等姚大全走后，同继洲只留下俞振海一个人。此时，姚大全对他来说如烫手的山芋一样，放又放不得，留又留不得。他心里明白，如果明天把姚大全交给标营军由他们治罪，这样虽能平息众怒，但他担心这个家伙为了活命，再乱咬他也参与其中咋办？如果私下放跑了他，又无法给郑相芝和城中百姓交代。思来想去，他一时拿不定主意，只得留下师爷商量起对策来。

当他向俞振海说出了自己的担忧，并征求师爷意见时，俞振海没有立即回话。此时，同继洲担心的也是他所担心的，他怕治姚大全的罪会带出自己，那姚大全一定会抱怨他见死不救而乱咬一通。最后经过一番权衡，他决定说服同继洲放了姚大全，于是回道："同大人，以愚之见，还是暗中放了姚大全为上策。"

"说说看。"同继洲说。

俞振海说："大人你看，冯玉春和郑绅士他们，一口咬定是姚氏兄弟合谋杀害了玉清。若贸然将姚大全交出去，他死不认账再乱咬一气，到时大人就被动了。尔格姚大全是保不住了，留又不能留，眼下只有暗中放了姚大全这一条路了。"

同继洲说："放人容易，那如何向玉春和城中那些绅士交代哩？"

俞振海说："这个好办。就伪造成他黑夜偷跑了的假象，咱们再以他畏罪潜逃通缉追捕他，也算能给他们一个交代。等拖上一段时间，事情就会不了了之，这样咱们最多落个看管不严的责任，实在不行的话再找个替罪羊处理一下也就完事了。"

同继洲听后说："事情也只能这样了。这件事就交由你亲自去办，一定要做得隐秘些。"停了一下，他又说道，"不过，你要暗示他跑得越远越好，最好离开陕西不再回来。"俞振海会意地点了点头，就告辞了。

姚大全这会儿被囚禁于他的住处，门外有两个衙役把守着，一个叫魏建民，一个叫慕云山。此时，姚大全心神不宁地在屋里走来走去，他不知道同继洲将会怎样处理他，会不会治他的罪，会不会把他交给玉春他们？如果那样，他就死定了。但他转而又一想，也许同继洲会设法救自己的，因为这些年他可没少孝敬过同继洲，还有师爷俞振海，他们要是不想办法救他，他也不会让他们好过的。他正胡思乱想着，突然俞振海进了屋，他立即迎了上去说："师爷，快想办法救我！"只见俞振海将右指放于嘴边嘘了一声，示意他不要说话，然后使了一个眼色径直来到内屋。

等俞振海刚一落座，姚大全便急切地问道："同大人将我软禁在这里，不知会怎样处理我？你快帮我想个办法。"

俞振海这时才说："我就是为这事来的，情况对你不妙。"

"到底咋回事？你快说。"姚大全急不可耐地说。

俞振海看了一眼姚大全，叹了一声说道："你想，冯玉清经过龙泉镇，他咋就让你四弟给杀了，这世上哪有这么巧的事？要说与你没关系，搁谁谁也不信。因此，为了给标营军和城内百姓一个交代，同知县也只能把你交由玉春他们处置了。"

姚大全一听，一屁股坐在椅子上绝望地说："完了，完了！把我交给玉春他们，不就等于要我的命吗？"

"同大人这样做，也是迫不得已，不然就无法给标营军和众人一个交代。"俞振海此番的话，完全和他之前与同继洲商议的结果相左。那么他为何要这样说呢？这当然是有他的用意和目的了。他心里明白，这些年来，姚大全利用职务之便，不知敲诈贪污了多少银两，仅从土匪那里就不知得了多少好处。而他替姚大全不知包庇隐瞒了多少回、出了多少好主意，可他给自己的那点银两，还不如打发一个叫花子。因此，他是要借这次机会好好让他放一把血，这也许是最后的一次，以后可就没有这样的好事了，因而他才这样对姚大全说。

姚大全一听，气哼哼地说道："这只喂不饱的狗，他既然不仁，就甭怪我不义了！那我就把我这些年给他行贿和他所做的一些坏事，全都给他抖搂出来，并说这次刺杀姓冯的，是他幕后指使我干的，要完一起完！"

俞振海心里暗想，这家伙果然不是一个善茬，但却不动声色地说道："我知道这样做对你不公，恐怕同继洲不会给你这样的机会，说不定今晚上就会对你采取行动的。所以，我是冒着险来给你透露消息的。"

姚大全一听慌了，立即跪在俞振海面前说："老兄，看在咱们多年兄弟的份儿上，就救救老弟吧！"

俞振海故意摇着头说："大全，恕我不能救你，因为这次是同继洲亲自布置的，我恐怕帮不上忙。"

"老兄，我知道你有的是办法，尔格只有你能救我了。"说着，姚大全起身走到衣柜后面，不一会儿提着一个银袋往俞振海跟前一放，说："老兄，这是五十两银子，你就救救兄弟吧！"

俞振海推开银袋说："兄弟，这不是银子的问题。这次确实和上几次不同，我若放跑了你，同知县要是追查下来，我可是要受连累的。"

姚大全一听心里明白，他是嫌银子少，于是一会儿又从墙角里取出一包银子放到俞振海跟前说："俞兄，这也是五十两，这一百两银子够了吧？只要能救我一命就行。"

俞振海看到这么多银子，心里自是暗喜，可嘴上却说："救兄弟是应该的，可我哪能收你这么多银子哩！"

姚大全说："我的命都快没了，要再多的银子又有何用？只要你能救我不死，我感谢你还来不及呢，这点银两又算个甚？"

"既然这样，为兄我就舍命救兄弟了。"俞振海说着收起银子，然后趴在姚大全的耳旁耳语了一阵，并给他手里塞了一个小纸包，之后又说道，"老弟，我这也是拿自个儿的前程和性命在救兄弟哩。记住，出去后能跑多远跑多远，安宁和陕西你是待不成了。尔格，你赶紧收拾好东西，等夜深人静时我再来送你出逃。"姚大全感动得只是一个劲地点头道谢。

俞振海出了屋，对门外的两个衙役说："建民、云山，你俩听着，姚标统也是咱衙内的人，将他软禁起来也只是暂时的，因此你俩不能为难他，要尽量满足他的要求。"

"明白了师爷，我们不会为难姚标统的，您就放心吧。"魏建民和慕云山说着，目送着俞振海走了。

快半夜时分，门外的魏建民和慕云山有些犯困，正在这时姚大全出来了，以关心的口吻说："夜已不早了，你俩也挺辛苦的。来！你俩进来陪我喝杯酒提提神，我一个人怪寂寞的。"

建民和云山一听，满心欢喜，说道："谢谢标统还想着我们这些下人！"其实他俩比谁都明白，这年月当官的脸变得比脱裤子还快，保不齐明天他就会官复原职、一切照旧，他们又何必当真呢？说不定因今夜之缘他以后还会重用他们哩，何况师爷走时还暗示过他们，因此他俩毫无顾忌地跟上姚大全进了屋。

进得屋来，只见桌上摆着一盘猪脑肉和一盘花生米，并放了两罐烧酒。待建民和云山坐定后，姚大全给建民两人跟前放了一罐，然后客气地说道："建民、云山，要不是遇到这事，咱们还无缘在一起喝酒。来！咱们今夜来他个一醉方休，一坛不够，我这里有的是酒。"

建民、云山两人简直是受宠若惊，忙堆着笑脸说："姚大人真是好人，以后若有用得着的地方，请尽管言语一声，我们绝不会含糊。"说着，慕云山便迫不及待地抓起跟前的酒坛拔开塞，给他和建民斟满了酒，接着三人便觥筹交错、大吃海喝起来。不一会儿，建民面前的酒已见了底，云山嘴里含糊不清地嚷道："再、再来一罐！"话未说完，两人便趴在桌上不动了。

这时，姚大全走过去，轻声叫了两人几声，又推了几下，见他们毫无反应，便起身到里间拿了东西背在身上，之后来到门口焦急地向外张望着。正在这时，忽听门外传来两声击掌声，姚大全便跟着一个黑影避开岗哨，猫着腰来到了县衙后门。等后门一开后，姚大全一闪身就出去了，那个黑影关了后门，也消失在了衙内的阴影里。

原来，这个黑影不是别人，正是师爷俞振海。对他来说，释放姚大全简直是小菜一碟，是他授意姚大全用迷魂药迷倒魏、慕二人，然后再将其送出后门的。只要他安全地逃出了县衙，不管他出去是死是活就与他无关了，他也能向知县交差了，不过他却不费吹灰之力就实实在在地得到了一笔银子。

这时同继洲并没有睡，他虽在灯下拿着一本书看，实则是在等待着消息。不一会儿俞振海敲门进来了，同继洲不等俞振海说话，便问道："事情办妥了吗？"

"一切都办妥了。"俞振海说。

同继洲的心总算放下了，之后说道："明天一早，你就和蒋卫朝安排通缉姚大全，要把假相做真、声势造大，等玉春、玉奎、郑绅士带人来了也好有个说辞。"

"对！还是大人想得周到，量他们来了也不会有甚说的。"停了一下，俞振海继续说道，"我尔格就准备文书去，赶明格天一亮就行动。"说完就告辞了，似乎一切都按他们的计划在进行。

是夜，安宁县城明月高悬。朗月笼罩下的安宁县城，深邃莫测，街上静悄悄的没有一点响声，只有打更人不断传来的打更声和吆喝声，似乎安宁县城一片宁静祥和。

第二天天刚蒙蒙亮，县城早起的人们，突然发现了一个惊天大事：西城门口外，悬吊着一颗血淋淋的人头。有些胆大的人凑近向上一望，发现是姚大全的人头，立即惊叫着四散而去。

霎时，新任县标营标统姚大全昨晚被人杀了的消息，迅即传遍了全城。一些百姓知道消息后，认为是标营军为了替冯玉清报仇杀了姚大全，都庆贺杀得好，总算让英雄瞑目了。还有一些人，则认为是东山东北虎黄龙彪派土匪干的，他们说得有理有据，因为前两次黄龙彪曾派人刺杀过姚大全，当时虽未能得手，但却已闹得满城风雨。

姚大全被杀的消息很快就传进了县衙。同继洲听到消息后，惊得半晌说不出话来。他昨晚不是安排俞振海将他放走了吗，怎会被人杀了呢？他想，姚大全被人杀了也就杀了，这些年他不知给自己惹了多少麻烦，死了倒干净利索，但是又是谁如此大胆地在县城杀人？而且还把他的人头悬挂在城门口，这县城还有安全可言吗？这不是在向他示威挑战吗？想到这里，他只觉后背一阵阵发凉。

这时俞振海来了，他也是刚得到消息就赶来。俞振海一进门就问："大人，昨晚姚大全被人杀了，你知道吗？"

"我还想问你哩！这到底是咋回事？"同继洲没好气地说。

俞振海一脸疑惑地说："我也不知道是咋回事。昨晚，按照您的安排，是我半夜亲自把他从后门送走的，凭他对县城的熟悉程度，出逃是没问题的，咋会被人杀了呢？"

同继洲见他也不知情，就说："依我看，这事八成是冯玉春、冯玉奎他们干的。"

"我也考虑是他们干的。别人不会有这么大的胆量，而且也没有这个必要。"俞振海肯定地说。

"这个冯玉春，人由你处置也就罢了，可为何不秘密处置或拉到城外去处置，却偏偏要在城里杀人，还把人头挂在城门上？这不是在向我示威、向我挑战吗？"同继洲懊恼地说。

俞振海听后，接着说道："冯玉春、冯玉奎、张德山、杨长武、杨长福、折长生这几人，是玉清的忠实铁杆，他们这样做，就是在替冯玉清报仇，就是在挑战大人的权威。我看，这几个人不除，往后这标营就无法掌控了，还不如借此机会把他们几个抓了，以绝后患。"

"去！你让赵光亭、蒋卫朝把所有兵士都带上，去把玉春几个骨干分子抓来问罪！"同继洲接着又补充道，"去军营后，宣布赵光亭暂时代理标营标统一职，掌控标营，以防哗变。"

其实，同继洲和俞振海的怀疑一点儿也没有错，人确是玉奎等人所杀。

原来，玉春等人昨天下午从衙门一出来，虽然劝标营军和百姓散了去，可他们心里明白，同继洲的话不可信，万一他夜里偷放了姓姚的咋办？于是他和玉奎、德山、长武、长福、长生几人一商议，决定晚上采取行动：由玉奎和长武、德山带领二十几个人埋伏于县衙周围，防止姚大全出逃，万一等不到，半夜过后再翻墙入内捉了他。然后，由长福、长生带领四十多人加强城门防守，严防他逃出城去，玉春则坐镇指挥，其余人均在营地待命。

一切计划好后，为了防止姚大全安插在标营里的赵启合、田瑞有两个副标队的阻拦和走漏消息，玉奎谎称找他俩有要事相商，等他俩一进屋便把两人压住绑了，然后把两人用布塞了嘴交于其他人看管。

天黑后，玉奎、德山、长武带人悄悄地埋伏于县衙外。果然不出所料，半夜时分，只见姚大全鬼鬼祟祟地从县衙的后门出来了，当他还未走出几步远，便被几个兵士一拥而上压倒擒了、塞了嘴装进麻袋扛回了营部。

回到营地，玉奎放出姚大全问道："你说实话，我可饶你不死，你若说了假话，我就一刀宰了你！"

姚大全睁眼一看是玉奎，早就吓坏了，跪在地上连连点头道："是是是！"

"那我问你，冯标统是不是你派你弟刺杀的？"玉奎瞪着眼问。

姚大全支支吾吾地说："这事……我……我不知道呀？"

"你还不老实，看我不一刀宰了你！"玉奎说着，抽出大刀架在他的脖子上。

姚大全见抵赖不过去了，就说："我交代，我交代！冯标统确实是我让我弟杀的，可是他们俩人都死了，就算扯平了。只要你放了我，我带的这些银子都归你们。"

"果然是你害了冯标统。"玉奎一手拎起他的辫子，一手握着刀说，"死到临头了，还想用你的臭钱赎你的狗命，做梦去吧！"玉奎手起刀落，一刀砍下了他的头。

玉春见玉奎杀了姚大全，就着急地说道："玉奎，你咋把他给杀了？"

玉奎说："怎么，不杀了他，难道还要饶了他不成？"

玉春说："我原准备待捉住他后，明日将他送到县衙，当着同继洲的面审问清楚了再杀了他不迟。尔格你杀了他，万一同继洲责怪我们僭越杀人，那我们就被动了。"

"杀了就杀了，大不了来他个鱼死网破，有甚可怕的！"杨长武说。

玉春又说道："这不是怕不怕的事。我们尔格杀了姚大全，明格同继洲肯定要来追究我们的罪责，大家说该咋办？"

张德山说："我早就不想待在县城为这些狗官卖命了。我看，一不做二不休，咱们今晚就散了各自回家去。"

"对、散伙、散伙！"玉奎和大伙也都附和着。

玉春见大家意见一致，就说道："好！事已至此，也只有散伙这一条路了。不过大家回去以后，先外出躲几天，防止他们寻上门来，一定要等风头过了再回家。今后，若需要聚集时，我再设法通知大家。"

大伙都赞同玉春的意见，随即玉春让把剩余的军饷平均分发给了每个人，在寅时全标营的人便悄悄地离开了县城。临出城门时，为了解恨，玉奎把姚大全的首级悬于西城门口，这才扬长而去。

早上，当俞振海、赵光亭带领四十多人赶到标营驻地时，已是人去营空，赵启合和田瑞有还被绑在那儿，再就是姚大全无首级的尸体也横在那儿。

俞振海回到县衙汇报了这里的情况，同继洲颇为震惊，他万万没想到，玉春他们杀了姚大全后会集体哗变，这太可怕了。他原来允许冯玉清成立民团营和标营军，是想把他们变为自己的同家军，没想到他们竟成了效忠于玉清的冯家军，看来是他想错了。他们今天敢僭越杀人、集体哗变，说不定哪天就会集结起来对付他，那他这知县的位置还能坐稳吗？想到这里，他认为必须马上采取措施，一定要把这几个带头闹事的人抓捕归案、以绝后患。于是，他召集人一商议，给冯玉春、冯玉奎、张德山、杨长武、杨长福、折长生六人扣上了私杀朝廷命官、唆使队伍哗变、图谋不轨的三大罪状，着即派兵前去捉拿。

再说，兴运和保忠雇车，于当天天黑时将玉清拉回了青龙镇。早在他们回来之前，玉清遇害身亡的消息已传回了青龙镇。人们扼腕叹息，万分悲痛，早早就等候在了街镇口。

等车马拉着玉清刚一进街，人们一下子就围了上去，当看到躺在车上一动不动的玉清时，一些人已控制不住自己的情绪，竟呜呜地哭了起来，霎时沿街两行的人泪如雨下、哭声四起，整个青龙镇都处在一片悲痛的气氛中。

当然最痛心的，莫过于玉清的家人和他最亲近的人。在玉清被抬进冯家时，连最刚强的折老夫人也晕了过去，齐夫人更是经受不住这一打击，一声未哭上来就永远地离开了她的儿子。忠贤也是老泪纵横，泣不成声，而喜梅则更是撕心裂肺般地痛哭。此时兴运和保忠，不知该如何向冯府及众人汇报为好，他俩如同犯了罪一样，局促不安、低头不语。

这时，田福学和冬生，把兴运和保忠叫到一旁悄声一问，才知道玉清并没有死，只是未脱离生命危险，田福学的心里立时有了主意。他揣摩，玉清遇刺并不是一件简单的事，会不会与他去县城和去朔州府进谏禁烟有关，会不会是同继洲指使姚大全兄弟下此黑手的？如若这样，他们不会就此罢休，一定还会来寻玉清的麻烦。这样想来，为了防止不利于玉清的事情发生，对外要造成玉清已经身亡的假象，这样对玉清更为有利。于是，他安排人将玉清抬回他的卧房，由玉廉、玉康等家人轮流看护，除玉清的家人外其他人等一律不得探视。为了便于继续救治玉清，他把本镇陈大夫也请了来，随后把玉清未死和如此的安排告诉了已醒过来的折老夫人。

田福学安排好了一切，又和冬生做了分工，冬生和忠有负责冯府里外的事，他坐镇驿镇所以应万变。于是忠有按照安排，将齐夫人的灵柩安置于下院，并搭设了灵棚，而上院由民团营的人把守，外人及闲杂人等一律不许进入，这样在外人眼里，玉清遇害已成为不可争辩的事实。

侯世耀和强月娥，一听说玉清死了的消息时，简直乐坏了，一下消除了他们失去儿子的痛苦与仇恨，并在心里暗暗叫道："大地呀，苍天呀！终于有人替他们报了仇、杀了冯玉清。就是这个该死的冯玉清，不但残忍地将金贵沉了河，还让他们侯家蒙上了耻辱，在镇里抬不起头来。这下好了，看你们再得意，让这个折赛花和冯忠贤，也尝一尝失去儿孙的滋味。"于是，侯世耀让人做了几碟菜，提了一壶酒与家人庆贺起来，就差去镇上敲锣打鼓了。

当兰香一听到玉清遇刺身亡的消息后，只觉眼前一黑便甚也不知道了。由于她的身体太虚弱了，玉清的好歹安危，时刻牵动着她每一根脆弱的神经，这次的噩耗，又差一点把她击倒，多亏徐妈在场施救，才使她慢慢地醒了过来。醒过来的她，便一头扎进徐妈的怀里失声地悲哭了起来，徐妈怕她的哭声传出去被侯家人听见，就紧紧搂住兰香不让哭声传出去，之后用手抚着她的肩膀说："孩子，我知道你心里苦，也许这就是命！"兰香听后哭得更伤心了。

夜里，兰香的眼睛都哭肿了，她又一次感到了绝望。她怎么也想不明白，她和玉清哥咋就这么苦哩？他们多少次死里逃生、多少次聚散离合，她与玉清哥怎么就永远走不到一起呢？甚至她怪自己软弱无能，没有勇气答应玉清哥与她重续旧情，要知道是这么个结局，当初她就应该不顾一切地投入他的怀抱，而不应去想那么多。尔格说甚都晚了，老天爷不会再给她这个机会了，而更使她痛心的是，在玉清哥活着的时候，她没有将江龙亲手交到玉清手里使他们父子相认。尔格他走了，说甚她明格也要去看他最后一眼，并当众把江龙交给冯家，之后侯世耀就是将她碎尸万段了她也无所谓了，甚至不用他动手，她也会追玉清哥去的。想到这里，她止住哭，一个人挣扎着爬起来，点了灯拿出这些年写给玉清哥的诗词，看一篇烧一篇，之后又做着明天去冯府和可能发生不测后果的准备。

冯府内的夜晚，更是不同寻常。下院，是进进出出料理齐夫人后事的人们，并不时传出守灵者的哀号声。而上院，则是以陈大夫为主的一拨人，正紧张地守护在玉清榻前，按照龙泉镇姜大夫的嘱托，陈中贵给玉清定期服用带回来的草药，并不时为他把脉望诊。折老夫人及忠贤，更是不敢解衣，每隔一两个时辰就要过来看望一番。

天将破晓之时，下院里有人哭号着要去新搭起的灵棚内看玉清最后一眼。冬生由上院下来一看，见是玉春、玉奎、德山、长武、长福、长生等人，忙把他们拉到一旁一问，才知道他们已将杀害玉清的仇人姚大全杀了，并解散了县城的标营军，他们回来是给玉清奔丧的。冬生听后，觉得事情重大，就赶紧带他们去见田驿丞，可玉奎等人哭闹着不走，非要看玉清最后一眼不可，冬生只好说："你们先去见田驿丞要紧，玉清迟早会让你们见的。他们一听，这才跟上冬生去了驿镇所。

田福学一夜未眠，天不明就起来了。当他听说玉春他们杀了姚大全并解散了队伍，也觉得此事重大。他分析，同继洲一定不会善罢甘休，定会派人前来捉拿他们的，于是想了一下说："你们进镇时，知道的人多不多？"

玉春回答说："我们进镇时天还未亮，想必知道的人不多。"

"你们杀了人，又哗变解散了队伍，同继洲一定会派人捉拿你们的。你们几个，得赶紧到外边去躲一阵。"田福学说。

"我们哪里也不去。"随后，玉春继续说道，"我们青龙镇有这么多民团营兄弟，我准备和冬生把解散的兄弟们再组织起来与他们对着干，量他们也不会把我们怎样的。"

"简直胡闹！"田福学随后又说道，"这样一来，不就等于公开宣布造反了吗？同继洲不会把你们怎么样，可朔州、榆阳道，还有上峰能放过你们吗？他们对外软弱无能，可对内却毫不含糊留情，你们才几个人，哪是他们的对手？到时候战事一开，不仅连累了其他兄弟，也会使咱青龙镇乃至整个陕北都要跟着遭殃！"玉奎等人一听就再不言语了。

这时冬生说："田驿丞，你说的有道理，那你赶紧替他们拿个主意。"

田福学想了一下说："我看，你们几个还是暂时出去躲一阵再说。"

"那让他们往哪里躲呢？"冬生问。

"依我说，尔格你们几人，还不如暂时去北山石拴虎那里，那里相对安全些。"

"让我们去当土匪？那我可不去！"玉春说。

这时冬生一拍脑门说："我咋没想到哩！好主意，我同意。"接着，他将玉清北山会见石拴虎的经过说了一遍，玉春这才同意去北山躲避。

田福学对玉春和玉奎说："事不宜迟，趁大多数人还未起床，知道你们回来的人越少越好。即使同继洲他们知道你们藏在了哪里，短时内也不会去攻打的，因为他们眼下还没有这个实力，你们就放心地去吧。"

玉奎说："要走，那也得让我们再最后看一眼玉清。"

这时，冬生才将玉清目前的状态对他们说了，最后又对玉春说："你们几个先去，这里有甚情况，我会第一时间通知你们的。"玉春几人这才别了田福学及众人往北山去了。

晌午，兰香让徐妈到冯府去打探消息，之后她准备带上江龙，趁人不注意时就去冯府给玉清吊丧，并把江龙交给冯家以了结她的心愿。她怕侯家人阻拦，让徐妈告诉折老夫人差人来侯府门前接应。当徐妈来到冯府时，只见冯府一片忙乱，她发现下院搭着灵棚，上前一问，才知道玉清的娘昨晚殁了，她问玉清的灵堂在哪，他们都说不知道，她着急要去上院找折老夫人，可上院站岗的人不让进，并说折老夫人传下话来，来人一概不见。徐妈心想，没玉清的消息，说不准玉清还活着，她得赶快把这一消息告诉兰香。当她刚出了冯府，就看见街上来了许多官兵，他们见人就问见到冯玉春、冯玉奎、张德山、杨长武、杨长福、折长生他们没有，冯玉清的家在哪里？看他们那气势汹汹的架势，准没好事。于是，徐妈连忙拧着小脚赶回家，把她看到的情形对兰香说了。

兰香听后着急起来，刚获得了一丝好消息，被这些到来的官兵搞得心又提到了嗓子眼。于是她在心里暗暗地为玉清祈祷着，但愿玉清哥还活着，但愿玉清哥能躲过这一难……

原来，官兵协领赵光亭、捕快班头蒋卫朝领命后，点齐了三十多个兵士，带上赵启合和田瑞有，一大早就直扑青龙镇而来。他们此行前来，除了抓捕冯玉春等人外，就是遵知县之命查看玉清到底死了没有，让他们活要见人、死要见尸。于是赵光亭带人，马不停蹄地赶到青龙镇后，并没有照会驿丞田福学，而是让蒋卫朝了一拨人直扑玉春他们几家抓人，他则带了人直接进了冯府。

赵光亭带人进了冯府后，在大门口布了岗哨，看见下院设有灵堂，以为是玉清的灵堂，他不放心，让人去棺材前查看。只见棺材内的人，穿着厚厚的寿衣，盖着厚厚的棉被，头上蒙着一块大白布。赵光亭上前捂着口鼻看了一会儿，就让人去揭死者的头盖布。

在乡下，私揭死者的头盖布是对死者的大不敬，是犯大忌的，因此玉清的大哥玉廉、二哥玉孝对此无法容忍，立马上前护在棺材前不让官兵靠近，而赵光亭却指挥手握大刀的官兵强行上前。

就在这时，忽听一声大喊："住手！"人们回头一看，见折老夫人拄着拐杖，怒不可遏地立于灵前。只见她用拐杖指着赵光亭，愤怒地说道："这是哪里来的山猫野贼，搅扰得死人也不得安生，你们这是犯了大忌的！"

赵光亭一时被折老夫人的气势给镇住了，便不敢造次，立马软了下来说道："老夫人息怒，我们也是在例行公务，来看一下冯标统的。"

"你们是奉了谁的指令？是来给死者磕头的还是给死者吊孝的？啊！"折老夫人愤怒地质问道。

赵光亭一时结巴得回答不上来，于是停了一下尴尬地说："老夫人对不起，我这就带人走！"说着，一摆手就准备带人离去。

这时，只见冬生和玉文带着三十多个青壮赶到，他们挡住了赵光亭的去路，大声喊道："你们惊扰了死者实为大不敬，必须给死者磕头谢罪才是，否则休想离开！"原来，赵光亭他们一进街镇，冬生就预感事情不妙，立即召来了镇内解散在家的民团营人员。他这一呼喊，除过先头赶来的三十多人外，后续有近百人不断地向这里赶来。

赵光亭一看不好，忙抽出刀惊慌地说："你……你们想干甚？"

冬生指着赵光亭说："你灵前惊动死者实属大不敬，天理难容！尔格你不向死者磕头谢罪，就休想离开。"赵光亭心里明白，青龙镇的民团营虽说已解散，但都是经玉清训练的，不仅心齐团结，而且武艺并不比他们差，若真惹怒了他们，恐怕也没有他们的好果子吃，可服软磕头，又心有不甘。

这时，正在双方对峙的时候，田福学赶到了。他向赵光亭自我介绍道："赵协领，我是青龙镇驿丞田福学。你听我说，你奉命执行公务无可厚非，可你不该私揭死者的头盖布，更不该在亡者灵前动用凶器。按我们乡下的风俗，死者为天，不可冒犯，你这样带兵打扰死者，放谁家也不会允许的，我想就是同知县大人来了，也不会同意你这么做的。因此，还请你给亡者磕头行礼，争取乡亲们的谅解，不然事情闹大了就更不好收场了。"赵光亭一听，自知理短，于是只好跪在灵前恭恭敬敬地磕了三个头，然后便带着人灰溜溜地出了冯府。

赵光亭一行出了冯府，之后才跟上田福学来到了驿镇所，此时蒋卫朝也带人赶了来。待赵光亭坐定后，田福学便责怪说："我说二位，你们既然到镇上来了，怎么也不给我打个招呼，就冒冒失失地进了冯府，要不是我赶得及时，闹出事端来你我都不好向知县大人交代。"

赵光亭这时才知错地说道："刚才忙于执行公务，把这些礼节和乡俗给忘了。"

田福学说："尔格你可以说了，你们这次匆忙前来，到底为了何事？不妨对我这个驿丞说说。"

赵光亭这才说道："昨晚冯玉春、冯玉奎等人杀了县标营标统姚大全，又集体哗变逃离了县城，我们是奉命前来捉拿他们的。"

"那你们私闯冯府又是为甚？"田福学问。

赵光亭回答说："听说冯玉清被人行刺了，是同知县让鄙人去冯府看一下，没想到我的鲁莽激起了众怒。"

"噢！原来是这样。"田福学听后故作惊讶地问道，"那你们抓到玉春他们没有？"

蒋卫朝说："都去过他们家里搜了，一个人也没抓到。"

"那你们接下来咋办？"田福学问。

赵光亭说："跑了和尚跑不了庙，我们准备抓他们的家属回去交差，还请田驿丞帮忙。"

田福学一听，忙说道："不可以。你想，人是在你们县城跑的，他们在县城干了甚家属怎么会知道？尔格人跑了，家属还会向你们要人哩。再说了，刚才的阵势你也看到了，你们若是要强行抓走他们的家属，恐怕会激起全镇人抵抗的。"

赵光亭想了一下，说道："你说的有道理，但也不能就这样放过了他们。"接着，他拿出几张通缉玉春等人的布告，交给田福学说，"田驿丞，我们走后，劳你把这几张布告贴到街镇上去。另外请你务必留意，玉春他们若回了镇，请你立即将他们捉拿送往县衙，或派人给我们报信，我们便会前来捉拿他们。"田福学听后爽快地答应了，赵光亭这才带人回县城去了。

赵光亭带人离开青龙镇后，玉清没有一点儿复苏的迹象。为了给玉清一个安宁的治疗环境，田福学、折老夫人、族长尚杰及忠有、忠全、忠贤等人一商议，得尽快将玉清娘安葬为好，时间定在两天后的辰时，于是冯府又进入了紧张的丧事筹办中。

下午时分，忙乱中的冯府来了一位小客人，这便是侯江龙，是侯府唯一一位来冯府的侯家人。他进门后，找见了喜梅，便塞给她一张纸条，并小声说："喜梅姑姑，这是我娘让我给你的。"喜梅展开一看，是兰香要求见玉清一面的纸条，喜梅让小江龙在此等候，便转身去了上院。

不一会儿喜梅由上院出来了，对江龙说："回去告诉你娘，天黑后让她带上你由后门进来，我在那里接应你们。记住，此事不能告诉任何人。"江龙点了点头出去了。喜梅将兰香带孩子来探望玉清的请求，给奶奶说了后，折老夫人心想，兰香是个有情有义的孩子，尔格玉清是好是歹还不一定，他俩好了一回，应该让他们见上一面，不要给他们留下终生的遗憾，因此也就同意了她的请求。

天刚擦黑，在门口望风的徐妈见门口无人，便送兰香母子出了侯府。兰香母子避开众人的视线，悄悄地来到冯府后门，喜梅早已等候在了那里，赶紧领他们进了玉清的卧房。兰香一进屋，看到紧闭双眼躺在炕上的玉清时，再也控制不住自己，一下子扑到炕前，双手抓住玉清的右手，顿时眼泪夺眶而出，哽咽地抽泣了起来，差一点就要晕倒了。

这时，折老夫人走过来拍着兰香肩膀，含泪安慰道："兰香，我知道你心里难过，但尔格不是哭的时候。"停了一下，又接着说道，"你玉清哥从回来到尔格一直昏迷着，不便过分打扰，你能带孩子来看他，我就谢你了。"

兰香一听此话，哭得更伤心了。她一边哽咽着，一边撕心裂肺地低声说："玉清哥呀！我对不起你。"接着，她拉过江龙哭着说，"玉清哥，你睁开眼看看，这就是你的亲骨肉江龙呀……"

在来冯府之前，兰香已将江龙的身世告诉了江龙，并说晚上要带他去看他的亲生父亲。其实，江龙今年已满十二岁了，已经能懂得很多事了。他曾怀疑过玉清叔是他的生父，并不止一次地问过他的母亲。可母亲总是避而不答，母亲越是这样，江龙就越是认定玉清就是自己的亲爹，因此在母亲告诉他是玉清的亲生儿子时，他一点儿也不感到意外。这时，他趴在炕前哭得跟个泪人似的，并叫着："爹呀！我和娘来看你来了。"在场的人看到这一幕，无不伤感落泪。

折老夫人把江龙拉起来，搂在怀里说："你真是老奶奶的好重孙。以前我不认你，是担心你小不懂事，若是让侯家人过早地知道了会加害你的，因此让你受委屈了。"停了一下，她又叹了口气继续说道，"江龙，不过尔格老奶奶还是不能公开认你。等你爹好了，我不但会认了你，还会将你和你娘风风光光地接到咱冯府的，好不好？"江龙含着泪点了点头。

"来！到爷爷这儿来。"忠贤说着，将江龙又搂到自己的怀里说，"要相信老奶奶的话，到时爷爷会亲自接你的。"

江龙在侯府，从来也没有感到这么温暖过，他真想今晚就留下来陪着爷爷、老奶奶和父亲，但他却点着头说："爷爷，我记住了。"

这时，折老夫人对着还在哭泣的兰香说："兰儿，听奶奶的话，不要哭了。等玉清好了，我就运筹此事，一定让你和江龙光明正大地回到咱们冯家。你带上孩子先回去吧，一切等着我的安排。"

此时，兰香再也不敢坚持自己的意见了，她怕失去这最后的机会，于是擦去眼泪说："奶奶，孙儿一切听您的。"

折老夫人说道："兰儿记住，今晚这事你不能对任何人讲，尤其是关于玉清的情况更不能对外透半点风声。"兰香不停地点着头。之后，折老夫人又对兰香说，"兰儿，时辰不早了，你赶紧带上孩子回去吧，免得迟了引起他们的怀疑会对你们娘儿俩不利。这里有我们轮流照看玉清，你就放心回去吧，有甚事我会及时通知你的。"说完后，让喜梅把兰香母子送出了冯府的后门。

第三天，齐夫人如期出殡下了葬，丧事从简。这时冯府又恢复了平静，可连日来玉清仍不见有好转的迹象。尽管如此，守候在玉清身边的兴运、保忠及陈中贵他们，仍然按时给玉清服药、换药，不敢有丝毫的松懈。

今天，玉清遇刺已是满三昼夜的关键时刻了，按照姜大夫的说法，如果在三天之内他能醒过来，则命不该绝，如果醒不过来，则说明他阳寿已尽。因此这晚，忠贤、喜梅不顾白天黑夜的劳累，与兴运、保忠、陈大夫一起守护在玉清身旁，就连折老夫人也不敢眨眼。

时间就这样一刻不停地滑过，屋内静得连人们的心跳都能听到。夜里亥时、夜里子时、夜里寅时了，却还不见玉清动一下，再过两个时辰天就要亮了，屋内的所有人立即紧张起来，一种不祥的预兆开始弥漫全屋，喜梅及兴运几人已不由得开始抽泣了起来。

"快来看，快来看，我哥醒了！"就在人们绝望时，突然听到喜梅喊了起来，大家赶紧围到了玉清身边。

这时玉清睁开了眼，看到喜梅、爹和兴运及保忠他们，都在哭着看着他，就奇怪地自言自语地说："我这是在哪儿？你们咋也在这里？我不是死了吗？"

喜梅抓住玉清的手，破涕为笑地说："哥，你没有死，你这是在咱家呀！"

"那我为甚动不了呢？"玉清还觉得自己已经死了。

"冯标统，你不记得了？三天前，咱们在龙泉镇遭到癞皮狗一伙人的暗算，你被刺成了重伤，到今格已整整昏迷了三天三夜，都快把人急死了。"

玉清听后，这才完全清醒了过来。原来他刚才是在做了一个噩梦。当他一回想起那晚惊人的一幕时，便要动身坐起来，陈中贵立即按住说："你尔格还不能动。你伤得很重，需要静养些时日才能动。"

而玉清却着急地说："那巧莲咋样了？她会不会……"

"你问那个女的吧？"保忠问。玉清点了点头。这时保忠难过地说，"当时你已被歹徒刺了一刀，癞皮狗拿刀又要捅你时，是巧莲抱住癞皮狗才救了你，不幸的是她却被癞皮狗连捅数刀丢了性命。"停了一下又说道，"不过，你也不要难过，癞皮狗当时就被兴运一刀砍了，我俩共杀了三四个歹徒，剩下的全跑了。而且你在被刺倒之时，还杀死了刺你的那个假冒的伙计，也算够本了。"

玉清听后一点也高兴不起来，他心里难过极了，不知不觉地流出了伤感的泪花。他为巧莲的死感到十分痛惜，更为她在危急时刻舍己救了自己而感动不已。大千世界，仅和自己有一面之缘，又被他拒绝了婚事的女子，在生死关头竟能舍命救他，世界上哪有这样的好女子？想到这里，他为失去她而感到惋惜和自责。

兴运看到玉清如此难过，就劝道："冯标统，人死不能复生，不要难过了。只要你好好地活着，就是对她最大的安慰。"接着，他把玉清遇刺后，龙泉镇姜大夫是如何救他的经过说了一遍，玉清也庆幸他遇到了好人。

喜梅听他们这么一说，似乎也明白了一半，就接着说道："玉清哥，没想到巧莲姐流落到了那里，她能在龙泉镇遇到你并舍身救你，也许这就是老天爷的安排，你也不要难过了。"停了一下，又接着说道，"玉清哥，这些天来，大家都为你的安危提心吊胆的，尤其是陈大夫、兴运和保忠他们，一直昼夜不停地守护在你的身边，多亏了他们。"

玉清感激地说："多谢陈大夫和兴运、保忠兄弟了。"

"不用谢，只要你能平安地挺过来，我高兴还来不及哩。"陈中贵停了一下，又接着说道，"你尔格身体还很虚弱，不宜多说话，更不能随便乱动，等静养一段时日后就会好起来的。"

这时保忠忙摆着手，羞愧地对玉清说："快别说了，只要你没事就谢天谢地了。否则，我俩不可能原谅自己。"

这时，折老夫人在儿子忠贤的搀扶下进来了。她一看到醒过来的孙儿，眼里立时涌出了热泪，高兴地握住玉清的手说："我们冯家上没亏过天、下没负过地，这是老天显灵了。"接着，她让忠贤安顿陈大夫和兴运他们去歇息，又让喜梅和王妈去为玉清熬粥，而后她就独自一人陪在了玉清身边。这时，鸡已叫了三遍，黎明的幕布已经拉开，东方已经破晓，青龙镇新的一天又开始了。

癞皮狗在龙泉镇行刺冯玉清

第二十二章　受重伤蛟龙困浅滩
青龙镇易主变了天

　　玉清大难不死，这一天对他来说意义非凡，这是他重获新生的一天，也是他对自己今后路途感到迷茫焦虑的一天。他心里明白，尽管这次意外遇刺，朔州未能去成，但即使去了也是改变不了朔州府和省督允许种植罂粟的现实，何况自己成了这样，今后能不能站起来也成问题。回想起自己这些年来，一心报国平乱、保境安民，可如今匪患未除，烟害又盛，他感到自己的力量太弱小了，而且由他一手组建起来的民团营也已被迫解散，他又被免了职，今后若再想组建起这支合法队伍，几乎是不可能的，这怎能不使他感到焦虑惆怅呢？思来想去，他尔格唯一能做的，就是听陈大夫的话，躺在炕上静心养伤，待伤好后再做长远计议。

　　很快，玉清死而复生的消息传遍了全街镇，人们奔走相告，都说玉清福大，命不该绝。当消息传入侯府时，兰香喜极而泣，立即跪在地上感激地向老天爷磕起头来。而侯世耀一听到此消息，立时愣在了那里，转而垂头丧气地咒骂起老天爷来。

　　在陈大夫的精心治疗和家人的精心护理下，玉清的伤口愈合得很快，十几日后手脚也能轻微地动了，他已完全脱离了生命危险，接着冯家也允许人们前来探视了。玉清知道母亲去世，心里非常难过，他一想到可怜的母亲在这十余年间为了他所经受的磨难，而作为儿子的他一天也没有为母亲尽过孝，真是愧对母亲。他想，今后一定要好好陪陪奶奶和父亲，多为他们尽尽孝。

　　这几日，他还知道了玉春他们为他报仇杀了姚大全，并解散了标营军，现被官府通缉躲到了北山的事，不免为他们的安危担心起来。他也知道了在他伤势最重昏迷不醒时，兰香带着江龙私下里看望他的事，这又使他多了一份对兰香母子的牵挂与思念……

这天晚上天黑以后，北山蟒头岭石拴虎，悄悄地到青龙镇看望玉清来了，同行的还有山寨二掌柜郭家义及马延娃，还有玉春、玉奎、德山、长武、长福、长生几人。原来玉春、玉奎他们来到山寨后，把玉清龙泉镇遇刺，他们杀了姚大全、解散了城里标营军，以及躲避县衙抓捕的事对石拴虎说了。石拴虎一听，非常愿意收留他们，但对玉清遇刺、生死未卜感到十分的痛心和担忧，便要立即带人下山去探望玉清，却被玉春拦住了，玉春说："石掌柜，尔格还不能去，大夫正在全力施救冯标统，此时不便前往打扰。等有了消息，家里就会派人告诉咱们的，到时再去不迟。"石拴虎这才作罢，赶忙给玉春他们安排了住宿。

几天后，冬生派人给玉春捎了口信，说玉清已安然无恙，并说他们走后县衙就来人通缉抓捕他们了，要他们不要着急，多在山上住些时日。玉春他们一听，哪里沉得住气，和石拴虎商量后，撵天黑就赶回青龙镇。

玉春走进玉清的卧室，一看到好好地躺在炕上的玉清时，不由得哽咽地叫了一声："老十……"便扑到炕前哭了起来。

玉清握住玉春的手说："五哥，不要哭了，我这不是好好的吗？"

玉春这才破涕为笑地说道："只要你没事就好，没事就好！"随即他往身后一指说，"你看谁来了？"

这时，石拴虎上前握住玉清的手说："三弟，恕我来迟了。"

"不迟，不迟。你能来，我高兴还来不及哩。"玉清笑着说。接着，二当家郭家义、玉奎、德山、长武、长福、长生这才含泪一一上前见过了玉清，大家相见分外高兴。这时，忠贤让冬生继续陪大家拉话，他和喜梅便出去为他们备饭去了。

不一会儿，饭做好了，田福学也赶来了，忠贤领大家吃了饭又回到了玉清的卧室。等大家坐定后，玉清对石拴虎说："二哥，谢谢你这几日接待了我们这几位兄弟，给你添麻烦了。"

"快别说这样的话了，能和你们结缘是我的荣幸。"停了一下，拴虎又说道，"三弟，你尔格被那狗知县罢了官、免了职，民团营和县标营军也都解散了，你下一步做何打算？"

这话算问到玉清的要害了。这些天来，他人虽躺着，可心却没闲着，这个问题一直困扰着他，于是他心事重重地说："这个事我还没想好哩。"

拴虎望着玉清说："我看不如这样吧，官府容不下你这样的好人，你就干脆带着弟兄们上山来。还是我上次说的那句话，你坐头把交椅，就领着我们一起干。"

玉清说："谢谢你的好意。上山为王，这个问题我从未想过，至于下一步咋办，等我伤好了再说。"停了一下又说道，"既然你们已打出了义字旗号，还是我说的那句话，你一定要信守承诺，不论甚情况下，都不能干出祸害百姓的事来。"

拴虎又一次向玉清保证说："你放心！我石某人吐口唾沫就是钉，说过的话绝不食言。"玉清这才点头笑了。

这时玉春却说道："玉清，那我们几个咋办，是继续躲在北山，还是尔格回来就不去了？"

还未等玉清回答，田福学说："你们尔格还不能回来。据我分析，同继洲不会就此罢休的，一定还会再派人抓你们的，因此，你们几个还得暂时跟石掌柜回北山去，等这里没事了再回来。"停了一下，他又说道，"不过你们既然回来了，那就与家人团聚一宿吧，等明天天黑时再离去。记住，在家一定不敢外出走动，注意保密，一有情况我会及时通知你们的。"

玉清接着说："五哥，我看你们几个，只能按田大人说的办了。"说毕又对拴虎说，"二哥，那还得麻烦你再留他们多住些时日。"

"没问题，我还巴不得他们长期留下来哩。"拴虎说。他见时辰不早了，就告别了玉清趁着夜色返回了北山，玉春他们也悄悄地各自回了家。

这段时期，同继洲可谓诸事不顺、焦头烂额。先是玉清遭难遇刺，后是姚大全被杀、标营军集体哗变逃散，接着又是全县抵抗罂粟种植的风波不断，而更要命的是，朔州董大人三番五次地训斥他推行罂粟种植不力。这一个接一个的事情，搅得他心力交瘁、无以应对，但不管怎样，他得先拣最紧要的事去办，那就是催种罂粟。白露一过，要是再种不上罂粟，来年的烟土税收任务就完不了，那他这个知县怕就当到头了。而要推行种植罂粟，就必须先镇压住这些闹事的刁民，可眼下哪有可用之兵？目前，连守城的官兵和县衙捕快都算上，总共才三十多人，要是县城二百多标营军还在，对付乡下这些刁民绰绰有余，然而他们却在一夜之间全跑了。

一想到这里，同继洲就怒气难消，决定一定要把玉春、玉奎几个首要分子抓捕归案，以免他们再生出事端来。于是，他令蒋卫朝带人再去青龙镇，不信抓不到他们，同时命赵光亭立即招兵买马，建立一个隶属于他直接掌控的县自卫营，专门对付那些抗烟弄事的刁民。接着，他准备撤换几个对待种植罂粟消极或压根就反对罂粟种植的乡镇长，自然田福学也在被免之列。

　　田福学将要被免之事，他事前并不知晓。但他心里清楚，他的作为，早就令同继洲不满了，同继洲迟早会免了他，与其说被他免了职，还不如主动辞职的好。说心里话，这些年他早就不想干了，可他却遇到了一个深明大义、爱恤百姓的好后生冯玉清，因此他还想多为玉清挡挡箭、遮遮风，可自玉清遇刺以来，他感到自己在青龙镇的日子不多了。不过，他这几天所担心的，还是玉春他们几个，自从玉春他们那晚回家后，第二天并没有再去北山。虽然一连两天都风平浪静，但田福学和冬生还是劝他们赶快离开，可玉春他们却认为事情已经过去了他们不会再来的，就赖在家里不愿去北山。田福学无奈，就让冬生多留神，夜晚要派人值好岗，以防不测。

　　这天夜里，青龙镇显得异常的清静，就连平时夜里爱吠叫的狗儿也不知躲哪儿去了，只有不远处传来几声怪异的鸟叫声，给这宁静的小镇平添了几分恐怖。子时时分，人们刚刚入睡，突然有一二十个黑影悄悄地溜进了镇子，他们猫着腰，分别扑向了街道和城内的几个地方，紧接着便传来了一阵阵砸门的吆喝声。随之，又传来一阵阵紧张的敲锣声，并有人大声呼喊："土匪来了！土匪来了……"霎时，镇内狗吠四起，人声鼎沸，整个街镇陷入了一片慌乱之中。

　　而就在锣声响起之前，刚刚入睡的玉奎已打起了鼾声，还未入睡的玉奎婆姨，好像听到院门外有异常响动，就赶紧推醒玉奎低声说："快穿衣裳，好像官府来人抓你了。"当玉奎还在迟疑时，院外已经响起了敲门声，玉奎抓起衣服来不及穿就跳下炕出了门，在婆姨的帮扶下翻墙逃出了镇。

　　原来，蒋卫朝、赵启合在二次奉命来清龙镇之前，吸取了上次的经验教训，为了不使青龙镇那些可怕的民团围堵和抢人，他们采取了夜间突袭的办法，一抓到人马上撤离，抓不到也要尽快撤离，以防被他们包围脱不了身。于是他们行动诡、出击快，使冬生他们猝不及防。

　　再说这几天冬生也放松了警惕，夜里只安排了一个人值勤，当值勤人发现有异常响动时为时已晚，只能使劲地敲锣大喊，让玉春他们听到锣声好早些跑掉。因此当冬生到达街中心集合人时，蒋卫朝和赵启合已抓了人撤出了镇子，冬生赶紧将随后赶来的人分成了几拨，分头到玉春等六人的家中去看。不一会儿这些人回来了，除过玉奎、德山、长武、长福四人成功逃脱外，玉春和长生两人已被蒋卫朝和赵启合抓走了，他们的家人正哭着让冬生去救人。冬生一时火冒三丈，他们竟敢在他的眼皮下把人抓走，看来他们根本就没把青龙镇的人放在眼里，立即点了三十多个民团营的人准备追击救人。

正在这时，田福学赶到了，他拦住冬生说："不可追击。今晚他们一定是有备而来的，也不知他们来了多少人，你这样盲目带人去追，万一中了他们的埋伏咋办？到时人非但没救了，再赔上几个就不划算了。"停了一下，他又接着说，"你先带人去安抚玉春、长生的家人，至于如何救人，咱们回头再想办法。"冬生一想也只能这样了，就派人分头去了各家。

昨晚镇里发生的事，玉清和父亲、奶奶知道了，他们与半夜赶来的田驿丞、冬生、尚杰、忠有及随后赶来的玉春和长生的家人，一同商议如何营救被抓的人。最后经商议，大家认为，只有筹银子去县城托关系救人这一条路了，于是人们分头行动，赶天明吃早饭前筹得近二百两银子，让族长尚杰、玉春的大哥玉坤、长生的父亲折永昌及玉清的父亲忠贤四人去县城救人。在他们动身前，玉清让人扶着靠在被子上，给县城的郑相芝、杨百贤、吴佩奇、卢占农几位绅士写了信，让他们想尽一切办法救人，同时还给县牢头郑福全也写了信，让他在牢内不要难为二人，并尽可能给予关照。

尚杰他们怀揣银两和玉清的信，马不停蹄地于午时刚过就赶到了县城。可当他们刚到县城附近时，远远眺见西城门口不远处的河滩上，有几个手持兵器的兵士立在那里，旁边有几人正抬着两具尸体往车上装。他们急忙跑过去一打听，才知道玉春和长生刚被同知县处斩了，那几人是县衙雇来掩埋人犯尸体的。

尚杰他们一听全傻眼了，玉坤和折永昌一下子扑上去，抱住尸体痛哭了起来。晚了，一切都晚了，忠贤走过去塞给一个当官模样的军士几两文银，让他把人犯的尸体交与他们的家人运回家去。那个军士收了银，一摆手便领了几个兵士旋即回了城。尚杰他们一商议，由忠贤和玉坤去县城买了两口上好的棺材，又雇了辆马车于当天就把人拉了回去。

原来，同继洲这回是铁了心要大开杀戒的，其目的就是要做给青龙镇那些心怀不轨的人看的，包括死而复生的玉清和他的同党折冬生等人。他首先要拿冯玉春、折长生开刀，借处斩两人之机杀鸡给猴看，以警告那些敢于挑战自己权威的人。于是，他将玉春和长生抓回后，立即以二人私杀朝廷命官、唆使队伍哗变的乱党罪名将人予以处斩，并对玉奎等四个头目仍继续通缉抓捕，以绝后患。至于一直桀骜不驯、处处与他作对的冯玉清，虽然他没有死，但已受了重伤，短时间内不会掀起什么大浪，以后有的是时间收拾他，杀玉春和长生，就是对他的严重警告。

　　玉春和长生被斩，使青龙镇蒙上了一层阴影。首先是玉清，他认为他俩的死是因他而引起的，他的心情无比沉重，而田福学和冬生则认为，是他们的麻痹和轻敌导致的，亦感到十分的难过和内疚。为避免类似的悲剧重演，他们最后商议，将镇内的民团营暗中组织起来，由冬生和玉文负责，加强夜间值勤巡逻，一有情况以号角和锣声为号，同时派人去北山告诉玉奎他们近期千万不能回镇。

　　而玉奎、德山、长武、长福四人那晚成功逃脱上了北山后，十分担忧玉春和长生二人的安危，当得知他们二人已被同继洲处斩后放声大哭，要立即下山进城杀了同继洲，为玉春和长生报仇，硬是被拴虎劝住了，并邀请他们四人入伙，等日后再寻机报仇。

　　玉奎想，反正他们如今已成了县府通缉的要犯，有仇不能报、有家不能回，还不如入伙当土匪的好，何况石拴虎行侠仗义，不祸害百姓。于是，他当即表示同意入伙，拴虎大为高兴，他让玉奎坐了第四把交椅，德山、长武、长福也各有重用，并于当天为他们举行了隆重的入伙仪式。

　　几天过去了，青龙镇似乎又恢复了平静，然而这天上午，随着县衙一行人的到来，这种平静又被打破了。原来，县衙来了师爷俞振海、书记员党俊生、捕快班头蒋卫朝及十来个衙役，他们此行，是来宣布同知县关于免除驿丞田福学职务并护送新任驿丞上任的。

　　这个新任驿丞不是别人，而是侯府强月娥的远房侄儿，原田河乡副乡长强自修。这个强自修，任乡副职多年来一直未得到升迁，这次突然被越级提拔重用，不免引起了许多人的怀疑与猜忌。他在田河乡任上口碑甚差，成天不干正事毫无政绩，可此人的最大特长是诋毁诽谤他人、阿谀奉承上司，无人能及。因而他的原任两个乡长都被他挤兑走了，他原以为他能顺利地登上乡长之位，可却生不逢时，偏偏遇上了之前正直的知县牛智祥和郭富中而未能如愿。因此，他对自己的前程心灰意冷，成天不是和一些不三不四的人在一起喝酒耍赌，就是谈论他人长短，拆别人的台。

自从同继洲上任后他似乎看到了一丝希望，曾三番五次地想接近讨好新任知县，可新任知县却不肯搭理他。后来，他听说这位新任知县敛财爱银，于是便四处筹钱，可因他的口碑甚差，且又在田河乡一带的饭馆多有欠账，谁也不愿意借钱给他，就连他的那些亲戚也唯恐躲之不及，其中就包括青龙镇较富裕的远房姑姑强月娥、姑父侯世耀。尽管如此，前年因侯世耀殴打兰香被田福学抓了要送县衙治罪时，他那个姑姑强月娥觍着脸找他帮忙，他不计前嫌找了田福学，还真起了一些作用。这次当强自修向强月娥和侯世耀开口借银时，他们还真给他借了十两银子，他费尽周折筹到了三十两银子，他一狠心把这三十两银子全孝敬给了同知县跟前的红人——师爷俞振海。

自从俞振海收了银子后，他还真在同继洲跟前替强自修美言了几句，并让他耐心等待，等有了机会一定会全力举荐他。不久前，俞振海对他说机会来了，因为知县近期要撤换几个乡镇长，让他赶紧筹钱活动。他想，这个机会绝不能错失，说甚也要筹得一百两银子，可是到哪里筹这么多银子呢？思来想去，他还是准备去向姑父侯世耀借。当他来到青龙镇说明来意时，侯世耀一听借银便勃然大怒道："好你个强自修，你还有脸来借钱，你上次借的那十两银子还没还哩，今格还想借？没门！"停了一下，继续说道，"你莫看我家刚遭了大难，你不替你姑、你姑父我出气整治冯家，却又来给我添堵，快滚一边去！"

强自修在来的路上，就知道是这么个结果，不过他早已想好了对策，于是忙赔着笑脸说："好我的姑父哩，消消气，消消气！"接着说道，"不就是整治冯家替咱们侯府出气吗？这好办，只要姑父肯借银给我让我当上了田河乡的乡长，何愁不能给你和我姑出气，何愁还不了您的借银？"

侯世耀一听，余怒未消地说："你小子就好吹牛骗人，在官场混了这么些年也没见你混出个人样来，哪能说升迁就升迁哩？你还是到别处行骗吧，或许别人信。"

"好我的姑父哩！这还不是因为咱朝里没人、手里没银吗。常言道，腰里没银办不成事，手里没刀杀不了人，只要我手里有了银子就能升迁，而且说不定在一半个月之内就能当上哪个乡镇的乡镇长。"接着，强自修把同继洲近期要任免几个乡镇长和师爷答应从中帮忙的事，向侯世耀细说了一遍。

"你说的当真？"侯世耀半信半疑地问。

"当真！"强自修回答。

谁知侯世耀一听，却说道："要我说，要升官，你就来青龙镇。只要你当了青龙镇的驿丞，我就借银子给你，否则休想！"

这阵，只要侯世耀答应借银子给他，他什么都答应。强自修便拍着胸脯说："对！就来青龙镇当驿丞。要是我早来青龙镇当了驿丞，您和我姑就不会受那么多窝囊气，我金贵表弟也不会被冯玉清沉河的。"

这话算说到了侯世耀的要害处，于是他慷慨地问："你要借多少？"

强自修伸出一根指头说："一百两银子。"

侯世耀一听，咂着舌说："咋要那么多？"

强自修诡异地说道："舍不得孩子套不住狼，弄不死耗子毒药少。只要有了这一百两银子，我就一定能当上青龙镇的驿丞。只要我当了驿丞，还怕您和我姑没有出头之日？还怕不能给我表弟报仇？还怕整不倒他们冯家吗？"

侯世耀听后，一咬牙，还真就借给强自修一百两银子。当强自修如愿以偿借到银子后，立即向同继洲使了银子。果不然几天后，强自修便被任命为青龙镇的驿丞，因此他今日来青龙镇赴任，那可是心潮澎湃，春风得意。

俞振海陪同强自修一来到驿镇所，就向田福学说明了来意，并拿出同知县的任免令让他看了。待二人行过见面礼后，俞振海说道："田兄，我这也是例行公事，还请田兄谅解！"随后又说道，"田兄，任免令你也看了，同知县对你的工作还是满意的，也对你这些年的功绩给予了肯定。免你职，不是因为你有甚过错，而是因为你年龄大了力不从心，故而才起用了年轻有为的强乡长，你这也是功成名就、船到码头车到站了，也该回家享几年清福了，你说是不是？"

田福学只是笑了一下并未答话。对于他的免职，田福学预料到了，可他万万没有想到，接替他的竟然是这个人品口碑甚差的强自修，他在心里不免为青龙镇和其他两个乡的百姓叫起苦来。然而尽管他有一千个想不通，可还是悉数将三乡镇的舆情账册交与强自修。待交接手续一完毕，田福学最后一次作为主人设宴款待了俞振海一行，之后俞振海便打道回县衙交差去了，强自修也迫不及待地坐镇理起事来，而田福学则收拾好行囊，准备明天一早就起程返乡。

今天的青龙镇非同寻常，田福学遭免职和新任驿丞强自修到任的消息，已被大嘴憨憨传遍了全镇，在人们确认此消息后，即刻感到青龙镇要变天了，于是一种不祥的预兆便笼罩在了青龙镇的上空。对于普通老百姓而言，田福学虽然只是一个小小的驿丞，但他体恤百姓、爱民如子，处处为青龙镇的百姓着想，像他这样的驿丞他们已感到十分满足了，因此对于他的离去十分地留恋和不舍。这个新到任的驿丞到底是个什么货色，他们并不知晓，但只要他和侯家有染，想必也不是什么好鸟，因而人们开始惶恐不安起来。

对于田福学来说，此时他的心情十分地复杂和沉重。他就任青龙镇驿丞的这些年中，清廉为官、用心干事，已和这里的百姓建立起了一种特殊的感情，尤其像冯家、折家、张家、杨家等户，他们都是些朴实善良、诚实守信的人家，他们曾给予自己工作上极大的支持，这也是他这些年虽身处逆境，还是愿意留下来为他们服务的动力所在。这群人中，最使他不能忘怀的还是玉清。从玉清的身上，他看到了一个胸怀大志、忧国忧民、敢于担当的英豪形象，于是他们成了忘年之交，成了志同道合的同路人。他在返乡之前，首先来到了冯府，除看望玉清并向他的家人告别外，一个重要的原因，就是要好好规劝玉清不能太固执，要学会韬光养晦，而后图之。

对于田福学被突然免职，玉清和其他人一样感到难过和遗憾。田福学虽然权轻位卑，但他就任青龙镇驿丞的这些年中，为官清廉、政绩不凡，虽得不到上司的赏识重用，但却在百姓中留有非常好的口碑，只叹当下像田驿丞这样的好官太少了。因此，对于田福学的到来冯家人表现出了极大的热情，不久尚儒、尚杰、忠有、忠全、冬生、玉文、德江、树怀等人也先后赶了来，把玉清的房间挤得满满的。玉清靠在被子上坐于炕下，田福学脱鞋盘腿坐于炕中，大家围绕他或坐或立，有说不完的话，叙不完的情，晚上忠贤又给田福学举办了一个隆重的饯行晚宴。

此时，还有一个地方显得异常的热闹，就是侯府。强自修忙完了接收的事，就径直来到了侯府，向他的姑父姑姑报喜炫耀来了。侯世耀早早就准备好了丰盛的筵席，并从镇里请来了山西开酒坊的老板闫润才、灵宝开皮货生意的老板乔兴年、肇庆开烟馆生意的徐来成等所谓的几个朋友，以及他们本家的侯光耀、侯富耀等人。真是三十年河东、三十年河西，在冯家得势时，这些侯世耀所谓的朋友，都远远地躲着侯世耀，今格形势一变，这些人便屁颠屁颠地一个比一个跑得快。席间，强自修满面春风侃侃而谈，其他人则似群星捧月一样依附奉迎，唯恐错过了这一巴结新任驿丞的机会。再看侯世耀，几杯烧酒一下肚，脸红得跟个猴屁股似的，一扫昔日郁闷晦气的神态，手舞足蹈地说："诸……诸位，我妻侄强驿丞一来，往后这青龙镇，就是我们侯家的天下了，就再也不用怕……怕他们冯家了。"其他人也迎合着侯世耀的话，替他打抱不平。

而强自修虽然也多喝了几杯酒话有些多，但他的脑子却一点儿也不糊涂，这时打断侯世耀的话说道："姑父，我给你纠……纠正一下。我当这个驿丞，主要还是为、为青龙镇的百姓服务的。当……当然了，谁要是再敢欺负我姑父，我是绝对不会答……答应的。"

"对对对！你看人家强驿丞，就是有水平，要不同知县咋会破格提拔哩？"闫润才等人连忙恭维地说。晚间，强自修一直喝到人兴酒尽时方才离去。

第二天早晨，田福学要回鄜州羌城老家去了，青龙镇的父老百姓，早早就自发地来到驿镇所的广场上为其送行，为此，冯府还专门套了一辆马车停在驿镇所门前。

不一会儿，田福学在冯尚儒、冯尚杰、冯忠贤、冯忠有、冯忠全、折庆荣、杨百雄、张明理等人的陪同下走出了驿镇所，而强自修借故昨晚喝多了酒未前来相送。田福学的行囊很简单，一个铺盖卷、一箱衣物和一木箱书籍，除此外再无他物，大家一直默默地将他送出街镇仍不肯停步。这时，田福学停下脚步，向前来相送的人深深鞠了一躬，而后说道："青龙镇的父老乡亲们，大家请回吧！我会想着你们的。"

直到这时，相送的人们终于忍不住了，有许多人便呜呜地哭了起来，只听人们喊道："田驿丞，我们舍不得你走啊！""你是咱百姓的好官，我们永远忘不了你！"

这时，尚杰向田福学施了一礼说道："田驿丞，我们这一别，不知何时再能相见。你在青龙镇这些年，为百姓所做的一切，我们是有目共睹、永远铭记于心的，因此我们几位代表全镇一千多名父老乡亲，向你表示谢意并前来相送，祝你一路平安！"

尚杰话音刚落，只听冬生喊道："抬上来！"只见人群里，有两个后生抬上了一件东西，冬生对田福学说，"田大人，玉清不能前来送你，昨晚他为你写了几个字，我们连夜让木匠铺为你刻了一块匾，是代表全镇百姓的心意送你的，请务必收下。"说着，揭下了蒙在匾上的红布，只见上面写着"清廉爱民"四个用魏体书写的金色大字。

田福学立即摆着手说："田某何德何能，怎敢受此大礼。使不得，使不得！"

尚儒说道："田驿丞，自古道，口碑在于民意，公道自在人心。官职不在大小，只要心系百姓、清廉为民，就是天下最好的官，你就是这样的好官，怎能受不得。快收下，快收下！"

这时，数百送行的人们齐刷刷地跪了下来，并大声喊道："田大人，请收下，请收下！"

田福学眼圈湿润了，只能接了匾，之后对众人说道："谢谢乡亲们的抬爱，快快请起，快快请起！"众人这才起身鼓起掌来。田福学接了匾，然后在众人的目送下踏上了返乡的路。

自县城的标营军逃散后，保卫县城和县衙的安全，就成了同继洲考虑的首要问题。他首先正式任命了赵光亭为县自卫营标统，由于赵启合在抓捕冯玉春、折长生的过程中立了功，被正式提拔为官兵营协领。同继洲又招募了五十多个自卫营兵士，连同官兵营的三十多个官兵，统由他直接节制掌控，县城的防卫和全县的社会治安，则全权交由赵光亭负责。

按照同继洲的部署，推行上峰政令，尽快完成全县罂粟种植任务才是当务之急，但眼下反对和抵制罂粟种植之风波愈演愈烈，他须得采取非常手段。以前，以冯玉清为代表的一些知名人士反对种植大烟，虽有一定的影响，但随着玉清遇刺回家养伤后已不足为虑，何况像田福学这样的乡镇长已免，强自修这样"年轻有为"继任者的到任，他冯玉清即使有想法已是孤掌难鸣、翻不起什么大浪了。田河乡和黑家堡乡一带，以靳忠义、黑牛、黑安平、邢云、马少波为首的一帮刁民，不仅聚众抗烟闹事，还打伤了官差，如果再允许他们这样闹下去，将会引起其他乡镇的连锁反应，到时局面无法控制不说，今年全县罂粟种植计划真的就要落空了。因此，同继洲在县自卫营刚成立不久，就命令赵光亭带领官兵营和自卫营五十多个兵士，采取夜间突袭的方式，当夜就抓捕了靳忠义、黑安平、邢云及马少波四人，只有黑牛一人逃脱，第二天以谋反乱党的罪名，将四人斩于西城门外。

在同继洲的血腥镇压之下，全县罂粟种植计划才勉强予以推开。可问题仍出在青龙镇，为此同继洲已斥责强自修工作不力，令其必须在十天之内完成任务，否则将予以免职。

强自修上任后，决心大干一番，一定要干出成绩来给同继洲看。他首先给驿镇所来了个大换血，将一些重要岗位，都换上了他由县城或原田河乡带来的亲戚和过去所谓的铁哥儿们，又从社会上招募了十二个差役，实则是听命于他的鹰爪，随之他召开了三乡镇长及四十多个村镇里正参加的会议。会上，他作了慷慨激昂的施政报告，尤其是推翻取消了原驿丞田福学之前制定的有关利民惠民等政策，在原有田赋、稞税、杂税等税率的基础上各加征二至三钱，尤其在大烟的税收上，按地块的好坏加征到三至五钱。当然他的重点，还是落实同知县的指示，尽快完成罂粟种植任务。为了保证任务的完成，他与各乡镇长及各里正签了合同，同样规定完不成任务者处罚或免职，并传达了同知县的告示令，即对于那些抗烟聚众的闹事者，轻者抓捕坐牢，重者砍头示众。

此令一出，全场哗然、叫苦不迭。一些早就不想干此差事的里正，不忍心看到百姓遭殃受苦，就当场提出辞职，而强自修也不挽留，当即就准予辞职另任用了他人。由于他兼着青龙镇镇长，故而他对青龙镇的事格外重视。在开会前，他已借故撤了冯忠有的里正，因为他是冯族玉清的人，要在青龙镇立足，就必须先拿掉他。在新任里正的人选上，他第一个想到的是侯世耀的二公子侯金来，可这个侯金来却并不买他这位远亲表哥的账，宁愿安安稳稳做他的酒坊、粉坊生意，也不愿替他的这个表哥背黑锅挨骂名。最后，侯世耀推荐了侯金荣做了这个里正，总之，他要通过侄儿把青龙街牢牢地掌在自己手里。

这次会议后，强自修便很快在青龙镇打开了局面，税收和罂粟种植任务基本得到了落实。为此，他先后抓捕了六个对加征税赋和种植罂粟不满且有抵触情绪的百姓，后在家人交了赎金的情况下才被释放。青龙镇，仍有一半的人家拒不接受新加征的税赋和罂粟种植任务，其中就有冯族的大多数及折姓、张姓和杨姓等二十多户。本来，强自修拟采用同样强硬手段抓捕几人治他们的罪，可他深知青龙镇的复杂性，要是逼急了他们，镇内那些原二百多民团营的人可不是好惹的，即使县里的那些自卫营和官兵营加起来，也不是他们的对手。更何况冯玉奎、张德山、杨长武、杨长福几人，据说那晚逃脱后都上北山当了土匪，要是他们哪天带领土匪晚上夜袭驿镇所，那他的性命就不保了。

一想到这些复杂的因素，强自修就不得不有所顾忌，而他认为这一切的一切，都与那个该死的冯玉清有着直接的关系。思来想去，为了稳妥起见，他决定先去看望和拜会一下冯玉清，争取他的理解和支持，以减少不必要的矛盾和摩擦。于是，他特意买了两包点心，在新任里正侯金荣的陪同下，与帮办薛仲升带了两个护卫来到了冯府。

两个多月过去了，玉清的伤好得很快，他已经能直起腰坐起来了，并在喜梅的搀扶下可以下炕扶着墙挪动几步了。近来，同继洲捕杀靳忠义、黑安平等人，血腥镇压抗烟民众和强行推行罂粟种植等所作所为，玉清全都知道了。他对同继洲滥杀无辜、倒行逆施的行径极为愤慨，对强自修的做法也深感遗憾。可如今他却是龙困浅滩、虎落平阳，干着急又毫无办法。他想，他虽不能左右陕西、朔州和安宁的形势，但他却能影响青龙镇的形势，于是他与街镇一些有正义感的人家及族长尚杰、原里正忠有、张家掌门人张新贵、杨家掌门人杨百雄等人商议，动员全街镇的人自觉抵制罂粟种植、铲除大烟之害。可结果是，一些胆小怕事、见风使舵的人慑于强自修和县府的威力，响应者还不到一半。这下玉清犹豫了，如果继续动员这些家户抵制罂粟种植，势必会遭到同继洲和强自修的无情打压，万一有人被抓或遭受迫害，或再以此引发镇内的流血冲突，那就有悖于他的初衷，这使他陷于两难之中无法抉择，十分困惑。

正在这时，忽听强自修求见，玉清在管家罗长庚的搀扶下来到客厅刚坐下，就见强自修一行已进了门。他一进门，就自我介绍说："冯标统，鄙人姓强名自修，是新到任的青龙镇驿丞，今日前来，特为拜访冯标统的。"

"请坐！"玉清起身说。

强自修立即上前，将玉清按在座位上，然后对着忠贤说道："令尊大人好！"忠贤礼貌地应了一声，就出去为来人沏茶倒水去了。强自修在玉清旁坐了下来，之后说道，"冯标统，我初上任不久，公务缠身，未能及时前来拜访看望你，还望见谅！"

玉清说："强驿丞，你公务繁忙，怎敢劳你大驾。"

"唉！可不敢这么说。你是咱安宁县和青龙镇的知名人士，你保境安民，威震一方，谁人不知、谁人不晓，我怎敢不前来拜访看望。"

"强驿丞，你过奖了。"停了一下，玉清又接着说道，"强驿丞，我尔格甚也不是了，请不要再称呼我冯标统了。论年龄，我比你小几岁，以后你就叫我冯老弟吧。"

"哦！也是的，也是的。那我以后就称呼你冯老弟了。"强自修停了一下说道，"冯老弟，我初来乍到，人地生疏不说，主要是鄙人才疏学浅，经验不足，又一下主政这么个大镇，实在感到吃力。因此，我今日来，一是看望你，二来主要是想请你屈尊为我做个差军，不知你意下如何？"说这话，只是他的一种策略，他明知玉清不会屈尊为他服务，他这样说主要是想显示一下他的姿态，试探一下他的反应。

玉清早就看出了他的虚伪，即使他是真心的，他也不会为这样的人出谋划策、为虎作伥的。于是淡淡地说："强驿丞，在下并没有你说得那么好，恕我不能从命，你还是另请高明吧！"之后，又说道，"强驿丞，你今格来还有何事？就请直说吧！"

这时强自修诡异地一笑说："我知道冯老弟这尊贵神我是请不动的，毕竟人各有志，那我也就不勉强了。不过老弟还真是个爽快人，我也就用不着兜圈子了。我此番前来，还真有一事需要请老弟出面帮忙。"

"有甚事就请说吧。"玉清说。

"是这样的。"强自修咽了一口唾沫说道，"你知道，最近县府关于罂粟种植的任务催得很紧，任家坪和邢家寨两个乡已完成得差不多了，可唯独咱青龙镇还有近一半的人家反对和抵制罂粟种植，其中就有贵府没有种植。"说到这里，他转向侯金荣问道，"侯里正，冯府是多少亩？"

侯金荣忙回答道："回驿丞大人的话，按比例，冯府应种植罂粟三十亩，全街镇还有三十二户未种植，共是一百四十二亩。可侯府我大伯及我们侯家四户，不仅完成了任务，还多种了八十多亩。"

强自修听后说道："冯老弟，青龙镇街是青龙镇的所在地，冯府又是咱街镇数一数二的大户人家，无论从哪个层面讲，我们都不应该拖了全镇乃至全县的后腿，到时候谁也担不起这个责任。因此，我此番前来，就是想请你出面，动员说服这三十多户未种植罂粟的人家，赶快播种罂粟，也想请你们冯府带个好头，不知冯老弟可否给我这个面子？"

玉清早就知道他此番来的真实意图，因此听他说完后，思考了一会儿说道："强驿丞，想必你也听说了，我一向是反对罂粟种植的。我们不能为了眼前的利益置大烟危害而不顾，这样我们将愧对子孙，会成为历史的罪人的，因此恕我直言，这个忙我帮不了。"

这个结局，早在强自修的预料之中。他此番前来，并不是要玉清改变主意帮他的忙，而是要亮明自己的态度，使他知难而退，免得大动干戈、兵戎相见。于是，他对玉清说："冯老弟，你的一片忧国爱民之心，我岂能不知？但是你想过没有，种植罂粟那是朝廷定下的国策，不仅咱陕北在种、全陕西在种，恐怕全国都在种，你即使能阻止得了青龙镇，你能阻止全陕北、全陕西乃至全国不种吗？就咱安宁县而言，那些聚众抗烟闹事的人，不是该杀的杀、该抓的抓吗？仅凭你一个人的力量，能改变得了这个大局吗？能改变得了朝廷的国策吗？你若还执迷不悟坚持己见，到时候吃亏的不仅是你自己，全街镇的人也会跟着你一起受害的。"停了一下，他继续说道，"你想过没有，若是同知县动了怒，派兵前来抓你咋办？再说，令尊已一把年纪了，你忍心看着他去县衙坐牢？因此，还是请你好好替咱街镇和你们冯府想想吧！"

强自修的一番话，还真说到了玉清的要害处，他不得不冷静地重新考虑这个问题。他若还坚持己见，必将会给青龙镇带来预想不到的严重后果。他知道大烟之害，其根源在于州省、在于朝廷，要根除大烟之害，不仅要争取民众的大力支持，更要争取社会名流和有一定正义感的权臣，向当今皇帝进谏方能奏效，而仅凭自己目前的处境和满腔热忱，是万万行不通的。经过一番思考，他不得不做出暂时的退让，于是说道："强驿丞，你说的也有一定的道理。你看能不能这样，容我和大家商议一下再回复你如何？"

这个顽固的玉清终于有所松动了，强自修一想也好，于是说道："冯老弟不愧是个明白人，那我两天以后等你回话。"

强自修说完后告辞离去，玉清让人代他送客。可强自修还未走出门，又转回身说："你看我，差一点将一件大事忘了。"说着，看着玉清说道，"听说乱党冯玉奎、张德山、杨长武、杨长福上山当了土匪，你原来是他们的上司，又和他们关系甚密，你若能与他们联系上的话，请给他们带个话，让他们尽快投案自首，我保证将不追究他们的责任。"他说此话的目的，是在试探玉清，如果他知道他们藏于何处或暗有往来，他就可以随时找个理由收拾冯玉清。

玉清当然知道他的用意，看来这个强自修也是一个阴险狠毒的人，他以后需加倍小心才是，于是回道："强驿丞，他们以前是我的部下，关系不错也是事实。但他们后来怎么就成了乱党？又怎么上北山当了土匪，这些好像与我没有直接的关系吧？更何况，我确实不知道他们尔格在哪里，又怎样向他们带话哩？"

强自修被玉清问住了，忙改口说："我只是随便说说，不必当真，不必当真。"说完后，便带人离开了。

强自修从冯府走后，玉清找来尚杰、忠有、忠全、忠孝、父亲、姑父庆荣、表弟冬生等若干人，一起商量如何应对强自修。大家认为，若继续坚持抵制罂粟种植，将会带来无法预料的后果。最后，只有玉清、冬生、德山几家仍坚持原来的意见外，其他二十余户则放弃了抵制罂粟种植。因而抵制种植罂粟、根除大烟之害的行动失败了，他的心情也由此变得沉重和郁闷起来。

时间过得真快，眼看就要过年了，无论是富庶豪门，还是穷家小户，都在做着过年的准备，可老天却偏不作美，临近年关了却下了一场大雪，妨碍了人们的出行和劳作。

已经快一年时间了，玉清的伤好得很快，他已能外出走动和活动筋骨了。这天不能外出，他便站在上院的窑顶上，眺望着远处的高山，但见皑皑白雪下，连绵起伏、雄伟壮阔的山峦梁峁，犹如一个个银色的飞龙巨兽，盘游于莽莽高原，驰骋腾跃于苍穹天边。

然而眼前这雄奇壮美的景象，并没有燃起玉清心中的激情，相反地，使他陷入了深深的忧虑之中。此刻他的心情，犹如眼前这茫茫的雪原一样漫无边际，寒冷而空旷，他的路也如同被大雪覆盖了的原野一样辨不清方向、找不到路径。回想起自己已过而立之年，却空有一腔抱负一事未成，不觉黯然神伤起来。想当初，他跟随霍宗昌大人平乱杀敌，那是何等的快哉，即使后来返乡组建起民团营剿匪安民，那又是何等的自豪。可如今，自己却遭免职赋闲在家养伤，整日无所事事，竟连阻止烟害这样的事情也做不了，这怎能不使他伤感呢？他今后的路又在何方呢？这使他陷入了无尽的迷茫中。面对此情此景，他有感而发，情不自禁地吟出了一首《烈士壮行歌》的辞赋来：

天高地阔，岁月蹉跎。

去日苦短，匆似过客。

壮志难酬，无以报国。

命运多舛，关山难越。

天道失衡，河海浑浊。

奸佞充朝，纲弛目破。

家无宁日，匪患猖獗。

烟害盛行，民生无着。

华夏危亡，忧心似火。

未尽忠义，男儿泪落。

烈士舍命，匹夫有责。

万夫向前，慨以当歌！

　　玉清吟完这首充满着无限豪情的辞赋，顿觉心里敞亮了许多。对！自己不能就这么沉沦下去，一定要有所作为，既然过去的路行不通，那他就得另辟蹊径。而要改变这种状况，只有重走科举入仕之路，倘若能考取进士或状元、探花来，就能得到皇帝的赏识重用，就有机会给皇帝进言献策，革除弊政、拯救大清。玉清这样想来，决心静下心来闭门复读，准备次年进京参加春闱应试，一展宏图。望着眼前浩瀚无垠的雪景，他热血沸腾、激情难抑，似乎已找到了出路，看到了光明，他要把这一想法告诉给他最亲近的人，这个人不是别人，就是他日思夜念的兰香妹。他知道在他病危昏迷时，兰香不顾个人安危带江龙前来看望他，并答应等他伤愈后就回到他的身边，这令他万分感动，伤也好了一大半。此后，她虽不便前来探望他，但却隔三岔五地带话过来关心着他的伤势病情，使他倍感温暖。这让他觉得，他们虽然不能相亲相爱地厮守在一起，但他们的心却靠得更近了，他们彼此爱得更深了。于是他回屋，给兰香写了一封简短的书信，告诉她自己目前的想法和志向，劝她不要为他担忧，等待金榜题名时、洞房花烛夜那一天的到来。信写好后，他于次日去了学堂，亲手将信交与江龙让其转交他母亲。

　　再说自玉清遇刺负伤后，兰香的心就没有一天不在玉清的身上。当他昏迷不醒、生命垂危之时，她的心如刀绞一般疼痛、彻夜难眠，甚至连死了的心都有；当她得知他又一次死而复生时，即刻转悲为喜，异常高兴。此时，她只有一个想法，那就是何时才能重续前缘回到他的身边，何时才能陪伴在他的左右，生死相依、不离不弃。因此，当她得知玉清哥的刀伤基本痊愈后，她整天都在盼着奶奶来侯府劝侯世耀休了她，使她脱离苦海，回归冯家。

这日，兰香接到了玉清转交于儿子给她的信，她忙将信捂于胸口，回屋读了起来。从简短的来信中，她知道了他决心闭门读书，拟于次年进京赶考，以实现其精忠报国、拯救万民的宏图大愿时，令她万分欣慰，一百个支持，尤其信的末尾，他的那首七绝，读来使人激情难抑、倍感鼓舞：

> 鸿鹄不甘困雪山，
> 良驹岂肯置厩闲。
> 他日若乘东风起，
> 一跃冲天云海间。

从他的诗中，兰香知道她的玉清哥，不是一个久居人下人的无能之辈，而是一位怀有鸿鹄之志的有为之士，尽管他当下落难被困，但她相信，她的玉清哥总会有一飞冲天的那一天，无论这条路有多艰辛，她都将坚定地支持他。这样想来，她虽不能即刻回到冯府陪他读书、替他洗砚研墨，然而她眼下唯一能做的，就是以书信支持他、寄语鼓励他。于是，她很快写了回信，并附了一首诗表明了自己的心意：

> 鸿雁传书信，两地连一心。
> 君意汝自知，苍天不负人。

年关马上就要到了，云散雪霁、寒气袭人，但青龙镇却是一片祥和繁忙的景象。街面上的积雪，已被勤快的人扫了去，那些挑水的、推车的、往来赶路的人们穿行其中，不时地打个招呼，互致一声问候。

晌午时分，折老夫人在喜梅的陪伴下来到了侯府，她今日可不是串闲门的，也不只是为了来看兰香的，而是有着她的特殊使命，那就是向侯世耀摊牌，让他休了兰香，以成全了玉清和兰香的美好姻缘。这天侯世耀正在屋内品茶，见折老夫人突然登门，就起身迎道："老夫人，今日怎价有空登临我这寒府，就不怕您老沾了我家的晦气？"

折老夫人看得出，侯世耀的神态和语气，可不像以前见了她那样恭敬，而是有一种不可一世、目中无人的感觉，更有迁怒于她的一股子怨气。她心里明白，他目中无人，是因为他有了强自修这座大靠山，他的怒容和怨气，是冲着冯府和孙儿玉清的。说实话，她已有一年时间没有来侯府了，尽管侯金贵被沉河是罪有应得，可毕竟人家有丧子之痛，这是她不便前来的主要原因。可她认为，她和孙儿玉清，是不必为他们侯家的恶果承担责任的，也不应为他们侯家的遭遇而内疚。于是，折老夫人平静地说道："世耀呀！咱们侯府好好的何来的晦气？你这不是自取其辱吗。听你的话音，好像不欢迎我老婆子来是吗？"

尽管侯世耀窝了一肚子火，时刻都想找冯府的人好好地发泄一通，可他面对的却是在青龙镇一带享有绝对威望，说话做事又十分在理入情的老婆子，何况逆子在沉河时她还为他送过上路饭。因此，即便他是有一百个不乐意，也不能向她发泄，而自知刚才的话不占理，就只好改了口气说："我哪有胆不欢迎你来！你说，今格你是来看兰香的，还是来找我有事的？"

"世耀呀！哪有你这么迎接客人的？这么大冷的天，你让我站在院里与你说话，这恐怕不妥吧？"折老夫人毫不客气地说。

"那就请屋里说话。"侯世耀说着，将折老夫人让进了屋。

可屋内的强月娥见了折老夫人，脸拉得比驴脸还长，斜眄了一眼老夫人，也不搭话，一扭胖屁股就出了屋。喜梅见她那样，不甘示弱地怒视着她，欲上前与她理论，但却被折老夫人制止了。

折老夫人见女主人如此态度，并不介意，坐下后对侯世耀说："世耀，老身今日前来，还真有一事要与你说，不知你给不给我这老婆子面子？"

"有甚事你就说吧，不必客气。"侯世耀说。

"那我可就说了。"折老夫人望着侯世耀，一字一句地说道，"世侄呀！你也知道，兰香和玉清自小就定了娃娃亲，而且在来你家之前，他俩就已确定了婚期准备结婚，要不是那场该死的匪乱，恐怕兰香也到不了你家。尔格虽说已过去十多年了，可玉清仍然没有忘了兰香，我也知道这些年你不怎待见兰香。因此要我说呀，你不如发发善心休了兰香，成全了他俩。"停了一下，又说道，"世耀，我说这话，不知合不合适，不知你愿意不愿意？"

本来侯世耀对玉清就恨得要死，一听说要他休了兰香以成全他俩的好事，心中的醋坛子一下子被打翻了。他知道，自玉清复活回街镇后，他就一直盯着这个贱女人，要不是他们冯家三番五次地从中阻止，他早就让她见阎王了。如今，他们竟明目张胆地来抢这个丧门星了，说甚也不能让他们的阴谋得逞，即使废了她也不能遂了他们的愿。这样想来，他就没好气地说："老夫人，你也是个明事理的人，这有赠金赠银的，没见过有让自己女人的，兰香再不好，也是我花银子明媒正娶的，怎能说让就让人呢？这不是作践人吗？这样的话你也说得出口？这样的事你们冯家也做得出……"

侯世耀这下好像逮住了理，说个没完。这时，在一旁的喜梅实在听不下去了，就打断他的话指责道："侯老爷，不愿意，何必把话说得那么难听，我们冯家再不好，也没有做出那些个伤天害理的事来。"

"这是哪里来的野女人，敢跑到我们侯府来撒野！你把话说清楚，我们侯府做甚伤天害理的事了？"话音未落，只见强月娥气势汹汹地冲进屋，指着喜梅大有一番干仗的架势。原来，这个女人出屋后并未走远，而是一直站在窗下偷听着屋里说话的内容。当听到喜梅的话后，自然就联想到了侯金贵的那档子事，这也是她最害怕揭短的地方，也是她最难过伤心的事，只要喜梅今格敢当面揭了他们侯家的短，她就敢撕了喜梅的嘴，因而这才冲了进来。

可喜梅是何等的厉害聪明，她明明知道强月娥护短所指的是大马猴的事，可她却偏偏不给她留下口实上她的当，不过她早已想好了应对的办法。于是，只见喜梅也不甘示弱地一挺胸脯，上前说道："做了甚伤天害理的事？难道你忘啦？那年你栽赃我兰香姐偷了你的银手镯，害死了她爹，又差一点打死了她，这不是伤天害理是甚？难道还要我一件件给你摆出来不成？"

强月娥本想借机大闹一场，出出她的恶气，没想到喜梅竟直接把矛头指向了她，这使她不知该如何应对，竟一时僵在了那儿。折老夫人看到强月娥进了屋，就知道强月娥是冲着她来的，她知道这个女人是不顾忌后果的，她要真和喜梅干起仗来，喜梅定会吃大亏的。因此在强月娥发愣的那一刻，便大声训斥喜梅道："喜儿，咋跟强夫人说话哩！这么没大没小的，一点规矩也不懂。再敢胡扯乱说，看我不打断你的腿！"说着，她转向强月娥说，"世耀家屋里^①，这死妮子嘴上没个把门的，你不要与她一般见识。"

强月娥听了折老夫人的话，如同猪尿脬戳了一刀子一下子泄了气，立时立在那儿不言语了。这时，折老夫人对侯世耀说："世耀，我刚才给你说的那事，还有商量的余地没有？"

侯世耀态度坚决地说："甚都好说，唯有这事没有余地。她活是我侯家的人，死是我侯家的鬼，你就死了这条心吧！"

折老夫人见侯世耀把话说到这份儿上了，知道他是铁了心要和冯家死磕到底，再多说已是无益，就深深地叹了一口气说："世侄呀，既然你已铁了心，我就没甚好说的。不过世耀啊，人总不能把事做绝了，要知道让人一步天地宽，于己于人都方便。"

谁知侯世耀却说："我还不够忍让？再忍让，我们侯家还有活路吗？今格是您老来了，要是换了别人，我非给他难看不可！"

折老夫人打断侯世耀的话，说道："好啦，好啦！不要再说了，再说下去就会伤了和气的。"停了一下又接着说道，"世耀，你不同意休了兰香我也没甚好说的，可我既然来了，想看一下兰香总可以吧？"

"这个当然可以。"侯世耀说。

折老夫人听后，准备起身去看兰香，谁知强月娥却用她那肥胖的身子挡住了去路，并摊开双手气哼哼地说："不行！兰香这婊子，之所以敢与我们作对，就是你们在背后给她撑的腰。过去我们怕你，你想来就来，想走就走，完全不把我们侯家放在眼里。尔格我们可不用再怕你们冯家了，我们这侯府也不是那么好进的，岂容你随便进出？我还就告诉你，你今格非但看不成那婊子，往后也不许登我们侯府的门！"

"姓强的，请把你的嘴放干净些。你骂谁是婊子？我还告诉你，今后你就是用八抬大轿抬我，我也不稀罕来！"喜梅终于忍不住了，就气愤地大声质问强月娥，并试图让全侯府的人都听见。

此时，折老夫人却很冷静，她知道这个没教养的女人，甚事都做得出，与这样的人理论争辩有失身份，于是不等强月娥还嘴，就对喜梅说："喜儿，咋越来越不懂事了？要知道这是在人家侯府，你这样大吵大闹的成何体统？

---

① 屋里：陕北称某某男人的婆姨为某某家屋里。

不怕人家笑话？"之后，她又转向强月娥说道，"世耀家屋里，喜梅年纪小不懂事，顶撞了你是她的不对。可你也是有一把年岁的人了，怎能口出脏话、恶语伤人呢，这就是你的不对了。要知道，人这一辈子不容易，可不能把话说绝了、事做绝了。人常说，不走的路走三回，不见的人遇三遍，何况我们同在一个镇子，低头不见抬头见的，哪能说出这样的绝情话来？"停了一下，又说道，"前几年土匪夜袭咱青龙镇时，全城的人没有一家愿意收留你们，是我们冯家收留了你，这才过了几天你咋就忘啦？"

老夫人的一番话，一时说得强月娥哑口无言，脸红得跟个猴屁股似的。面对这个刚毅厉害的老婆子，她是有话说不成，有气撒不得，一时尴尬得杵在了那儿。可折老夫人的话却并没有说完，只听她继续说道："我说侄媳妇，我知道你尔格势大了甚都不怕了，不就是有你那个当驿丞的侄子吗？可我还就告诉你，我们冯家也不用怕你，因为我们冯家不做违法乱纪的事，不做伤天害理的事，有何怕的？因此，今后你不用搬出你侄子来吓唬人，有这闲工夫，还是好好学学做人的道理吧！"

折老夫人一顿数落，使强月娥威风扫地、无以招架，肚子里的那个气呀，就像吹胀了的猪尿脬一样随时都有爆炸的可能。而侯世耀自知他的蠢女人根本就不是这老婆子的对手，就解围说："老夫人不必生气，她说的话就跟放个屁一样听个响就是了，何必当真？您老今后甚时想来就甚时来，没有人敢挡你的驾。您刚才不是说要看兰香吗，您老去看就是了。"这时围观的人中有人憋不住了，竟哧哧地笑出声来。侯世耀听见屋外有人在偷笑，就冲屋外呵斥道，"有甚好笑的，还不快滚一边去！"

可这时折老夫人却对侯世耀说："世耀呀！我看兰香不当紧，不能为了看兰香让你两口子闹事吧？我今格就不去了，改日再来看兰香也不迟。"她这样说，并不是怕强月娥不敢去看兰香，而是不想给兰香带来新的麻烦。于是她对喜梅说，"喜儿，扶奶奶回家去，咱们改日再来看兰香。"说着，就起身告辞向屋外走去。临出门时，又回头对世耀说，"世耀呀，你不愿意休了兰香我没甚说的，但你往后可要好生对待兰香，可不敢再虐待她了，更不能打骂和加害她。要知道，人在做、天在看，就多给自己积些德吧！"

"那是，那是！自你上次教训了侄儿后，我就再也没有虐待过她。今格不会，以后也不会，您就放心吧。"侯世耀说。

"这我就放心了。"折老夫人说着，在喜梅的搀扶下出了侯府，二姨太艾水仙和徐妈等人，一直将她送出了大门。折老夫人在离开侯府时，对水仙和徐妈说："兰儿是个苦命的孩子，多亏有你们平时照看，往后还请你们多留意，可不能让他们害了兰儿。"

水仙说："老人家，您就放心吧！我们会用心照顾好兰香的。"

"老夫人，您老真是菩萨心肠。您对兰儿的好，她一定会知道的。"徐妈接着说。

折老夫人对徐妈说："她徐妈，请你告诉兰儿，我今格就不去看她了。不过请她不要难过伤心，我一定还会想办法让她回到冯府的。"说完，折老夫人头也不回地离开了侯府。

折老夫人和喜梅走后，侯世耀的心不再平静了。他在想，自玉清回镇后，他们可能暗中已有往来，这他倒也能忍，可尔格他们竟公开要人来了，这是他绝对不能接受的，他得想一个万全之策，既能彻底断了他们的念想，又不能落下口实^①，因此他开始思谋起除掉兰香的计策来。可此时，强月娥心中的怒气并未发泄完，只有拿兰香出气了，于是她恶狠狠地指着东屋骂道："咱们家之所以这么倒霉，都是因为那个臭婊子兰香带来的，要想有平安日子过，就得除了这个害人精不可！"她这样骂着，倒还真动了杀心，只见她把胳膊衣袖一挽，对侯世耀说，"走！去把那婊子美美地揍一顿，好好出出我这口恶气！"说着，扭动着肥胖的屁股就要出门。

"你给我回来！"侯世耀一把拽住强月娥，训斥道，"我说你长的是猪脑子还是人脑子？你将她打一顿又有何用？要治她，就得从根上解决问题，让他们冯家彻底断了这个念想。"

"对！要么弄死她，要么把她卖给窑子，也不能便宜了那姓冯的小子。"强月娥恶毒地说。

强月娥无意中的话，好像给侯世耀提了个醒，他一拍脑袋高兴地说："我咋没想到哩？对！把她卖了，不但能断了冯家的念想，还能得一笔银子，这真是个不错的主意。"接着，这对黑心的狗夫妻，在屋里秘密商量起卖兰香的事来。

----

① 口实：落下不好的影响和不利的证据。

第二十三章　假议事设下连环计 受邀请前往落陷阱

今日折老夫人来侯府所为何事，兰香心知肚明，只是她没有想到，这个毫无人性的侯世耀，竟一口回绝了，这让她刚刚复活了的心又死了一大半。她心里明白，今生今世，她与玉清哥恐怕不可能再旧梦重圆了，这预示着，他们将从此孤守寒窗待天明，老死相闻不得聚了。她想，与其这样揪心地活着，还不如死了的好。如果她死了，玉清哥就能断了对她的念想，就能无所顾忌地另择佳偶，重新开始他的新生活了，她又开始胡思乱想起来。

而这阵儿，艾水仙和徐妈陪在兰香身边，不停地为兰香宽心。其实她们所担心的，是强月娥受了折老夫人的气，来寻兰香的碴儿打骂兰香。可她们哪里知道，此时有比打骂兰香更可怕的黑手，正在悄悄地向兰香伸来。

再说折老夫人回了府，就把她去侯家的结果，给儿子忠贤和玉清说了。忠贤听了气得胡子直抖，但却毫无办法，而玉清听后则更是异常气愤，这使他的期望一下子变成了失望。没想到这个毫无人性的侯世耀，宁可把兰香在侯府里折磨死，也不愿放她一条生路，更不想成全了他们的美好姻缘。不行！说甚他也要把兰香救出苦海，否则他将愧对兰香，终生遗憾。想到这里，他准备去侯府，当面与侯世耀理论一番。

折老夫人见玉清要出门，就问道："你要到哪里去？"

"奶奶，我去侯家找侯世耀理论去。"玉清说。

"你给我回来！"折老夫人叫住了玉清，然后指着他说，"亏你还是个读书人，你也不想一想，兰香毕竟是人家明媒正娶的婆姨，你想让人家休人家就能休？人家不休，你总不能去抢人吧，世上哪有这样的事？"

玉清急了，说："奶奶，那我们总不能让兰香在侯家受一辈子虐待吧？再说，今格他已知道了咱们的真实用意，这以后还不变本加厉地迫害她，因此，咱们得赶快想办法救出兰香来。"

"人，当然是要救的，但总得有个合理的说辞吧？不能让社会上的人小瞧了咱们冯家。"折老夫人刚说到这里，玉清又想说甚，但被她制止了，之后又继续说道，"玉儿，我知道你担心。不过你放心，他们当下不敢把兰香怎样，因为我已告诫过他们了。"停了一下又说道，"玉儿，你先不要着急，这事得容奶奶好好想一想。"见奶奶这样说，玉清只好放弃了去侯府的想法。

自侯世耀心里起了卖掉兰香的坏主意后，心急得都等不到天明，第二天刚吃过早饭，他就迫不及待地来到街西头李媒婆家。此时，李媒婆的老汉张四贵正在门外铲雪，见侯世耀来了，就冲他一笑算是打了个招呼，接着朝屋内喊道："掌柜的，来客人了！"

也许是快过年了没有生意，这时李媒婆穿着厚衣棉裤，正盘腿坐在炕上，手捧一杆长烟锅围着火盆悠闲地抽着旱烟，一听说来人了，就知道又有了生意，急忙跳下炕迎了出去。她刚出门，一看是侯世耀从大门进来了，就哈哈一笑，说道："我当是哪位贵客哩？原来是你这位忘恩负义的侯老爷。"她的这句问候，让侯世耀如丈二和尚摸不着头脑，一时傻愣愣地立在院中不知所措。见侯世耀傻立在那儿，李媒婆用烟锅脑敲了一下他的头，继续笑着说道："傻兄弟，你忘啦？想当年，要是没有老姐姐保媒，你哪能娶下像天仙一样的大美人赵兰香，又哪来的那个小猴崽子侯江龙？可你这些年看过老姐姐几次？这不是忘恩负义是甚？"

一听这话，侯世耀恍然大悟，忙赔着笑脸说："老姐姐，都怪兄弟我忙。这不，我今格不是专门看你来了么。"

李媒婆把侯世耀让进屋，然后说道："兄弟，你是夜猫子进宅保准没好事！说吧！今格来，该不会又要让老姐姐为你保媒，再说一房四姨太吧？"

侯世耀冲她一笑，说道："看你把兄弟我说成甚人了。再说，我已是六十多岁的人了，即使有那份熊心，也没那个牙口了。"

李凤仙收住笑，一本正经地说："那你今格来是为了甚事？"

侯世耀这才凑近李凤仙的耳边，说出了他此番来的目的。谁知李凤仙听后，惊讶地说道："我说侯老爷，你咋能做出这种伤天害理的事来？她毕竟是和你生活了十来年的女人，而且还为你生了一个后人，你咋能忍心把她卖与人，就不怕世人戳你的脊梁骨？"

可侯世耀却愤愤不平地说："老姐姐有所不知，自那贱货生了娃后，就根本不让我碰她。这个丢人的话暂且不说了，你知道，自那姓冯的一回到青龙镇，她的心早就跑到冯府去了，成天像个没魂的吊死鬼一样哭丧着个脸，一看就使人气不打一处来。这个也不说了，你知道，姓冯的那小子成天惦记着这个贱货，有几次竟跑到府上干涉我的家事替她打抱不平了。就在昨格，他们冯家竟明目张胆地来向我要人了，这不是骑在我的脖子上拉屎吗？简直是欺人太甚！"侯世耀这一番话，完全把自个儿说成了一个十足的受害者。

李凤仙听后说："哦！有这事？"然后又说道，"可兰香毕竟是你孩子他娘，你若把兰香卖了，娃要是向你要起他亲娘来咋办？这个恶事我可不能做，同时我也劝你不要做这种缺德的事。据我所知，都是你和你那母夜叉这些年对人家不好，人家才这样对你的，只要你往后对人家好一点，她肯定会回心转意的，因此要我说呀，兰香还是卖不得。"

可侯世耀却说："这个贱货，我是一定要卖的，她在我们侯府多待一天，我就少活一天。你知道，她就像一只没用的烂花瓶，用又用不成，打又打不得，成天还得像神一样地供着她、敬着她，这样的贱货早卖早省心。"停了一下，他又接着说道，"不提我那个儿还可以，一提起他就让人闹心。他到底是不是我的种，到尔格我也弄不清。我怀疑，他很有可能就是姓冯的种，要不然他怎见我不亲呢？至今格他也不肯叫我一声爹，却屁颠屁颠常跟那姓冯的套近乎，他没娘才好哩！再说，他即便是我的种，尔格也长大了，有娘没娘的也误不了他的甚事。"

"哦！好你个侯世耀，怪不得你非要卖掉她不可，原来就是为这事恨她哩。不过，我可给你说，不论江龙是不是你的种，但兰香是他的亲娘这一点却假不了，要是他长大了知道是你把他亲娘卖了，他能饶得了你？"李凤仙说。

"所以嘛，我这才来找你的。"之后，侯世耀又压低声音说，"这事不仅要保密，而且要卖，就将她卖得远远的，让她娘俩一辈子也见不上面。"

"好你个侯世耀，你的心可真够毒的。"李凤仙说。

"不毒不行啊！这是被他们逼的。"侯世耀说。

"你当真要卖了她？"李凤仙闪着狡谲的目光问。

侯世耀态度坚决地说："当真，绝无戏言，而且这事，只有你才能帮我的忙。"

李凤仙看侯世耀态度如此坚决，心想：兰香是人家的婆姨，他愿杀愿卖那是他的事，自己操的是哪门子闲心，而且送上门的生意哪能不做呢？再说，这些年她看到兰香在侯府受的那个罪，也怪可怜的，真后悔自己为她保了这个媒。如果把她卖了，兴许她能遇到一个好人家，也算她又做了一件好事。这样想来，她决定帮侯世耀这个忙，可她嘴上却说："兄弟，你这忙我恐怕不能帮。"

"为甚？"侯世耀问。

"为甚？"李凤仙用不高兴的神情说，"当初，把兰香说给你侯世耀的人是我，今格又把她卖给别人的人还是我，这瞎人、好人都让我一个人当了。再说，你偷牛我拔橛①，这得利的是你，挨骂的人却是我。所以呀，说甚我都不能做这个恶人了，因此，你还是另请他人吧！"

侯世耀见李凤仙端起了架子，知道她害的甚病，就说道："老姐姐，这帮人帮到底，送佛到西天，这个忙还需你帮不可。因为只有你才有这本事，别人是没这个金刚钻的。不过老姐姐请放心，兄弟我不会让你白帮忙的。"

李凤仙一听，这才露出笑脸说："那你准备给老姐姐我多少辛苦费？"

侯世耀伸出一只手，翻了两翻说："这个数。"

"甚？十块大洋。"李凤仙不高兴地说。侯世耀点了点头。

可李凤仙却说："兄弟，你也太抠门了吧？这个数，我连喝茶水的钱都不够，你还是另请别人吧。"

侯世耀望着李凤仙说："那你说，你想要多少？"

李凤仙伸出来三根指头，在空中晃了晃说："至少得这个数。"

侯世耀听后，瞪着眼说："你这不是打劫嘛。不行不行！太贵了，我还是另请别人去。"说着就要起身走人。

李凤仙见侯世耀要走，就说："唉！谁让我是菩萨心肠哩。算啦！看在咱们过去的情分上，按过去的行情，给二十块大洋吧，少一个子也不行，否则你就另请高人去！"

侯世耀想了想说："好吧！二十就二十，不过你一定要抓紧哟。"

李凤仙这才问道："你还没说你准备卖多少钱哩？"

---

① 橛：拴牛的木桩。

侯世耀伸出一根指头说："至少卖这个数吧？"

李凤仙哈哈一笑说："你真是个老猴精，里外都不想吃亏，当初一百块大洋买了她，尔格还想一百块大洋再卖出去，世上哪有这样的好事？你也不好好想一想，她已不是当初的黄花大闺女了，哪能卖这个价？"

"也是的，那就九十块大洋如何？"侯世耀说。

李凤仙听后，嘲讽地说："这又不是咱俩做生意好谈。你看，她如今已是人老珠黄，烂白菜还想卖个猪肉价，钱多少得有人要呀？我看，你还是不要卖了，还是自个儿留着慢慢享用吧。"

侯世耀说："那就八十块大洋总可以了吧？"

"好啦！不要说了，就八十块大洋。只要八十块大洋有人要就算不错了，你又没折本，还白使用了十几年，你就知足吧！这还要我马不停蹄地为你找买家哩。"

侯世耀一拍大腿，说："好！那就八十吧。你赶紧给咱找买主，越快越好。"

李凤仙说："我说侯老爷，你也太心急了吧？这毕竟是卖人又不是卖东西，哪有那么容易，总得给我一两个月时间吧！"侯世耀听后同意了。

就这样，经过侯世耀和李凤仙的一番谋划，可怜的兰香将要被他们当作奴隶一样给卖掉了。

一连几天，徐妈和兰香的心里并不轻松。她们不知道，侯世耀和强月娥将会用怎样的毒招对待兰香，兰香也做好了挨打受气的准备，在侯府，像这样的恐怖日子她早已习以为常了，大不了就是一个死嘛，怕又有何用呢？不过令兰香没想到的是，这些天来，侯世耀和强月娥不但没有找过她的麻烦，而是一反常态，忽然对她友好了起来。尤其是那个歹毒的强月娥，还几次跑到兰香的屋里嘘寒问暖，甚是热情，还吩咐厨房要给她多加几道菜补养身子，并说要为她添置几件新衣穿得体面些。

对于兰香来说，平时只要他们能给口饭吃不被饿死就行，至于穿衣，几年了还是那几件旧衣裳她也没觉得寒酸，只要能遮体就行。因此，他们的反常表现，反而令兰香更为不安。于是，她将担忧告诉了徐妈，善良的徐妈却劝她说，也许是他们的良心发现，所以才弃恶从善的，让她不用担心。听了徐妈的话，兰香的戒备才有所放松。可是她哪里知道，让她吃好点是为了尽快恢复她的身体，穿好些是为了让买主能看下她卖个好价钱。

对于冯府来说，他们同样关心着兰香母子的安危，尤其怕兰香遭遇他们的毒害。因此，折老夫人让喜梅，多向常外出侯府的徐妈打听兰香的近况，可得到的回信是侯家转变了态度，对兰香好了起来，这让玉清和折老夫人终于松了一口气。玉清心想，既然他们不放人，那他只有安心读书进京赶考了，若能考个进士状元，他就能像《玉堂春》中的王景龙一样，御封个八府巡按，就能将兰香像苏三一样救出来与他团圆。于是，玉清开始闭门谢客，废寝忘食地读起书来，连过年这几天也大门不出、二门不迈，折老夫人和儿子忠贤自是心里欢喜。

今年这个年虽然过得平淡，但却顺利，侯府没有发生任何事情，可侯世耀的心里却十分地着急，因为他托媒婆李凤仙的事还没有回音。为此，他在腊月二十五和正月初五，已两次去她家催了，眼看又到了正月十五，他有些坐不住了，准备再去趟李媒婆家。

正在这时，强自修由大门进来了，一看到侯世耀，就上前鞠躬道："姑父过年好，侄儿给你拜年了。祝姑父新年吉祥、万事如意、财源滚滚、生意兴隆。"说着，让随从把所带的烟酒和点心交给了侯世耀。

侯世耀接过东西问道："你是甚时到的？"

"我昨格就到了，昨天忙了一天公务，今格就赶来给你和我姑拜年了。"强自修回答。

"这还差不多，算姑父没有白扶持你。"侯世耀说着，把强自修让进了屋。

强月娥见过强自修后，假惺惺地说："你看你，人来就行了，还带东西做甚？"接着，给强自修又是敬茶、又是替烟，甚是热情。

随后侯金来、管家张俊仁也来了，他们互相打过招呼后，侯世耀说："自修，你既然来了，就省得我去请你。你今格不忙的话，中午就在这里吃饭，咱们爷俩好好喝一盅。"

"行！我今格来就是讨酒喝的。"强自修不客气地说。

侯世耀一听，赶紧让俊仁安排饭去了。之后对强自修说："自修，让金来先陪你的那两个卫兵去他那里喝茶，我这里正有话要对你说哩！"强自修点了一下头，就让表弟金来领人去了。

这时屋内只剩下强自修、侯世耀和强月娥三个人了，强自修对侯世耀说："姑父，尔格屋内没人了，有甚话你就说吧。"

侯世耀这才把卖兰香的事，和为何卖兰香的经过对强自修说了一遍，之后说道："自修，我卖这贱女人，也是被他们冯家逼的，怨不得我心黑缺德。我卖了她，就是要气死那姓冯的小子。"

强自修听后说："既然你不想要她了，卖了也好。"停了一下又说道，"你既然要卖她，何不把她卖到县城那个地方去，卖到那里还能多卖几个钱。"

侯世耀说："看你这娃说的，她毕竟是我的女人，我能那么狠心吗？何况卖到那地方，用不了多久冯家就会知道的，那他们来还不吃了我？再说，这事要是传出去，这让我和你姑的老脸往哪里搁哩？"

"哼！少拿我做挡箭牌，不卖到窑子，你还不是心疼你那臭婊子吗？"强月娥不给好脸色地说。

"看看看！又来了。"侯世耀朝强月娥说，"真是妇人之见。我之所以要将她卖到远处没人知道的地方，就是让他们冯家和江龙到死也不知道她被卖到甚地方了，这样他们就永远见不上面。"

"噢！你想得周到，就这样办。"强自修说。

这时侯世耀说道："卖了兰香，虽然能解一时之气，但那姓冯的却毫发未损，只有整治了那姓冯的，才能解我的心头之恨！"停了一下，他又望着强自修说，"你当初上任时不是说过，今后侯家的事就是你的事吗？尔格都过去半年多了，也没见你替我出过一口气，尤其是你表弟金贵的死，让我一辈子都忘不了，恨不能吃了玉清的肉、喝了玉清的血才解恨哩！"

"姑父，那你说，怎样做才能让你解气？"强自修说。

侯世耀说："那还不简单，随便给他安个罪名将他下了大狱，让他永世不得翻身。"停了一下又说道，"听说那小子又在用功读书，准备进京赶考，他若真的考上了进士或者状元，再做了朝廷大官，那以后还能有咱们的好？"

强自修一想，侯世耀说的不无道理。玉清与他根本就不是一条道上的人，他日后若是得了势，肯定容不下他这样的人，还不如借侯世耀之手早日除了他，这样既能使姑父高兴，又能免除他的后顾之忧。这样想来，一个更为恶毒的想法便在心中而生，于是他对侯世耀说："找个理由将他下大狱倒不难，但理由必须得站得住脚，如果打蛇不成反被蛇咬了就不划算了。"说到这里，他又慢条斯理地说道，"要么就不出手，要出手，就要一招制胜，让他无还手之力。"

"那咋格才能一招制胜哩？有甚妙计，你就快说吧，不要卖关子了。"侯世耀说。这时，强自修凑到侯世耀耳边嘀咕了一阵，只见侯世耀狐疑地说，"这合适吗？"

强自修说："这有甚不合适的，古人云，无毒不丈夫，量小非君子。想想，他当初是如何对待你和我表弟的，这叫以其人之道，还治其人之身。"

强月娥不知道他在说甚，就不高兴地嘟囔道："你俩在那里鬼鬼祟祟的说甚哩？还背着不让我知道。"

侯世耀不耐烦地说："瞎嘟囔甚哩！不该你知道的，暂时还不能告诉你，你只管照着做就行了。总之，是好事，又不是坏事。"强月娥听后，也就不再追问了。

强自修又对侯世耀说道："不过，要干成这件事，还必须得具备三个条件。"

"哪三个条件？你快说。"侯世耀迫不及待地问。

强自修喝了一口茶，然后凑近他说："这第一件事嘛，必须等李媒婆把买主瞅好了。什么时候交人，要等时机成熟了再一手收钱、一手交人；这第二件嘛，一定要让冯玉清上钩，才能实施下一步；这第三点，就是要把假象做真，把声势造大，一旦成了铁板上钉钉子的事，谁也救不了他。"说到这里，他又阴险地说道，"这个事，若是能把同知县请到青龙镇，来做个现场见证人那是再好不过的事了，到时谁也说不出个甚。"

"好！就按你说的办。"侯世耀一拍大腿说。停了一下，又担心地说，"这第一件都好办，这第二件、第三件就难了，到时他不来咋办？再说，这同知县是那么好请的？"

强自修蛮有把握地说："这个就不用你操心了。干这事，你侄子我是在行的，要不然，我这些年在官场不就白混了么。你只管把第一件事办好就行，到时，只管听我的安排就是了。"

侯世耀听后，高兴地连连点头说："还是我侄子主意多，不让你当这个驿丞，还真是屈才了。"说话间，管家俊仁进来说饭菜已准备齐当，接着他们便入了席开怀畅饮起来，完全把他们的罪恶行径当作一种胜利来庆贺。

正月底这天，李凤仙来到了侯府，一进屋屁股还未坐稳，就对侯世耀说："侯老爷，事情办成了。"

"快说，卖到哪里了，卖了多少钱？"强月娥迫不及待地问。

"你这臭婆姨，就不能小点声，万一被人听见了咋办？"侯世耀训斥着强月娥，之后又转向李凤仙，小声问道，"老姐姐，你这下说，把她卖到哪里了，卖了多少钱？"

"哈哈！我说你们真是亲两口子，都钻到钱眼里了。你就不问问，你老姐姐我为此跑了多少路、费了多少事、吃了多少苦，反倒先问卖了多少钱？"李凤仙说。之后，她坐到炕沿上盘起腿说，"兄弟，都快把我渴死了。先给我沏一杯好茶，再给我安一锅子好烟，让老姐姐我喘口气再说。"

侯世耀两口子不敢怠慢，立即沏了一杯龙井茶，装了一锅子好烟点着递到了李凤仙手里。她接过烟锅，抱住狠劲地吸了几口，然后慢慢地吐着烟雾，眯起了眼睛，那种神态，如神仙云游一般惬意。等她过足了烟瘾，又呷了几口酽茶，这才睁开眼睛慢慢说道："侯老爷，你是不知道，为了你这个生意，我不知跑了多少路、费了多少唾沫星子，总算给你找了个好买主。"说到这里，她停住不往下说了。

李凤仙越是这样，侯世耀就越着急上火，于是说道："你就不要卖关子了。快说，到底卖哪儿了，卖了多少钱？"

这时，李凤仙才说道："卖到距这里八九十里以外的塞西县，一个叫王家圪崂村王印全的大户人家。"

"你是托谁卖的，这是一个怎样的家户？"侯世耀问。

李凤仙说："你管我托谁卖的，反正给你卖了就是了。听那人说，这个姓王的在该村还是比较富有的，只是家里有一个生活不能自理的弱智憨儿，如今已四十多了还未说下婆姨。他们的条件是，只要女的长相看得过眼，能给他们王家留一个后，再就是能伺候他家憨儿下半辈子生活就行了。"

强月娥一听，甚觉满意，就说："卖给个憨憨好，让她跟憨憨过一辈子吧。"之后，又着急地问道，"那到底卖了多少钱？"

李凤仙做了一个手势说："卖了这个数。"

"咋才卖了七十块大洋？"侯世耀不满意地说。

李凤仙不高兴地说："咋啦，嫌少？能卖这个价钱已经不错了。你知道，想要的都是些穷鬼掏不起钱，能掏起钱的又嫌是个二手货不想要。为这，我找了不下十家买主都没说成，最后，我还是托了我的一个老姐妹，才好不容易找下了这个买主的。就这，人家过几天还要来看人哩！怕咱们给他卖个老妈子来。你看，就是这么个情况，你要是愿意就行，要是不乐意，我就给人家回个话让人家另买人去。我么，就等于给你白跑腿了。"

侯世耀听后，想了一阵说："那就这样吧，七十就七十。不过你放心，我给你说的二十块大洋辛苦费还算数。因此，还得你再辛苦辛苦，尽快通知人家来看人。"这阵儿，只要能卖了兰香，他也顾不上钱多少了。

几天后，李凤仙果然领着一个六十来岁、穿戴一新的老头来到侯府。吃饭间，侯世耀将女佣人李竹萍打发出去了，又让俊仁叫兰香替李竹萍给客人端饭上菜。

自兰香来侯府这些年间，侯世耀可从来不让兰香在外人面前露面，更没有为客人端饭上过菜，今格竟然让她给客人端饭上菜，这让兰香一下子起了疑心，因此她忐忑不安地端着盘子进了客厅。

李凤仙一看到兰香，立即眉飞色舞地说道："啧啧啧！这三姨太几年没见，还是这么年轻水灵，还是这么耀眼耐看，就跟画上的人儿似的没有两样。"说着，忙向旁边的老头挤了挤眼，那个老头这才死盯着兰香看了几眼。

兰香一见到李凤仙，就十分厌恶反感。就是这个女人，把她说给侯世耀的，她永远也不能原谅她。但出于礼貌，她还是冲她点了一下头，算是打了个招呼，之后放下饭菜低着头就要离去。谁知强月娥却把她叫住了，然后皮笑肉不笑地对着兰香说："妹子，来！我给你介绍一下。这是我县城的一个亲戚，多年未到府上来了，今格来镇里办点事，按辈分咱们应叫他王叔。你李婶和他也是熟人，因而也请了李婶过来陪他吃顿饭。"停了一下继续说道，"你也是主人，本不应该让你端饭，但竹萍有事出去了，就只有委屈你了。来！饭菜上齐了，你也坐下陪客人吃顿饭吧。"

兰香从来没有见她对自己这样客气过，她这样的客气，使她简直不敢相信眼前这个女人，就是那个蛇蝎心肠的强月娥。不过，她还是冲那个老头笑了一下，然后说道："不用了，大太太，你们还是慢慢享用吧！有事叫我一声就是了。"说完，未等强月娥说话，便提着木盘低头出去了。

兰香走后，侯世耀对那个老头说："还满意吧？"

"满意，满意！"那人高兴地点着头说。之后，他们吃过饭，那个老头向侯世耀预支了定金，余下的钱说好了在交人时交与保人李媒婆，再由李媒婆转与侯世耀。

卖人的事总算安排好了，侯世耀即刻找了强自修，强自修让他回去等候消息，便于当天去了县城。第三天他就从县城回来了，告诉侯世耀说事情办妥了，同知县将于后天午时就能来青龙镇。之后说道："知县我给你请到了，接下来就看你的了。"

侯世耀却一脸疑惑地问道："接下来，到底再咋个办哩，我还是不明白。"

强自修又趴到侯世耀的耳旁，嘀咕了好半天之后，才出声说道："你就按我说的去准备，到时我把人请到驿镇所就是了。"侯世耀这才答应着去了。

自玉清准备应考后，每天早起晚睡，秉烛夜读。这天，玉清卯时就起了床，他先在上窑顶活动了一阵筋骨，之后就回到他的卧室读起书来。快到早饭时，忽听驿镇所来人送来了一个请束，说是强驿丞请他去驿镇所议事。玉清接过请束看了一眼，然后放在桌上对来人说："我尔格甚都不是了，哪有资格参政议事。你回去告诉强驿丞，就说我有事不能前来。"那个当差的应声出去了。

又过了一个多时辰，当玉清用过早饭回到卧房，正聚精会神地看书时，忽听用人通报说强驿丞求见。玉清这下不见是不行了，忙迎了出来拱手道："强驿丞日理万机，怎有空来寒舍？"

强自修一边回礼，一边冲玉清说道："冯老弟呀！你这是贵人架子大，还得在下亲自登门来请不可！"

玉清笑了一下说："我哪来的架子？我尔格是一介草民，人微言轻，哪有资格参政议事，你这不是折煞我吗。"

强自修随玉清进了屋，看到玉清桌上、床边摆满了书，随手拿起一本书说道："谁不知道你冯老弟学富五车、满腹经纶，是治国救世之才，哪像我这个才疏学浅之人，治理三个乡就将我搞得焦头烂额。这不，我这不是请你这位高人给我指点迷津来了，不知老弟给不给愚兄这个面子？"

玉清从心里就反感这样的人，于是说道："强驿丞，你这是抬举我，还是在讥笑我？我虽读了一些书，但却学而无用，一事无成，怎敢为你指点迷津、敬献良策？你还是另请高明吧！"

"你就不要谦虚了，是不是还要我三顾茅庐不可！"强自修接着一本正经地说，"冯老弟，我今格来，还真有事想向你请教哩。"

"那就说说看，看我能不能帮上你。"玉清说。

强自修说："是这样的，咱青龙镇虽土地广阔，但多是贫瘠的山坡地，庄稼薄收，一遇干旱更是颗粒无收。我想修建水利，灌溉农田。其次，我也感觉现时的赋税太重，百姓不堪重负。再一个就是关于大烟之事，这一段时间我也考虑过了，你当初反对种植罂粟的主张是对的，烟害不除，贻害无穷。所以，这些关乎社稷民生的大事，还需要向你请教一二。"说到这里，他又接着说，"为了这个事，我还请了咱镇几位德高望重的人，一同到驿镇所议一议，我想，你这下该不会回绝了吧？"

玉清听他这么一说，还真为他的这种体恤民情、心系百姓的壮举感动，尤其他对烟害的认识和思想的转变，是玉清没有想到的，于是欣然接受了邀请。这时折老夫人进来了，与强自修打过了招呼，见玉清要随他出去，就问道："玉儿，你这是要干甚去？"

强自修赶紧上前说："老夫人，我是请玉清去驿镇所议事哩，镇上我还请了几个人，您老就放心吧！"

"奶奶，不必担心，议事一完毕我就回来。"玉清说着，就随强自修去了驿镇所。

玉清走后，折老夫人还是不放心，强自修是与侯府有关联的人，她不免生疑。其次，今晨起来，她的右眼一直跳个不停，上辈人常讲，左眼跳财、右眼跳崖，这今儿该不会有甚事发生吧？随后，她就叫喜梅去驿镇所探个究竟。

玉清随强自修来到驿镇所，果真见里正侯金荣、族长尚杰、原里正忠有，还有忠全、忠孝、姑父折庆荣等人早已坐在了那里。大家相互打了招呼坐定后，只听强自修说道："诸位，今格把各位请来，主要是两个意思：一是大家都是咱青龙镇德高望重的人，我来青龙镇已经快一年了，因为忙一直未顾上拜访大家，今格借此机会把大家请来，就是想弥补我的过失，与各位认识认识；二是想请大家就咱青龙镇，如何减轻百姓税赋、兴修水利、扶持农桑、禁止烟害等事请教大家，望各位不吝赐教、畅所欲言。来！你们谁先说？"

听了强自修的话，大家面面相觑，都感到很惊奇。心想，这个刚来时还带着几分杀气的新驿丞，怎么一下子变得仁慈了？是不是大家之前错怪了他？尤其他刚才的一席话，更使他们感动。于是，大家就所收的各项税赋、何处适宜打坝修渠，以及禁烟的好处和措施等议题，七嘴八舌地议论了起来。由于大家的热情很高，竟一时轮不上玉清说话，他就静静地听着大家的发言，还不时赞许地点点头。这期间，喜梅来到驿镇所，回府后把所看到的一切对奶奶讲了，折老夫人这才放下心来。

当强自修举行的所谓议事会，刚进行到一半时，突然侯世耀进来了。他一进来，就向在座的各位弯腰打着招呼。由于大家平时都看不起这样的人，没有一个人搭理他，侯金荣见大家不欢迎他，也未敢起身迎接他的大伯。

"姑父，你来做甚？你没看我们正在开会吗？"强自修说。

"我是来请你吃饭的。"侯世耀回答说。

强自修接着说："这不过年、不过节的，你请我吃的甚饭？"

"啊！你忘啦？今格是你的生日。因而你姑给你准备了一桌丰盛的饭菜，我是特地来请你的。"侯世耀故意提高了声音说。

强自修听后，一拍脑门说："哦！你看我都忘啦，二月十六是我的生日，难得姑姑和姑父还记得我的生日。"说着，他看了一眼侯世耀说，"你看，我这里来了这么多人，一时走不开呀！"

这时，侯金荣忙说："强驿丞，人过生日这是个大事，我大娘和大伯都为你准备好了，您就去吧！这议政的事，改日再进行也不迟。"他这样一说，别的人都劝他快去，并起身准备离去。

看大家都要走，强自修赶忙朝着侯世耀说："我要去，就和在座的大伙一块去，你管得了这么多人的饭吗？"

"不去了，今格是强驿丞的生日，我们去算个甚。"冯尚杰说。随即大家也表示去不合适，并纷纷离座向外走去。

正在这时，强自修对大家说："诸位，平时大家难得遇到一起，今格又是我的生日，如果大家看得起我强某人，就跟我一块去吧，只是图个热闹。这顿饭，就算我请大家了，怎么样，就赏个脸吧！"

"对对对！大家一块去，给强驿丞助个兴。"侯金荣带头响应着，并作出了请的手势。大伙见强自修把话都说到这份儿上了，哪还好意思拒绝，便跟随侯金荣出了屋。

等众人都出了屋后，玉清对强自修说："强驿丞，我家里还有事。再说，我又不胜酒力，恕我不能陪你去了。"说着就要离去。

侯世耀见状，忙挡住玉清说："怎么？还生我的气吗？"

这时强自修对玉清说:"老弟,我姑父过去是做得有些不对,可他今格是诚心请你的,你又是见过大世面的人,哪能跟他一般见识呢。再说了,在座的人都去了,你不去,倒显得咱没气度了。"他看到玉清有些犹豫,就又说道,"你与兰香的事我也知道了,我还批评了我姑父,该成人之美就要成人之美,不能小家子气。尔格,我姑父也同意休了兰香成全了你俩,只是他觉得面子上过不去。今格正好是我过生日,你去了不就能给他个台阶下,甚事都好说了。"说到这里,他碰了一下侯世耀说,"姑父,是不是这样?"

侯世耀赶忙说:"是的,是的!我这人好面子,只要话说开了,甚事都好说。"

玉清起初态度还较坚决,但听强自修这么一说,又听侯世耀同意休了兰香,心里高兴,最后竟同意了侯世耀的邀请,与强自修一并去了侯府。

其实,强自修请玉清议事献策是假,强自修过生日和侯世耀愿休了兰香更是个假,他们就是要将玉清骗到侯府,一步步落入他们设下的圈套才是真。至于动了这么大的阵势,又请了这么多人,都是为他们的阴谋服务的。

侯世耀家今日宾客满座,蓬荜生辉,这种场面是侯府从未有过的,自然引起了府内人的注意,也引起了镇上一些人的好奇和议论。

等客人都到齐后,按照长幼尊卑大家依次落座。今格强自修是"寿星"自然坐于上位,接着尚杰、庆荣、忠全、忠孝、忠有等分两侧坐了,玉清和金荣年龄小坐于末位,而侯世耀作为主家,自然坐于下位。强月娥作为强自修的姑姑,理应入席就座,可今日有侯世耀作陪,当然就没了她的位置,可她并没有闲着,与张管家俊仁忙前忙后地张罗着,异常地忙碌。不过,今日她还有一项特殊的任务,那就是要"伺候"好玉清。

强月娥给每人跟前放了一只酒杯,然后让俊仁给杯子斟满了酒,之后又让俊仁也为自己斟了一杯。只见侯世耀端起酒杯说:"今格,是我侄、青龙镇强自修驿丞的四十二岁生日,这第一杯酒,是祝强驿丞福如东海、寿比南山、长命百岁。大家干了这一杯。"

应侯世耀之邀,大家都端起酒杯干了,而玉清端起酒只是做了个样子,并未真喝。强月娥在一旁一直注视着玉清,见他未喝酒,就走到跟前说:"冯少爷,你看大家都喝了,连我这妇道人家也喝了,你咋没喝哩?"她这一说,大家都把目光投向了玉清。

玉清见大家都在看着他，便不好意思地说："强夫人，不是我不喝，而是我确实不胜酒力，还请原谅。"

强月娥说道："冯少爷，你一个男人家，难道还不如我一个女人家？"说着，让张俊仁给她又倒了一杯，接着一仰脖子喝干了酒，之后把酒杯口朝下抖了一下说道，"玉清，今格是我侄自修的生日，再不能喝，这一两杯酒总不会有事吧？你若真的不能喝，就让我替你喝了吧！"说着，就要去端玉清的酒杯。

"玉清，哪能这样。既然来了，面子总是要给的，一两杯酒不喝也说不过去，再说，这也不是咱冯家的为人。"之后，尚杰继续说道，"你若确实不能喝，那就让五爷我替你代了，哪能让人家夫人给你代哩？"

"没事没事，我能代。"强月娥说着，又要去端酒。这时玉清再不喝，就显得太不像话了，于是他拨开强月娥的手，端起酒一口干了。大家见玉清喝了酒，都高兴地鼓起掌来。

"诸位，第二杯酒。"侯世耀又端起酒，继续说道，"这第二杯酒，是敬今格年龄最长且德高望重的冯尚杰老叔的。他作为冯姓的族长，今格能屈尊来我们侯府，是看得起我们侯家，也是给了我侯世耀莫大的面子。从此，我们侯冯两家就能化干戈为玉帛，握手言和了。你说是不是，冯叔？"

冯尚杰一听这话，心里自是高兴。心想，这侯世耀好像变了个人，竟变得如此通情达理了？既然人家有意和好，他哪能拒绝呢？于是忙说道："说得是，说得是。"

这时，侯世耀高兴地说："既然老叔也这么认为，那就干了这杯酒。"说着，对大家也做了个邀请的动作，便带头喝了酒，其他人也一同干了。而玉清这回，更没有不喝的理由了，便也自觉地喝干了杯中酒。

两杯酒喝过后，侯世耀又端起一杯酒，说道："这第三杯酒，是敬玉清的。"他这么一说，玉清不解地注视着他，其他人也都感到诧异。这时，侯世耀接着说道，"大家听我说。我之所以敬玉清，是因为玉清是咱青龙镇最有出息的后生，他带领大家打土匪、保太平，是咱青龙镇的大英雄，尔格虽说受了一点挫折，但那都是暂时的，将来定能够干出一番大事，大伙说是不是？"

"我姑父说得对，像冯老弟这样文武兼备的人才，岂能久居人下，以后肯定能飞黄腾达的。"强自修应和着说，其他在座的也都纷纷点头称是。

可玉清却说："大家过奖了，我只不过是一个平常之人，今后能有甚出息？并没有大家说的那么好。再说了，我一个晚辈之人，怎能接受侯老爷的敬酒呢？"

这时，只见强月娥的脸色都有些惨白了，侯世耀一时口中无词了，只能着急地注视着强自修。原来，他刚才说的那些客套话，都是强自修事前教给他的，可是玉清不喝酒且说了这样的话，他就不知该如何应对了。而此时的强自修，见玉清神志还很清醒并无昏迷的迹象，就怀疑药效不够，此时只有让他多喝酒才是最重要的，于是说道："冯老弟此话差矣，你的能力是大家公认的，我姑父给你敬酒是理所当然的。再说，我姑父毕竟是主人，你是客人，主人给客人敬酒并无不妥之处。况且他和我姑以前做的那些事，确实有对不住你的地方，他今日能主动认错并向你敬酒，说明他们有与你修好之意，你就不要为难他们了。"停了一下，他又说道，"冯老弟，你若真的不想喝这杯酒，那就让我替你代了。"说着，对强月娥说，"姑，请把玉清的酒给我端过来。"强月娥应了一声，伸手去端玉清的酒杯。

这时，尚杰有些生气了，冲着玉清说道："玉儿，怎么这么不懂事？还不快喝了这杯酒！"

玉清一看五爷生气了，就只好用手拨开强月娥的手说："不用，不用，我喝就是了！"随即端起酒一干而尽。岂不知，就在强月娥抓玉清酒杯的那一刹那，她的右手小拇指已伸进了玉清的酒杯轻轻地蘸了一下，别人是看不出的。她看玉清喝干了酒，就高兴地说："这就对了。"接着，强自修从俊仁手里要过酒壶，开始挨个敬起酒来。这时，玉清只觉一阵头晕眼花，人影晃动，就摇着手趴在桌上了，其他人还以为他喝多了，就让他趴在桌上休息一会儿。

其实，放在玉清跟前的酒杯，是强月娥事前用迷魂药水煮过的。她见玉清几杯酒下肚后毫无反应，就借故劝酒，又用手指蘸了药水点了一下在玉清的酒杯里。她见玉清趴在桌上了，这才放了心地给其他人敬酒去了。

今天，侯府除过来了强自修和玉清这一桌贵客外，还来了一拨陌生的客人。他们一共五个人，其中有四个年轻力壮的后生，并有一位六十来岁的老者，也就是上次来的那个老头王印全，他们是由媒婆李凤仙在两个时辰前悄悄领到侯府的，这时正在一个背房内由侯世耀的心腹佣人赵四陪同用饭。今天来的这一明一暗两拨人，被细心的徐妈看见了，她趁厨房忙乱之机，偷偷到兰香房间将所看到的一切告诉了她，要她多加小心。

兰香听徐妈一说，心里也感到疑惑起来，尤其听说玉清也来了，正在上房客厅和其他人一起喝酒，心里顿时紧张了起来。她想，侯世耀今格为何要请镇上这些人？玉清怎么也来了？而且那些陌生的人又是干甚的？还有李凤仙和上次见过的那个老头，他们又是咋回事，会不会是冲玉清来的？这一连串的疑问，使她越发地惊慌不安起来，于是不由得向客厅这边张望。

客厅内，酒刚过三巡，玉清趴在桌上似乎已睡着了。这时，强自修对着侯世耀一笑说："噢！看来玉清还真不能喝，刚喝了三杯就喝成了这样，你赶紧安排他先去休息一会儿，待会吃饭时再叫醒他。"

侯世耀忙对强月娥和张俊仁说："你们赶紧扶玉清下去休息一阵。"

强月娥立即让俊仁去扶玉清，可玉清这时已软得立不起身来，于是在她和金荣的帮助下，俊仁背上玉清就出去了。强月娥在临出门时，回头对大家说："你们先喝你们的酒，我将玉清安顿好了就回来。"说完，就出去了。

这边，兰香正焦急不安地向客厅张望，忽见管家背着一个人朝她这边走来，她的心"咯噔"一下掉了出来。心想，那人该不会是玉清吧？玉清该不会是被他们害了？

"兰香妹子快来，玉清刚喝了几杯酒就喝成这样了。我这里还要陪客人，顾不上招呼他，你就先替我招呼一下他，再说别人我也不放心。"

兰香一听，脑袋"嗡"的一声差点晕了过去。此时，她顾不上多想，三步并作两步地快速迎了上去，把玉清迎进了自己的房间。俊仁把玉清放在兰香炕上，在强月娥和兰香的帮扶下，让玉清躺下盖上被子睡下后，强月娥这才说道："他只是多喝了几杯酒，不会有事的，你一会儿多给他喝些水就会好的。"说完后，她对俊仁说，"管家，我们走吧，这里有三姨太招呼我就放心了。"临出门时，她对兰香说："兰香妹，就有劳你了。"说完后，就急匆匆地走了。

其实，兰香哪里会知道，这是强自修、侯世耀及强月娥早就布好了的陷阱，他们一步步将玉清骗到侯府来，就是在等待这一刻。而另一拨神秘的人，则是前来买兰香的人，他们是要等兰香这边"出事"后才行动的。从整个计谋看，计划缜密、环环相扣，不仅玉清将要大祸临头，而且兰香也在劫难逃。

此时，兰香甚也顾不上多想，强月娥刚一走，兰香怀疑他们给玉清服了毒药，就赶紧将玉清翻过身趴在炕上，并将手塞进他的嘴里试图让他作呕吐出药来。可是抠了一阵，只见玉清眼睛紧闭，没有一点反应，兰香一下子吓得哭出了声，并惊恐地不停呼喊着玉清的名字。

正在这时，强月娥领着赵四、李凤仙及那几个陌生的人进来了。强月娥对兰香说："哭甚哩！咋回事？"说着，向赵四使了一个眼色。于是，还未等兰香回话，赵四便上前，用一块带有药水的布一下子捂住了兰香的嘴，不一会儿，兰香便身子一软瘫倒在地不省人事，接着那几个人，便七手八脚地把兰香装进早已备好的一只大木箱抬出了屋。只见李凤仙塞给强月娥一个银袋说："这是剩余的大洋，我领他们去了。"说完后，就领着这些人抬着木箱从后门出了侯府。侯府后门旁，早就停了一架马车，这些人将木箱装上车后，便迅速离开了青龙镇。

送走了这些人，赵四返回了兰香屋，强月娥指示赵四，让他上炕脱去玉清的衣服，只留一条短裤，然后用绳子将玉清结结实实地捆了起来。之后，她从衣内取出一包药放入碗内，又倒了一些水摇了摇，然后递给赵四说："快！快给他把这解药灌了。"赵四接过碗就给玉清灌了下去。与此同时，强月娥从兰香的衣柜内找出几件衣裤，散乱地放在炕上。

"大太太，接下来怎么办？"赵四给玉清灌完药后问强月娥。

强月娥说："他刚服了解药，要苏醒还得一会儿。你尔格赶紧去叫几个伙计来，我先看着他。"赵四应声去了。

不一会儿，赵四找来了四男一女五个人，这些人有谢广生、高长福、杜成方等，女佣人则是心眼儿不正的马改花。他们一进屋，便惊奇地问道："大太太，这是咋回事？"

只见强月娥怒悻悻地说："哼！咋回事？都是这个姓冯的干的好事。你们先看住他，我去叫人。"说着，一扭屁股就出去了，随即赵四也跟着出了屋。

客厅里，他们已把两坛酒喝光了，却还不见玉清醒来，同时也不见了强月娥的身影，因此尚杰不免担心起玉清来，就对忠有说："你不要喝了，你和张管家去看一下玉清，看他酒醒了没有。"

这时，强自修却假装关心地说："你俩去看一下，看到底是咋回事？"

忠有和俊仁答应着正要出去，只见强月娥急慌慌地进来了。她一进屋，就对着侯世耀哭喊道："老爷，不好啦，出大事啦！"

在座的人一听，酒立时醒了一大半，都紧张地注视着强月娥。其实这一桌人，强自修和侯世耀并未喝多少，酒几乎全让尚杰、庆荣、忠孝、忠全、忠有、金荣几人喝了。可是侯世耀却装着喝多了的样子，满不在乎地扬着手说："你……胡说甚、甚哩，我们正在喝……酒，你不要捣……乱！"

谁知强月娥抓起桌上的空酒坛，"啪"一声摔在地上说："家里都出人命了，还喝个屁酒！"

这一摔，彻底把尚杰、庆荣、忠有、忠孝、忠全等人摔醒了，尚杰紧张地问："是不是玉清出事了？"

谁知强月娥凶狠地说："是不是？你去看了不就知道了。"这时，强自修故作紧张地说："快快快！大家赶紧随我去看看，到底发生甚事了？"说着，和众人一同随强月娥去了兰香的房间。

当大家一进兰香的房间，眼前的景象让大家惊呆了。只见玉清赤身裸体躺在炕上，手脚都被反捆着，似乎还没有睡醒，炕上的被子蹬在一边，兰香的几件衣裤也散乱地丢在一旁。一见这场面，尚杰和忠有不约而同地问道："这是咋回事？"

这时，强月娥指着炕上的玉清，骂道："这姓冯的就不是人，我好心将他安顿在兰香房间让她照看着他，谁知我忙了一阵再过去看时，这个驴下的把兰香给糟蹋了。哎哟，丢死人了！"

"那兰香尔格在哪里哩？"庆荣显然不相信地问。

"哎哟哟！我们当时只顾了这牲畜，谁知受了害的兰香穿着睡衣就跑出去了，我让赵四去追了，是死是活还不知道哩！"随即，她又指着谢广生、马改花等人说，"不信，你问问他们几个，他们几个当时都在场哩。"

直到这时，谢广生等人才明白，赵四叫他们来是为了何事。他们心里明明知道这是陷害人的事，但慑于侯世耀和强月娥的淫威，尤其是现如今他们的后台驿丞强自修，只好保持了沉默。谁知那个心眼儿不正的马改花，这时说道："就是哩！当时我们几个都在场，我们就是证人。"谢广生他们一听马改花如此说，也只好违心地点了点头。庆荣见有这么多证人，也就无话可说了。

正在这时，赵四进来了，强月娥立即问道："赵四，三姨太哩？"

赵四回答说："当我追到河边时，看见三姨太已跳进冰窟里不见了。"

这时，强月娥哭天喊地哭号道："哎哟，我那可怜的兰香妹呀，你死得好惨呀！黑心的冯玉清呀，你不得好死，雷咋不把你劈了哩……"

见婆姨这样，侯世耀也来劲了，大声哭道："好你个冯玉清，我把你当人看，好心请你来喝酒，没想到你竟干出了这等下流的事来，并且害死了我的三姨太，我跟你拼了！"他一边说着，一边就要扑上去殴打玉清。

这时，一直在旁默不作声的强自修，对那几个伙计说："快拉住他，等问了玉清再说。"谢广生等人听后，便立即上前拉的拉、劝的劝，硬是将侯世耀劝住了。可侯世耀却假装难过的样子，双手抱着头蹲在地上，一边干号着，一边歪头从指逢中偷窥着众人。

也许是解药起了作用，也许是动静太大了，玉清这时慢慢地醒了过来。当他睁开眼时，看见屋内有这么多人，闹哄哄的，竟自言自语地说："我这是在哪儿？屋内咋这么多人？"谁知满屋的人都在看着他，但却没有一个人回答。这时，他才发现他被捆住了手脚，而且还裸着身子，头脑一下子清醒了过来，立即挣扎着大声喊道："你们为甚绑我？我犯了何罪？"

"姓冯的，你装甚哩！你刚才那么凶，几个人都压不住，这阵你倒装起糊涂来了。"强月娥指着玉清，继续说道，"你不是说为甚绑你，你犯了何罪么？我来告诉你，就在一个时辰前，你在这里把兰香给糟蹋了，逼得她跳了河，你说你犯了何罪？"

玉清这下彻底明白了，又挣扎着怒斥道："姓侯姓强的，你们真狠毒，你们设计陷害我不说，连兰香也不放过，你们的心也太黑了……"由于他挣扎的劲过大，致使伤口一阵剧烈的疼痛，立时豆大的汗珠从脸上滚了下来，加之气火攻心便晕了过去。

见此情景，加上大家平时对玉清和侯世耀人品的了解，在场的很多人都认为这其中定有隐情。尤其是尚杰、忠孝、忠有、忠全、庆荣等更是怀疑玉清是被陷害的，忠有站出来说："我看，玉清是被你们侯家陷害的，他绝不会做出那种事的。"

"明明是他干了见不得人的事，你反倒说是我们陷害了他。那你说说，我们咋个陷害他了？"强月娥冲着忠有问道。

忠有说："那我问你，玉清是咋格去的兰香房间？又是如何强暴兰香的？兰香跳河时有几人看见了？请你给我说出个一二来！"

强月娥听后，瞪着眼说："他干了伤天害理的事你不怪他，反倒审起我来了。好！那我给你说说。玉清去兰香房间，是我让管家背去的；他强暴兰香，是被我和赵四捉奸在床的，而且广生、改花他们几人都在场；兰香跳了河，是赵四亲眼看见的。我说的这些，若有半点假话，就让雷劈了我！"

听了强月娥的话，忠有说道："姓强的，那我问你，你明明知道玉清和兰香原来就有那么一段往事，你不把玉清安排到别处去歇息，却偏偏把他安排到兰香的屋内，这说明你们把他安排到兰香的房内就没有安好心；二是，玉清喝了酒已醉成了那样……"说到这里，他突然停了一下，又接着说道，"我尔格怀疑，你们是不是在他的酒中下了药，要不三杯酒咋能将人喝成了这样。再说，一个人醉成了这样，连自身都顾揽不了了，哪还能干那事？除非你家世耀有那本事，说玉清糟蹋了兰香，打死我也不信。"他说到这里，尚杰、忠孝、忠全、庆荣也都指着强月娥让她回答。

强月娥见状，就指着忠有对强自修说："自修，你看他说的那还叫人话吗？他们不说玉清的不是，反倒欺负起你姑和你姑父来了，你到底管不管？"

这时，只见强自修对忠有说："老冯，你有事说事，说那些无关的话有甚用。算啦！你不要说了，我看这事并不像你说的那么简单，先把玉清带回驿镇所再说。"

"强驿丞，甭忙，我还有话要说。"庆荣接着说，"刚才侯家婆姨说的那事，我也不信。还有，兰香那么一个大活人，她说跳河就跳河了，她总得从这侯府出去吧，总得从街上经过吧？这侯府内有几人看见她跳河了，难不成她是从空中飞到河里去的？"

经庆荣一问，倒把强月娥问住了，慌忙之中她指着赵四说："他和我看见的，还不够吗？"

忠有说："赵四就是你养的一条狗，你说让他咬谁他就咬谁，他说的话谁信呢。"说着，他又指着谢广生和几个伙计问道，"兰香跳河，你们看见了吗？"

谢广生等人虽有向着主人的心，但面对咄咄逼人的庆荣和冯家人，也不敢瞎说了，于是他们面面相觑，既不点头，也不摇头，装聋卖傻起来。

见状，忠有紧接着说："这不就结了，他们都没看见，唯独你俩看见了，鬼才相信哩！这说明，你们这就是一个圈套，分明是要陷害玉清的。尔格兰香到底在哪里？是死是活还不知道哩？"说毕，他转向强自修说，"强驿丞，我说的没错吧？他们这分明就是在陷害人！"

忠有不愧是当过里正的人，在关键的时刻还真行，几句话就把局势给扳转了。他的问话，竟使强自修不知该如何回答，其他人也都开始怀疑这是一个骗局了，便开始不停地议论起来，有人同情地上炕给玉清盖上了被子。

眼看阴谋就要败露了，侯世耀此时瞪着眼没招了。强月娥这时却使出了她的杀手锏，只见她双手一拍大腿，"啊呀"一声朝地上一坐，哭叫道："哎呀，我的老天爷呀！这不冤枉死人了吗？明明是姓冯的强暴了兰香，逼出了人命，却诬陷我们设了圈套，这世上哪还有公理呀？"她停了一下，缓了口气又指着忠有号叫道："谁不知道你是玉清他六爹，你当然向着他。他干了坏事，逼死了兰香，你却还护着他，你就不怕雷劈了你！哎呀！我那可怜的兰香妹呀，你死得好惨啊……"

强月娥这么一哭闹，屋内的气氛立时又变了，人们都看着强自修，看他咋办。这时，只见强自修走过去，从地上拉起强月娥说："姑，起来！不要哭了，这事我会秉公处理的，请相信我。"说着，他转身对他的随身人员说道，"你们两个，先把玉清押回驿镇所，等我查清了再作处理。"话音未落，那两个随从便上炕去提玉清。

这时尚杰、忠有、忠孝、忠全、庆荣却上前挡住不让带走玉清。忠有说："强驿丞，事情未弄清前不能带走人。"

强自修见状，说道："老冯，你放心，我只是带他回驿镇所了解一下情况，并无其他意思。再说，赵兰香尔格还不知是死是活哩。这牵扯人命的事，我岂能草率，等搞清楚了，我自然会给你们和玉清一个交代的。请不要为难我，我这也是在例行公事。"见他这样说，忠有几人只能勉强同意。强自修一挥手，重新让人上炕去押解玉清。

尚杰却拦住说："甭忙，杀人不过头点地。天这样冷，总不能让他光着身子出屋吧？"

"对对对！给他穿上衣裳。"强自修假装同情地说。随即，在尚杰的张罗下，忠孝和庆荣等人，解开玉清身上的绳子给他穿好了衣服。这时玉清又一次醒了，但他只觉浑身发软没有一点力气，被绳子捆绑过的手脚此时钻心地疼痛，等人将他扶下炕时，强自修给那两个随从使了个眼色，他俩又用绳子捆住了玉清的手。此时玉清完全清楚了，这是他们设下的陷阱，看来他今日难逃一劫了。

当强自修他们押上玉清刚走出侯府，就见忠贤和喜梅扶着折老夫人来了，身后还跟了一大群人。当折老夫向尚杰等人问明了玉清遭陷害的经过后，说什么也不让强自修把人带往驿镇所。后面人也高呼道："不能带走冯玉清，他是被侯家陷害的。"

谁知这时，强自修一下子变了脸色，对着折老夫人大声说道："老夫人，请你让开，不要妨碍我执行公务，否则别怪我不客气了！"接着，又冲着众人说道，"我是在执行公务，谁敢阻拦，通通以妨碍公务罪一并押往驿镇所！"说着，他向驿镇所的几位听差一挥手，指着玉清说，"给我把人带走！"

那几个听差闻声就要带走玉清。这时，折老夫人拄着拐棍，对着强自修大声说道："姓强的，我老婆子活了七十多岁，甚大风大浪没见过。就凭你几句大话就能把我唬住？你们这样设计陷害我孙儿，天理难容！你今格要把玉清带走，除非从我身上踏过去！"随着话音，不仅玉廉、玉康、忠贤、喜梅、冬生等挺身护在了玉清面前，而且众多人也都上前围着玉清筑起了一道人墙。

"反了，反了！"强自修凶相毕露地大声叫道，"给我把这几个闹事的统通通抓了！"话音未落，那些差役抽出刀拉开了架势。这时，玉清害怕伤了奶奶及家人，更怕引起不必要的流血冲突，就大声喊道："住手！"接着对奶奶说，"奶奶，不用怕。你孙儿行得端、走得正，绝没做对不起祖宗和您老的事。如果您老相信我，就让我跟他们去，谅他们也不会把我怎么样。"见奶奶和众人还在犹豫，玉清又提高了声音说，"奶奶、爹、冬生、玉文，请你们相信我，让开路！"折老夫人和众人听后，这才慢慢地让出了一条道，于是玉清便扬着头走出了侯府，其他人也都跟着他一同向驿镇所走去。

第二十四章　头悬刀两命连一线
　　　　　　　有情人最终成眷属

　　二月的黄土高原，虽看不到花红柳绿时，听不到黄鹂空好音，但却别有一番景致。蔚蓝蔚蓝的天空万里无云、一望无际，明媚的阳光唤醒了沉睡的大地，拂面的春风送来了久违的温暖，远处的梁峁山川，虽然仍是光秃秃一片，可若隐若现的青草，已使高原浮起了一层薄薄的绿色烟雾。河里的坚冰已开始融化，被禁锢了一冬的青龙河，此时又无拘无束地撒着欢儿向前奔流着。大地已经解冻，三三两两的农夫，正在田里为春耕的来临忙活着，生怕过了节令、误了农时。

　　突然，县城在通往青龙镇的官道上，传来了一阵阵敲锣声，只见一顶官轿在一队官兵的簇拥下，远远地驰了过来。这队官兵足有四十多人，前有举幡扬旗的衙役鸣锣开道，后有挎刀执枪的兵士护卫，四人抬的官轿忽悠忽悠地晃悠着，就如水上行船一样稳当。人们猜测，这轿中的官员，不是道台州官，就是封疆大吏，不然谁会有这样大的阵势和排场，于是行人纷纷回避让道，唯恐躲闪不及招致祸端。

　　其实，这顶官轿内坐的不是别人，而是小小安宁县的知县同继洲。他今格出行，一不是游春赏景，二不是关心农事体恤民情，而是应强自修之邀，专程赶往青龙镇拟荐玉清为强驿丞参军而来，以此彰显他这个知县爱惜人才、屈尊荐贤的美名。而他今日带了这么多官兵，主要是怕路途遭遇匪徒的袭击，其次是为了显示他这个七品县官的威仪与尊贵。还有一层更深的用意，那就是因为青龙镇有玉清原组建起来的二百多人的民团营，目前虽说已解散闲居于青龙镇，但随时有听命于玉清的可能，他带着这些官兵来就是为了震慑他们，使他们知道官府的厉害而不敢轻举妄动。今天，随同继洲一同出行的，还有师爷俞振海、新任自卫营标统赵光亭、书记员党俊生等人，几乎把县衙的要员都带来了，足见其对这次青龙镇之行的重视。

再说，强自修将玉清带出侯府后押往驿镇所，拟采取行刑逼供的方式定他的死罪。但行至驿镇所前的广场时，有上百人阻挡不让去驿镇所内审讯，让在广场上公开审理。强自修无奈，只得命人把玉清绑于驿镇所广场上的石柱上，并搬出了两张桌子和几把椅子摆在石柱前，接着便传唤所有有关人员到场接受讯问。

其实折老夫人、尚杰、忠孝、忠有、忠全、徐妈、喜梅、庆荣、杨院生及侯世耀、强月娥、张俊仁、赵四、谢广生、马改花等与案子有关联的人员就在现场，无须宣召就可开始审讯，但强自修却迟迟不肯出驿镇所开审。这时，广场上的人已经等不及了，开始向驿镇所的院内呼喊，让强自修出来审案。过了好一会儿，强自修才慢慢地出来了，当他坐下后清点了一下相关人员，发现少了一个关键证人，因为徐妈指控李媒婆和一帮陌生人来侯府后兰香就不见了，于是强自修又差人去叫李凤仙，之后又回了驿镇所不出来了。

强自修之所以迟迟拖着不肯公审此案，是因为他心中有鬼。他心里明白，此案一旦公开审理，就会露了马脚，不但他姑和他姑父会成为众矢之的，他也会受到牵连，因此他只好拖延时间。其实他拖延时间，也是在等一个重要人物，这个人就是同继洲。已过晌午了，却还迟迟不见知县到来。是不是他今格没有来？或中途被其他事给耽搁了？强自修开始在心里犯起疑来。为此，他不断派人去街镇外的官道上打探，有些坐不住了。

正在这时，忽见一个当差的进来报告说："来啦，来啦！"强自修一听喜出望外，忙整了一下官帽，就跟着差役快步出了驿镇所。他出了驿镇所，却并未看到同继洲，就问差役道："同知县在哪里？"

那个差役指着李凤仙说："是李媒婆来啦！"只见李凤仙吓得脸色煞白，腿抖得跟打摆子似的。

强自修一见，立即朝那个差役恼怒地骂道："真是乱弹琴！"可他已经出来了，再回去已经是不可能了，于是只得硬着头皮坐于桌前，装模作样地开始审起案来。

可当强自修刚坐定正准备开堂审讯时，一个差役又跑来报告说："来了来了！"

强自修没好气地问："谁来了？"

"是县老爷来了，都走到堲水湾了。"那个差役说。强自修一听，立即慌忙起身，带领有关人员向街镇口跑去。一听说县老爷来了，呼啦啦一大群人，也一齐跟着去了街镇口。

当强自修一行刚来到街镇口，就见同继洲的官轿已到了跟前，强自修等赶紧跪下迎接道："恭迎知县大人驾到，恕下官迎接来迟！"

同继洲在俞振海的搀扶下走出了轿子，上前扶起强自修说："快快请起！"当他看到桥头有这么多人时，还以为是强自修专门为他组织的欢迎群众，就高兴地说，"你怎么搞了这么大的欢迎场面，让你费心了。"随即，他又转向众人拱手道，"诸位百姓辛苦了！"

这时，强自修在同继洲的身后，急得直向众人扬手，示意人们欢迎县太爷，人群里他原先安排驿镇所的几个差役，便带头呼喊起了欢迎的口号，接着人群这才响起了稀稀拉拉的欢迎声。谁知玉喜这时，却扯着大嗓门也跟着呼喊起了欢迎的口号，一下子使欢迎的场面增色了不少。同继洲见状，高兴得直向玉喜招手，玉喜就喊得更欢了。之后，同继洲便在强自修的陪同下，走向了驿镇所。可当他经过广场时，看见那里围了好多人，又见石柱上绑着一个人，就问强自修道："这是咋回事？"

强自修立即上前答道："回大人的话，本镇发生了一件大事。这个不争气的冯玉清，酒后强暴了本镇侯老爷的三姨太，逼得人家跳了河，主人将他捉奸在床，押到这里让我处理呢。"

同继洲听后，惊愕地说："会有这样的事？"

强自修赶忙说："知县大人，您先回驿镇所休息，容我慢慢向您汇报。"随即将同继洲请进了驿镇所。

县太爷的突然到来，引起了人们的一阵猜测。折老夫人感到奇怪，这县老爷怎么突然来了？她认为这或许是一件好事，因为在青龙镇姓强的一手遮天，由他审玉清必死无疑，而如果由县老爷亲自审理，相信他一定会秉公断案，还玉清一个清白的。于是，她在尚杰、冬生、忠贤、忠有、喜梅等人的陪同下，来到驿镇所大门外，要求面见知县大人。可驿镇所大门外已是兵士林立、禁闭森严，任凭她怎样说兵士就是不让进。过了一会儿，一个当差的出来说："知县大人正在用膳，暂不宜接见任何人。"说完就进去了，折老夫人只好在外面等候。

而这时，强自修趁同继洲吃饭之机，把他如何请玉清到驿镇所议事、他姑父侯世耀给他过生日、又如何请了大家去喝酒、玉清又是如何假装醉酒潜入他姑父三姨太房间等事，加油添醋、绘声绘色地向同继洲作了一番汇报。

　　谁知同继洲听着听着，"啪"一下将筷子掼在桌上说："好个大胆的冯玉清，真是色胆包天，竟敢在光天化日之下强暴良家妇女，决不可轻饶！"说着，就要立马提审玉清。

　　"同大人，使不得，使不得！"强自修制止道。

　　同继洲不解地问："为啥使不得？"

　　强自修趁机说道："这冯家业大势大，平时在镇上就横行霸道惯了，无人敢惹，加之玉清又组建过几百人的民团营，虽说他们尔格都解散在家，但仍以冯玉清马首是瞻、唯命是从，所以他们冯家更是有恃无恐。这不，玉清强暴了人家女人逼死了人命，被人家捉奸在床抓起来交我处理，可谁知他们冯家却横加阻拦，并唆使了数百人围攻驿镇所要求放人，其中就有原民团营的二百多人。"停了一下，他又装出为难的神情说，"同大人，这个案子事实清楚、证据确凿，按理应该好处理，但由于冯家的缘故，才使得此案无法正常审理，如果您接手审理此案，我怕会给您带来麻烦。"

　　同继洲听后，大声说道："反了他们了！我就不信，是大清的王法大，还是他们冯家的势力大？"接着他又说道，"我原来还觉得他是个人物，还想重用举荐给你当个参军，看来是我看走了眼。"

　　强自修接着说道："同大人，别看玉清平时道貌岸然，可背地里甚事都干得出来，有他在，量谁也当不好这个驿丞。"听了强自修的话，同继洲心里顿时起了杀心。这个玉清恃才傲物，平时就不把他这个知县放在眼里，处处与他作对，他几次想治他的罪，但因理由不足而奈何不了他，这次正好借此机会治了他。再则，一直令他担忧的是，玉清那几百人的民团营，就如同隐藏在他身边的一只火药筒，随时都有爆炸的可能，说不定哪天就会把安宁县闹个天翻地覆，而只要玉清一死，他们就群龙无首，再也翻不起什么大浪了。想到这里，他对强自修说："好！那咱们今天就好好审理审理这个案子。"

　　强自修一看，同继洲的这一把火已经烧起来了，只要同继洲愿意审理此案，他就能借刀杀人，并不用背负恶名。于是他对同继洲说道："同大人，玉清的这个案子本应由我审理，但因我和侯家有亲戚关系，为了避嫌，也只能让大人为我代劳了。"

同继洲也不推让，一拍桌子说道："玉清的案子，就交由我亲自审理，他们冯家就是一个马蜂窝，我今天也要捅它一捅。"之后同继洲对强自修说道，"走！随我一同去广场审理此案。"

这时强自修却说："同大人，我看不如在驿镇所审理。外边人多干扰大，且大多数人都是冯家动员来的百姓和原民团营的人，我怕他们闹事和冲击审理现场，到时局面就不好控制了。"

"好！你说的有道理，就在驿镇所内审理。"之后对强自修说道，"你去安排一下，把所有涉案的人证找来，我要逐个讯问审理。"强自修答应着出去了。

至此，强自修心里的一块石头总算落了地，因为只要同知县接了戏，那他精心编排的这出大戏就能继续演下去了。于是，他差人首先将侯世耀、强月娥、张俊仁、赵四、马改花、谢广生等人叫进驿镇所的一间房内，并对他们说："你们听着，今格能不能给玉清定罪，就全看你们的了。你们要记住，先前是怎样说的，当着知县大人的面还咋样说，不能乱说，否则，别怪我姓强的对你们不客气了。我想你们都是明白人，不需要我多提醒。"之后，他让人把李媒婆一个人叫了进来，让强月娥单独给她交代了一番。因为李凤仙只参与了偷卖兰香一事，对侯世耀陷害玉清一事并不知情，只要一口咬定她未来过侯府，也未见过什么陌生人，更没有贩卖兰香一事，就算大功告成，因此李凤仙为了撇清自己，自然就爽快地答应了。

等安顿好了侯世耀他们，强自修又差人将折老夫人、尚杰、忠贤、忠有、忠全、忠孝、庆荣、徐妈几人叫到驿镇所的另一个房间里。等折老夫人他们进屋后，强自修对折老夫人说："老夫人，这下好了，玉清这个案子尔格要由同知县亲自审理了，我也可以避嫌了。这下，您有甚冤屈和疑问，就只管向知县大人诉说，他一定会秉公办案，为您老做主的。"

折老夫人瞥了一眼强自修，然后说道："那是自然！"

强自修假惺惺地说："那就好，那就好！"之后，就匆匆地离去了。

一切准备就绪，审案的地方，就设在驿镇所院中的大堂内。只见同继洲坐于堂中主审官的位置，强自修以陪审官的身份坐于侧旁，师爷俞振海、标统赵光亭、书记员党俊生各就各位，八位衙役手持杀威棒立于两侧。

"宣证人侯世耀上堂！"随着师爷俞振海的一声吆喝，侯世耀、强月娥、张俊仁、赵四等十余人第一拨被宣上堂来。其实，这是强自修有意这么安排的，就是为了营造先入为主的效果。

当侯世耀他们刚跪到大堂前，堂下两边的衙役便将杀威棒在地上戳得咚咚响，同时嘴里不停地发出"威——武——"低沉的吼声。侯世耀、强月娥他们从未见过这样的阵势，心里不由得有些发毛。等衙役的吼声一停，同继洲一拍惊堂木，大声喝道："堂下何人？报上名来！"

侯世耀赶紧磕头说道："启禀县老爷，我是青龙镇弱民侯世耀。我有重大冤情要诉，还请县老爷为我做主。"

"你有何冤情，请向本知县诉来，本知县一定为你做主。"同继洲态度放缓和了说。

侯世耀一听，这才放开胆子说道："回大人，我状告本街镇冯玉清强暴了我的三姨太赵兰香，逼她寻短跳了河……"接着，他又把他如何请玉清他们喝酒，玉清假借醉酒强暴兰香等内容叙述了一遍，把玉清及冯家说成了街镇中十恶不赦的恶霸。

侯世耀刚一说完，强月娥立即大声哭喊道："青天大老爷啊！我那兰香妹死得好惨呀！请老爷为我们侯家做主，一定要严惩冯玉清这个恶魔，替我们侯家讨个公道！"

侯世耀、强月娥这对狗夫妻一唱一和、恶人先告状，使同继洲更加相信了先前强自修说的是真的了。只见他一拍惊堂木，怒气冲冲地说道："大胆冯玉清，竟干出这等伤天害理的事来，本知县一定不会轻饶了他！"接着，他对侯、强二人说，"你们说的这些，可有人证？"

"有啊！"强月娥抢着说道，"是我和张管家，把玉清安顿到兰香妹的房间，让她暂时照看他的，谁知当我和赵四、谢广生等人再去看他时，就见他脱光衣服强暴了兰香，我们便将他当场捉了。可谁知我那可怜的兰香妹想不开，竟跑去跳了河。"说着，她又指着俊仁、赵四、改花、广生等人说，"这前前后后，他们几个都在场，他们就是证人，不信您问他们。"

凭张俊仁对主人的了解，他心里清楚玉清是被他们陷害的，可他只把人背到三姨太的房间，至于后边发生的事情他就不知道了。虽然他有许多疑问，可看来知县和强自修是一个腔调了，再加上有赵四、马改花等人做证，他即使有心向着玉清，也于事无补，于是他只能违心地点着头，赵四、马改花等人也点头称是。

见此情景，同继洲说道："你们既然是证人，那就请在供状笔录上画押吧。"党俊生随即让俊仁、赵四他们一个个在各自的名下画押并按了手印。之后，同继洲又对侯世耀说，"侯先生，你还有甚要说的。"

侯世耀还未说话，强月娥却抢先说道："同大人，按照我们青龙镇的规矩，如果捉奸在床又逼死人命的，是要当众沉河的。因此，我们强烈要求，将冯玉清当众沉到河里，才能解我们的心头之恨。"

同继洲问强自修道："强驿丞，她说的可有此事？"

"回大人话，青龙镇确有此规矩，以前就发生过这样的事情。"强自修回答说。

同继洲听后，对强月娥说："好！你的建议我会考虑的，你们退堂吧。"

侯世耀几人刚退出大堂，折老夫人和忠贤等人又被唤上堂来。同样的套路，等衙役的吼声一停，同继洲一拍惊堂木，然后大声喝道："堂下跪着何人？报上名来！"

忠贤回答道："回大人的话，我乃青龙镇草民冯忠贤，同来的有我的母亲及叔侄等人。"

"你们有何诉求？请如实讲来。"同继洲威严地盯着忠贤说，而且口气和措辞与前者大不相同。

"回县老爷，我们有冤情要诉。"忠贤说。

这时，刚才审讯时一直未插话的强自修却说："冯老爷，尔格你有甚冤情，就直接对知县大人讲吧。可你要想好了，诉冤情一定有甚说甚，而且要有事实依据，可不敢瞎说，没有依据的瞎说，那可是要受王法制裁的。"

"强驿丞，我们还没有说甚，你怎就知道我们是瞎说哩？"折老夫人问。

"我只是提个醒，没有别的意思。"强自修不自然地说。

这时，忠贤说道："县老爷，我们状告本镇侯世耀，诬陷我儿玉清强暴了他的三姨太并逼她跳了河，此事纯属陷害，请大人明断。"

同继洲拿腔拿调地说："你说侯家陷害你儿玉清，可有依据和人证？请照实说来。"

"回大人的话，是不是陷害，这明眼人一看便知。有几件事老身一直不明，只要这几件事弄清楚了，这个案子也就清楚了。"这时折老夫人替儿子回答说。

"老夫人，那您老说说看。"同继洲显得很开明地说。

折老夫人不慌不忙地说道："今晌午，强驿丞叫我孙儿玉清去驿镇所议事，怎就被叫到他姑父家喝酒去了，而且同桌人怎就醉了我孙儿一个人，又偏偏被安排到了侯世耀三姨太的房间？这不能不使人怀疑，这是他们故意设下的圈套，这是其一。其二，自古道捉贼捉赃、捉奸捉双，他们侯家怎就只捉了我孙儿一人就说他俩有奸情，这不是天大的笑话吗？按他们侯家的说法，是我孙儿强暴了兰香，逼她跳了河，那街镇上有几人看见她跳河了？即使她真的跳了河，侯家为甚不组织人去打捞哩？这活不见人，死不见尸就说她跳了河，能使众人信服吗？其三，尔格最关键的证人是兰香，而兰香是在他们侯府失踪的。就在兰香失踪前后，有人看见李媒婆领着四五个陌生人在侯府和街镇上出现过，而且那些人在离开镇子时运走了一个大木箱，我怀疑兰香不是被侯家卖了，就是被他们给害了。"停了一下，折老夫人又说道，"同大人，把这些事情连起来想，不就说明他们侯家既害了兰香，又嫁祸给了我家玉儿，真是狠毒至极，还请同大人明辨是非，替我们冯家洗清冤屈。"

折老夫人虽不识字，又年事已高，但思路清晰，说出的话入情入理，滴水不露。可这一切，却改变不了同继洲之前对此事的印象和主意。只见他耐着性子听完折老夫人的一番陈述后，却冷冷地说道："老夫人，你说的这些虽有道理，但大都是你个人的怀疑和猜测，并没有依据和人证。如你说的第一个问题，今日是强驿丞的生日，他姑父请大家一同去喝酒是人之常情，没有甚怀疑的。至于一桌人只有你孙儿一人醉了，说明他确实不胜酒力，要是酒有问题，那同桌人岂不都醉了？"说到这里，他对强自修和尚杰、忠有等人问道，"你们说酒有问题吗？"

强自修回答道："酒没问题。"尚杰、忠有、忠全、庆荣等也摇着头证明酒没问题。

同继洲接着说道："第一个问题清楚了。这第二个问题，侯家人将玉清捉奸在床和三姨太跳河，是有人证的，你有玉清没有作奸犯科和三姨太没有跳河的人证吗？"

"我虽没有人证，但仅凭他们侯家人证明就能令人信服吗？如果他们能找出除他们侯家以外街镇上的人证，也算数。再说，尔格河里的冰已基本消完了，她从哪里跳的河，若能打捞上她的尸首也行，如果再没有人证，又打捞不上兰香的尸首，怎能证明她跳了河？"折老夫人毫不退让地说。尚杰、忠贤、忠有、忠全、忠孝、庆荣等这时也附和着折老夫人的话："让侯家拿出让人信服的证据来。"

谁知同继洲却板着脸说道："老夫人，我念你年岁大给足了你面子，可你也不能不识人敬。玉清作奸犯科和三姨太跳河，侯家是有多个人证的，你们只是怀疑而又无人证，怎能令我不相信侯家而相信你们冯家呢？真是岂有此理！"折老夫人听后还想与他争辩，但却被同继洲制止了，只见他接着说道，"这第三个问题，你不是说，侯家三姨太不是被侯家卖了，就是被他们害了，你可有人证？"

"当然有证人。不仅侯家的佣人是人证，并有街上的几个人也是人证。"折老夫人一边回答，一边对徐妈说，"徐妈，不用怕，把你看到的如实说来。"

这时，徐妈把她看到的，如实向同继洲叙说了一遍。同继洲听后，又立即宣上了李凤仙，只见他一拍惊堂木厉声喝道："李媒婆，本知县问你话，你可要如实回答，若有半句假话，定将大刑伺候！听清楚了吗？"随即那班衙役，又将杀威棒在地上戳得咚咚直响，李凤仙偷眼望了一眼同继洲，腿已开始筛了。

强自修见状，怕李凤仙被唬住了说了实话，就给她暗中壮胆说："李媒婆，不要怕，只要你照实说了就不会有事的。若你瞎说一气，不但会挨板子，还会被抓去蹲大狱的。"

李凤仙听了强自修的话，自然知道该如何说了，于是连声说："我一定照实说，一定照实说。"

同继洲这才问道："我问你，你领陌生人去过侯家没有？你是不是帮侯家将侯家三姨太卖给了那几个人了，并用木箱子将她偷运出了侯家？或者让那几个人将她害了？"之后，他又一拍惊堂木喝道，"以上可有此事？请如实招来！"

李凤仙忙摆着手说："我今晌午未去过侯府，也未见过甚陌生人，更未帮侯家卖过或害过三姨太，还请县老爷为奴家做主。"

"你敢肯定吗？"同继洲问。

李凤仙一拍胸脯说："我敢对天发誓，这是绝对没有的事！"

同继洲对书记员说："让她签字画押。"待李凤仙画押摁了手印后，同继洲便让她退了下去。这时，只见同继洲一拍惊堂木，对徐妈大声喝道："好个大胆的刁民，竟敢造谣生事诬陷好人，该当何罪？"徐妈也不示弱，大声回答道，"回老爷的话，我说的句句属实，绝无半点谎言，还望大人明断！"

同继洲大怒，一拍惊堂木喝道："大胆刁妇，竟敢狡辩，给我杖责十棍！"话音刚落，两边衙役走上来，按住徐妈就要动刑。

这时折老夫人上前说道："且慢！不仅徐妈看见了，而且镇上的杨院生、张顺来、冯玉东、寇栓红四人也看见了，何不把他们叫来一问呢？"

而此时强自修却插话说："没有那个必要，最关键的证人李媒婆都说没有此事，还会有假？"之后对同继洲说，"同大人，您说呢？"

同继洲听后一拍惊堂木，指着徐妈说道："事实已经清楚，无须再叫其他无关人员。给我把这个撒谎的刁妇重责十棍，看她招不招！"闻言，那几个衙役上前又要动刑。

这时，折老夫人和儿子同时上前护住徐妈，只听老夫人说道："县老爷，你这样断案恐有不妥。同是证人，李媒婆的话你就信，而徐妈的话你却不信，并要动刑，这明显有偏袒侯家之嫌。你若真要动刑，就让我老婆子替她代刑吧！"她的话音未落，忠贤、忠有、庆荣等都要替徐妈代刑。

谁知同继洲大声说道："老夫人，怎样断案，不用你教我。倒是你们藐视王法、咆哮公堂，该当何罪？念你老人家年事已高，本知县就不追究你和他们的罪责。"说到这里，他对左右挥了挥手，说道，"将他们请出驿镇所！"折老夫人等人还想继续争辩，但左右衙役不由分说，将折老夫人等人连拉带拖地赶出了驿镇所。等他们一出大堂，同继洲吩咐道："用刑！"随即，左右将徐妈按倒在地，噼里啪啦就是十大棍，直把她打得皮开肉绽，然后被拖出了驿镇所大门外。

当徐妈被拖出大门外时，人们呼啦一下围了上来。大家心里明白，如今青龙镇的天，是姓强和姓侯的天下。看得出，这位县老爷是向着侯家的，冯家今格真是要大难临头了，于是有人唉声叹气地直摇头，有人则大声替冯家鸣不平。而此时，折老夫人抱着徐妈，流着泪说："看来，这个赃官是和侯家一个鼻孔出气，我家遭难也就罢了，害得你也跟着我们遭罪，老天真是不公啊！"

徐妈虽被打得疼痛难忍，但却忍疼说道："老夫人，我受一点皮肉之苦没甚，当下最要紧的，是得赶快救少东家呀！"折老夫人原以为，同知县能秉公断案，是会还他们冯家一个清白的，没想到这个狗官竟如此明目张胆地向着侯家，这使她一时没了主意。

这时，玉清被几个兵士押进了驿镇所。同继洲一见玉清，奸笑了一声说道："冯老弟，没想到我们在这里又见面了，别来无恙啊！"玉清看了他一眼，只是淡然地一笑，并未搭话。他心里明白，同继洲的突然光临，肯定与他有关。看来，他今格注定是在劫难逃了，于是他表现得很坦然。

同继洲见玉清未搭话，又说道："冯老弟，凭你的文韬武略，将来必定能成为朝廷的股肱之臣，可你却不识时务，到处给朝廷添乱，不把本知县对你的提拔重用及忠告放在眼里，令我非常失望。而今，你又做下了这样见不得人的龌龊之事，我真为你感到遗憾和惋惜。但法不徇私，尽管咱们在一起共过事，但我也不能为了情面而坏了规矩。"停了一下又说道，"玉清，你所犯的罪状，你是自己招供呢，还是逼我动粗用刑哩？"

玉清笑了一声，说道："同大人，不知我犯了何罪？"

还未等同继洲发话，强自修却说道："你强暴了侯老爷的三姨太，逼她跳了河，你还不知道你犯了何罪？"

玉清盯着强自修，义正词严地说道："我冯玉清行得端、走得正，从未做过那种伤天害理的恶事。"停了一下又接着说道，"我知道，今天这一出戏是你一手导演的。你和你姑父想要我的性命就直说，何必向我身上泼脏水侮辱我的人格。"

这时，强自修气急败坏地说："姓冯的，明明是你干了坏事反说我们诬陷你，真是一派胡言。再说，我与你前世无冤，后世无仇，我为何要害你？真是岂有此理！"

玉清不紧不慢地说道："你虽与我无冤无仇，可你姑和你姑父与我有仇。就在去年，你姑的大儿子侯金贵，与本镇淫妇白银花勾搭成奸害死其夫，又撞死其婆，是我和田驿丞主持将其沉河的，这事我第二天已向同知县做过汇报。"说到这里，他转向同继洲说，"同大人，有这回事吧？"

同继洲点了一下头说："有这回事。"

玉清又接着说："正因为如此，侯家对我恨之入骨，所以侯家今格设局想用同样的方法治我于死地，也就不足为奇了。这就证明，你强自修今格请我议事和去侯家喝酒是假，配合侯家害我是真，我说的没错吧？强驿丞。"

"同大人，你看冯玉清的态度还如此嚣张。明明是他犯了同样的罪，却反咬我一口。同大人，你可要替我做主啊！"强自修像受了极大的委屈似的对同继洲说。

这时，只见同继洲说道："玉清，你说的这些，只是你个人的猜测，并不能证明你是清白的，可你犯罪那是有人证物证的。再说去年的事，你和田驿丞做得没错，可你今格犯了同样的罪，怎能说人家陷害你呢？我这个人不偏谁不向谁，只相信事实与证据。"

"冯玉清，不论你如何狡辩，你犯的罪恶是抵赖不掉的，你也要受到同样的制裁！"强自修恶狠狠地说。

玉清冷笑了一声，说道："你们今天可以强加罪名置我于死地，但你们却改变不了陷害我这一事实，因为全青龙镇百姓的眼睛是雪亮的，他们是会为我洗刷冤屈的。"

"姓冯的，看来不动大刑，你是不会招认的。"强自修说到这里，对堂下衙役喝道，"给我狠打五十大板！"两边的衙役应声准备上前用刑。

"且慢！"只见同继洲说道，"强驿丞，不得用刑，冯玉清毕竟是做过县标营的标统，也算是个从七品武官，而且还是个举人，因此要给他留有一定的尊严，让他体面地上路。至于招供不招供已无关紧要，有那么多的人证物证足够了。"

"对对对！还是大人想得周到。"强自修又接着说，"同大人，您真是菩萨心肠，安宁县能有您这样的好官，那是我们安宁县百姓的荣幸。"

听了强自修的恭维，同继洲装出一副更加慈悲的心肠对玉清说："玉清老弟呀！我这也是为你着想，请不要怪罪于我。"停了一下，又接着说道，"玉清，看在咱们过去的交情上，你还有什么要说的话或安顿的后事，就尽管对我说，我一定会满足你的。"

玉清听后，知道同继洲已给他定了罪，并宣判了他的死刑。面对这个口蜜腹剑、阴险狡诈的狗官，他做再多的解释也是枉然，于是镇定地说道："同大人，你硬要定我的死罪那是你的事，但我再重申一遍，我冯玉清没有干那种伤天害理的恶事，我是清白的，要杀要剐请便！"说完，将头扭向了一边。

同继洲向强自修递了个眼色，然后说道："强驿丞，事情已经清楚了，你看该如何处理？"狡猾的同继洲已把处死玉清的信息，明确地传递给了强自修。

强自修自然心知肚明，他费了好大的劲才将玉清这只老虎装进了笼子，怎能轻易给他留有活路，这个恶名他背也得背，不背也得背。想到这里，他便对同继洲说："同大人，按冯玉清所犯罪行和青龙镇的传统做法，应将他沉河处死，才能平息民愤，对得起死去的三姨太赵兰香。"

"好！就按你说的办。"同继洲说完后，又转向玉清说，"玉清，你还有啥要说的？"

玉清愤怒地说道："我为你们的拙劣表演感到羞耻！"然后对着强自修说，"姓强的，你们早就害了无辜的兰香，今格却要害我背负这个恶名，真是险恶至极。我死不足惜，只是兰香的遇害让我感到痛心。我相信苍天有眼，善恶总会有相报的那一天！"

强自修阴险地一笑说："姓冯的，那你就到阴间去等那一天吧！"

这时，同继洲对堂下吩咐道："好啦！将冯玉清押出去听候发落！"

"等一等！"强自修说着，随即让人用布条勒住了玉清的嘴，这才让士兵将玉清押了出去。他这样做，主要是怕玉清当众喊冤和揭穿他的阴谋。

玉清一被押出驿镇所，众人一看这情形，知道玉清要被侯家害死了，立即躁动起来。折老夫人、忠贤、喜梅及冯府的人更是感到绝望和悲伤，并不停地哭了起来。

这时，广场上已聚集了近千人，其中有二百多是原民团营的人，他们大多都携带着大刀，或藏在衣内，或用布包裹起来藏于身后，他们混在人群中密切注视着事态的进展。原来，在玉清被抓之后，冬生、玉文、德洲、德江、树怀、兴运、保忠等人，就预感到侯家和强自修今格是不会放过玉清的，后来同知县又来到镇里，而且还带来那么多士兵，就知道他们不是将玉清带走，就是要当场处死他。于是他们一商量，说甚也不能让他们害了玉清，就是拼了性命也要救下无辜的玉清，何况他们的官兵才有区区四十多人，根本不是他们民团营的对手。因此，他们进行了秘密的联络和部署，一旦玉清要遭到他们的迫害，就集体反了，定杀得他们片甲不留，包括那个狗县官和强自修也难逃一死。

不多时，同继洲和强自修及县内的其他官差，在兵士的簇拥下来到了广场绑押玉清的石柱前。待同继洲坐定后，俞振海上前大声说道："乡亲们，请静一静。现在，请安宁县知县同大人训话。"

这时，现场立即安静了下来。只见同继洲站起来，正了正官帽，随即干咳了两声，然后大声说道："青龙镇的父老乡亲们，本知县今日前来青龙镇视察民情，偶遇本镇发生骇人听闻的强暴良家妇女、逼死人命的凶案，经本知县和青龙镇强驿丞共同审理，现已查实，该镇冯玉清是这起凶案的主犯。冯玉清是本县唯一的举人出身，曾经在陕北平乱中立有大功，返乡后又组建起陕北第一支民团营和县标营军，同样在剿匪中建有公勋。只可惜，他今日自毁前程，犯了这等不可饶恕的罪行，我等为他感到十分的惋惜和痛心。但国有国法，我不能因他有功而免了他的罪行……"

　　还未等同继洲说完，只听观众纷纷愤怒地呼喊道："这是侯世耀和强驿丞一手制造的冤案，真正的凶手是侯世耀、强自修。""冯玉清无罪，还玉清清白！""放了冯玉清，严惩恶人侯世耀、强月娥！"

　　同继洲的讲话一时被打断了，他显得十分尴尬，忙向俞振海挥了一下手说："快按原计划进行。"

　　俞振海便站向台前，使劲地向众人挥着手，并大声喊道："请大家安静！请大家安静！"之后又大声喊道，"下面，请青龙镇强驿丞，宣读对玉清的审判结果。"

　　这时，强自修面对愤怒的观众，只能硬着头皮宣读道："清光绪三年（1877）二月十六日，青龙镇冯玉清强暴侯世耀三姨太赵兰香，逼其跳河而亡。经安宁知县与青龙镇驿丞共同审理，冯玉清所犯罪行事实清楚、证据确凿，为彰显我大清王法，还死者以公道，特判凶犯冯玉清死刑，立即沉河处死……"

　　强自修刚念到这里，现场的观众如山洪暴发般地呼喊道："玉清无罪，判决不公……"随之愤怒的观众，向强自修投掷粪块和鞋子等物，有几个鸡蛋不偏不斜，刚好砸在了强自修的头上和脸上，强自修被鸡蛋糊住了双眼。只见他一抹脸，气急败坏地大声喊道："行刑，行刑！"

　　此时，同继洲没有想到，这个判决会激起青龙镇百姓这么大的反应，这使他对玉清更加惧怕了，好在他有这四十多个兵士壮胆，于是对赵光亭喊道："时辰已到，立即行刑！"赵光亭应声，便吩咐兵士用刀挡住了逼上来的观众，又让十来个兵士去押解玉清。

　　就在这时，折老夫人、忠贤、喜梅、玉廉、玉孝、玉康等二十余人，不顾一切地冲到石柱前护住玉清，不让他们押走玉清，并哭喊道："玉清是冤枉的，你们不能处死他！"那些兵士立即上前驱赶他们，随之现场便陷入了一片混乱。而此时冬生、玉文、德洲、树怀、兴运、保忠等人早已忍不住了，都纷纷抽出大刀，拟趁乱冲上去先杀了狗县官和强自修，然后再救出玉清。

然而就在这危急时刻，忽听一阵马蹄声和人的呼喊声："请刀下留人！请刀下留人……"众人回头一看，只见一个彪形大汉骑着一匹大白马，由街口向驿镇所的广场急驰而来，众人立即让出了一条道。待大汉跳下马时，发现马后座上还有一个女人，这大汉多数人是不曾认识和见过的，但那个女人大家却认得清楚，她不就是被侯家说跳了河的赵兰香吗？于是，众人便不断地发出一阵阵惊呼声和唏嘘声。

等众人回过神来，那大汉已拖着兰香直奔同继洲而去，可他却被几个兵士拦住了。只见那大汉三拳两脚，便把拦他的兵士打到了一边，随即已站在了同继洲和强自修的近前。这时，同继洲才站起身，惊恐地问道："你是何人？胆敢扰乱法场！"

那大汉回答说："我是何人并不重要，你看看她是谁？"说着，将兰香推到了案前。

"她是谁？"同继洲疑惑地问。

未等那大汉回答，只见玉廉跨前一步，指着兰香说："她，就是侯家的三姨太赵兰香。"

"啊！"同继洲随后惊讶地朝强自修问道，"这是怎么回事？"自从大汉和兰香一进广场，强自修就预感大事不妙，此时他惊恐地张着嘴半天回答不上来。而刚才还幸灾乐祸的侯世耀夫妇，此时也泄了气，一下子瘫坐在了地上。折老夫人、忠贤、玉孝、玉康、喜梅、尚杰、忠有、忠全及民团营所有的人这才松了一口气。

原来，兰香被侯世耀卖给王印全后，姓王的一行将兰香藏于木箱内急火火地出了镇，便马不停蹄地向西急驰而去。当他们往西行了二十多里山路，眼看要出安宁县境时，却遇到了一帮吆脚①的驮队迎面而来。而这帮吆脚的人不是别人，是仓州的蔡金元一行，去年他离开青龙镇时，就答应过玉清有空

———————
① 吆脚：赶着牲畜走南闯北做生意为之吆脚。

一定再来青龙镇看望他。这不，今春他带领驮队去了趟榆阳，在返回时，专程绕道来青龙镇看望玉清。当他们由西北刚进入安宁县境时，就遇到了王印全一行，看他们的装扮和慌张的神态，金元还以为遇到了土匪，立即警觉地做好了防匪的准备。

事有凑巧，王印全看见金元他们手里拿着家伙注视着他们，也以为遇到了要打劫他们的土匪。为了给自己壮胆，也为了尽快离开他们，他挥起鞭子猛抽了一下驴骡，谁知驴骡受了惊便撒开四蹄狂奔起来。由于道路坑坑洼洼，在驴骡奔到金元近前时车翻骡倒，那只大木箱也滚落地上摔成了几瓣。只见箱内掉出了一个女人来，她被捆着双手，嘴里还塞着一团布。金元一看，立即跳下马手握大刀挡住了他们的去路，并大声喝道："大胆土匪，竟敢在光天化日之下强抢民女，还不束手就擒与我去见官！"随着话音，其他六七人也拿出家伙将他们团团围住。

姓王的被金元他们挡住了去路，其中一人对金元说道："这位好汉，我们不是土匪，这事与你们无关，请给个方便让个道。"

金元横着刀说："你们既然不是土匪，为何强抢民女？"

这时王印全上前说："这个女人，是我掏钱买的，不是抢的。"

"你是从哪里买的？为何绑了她又将她装在箱子内？还不照实交代！"金元威严地说。

"这女人，是我从青龙镇买回去给我儿做婆姨的。"王印全回答。

金元一听，这女人是从青龙镇买的，立即上前给她解开手，并取下了她嘴里的布团。还未等金元开口，只见这女人立马跪下说道："这位大哥，快救救我！"

金元扶起她说："这位妹子，不要急，慢慢说，这到底是咋回事？"

这时，她缓了一口气哭着说道："大哥，我是青龙镇人，叫赵兰香，是侯世耀把我药倒交给他们的。大哥，你行行好救救我吧！"

金元一听此女是赵兰香，立即回想起去年玉清给他说过他俩的事，便问道："你就是曾经和玉清缔结过婚约的赵兰香？"

"大哥，正是我。"随后，兰香又惊奇地问道，"你认识玉清？"

金元说："岂止认识，我俩还是一起出生入死的难兄难弟哩！"接着，他又问道，"玉清现在好吗？我正要去看他哩。"

"尔格侯家要害了玉清，这阵还不知他是死是活哩。"兰香说着，又哭着央求道，"大哥，快随我去救他吧？再晚了恐怕就来不及了。"

"这是咋回事？"金元忙问。兰香简短地说了事情的经过，金元一听觉得事情紧急，就对身边的人说道："我带她先去救人，你们随后赶往青龙镇。"说毕，将兰香扶上马背就要离去。

这时，只见王印全上前拦住金元说："你不能带她走，她是我花了七十块大洋买的。你若把她带走了，我那七十块大洋向谁要哩？"

金元见状说道："你那七十块大洋由我给你。不过，你先得跟我去一趟青龙镇，证明是你掏钱买的，我再把钱如数还你如何？"王印全想了想，便点头答应了。随即金元翻身上马，驮着兰香向青龙镇飞驰而去，王印全等人也随后跟了金元的驮队同去了青龙镇。

而这时，兰香一见到同继洲，便"扑通"一声跪下说道："青天大老爷，民女赵兰香有冤情要诉。"

同继洲一听说此女就是赵兰香时，心不由得"咯噔"一下，直埋怨强自修：要置玉清于死地，为何不将事情做得周详些，怎能将这女人留了活口，这不等于是自掘坟墓吗？他现在是再有向他的心，也没有向他的理了。于是，他强打精神问道："你就是赵兰香？"

"回大人的话，民女正是赵兰香。"兰香回答。

听了兰香的回答，同继洲转头望了一眼强自修、侯世耀夫妇，只见他们一个个像做了贼似的耷拉着脑袋，不敢正眼看他一下。这时，他才意识到自己像猴一样，当着这么多观众的面被他们耍了，心里的那个气呀简直没法说。于是，他对兰香说道："有何冤情，请如实诉来。"

只听兰香说道："大人，我和玉清从小就定了娃娃亲。十多年前，当我们正准备完婚时，突遇匪乱，听说玉清被乱匪害了，我便被媒婆李凤仙说给侯世耀做了三姨太。在来侯家之前，我已怀上了玉清的孩子，就是现在的侯江龙。谁知后来，侯世耀和他的大太太百般虐待折磨我，要不是有好心的徐妈等人和冯家救我，我恐怕早死过好几回了。"说到这里，她已泪流满面、哽咽不止，停了一下又接着说道，"就在今天上午，玉清被他们叫到侯家喝酒，不多时张管家背着玉清来到我的房间，同来的还有大太太强月娥，她说玉清喝醉了酒让我照料，放下玉清后他们就走了。当时我见玉清不省人事，就给他喂水解酒，可谁知一会儿，强月娥就领着赵四等四五个人闯了进来。他们一进屋，就说玉清强暴了我，接着就上炕捆了玉清，我正要与他们争辩时，就被他们捂住嘴，接着就甚也不知道了。等我醒来时，才发现被人装在箱子里并绑了手、堵了嘴。我使劲敲打木箱，外边的人说是侯世耀把我卖给他们了，再后来就遇上了这位好心的大哥救了我。"说到最后，她向同继洲磕着头说，"县老爷，冯玉清是清白的，是侯家有意设计陷害他的，请放了玉清吧！"兰香终于鼓起勇气，一口气道出了深藏在心中多年的秘密，说出了憋在她心中多年想要说的话。

兰香的这一番表白，终于使真相大白，不仅使现场的观众对侯家的阴毒切齿痛恨、骂声不绝，更使救人的金元闻所未闻。听到这里，只见金元跨前一步施礼后说道："大人，我是仓州的蔡金元，我是做生意路过此地救的兰香。她说的句句属实，买她的那几个人也被我带到，请大人过问。"说话间，金元的驮队和王印全等人已到了镇子。

事已至此，同继洲只好接着往下审了。等兵士将王印全等人带进来时，同继洲指着王印全问道："你是何方人？是不是你买了赵兰香？是谁把她卖给你的？给我一一从实招来！"

只见王印全跪下回道："回大人的话，我叫王印全，我们是塞西县王家圪崂人。是侯世耀通过媒婆李凤仙，将他的三姨太赵兰香卖与我做我儿媳的，为此我还掏了七十块大洋哩。"王印全说这话时，李凤仙一看事情不妙，便悄悄地溜出人群准备跑，但却被玉文和德江给揪了回来。

"给我将李媒婆带上来！"随着同继洲一声喊，李媒婆被带到了案前。

李凤仙早已吓得两腿打战，还未等同继洲问话，她便"扑通"一声跪下说道："大人，我有罪！我之前说了假话，但那都是侯世耀和强驿丞让我这么说的。"停了一下，她又说道，"卖兰香之事，是侯世耀托我给他卖的，说好了今天交人。至于陷害玉清之事，我确实不知情，我只负责将人交与王印全，别的事就一概不知了，还望大人开恩饶了我吧！"

李凤仙刚一说完，同继洲一拍惊堂木，大声说道："好个大胆的李媒婆，由于你的伪证，误导我做出了错误的判决，险些害了玉清的性命，你该当何罪！"停了一下，他向左右喝道，"李媒婆帮着恶人做伪证，险些铸成大错，给我重打二十大板！"话音未落，两边的衙役，便将她按倒在地就是一阵乱打，直打得她昏死了过去，才被左右衙役拖了下去。

这时，同继洲起身走到石柱前，亲手为玉清松了绑，取下了他嘴上的绷带。之后，向玉清施了一礼说道："冯玉清，这是我误听了他们的诬告，险些误了贤弟的性命，我向你赔不是了。"

面对同继洲的假仁假义，玉清冷冷地一笑说："我死不足惜，只要能还我清白就是了。"

"你是清白的，你现在自由了。"同继洲皮笑肉不笑地说。

这时，兰香不顾一切地冲上前，抱住玉清哭了起来，玉清也将她紧紧地搂在怀里流下了激动的泪水。而就在此时，一直担忧母亲生死的江龙，跪上来抱着母亲哭了起来。兰香一见江龙，立即止住了哭，拉着儿子的手一指玉清说："江龙，快叫爹呀！"

江龙响亮地喊了一声："爹！"玉清也响亮地应了一声，接着他们一家三口，亲热地拥抱在了一起。这时，现场的观众也为他们一家三口的团聚高兴地欢呼了起来，而此时折老夫人、忠贤、喜梅及玉清的兄长玉廉、玉孝、玉康等人也喜极而泣，纷纷上前围着他们高兴不已。

此时现场观众，都焦急地等待着同继洲将如何处置侯世耀夫妇和强自修这些恶人。对于同继洲而言，这是他就任知县以来办得最蠢、最窝囊的一个案子，但为了挽回他的形象，也为了证明他与此事无任何牵连，他不得不狠下心来了结此案给观众一个交代。只见他重新坐回案后，一拍惊堂木大声喝道："带侯世耀、强月娥！"他俩被带上来后早已吓得面如土色，缩成了一团。同继洲一拍惊堂木，接着喝道，"大胆侯世耀、强月娥，你们竟敢捏造事实、诬陷好人，还不从实招来！"

侯世耀此时怕得要命，为了不被惩罚，情急之下他一指强自修说："这都是他给我出的主意。"

强自修原以为侯世耀能把罪责全揽到自个儿身上，只要不供出他，他就有办法救出他们，没想到这个蠢货竟然把他供出来。于是为了自保，他一指侯世耀说道："姓侯的，你休要血口喷人，明明是你向我诬告了冯玉清，并要我治他的死罪。都怪我念及咱们是亲戚，在没有做认真调查的情况下就轻信了你的谎言，这才造成了今天的错案。事到如今，你不认罪服法，却又想诬陷我，真是罪不容赦！"

同继洲见他俩相互咬起来，怕他俩再咬下去会牵扯到自己，就指着侯世耀大声呵斥道："大胆刁民，事到如今了你不认罪，反倒乱咬一气，我看不给你一点厉害，你是不会招认的。来呀，给我把这对狗夫妇各打二十大板！"话音刚落，侯世耀、强月娥还想说甚，已被左右衙役按倒噼噼啪啪地打了起来。

刚打了十板子，侯世耀已撑不住了，立即哭喊道："别打了。我招，我招！"

同继洲挥了一下手叫停了左右，然后对着侯世耀说道："快快招来！如若还想抵赖乱咬一气，一定大刑伺候，绝不轻饶！"

侯世耀知道同继洲偏袒强自修，若再咬他，必遭一顿毒打，说不定连老命都没了，因此他爬起身，跪着交代道："大人，我有罪！是我们两口子设计陷害玉清的，我向玉清赔罪，请饶了我吧！"

这时，观众再也忍耐不住心中的怒火，便大声喊了起来："不能饶了他，一定要判他的死罪！""处死这对狗夫妻，还青龙镇以安宁！""沉河侯世耀，严惩强月娥！"

侯世耀见状，早已吓得魂不附体，为了活命，他只有向仁慈的冯家求情了，看能不能饶他不死。于是，他跪着挪到折老夫人面前，磕着头央求道："老夫人，我知道您老是活菩萨转世，请您老看在咱们过去的情分上，就饶了贤侄这一回吧！是我鬼迷心窍要害玉清的，他喝的酒杯也是我提前让大太太用迷魂药水煮过的，这一切都是我精心安排的。我有罪，我不是人，我肠子都悔青了，只要您老饶我不死，我愿意接受一切惩罚。"

这个可恶的侯世耀，干起坏事害起人来从不含糊，可一被严惩时，却又变得如此地可怜怕死。折老夫人厌恶地看着他，用手指着他的眉额，愤愤地说道："世耀呀世耀，你让我说你甚好哩。只怪老天爷枉给你披了张人皮。我不知道，你两口子的心是肉长的还是石头做的，你们三番五次地折磨陷害兰香，要不是她命大早就被你们给害死了。尔格，你们却要设计害死我孙儿玉清，你们还有一点人味吗？"

"我不是人，我知错了！请饶了我吧！"侯世耀又磕着头求饶道。

折老夫人缓了口气说道："按你的德行和所犯的罪恶，让你死十回也不冤枉你。不过幸好，兰香被这位姓蔡的好汉救出赶了回来，我孙儿才没有遭你的陷害，否则我绝不会轻饶你的。"停了一下又说道，"我也不是不通情达理、铁石心肠的人，看在我孙儿未被你们害死的分儿上，我可以帮你求情饶了你的死罪，但你必须得答应我三件事。"

侯世耀赶忙磕着头说："多谢老夫人的宽宏大量，甭说三件事，就是十件、一百件我也答应。"

折老夫人说道："第一件事，今格你要当众休了兰香，还她自由，让她和玉清这对苦命的人儿团圆；第二件事，江龙既然是我们冯家的骨肉，请允许江龙随娘一同来我们冯家，并从此以后改姓冯；第三件事，鉴于徐妈和任顺年老两口儿已得罪了你们，请你解除与他们的合约，他们的后半生由我们冯家赡养。"折老夫人说完后，又对着侯世耀说道，"我说的这三条，不为过吧？"

"不为过，这三条我都同意。"为了证明自己的诚意，侯世耀转向众人大声说道，"从今格起，我休了三姨太赵兰香，侯江龙归还冯家并改姓冯，徐妈老两口也同去冯家。"听了侯世耀的话，兰香和徐妈激动得眼泪都快流出来了，众人更为他们的归宿感到由衷的高兴。

这时，折老夫人上前跪下说道："知县大人，老身有事秉告。"

同继洲已被眼前这位老夫人如此宽宏大量的义举折服，忙说："老夫人年事已高，不必跪下，允许您老站着说话。"

折老夫人被玉清扶起后，说道："大人，古人说得好，得饶人处且饶人，让人一步天地宽。鉴于我孙儿有惊无险，因此老身斗胆向大人替侯世耀求情，既然他已经知错了，给他一定的惩罚是必须的，但不必判他的死罪，请大人恩准！"

听了折老夫人的话，同继洲指着侯世耀说道："侯世耀，你看看人家老夫人，再看看你们所做的恶事，你们不感到羞愧吗？要不是老夫人为你们求情，我今日非判你的死罪不可。"停了一下接着说道，"姓侯的你们听着，本知县虽免了你的死罪，但活罪难逃，着即判侯世耀监禁五年，判帮凶强月娥监禁一年，你们服判吗？"

侯世耀和强月娥立即趴在地上说道："谢谢大人不斩之恩，小的愿服判决，愿服判决！"

"好！既然认罪服判，那就把他俩押往县牢服法！"同继洲立即吩咐左右衙役，给侯世耀夫妇戴上了木枷。

这时站在一旁的王印全，却上前一把抓住侯世耀，对同继洲说："知县大人，他卖三姨太还得了我七十块大洋哩，这钱总该还我吧？"

同继洲对侯世耀说道："姓侯的，这钱你是准备还人家哩，还是准备赖账哩？"

侯世耀赶忙说："我愿还，愿还！"

同继洲这才对王印全说："等一会儿，由他的家人还你的钱就是了。"听了同继洲的话，王印全这才松了手。

同继洲给侯世耀夫妇定了罪，也算对观众有了一个交代。当他草草了结此案准备起身走人时，忽听人群里有人喊道："县老爷，此案与强驿丞脱不了干系，你只判了侯世耀两口子而不处罚强自修，我们不服！"他这一喊，众人也跟着不断地喊了起来。

听到喊声，同继洲重又坐回到案前，看来不处理强自修是过不了众人这一关，于是他拍了一下惊堂木喊道："强自修听着。"强自修立即起身跪到案前。只听同继洲大声喝道，"强自修，你作为青龙镇驿丞，不能秉持公道，却徇私枉法偏听偏信，这才有今日之冤案发生，你负有不可推卸的责任，这是犯罪行为，你知罪吗？"

"回大人，我知罪。"强自修心里明白，这是同继洲有意庇护他并暗中给他台阶下，于是低着头说道，"同大人，我辜负了您对我的信任和栽培，造成了恶劣的社会影响，我愿意痛改前非，接受处罚！"

这时，只听同继洲说道："强自修，你犯了失察失职之罪，本应重重处罚你，但念你认罪态度较好，故本知县决定从轻发落。"说到这里，他提高了声音宣布道，"着即免去强自修青龙镇驿丞职务，降为青龙镇镇长，戴罪立功，以观后效。"宣布完毕，便带着他的那一帮随从，押着侯世耀夫妇，灰溜溜地离开了这个闹心的青龙镇。

同继洲他们走后，玉清上前紧紧握住金元的手说："大哥，幸亏你今格及时救了兰香，否则你就见不到小弟了，请受我一拜！"说着，就要给金元施礼。

金元一下扶住玉清说："三弟，你这就见外了。我今日千里迢迢来看你，碰巧遇到了这档子事，这是天意，说明三弟命不该绝。"接着，他又哈哈一笑说，"三弟，今天能看到你和弟妹绝处逢生、旧梦重圆，我真为你们感到高兴。"

玉清说："这还不是托大哥的福。"说毕，又转向兰香说，"兰香，蔡大哥曾和我都在霍宗昌大人帐下一起平过匪乱，可算是生死之交，况且他和我还是换过帖的兄弟，我们今日能够死里逃生、劫后重逢，全是蔡大哥之功。

来！快谢过我们的大恩人。”

兰香应了一声，走到金元面前，深深施了一礼道：“蔡大哥，您的救命之恩，我将终生铭记、没齿不忘。请受我一拜！”

金元扶起兰香，爽朗地哈哈一笑，说道：“谢就不必了，我还等着喝你和玉清的喜酒哩。”兰香听后，羞红了脸，深情地望了一眼玉清。

这时，折老夫人接过话茬儿说道：“那是自然。不要说你是我们冯家的恩人，就是过路的来讨杯喜酒喝，我也保管他喝个够。”说完，一手拉着江龙，一手拉着兰香，高兴地说道，“走！跟我回咱们冯府去。”随后，忠贤、玉廉、玉孝、玉康、玉清、喜梅及冬生等人，便高兴地跟随折老夫人走向了冯府。

玉清的重生，兰香母子的归来，给冯家增添了从未有过的喜庆。等送走了前来慰问及贺喜的人后，折老夫人便与忠贤、尚杰、尚儒、庆荣、忠有、忠全、冬生等人，一起商议起玉清和兰香的婚事来。只见她对儿子忠贤说道：“忠贤啊，我孙儿和兰香是一对苦命的孩儿，十多年来他俩经历了九九八十一难，好不容易才走到了一起，这回给他俩办事，可不能亏了我孙儿。”

忠贤也感慨地说：“那是当然，一切就听娘的安排。”

“是啊！这回该有的程序要有，该请的人要请，事情要办得热闹喜庆一些，好好驱一下咱们冯家的晦气。”尚杰接着说。

这时，折老夫人略一沉思后说：“唢呐乐人，要请最好的，花轿，要做八抬的。至于请的人嘛，除过咱街镇上的人，远处的客人一个也不能少，如赵家河兰香她娘家的两个哥哥，一定要请，没有娘家人参加的婚礼，那叫甚婚礼？还有玉儿的娘舅、姑舅和姨表等都得请，只是这良辰吉日，放在哪天合适呢？”

冬生指着老秀才说：“我尚儒爷常给人掐指算日、卖文拆字，让他合日子①最合适不过了。”

“噢！我倒把你给忘了。”折老夫人对着尚儒说，“老八，这屋里就数你最有文化了，你就给咱玉儿合个好日子吧。”

尚儒见有人夸他，心里自是高兴，于是捋了一下胡须，对折老夫人说道：“老嫂子，干别的我不在行，但干这种事别人就不如我了。”停了一下，

---

① 合日子：选择吉日。

他扶了扶老花镜又说道，"咱玉清，那可不是一般的凡人。他虽屡屡遇险，但却总能逢凶化吉，这说明他有老天护佑，有贵人相扶哩。就说今日之事吧，他和兰香遭侯家陷害，眼看就要大祸临头了，可却偏巧遇到了蔡家好汉相救，这不是天意是甚？"缓了口气，他又说道，"这正应了孟夫子说的那句话'福之祸所伏，祸之福所倚'。要不是有侯家今日之害，哪会有兰香和江龙之顺利归来呢？"

"秀才爷，您老就别卖你的文采了。你说的甚我们也听不懂，你就说说，甚时给玉清举办婚礼是好日子就行了。"冬生笑着说。

尚儒经冬生一提醒，不好意思地一笑，说道："你看我又扯远了，差一点忘了正事。"接着，他埋头掰着手指，自言自语地掐算了一阵，然后抬起头对折老夫人说，"老嫂，这寻日不如撞日，我看二月二十就是个吉利的好日子，婚嫁起房皆宜，你看如何？"

折老夫人掐指一算，说道："今格是二月十六，距那天只有四天，能来得及吗？"

忠贤说："娘！来得及，咱们有这么多的人手，只要安排得当，是不成问题的。"

这时，忠有自告奋勇地说："大娘，玉清的婚事我来当相互头①，保证安排得妥妥当当，包您老满意。"

"还有我们民团营这些人，也会全力帮忙的，误不了事。"冬生也拍着胸脯抢着说。

折老夫人见状，高兴地说道："好！日子就定在二十。"随即对忠有说，"这事我就交给你操办了，你要把事给我办不好，我可饶不了你。"

忠有笑着说："您老就等着瞧好吧！"

折老夫人转而对庆荣说："按咱们这里的讲究，兰香在未正式过门前，是不宜住在冯家的。因此让兰香母子，先暂时寄住到咱们折家去，等那天我们再把兰香风风光光地迎娶过来，不能让人家笑话我们冯家不懂规矩。"

庆荣立即说："姑，没问题。今格我就把兰香母子接走，保证不让他们母子受一丁点儿委屈。"

---

① 相互头：农村过红白喜事时，前来帮忙的人称相互，管理相互的人叫相互头。

折老夫人吩咐完毕，忠贤、忠有及冬生等人，即刻商议起筹办玉清婚庆的具体事宜来。

冯府要在二月二十给玉清和兰香办喜事了。消息一出，街镇上主动前来帮忙的相互不请自到，街镇上其他人也都主动加入其中。一时间，冯府热闹异常，磨面的、碾米的、蒸馍的、担水的、外出跑腿下书①的、府内杀猪宰羊的，熙熙攘攘，忙而不乱。金元一行也被挽留下来参与其中，焦家坪有名的唢呐艺人焦为亮，也带着他的乐班提前一天来了冯府。

此时玉清比谁都忙，他将兰香母子安顿到冬生家后，不是忙着迎来送往，就是忙着与喜梅等人布置自己的新房。这天掌灯时，当玉清刚坐下准备喝口水歇息会儿时，忽听门外高喊有贵客到。他忙迎了出去，只见来者披一件黑锻大氅，戴一顶黑礼帽，帽檐压得很低，几乎遮住了半个脸。玉清疑惑地注视着此人，一时不知来者是何人。只见那人哈哈一笑摘下礼帽，然后擂了一拳玉清说道："得了美人，连老兄都认不得了！"

玉清定睛一看，这才认出此人竟是北山好汉石拴虎，也同样擂了他一拳，高兴地说道："二哥，咋是你？是甚风把你给吹来了？"

拴虎说："你要当新郎官了，整出了这么大的动静，我岂能不知？只是你不够朋友，怎么不通知我一声。咋价，你不请我，我自个儿前来给你贺喜，你不欢迎吗？"

"欢迎，欢迎！只是我一忙竟把这事给忘了，还请见谅。"玉清忙赔着不是。

拴虎这时往后一指说："你看，这几位你认得吗？"

玉清一看，拴虎身后那几个神秘的人，竟然是玉奎、德山、长武、长福他们几个，还有北山二当家郭家义、三当家刘大成及马延娃几人。他们几人一齐上前向玉清道过喜后，玉奎对玉清说："玉清，我们昨天听说你要与兰香完婚了，你不知道我们有多高兴，所以，今格大掌柜就领着我们给你贺喜来了。"

玉清高兴地说道："来了就好，来了就好！"随即把他们让进了屋。

待坐定后，拴虎说："玉清，听说你险些被那狗县官和侯家给害了。他们若真的害了你，我就一定要杀了那个狗官和姓强的，然后再灭了侯家替兄弟报仇。"

---

① 下书：过红白喜事时，主家派人通知亲戚前来参加谓之下书。

"石兄，事情都已过去了，你和兄弟们能来，我就十分感谢了。"停了一下，玉清又说道，"石兄，这次既然来了，就好好在我这里住几天，我一定好好款待各位兄弟。"

拴虎说："不用了。你这里人多口杂，为了不给三弟添麻烦，我趁天黑带兄弟来给你道一声喜就行了，一会儿就带弟兄们返回北山去。"说着，让人把带的贺礼交给玉清。

"既然来了，哪有不吃酒席就走的？再说，县衙官兵已走，这阵强自修正暗自怄气哩，根本无心思顾及这里，所以你还是踏踏实实地在这里住两天吧。"玉清挽留道。

"咳！还是小心没大错，免得生变又害了三弟。"停了一下，拴虎又对玉清说，"既然这里暂时没有危险，那就让玉奎、德山、长武、长福他们各自回家小住两日。不过，你可要保证他们的安全哟！"

玉清说："这个没问题，我一定会暗中派人保护好他们的。"接着又说道，"为兄决意要走，兄弟我也不好挽留，不过，今晚你无论如何要允许我设宴款待了兄弟再走。"

"那就客随主便吧！"之后，拴虎对玉清说，"三弟，听说这次多亏了大哥相救，才使你的冤情得以昭雪，免遭奸人所害。不知尔格大哥在不在府上，我也好想他。"

玉清说："大哥正在府上，我一会儿就安排你们相见。"

玉清的话刚一落音，只见金元已走进了屋。他一进屋，就哈哈一笑说道："拴虎二弟，你来了咋不打声招呼，我好到门口迎接你。"

"使不得，使不得！大哥，我好想你呀！"拴虎说着，便上前抱住金元。两人相见，分外亲热，一时有说不完的话。

玉清见他俩如此亲热，就说道："大哥、二哥，你俩先拉着，我去给咱安排宴席去。"金元应了一声，玉清便出去了。

宴席很快就准备好了，玉清便约了金元、拴虎及北山下来的人一同来到小客厅，他们一边开怀畅饮，一边畅叙友情，一直到午夜方才尽兴散席。末了，拴虎坚持要返回北山，于是金元和玉清一直把他们送出了镇外。

青龙镇从来没有像今天这样热闹过。上午，只见一支乐队，吹吹打打地从冯府走了出来，乐队后面是十余人组成的迎亲仪仗队，接着是新郎官玉清，只见他身穿新郎服、胸戴大红花、头戴插翎帽，骑着一匹大青马，喜气洋洋地缓步走来。而他的身后，是一顶八人抬的大花轿，抬轿的人迈着舞步，唱着迎亲歌，忽悠忽悠地款款前行，其后还有五六个骑着骡马的娶亲人。这些个娶亲的女人，穿着艳丽服，脚蹬绣花鞋，颈戴银项圈，那些骡马也打扮一新，尤其是那脖项上的芝麻铜串铃，走起路来叮当作响悦耳耐听。这支娶亲队伍，浩浩荡荡地由冯府出发，出了城门向西经过驿镇所广场，再折回绕到东街停于折府门前。一路唢呐奏响，鼓号齐鸣，引得满街镇的人争相观看，这场面、这阵势，是青龙镇婚庆中从未有过的。人们对于这一喜庆热闹的场面，纷纷投来了羡慕赞美的目光，都为玉清、兰香这对饱受磨难的有情人送上美好的祝福。

等娶亲队伍一到折府门前，鼓乐又一次响了起来。不多时，兰香被长兄启明背着，在庆荣、冬生等人的陪伴下出了折府，江龙则牵着二舅启星的手紧随其后。玉清立即迎了上去，从启明背上接过兰香抱上了花轿，之后抱着江龙跨上了马背。这时，观众发出了一阵阵喝彩声和欢呼声，随即娶亲的队伍，又在唢呐鼓乐和迎亲仪仗队的引领下，热热闹闹地沿原路返回了冯府。

冯府内看热闹的人挤满了庭院。婚礼上，折老夫人端坐于正位，她满是皱纹的脸上乐开了花，在她有生之年，能看着孙儿成家是她最大的心愿，她总算了了自己的一桩心事。而坐于侧位的忠贤，此时心情也极不平静，一想到玉清娘未能亲眼看到玉儿成亲时，不免涌起了几分伤感。婚礼由冬生主持，当拜完了天地、祖母、高堂后，玉清终于和兰香对拜结为了夫妻，只是这一刻来得太迟，这一步竟迈了十多年之遥。

洞房内，温馨喜庆的烛光下，当玉清给兰香揭去盖头的那一刹那，兰香再也忍不住了，一下扑到玉清的怀里失声地哭了起来，任伤心的泪水像溃堤的河水一样流淌着。而玉清此时紧紧地搂着兰香，眼泪也像断了线的珠子一样，落在了兰香那娇美的脸庞上。他俩就这样忘情地相拥相抱着，无声无息地流泪痛哭着，似乎要把十多年的苦水全都倒个尽，把十多年的相思之情全都倾泻完……

时辰不早了，当参加完婚宴的人们散尽时，玉清和兰香才从悲喜中回过神来。这时，兰香含着泪望着玉清说："玉清哥，我这不是在做梦吧？"

玉清用手轻轻拭去兰香脸上的泪水说："兰妹，这不是梦，这是真的。"

兰香似乎还不相信，她抓起玉清的手臂狠劲地咬了一口。玉清被咬疼了，但他强忍着任凭兰香去咬。看着玉清龇牙咧嘴的样子，她这才相信是真的了，然后用手轻轻地抚着玉清手臂上被她咬出的血印，心疼地说："玉清哥，咬疼了没有？"

玉清一笑说："不疼！"之后又说道，"这下你相信了吗？"兰香噙着泪花，笑着点了点头。玉清接着说道，"兰妹，我们刚刚拜过堂，尔格我们已成为真正的夫妻了。"

"玉清哥，只是这一天来得太迟、太晚了，为了这一天，我们等了十几年。这些年，我仿佛做了一个长长的噩梦。"

"是啊，人生本来就是一场梦。尽管我们经历了那么多的苦难，但我们的梦结局还是美好圆满的。"玉清又说道，"兰妹，你知道，这些年我是多么地想你。有时我常想，今生若不能与你结为恩爱的夫妻，只要能经常见到你、时常想着你，即使这样孤独地等你一辈子，我也是心甘情愿的……"

听玉清说到这里，兰香又不由得流下了伤心的热泪，忙用手捂住玉清的嘴说："玉清哥，快别说了，都是我不好，害得哥苦等了我这么些年，我愧对你，我不值得你这样。"

玉清拿去兰香的手，握住说："兰妹，这不能怪你。你知道，在这个世界上，你是我唯一倾心爱过的女人，从河边盟誓的那一刻起，我就发誓今生非你莫娶，任何女人都无法替代你在我心中的位置。只是这些年阴差阳错，我未能尽到我的责任，让你吃了这么多的苦、遭了这么多的罪，我深感内疚。"停了一下，他又高兴地说，"这下好了，我们终于等到了苦尽甘来的这一天。不过请你相信，从今往后，我会把流失的岁月补回来，我会加倍地疼你、爱你的，我要让你成为这个世界上最幸福的女人。"

兰香早已泪流满面、泣不成声，玉清的话再次深深地打动了她。只见她哽咽着说："玉清哥，我也是一样。在这个世界上，令我最对不起和最放心不下的人是你，你对我的这份情义，我这辈子还不完，下辈子接着还。从今往后，我要与玉清哥生死相依、永不分离……"说到这里，兰香难抑激情，顺口吟出了一首《临江仙》词：

忆昔佳期如梦，鸳鸯蒙难西东。

恨不成双惨离别，十年相思苦，泪眼望星空。

当兰香刚吟出上阕后，玉清随口就吟出了下阕。他吟诵道：

今朝风停雨住，玉兰劫后重生。
洞房花烛喜泣顾，天下有情人，终结眷属成。

这一夜，春宵帐暖，月柔风轻，玉清和兰香这对有情人，在经历了人生最不幸的苦难和悲欢离合后，终于实现了他们梦寐以求的心愿，结为了矢志不渝、以命相托的恩爱夫妻。这一夜，他们有说不完的话，叙不完的情，仿佛整个世界，都融入了这浓浓的温情中……

冯玉清迎娶赵兰香

第二十五章　起歹心朴风欲加罪
　　　　　　胡匪帮称霸上郡北

　　最近一个时期，青龙镇的人们还沉浸在玉清和兰香婚配的喜悦中，他们苦难离奇的悲惨遭遇，劫后喜结连理的美好结局，以及彼此倾心相爱、矢志不渝的忠贞爱情，深深地打动着每一个人的心，成了人们茶余饭后的热议话题。

　　玉清和兰香更是珍惜这迟来的且来之不易的爱情，他们几乎把每一天都当作一年来过。尤其是兰香，做梦也没有想到会有这么一天，她感谢上苍对她的眷顾，感谢冯府人不但不嫌弃她，反而更加体贴关爱着她，这是她第一次感受到了家的温暖，体会到了人间的真情与幸福。因而，她每天都陪伴在玉清身边不离左右，力尽所能地侍奉着他、关爱着他，生怕再次失去了他。

　　玉清同样难抑心中的喜悦之情，十多年的生离死别，多少个日日夜夜的思念，终于使他等到了羽化成双的这一刻，爱妻和儿子的相伴，使他对未来充满了美好的憧憬与向往，同时更加坚定了他次年准备参加春闱京试的信心与决心，于是他把主要精力都用在了备考苦读上来。

　　这日，玉清正在上书房埋头读书，兰香坐在一旁，默不作声地做着刺绣陪伴着玉清。忽然冬生领着玉文、德洲、德江、树怀、保忠、兴运等人来到书房。冬生一进屋，看到他俩并未注意到他们的到来，便开玩笑地调侃道："表弟，怎么，有了弟妹陪伴，你就把表哥和我们这些人都忘啦？"

　　听到声音，玉清抬头一看，是表哥冬生等人，便赶紧起身迎道："表哥，是你们来啦，快请坐！"兰香闻声一笑，立即起身给他们让了座，并为他们沏好茶后借故有事便离开了。

　　兰香走后，玉清对冬生说："表哥，你们今日来是不是有事？"

　　冬生没有正面回答他的话，却反问道："玉清，我问你，你往后就没甚打算？你就准备这样安逸地过一辈子？"

"表哥，你们是知道的，我准备次年参加京试，以后就准备走仕途这条路了。"玉清信心满满地回答。

冬生听后，却冷冷地说道："玉清，不是我给你泼凉水，也不是我怀疑你考不中，即使考中做了官又能怎样？你莫看，如今的朝廷都烂成甚了？他们哪管百姓的死活，就凭你一个冯玉清，能扭转得了乾坤吗？"

"表哥，你说的不一定全对。"玉清辩解道，"朝廷里不一定全是腐败的无能之辈，像……"

冬生打断玉清的话说道："玉清，国家大事咱不比你这个大文人懂得多、看得透，再说咱也管不了、管不着，可眼下咱青龙镇的事我不能不说，也不能不管。就说你吧，你以为你这次逃过一劫就没事了？同继洲、强自修就甘愿认输不再找碴儿算计你了？你知道，咱们的民团营解散后，东山的土匪和一些地方的土匪，又开始兴风作浪祸害百姓了。就咱们这一带和通往塞西、肤安的要道上，又不知从哪里冒出来几股蟊贼，他们又开始杀人放火、抢劫财物，听说有几个村还死了人哩。"停了一下，他继续说道，"你忘啦？去年，东山东北虎黄龙彪来青龙镇吃了大亏，如果他哪天带领土匪复仇攻打青龙镇，那青龙镇的百姓岂不是要遭大难了。因此，要我说，你暂时还是把你的科举考试放一放，想想该如何应对眼前的这些事吧。"

近一个时期以来，冬生说的这些，玉清确实知道得不多，听他这么一说，也感到问题严重，但一时又想不出好的办法来，便陷入了沉思中。见玉清半晌不语，玉文说道："依我看，咱们不如把民团营再组织起来。玉清，你来当民团团总，有你撑头，大家还会像以前那样拥戴你并听你指挥，这样，那些土匪就不敢胡作非为，更不敢来攻打咱青龙镇了。再则，有了咱们这百十号兄弟，同继洲、强自修想使坏，他们也会有所顾忌的。"

"玉文说得对。"德洲接过话茬儿说道，"如今朝廷靠不上，那些州官、县官和强自修之流的赃官更是靠不上。因此，保护咱们青龙镇和百姓的安全，只能靠咱们自己。想当初，我们这支民团营平匪乱、惩恶霸是何等的威武，若将民团营再成立起来，那些坏蛋就不敢造次作乱了。"

这时，冬生说："玉清，我们今格来，就是找你商量恢复民团营的事。只要你愿意继续挑头，我们现在就干，这也是大多数人的意见。玉清，你觉得咋样？"冬生说完，盯着玉清等待着他的回答。

玉清见他们几个都是这个意思，这才说道："你们的想法是好的。但我想了想，即使要把大家重新组织起来，那也不能叫民团营。"

"那应该叫个甚？"德江不解地问。

玉清接着说道："咱们把民团营成立起来，明里不能叫民团营，应该叫作青龙镇民团。因为民团营是一支武装组织，是要经过府衙或县衙批准的，否则就是违法军队，这是上边最忌讳的。若是经上边批准成立的，那就得受他们的控制和调遣，根本由不了咱们，我们先前的民团营之所以被迫解散，就是这个原因。如果咱们成立了民团，那情况就不一样了，因为民团是用于护村自卫的民间组织，可以不受地方官府的管辖，现实中不少地方都有这样的民团，这也是当年霍宗昌大人提倡和允许了的，所以我们就可以名正言顺地成立起青龙镇民团，担负起护村自卫、剿匪安民的重任来。"

"那这个民团以后咋个运作哩？"玉文问。

玉清说："就像我们当初成立的民团那样，民团不离乡，农忙时务农，农闲时练武，既是农也是兵，平时派人夜间执勤巡逻，一有情况就能拉得出、用得上。你们知道，我在霍宗昌大营时，霍大人就收编了许多这样的地方民团，他们是很有战斗力的。"

经玉清这么一说，大家茅塞顿开，个个群情激奋、热血沸腾，连声说："好，好！就按你说的办。"

之后，冬生对玉清说："那这个民团团总，还非得你来做不可！"

玉清摇了摇手说："不行，不行！我看，这个团总，还是由冬生你来做比较合适。"

"为甚要我做？"冬生反问道。

玉清说："我是这样考虑的。这几年，你给我当副手的时候表现不凡，我领人驻守县城时，你在家领着留守的弟兄就干得不错，能独当一面。再说，你人机警沉稳，又有心计，而且武功也在其他人之上，由你来做这个团总是再合适不过了。"

冬生急了，摆着手说："不行，不行！我何德何能做这个团总哩？你玉清要文能文、要武能武，又是经过大阵仗的人，再说这几年你做团总时，大家都敬佩你，只有你来做这个团总，才能压得住阵，我是万万不行的。"

"玉清哥，你不做团总，该不会还有别的想法吧？"德洲这时又忍不住问。

"德洲兄弟，不瞒你说，我还真有想法。"玉清接着说道，"尽管说科举能不能高中还是个未知数，仕途凶险我也知道，但我还是想试一试，因此，我还想将主要精力放在次年的备考上。再说，同继洲和强自修对我已有所顾忌和提防，如果由我做团总，势必会引起他们的猜忌和不安，反而对民团不利，因此民团团总，还是由冬生做比较合适。"继而转向冬生说，"你做了团总，我定会在后面支持你的，这样更稳妥些。"

大家见玉清这样说，也只好同意了他的意见。这时冬生说："既然大家信得过我，那我就把这副担子先挑起来。不过我要强调的是，具体工作我来做，但玉清一定不能袖手旁观，民团的一些大事还得玉清你来拿，没有你的支持和帮助，我是干不好这个团总的。"

玉清说："这个没问题，有我和大家做你的后盾，你一定能当好这个团总的。"

经过大家的一番讨论，终于达成了一致意见，于是大家在玉清的主持下，开始讨论起成立民团的具体事情来。他们从上午一直谈到了下午，又从下午谈到了很晚才散去。在一整天的谈论中，兰香入内几次为他们倒茶添水时，也受到了感染，并为他们忧国忧民的情怀和敢于担当的精神所折服，更为有玉清哥这样有家国情怀的丈夫而感到由衷的自豪和高兴。在吃饭闲聊中，折老夫人、忠贤和喜梅，一听说玉清他们又要成立民团时，也都表示赞同和支持。

经过几天紧张筹备和动员，一个由一百余个青壮组成的青龙镇民团宣告成立，其中大多是原民团营和县标营中的骨干成员，大家重新聚在一起，心中自是激动万分，尤其是听了玉清的动员讲话，更是激起了大家保境安民的热情。自那天后，在驿镇所旁的校场上，又传来了民团的操练声，玉清每天也于清晨准时来到校场，与大家一起出操，训练一结束，大家散了都各自忙各自的农活去了，玉清也回府开始了他一天的紧张学习。

青龙镇又成立起百余人民团的消息，很快便在四邻八乡传开了，那些刚露头作乱的土匪、盗贼，都知道青龙镇民团的厉害，暂时消停了许多。这一消息，也很快传到了同继洲的耳朵里，他听后便不安起来，立即叫来了强自修询问情况。强自修来到县衙，他便劈头盖脸地把强自修训了一顿，随后问道："冯玉清在青龙镇成立民团的事，难道你就不知道？"

强自修怯懦地小声回答道："知道。"

"知道，那你为何不制止？为何不向我汇报？我看你是越来越不会办事了，留你还有何用？"同继洲愤怒地说。

其实，强自修也是有他的苦衷的。玉清成立民团的事他当然知道，而且成立那天和以后的操练，就在驿镇所旁的校场上，且动静那么大，他哪能不知呢？可是，玉清成立民团的事，压根就没跟他说过，成立开大会那天，玉清也未邀请过他，而他作为一镇之长，感到非常的尴尬和不快。他想过制止，并想过给同知县汇报来着，但一想到上次的教训又不敢轻举妄动，怕弄不好又会给自己带来灾祸。就上次的事情来说，他设的圈套可谓天衣无缝，又请来了同知县坐镇，玉清可以说是必死无疑，可谁知道半道上却杀出个程咬金蔡金元来，弄得他满盘皆输。结果玉清不但没死，反倒因祸得福成全了他的好事，害得他姑和姑父蹲了大狱，他又挨训被降了职。后来，在他表弟金来的一再央求和凑足了一百两饷银的情况下，他这才求同知县放了他姑强月娥，可他姑父侯世耀却仍然被关在大牢里出不来。前几天强自修去探监时，他姑父在里面已被折磨得生了病，一见面便哭着让尽快把他弄出去，不然他就要死在牢里了。为此，他又找了几回同知县，可同继洲怒气未消，说至少要关两年，不然就无法对青龙镇的百姓交代。他尔格是猪八戒照镜子——里外不是人，姑姑骂、百姓恨、知县怨，所以这一个时期他做事非常谨慎，生怕又做错事危及自身，因而对玉清成立民团的事，他准备观察一段时间再说，谁知又招致同知县的不满，他此时也不知道该说甚好，只能默不作声，听着他的训斥。

同继洲见强自修低着头默不作声，火气更大了，指着他训斥道："你是聋啦？还是哑啦？冯玉清私自成立民团这么大的事，你不闻不问，这是失职，我看你是连镇长也不想当啦！"停了一下，他缓和了口气说，"你知道不知道，他私自成立民团，这是多么严重的问题。他这样做，不仅是针对你我的，更有干扰地方政府施政，并有反叛朝廷的嫌疑，如不尽早采取措施，必定会酿成大祸，到时候上头怪罪下来，你我都难辞其咎。"

强自修听他说得这么严重，这才开口说道："同大人，这都是我的失职，我甘愿受罚。"随后又说道，"同大人，这姓冯的就是个祸害，有他在，青龙镇那一帮刁民就不会消停。依我看，趁民团刚成立不久，就以谋反的罪名将冯玉清捉拿就地正法，然后再解散民团，就可以消除这一隐患。"

"你就知道抓和杀，还会什么？"同继洲对着强自修说道，"姓冯的目前手下可有一百多人，就咱县城这么点兵力，你拿得了他？未等到拿他，反被人家先拿了，到时候恐怕连县城也不保。"

强自修一听，也觉得此计不妥，就说："同大人，那你说咋办？"

同继洲说："要捉拿玉清，解散青龙镇民团，就得想出一个稳妥的万全之策。我看，能否以他私自成立民团，拟谋乱造反的罪名，请求朔州府派兵镇压如何？"

这时，一直在一旁未说话的师爷俞振海说："同大人，这样做也是不妥的。从大清例律上说，也没有禁止地方或农村自发成立民团这一条。而且霍宗昌大人在甘陕平匪乱时，也提倡各地可以成立用于剿匪自保的民团，所以玉清自发成立民团并没有错，而且他们打的是护村自卫、保境安民的旗号，那就更没有理由治他的罪了。"停了一下，他继续说道，"依我看，要解散民团治他的罪，得等他有了对抗政府或有叛逆行为的时候，并将他们的罪名坐实了，方可上报州府治他的罪。"

听师爷这么一说，同继洲想了一下，觉得他说的在理，于是对强自修说："师爷说得对，就按师爷的意思办。你现在回去，主要任务是先不要声张，要密切监视他们的一举一动，一旦发现他们有不轨的行为，就要立即向我汇报，然后我们再采取行动。"强自修听后连连点头，之后便马不停蹄地回青龙镇去执行他的特殊使命去了。

强自修一回到青龙镇，立即对他手下的几个亲信做了交代，让他们暗中全天候监视玉清和民团的一举一动，一旦发现他们有不轨行为，便好采取行动。可是还未等强自修想出毒计来，一个噩耗便传了来，原来侯世耀在牢里连病带吓，加之又遭同室囚犯的折磨，突然暴病死在了牢里。侯世耀的死，使强自修对玉清恨之入骨，发誓一定要瞅时机置玉清于死地。

近一个时期，强自修的心情特别糟，尽管他想置玉清于死地，但始终抓不到玉清的什么把柄。一日，他将心腹侯金荣找来，交代要他暗中监视玉清的一举一动，如果发现他有什么异常和出轨的行为，要即刻向他报告。谁知金荣听后，向强自修提供了一个非常重要的情况，说玉清通匪，还和北山土匪头子石拴虎结拜为生死兄弟，结拜兄弟中还有仓州的蔡金元。还说那天玉清和赵兰香结婚时，石匪在前一天晚上还去为玉清贺喜来着，他们三人喝了大半宿的酒。

强自修听了这个信息，一下子兴奋起来，连忙问道："金荣，你说的信息是从哪里来的，可靠吗？"

侯金荣忙说："这个事还是玉清的堂弟玉川酒后对我说的。这个玉川，嗜酒如命且一喝就醉，什么话也藏不住，绝对不会有假。"

强自修听后，高兴地搓着手说："玉清啊玉清，想不到你也有见不得人的把柄落在我的手里，这次绝不会便宜了你。"在他看来，只要把玉清通匪的罪名坐实了，朔州董知府也不敢包庇他，那他就死定了。可问题是，如何才能给他定罪？如果现在捉了玉清问他，他是绝对不会承认的，再说折冬生、冯玉文那帮人也不会让他这么干的。尔格唯一的证人，只有冯玉川一人，如果能把蔡金元捉拿归案，只要他一招供，玉清通匪的罪名就坐实了。一想到蔡金元，强自修的气就不打一处来，上一次要不是半路杀出了程咬金蔡金元，哪会有玉清的今天？他恨不得立马抓住蔡金元。可这个蔡金元远在仓州，行踪飘忽不定，甚时再能来青龙镇，就不是他说了算的事，因而他不能盲目行事，一定要瞅准时机，一招制胜。

又过了半个多月，强自修还未想出个万全之策来，这日午时，侯金荣忽然上气不接下气地跑来报告说，蔡金元驮队从北边来青龙镇了，已快进街镇了。强自修一听大喜，忙把魏双乾、刘文杰、林建东、姜茂才、李有良几人叫来做了一番交代，就让魏双乾和刘文杰到街口处等候蔡金元一行。

魏双乾和刘文杰刚来到街镇口，就见金元领着他的驮队已到了街镇口，魏双乾忙迎上去拱手道："蔡兄好，一路辛苦了。"

金元看到他俩，疑惑地问道："你们二位是？"

"我们是青龙镇驿镇所的差役，我是青龙镇帮办魏双乾，请你跟我们走一趟。"魏双乾回答说。

一听说是青龙镇驿镇所的，金元便警觉地说："我与二位素不相识，不知你们找我有何贵干？"

魏双乾这时说道："是这样的，最近一个时期安宁县不太平，因此凡过境青龙镇的外地行人和商队，都要经过驿镇所的询问和检查，因此还请蔡兄配合一下，跟我们去驿镇所接受一下检查，没有别的意思。"

"魏帮办，我与本镇冯玉清是朋友，已来过青龙镇好多次了。再说，我们是合法商人，从未干过甚违法乱纪的事。"停了一下，金元叹了一口气沮丧地说，"我们这次去北边做生意返回时，遭到了土匪的打劫，是来青龙镇投奔冯玉清来的。"

魏双乾向金元身后一看，果见五六个驴骡驮子上没有多少东西，那几个吆脚的人也垂头丧气地立在那儿。这时，还未等魏双乾说话，只听刘文杰说道："我知道你和玉清是好朋友，越是这样，你就更应该主动地接受我们的检查，以证明你是个合法的商人。"停了一下，他又接着说，"蔡兄，刚才听你说你们遭土匪打劫了，这我们就更有责任调查了，还是跟我们走一趟吧。"文杰说着，做出了请的手势。

金元见他们非要让他去驿镇所不可，就说道："去驿镇所不难，等我先见了玉清后，再去驿镇所接受你们的检查不迟。"

"蔡兄，这阵儿玉清正在驿镇所和我们强镇长商议事情哩，你的困难，我想他肯定会帮你解决的。"刘文杰说。

金元一听玉清也在驿镇所，就未多想，于是说道："既然这样，那我就跟你们去一趟也无妨。"说着，就领着驮队，跟上魏双乾和刘文杰去了驿镇所。进了驿镇所，魏双乾让林建东、姜茂才、李有良几人招呼金元驮队的人先在前院歇息，他俩只领了金元一人，往后院见强自修和玉清去了。等金元刚进后院的门，便被一条绳索绊倒了，这时从门后闪出几个人来，一下子扑了上去就将金元捆了起来。

直到这时，金元才知道自己上了他们的当。当他定过神来，只见强自修从门后走出，先是一阵狞笑，接着说道："姓蔡的，想不到我们又见面了。"

金元一见到强自修，立即明白了八九分，愤怒地说道："姓强的，你凭甚抓我，我犯了何罪？"

"你犯了何罪，难道你自己不清楚吗？"强自修阴阳怪气地说。

金元一看他这样，就说道："姓强的，我知道，上次我半道救了赵兰香，使你谋害玉清的阴谋未能得逞，因而你今天捉拿我，就是为了泄私愤，对不对？"

谁知强自修冷笑了一声，摆着手说道："不不不！我是那种泄私愤的人吗？你也太小瞧我了。"

"那是为甚？请说个明白？"金元紧盯着他问。

"姓蔡的，你犯了何罪？我来告诉你。"接着，强自修提高了声音说，"你犯了通匪的大罪，这是要掉脑袋的，你知道不？"

　　"简直是一派胡言，我何时通匪了？你有证人和证据吗？若拿不出证据来，就是泄私愤，就是栽赃陷害！"金元毫无惧色地说。

　　"当然有证人了。要是没有确凿的证据和证人，我敢随便捉拿你吗？"说到这里，强自修冷冷地说道，"姓蔡的，你私通县境北山匪首石拴虎，并和他结拜为兄弟，一同和他结拜的，还有你的好友冯玉清。就在玉清和赵兰香成亲的前一天晚上，有人看见你和石匪在冯府喝酒来着，我说的没错吧？"

　　金元听后，心中不由暗自一惊，他们三人北山结拜、石拴虎为玉清贺喜，都是秘密的，他是怎么知道的？会不会是冯府知情的人说漏了嘴，才使姓强的抓住把柄的。他知道，只要承认了，自己不仅会被定了死罪，还会连累到三弟玉清。因此，无论他强自修有无证据，他都不能承认通匪之事，于是镇定地说道："姓强的，你先前未能害了玉清，今日又想出这么一条毒计来，真是无耻至极。你想要怎样，就明着来，何必来这一套！"

　　"姓蔡的，你和玉清是不是通匪，等一会儿证人来了，我看你如何说。"随即，强自修对刘文杰说道："去！你把侯金荣叫上，把冯玉川抓来问话。"文杰答应着出去了。接着，他又对金元说道，"姓蔡的，我看你是一条好汉，不想为难你。在证人未来之前，只要你承认了你和玉清通匪的事，仍算你自首。我会看在你自首立功的份儿上，请求同知县网开一面从轻发落你，并保证你性命无忧。要是证人侯金荣和冯玉川一到，那就没你说话的机会了，你就死定了，我再想救你也是无能为力了。"说到这里，他走上去拍了拍金元的肩膀，继续说道，"蔡兄，怎么样，兄弟我还够朋友吧？"

　　好个阴险毒辣的强自修，金元不知道侯金荣和冯玉川是何许人，但强自修的目的只有一个，那就是要他承认通匪之事。于是金元轻蔑地说道："欲加之罪，何患无辞。你就是找来一千个所谓的证人，也休想让我承认通匪之事。"

　　强自修听后，勃然大怒："好你个蔡金元，我好心为你留条活路，可你却要自寻死路，真不识抬举。看来，你是敬酒不吃非要吃罚酒，那就别怪我不客气了。"说着，他朝魏双乾大声喊道，"给我大刑伺候，就不信他不招。"魏双乾等人领命，立即举起棍子朝金元打去。

　　正在这时，忽听一人大声喊道："住手！"随着喊声，强自修一回头，见是玉清领着一行人来到了。原来，当魏双乾将金元他们带入驿镇所时，就有人将此消息飞快地告诉给了玉清和冬生，于是他们立即召集了二十多人迅速赶了来。当他们一进驿镇所前院，就看见玉清驮队的五六个人已被林建东他们绑了，他一打问，才知道他们刚遭了土匪的打劫，尔格又遭到强自修的暗算，说玉清通匪，正在后院审问哩。玉清一听，立即明白了强自修的用心，他一边让人给驮队的人松绑，一边带了十几人赶往后院。一进后院，他就指着强自修质问道："强自修，你为何私自拘役我的朋友蔡金元，他犯了何罪？"

强自修见了玉清，心里先厌了一半，没想到玉清来得这么快，不过他已掌握了玉清通匪的确凿证据，也就不用怕他了。于是，强自修故作镇定地说："冯标统，请听我解释。有人举报，蔡金元和你私通北山匪首石拴虎，正好蔡金元今日来了青龙镇，所以我捉了他想问个明白。"

玉清听后怒斥道："姓强的，你是不是害人害上瘾了，你一天不想着法儿害人就活不了？你曾多次害我未能得逞，今日又想给我安上一个通匪的罪名继续害我。你害我也就罢了，还要连我的好友蔡兄一起陷害，真是机关算尽，枉费了心机。"

"冯标统，请勿动怒。我说你和姓蔡的通匪，并非陷害，我是有确凿证据的。"说到这里，强自修从衣袋取出两份状子交给玉清说，"不信你看，这是侯金荣和你的堂弟冯玉川举报你的状子。"

没有想到，强自修使出的这一杀手锏，并未唬住玉清。只见玉清瞥了一眼诉状，就把状子扔到一边说："就凭他们二人的这一状子，就想定我的罪？简直是异想天开！再说了，我那天结婚，前后来了那么多人，不光只有玉川一个人。"说到这里，他转向冬生、玉文、德洲、德江、树怀、兴运、保忠等人大声问道，"你们看见我和蔡兄通匪了吗？"

冬生、玉文等立即答道："没有，没看见，简直是胡说八道！""玉川这个狗东西，简直是睁着眼睛说瞎话，真是我们冯家的败类，看我不活剥了他的皮！""侯金荣算个甚东西，他是侯家和你养的一条狗，他的话谁信？"

强自修没想到玉清会来这一手，就朝众人摆着手说道："请大家静一静，静一静！既然他俩写的东西不能证明玉清和姓蔡的通匪，那就让他二人当面指证如何？"

"可以，你让金荣和玉川来，看他们如何说。"冬生大声说。这时驿镇所院子的人越来越多，都嚷着让这两个黑心的家伙当面说清楚。

"那好！"接着，强自修向门外喊道："侯金荣、冯玉川来了没有？"其实，这阵儿金荣和玉川已经来到了驿镇所，一看这阵势，哪里还敢指证玉清通匪，正准备悄悄溜走时，却被玉文、兴运、保忠等提溜了进来。强自修一看到二人，便急不可待地指着侯金荣说："侯里正，你俩当着众人的面，快将玉清通匪的事说与众人听。"

当众人用严厉的目光投向侯金荣时，只见他一指玉川说："我是听他说的，你让他说。"

谁知玉川哭丧着脸，说道："我没有说玉清通匪，也未看见玉清和蔡金元通过匪。就在前几天，是侯金荣将我诱骗到驿镇所一番毒打后，威逼让我这样说的，并向他们写了这份伪状。"

没想到，玉川完全否认了他之前说过的话和指控，强自修一听急了，指着玉川大声叫道："好你个冯玉川，你之前可不是这样说的，关键时刻想反悔，没那么容易。"随即对魏双乾喊道，"魏帮办，给我把这个反复无常的家伙绑了，大刑伺候！"

魏双乾看了一眼强自修还未动手，可玉川却向玉清身后一藏，叫道："玉清哥，快救我！"不论玉川当时做了甚、说了些甚，但他眼下的行为，就是一个十足的受害者，立即博得了大家的谅解。

这时，只见玉清跨前一步，指着强自修说道："姓强的，快说，这是不是你和同继洲合起伙来又要害我？若是这样，我就直接到朔州府告你和同继洲的状。"

"玉清，何必与他废活，干脆把他和侯金荣绑了，一同押往朔州定他的罪。"玉文和德洲等指着强自修喊了起来。

玉清大声说："对！玉文、德洲、树怀、兴运，你们几个把这两个家伙绑了，立即押往朔州府。"玉文几人一听，立即就要上前捉拿强自修和侯金荣。

这时，强自修彻底怂了，这要是将他押往朔州，他不仅凶多吉少，而且连同知县也要受到牵连，同继洲再将责任全推到他身上，那他就完了。想到这里，强自修便"扑通"一声跪在地上求饶道："冯标统，我知错了。这事是我一个人干的，不关同知县的事。我求求你，不要将我送往朔州，我以后再也不敢干坏事了，你就饶了我吧！"

"不行，你本性不改，坏事做尽，我岂能饶你！"玉清说着，对冬生命令道，"带走！"

冬生、树怀上前从地上去拉强自修时，只见他撅着屁股赖在地上不起来，继而转跪到金元跟前，磕着头说道："金元兄，都怪我一时糊涂，冒犯了大哥。您大人不记小人过，就请您求求冯标统，饶了我这一回吧，我以后再也不敢了。"

金元看了一眼这个可怜的小人，一时动了恻隐之心，想了一下，就对玉清说："三弟，我看只要他真心悔罪，你就饶过他这一回吧。再说，州官和县官都是一丘之貉，他们官官相护，不一定能治他的罪，你就放了他吧。"

玉清本来就未想将强自修送往朔州，见他认怂了，且经金元这么一说，于是说道："强自修，看在我大哥的份儿上，我先饶过你这一回。不过，你今后若再敢害人，我绝不会饶过你的。"

"冯标统，我向你保证，我今后再不敢干坏事害人了。"强自修一边说，还一边向玉清磕着头。

玉清不再理会他，托起金元的手说："大哥，走，咱们回家！"说着，便和众人一起离开了驿镇所。

冯府内，折老夫人、忠贤、兰香、喜梅及尚儒等冯家人早已恭迎在了府门前，见金元一行在玉清的带领下平安地回来，这才放下心来。这时，折老夫人在喜梅的搀扶下，上前拉住金元的手，上下打量了一下问道："金元，那贼人没把你咋样吧？"

金元笑着说："奶奶，托您老的福，他不敢把我怎样。您看，我这不是好好的吗？"随即，金元和忠贤及冯府的人打过了招呼，然后一起进了府。

回到府内坐定后，折老夫人说道："自姓强的来了以后，青龙镇和我们冯家就遭了殃，尔格连你这个外地客人也不敢来青龙镇了，你说这是其世道？"

冬生接过话说："就在刚才，强自修向玉清保证，从今往后他一定弃恶从善，不再作恶害人了。"

"姓强的就是狗改不了吃屎，本性难改。要他弃恶从善，除非黑狗变成了白狗，谁信哩！"喜梅愤愤不平地说。

折老夫人接着说道："喜梅说得对，姓强的话千万不能信。"说到这里，她对玉清和金元说道，"害人之心不可有，防人之心不可无，尤其对于强自修这样的恶人，要多长几个心眼，处处提防着他才是，一定不能再受他的暗害和欺骗了。"

这时，老秀才尚儒说道："玉儿，你奶奶说得对。这古人说得好，小人无善心、君子常存义。这是千百年来古人总结出来的至理名言，像强自修这样的小人，到甚时都不会有善心的，他的话可千万不能信，你可要记住了。"

玉清应道："奶奶、爷爷，孙儿记住了。"之后，他又迫不及待地问金元道，"大哥，你们这次北边之行，到底遭了哪方土匪的打劫？我一定会领兵剿了他。"

这时，只见金元叹了一口气说道："唉！甭提了，说来话长。"接着，他说出了一个让众人始料未及的事。

原来，在入冬大雪封山之前，金元准备带商队去趟伊克昭盟做一回生意。半月前，当他领着商队，驮着当地和关中盛产的线麻、棉花、布匹、药材、烧酒等物资运抵伊克昭盟出售后，又从该地进了一批上好的皮毛、裘衣、食盐、鹿茸、人参等家乡紧缺的货物，按计划由伊克昭盟经榆阳，抄近路过一个叫红沙梁的地方就进入朔州地界，再过鄜州就回到仓州了。而当地人却说红沙梁有一股土匪很厉害，可金元偏不信这个邪，他什么样的土匪没见过，还怕他们几个蟊贼？于是便领着他的商队，沿着这条路线就起了程。

这个红沙梁位于陕西、内蒙古、甘肃、宁夏四省的交界处。此处虽然荒凉，是个四不管的地方，但它却是四省必经的一个交通要道，过去曾是一个边塞要地，不知什么时候已败落，此处只留下了一个废弃的破城堡。前几年，不知从哪里来了一股土匪盘踞在破城堡内，专门打劫过往商贾行人，后来据说这股土匪由原来的二三十人，一下子增至八九十人，除过打劫过往的商贾行人外，还经常到四省的边境作乱，当然这些详情金元是不知晓的。

这日，金元一行经过三天的长途跋涉，终于来到了红沙梁。远远望去，只见一个残破的城堡坐落在开阔的沙漠之上，除过陕西南侧隐约可见起伏的山丘沟梁外，它的东、西、北三面全是平展展的荒漠沙丘，几只苍鹰嘶鸣着盘旋在城堡上空，使人有一种苍凉阴森的感觉。金元望去，除了城堡外四周渺无一人，哪来的什么土匪？于是壮着胆子向城堡走去。可当他们从一个缺口刚进入城堡内，忽听一声口哨声响过，只见从残垣断壁的后面呼啦一下跑出二三十个土匪来，他们一下子将金元他们团团围了起来。这些人手中都拿着家伙，不是大刀就是长矛，其中一骑在马上的圈脸胡大汉，长相凶悍，他一手握刀，一手指着金元他们喝道："哎！请将东西放下走人。"

商队先是一阵慌乱，金元知道遇到土匪了，他先让大家不要慌乱，然后大声说道："我凭甚把东西给你们放下？"

"凭甚？"其中一人喝道，"此路是我开，此树是我栽，要想从此过，留下买路钱。"

金元一听，这是土匪惯用的黑话，便大声回道："天下大道任君行，你我各自走一边，今日放我一马地，来日握手再言欢！"

按常理，对方听到此话，再看看他们也都带着家伙，就会知趣地放他们过去。然而那个土匪头目不但不放行，反而拍了拍大刀哈哈一笑，说："小子，按常理我应放你一马，但今日不行，我答应了你，它却不答应！"

金元知道今日碰到真正的恶匪了，虽然他们仗着人多，但他们七八个人也不是吃素的，只要先拿下那个土匪头儿，其他的人便好对付。当金元迅即张弓搭箭向那个土匪射击时，忽见有两个土匪策马上前挡在大土匪头儿面前，然后一人指着金元说道："你想找死吗？你若敢动手，你们几个一个也别想活着离开这里。"另一个土匪说："快放下东西走人，不然明年这时就是你们的忌日。"

金元一看，一时拿不下土匪头儿，立即改变了主意。只见他收弓一跃而起，当他翻身落地时，已把近前的一个土匪掀下了马揪在了手中，同时用刀抵着他的脖子，对土匪头儿说："请让个道儿，咱们相安无事，否则我就杀了他！"

金元这一招是想逼土匪头儿服软放过他们，谁知土匪头儿也是身手不凡，一个鹞子翻身下了马，随即将商队近前的苏来顺抓在手中，并用刀抵着他的头，冲金元喊道："狗日的想找死，你把他放了，不然老子就一刀砍了他！"

这时马兆林慌了，生怕双方动了手那后果就不堪设想了，就站在中间劝道："两位好汉住手，有事好商量，有事好商量！"随即对土匪头儿说："好汉，不就是些东西吗，我给你就是了。"继而又对金元说："掌柜的，听我的，把东西给他们，就当我们这趟生意赔了，只要人没事比甚都强。"

金元再一次感到无奈，想了一下，就冲兆林点了点头，然后对土匪头儿说："东西可以放下，但你得允许我们把驴骡牵走，得给我们留下以后做生意的本钱。"

"不行！驴骡一头也不许牵走。"土匪头儿语气强硬地说。

这句话又一次激怒了金元，这些年他走南闯北，还从未见过这么黑心的土匪，于是冲着他说道："怎么？看来你今天不想给我们留条活路了，大不了就是一个死嘛，那咱们今天就来个鱼死网破！"说着，将刀压在了土匪的脖硬。

"别别别！"那个土匪先害了怕，冲土匪头儿说道："大当家的，就答应他们吧！再说，留下那些活口也没甚用，还要喂养它们哩。"

土匪头儿想了一会儿，说道："看在我们三当家的份儿上，就依了你。"随即放开苏来顺说："今格算你走运，赶快牵上你们的牲口滚蛋！"

金元知道这些土匪反复无常，就说："谢谢好汉的宽宏大量，为了安全起见，我还要借这位三当家送我们一程。"

"怎么？给你一点好你就蹬鼻子上脸了。你若再不走，就一个别想活着离开这里。"

金元说："我只是想让他送送我们，别无他意。"

那个土匪也说："大当家的，我送他们一程也无妨，谅他们不会把我咋样的。"

土匪头儿冲金元说道："不许耍花招，要是耍花招，今格就是你们的死期！"随即挥着手，不耐烦地说："滚滚滚！小心我反悔了，就没有你们的好果子吃。"

金元见状，立即对兆林说："卸货，你带人先走！"同时向兆林使了个眼色，说话间，仍然警惕地用刀抵住那个土匪的脖子。

兆林会意，立即叫人卸了货物，牵上牲畜转身就走。在离开时，他叫人从驴骡背上取下四五副弓箭握在手中，并且箭已上弦，做出随时射箭的准备。这一招，是他们专门用来对付马帮悍匪的，可以在一定距离内有效地射杀来犯之敌，因此在危急时刻，常常能起到克敌制胜、保护商队安全的奇效。这一招还真管用，土匪头儿清楚，虽然他们人数上占了上风，万一这伙人一齐搭箭射来，他可无胜算的可能。他原准备待他们撤退时，突然带领马队冲上去杀他个措手不及，然而这次他失算了，只能眼睁睁地看着他们走远而不敢去追。

而金元也算守信，在退了一程后，看到土匪没有追上来，觉得安全了，这才放了那个土匪。在放那个三匪首时，兆林留了个心眼，在撤离时问了土匪的一些情况，知道那个土匪头儿叫胡柴进，他们实际只有四五十人，可对外却谎称有一百余人，而后才把他放了。之后他们不敢停留，就离开了红沙梁，然后决定绕道去投奔玉清，在取得他的资助后再返回仓州去。于是他们辗转数日，中途又卖了一头毛驴，这才来到了青龙镇，可一进青龙镇，又遭到了强自修的诬陷和羁押。

金元一口气说完了他在红沙梁的遭遇，最后叹着气说："这趟红沙梁之行，真是倒霉透了。我没有想到，在那么偏僻的不毛之地，也有土匪横行作乱，这大清就没有一块净地了，看来，大清的气数要尽了。"说完，便沮丧地低垂着头沉默不语了。

在金元述说他们惊险的经历时，在座的都静静地伸长脖子听着，没有一个插话的。当听完金元的叙说后，才长长地松了口气，随之陷入了沉默中。

过了一会儿，玉文打破沉默说："金元兄，你说的那个地方，我好像以前也听人说过，但并没有你说的这么详细，今日听你一说，简直把人的肺要气炸了。"

玉清听后，心情显得无比沉重，这时问道："蔡兄，你说的那个土匪头儿，果真叫胡柴进？"

"没错，那个土匪头子就叫胡柴进，怎么你认识他？"马兆林说。

玉清回答说："岂止认识，他是我们西山的一个土匪头子，我几次抓了他，都让这个狡猾的土匪逃生了，没想到他逃到了红沙梁，继续为匪害人。"

这时冬生哈哈一笑说："真是踏破铁鞋无觅处，得来全不费功夫，原来这个作恶多端的土匪逃到那里继续为非作歹。"继而转向玉清说："玉清，请允许我带领青龙镇民团去灭了他们。"

"对！久未打仗了，大伙儿的手早就发痒了。整天空训练有甚意思，不如拉出去和他们真刀实枪地大干一场，也好彰显一下我们青龙镇民团的威风。"玉文、德洲接着说。

金元这时也说道："玉清，若出兵攻打红沙梁，我愿率我的这七八个兄弟打头阵，他们都是我一手带出来的，有一定作战经验。再说，你我都是跟随霍宗昌大人平过大乱的人，什么样的恶仗没经过，还怕他们几个蟊贼不成？"

这时，大家都盯着玉清等他表态。只见玉清沉思了一会儿，然后说道："这一仗，迟早是要打的，不然我们青龙镇民团不就成了摆设？"不过停了一下，他却说道，"要攻打红沙梁，但尔格还不是时候。大家想一想，青龙镇距红沙梁有二三百里路程，长途奔袭，是要做好充分准备的。其次，那里到底有多少土匪，他们的匪巢到底在哪里？这些情况必须搞清楚，所以在未搞清楚这些情况之前，我们是不能贸然行动的。"

这时折老夫人说道："还是我玉儿想得周全。金元，你们暂且先住下，这事以后再议不迟。"折老夫人这么一说，众人也都连连点头称是。

金元一行在冯府被热情款待，他们在青龙镇小住了几日。经过玉清、冬生、金元、玉文、德洲、德江几人认真商议后，做出了暂不攻打红沙梁的决定。不过，玉清和金元并没有闲着，通过这件事使他们认识到，要攻打红沙梁城堡，必须做好充分准备与训练。因此玉清和金元一商量，决定先给民团每人配备一把老祖宗传下来的神器——弓箭，再造一些土枪，只要把有限的民团武装好、训练好，到时就能派上大用场。

一时间，青龙镇几百人一齐投入了制造弓箭和土枪的热潮中。金元一有空，就在校场上，手把手地给民团教授射箭的技术及要领，此时的玉清和冬生他们，更是忙得不可开交。谁知青龙镇的这一异常行动，立即引起了强自修的注意和恐慌，还以为玉清和金元私造武器是要真反了，当得知他们是为了攻打几百里路外的土匪时，才放了心，因而玉清的计划并未受到干扰和影响，不出几天工夫，就造出了百余张弓箭和十几杆土枪来。这时，玉清让冬生带领民团即刻转入了训练，金元也带领他的驮队要返回仓州去了。临行前，玉清按照奶奶的吩咐，派管家帮金元在本地进了二百多两银子的货物，再给了他们五十两银子作为返乡的路费，拟于第二天送金元他们起程返回仓州。

第二十六章　报父仇情愿以身许
　　　　　　石好汉除恶得娇妻

这天傍晚，玉清正在客厅为金元举行辞行晚宴，突然管家罗长庚进来小声对玉清说："少东家，外边有人求见。"说后，又给玉清递了个眼色。

玉清立即随管家走出了客厅。当他走出客厅一看，来者不是别人，而是玉奎，便小声问："你甚时回来的，回来时有没有被人认出来？"

玉奎一笑说："刚回来。天黑，我又戴着草帽，没人会认出我的。"

"你还没回家吧？趁人不注意，赶紧回家去吧，我就不留你了，回头咱们再说。"玉清关心地说。

玉奎并没有马上走，却说道："玉清，这次是石大当家的让我回来的，是向你报喜的。"

玉清一听说玉奎是石拴虎派回来的，没有再说甚，就把他领进了书房。玉奎进了书房，取出一个红帖子交给玉清说："我们大当家的要当新郎官了，特地派我送帖子请你去喝喜酒哩。"

"石兄终于喜结良缘了，我是一定要去的。"玉清又高兴地问，"哪一天举办婚礼哩？"

"就在后天，你可不能去迟了。"玉奎不放心地说。

"误不了。不过，我还要带一个人同去的。"玉清说。

玉奎好奇地问："谁？"

玉清压低声音说："就是仓州的金元兄，去年我结婚时，你和石兄是见过的。"

"噢！认得认得。回去我一定转达到，并做好迎接的准备。"玉奎说着，准备转身离去。

玉清叫住他说："你在家好好待着，哪里也不要去，明天天黑后我来叫你，咱们三人一同走。"

玉奎说："不了，明格天不亮我就走了。因为我得提前回去，那里还有好多事等着我哩，你和蔡兄随后来就是了。"说完，便悄悄地回了家。

第二天早饭后，玉清备了两份贺礼和金元骑马出了镇，撺天黑前就赶到了北山蟒头岭山寨。

山寨里，早已是一派张灯结彩的热闹景象。听说玉清和金元要一同前来，拴虎穿戴一新，与郭家义、刘大成及玉奎等几位头领，早早就恭迎在了寨门外。当玉清和金元刚一跳下马，拴虎便满面春风地迎了上去，一拱手高兴地说道："二位仁兄贤弟的到来，这是给了我多大的面子啊！我已准备了几坛好酒，咱们一定来他个一醉方休。"

玉清笑着说："二哥，这么大的喜事，我们哪能不来讨杯喜酒喝。"

金元也一抱拳道："二弟，恭喜！恭喜！"

拴虎哈哈一笑，说了声："请！"便托起二人的手，说笑着入了山门。

聚义堂大厅内，布置得格外喜庆，石壁洞顶上，到处悬挂着红绸带和红灯笼，无数根红蜡烛将整个大厅照得通亮。玉奎自豪地对玉清夸耀说："玉清，看我布置得咋样？"

玉清伸出大拇指，连声夸赞道："好！够气派、够气派！"

拴虎刚安排大家坐定，酒菜就端上来了。大家刚喝了一巡酒，玉清便迫不及待地对拴虎说："二哥，快给我们说说，嫂夫人是哪方的天仙美女，你是如何讨得的？"

拴虎一笑，放下酒杯说："三弟，她虽算不上什么天仙美女，但长相还算对得起二位。"停了一下，他叹了口气说道，"不过，她也算得上是一位有情有义的奇女子，提起她的身世来，也怪让人同情的……"接着，他说出了此女的身世和他们的姻缘。

原来，这一女子姓王名金梅，是塞北县城一户姓王的女儿。其父王锦堂，是县学的一位教师兼督学，金梅是他唯一的女儿，模样儿俊俏，加之从小受其父熏陶，聪慧贤淑、知书达理，很受父母的疼爱，父母视她如掌上明珠一般。金梅长到十四五岁时，已长成一位文静大方、楚楚动人的美少女了，因而不断地有人上门说媒提亲，可在这些提亲的人中，没有一个让其父母满意的。就这样一晃两三年过去了，如今她已是一位十七八岁待出阁的大闺女了，谁知就在此时，一场灾祸却突然降临到了他们的头上。

塞北县城，住着一个姓苟名君仁的大财东，他家财万贯，土地百余亩，光豢养的护院家丁就有十余人，可算是这一方有钱有势的人物了，连县太爷也要让他三分。然而这个苟君仁却为富不仁，常常干出一些欺男霸女、祸害弱民的恶事来，因而人们背地里送了他一个"狗不仁"的绰号。别看这个狗不仁已年过五旬，不但为富不仁，而且还是一个十足的老色狼，他先后娶了五房姨太太还不满足，又将魔爪伸向了金梅。其实，他早就对金梅垂涎三尺了，只是慑于王督学的身份和威望而未敢明抢，于是便要纳王金梅为六姨太。

一日，他让管家提着聘礼，带着媒婆来到王家提亲。王锦堂平时就看不起这人，一听说狗不仁要纳他女儿为六姨太，顿时脸色陡变，指着管家怒不可遏地说道："他咋能做出这么没人味的事来，你回去告诉他，即使天下的男人都死绝了，我也不会把女儿嫁给这号人，让他趁早死了这条心。"说罢，将带来的聘礼全部扔出了门外。

管家回去对主子说了王督学的态度后，狗不仁立即暴跳如雷，大叫道："在塞北县，还没有人敢这样对我，他简直是活腻了。看来，给他脸他不要，那就怪不得我不仁了。"于是第二天，他就联络了几个人，写了一封诬告信跑到县衙，诬告王督学克扣贪污了县学经费，要求撤职查办他。这个知县薛正，明明知道王锦堂不是那种人，但慑于狗不仁的淫威又不能不办，于是他采取了折中的办法，只将其解职辞退，并暗示他回家去养老。

就这样，王督学被无情地辞退了，他不得不含恨离开了他所钟爱的学堂。看来，县城他是待不成了，他和老伴儿及女儿一商量，决定变卖县城的房产，先回老家塞西县义渠乡再作打算。可一连几天，他在县城的房产无论贵贱无人问津，一打听才知道是狗不仁放下了狠话不让任何人买。这时，狗不仁的管家又来了，对王督学说："我们东家说了，只要你服个软，答应将女儿嫁给他，你就不用走了，还可以回县学继续当你的督学。"

谁知王督学是一个刚正不阿的人，他一听就愤怒地说道："他这是白日做梦，就是我死了，也不会把女儿嫁给这个畜生的。"管家讨了个没趣，只得悻悻地回去复命了。

到了第三天，城内一个叫陈万财的生意人找上门，愿出一百两银子购买王督学的房产。按地段行情，他的这处房产，少说也值他个三四百两银子，可王督学想急于离开这个闹心的地方，于是一咬牙，便把房产卖给了他。其实，这个陈万财，是狗不仁指使的，陈万财买下房产后，当日就把房契转给了狗不仁，这样狗不仁便以极低的价格，强霸了王督学的这处房产。

事情到此远没有完。当王督学卖了房产后，即刻收拾好行囊，怀揣卖房得来的一百两银子和有限的积蓄，雇了辆马车，于第二天带着家眷准备回义渠老家去。当他刚出了县城，便被县衙赶来的六七个捕快拦住了，说有人告发他携贪污县学的赃银准备潜逃。就这样，不由分说，这伙人搜出银两后便将他押往了县衙。

看到老爷被抓走，金梅的母亲再也经受不住这一连串的遭遇和打击，眼前一黑，便一头栽下马车不省人事。金梅哭着去追赶父亲，见母亲栽下车来，于是又踅回身，撕心裂肺地哭喊了起来。这时，好心的车夫和城门口几位老乡见状，便一齐围上来施救，劝金梅不要哭了，赶紧去看她的父亲，这里有他们照看着，于是金梅哭着又起身向县衙跑去。

再说王督学被押进县衙后，薛正一改前日的态度，只见他一拍惊堂木，大声说道："王督学，有人告你贪污了县学经费，准备携赃银外逃。可有此事？请从实招来！"

王督学一听，立即气得浑身发抖地大声说道："薛大人，我一生勤勉治学，克己奉公，不曾贪污过县学一文银两，说我贪污县学经费，纯属诬告，还请大人明察。"

谁知薛正却说："王督学，前几日县城就有几位开明绅士，联名告你贪污了县学经费，我念你治学有功，不曾治你的罪只免了你的职。可今日，又有人告你携赃银潜逃，我若不治你的罪，就无法向全城的百姓交代。"

"我知道，诬告陷害我的，就是那个欺男霸女、人神共愤的狗不仁。不过我可以告诉你，我未贪污过县学一两纹银，我是清白的。说我准备携赃银外逃，更是无稽之谈！"

"那这些银子是哪里来的？"薛正用手掂起案上的包袱问。

"这些银两，是我昨日卖了城中房产的银子，其余是我平时的积蓄。"王督学回答。

"是卖了房产的银子？"薛正又问道，"卖给谁了，可有人证？"

王督学回道："卖给城东一个叫陈万财的人了。不信，你可以叫他来一问便知。"于是薛正便差人去了城东。

不一会儿，衙役回话说，城东陈万财不在，他于前几天就出远门去了。原来，陈万财替狗不仁买了王督学的房产后，狗不仁给了他赏银，又让他外出躲几天，并给其家人交代说他出远门几天了。之后，他找了薛正，送上了银两，又如此这般地交代了一番。薛正拿了人家的好处，自然得替人家办事，因而这才有了王督学二次遭陷害的厄运。于是，只听他说道："王督学，你也是个读书之人，怎么也撒起谎来了？陈万财近日根本不在县城，哪来的买你房产一说？你的这些银两，分明是贪污县学的赃银，今日人赃俱获，不动大刑量你是不肯招认的。"说毕，不容王督学申辩，一拍惊堂木，朝左右大声喝道，"衙役们，给我大刑伺候！"随着喊声，两边的衙役便举起廷杖准备用刑。

这时，忽听堂外一声大喊："住手！陈万财买我家房产，我就是证人。"众人闻声回头一看，见是被挡在堂外王督学的女儿王金梅。

薛正一看是王督学的女儿王金梅，立即大声说道："哪有女儿给父亲做证的，她的证言不能算数，给我拦住她，不许她扰乱公堂。"随即又回头对两边喊道："还愣着干甚，给我大刑伺候！"

王督学从教任督学数十年，还从未受过如此奇耻大辱，只见生性刚烈的他，一昂头大声说道："不劳你们动手，我贪没贪污县学的银两，这就证明给你看！"随即，扭头冲堂外喊道，"梅儿，好生照顾你娘，爹去了！"话音未落，便用力一头向堂案的棱角撞去，顿时血流飞溅，殷红的鲜血一下子溅了案后的薛正一身一脸，接着王督学便应声倒在了血泊中。

就这样，为了证明自己的清白和捍卫自己的尊严，王督学选择了以这样的方式，悲惨地结束了自己的生命。他的惨烈壮举，立即引起了堂外围观群众的惊呼和抗议，怒骂声、谴责声不绝于耳，要求还王督学清白、严惩恶人狗不仁的呼声，更是一浪高过一浪。而此时的金梅，则发疯般地冲进大堂，抱起血泊中的父亲，一声未哭上来，便昏厥了过去。

看到出了这样的事，狼狈不堪的薛正先是一愣，接着狠心地一挥手道："抬出去，抬出去！"那些衙役便把金梅父女，抬出去扔在了衙外的台阶上。

众人立即围了上去，一摸王督学，见他早已气绝身亡，就开始施救起金梅来。经过一番施救，金梅终于睁开眼睛哭出了声。可这时，城门口来人，又说金梅的娘也殁了，金梅一下子站起来冲到衙门前，狠劲地擂着已关闭了的大门，愤怒地喊道："狗县官，我跟你拼了，你还我的爹娘，你还我的爹娘……"哭声震天，撕心裂肺。

看到这一家人的悲惨遭遇，一些好心人一边同情地抹着泪，一边劝慰她节哀。可对于王金梅来说，父母的突然离去，使她一下子陷入了绝望之中，捶胸哭喊道："我不想活了，我不想活了！爹，娘，女儿随您来了！"接着，伸头用力冲向了大门，众人立即将她抱住，又是一番劝慰。

这时，与王督学一起在县学教书的徐荣光、孟凡庆先生及王督学的左邻右舍也陆续赶了来。徐先生对金梅说："侄女啊，你们一家人的遭遇，谁人不痛恨，谁人不同情？但尔格不是伤心难过的时候，更不是你寻短见的时候。眼下最要紧的，是要想办法使你仙逝的父母尽快入土为安才是，至于报仇申冤之事，咱们以后再作计议不迟。"随即，他登上台阶，对众人大声说道，"乡亲们，请大家看在王督学尽心教书育人、为县学做出重要贡献的份儿上，请大家有钱的出钱、有力的出力，共同帮助可怜的王金梅，为其父母料理后事如何？"徐先生的这一提议，立即得到了人们的赞同，于是不出半个时辰，现场便捐到了七八十两银子，同时人们自觉地分成了几拨，抬人的抬人、买棺材的买棺材、建坟的建坟，第二天就将王督学夫妇下葬入了土。

失去了双亲，金梅一下子变成了无家可归、无依无靠的孤儿，她趴在父母的坟上号啕痛哭，怎么也拉不起来。众人望着这个可怜的女子，无不伤心落泪。是啊，让这一弱女子往后可咋个活哩？她又将去何处安身哩？有人不断叹息地摇着头。这时，徐先生对众人说："请大伙帮个忙，先把金梅搀扶到我家再说。"于是，在大伙的劝说搀扶下，硬是把金梅安排到了徐先生家。

金梅虽被安顿了下来，可她却不吃不喝，只有那无尽的泪水，顺着眼角不停地流淌着。看着她这样，徐师娘可心疼坏了，扶抱起躺在炕上的金梅哽咽着说："娃呀！你想哭就大声哭出来，可不敢憋坏了，你若是再有个三长两短，你那地下含冤的爹娘就更闭不上眼了。闺女呀，你就把这里当成你的家，往后有我们一口吃的，就绝不会饿着你……"这夜，徐师娘就这样寸步不离地守护着她，生怕她寻了短见。

一连两天，金梅都是这样，徐师娘和众人慌了。不行！不能再这样下去了，得赶快想个法儿，不然她是熬不了几天的。也许是急昏了头，经过几个好心人的一通商议，竟想出了给金梅寻婆家的馊主意来，而且认为只要给她尽快寻个婆家，她就有了依靠，也就有了活下去的希望。于是，当一位姓马的大婶，试探性地向金梅说出了她们的想法后，没想到金梅睁开了眼，并微微地点了点头，这可乐坏了几位大婶大嫂。可是，还未等她们高兴完，只听金梅喘了一阵，然后用微弱的声音说："给我寻婆家可以，但我有一个条件。"

"甚条件你说？婶包你满意。"那位大婶期待地问。

只听金梅说道："谁若能替我杀了狗不仁，我就嫁给谁。"

此话一出，立时惊得众人目瞪口呆、面面相觑。她们难以相信，这个平日里看上去温顺秀气的姑娘，怎会有这么不着边际的想法？在塞北县，不知有多少人家受到过狗不仁的欺压和祸害，但却没有一个人敢去找他寻仇算账，而她一个弱女子，又能耐何得了他？就眼下的情形而言，一些人唯恐躲避不及，一时半会并不见得能给她找下婆家，更何况谁愿意为娶她而去冒这个险呢？她们心里这样想着，但却不愿说出来，怕说出来又会使她陷入绝望之中，于是只能含糊地应承着，目的是让她尽快振作起来。

其实，从父母遭难的那一刻起，金梅的精神就崩溃了。她无法承受这突如其来的巨大打击，从父母坟上回来后，她只有一个想法，那就是尽快离开这个罪恶的世界，去地下陪伴她那可怜的父母。然而两天来，在徐伯一家和那些好心人的陪伴苦劝下，她突然改变了主意，她想她不能死，她若死了，父母的仇就没人报了，因而她才有了这一复仇的想法。

看到金梅缓过来了，不管她刚才说的是疯话还是胡话，先让她吃上饭有了力气再说，于是徐师娘赶紧做了一碗稀粥，一勺勺地喂给了她。第二天金梅有了力气，也肯吃东西了，但看得出她满脑子想的都是报仇的事。看她这样，大家放下的心又收紧了，不要说没有人愿意为了娶她杀了狗不仁，就是她的这句话，一旦传到狗不仁耳朵里，也会给她带来杀身之祸的。

果不然，谁能杀了狗不仁，金梅就嫁给谁的话，当日就在县城传开了，这句话也很快传进了苟府。起初，狗不仁对于王督学夫妇的死毫不在意，更无愧疚负罪之感，相反地，倒令他一阵窃喜，认为只要王督学夫妇一死，那金梅迟早是他桌上的一盘菜。但当他听了这句话后，不觉感到脊背一阵发凉，他自知自己做了许多恶事，一定结下了不少仇家，如今连这个弱女子都想要了他的命，还不知会有多少人也想要了他的命，万一哪个不要命的为了这个女人铤而走险，那他这条老命就难保了。想到这里，他一下动了杀机。不行！必须得除掉这个女人，来他个斩草除根，以绝后患。于是，他叫来管家和几位家丁，向他们交代了一番，决定黑夜就动手。

一整天，徐先生和一些好心的人都提着心。天擦黑时，一位好心姓郑的中年人，突然来告诉徐先生说，狗不仁晚上要派人来杀了王金梅。徐先生听后大惊，不行！说甚也要保护好王督学的女儿，绝不能让她遭此毒手，于是他立即找了两个可靠的人，在天黑后悄悄地将金梅送出了城。

果然在夜里二更时分，徐先生家突然闯进了几个提刀的蒙面人，他们一进门就逼徐荣光交出王金梅来。徐荣光早有准备，不慌不忙地回答道："天黑后，有几个蒙面人将她接走了。"

"你没问他们是什么人，将她接到哪里去了？"其中一蒙面人问道。

徐先生回答说："他们和你们一样，都蒙着面，我哪敢问。"

"你要是敢撒谎，我就灭了你们全家！"那人举刀威胁着徐荣光。

"我敢对天发誓，我绝对没有撒谎。"徐荣光信誓旦旦地说。这伙人似乎不大相信，于是屋内屋外搜寻了一阵后，才离开了徐先生的家。

狗不仁当夜未能杀了王金梅，尤其是听说她是被几个蒙面人接走的，便不安起来。他分析，徐荣光是不敢撒谎的，因为他平时就是一个胆小怕事的人，那就只有一个可能，接走王金梅的人，肯定是想要娶她而准备杀他的人，如果真是这样，那他可就凶多吉少了。因此，他在加强府院护卫的同时，又派人四处寻找王金梅的下落，以除后患。

其实那晚王金梅逃出县城后，连夜去了距县城二十里地，一个叫红柳沟的小山村，那里有她的一位远房亲戚，她准备在此躲几天待身体稍好后，就返回老家塞西县义渠乡。可当她刚在这里住了两天，狗不仁派的六七个打手就追到了这里，她的亲戚忙带她向屋后的山梁跑去。谁知他们刚艰难地爬上山梁，后面的人就追了上来，亲戚急了，忙抱住一人的腿朝她大声喊道："快跑！快跑！"

王金梅转身就跑，可当她还未跑出几步时，就被这些人追上逮住了，她的亲戚也被他们暴打了一顿，之后他们便押着金梅向北而去。就在此时，只见山梁上迎面走过来四五个陌生的人，金梅一见，立即大声呼喊道："救命啊！救命啊！"

听到喊声，那几人立即围了上来，其中一彪形大汉大声喝道："你们是哪方的贼人强盗，竟敢在光天化日之下强抢民女？"

狗不仁的打手见来者人少，其中为首的一人就恶狠狠地说道："不关你们的事，识相的就赶快给老子让开，免得老子动手！"说着，亮出了手中的大刀，其他人也摆开了架势。

"哈哈！今日果真遇到贼人强盗了。"大汉说着，从身后抽出了大刀，指着他说道："今日，你若不叫老子一声爷爷，就别想活着离开这儿！"

谁知那人气急败坏地嚷叫道："你还敢给老子当爷爷，看来你小子是活腻了。"说着，向同伙一摆手道，"给我上！"

可是还未等其他人动手，只见大汉"噌"的一下跃起，便跳到了那人前面，随即一脚飞起，将他手中的刀踢到了一边，他也被大汉踢翻在地并踏在了脚下。这时，大汉用刀抵住他的脖子说道："你还敢给我称老子？今格是叫我爷爷哩，还是留下你的狗头？"

"不敢了，不敢了！爷爷饶命，爷爷饶命！"那人趴在地上，偏着头望着大汉不停地求饶。其他人见状哪里还敢反抗，也都趴在地上不住地祷告求饶。

这时，大汉冲他们说道："今日爷爷暂且饶了你们，今后，你们若再敢强抢民女、祸害百姓，要是让老子碰见了，就绝不轻饶！"说完，在那人屁股上踢了一脚道，"还不快给老子滚！"听见喊声，他们几个爬起身，丢下金梅一溜烟跑了。

原来这四五个人，是安宁县北山蟒头岭的英雄好汉，那位大汉就是山寨二当家郭家义，他们是由绥州办完事返回路过此地的，没想到却意外地救了王金梅一命。

金梅得救了，她感激地向郭家义鞠了一躬，说道："谢谢大哥的救命之恩！"

"不用谢！"郭家义随即关心地问道，"这位妹子，你是哪里人，他们为甚抓你？"

金梅答道："回大哥的话，我是塞北县城人，叫王金梅。我父王锦堂，是县学的督学，遭县城苟君仁陷害而亡，当天我娘也死了，他又派人要杀了我，幸亏遇到了你们。"

家义一听，气愤地说："真后悔刚才没能杀了那帮恶人。"随即又安慰金梅道，"这下安全了，你要到哪里去？我送你去。"

金梅惆怅地说："我尔格已无家无亲人，我也不知……"

郭家义看金梅怪可怜的，想了一会儿说道："妹子，我看这样吧，你先跟我到我们的山寨住几日再作打算如何？"随即又补充了一句，"不过，我们可是山寨里的土匪，你还愿意跟我们去吗？"金梅听后，毫不犹豫地点了点头，就跟上他们去了北山。

在回山寨的路上，家义心想，大当家的多年未曾续妻，正好金梅姑娘也是孤身一人且长相儿俊俏，要是他俩能成一对岂不是好事？这样大当家的就有了家室，落难的金梅也有了终身依靠。于是，家义就把他的想法告诉了金梅，并把石拴虎的具体情况作了详细的介绍，希望他们能喜结连理，百年好合。谁知金梅听后并未表态，这使家义很后悔他的唐突，不该在人家刚失去双亲的时候提说此事，就自惭地说道："妹子，对不住了。刚才的话就当我没说，你别往心里去，咱们还是回山寨再作打算。"金梅只是冲他点了一下头，仍不出声地跟他们往北山而去。

回到山寨，当石拴虎听说了金梅的遭遇后，一时怒火中烧，随即对金梅说："妹子，你的仇就是我们的仇。我一定会杀了那个可恶的狗不仁，替你的爹娘报仇！"

要说刚才在路上，金梅对二当家郭家义的话还半信半疑，但当她见了石拴虎后，就立即打消了顾虑，看他相貌堂堂，一双浓眉下的大眼睛炯炯有神。她开始相信他们确是一群好人，于是便"扑通"一声跪在拴虎面前说道："这位大哥，你若能替我杀了那个可恶的贼人，我就嫁给你为妻。"

拴虎一听此话，十分诧异地说："妹子，何出此言？我替你报仇，不是趁人之危想要娶你为妻，而是为了铲除恶人、为民除害。我们虽然是土匪不假，但绝不是你想象的那种土匪。我们是一群行侠仗义、劫富济贫式的梁山英雄好汉，不是欺男霸女、祸害百姓的土匪强盗！"

金梅忙说："大哥不要生气。我知道你们是好人，但我说此话也是认真的。因为我在逃出县城前，就放出了此话，并在父母坟前是许过愿的，谁若能替我杀了仇人，我就嫁给谁，绝不食言。"

拴虎听后，扶起金梅说："妹子，咱先不谈此事，你先住下再说。"随后，他对身后一年长的大妈吩咐了一番，就让大妈带金梅歇息去了。

翌日，拴虎带了家义、玉奎及十余个身手不凡的弟兄，乔装打扮后便去了百里之外的塞北县城。天黑前，他们就进了城，很快就将狗不仁的府邸方位、家丁人数及布防情况摸了个一清二楚，单等夜里动手。

昨日打手归来，向狗不仁汇报了金梅被几位大汉救走的消息，他开始惶恐不安起来，深怕有人会闯入府内杀了他，于是当夜就增加了人手，加强了戒备。

然而，夜里三更时分，苟府上空突然飞来几束神火，而后后院堆放粮食的粮仓，便瞬间腾起了熊熊大火，把半条街都照亮了。顿时，苟府大院内人喊马叫，一片慌乱，那些护院的家丁、做饭喂马的佣人，还有刚从被窝里爬起来的苟家人，都一齐惊叫着朝后院奔去救火。

就在这时，苟府大门外，突然传来一阵急促的敲门声，声言是前来救火的街坊邻居。大门刚一打开，便一下子拥进来十几个陌生人，两个看门的家丁正在纳闷时，一位已被人捅了一刀丢了性命，另一位也被人用刀抵住脖子，直接领着去了狗不仁的卧房。原来，这伙人就是石拴虎他们，后院的那把大火也是他们所放，其目的就是趁乱入府杀贼。

此时，狗不仁刚从惊恐中回过神来，他立即预感大事不妙，便让屋内的贴身保镖，出去多叫几个人前来保护他。保镖应声正欲开门出去，拴虎他们便破门而入，保镖先是一愣，随即喊了声："有刺客！"接着便握刀向拴虎刺来。拴虎一闪身躲过了利刃，玉奎上前一刀结果了保镖的性命。

这时，拴虎拉过身后看大门的那位家丁，用刀指着炕上被吓得浑身发抖的狗不仁问道："他可是狗不仁？"那位家丁连连点头称是。狗不仁知道他的死期到了，还想反抗，伸手刚从枕下摸出匕首时，就被跃上炕的拴虎一刀砍下了脑袋，接着他从炕上扯下一块布帐，包了狗不仁的狗头便出了屋。

当拴虎提了狗不仁的首级刚出了屋，迎面碰上了狗不仁的管家和几个家丁。管家见状，便大声喊道："抓刺客，抓刺客！"随即指挥家丁冲了上来。可他们哪里是拴虎他们的对手，一经交手，就被砍翻了几个，管家也被郭家义撵上一刀结果了性命。此时，其他正在救火的人听到喊声赶来时，拴虎他们早已不见了踪影。

石拴虎杀了狗不仁凯旋，山寨里一片欢呼，金梅更是感激万分。接着，拴虎在寨门外，为金梅的父母搭设了灵堂，摆上了狗不仁的首级，为金梅的父母举行了隆重的祭奠仪式，算是为金梅报了仇、为民除了害。

金梅被拴虎侠肝义胆的豪情壮举感动了，祭奠仪式一结束，她便跪在拴虎面前，当着众人的面，再次请求拴虎娶她为妻。

谁知拴虎却摇着头说："妹子，快快请起！我替你杀了贼人，纯粹是出于路见不平、为民除害，并不是为了娶你为妻，请别误会。"停了一下又说道，"你先在这里住几日，待后我安排人送你回老家去，你还是另找一个可靠的人家嫁了，免得跟着我吃苦。"说着，就要扶金梅起来。

可是金梅却跪着不肯起身，她望着拴虎说道："拴虎大哥，我知道你是一个好人。你替我报了杀父之仇，就是我的恩人，就是值得我信赖和依靠的人，更是值得我托付终身的人，我嫁给你完全是出于自愿，吃苦我不怕。你若不答应，我就跪着不起来！"

这时郭家义、刘大成、冯玉奎及军师等人见状，纷纷上前劝说拴虎答应金梅的要求娶她为妻，拴虎看了看大家，也只好点头同意了。当拴虎扶起金梅时，她激动地叫了一声："拴虎哥！"众人立即高兴地欢呼起来。

听了拴虎和金梅这段曲折感人的恋情经过，玉清动情地对拴虎说："石兄，你俩的结合，可算是一段传奇感人的姻缘。这下好啦！石兄终于有了家室，金梅嫂子也有了归宿和依靠，我真为你们高兴。"停了一下，他又笑着说道，"不过，你以后可要好好待人家，可不能辜负了人家的一片好意。"

金元也接着说："二弟，天下这么大，你俩能走到一起，那是你们的缘分，一定要好好珍惜哟！"

拴虎一笑，说道："那是一定的。"

这时，玉清望着拴虎说："二哥，你是否先让我们见见这位漂亮的嫂夫人，也好先睹为快如何？"

"这不成问题。"拴虎说着，就让人去请新娘了。

不一会儿，金梅在两个伴娘的搀扶下，缓步来到了厅堂。只见她梳着燕尾头、发别金凤钗、身披红斗篷、足蹬绣花鞋，脸庞儿俊俏，身材匀称，举止大方，一看就不是凡俗女子。

金梅来到桌前，拴虎牵起她的手，指着金元和玉清介绍道："这就是我给你提到的，蔡金元兄长和冯玉清兄弟，他俩可是与我一起磕过头的好兄弟，今日前来，是专门参加我们婚礼的。"金梅冲他们莞尔一笑，之后一一施礼。

金元和玉清立即起身还了礼。这时，玉清望着金梅说道："嫂夫人果然美若天仙，人间少有。怪不得我兄多年未曾娶妻，原来是在等待像嫂子这样的意中人哩。"一句话，说得金梅害羞起来，脸颊绯红，逗得众人也笑了起来。

第二天，山寨里装扮一新，喜气洋洋，玉清趁兴挥毫为新人洞房的门楣上题写了一副颇具寓意的楹联。

上联：情深意重自古英雄惜佳人
下联：前世有缘喜结连理两厢欢
横楣：百年好合

正午时分，拴虎和金梅的婚庆如期举行，玉清主持婚礼，金元成了证婚人。在热闹欢庆的气氛中，一对新人拜过天地高堂后被送入了洞房，顿时山寨里欢声雷动，接着酒碗的碰撞声、划拳行令的吆喝声响成了一片。

参加完拴虎的婚礼，玉清和金元在山寨里小住了一日后，便告辞返回了青龙镇。临行前，拴虎给金元赠送了一百两银子，叮嘱他不要气馁，生意可从头再来。同时告诉玉清，日后若攻打红沙梁，他定会率山寨里的兄弟全力参战。随后，他携夫人及各位头领，一直将玉清和金元送出了寨外。

时间过得真快，转眼进入了第二年的冬季。

往年这个时候，是陕北人最为闲散的季节，除过勤快的人家仍在田里整弄土地、上山搂草打柴准备过冬的燃料之外，多数人则猫在屋内很少外出。可今年的情形与往年大不相同，春夏少雨干旱，秋粮普遍歉收，一些地方甚至绝收。这对于早就断了口粮、单等秋粮救命的穷苦人家来说，简直等于断了他们的生路；对于尚未断顿且能勉强维持到年末的普通家户而言，也面临着缺吃挨饿的境况。于是从秋末开始，田野沟洼里就陆续出现了三五成群，刨挖捡拾庄稼和采摘山果野菜充饥的人，小路官道上也陆续出现了一拨拨扶老携幼外出逃荒讨吃的人。

好在这场旱灾范围并不是很大，只牵涉安宁县周围的几个县域，可这还是给这些县的百姓带来了惶恐与不安。随着饥民的不断增多，一些州县开始关闭城门拒饥民于外，一些商邑富镇开始封邑防饥民如防盗，因而多数饥民只能转而南下朔州、郦州、丹州等地讨一条活路。

在这场灾难中，青龙镇的旱象虽没有其他地方那样严重，但情况也并不乐观。镇内同样有不少缺粮断炊的人家，尤其是随着外地逃荒讨吃饥民的增多，使本就不太安宁的青龙镇又多了一层危机。

面对这种情况，玉清心急如焚，再也静不下心来备考读书了，只能暂时撂下读书的事，把主要精力用在防灾救灾上来。起初他想，面对如此大的灾情，只有靠官府朝廷赈济饥民才能安抚百姓、稳定人心。因此，他先后找过强自修和同继洲，可令他没有想到的是，他们竟然漠视不理，还说上边没有安排赈灾救济，他们也毫无办法，这让玉清十分地痛心和生气。救灾如救火，他们可以置民于水火而不顾，可他却不能置之不理，他虽耐何不了安宁县，可对青龙镇而言他还是有办法应对的。

其实这时，全镇百姓也都知道官府指靠不上，于是大家都把期待的目光投向了玉清。而玉清在奶奶和父亲的支持下，经与冯尚杰、冯忠有、冯忠全、折庆荣、杨百雄、张新贵等镇上德高望重的人共同商议后，决定依靠全镇的力量应对灾情。

在镇内，他说服动员了冯、折、张、杨等大户及较富裕的人家捐献粮银，救济那些缺粮断顿的人家，力争冬季不饿死一人。为了救济外地饥民，他安顿人分别在戏楼前和街镇口，支起了两个粥棚施舍饥民，并安排了专人分担磨面、挑水、劈柴、烧火、熬粥等活计，几乎把全镇的人都动员起来了。在这些人中，冯府的人多见于粥棚下，上自七旬的折老夫人，下至十几岁的小江龙都参与其中，兰香和喜梅更是不甘落后。

在整个应对灾情的过程中，最让玉清担忧的，是由他一手组建起来的青龙镇民团。为了使百十号民团不致产生人心浮动、队伍离散的情况，他在民团中采用了富带穷、强帮弱的自救办法，还组织民团在抗灾救灾、值班巡逻和维持镇内社会治安等方面，发挥了重要作用。这些措施，不仅稳定了军心，而且使民团更加团结，也增强了全镇百姓战胜灾情的信心与决心。

在做好青龙镇救灾的同时，玉清并没有忘记三十里路外的蟒头岭，因为那里有他惦记的石兄和他手下六七十个弟兄，他们同样需一口粥饭填饱肚子，万一山寨里存粮不多，迫使他们因饥饿而下山扰民抢劫怎么办？这岂不坏了他们的名声，也会使安宁县境又多了一帮祸害百姓的盗贼？想到这里，他与冬生、玉文私下密商后，又筹集了些粮食，由冬生亲自带队，领了十几个可靠的团丁，在一个夜晚将粮食运到了山寨。

山寨内存粮确实不多了，拴虎在接到这些粮食后十分感激。他明白了玉清的良苦用心，他让冬生捎话给玉清，他虽上山为匪，但他的信条没有变，他只打劫那些为富不仁的富户和作恶多端的土豪劣绅，无论多么艰难，绝不会遭扰祸害寻常百姓。为了表示他的决心和谢意，他又给玉清捎回二百两银子，让他再买些粮食接济更多的饥民，也算是替他尽了一份惜民济贫之心。

几天后，玉清果然拿了这些银子，派人去县城买了粮食回来。这件事，传到了强自修的耳朵里，打死他也不会相信，天下哪会有这等荒唐事，土匪就是土匪，他哪会将吃进去的黑食再吐出来给饥民，因此他并没有把这事放在心上，也未予以追究。

再就是，强自修认为，眼下陕北的旱象这么严重，上下都没人管，青龙镇要不是有玉清这个爱管闲事的人，尔格还不知成甚了，只要有玉清在，倒使他省了许多心。只要青龙镇不乱，他这个镇长的位子就会稳如泰山，说不定同知县一高兴念他治镇有功，到时候还能恢复他驿丞的官位哩！这样想来，玉清倒成了他见不得又离不了的冤家。不过想归想，他还是有所行动的，就是玉清种的桃子他不摘白不摘，于是他三天两头地向同知县写报告，把玉清的一些好的做法全据为己有。这一招还真管用，不仅同继洲对他赞赏有加，甚至朔州府也知道安宁县有个能干的镇长强自修，而不知道有个救灾有功，组织乡民自救的冯玉清。

玉清在青龙镇，乃至安宁县百姓心目中的口碑，那是谁也无法替代的。甚至在他们的眼里，只有冯玉清而不曾有个同继洲和强自修，而且冯玉清和石拴虎两位英雄好汉互赠粮钱、赈济饥民的事迹，在民间还被传为了美谈。

这一段时间，玉清并不在乎官府的做法与百姓的议论，他只是尽着自己的一份责任与担当，达到了废寝忘食的地步。不出一个月，玉清便瘦了许多，这让兰香看在眼里，疼在了心上，于是她尽可能多地帮玉清做些力所能及的事，并悉心照顾着他的生活起居。玉清对兰香，也是倍加关爱，生怕累着了她，并叮嘱喜梅要多帮衬着她。

玉清和兰香的这般恩爱，折老夫人和冯府的人，是看在眼中、喜在心里的，喜梅更是为他俩的这般亲昵而高兴。毋庸置疑，在冯府，喜梅是第一个护着这位饱受苦难的嫂子的，在这个非常时期，不用玉清哥交代，她就主动地替兰香嫂承担起孝敬奶奶父亲、照顾江龙的责任，使他俩有更多的精力去干他们的事。事实上，在玉清的心里，这两个女人，已经成了他最亲近和生命中离不了的人。

离进京赶考的时间不远了，玉清在安顿好青龙镇的事情后，又立即投入了考前的紧张准备。在他看来，要解决眼下大清的这一切乱象，非得进行刮骨疗毒的大手术不可，而且必须进行一场自上而下的革新。他认为，当下朝廷急需像商鞅、晁错这样大刀阔斧革故鼎新的忠臣良相，否则离亡国不远了。他知道，自己虽不能做拯救危局、匡扶大清的忠臣良相，但他可以通过科举入仕这条路，尽他的绵薄之力，甚至可以借进京会试之机，向朝廷面呈他的治国之策，说不定圣上一高兴还会采纳他的建议，推行中兴大清的良策呢！他越是这样想，读书的劲头就越足了，夜间常常能读到五更天明，要不是兰香一再催促他上炕歇息，恐怕他连天黑天明也不知道。

距京试的时间再有一个月就到了。正月十五刚过，玉清便与兴运、保忠三人踏上了去京城的路。这天，前来送行的人很多，大家都对他抱以极大的希望，折老夫人看着玉清，笑着说："玉儿，不管你考中考不中，只要敢进京应考，就已经给奶奶长脸了。你就大胆地去吧，不要有顾虑，奶奶等着你！"

尚儒捋着胡子，笑着说道："嫂子，我玉儿可不是一般的人，那可是文魁星下凡。要我说，咱们的玉儿这次不但能高中，说不定还能考他个状元、探花或榜眼哩。到时，官府就会把皇榜亲自送到您的手里，到那时我们青龙镇，可就名扬四海了。"

这时憨憨玉喜听了，一个劲高兴地喊道："状元郎！状元郎！"引得人们都笑了。此时忠贤虽然未说甚，但他对儿子的期待，也都全写在了脸上。

兰香对玉清也是充满了期望。她相信玉清有这个实力，不过她一直未说鼓励他的话，把鼓励的话，全化作了对他无尽的支持与关怀上来。今格玉清就要出征了，她盼望他能凯旋，又担心万一落了榜，于是她望着玉清淡淡地说道："还是奶奶说得对，高中不高中不紧要，只要咱尽力了，就不会落下遗憾，只要你能平安地归来，比甚都重要。"停了一下，她整着玉清的衣角说，"路上不太平，你一定要注意安全，照顾好自个儿。"

玉清说："放心吧，路上有兴运、保忠相陪，不会有事的。"

这时，兰香拉着江龙的手说："江龙，快！向你爹道个别。"

只见江龙牵着玉清的手，高兴地说："爹！您是最棒的，这次一定能高中，我和娘等着您回来。"

玉清拍了一下儿子的肩膀说："好儿子，爹一定会尽力的，你在家要听娘的话，等着爹回来。"

此时，一直未说话的喜梅，拍着江龙的头说："江龙，你长大以后，也要像你爹一样的棒，考举人、考状元是不是？"江龙懂事地点着头。喜梅又转向玉清说，"玉清哥，你放心去吧，家里有我和几位哥嫂照应，你就不用担心了。"

"那就辛苦你们了！"玉清说完，向众人挥了挥手，就和兴运、保忠踏上了进京的路。

第二十七章　赴京城殿试犯龙颜
　　　　　　失意人灵前悼亡妻

　　经过二十多天的长途跋涉，玉清终于来到了他仰慕已久的京城，住进了宣武门胡同内的陕西会馆。这里大都是来自陕西的考生，其中有满头白发的长者，大概是屡考不中又不甘心的落魄老生，有踌躇满志、胜券在握的青壮和意气风发的翩翩少年。虽然大家同为乡党，但都无心闲谝细聊，只匆匆打个招呼，就又忙各自的去了。

　　玉清初到京城，为了缓解路途的疲劳，第二天在兴运、保忠的陪同下，准备游览一下京城的风光。可当他刚转了一个多时辰，心情就变得沉重起来，京城的繁华和一座座宏大的豪宅府邸，与他沿途看到的满目疮痍、遍地萧条的景象形成鲜明的对比，他质疑生活在这里的达官贵人和皇亲贵胄，是否知道底层百姓的疾苦，是否知道大清已岌岌可危？对于这个长期困扰他的问题，他不愿再去多想，目前唯一能做的，就是调整好心态，全身心投入会考，于是他草草结束游览返回了会馆。

　　玉清刚回到会馆，迎面碰到一位刚下楼的青年。这位青年看上去小他几岁，生得浓眉大眼，标致精干。这青年一见玉清，友好地一笑，主动搭讪道："这位仁兄，你是昨天刚到吧，住几号？"

　　玉清也冲他一笑，说道："噢！昨格刚到的，就住二楼五号。"

　　"噢！巧了，我住二楼六号，与仁兄毗邻，比你早来几天，以后有啥事需要帮忙的，招呼一声就是了。"那青年很有礼貌地说。

　　玉清也有礼貌地还礼道："好的，以后有事少不了麻烦老弟。"

　　"那好，那好！咱们回头见。"那位青年说着，便出门去了。

　　一连两天，大家都在各自的客房内忙着读书备考，很少外出。这日下午，玉清感到头昏脑涨，就在楼道内踱步，见隔壁六号房间门开着，昨日那位青年正在伏案读书。那位青年抬头看玉清时，玉清就冲他一笑打招呼道："兄弟，正在用功呢？"

那青年起身冲他一笑，回道："这时用功，也起不了多大作用，只是静静心而已。"接着说道，"我也想歇一下换换脑子。仁兄，若不介意的话，请进来小坐片刻如何？"

玉清从见他第一面起就觉得他人不错，见他主动邀请，就点头笑了一下走进了屋。待坐定后，便问道："听兄弟的口音，是关中道人吧？"

那青年回道："噢！我是关中西府人，姓许，名致远，字泉松。听仁兄口音，是陕北人吧？"

"我是陕北朔州府安宁县人，姓冯，名玉清，字鹏举。"玉清回答。

许致远说道："朔州可是个好地方，城内有一座宝塔很有名，据说是唐代建的。北宋爱国名将范仲淹，在任陕西招讨副使时，就曾镇守过朔州边关，使西夏兵望而色变，终使西北边陲安宁了十余年，功不可没。而且，他还作了一首流传千古的诗词《渔家傲》。接着，他起身离座，一字一句地吟咏道：

> 塞下秋来风景异，衡阳雁去无留意。四面边声连角起。
> 千嶂里，长烟落日孤城闭。
> 浊酒一杯家万里，燕然未勒归无计。羌管悠悠霜满地。
> 人不寐，将军白发征夫泪。

玉清也被他的情绪感染了，当许致远刚一咏完，他就接着说："是啊！范文正公，不愧是北宋文武兼备的一代名相。他后来作的《岳阳楼记》，可称得上是自汉唐之后少有的好文章，其中'先天下之忧而忧，后天下之乐而乐'更成为流传千古的名句。"停了一下，他又继续说道，"不论他的《渔家傲》还是《岳阳楼记》，无不反映了他忧国忧民的爱国情怀。尤其是他后来向仁宗皇帝上表的《十事疏》，更反映了他忧国忧民而敢于针砭时弊，并力倡严吏制、重农桑、修武备、推新法的一系列政治主张，让人钦佩不已。"

听了玉清的一席话，致远深有感触地说："是啊！像我们这些学子，就应该像范文正公一样，及第后做个忧国忧民、报效国家的忠臣良相才对。"

玉清望着眼前这位不寻常的青年，没想到他和自己一样，有着一腔远大的抱负。于是，他毫无防备地说了一些自己的观点和看法。许致远也为眼前这位陕北汉子的直率和一身正气所折服，两位从未谋过面的热血青年，如他乡遇故知敞开了胸怀，从范仲淹推行新政到王安石变法；从"贞观之治"再到"康乾盛世"；由汉赋唐诗，再到宋词元曲；由孔孟的"儒家"学说，再到韩非的"法家"思想，可以说是谈古论今、无所不及，且评论各有千秋，但他们有着一个共同点，那就是都关心着国家的兴衰存亡、百姓的福祉安康。在他们谈论的大多数议题中，都是他们参加会试必须掌握和了解的知识，因而谈论起来特别有兴致，也等于是他俩考前的一次大复习。

一连几天，他俩一有空就在一起谈古论今，相互提问，俨然是一对交心的挚友而并非竞争对手，这在众多的乡党中倒显得与众不同。玉清和致远的举动，也引起了会馆掌柜秦步浩的注意。经过几天的观察，他发现，这两个眉宇间透射出刚毅聪慧的英俊青年与众不同，有时趁他们下楼用饭间隙，偶尔听他们的谈论，越发觉出他们绝非平庸之辈，一定会有惊人之举的，也就格外地关照他们。

提起这个秦步浩，不得不先提提这个陕西会馆。陕西会馆和其他省的会馆一样，都是由各省的富商乡绅捐资修建、设在京城专供各省进京赶考学子住的，陕西会馆也不例外。这些设在京城各省的会馆，规模虽有差别，但他们的地位和作用却不容小觑。每次来这里的学子，都代表着一个省的希望，尤其是从这里走出来登科及第、夺魁授封的人，就更是这个省的骄傲与荣耀了。因而这个小小的会馆，一头连着朝廷、一头连着地方，几乎牵涉方方面面，所以负责会馆的人，也是由各省富商及乡绅推荐信得过且办事得力之人，秦步浩就是陕西会馆不二的人选。他虽已年过五旬，但却仍然受托担此重任且乐此不彼，每次来这里的学子，能登科及第的都与他预测的八九不离十。因此，他对玉清和致远尤为留意和看好，他也希望陕西考中的学子越多越好，这也不枉费他的一番辛苦。

会试开考的日子终于到了，农历三月初二，玉清、致远及陕西籍三十多位考生，在秦掌柜的目送鼓励下踏入了考场。经过三场激烈的角逐，玉清和致远果然不负众望、榜上有名且都名列前十位，顺利考取了进士功名。这次会试，陕西连同玉清、致远在内共有八人考取了进士，这已是陕西历届不错的成绩了。因此秦掌柜格外高兴，专门设宴招待了这八位新登科的进士，并鼓励他们再接再厉，一鼓作气在接下来的殿试中，争取夺他个状元、探花回来。

按照规定，会试考中的人虽然取得了进士功名，但只是取得了入仕做官的资格，只有经过殿试取中者，才算真正步入了仕途，将会被授予不同的官职。因此，玉清和致远并不敢松懈，仍然一刻不停地做着最后冲刺的准备。

很快到了殿试的日子，当玉清进入气势恢宏、戒备森严的皇宫时，第一次感受到了皇权的至高无上，立时感到从未有过的压抑和紧张。好在他准备充分，又有"使命"在身，很快就镇定了下来，准备用尽平生之所学为之一搏。当他拿到命题一看时，不由心中一阵暗喜，命题政论的题目竟然是"策论"，这是他一直在研究攻读的重点，看来当今圣上也是重视国家的兴亡与国策的，他之前对朝廷和圣上的猜忌与怨愤是偏执的。

经过一番思考，玉清便挥毫写了起来。到下午酉时击第一通鼓时，他已答好了试卷，是第一个交了试卷走出考场的人。这次他应试的题目是《兴国安民十疏策》，在文中他指出了当下存在的十大弊政，又针对这些弊政大胆地提出了兴国图强的十大改革举措。概括起来就是惩贪腐、饬吏制，以促大清中兴；轻徭役、薄税赋，使民休养生息；开言路、广纳谏，以政通人和；治沉疴、绝烟害，以救华夏子民；平匪乱、除乡恶，以保国泰民安；励商贾、活流通，以充库赋盈实；强军事、修武备，以固疆守土；重教育、设西学、借长技，以夷治夷；均田地、兴农桑、以稳国基；设专署、赈灾民，以抚恤百姓。

玉清的这十疏策，几乎包括了政治、经济、军事、教育、民生各个方面。这些观点和主张，都是他多年来的所见所闻与亲身之经历，经深思熟虑后发自内心的呼唤，体现了他忧国忧民、企盼大清中兴的强烈愿望。因此在策论中，他引古喻今，用历朝历代兴衰更替的典型事例，阐述了他的观点和主张，字里行间，无不透露着他的忧国忧民之心、忠君报国之情，再加上他遣词造句的精准，铺排用语的讲究，使得此文妙笔生花，大气磅礴，洋洋洒洒近乎万言，连他自个儿也十分满意。他想即使这篇文章不能拔得头筹，但只要能得到皇上的赏识认可，他的主张和建议就有可能被采纳和推行，这样即使不能入朝为臣，他也就无任何遗憾了。玉清这样想来，心里倒觉得坦然了许多，只是平静地等待着放皇榜日期的来临。

第六日，当玉清和致远几人，正在会馆海阔天空地闲聊时，突然来了大理寺几位官差。这时候，大理寺官差光顾会馆绝非好事，于是秦掌柜和玉清他们，便一齐好奇地围了上来。还未等他们开口询问，来者一人便高声问道："谁是陕西的考生冯玉清？"

"我就是。你们找我何事？"玉清跨前一步说。

只见那人一亮招牌，厉声喝道："给我拿下！"那几名官差闻听，不由分说便将玉清绑了起来。

玉清挣扎着喊道："我犯了何事，你们为甚绑我？"

这下众人可慌了，秦掌柜忙赔着笑脸说："敢问这位军爷，这位考生所犯何事？"

"无须多问，我们在捉拿朝廷钦犯。"那人并不解释，一挥手喊道，"带走！"随即，玉清便被他们带出了会馆。

玉清突然被抓，一下子使会馆内的人慌了起来。首先是许致远，他紧张地对秦步浩说："秦掌柜，你京城人熟，能不能托人进宫打听一下，冯兄到底所犯何事？能不能想办法搭救？需要钱的话，我这里还有些银两，您先拿去用。"说着，就要上楼去取银两。

其实，这突如其来的变故，也将秦步浩搞得不知所措，此时他比许致远他们更着急。听了许致远的话，制止道："不用了，我这里有银两。待我先托关系进宫打问清楚了，咱们再做计议。"说完后，就转身急匆匆地出去了。不一会儿，住在附近旅馆的田兴运、刘保忠闻讯也赶了来，俩人急得都要哭了。

傍晚时分，秦步浩回来了，他向许致远他们说："我托人打问清楚了，宫里的人说，是冯公子殿试试卷惹的祸。据说，他答的《兴国安民十疏策》，惹怒了皇上，这才给他带来了如此大祸。"

致远一听心里明白了。从他第一次见到玉清时，就感觉他不是一般的人，经过一段时间的相处深谈，更觉他是一个心系天下、具有远大抱负的一代奇才，也许他的文章是一剂治国安民的良药，可未必能使当权者采纳。可即便他的一些观点和措辞有些偏激不妥，但出发点是好的，朝廷不予采纳便是了，怎能治他的罪呢？不行！像他这样有才有担当的读书人可是不多，一定要设法救下他才是。于是许致远说："秦掌柜，这么说来，冯兄只是因试题答卷出了问题，并不是什么大事，我们得想办法救出他才是。"

"秦掌柜，求求您，救出我家少爷吧！"兴运和保忠也一齐跪到秦步浩面前央求道。

秦步浩本就是一位热心且爱才之人，像冯公子这样有才华的后生他还是少见的，他若真出了事，不仅可惜了人才，也会对陕西会馆乃至陕西产生不利的影响，说什么也要救出他。于是，他扶起田兴运和刘保忠说："二位请起，我一定会设法救出冯公子的。"接着，对许致远说道，"这两年，我在京城还积攒了些人脉，在宫内也有一些关系，我会尽力的，不过这事得容我好好思谋思谋。"

听了秦步浩的话，大家这才松了一口气。这时，许致远对大伙说道："救冯公子虽然要靠秦掌柜，但我们作为陕西乡党，又都是同科的进士，营救冯兄，我们也应该尽一份力才是。因此，我建议如果大家手头宽裕的话，可否捐些银两出来，多少不限，如何？"

许致远的提议，立即得到了大家的赞同。于是大家分头去了各自的房间，兴运和保忠也飞速去了他们居住的旅馆。不一会儿，许致远拿着募集的一百多两银子，交给了秦步浩说："秦掌柜，这是我们筹到的一点银两，您先拿去应个急。"

"不用不用，关于银子的事，我自会想办法的。"秦步浩推让说。

许致远说："秦掌柜，我知道救冯公子是要花费不少银两的，这点银两虽然不多，但也代表我们的一点心意，您就不要推辞了。"说着，硬将银子塞到了秦步浩手里。

秦步浩接过银子说："难得你们有这份心意，我替冯公子先谢谢各位了。"

"哎！要说谢，我们应该谢您才是。"致远接着说道，"秦掌柜，不耽误您的时间了，有事叫我们一声就行。"说着便告辞了。

其实，玉清这次入狱，还真是他的试卷惹的祸。

殿试结束后，玉清的试卷就引起了考官的注意。他们认为，玉清的试卷不仅命题新颖，而且内容符合圣意，尤其是他在文中提出的那些治国良策，可以说是自康乾以来很少见的一篇雄文。加之他的字迹苍劲潇洒、用词讲究华丽，的确是一篇百年难得的好文章，当今圣上不正是需要这样的大才为朝廷所用吗？于是他们经过商议，便将玉清拟为前三甲，报皇上恩准后，冯玉清就能被钦点为这届的状元了。

然而，当主考官和三位副考官，将殿试拟定的结果呈递给皇上过目时，皇上拿起名单扫了一眼说道："众位爱卿，这个冯玉清，既然是你们拟定的头名状元，想必他的文章有过人之处，不妨念来，让朕听听。"

副主考官大学士杨再懋，便拿起玉清的文章读了起来，谁知他还未读到一半时，皇上的脸色就变了，厉声说："不要念了！"几位考官一听，立即吓得跪下面面相觑，谁也不敢出声。这时皇上说道，"他一个乳臭未干的乡下书生，有何能力谈施政？像惩贪腐、饬吏制、轻徭役、薄税赋、开言路、广纳谏、绝烟害、兴农桑之类的话，不是诽谤我朝吏制废弛、民生凋敝、言路不畅、武备不修、疆土不固吗？若取这样的人为状元，岂不是鼓励天下读书人群起效仿，诋毁我大清德政？那我大清往后还有安宁的日子吗？"停了一下，他又训斥道，"亏你们还是我朝的饱学之士、股肱之臣，连这点也看不明白，你们是怎样当的差？"

皇上的这一通训斥，吓得几位大人魂不附体，豆大的汗珠直往下淌，一个个连忙伏地战战兢兢地说："皇上息怒，都是下官失职失察，我们这就回去重议。"

只见皇上余怒未消地说："重议可以，但一定要治那个不知天高地厚、大胆狂悖考生的罪！"说完，将奏折扔到了地上。

这时大太监忙向几位考官使了一下眼色，说道："还不快退下！"那几位考官捡起奏折，便慌忙退了下去。

接下来，大理寺奉旨将玉清捉拿了。几位考官回去后，又十分谨慎地重新拟定了殿试的名次顺序。他们对原来那些成绩优异、具有一定真才实学的考生，只要有过激言论和观点猎奇者，一律改为末等或待复试者，而将那些才能平庸、语言平和的考生统统前移，甚至列为了前三甲。就这样他们还不放心，生怕考生玉清被治罪牵连到他们，历史上因考场风波被罢官、治罪的考官不在少数，甚至还有被杀头诛灭九族的，他们非常害怕，惶恐不安。

这几天，秦步浩马不停蹄地到处奔走，终于通过关系，找到了这次主持殿试的副主考官、陕西籍的二品太学士杨再懋。这杨再懋在太学院，虽是一个赋闲之官，但由于此人才学出众，又为人正直，这次能被选为会试的副监考官那也是他的极大荣耀。本来，他是想在这次会试中好好表现一番，为朝廷选一批具有真才实学、能堪大任的国之栋梁。因而在阅卷中，他的确认为冯玉清的这篇文章出类拔萃，加之他又是自己的小老乡，就举荐他为前三甲。然而今日冯玉清获罪，他认为他的责任最大，若要治罪的话，他将在劫难逃。

就在杨再懋坐卧不宁、寝食难安的时候，秦步浩在别人的引荐下来到了杨再懋的府上。当他亮明了身份并说出来意时，杨再懋为难地说："不是我不想救冯公子，现在连我也受到了牵连，说不定还要被治罪哩！"

秦步浩说："我知道大人本来是一番好意，谁知事情却到了这一步。如今最要紧的，是要设法救出冯公子，只要不治他的罪，大人也就不会获罪的，是不是这样？"

"理虽然是这么个理，可你知道，那可是皇上下的旨，不是那么好救的。"杨再懋摇着头说。

"杨大人，您是当今两朝元老，在朝廷德高望重，凭大人的声誉和威望，您一定会有办法化险为夷，救出冯公子的。"引荐者也帮秦步浩说。

杨再懋想了一会儿，说道："看来，救出冯公子，只有这一步了，那我就尽力试试吧！"见他答应了，秦步浩和来人便放下东西告辞了。

第二天，杨再懋对其他三位愁眉不展的考官，提出要设法救出冯玉清的建议，并说只有救出了冯玉清，才能解脱他们的罪责。那三位考官何尝不是这样想的，经过他们的一番商议后，决定把营救冯公子的希望，寄托在了皇上身边的大红人大太监的身上。但是这个太监是一个贪财的人，银子少了他未必肯帮忙，不过银子的事杨再懋一口应了下来，大太监那边的事，主考官答应去做。

经过内外的一番运作，事情还算顺利，大太监在拿到五百两银票后答应愿意帮忙，于是事情开始有了转机。

这天天气不错，京城阳光明媚、春和景秀、花团似锦。

皇上在大太监的陪伴下来到御花园游春，御花园内草木摇绿，溪流潺潺，鸟语花香。望着这宜人的景色，皇上对着大太监说道："你看这春天的景色多好啊。春天不赏景，后悔一整年哪！"

大太监连忙说道："皇上，您说得对，一年的景色就数春季的好。您看哪，这美丽的花儿就是为您开的，这悦耳的鸟鸣就是为您叫的，这美好的春天，就是专门为您造的，您说是不是？"

听了大太监几句顺耳恭维的话，皇上心里比吃了蜜还甜，可嘴里却说：

"你真会说话，贫嘴！"

大太监一笑，说道："皇上，奴才可说的都是真话。我大清就像这春天一样处处春和景明，一片祥和太平。这么美好的社会，还不是托您的洪福，要不是您用心治理，哪会有我大清的今天？这我大清的臣民哪，对您那可是无不感恩戴德，赞不绝口。因此，这春天的花儿啊，鸟儿啊，就是代表了民意，就是专门为您献瑞唱歌的。"

大太监的一番话，可算说到皇上的心坎上了。于是他自豪地说道："是啊！只要天下的臣民，能理解朕的一片苦心，朕就知足了。"

这时，大太监看着皇上，收住了笑说道："可有一个人却不理解。"

"谁？"皇上不经心地问。

大太监回答说："回皇上的话，就是那个井底之蛙、不知天高地厚的陕西考生冯玉清。我大清明明河清海晏，可他却视而不见，胡言乱语，这不是找死吗？像他这样的狂生就该死，就该千刀万剐、就该诛灭九族、就该遗臭万年、就该……"

谁知皇上听后不但未生气，反而"扑哧"一声笑出声来，只见他打断大太监的话说道："他一个小小的无名考生，值得朕这样吗？我抓他，只是想杀杀他的傲气，并没有要说处死他，你怎能如此歹毒，这不是要陷朕于不义吗？"

听了皇上的话，大太监"嘿嘿"一笑，赶忙说道："我就知道，您的心比菩萨还要慈悲，您的胸怀比海洋还要宽广，如果连这么一个小小的考生都容不下，那您还是心怀天下、万民敬仰的皇上吗？如果您真要治了他的罪，那不就寒了天下读书人的心，以后谁还敢向您献良策讲真话哩？以奴才愚见，您倒不如好人做到底，免了他的罪。这样，天下的读书人，还不臣服于您的脚下吗？四海还不颂扬您的大度英明吗？"

大太监刚一说完，皇上便收住了笑说："弄了半天，你是替姓冯的求情来了。"

"回皇上，奴才哪敢替他求请，奴才完全是替您着想的。奴才刚才的话，也是替您说出了您想要说的话而已。"

听他这么一说，皇上又和颜悦色地说道："难得你的一片忠心。趁着朕今日心情好，就准了你的奏。"

大太监连忙跪下说道："谢谢皇上的恩典，我替天下读书人谢您了。"

停了一会儿，皇上问道："殿试过后已多少天了？"

"回皇上，殿试过后已半个月了。"大太监回答。

"噢！已过去这么些天了。你去太学府问问他们，科考及第的名字排出来了没有？让他们前来回话。"

大太监将皇上送回宫后，立即去了太学府。来到太学府，他附在领衔主考官李湘鳞的耳旁嘀咕了一阵，便高兴地对其他几位考官说道："皇上宣几位在长春宫觐见。"几位考官一见大太监的神情，心里便明白了七八分，于是赶紧随大太监去了皇宫。

李湘鳞等进宫拜见了皇上，皇上给他们赐座后问道："李爱卿，殿试的结果拟出来了没有？"

"回皇上的话，我们再次慎重地进行了阅卷，一甲及第、二甲进士出身、三甲同进士出身共一百八十二人全拟好了，请皇上过目。"

皇上接过奏折，阅了一遍后说道："这还差不多，为国选才，理应认真才是。"接着又问道，"李爱卿，对那个狂妄的考生冯玉清，你们准备做何处理？"

皇上的这一问，一时让李湘鳞疑惑不解："人是你抓的，反倒让我们去处理，不知他是何意。"他心里这样想着，便小心地回答说："回皇上的话，对他作何处理，我们全听您的。"

"朕倒想听听你们的意见。"皇上望着李湘鳞说。

听他的话，皇上显然是要把好人让给他们来做，李湘鳞和其他人不由心头一喜。这时，立在一旁的大太监，也不断暗示李湘鳞。于是李湘鳞大着胆子奏道："启禀皇上，这个考生虽然狂悖，但他的出发点是好的，只是一些观点和言语有些颓废偏激，可并无恶意。因而恳请皇上念他年轻无知，请网开一面，免他无罪。"停了一下，又接着说道，"我们已取消了他的一甲头名状元，能否给他个三甲末尾同进士功名，让他戴罪立功，效力于朝廷如何？还请皇上恩准！"

皇上听后扫了他们一眼，然后说道："朕今日就准了你们的奏，免了他的罪。但是狱罪可免，功名难存，应取消他的进士功名，永不得涉足科考入仕为政。朕这样做，就是要给他一个教训，以示天下读书人此风不可长，你们看如何？"

皇上的处理结果，等于是对玉清事件的最后定论。李湘鳞、杨再懋等四位考官终于松了口气。冯玉清无罪获释，他们也就不用担忧受牵连了，只是他们惋惜大清从此失去了一位旷世奇才。不过这已是最好的结局了，于是他们离座一齐跪下奏道："还是皇上英明。您这样处理，足以证明您对天下读书人的宽怀和厚爱，我们代表天下所有读书人，谢谢您的恩德了。万岁、万岁、万万岁！"

"平身，办你们的差去吧！"皇上一挥手，几位考官忙起身谢恩出去了。

自玉清被关进牢房后，由于有秦步浩的关心打点，牢狱的人并没有难为他，不过一连几天既无人提审，也无人搭理他，这使他十分地不安。后来，他终于知道是他的那份考卷出了事，可是他就是想不明白，他的文章中句句说的都是事实，提出的条条措施也都是治国的良策，可为甚就惹恼了皇上，并因此将他下了大狱。那就只有一个解释，大清之所以已到了千疮百孔、岌岌可危的地步，就是它已容不得忠臣良相、听不得不同的声音和忠告，一篇小小的试卷，也能引起当权者如此大的猜忌和恐慌，这样下去，大清岂有不亡之理？

想到这里，玉清觉得他之前的想法太简单、太幼稚了，他的满腔激情，换来的竟是牢狱之灾，说不定还会招来杀身之祸。对于死，他倒没有多少遗憾，只是"出师未捷身先死，长使英雄泪满襟"，这让他难免心有不甘。不过他最放心不下的，还是他的爱妻兰香，他若是真遭遇了不测，这让她怎能承受呢？她经受了那么多的磨难，为他吃了那么多的苦，如今跟上他还没过几天好日子，就又要经受丧夫的痛苦了，这不是要她的命吗？还有年迈的奶奶、年幼的儿子、孤独的父亲、喜妹子，这让他们又怎样面对呢？再说，他也是舍不得离开他们呀！只有这时，他才能体会到亲情的重要和不舍。这样想来，他的心情就异常地沉重，情绪也变得非常的低落，然而最使他伤情的，还是对大清的失望。

这天，玉清正在牢里胡思乱想，忽然几个官差来到牢中，一个狱卒打开牢门大声叫道："五号人犯出来！"玉清一看那气势，想必他的死期到了，便从容地整理了一下衣服，缓步走出了牢门。

这时，只听一个官差喊道："冯玉清接旨！"玉清像未听见似的站在原地未动，他在临刑前，是绝不会向令他失望的朝廷低头的。那个官差还以为他没有听见，又提高了声音喝道："冯玉清接旨！"狱卒见他还没有下跪的意思，便一脚将玉清踢得跪下说道，"还不接旨！"

这时，那个官差才宣读道："奉天承运，皇帝诏曰，考生冯玉清，在殿试试卷中诋毁大清、妄议朝政，着即革除进士功名，永不得涉足科考并不得入仕为官。钦此！"

听完宣读后，玉清无力地回道："领旨谢恩！"

官差宣读完毕已离开了，玉清还跪在那里发愣，狱卒忙扶起他高兴地说道："这下你没事了，可以出狱了！"

不多时，玉清就被放出了监牢，秦步浩、许致远、田兴运、刘保忠等人早已等在了监外。兴运和保忠一看玉清出来了，立即扑上去搂住玉清哭着说："冯标统，你可出来了！"

玉清拍着他俩的肩膀说："好了！不要哭了，我这不是好好的吗。"

保忠眼里噙着泪花说："冯标统，你这次能顺利地出狱，多亏了秦掌柜、许公子和几位新科进士相救，不然我们回府都无法向众人交代。"

这时，步浩、致远等一齐迎上来，围着玉清问候道喜。玉清感激地向他们施礼道："多谢秦掌柜、泉松弟及各位相救，请受我一拜！"说着就要下跪拜谢。

步浩赶紧扶起玉清，说道："冯公子使不得，使不得！救你出来，那是我们应该做的。这下好了，你总算没事了，现在咱们可以回会馆了。"说着，便将玉清接回了会馆。

回到会馆，秦步浩为玉清设宴压惊。席间，玉清端起酒杯，再次致谢道："我这次能逢凶化吉、顺利出狱，多亏了诸位乡党的鼎力相助，此等大恩令我终生难忘，我再次向各位致谢了！"说完，便举起酒杯一饮而尽。

这时，秦步浩端起酒杯说道："今日，能与咱陕西的几位青年才俊相遇，我感到十分荣幸。这次玉清贤弟虽然被取消了进士功名，但仍不失为我省出类拔萃、才华横溢的有为青年，若不救你出狱，就愧对三秦父老，也是咱们陕西会馆的失职。"

许致远接着说道："鹏举兄，像仁兄这样文章盖世、忧国忧民又敢于犯颜直谏的学子，在我大清能有几人？实为我们学习的楷模。今日能与仁兄相知相遇，使我三生有幸！"大家你一言他一语，宽慰着玉清。玉清望着眼前这些原本素不相识、热心仗义的乡党，心里充满了无限的敬意和感激，眼圈也红了。

酒过三巡后，许致远问玉清道："鹏举兄，你今后有何打算？"

致远这一问，倒引起了玉清的一阵沉思。他这次进京，原本是为了实现多年夙愿的，没想到一场科考把他的梦想彻底打碎了，他虽被营救出狱，但却永远被拒于科考大门之外，并被剥夺了入仕参政、为国效力的资格。此时，他犹如夜行者看不到光明、迷途者辨不清方向，感到十分茫然和不知所措，于是苦笑了一下说道："我尔格已是被朝廷拒之门外的落魄之人，还能有甚想法，只能返回老家，一辈子做个田舍翁了。"

致远见玉清情绪如此低落，就鼓励他说："大丈夫报国，何愁无门。我听兴运、保忠兄弟说，你以前可曾随霍宗昌大人在甘陕平乱中立有大功，回乡后又组建起民团保境安民、威震一方，就已经为国为民做出了贡献。因此仁兄不必气馁，英雄仍会有用武之地的。"

"对！冯标统，朝廷不用你，咱们也不稀罕做那鸟官，你再回乡率领我们剿匪平乱，岂不快哉！"田兴运愤愤不平地说。

"鹏举老弟，就你的满腹经纶与才学，倒不如做个'采菊东篱下，悠然见南山'著书立说的陶渊明先生。著书立说更能体现人生的价值，还能流芳百世，岂不更有意义？"一位年长玉清几岁姓罗的考生接着说。

这时，只见秦步浩不紧不慢地说道："各位说得都有些道理，但在下认为，玉清老弟应该做个教书先生才对。人常说，十年树木，百年树人，百年大计，教育为本，眼下咱陕西教育不兴，百业不振，缺的就是人才。别的不说，就每次的会试、殿试录取高中的，往往是南方多于北方，各省又多于陕西，这只能说明咱陕西的教育落后！今年考取的进士，好不容易突破了八人，玉清还被拟为一甲头名状元，可他们却弃之不用，实在可惜。也好，他们不用咱陕西用，好在我和陕西督学还能说上话，我可联合省城几个有名望的乡贤，推荐你去省学教书，多为咱陕西培养人才岂不更好，不知冯公子意下如何？"

听了各位的建议，玉清有所宽慰，但他内心仍然很乱，于是站起来，向大家拱手道："谢谢各位的好意。今后如何，我一时还未考虑，待考虑好后再作计议。"停了一下说道，"明天我就要回乡了，这次为营救我，让大家费了不少的心，也破费了不少银两，尤其是秦掌柜的大恩大德，只有等来世再报了。大恩不言谢，今日借秦掌柜的酒，请大家一同干了！"大家端起酒杯一饮而尽。

第二天早晨，京郊上空，突然乌云翻滚，狂风逐起，眼看一场暴风雨就要来临。此时，秦步浩和许致远等一直将玉清送出西直门外两里多地，他们的心情也和这陡变的天气一样沉重。短暂的相遇，匆匆的离别，使他们存在着几多的牵挂与不舍。这时，玉清转身拱手道："诸位仁兄仁弟，送君千里，总有一别，诸位请回吧！"

这时，许致远再也控制不住自己的情绪，抱住玉清哽咽地说："鹏举兄，今日一别，不知何日再能相见？"

玉清也动情地说："泉松弟，今日能结识大家，也是我的荣幸。以后大家若路过陕北，请务必来家乡一叙，我一定在寒舍为大家接风洗尘。"之后又说道，"泉松弟，放皇榜的日子快到了，无论你们排名几甲或去哪里高就任职，请一定寄信告诉我，也好让我替你们高兴呀！"

"那是一定的。"致远点了点头。

"路途遥远，请路上一定要多多保重，祝一路平安！"秦步浩拉着玉清的手，关心地说。

"秦掌柜，请您也多多保重，陕西的学子离不开您。别了，后会有期！"玉清说完，便挥手告别了他们，踏上了还乡的路。

在玉清离开青龙镇的这两三个月里，安宁县的地皮上未落过一丁儿雨，土地干渴得裂开了口子，川道干旱得断了溪流，就连昔日急湍清凌的青龙河，也失去了往日的喧闹变得干涸沉默了。随着干旱的持续发展，一场多年不遇的旱灾，波及了陕北的十多个州县，到处是焦虑绝望的百姓，到处是逃荒乞讨的饥民，陕北大地笼罩在一片焦灼难耐、哀鸿遍野的气氛中。

由于青龙镇的团结和沉着应对，灾害未使青龙镇人慌乱和不安。自玉清走后，在冬生、玉文、树怀、德洲、忠贤、忠有及镇内几大户族的带领下，几乎镇内所有的男女老幼，一同参与到了抗旱救灾中。大家从几乎断流的青龙河内取水浇地，使川道内较为平整的川地，都抢播上了保命的禾苗。民团的一百多团丁，几乎昼夜不停地担水浇地抢时播种，私塾里也停了课，江龙这些书童也被动员起来，或抬或用罐子提水，身子虚弱、从未下过田的兰香不听奶奶的劝阻，也提着水桶加入了其中。镇内仍然支着两口大铁锅，定时施舍着过往逃荒的饥民，大家只有一个愿望，那就是要保好镇、防好灾，对得起玉清临走时的交代，使他能够安心地在京城考个状元回来。

由于兰香在这繁忙的一两个月又要下田提水浇地，又要煮粥施舍饥民，还要帮着徐妈、喜梅料理家务，伺候奶奶，不久便累倒了。她不停地咳嗽，有时咳嗽得连气也喘不上来，这下可吓坏了折老夫人和冯府的人，急忙请了镇中的陈大夫。陈中贵把脉诊断后，说她是偶感风寒，加之劳累所致，没有大碍，便开了两服中药让她服下。

兰香服了陈大夫的中药后，咳嗽果然有所好转，可没过几天又咳了起来，而且比原来咳得更厉害了，一咳嗽起来脸色煞白，半天也缓不过气来。喜梅又赶紧把陈大夫请了来，陈大夫这次认真把脉诊断后，仍然说没事，但是在出了屋后却对折老夫人说道："老夫人，你孙媳妇得的不是简单的风寒，而是多年积攒下来的哮喘，病根深着哩！"

"她咋能得下这种病？"折老夫人不解地问。

陈中贵说："肺主心，气伤身。您忘啦，她前多年在侯府受的甚磨难？整天没个好心情，不是挨打受气，就是惊恐不安，这病根早就落下了。自来贵府后，环境变了，心情也好了，身体自然就好起来了。可是自开春以来，由于过度劳累，这种病就冒了出来。"

折老夫人听后，气愤地说："这侯府真是作孽啊！一个好好的人，硬是让他们给折磨成了这样。"停了一下说道，"中贵兄弟，这病能治好吗？"

"病虽然不是个好病，但治还是能治的。"陈中贵又说道，"回头我开几服药，给她煎服就是了。但必须让她卧床休息，绝不能再劳累，其次是要加强营养。这第三条最重要，就是要保持好的心情，不能生气或受刺激。"

"这个没问题，你赶紧开药方去，我让喜梅抓回来即刻就给她煎服。"折老夫人说着，就让喜梅随陈大夫抓药去了。

还真灵，兰香服了陈大夫新开的中药后，病情立时减轻了许多，饭量也增了，脸色也缓了过来。此时，一个好消息传来，据临县同去京城会试落考的人说，玉清已考中了进士，是咱陕北唯一高中的人。

此消息一传到青龙镇，全镇的人都沸腾了，冯府的人更是高兴不已。这消息对于兰香来说，无疑是一服更好的药，她的病情也好了一大半。她认为玉清哥是天底下最棒的男人，这下终于有出头之日了，他就可以实现他的远大抱负，这些年的苦总算没白受……

可没过多久，一个坏消息又传了来，说玉清因科考得罪了皇上被下了大狱，可能要被处斩。这一消息几乎使青龙镇炸了锅，不是说已高中被封了官么？怎又会被降罪下了大狱？人们纷纷猜测着，陷入了极度的恐慌与不安中。这一消息，一下子使冯府的人惊慌了起来，这到底是咋回事？他们相信玉清做事谨慎，不会无故得罪皇上的，会不会是误传？可既然有人这么说，那也许是真的。玉清自初春走后已快两个月了，连一点儿音信也没有，尤其是兴运和保忠也不回来报个信，真急死人了。于是焦急的折老夫人和忠贤，一面派人去县城打探消息，一面做着最坏的打算，并开始筹集银两准备去京城救人，镇内一些人听说冯家准备去京城救人，也都纷纷解囊相助。

起初，折老夫人叮嘱府内的人对兰香保密，但兰香还是知道了。她听说这一消息后，简直不相信自己的耳朵，但转而又一想，玉清整日和她谈论最多的是治国救民的话题，是不是因此犯了大忌、触怒了龙颜被下了狱？若是这样，谁能救得了他，肯定必死无疑。想到这里，她的心一下子紧张得提到了半空，豆大的汗珠立即从额上渗了出来，接着便晕厥了过去。这可吓坏了身旁服侍的喜梅，她一边大喊来人，一边扶起兰香又是捶背、又是抚胸，过了一会儿兰香终于缓了过来了。这时折老夫人、徐妈和忠贤等也都赶了过来。兰香慢慢睁开了眼，当她看到奶奶，便一下子抓住奶奶的手，喘着气哭着说道："奶奶，您……您可一定要救他呀……"

"我的好兰儿，你可不敢着急，我们正想办法哩。你要是再急出个好歹来，那让我咋价向玉清交代哩！你躺着，我这就让人请大夫来。"老夫人说着，就让老三玉康去请陈大夫。

兰香摆着手说："奶奶，不急，救……救玉清要紧。府上可以没有我……但不能没有玉清……"说着，又剧烈地咳嗽起来，气喘得也更厉害了，同时眼泪唰唰地流了下来。

"我的好兰儿，你们俩奶奶和冯府都离不了，你就好好养病吧，剩下的事有我们大伙哩。"说着，折老夫人已忍不住流下眼泪。

说话间，陈中贵已来到冯府，一看这情形，忙取出几根银针在兰香的头上、颈部和手腕针灸，过了一会儿，兰香的气喘渐渐地平缓了许多。接着，他又给兰香把了一会儿脉，这才起身说："问题不是很大，待我开几服药给她调理调理，也许会好起来的。"

陈大夫的话似乎隐藏着不祥。借送陈大夫之机，折老夫人追问道："中贵兄弟，你给我说实话，兰香的病到底有事没事？"

陈中贵停下脚步说："老夫人，说实话，我刚才摸她的脉，脉象紊乱滑弱，气血凝滞不畅，我看少夫人的身体怕是有大碍了。我以前说过，像她这样伤了大气血的人，不能再受刺激，前一段时间因过度劳累犯了病，我还有方医治，谁知又摊上玉清这么个事，搁平常人谁也受不了，何况她一个体弱有病之人，这就如雪上加霜一样，往后的情形怕就难说了。"

"那还有救没有？"折老夫人急切地问。

中贵说："我再给她开几服药，待服了看看情况。若过几天能缓解过来，那就是她的造化，若缓不过来，那我就无能为力了。"

折老夫人一听，顿时紧张地说："中贵兄弟，求你救救这个可怜的孩子吧？我给你跪下了！"说着，就要给中贵下跪。

中贵赶忙扶住老夫人说："使不得，使不得！我一定会尽力的。"说完，对身边的玉康说，"快随我取药去！"之后，就匆忙地出了冯府。

折老夫人送走中贵后，感觉问题严重了，立即将忠贤叫来说了兰香的情况，忠贤听后也急得束手无策。折老夫人就对忠贤说："儿啊，我看我们不能再等了，玉儿八成是出了事，得趁早派人带上银两去京城救人，无论花多大的代价，也要给我把人救出来。"停了一下又说道，"兰香这儿有我和喜儿照料着，兴许她能挺到玉儿回来见上一面。"

忠贤说："娘，我也正想这事哩，明格就让玉孝和冬生兄弟俩去京城。"

"这样也好，路上有个伴好照应。再说冬生这孩子人机灵，让他去我放心。"折老夫人又说道，"好啦，你赶紧安排去吧！"忠贤便应声出去了。

第二天天刚放亮，玉孝和冬生一人骑了一匹马出了镇，向东北方向急驶而去，背后扬起两股黄尘。

兰香一夜未合眼，昨晚服了陈大夫新开的汤药，咳嗽虽有缓解，可心却揪得更紧了，眼泪止不住一个劲地往下掉，她担忧着玉清的安危，怕他遭遇不测再也见不到他了。回想起他们的苦难经历，是多么的不容易。为了她，他可以放弃大好的前程，而义无反顾地解甲返乡；为了她，他宁愿错失一次次良缘，孤身十余年而不娶；为了她，他不怕世俗偏见，勇敢地娶了她。在她的心里，是玉清给了她第二次生命，给了她活下去的信心和希望，玉清就是她的一座大山，是她的全部和依靠。然而苍天无情，他们刚在一起生活了还不到三年，玉清就要离她而去。如果这次再失去了玉清，她连一天也不想活了，如果能用她的命去换回玉清的命，她会毫不犹豫地替玉清坐牢或服刑的，一想到这些，她就心如刀绞。

一连几天，尽管折老夫人和喜梅昼夜不停地服侍守护着兰香，并给她服了陈大夫开的汤药，可兰香的病情仍不见好转，身体极度虚弱，连咳嗽的力气也没有了，而且常常会出现短暂的昏迷，并在昏迷中不停地呼唤着玉清的名字，听着令人十分心酸。折老夫人知道，再好的药能医病却医不了心病，她这是放心不下玉儿，是为玉儿急成了这样。一个是未知吉凶的孙儿，一个是重病缠身的孙媳，即使再刚强的人也难以承受这样的打击，这时折老夫人的心都快要碎了。此情此景，她只能在心里暗暗地为他俩祈祷，希望冯家能逢凶化吉，躲过这一劫。

已是第八天了，兰香的病更重了。陈大夫把过脉后，对折老夫人和忠贤说道："老夫人、冯东家，少夫人怕是不行了，赶紧准备后事吧。"

折老夫人听后，立即难过地说："中贵，再没救了？"

"我已经尽力了，即使神仙来了也没办法了。"陈中贵摇着头说。

折老夫人终于忍不住了，哭着说："我那可怜的兰儿啊！你的命咋就这么苦哩……"忠贤也忍不住掉下了泪，一边哭，一边安慰着老母。

这几天，兰香也知道她的身体快不行了，她也知道玉清怕是没有救了，如果他二人都不在了，那江龙不就成了孤儿了吗？这让她十分地难过和放心不下，还有满头白发的老奶奶和忧伤苍老的公公……于是在陈大夫给她号完脉后，她让喜梅把江龙、奶奶和爹叫来。喜梅把人如数叫来后，只见兰香抓着江龙的手，用微弱的声音对喜梅说："喜妹子，我知道我的时日不多了，我把江龙托付给你，麻烦你替我和你玉清哥把他抚养成人。"

喜梅流着泪说："兰香姐，你放心，我会把他当我的亲儿子一样抚养大的。你不要难过，你的病一定会好起来的。"

"娘，我不要你走，我不要你走啊！"江龙哭号着抓住兰香的手不放。

兰香有气无力地说："我儿不哭，往后要听姑姑、老奶奶和爷爷的话。"江龙哭着不住地点着头。缓了一口气，兰香又对喜梅说，"妹子，我走后，你要替我照顾好奶奶和咱爹……这个家，就托付给你和几位哥嫂了。"喜梅流着泪不住地点头。

过了一会儿，兰香又对折老夫人和忠贤说："奶奶、爹，我还有两桩心愿。"

折老夫人抓住兰香的手，忍着泪说："我儿有甚心思，就说吧？我和你爹听着哩。"

"奶奶，徐妈和任伯是我带过来的，他们对我有恩，我走后咱……咱冯府要善待他们……"兰香吃力地说。

"这个你放心，咱冯家不会亏待他们的。"折老夫人说。

缓了口气，兰香又说道："奶奶，玉清十有八九出事了，万一他不在了，请……请奶奶和爹将他一定接回来……我也好陪着他，不能……不能让他成为孤魂……"说到这里，兰香竟气喘得说不上话来。

"好我的儿哩！你不敢再说话了，奶奶和你爹都答应你。"折老夫人已经哽咽得说不出话来。兰香听了奶奶话，似放下了千斤重担似的微微一笑，便闭起眼睛歇息起来。

第二天，已是第九天了。黄昏时分，兰香的病情出现了危机，呼吸开始急促起来，可她在昏迷中，还在断断续续地呼喊着玉清的名字。

看来，她是熬不到明天了，说不定连今晚也过不去。派出去的人都好几天了，连一点音信也没有，恐怕兰香连最后见玉清一面的机会都不可能了。折老夫人想到这里，心里难过极了，一时老泪纵横、伤心不已。

正在这时，忽听屋外有人喊道："玉清少爷回来了，玉清少爷回来了！"

原来玉清三人离京后，就马不停蹄地往回赶。此时，玉清心里好像释放了许多，他不再为牢狱之灾和取消进士功名的事而忧伤烦恼了，既然朝廷和圣上容不得他这样的人，他也没有必要为此伤感遗憾。他既然无缘做一个济世救国、中兴大清的忠臣廉吏，但他可以做一个忧国忧民的庶人，做归隐田舍的一介布衣岂不更好。尤其是他能和家人朝夕相处，能和他的爱妻兰香朝夕相伴、白头到老，今生足矣！想到这里，他归心似箭。于是，他经河北、过山西、渡黄河，辗转半个多月来到了距家乡不远的绥州城，再有两三天的路程就能赶回去了。在城内，他忽然遇到了前来营救他的二哥玉孝和表哥冬生，当他得知兰香病重的消息时，差点儿晕倒，便与玉孝骑马急速地先行驰了回来。

　　玉清一进府，直奔卧房。当他一看到躺在炕上，奄奄一息的兰香时，一下扑到炕前抓住兰香的手，哽咽地说："兰香，兰香，你睁开眼，我回来了……"接着便泣不成声。

　　此时，兰香已好半天没动静了，全屋的人已开始嘤嘤地啼哭了起来。说来奇怪，兰香在听到玉清的喊声时，忽然慢慢地睁开了眼睛，当她一看到玉清的刹那间，竟微弱地说："玉清哥，你……你可回来了……"接着涌出了一行泪花。

　　"兰香，你可不敢吓我。我回来了，我这不是好好的吗！"玉清替她拭着眼泪说。

　　看着玉清，兰香嘴角露出了一丝微笑，微微地说："回……回来就好……咱冯家……青龙镇离不开你……"

　　"兰香，别说傻话，咱冯家和我更离不开你，我一定会把你的病治好的。"玉清把兰香的手贴在自己的脸上说。

　　兰香微微点了点头。忽然她把目光投向了喜梅，喜梅赶紧上前握住她的左手说："兰香姐，你有甚想说的，就给我说。"

　　兰香缓了一下，用了很大的力气才说道："玉……玉清哥，你……你要答应我一件事。"

　　"你说，我一定答应。"玉清注视着她说。

　　这时，只见兰香把玉清和喜梅的手放在一起，握住吃力地说："玉清哥，我知道，喜妹她……她心里一直有你。我走后，你……你一定要明媒正娶了她。"接着又喘了一口气，对喜梅说，"妹子，我把玉清交给你，我……我放心了，你俩能答应我吗？"

　　玉清先是一愣，接着看了一眼喜梅，便含泪点了点头，喜梅也流着泪点了一下头。

　　兰香见他俩答应了，脸上露出了欣慰的笑容，接着不停地望着折老夫人和忠贤。折老夫人会意，立即上前对兰香说："兰儿，你放心吧，我和你爹会替他俩做主的。"

　　兰香听了奶奶的话，终于放心地闭上了眼睛，手一松，没了气息，任凭玉清怎样呼叫，兰香就再也没有回应。

这时，满屋的人失声地痛哭了起来。只见玉清一下子抱住兰香，撕心裂肺地哭喊道："兰香啊！你咋能狠心丢下我走了呢。是我不好，是我把你害成了这样。早知这样，我就不该进京科考。是我害了你，是我害了你呀……"玉清一下晕了过去，众人七手八脚地施救起来。

兰香走了，永远地离开玉清走了。玉清抱着兰香冰冷的遗体，久久不愿放开，在这个世界上，再也没有比失去兰香更让他悲伤的了。

在玉清的心里，兰香几乎成了他生命的全部，谁也代替不了她在他心中的位置，只可惜，这种生活好像才刚刚开始，她却骤然离去。他认为，自己这两三年，只顾忙了自己的所谓"大事"，很少去关心爱护她，他觉得自己亏欠她太多，遗憾今生再也无法弥补了。接下来的两天里，他不仅为兰香缟衣素服，而且昼夜不停地守在陵前，他想多陪陪她，他想把心里的话都说给她听……

在送别吊唁的仪式上，玉清在兰香灵前，含泪吟读了他写给爱妻的悼亡词：

呜呼——

幽幽我兰，生于山间；

栉风饮露，青出于蓝；

沐日浴月，香气满乾；

亭亭玉立，卓群不凡；

品高德厚，才貌双全；

聪慧内秀，忠贞淑贤。

然，天不假年：

三十二岁花正茂，

骤然花落折枝断。

顷刻山崩地欲裂，

香消玉殒令人怜？

悲哉：

云锁宫阙门不开，

雾浸地府路不还。

此番匆去呼不回，
阴阳相隔两重天。
我兰一去不复返，
音容笑貌不再现。
床前再无温柔语，
身边再无知音伴。
恩爱夫妻相拥短，
生别死离肝肠断。
痛哉：
五岳顿首寄哀思，
江河奔涌泪长流。
九州风雷掀悲浪，
四海翻腾恸情伤。
百鸟不鸣悄无语，
千泉凝涩声不起。
萧萧霜重连钩月，
沉沉黑云暗无天。
嗟呼！
今失我兰，
日月为之惨淡，
天地为之同悲！
回望兰台不忍睹，
新冢荒草孤乌寒。
一场空梦东逝水，
飘蓬此去随风旋。
我兰千古，
哀哉尚飨！

　　玉清读到最后，竟泪如泉涌，声不能控，引得众人也"呜呜"啼哭了
起来。是啊，科考的变故，使他报国无门，爱妻的猝然离去，使他寸断肝

肠，残酷无情的双重打击，已使他陷入了极度的悲恸伤痛之中。此时心灰意冷的他，情何以寄、志何以堪、路又在何方？他似孤蓬一样，今后将不知飘向何处……

兰香走了，玉清病了。

一连几天，玉清都静静地独自躺在炕上。他多么希望兰香能再次出现，与他案前品诗论文，与他炕边嘘寒问暖，然而当他睁开眼时，空荡荡的卧室内，再也听不到兰香那甜甜的笑声；梳妆台前，再也看不见兰香那熟悉的情影。睹物思人，他的眼泪不由自主地夺眶而出。过度的忧伤，又一次将他击倒了。

玉清迈不过这道坎儿，冯府上下的人急得团团转。第三天，只见江龙忽然扑进屋来，一把抓住玉清的手哭喊道："爹！我不要你这样，娘走了，你若再走了，我活着还有甚意思。爹呀！我想娘，我想娘啊……"

原来，江龙这几天一直跟喜梅住在一起，十四岁的他已经懂事了。娘突然的离去，已经在他幼小的心灵留下了无法抹去的伤痛，他总是背过人偷偷地啼哭。他不愿在父亲面前流泪，怕爹更伤心，当看到躺在炕上不言不语、不吃不喝的父亲时，他终于忍不住跑进屋，放声地痛哭了起来。

也许是江龙的哭声扎痛了他，也许是孩子的泪水浇醒了他，只见他挣扎着坐起身，一把搂住江龙哭道："孩儿，爹也想你娘啊！"缓了一下，又哽咽着说道，"我儿不哭，爹不会丢下你的。"

听玉清这么一说，众人悬着的心才放了下来。父子连心啊！看来，这时只有孩子的哭声，才能将失魂的玉清唤回来。折老夫人趁机劝慰道："玉儿啊！兰香走了，谁心里不难过？可这是她的阳寿尽了，谁也没有办法啊！走了的人已经走了，活着的人还得好好活下去。不为别的，就为了你那未成年的孩子，为了咱冯家，为了咱青龙镇，你也得给我咬牙站起来，就是天塌下来，你也要给我撑住。否则，你就对不起地下的兰香，对不起咱冯家的列祖列宗。"

"玉清，爹知道你心里苦，可你要为全府的人想一想，不能让我和你七十多岁的老奶奶再为你担惊受怕了，不能再让江龙这么小的孩子为你伤心了。"

这时，老秀才尚儒说道："玉清，兰香的病故和科考的失利，对谁来说都是一个不小的打击，但你要振作起来。你是爷爷看着长大的，爷爷知道你有鸿鹄之志、治国之才，这次殿试你能取得一甲前三名并被拟为头名状元，就已证明了这一点。虽然朝廷弃而不用，并革除了你的进士功名，但天下的人都承认你是当之无愧的状元，有这一点就足够了。”

　　停了一下，他又捋着胡须继续说道："玉清，纵观古今，凡成大事者，这点儿灾难又算得了个甚？古人云：文王拘而演《周易》，仲尼厄而作《春秋》，孙子膑脚而《兵法》修列，屈原放逐而《离骚》成，《诗》三百篇，大抵贤士发愤而作。他们哪一个没有你受的灾难多、经受的磨难大，可他们并没有灰心丧志，这才做出了千古留名、惊天动地的伟业来。"随即又说道，"玉清，爷爷不寄希望你成为这样的千古圣贤，但凭着你的大才，做一个著书立说、教书育人的大儒未尝没有可能。因而，你不要气馁，要振作起来，

冯玉清在赵兰香灵前悼念亡妻

大丈夫何愁报国无门？咱青龙镇，就是你的大舞台。"

说到这里，尚儒望着玉清说道："玉儿，我想让你把咱青龙镇的私塾办起来，办成咱陕西的一流学堂，多为咱青龙镇培养几个旷世才俊、国之栋梁，岂不比你入朝做官更有意义？我已经老了，教不动了，况且我肚子里的那点墨水你是知道的，再教下去是要误人子弟的。"顿了一下，他又接着说道，"玉清，不瞒你说，这两天我和镇上几大户族的主事人已商量过了，想请你来私塾教书，不知你能不能答应老朽的这一请求？"

"玉清，这是好事，你就答应你八爷及大家的请求吧？"折老夫人和忠贤等也都表示赞同。

在大家的劝说下，玉清的心情好了许多。这个问题，他从京城返乡的路上就曾考虑过，归隐乡里、教书育人，同样能寄托他的报国之志，慰藉他的亡妻之痛，于是停了一下，他便点头答应了。

第二十八章　剿顽匪远征红沙梁
　　　　　　许巡检惩恶挺英雄

　　秋季开学后，玉清正式成了青龙镇私塾的主事和先生。本镇及附近村镇闻讯后，有能力的便将孩子纷纷送到了学堂，一时间青龙镇私塾学子由原来的十余人，一下子猛增至四十多人。校舍不够，村民集资扩建了校舍，先生不够，玉清又聘了两位先生。青龙镇传出了琅琅的读书声，青龙镇百姓的心里，又开始升腾起了新的希望。

　　从此，玉清把主要精力都用在了教书育人上，民团的事全权交给了冬生、玉文负责，他只管一心教好书。半年后，折老夫人和忠贤按照兰香生前

冯玉清当上了青龙镇私塾的先生

的遗愿，给玉清和喜梅办了婚事，终于圆了喜梅的梦想。喜梅的身份虽然变了，成了冯府的少夫人，但她对冯府的那份责任没有变，对玉清的那份深情没有变，对奶奶、父亲的那份孝心没有变，对江龙及冯府人的那份亲情没有变。很快，她的付出得到了大家的认可，赢得了冯府人的赞誉，也使玉清慢慢地从阴影中走了出来。

两年后，小小的青龙镇再一次受到了世人的关注，在县里的童试和院试中，青龙镇一下子出了八位秀才，年龄最小的只有九岁，年龄最大的十八岁，其中就有玉清十六岁的儿子江龙。在三年一次的童试中，安宁县全县考中的秀才不过二十几位，而青龙镇一下子就考中了八位，于是冯玉清的大名又不胫而走。一些村镇和州县便纷纷邀请玉清前去执教，就连省府的督学，在秦步浩的再次举荐下也邀请玉清前往省学任教，但都被玉清谢绝了。他哪里也不去，他就在青龙镇教他的书、育他的人，他每天除过教书外，不忘习武强身健体。就在江龙考取秀才的那天，他来到亡妻兰香的陵前，将这一喜讯告诉了她，并发誓要把儿子培养成才，完成她未尽的心愿。

这两年多来，青龙镇看似平静，可却悄然发生着变化。

就在玉清进京赶考返回后不久，强自修因所谓的"政绩"，被破格提拔做了安宁县的八品县丞，正式成了食朝廷俸禄的官员了，同继洲也因"政绩"突出，被提拔为朔州府六品官职的通判，接任知县者是一位五十多岁的候补知县刘本厚。至于青龙镇镇长的位子，强自修当然不愿交给外人，而是交给了他的亲信魏双乾去做。

别看这个小小的八品县丞，可对于惯会耍权搞阴谋的强自修来说，仍让他做得风生水起，可谓发挥到了极致。他上任后，陕北的灾情还在继续，他向新任知县刘本厚建议，让县城的商家富户及各乡镇的乡绅财东，捐粮捐银、救济灾民。上任不久的刘本厚也想急于建功，一想这是好事，就欣然同意了，并交给强自修全权负责办理。这样，强自修采取了强制和恐吓的手段，很快就在全县搜刮到了二百多石粮食、两千多两银子，连青龙镇也被他榨取了二三十石粮和三百多两银子。

然而这些捐献的粮银，并没有进入县衙的府库，到最后，他只给刘本厚拿回几大卷记载着密密麻麻的，领取了银粮灾民的姓名和按着红手印的账册，并有一份万人签名写给刘知县的功德表。刘本厚一高兴，就大笔一挥，在那些账册上签上了他的大名，算是承认了这一切，并把强自修大大地褒奖了一番。

按理，强自修的这一"善举"，可使全县的灾情大为缓解，可奇怪的是，全县的灾情不但未得到缓解，反而变得更严重了。饥民越来越多，不断有人饿死，甚至一些地方出现了集体大逃亡的现象，原本等待县衙安抚救济的灾民，因未盼来县衙的救济，便一齐涌向县城找知县要活路。一时间，县衙被围得水泄不通，不断有灾民喊出筹集的救灾粮款被知县贪污了，要求严惩泯灭人性的大贪官刘本厚，甚至一些乡贤联合起来，跑到朔州去请愿告状。

原来，强自修升任八品县丞后，故伎重施，他的野心不仅仅是这个小小的八品县丞，而觊觎的是刘本厚这个七品知县的位子。于是他的第一步是趁灾大捞一把，他事先与田河镇和双集镇的粮行商议好，将募集到的粮食偷偷地卖给了这两家粮行，还说这是刘知县让这么做的，并分别给了他们一些好处，而贪污的银两，则直接进了他的腰包。难怪县城上下，会出现刘知县贪污救灾粮款的呼声，这一切刘本厚是不知情的，这是他给刘本厚设的第一个局。

第二步，他私下里散布刘本厚发国难财、发难民财，并暗地里教唆煽动饥民围攻县衙，又煽动不明真相的人去朔州府请愿告状。而他自己，却在刘本厚面前替知县喊冤叫屈，俨然天底下第一大好人，他的这第二步棋也很快奏效了，朔州府派通判同继洲和知事范毓中两人前往调查。结果可想而知，几乎所有不明真相的人，都一齐指控刘本厚贪污，使他百口莫辩。而作为具体负责此事的强自修，这时则是一问三不知，并拿出刘本厚核准签发给饥民粮银的账簿让他们看。知事范毓中对此事有些怀疑，便让强自修按账册叫人来核对，结果不是账册上没有此人，就是来者根本不知此事，看来这份账册系刘知县伪造无疑，刘本厚也是哑巴吃黄连有苦说不出。

直到这时，老实的刘本厚才知道他被强自修暗算了，但为时已晚。最后，在同继洲的主持下，刘本厚以有重大嫌疑和失职渎职的罪名被下了狱。强自修不但没有受到任何责备，反而顺利地成了代理知县，独揽了大权，登上了安宁县权力的巅峰。当然这一切，离不开他的老上级同继洲的庇护和"关照"，强自修也没有忘记感激孝敬他，就连范知事也得到了他的好处而缄口不言了。

强自修在不到五年的时间里，从一个不入流的副镇长一下子成了代理知县，可谓平步青云、志得意满。因此，一些过去与他有过节的人整日提心吊胆，生怕他给自己小鞋穿；一些原本和他关系较近的人，则认为是有了靠山，赶紧重续旧情、百般示好；一些与他素无往来的人，也都趋之若鹜、攀龙附凤起来。而县衙的那一班旧幕僚，更是不甘落后，师爷俞振海本就是一位见风使舵、八面玲珑的老江湖，因而强自修成了代理知县后，他是第一个示好的人。在他的眼里，铁打的衙门流水的官，伺候谁也是伺候，只要不伤损到自己的利益，管他姓王姓张哩，何况他原来还暗中帮助过他，自然也就成了强自修跟前的红人。至于县标营标统赵光亭、捕快班头蒋卫朝、书记员党俊生等人，效忠强自修就更没的说了。

自从强自修坐上了代理知县的位子后，他感觉这当知县的滋味真好。那简直就是一个呼风唤雨、手握生杀大权的土皇帝，怪不得从古到今，天下不知有多少人为了这个位子拼了命地去争、去抢，可到头来还不见得有几人能够如愿，他并未费多大的劲，就离这个位子仅一步之遥了。

他想尽快去掉"代理"二字，真正成为安宁县的七品知县，然而令他不安和担忧的，仍然是他的宿敌冯玉清。虽说他如今屈就做了乡下的一位教书先生，成了落架的凤凰离山的虎，可他在安宁、朔州的影响还在，而且青龙镇私塾一下子就教出了八位秀才，不仅朔州府、榆阳道对他另眼相看，省府要员对他更是大加赞赏，还准备邀他去省学任教，以后他能不能时来运转、东山再起，那就难以预料了。可问题是，他先前对玉清做了那么多的恶事，玉清肯定对他怀恨在心，一旦玉清再得了势，肯定不会放过他的。玉清是一位爱管闲事且到处请愿告状的主，就他借赈灾贪污的那些粮银的事，若是被玉清知道了，玉清肯定会联络乡民到上边请愿告状的。

一想到这些，强自修就心有余悸、坐卧不宁。不行！在这个关键时期，绝不能让任何人威胁到他的地位和安全，他必须搬掉横在他前程路上的绊脚石。尽管目前姓冯的没有动作，但并不代表玉清就能放过他，说不定玉清正在暗中搜集他的罪证，一旦掌握了他的罪证，那他就完了。不行！在安宁县，有他强自修在，就绝不能有冯玉清在，那只有一个办法，就是让他离开青龙镇，而后再……

于是，在院试过后不久，强自修便率领县督学张宗昌、师爷俞振海等一行人，专程去了一趟青龙镇，请玉清到县学任教，但被玉清拒绝了，他只能等待时机，另想计策了。

然而翌年春季，一个比旱情更严重的坏消息传到青龙镇，即盘踞在红沙梁古城堡的胡柴进匪帮，经过两年多的发展，人数已由初始的四五十人发展到二百余人，不仅红沙梁周边的百姓深受其害，他们又将魔爪伸向了四省更深的腹地，就连安宁县的几个村镇也遭到了他们的打劫，还死了几个人。并且土匪还放出话，说他们胡爷不久将率领大队人马攻打青龙镇，报之前的深仇大恨，还要活捉冯玉清、血洗青龙镇，随着消息的传入，不断有北边逃难的人涌入了青龙镇。

这一坏消息立即在青龙镇引起了不小的震动，人们都把目光投向了冯玉清。当玉清得知这一消息时，也感到问题的严重，他再也无心教他的书了，便将私塾的事又全权委托于八爷老秀才冯尚儒，立即找来了折冬生、冯玉文、张德洲、张德江、刘保忠、田兴运、杨树怀等人商议对策。最后大家一致同意立即攻打红沙梁，彻底灭了这帮祸国殃民的土匪强盗。这时玉文说："玉清，当初我就主张攻打红沙梁，你说等待以后再收拾他们不迟。现在，他们的人数由当初的四五十人一下子增至二百余人，而我们青龙镇民团只有一百余人，怎么个打法？"

玉清说："我也没有想到，胡匪的势力增至这么快。不过也不要怕，我们再招一百多个民团，有我们这二百多民团，再联合北山石拴虎的人马，总数接近三百人，在人数上占了绝对优势，攻打红沙梁是不成问题的。"

"对！就这么干。我们青龙镇民团怕过谁？这次定要灭了这帮匪徒，活捉作恶多端的胡柴进，将他碎尸万段方才解恨！"冬生攥着拳头说，其他人也都摩拳擦掌、群情激愤。

这时玉文又说道："立即攻打红沙梁我完全赞成，这样安排也较有把握。但问题是，我们这次攻打红沙梁，不仅是一次长途奔袭战，也是一次越境的军事行动，地方官府，尤其是强自修会不会拿这个做文章，说我们私自越境用兵，有反叛朝廷之嫌。"

玉清说："这个我也考虑过了。为了清除这个嫌疑，我准备赴县城当面向强自修陈述攻打红沙梁胡柴进土匪的紧迫性，并要求他能派县城官兵协助我们一起攻打红沙梁，他即使不派兵也不至于拿这件事做文章说我们图谋不轨吧！"

"那倒不一定。"冬生说:"姓强的是什么货色你是清楚的,让他派兵与我们一起攻打红沙梁那是没门儿的事,只要他不使坏做文章那就烧高香了。你别忘了,他几次三番想害你没有害成,前一晌又请你到县学任教你没给他面子,他不知将你恨成甚了,只要有机会,他是绝对不会放过你的。要我说,你何必去见他,咱们干脆带队伍直接去攻打红沙梁,谅他也不会把我们怎么样。"冬生一说完,德洲几人也都表示赞成冬生的意见。

可玉清却说:"正因为这是一次越境的重大军事行动,所以有必要给地方官府通报一声。我也知道,让他派兵与我们一起攻打红沙梁是不可能的,只要他不反对,就算达到目的了。"玉清刚一说完,冬生和玉文还想说甚但被玉清制止了,并说道:"这事就这么定了。明天,我带上兴运和保忠去县城,冬生、玉文还有你们几个,尽快再招收一百个团丁,做好队伍开拔前的后勤保障等各项工作,并派人通知石拴虎带队伍来青龙镇会合,等我从县城一回来,就立即开拔远征红沙梁。"

玉清刚一说完,冬生说道:"玉清,你此去县城我不放心,明天我和兴运、保忠兄弟一同陪你去县城,家里的事就委托玉文他们几个办理,你看如何?"

玉清想了一下对冬生说:"也好,有你去更为稳妥,有事也好商量。"然后对玉文说:"我们走后,你的担子也不轻,既要招民团,又要筹措粮饷,要多靠德洲、德江、树怀他们几人。另外,关于筹措粮饷一事,直接找我爹、我姑父庆荣和镇内冯尚杰、冯忠厚、张明理、张兆卿、杨百雄及冯忠有几个德高望重的人去商议,定能得到解决的。"

玉文说:"玉清,你们放心地去县城吧,这些事我会办好的。"玉清听后满意地点了点头,接着他们就去县城和招收民团的具体事宜商谈了许久,而后才各自散了去。

玉清他们一下午在上书房商议出兵攻打红沙梁的事,折老夫人及忠贤、喜梅早就知道了,待冬生他们一走,折老夫人、忠贤及喜梅立刻来到了上书房。一进门,折老夫便问道:"玉儿,听说你们要攻打红沙梁了?"

玉清立即起身,将奶奶和已怀有七个月身孕的喜梅安排好后,这才回道:"是的奶奶。"

"玉儿,这些挨千刀的土匪,早该收拾了,你去攻打他们奶奶没有意见,可听说他们有好几百人哩，你打得过他们吗？"折老夫人担心地说。

玉清说："奶奶，他们只有区区二百余人，我将组织三百多人去攻打红沙梁，定能剿灭他们，再说我们民团的人都是训练有素的，定能打败他们，您就放心吧！"

"玉儿，你们这次远征，爹能帮上什么忙？"忠贤说。

玉清说："爹！我差一点忘了告诉您，我明天要去趟县城，留下玉文负责筹措出征所需的粮饷事宜。爹，你可要带个好头支持我。"

"玉儿，这个没问题，我不仅积极带头捐献，而且还要帮玉文去镇里几家较富裕的家户做工作的。"忠贤说。

"爹，有您和家人的支持，我的信心更足了。"玉清说完，又转向喜梅说，"喜梅你怀有身孕行动多有不便，要多注意安全，可不敢在这节骨眼上给我添乱。"

"你放心吧！我又不是泥捏的，我会照顾好自己的。"之后喜梅又说道，"玉清哥，我不想让你去县城。"

"为甚？"玉清问。

喜梅说："你去县城面见姓强的我不放心，我怕他加害你。"

玉清说："你放心吧，他暂时还不敢把我怎样？再说，明格有冬生哥和兴运、保忠陪着我，不会有事的。"

"玉儿，喜梅的担心也是我担心的，姓强的就是一只阴险的恶狼，你随时都要提防他。这古人说得好，小心驶得万年船，你可一定要当心。"折老夫人说。

"奶奶，孙儿记住了。您看，时辰不早了，您老和我爹就回去歇息吧！"此时，折老夫人和忠贤才起身离开了上书房。

第二天一早，玉清和冬生他们四人就去了县城，赶午时已到了县城，并顺利地见到强自修。见面后，强自修先开口说道："冯大先生，今日怎有闲来县城了？是不是你想好了，要来县学任教了？"

玉清回道："强大人，我今日来县衙，不是要来县学任教的，而是有一重要的事情要向你禀告。"

强自修给玉清他们赐座后问道："冯先生，你有何事禀告？说来听听。"

玉清便将他这次来的用意作了陈述，最后说道："强大人，我这次之所以要带领青龙镇民团去攻打红沙梁，是因为胡柴进这帮土匪，不仅祸害得红沙梁周边的百姓不得安生，而且他们已将魔爪伸向了安宁县的几个村镇，因此于公于私，都必须尽快剿灭了他们，为国除奸，为民除害。"停了一下，玉清继续说道，"强大人，目前这伙土匪有二百多人，我们青龙镇民团的力量不足，我想请你派县城官兵与我们一道除匪安民如何？"

强自修听后说道："我说冯大先生，红沙梁那帮土匪，存在不是一天两天了，这些年甘、陕、蒙、宁四省的州县都不管，你又何必去招惹他们哩？我一个小小的代知县，哪能私自派兵越境去攻打红沙梁。因此，我不但不能派兵帮助你，我也劝你不要去红沙梁。因为民团是护村自卫的，不是越境对外用兵的，到时上边若怪罪下来，谁也担当不起。"

玉清见他这个态度，就生气地说道："强大人，你不派兵也就罢了，怎能不允许我们攻打红沙梁呢？剿除匪乱、保境安民，天经地义，何罪之有？红沙梁的土匪，我是剿定了，到时上边若怪罪下来，由我一人担着，绝不会连累你的。"

强自修阴险地一笑说："冯大先生，我只是给你提个醒，听不听由你，到时不要说我没给你打过招呼。"之后又紧接着说道，"冯先生，依我说，你还是来县学任教吧，我绝对不会亏待了你，这样总比你整天舞刀弄枪，东征西讨的强，你看如何？"

这时，还未等玉清开口，冬生早就忍不住了，立时大声对玉清说："玉清，我们可没闲工夫跟他磨牙，他这是黄鼠狼给鸡拜年没安好心，我们剿土匪、平贼寇，替天行道，何错之有？没有他们县衙官兵参加，我们照样能灭了贼人。"说毕，拉起玉清就往外走。

玉清见状，也向强自修一抱拳说了声"告辞！"便与冬生、兴运、保忠愤然出了县衙。

玉清出了县衙，看天色已晚，便在县城找了一家叫"悦来客栈"的酒馆住了下来。这时大家余怒未消，都纷纷谴责起强自修来，冬生对玉清说："强自修就不是个东西，他哪能和我们是一条心呢，你却偏要来找他，这下你该死心了吧？看来，攻打红沙梁只有靠我们自己了。"

玉清说："我原来就没打算指靠他帮咱们，我之所以要来县城见他，就是要向他通报我们的行动，免得他说我们越境另有图谋。这下好了，我们该说的话说了，该通报的通报了，接下来我们就该放开手脚大干了。"说到这里，玉清说："尔格时辰还早，我想出去一趟。"

"冯标统，天这么晚了，你要外出干甚？"刘保忠问。

玉清说："趁咱们来了县城，我想去城中拜会几位有名望的乡贤，争取他们的支持和资助。"

冬生一听说玉清要去拜会几位乡贤，便对田兴运说："兴运你留下来照看旅馆，免得有人使坏，我与保忠随标统出去一趟。"兴运听后点头同意了，于是冬生和保忠便随玉清出了旅馆。

此时天已黑了多时，街上静悄悄的，只有几家酒馆的灯还亮着，里面时不时传出喝酒猜拳的声音。并有醉汉踉踉跄跄地出入酒馆，天空星稀月暗，街道漆黑一片，偶尔有人经过，但都警觉地看着对方，冬生和保忠握刀警惕地紧随玉清身后。而玉清此时却并不关注这些，他用了不到两个时辰，便拜会了城中的几位乡贤，不但得到了他们的支持，还筹到了二千多元的银票。

这天上半夜，安宁县城时隐时现的弯月已经西沉，黑暗完全笼罩了夜空。街上一片漆黑，伸手不见五指，只能听见隔三岔五的敲梆报更声和偶尔低沉的狗吠声。然而此时，一只罪恶的黑手，正在悄悄地伸向"悦来客栈"，伸向了玉清他们。

已近卯时，当全城的人正在熟睡之中时，"悦来客栈"的大门被人用刀尖挑开了，接着三个黑影一闪身溜进了客栈。只见那三个黑影蹑手蹑脚地上了二楼，在各个屋门前溜达了一阵，然后从外将门反锁上，之后又悄悄地下了楼。过了一会，只见楼下"轰"的一声燃起了一人多高的火焰，接着火苗迅速地从一楼蹿至二楼，并发出噼里啪啦的声响，院内立时被照得通亮。只见那三个黑影全部穿着黑衣，脸上蒙着黑布，只露出两个眼睛，他们有两人握刀守于楼梯口，一人在楼下继续放火。很快，楼上楼下燃起了熊熊大火，但睡在楼内的客人却并未察觉，仍然处于昏睡中。

此时睡在二楼的冬生并未睡实，迷糊中，他好像听到了什么声音，猛一下惊醒了。他睁开眼向外一看，发现院内有火光，而且门缝内有一股刺鼻的浓烟涌进屋来，顿时呛得他咳嗽起来。此时，他一跃而起，猛推了玉清一把，同时大声喊道："你们快起来，着火了，着火了！"接着，他一下冲到门前去开门，却发现门被人从外面反锁了。他一想不好，有人纵火了，肯定是冲他们来的，便一手捂住口鼻，一拳将靠走廊的窗户打开，顿时火舌冲了进来。

这时，玉清、保忠和兴运三人，被浓烟熏得咳嗽不止，站立不稳。冬生来不及多想，拉了玉清一把说了声"跳"，四人便相继跳出了窗外。走廊上，到处是飞蹿的火蛇，大火已吞噬了楼梯，根本无路可逃，其他房间的人也已被烟呛醒了，正在惊恐地踢踹着门就是出不来。慌忙中，冬生一眼瞧见了楼下那三个纵火的人，便大喊一声："不好，有歹人放火！玉清，你和兴运赶快救其他人，我和保忠去对付他们。"说着，便和保忠翻身跃下了二楼。楼下那三个蒙面歹人便一齐奔过来要取了冬生和保忠的性命，可战至两个回合后自知不是两人的对手，便夺路逃了出去。当冬生和保忠追至门外，已不见了那三个歹人的踪影，他俩不敢再追，旋即返回来加入扑火队伍之中。

这时，客栈的老板和伙计已是扑火的扑火，救人的救人，玉清和兴运也冒着生命危险，踢开了六七个房间的门，让这些人身披湿被从二楼冲下来。当他俩欲再次救人时，二楼的廊沿和楼梯已开始坍塌，他俩无奈，只能纵身跳了下去。

"悦来客栈"的这把大火，将城内照得一片通亮。霎时，城内锣声骤起，并伴随着："着火啦，着火啦！"的呼喊声，人们还以为是土匪进城了，顿时呼喊声、啼哭声响成一片。过了一会儿，人们才意识到是城内着火了，这才提了水桶、端了瓦盆朝着火的地方奔来。

在众人的齐心扑救下，这场燃了约两个时辰的大火才被扑灭，但"悦来客栈"几乎化为了灰烬，老板高金发坐在地上号啕大哭，大骂是哪个黑心的害了他。此时天已大亮，经清理，在此次大火中，有七人未逃出被大火烧死，另有十二人被烧伤。死者摆在院中，个个被烧成了焦煳状，惨不忍睹，冬生一直自责未能擒了歹人。

"冯标统，你没事吧？"突然，城中的郑相芝、杨百贤、吴佩奇三位乡贤赶了来。

"郑大人，你们几位咋也来啦？"玉清迎上前说。

郑相芝拉着玉清的手说："我一听说'悦来客栈'出了事，就担心你的安危，所以我们几个就相约了来看你，只要你没事我们就放心了。"

玉清说："谢谢几位乡贤，我们几个倒是有惊无险，只是这场大火死了这么多人，令人十分痛心。"

"我看，这事不会那么简单，他们是不是冲着你来的？"杨百贤说。

玉清说："我也有这种预感。这三个歹人来客栈不是为了抢劫财物，而目的很明确，那就是要烧死我们。这幕后的人，我已猜出了七八分，但目前尚无他确凿的罪证。"

玉清和郑相芝几个人正说着，忽然一阵锣声响起。随着锣声，只见强自修坐着一顶官轿来到"悦来客栈"，他一下轿见了玉清，便上前关心地说道："冯贤弟，你可安好？听说你下榻的客栈出了事，可把我急坏了，看到你安然无恙，我这就放心了。"

玉清冷冷地说："天不灭我，几个小小的歹人岂奈我何！"

强自修脸一红，说道："是啊！冯贤弟可是大福大贵之人，有惊无险，有惊无险哪！"随即，转向郑相芝他们说："郑老爷，你们几位也来啦！"

"嗯！"郑相芝用鼻孔应了一声。在他的心里，是极不待见这个代知县的，因为他们几人曾被这个阴险的家伙当枪使了一回。那还是去年新任知县刘本厚募捐粮银赈济灾民一事，当时他们几位也捐了不少的粮银，后来听人说这些募捐的粮银被刘本厚贪污了，他们一气之下便相约去朔州告了刘本厚的状。后来朔州派人查了刘本厚，但并未查到他贪污募捐赈灾的粮银，再后来人们都说刘本厚初来乍到、人地生疏，是不可能干出这种瞒天过海的事来，能干出这种惊天大案的人，就只有强自修了。然而事已至此，刘本厚还是被下了大狱，听说不到一年就死在了大牢里。一想到这些，郑相芝他们就非常自责，自然就对这个阴险狠毒的强自修心存芥蒂了。

其实，玉清和郑相芝他们怀疑的一点没有错，这桩血案幕后的黑手，就是阴险狠毒的强自修。

原来，当玉清离开县衙住进"悦来客栈"后，强自修一阵窃喜，这是除掉玉清的最好机会。这次说甚也不能让他活着离开县城，不然这个冯玉清以后还不知给他带来多大的麻烦和威胁，于是他便动了杀心，立即指示手下人在夜间制造了这起惨案。

这时，老板高金发一见到强自修，立即跪到他的面前哭喊道："强大人，请替小的做主，一定要抓住真凶，还我个公道。"

"高掌柜，快快请起，我对你的遭遇深表同情。"强自修假惺惺地说，并拟扶起高金发。

可高金发却趴在地上哭着说："强大人，捅下这么大的娄子，你让我咋活哩？你不答应，我就不起来！"说着，又是给强自修作揖，又是给他磕头。

强自修一看不好走了，就叫过来赵光亭吩咐道："赵标统，这个案子，限你五日破案，好给高老板和那些死难者一个交代！"随即，又转向玉清说，"冯贤弟，恕我公务在身，就先告辞了。你也赶快回去吧，可不敢再生事端到处乱跑了，下次遇险恐怕就没有这么幸运了。"说完，便急匆匆地回了县衙，很明显，他临走时还不忘告诫威胁玉清。

玉清他们，望着远去的官轿恨得牙根儿发痒，但目前尚无他幕后黑手的证据，只能咽下这一口恶气。之后，玉清向郑相芝等人一拱手道："郑大人、杨大人、吴大人，谢谢几位前辈前来看我，我回去还要筹划远征红沙梁之事，就此别过了。"

这时，郑相芝拦住玉清，并塞给他一包银两说："冯先生，这是你昨晚走后我们又筹集的一点银两，也算是我们对你们义举的支持。"

玉清赶忙推让说："不用了郑大人，这里有你们昨晚筹集的二千多两银票，幸亏我带在身上没有被烧，有这些就行了。"

郑相芝说："这哪行呢！你们替咱百姓远征红沙梁土匪，那是要豁上性命的，我们只出一点银两又算得了什么？还是拿上。"玉清见说，只好接了银两。

"冯标统，祝你们旗开得胜，我们等着你们凯旋！"吴佩奇向玉清拱手说，玉清也向吴佩奇拱手致谢，后与冬生四人踏上了返乡的路。

玉清当天就回到了青龙镇，然而他们在县城险些遇害的消息已先于他们传回了青龙镇，当人们看到玉清四人平安归来时，悬着的心才放了下来，接着都诅咒骂起了强自修。玉清顾不上这些，立即问玉文道："玉文，我让你办的几件事办得怎样了？"

玉文说："全办好了，一些青年听说要去红沙梁攻打胡匪，都争着报名，我只招收了一百二十人，加上原来一百个民团，共二百二十人已全部到齐，粮银也筹集好了。还有，北山石拴虎也带着他的八十人于昨天就到了，幸好仓州的蔡金元也来了，尔格是万事俱备，就等你这个主帅发令了。"

玉清听后很满意，又听说金元和拴虎早到了，就急切地问道："蔡兄和石兄在哪里，快带我去见他俩。"

"他俩在府上与大爹和奶奶拉话哩！"玉文说。玉清见说，立即和冬生、玉文、兴运、保忠等回了府。

玉清回府刚见了拴虎和金元，拴虎便擂了一拳玉清说："你可回来了，你若是被强自修害了，我就领兵打进县衙杀了那个狗官。"

玉清一笑说："我的使命还未完成，哪能轻易就被他暗害了呢？"

这时，折老夫人说："玉儿，看来这个姓强的就没想放过你，这次要不是有冬生他们三人相救，后果不堪设想。这往后呀，你可千万要提防着他。"

"奶奶，你孙儿的命大着哩，他奈何不了我。"玉清接着问金元道，"大哥，你怎么也来了？"

金元说："我正好要去榆阳做生意，一听说你要去攻打红沙梁，就领着我的六七个人赶来了。我那次被土匪打劫，后在你和拴虎二弟的资助下不仅翻了本，还净赚了一千多两银子，这次也全带来了，保证能用得上。"

"谢谢大哥的一番好意，这个银两我收下了。"玉清接着说道，"有你们二位的加盟，这次取胜的把握更大了。"

"三弟，这次攻打红沙梁，咱们齐心协力，定能取胜。玉清，有什么任务你就分配吧，我俩绝不含糊。"拴虎说。

正在这时，冯忠有赶来也要求参战，玉清嫌他年龄大不肯收，忠有却说："我才五十，上战场杀敌绝不含糊，还是让我去吧。"玉清还是摇着头不肯收他。忠有急了，说："不让我上战场可以，但后勤供给总需要人吧？我就给你们当个供需官总可以吧？"这时折老夫人和忠贤也替忠有求情，玉清这才答应收下了他。

谁知这时江龙却摇着玉清胳膊说："爹，请也带上我吧！我也要跟你去打土匪。"

玉清摸着儿子的头说："你有这个勇气很好，但是你不能去，因为你还小，等你长大了爹一定带你去。再说，你老奶奶和你爷爷年龄都大了需要你照看，还有你二娘马上要生了也需要人照看，你就替爹留在家里吧！"听了爹的话，江龙才不闹着要去了。

见时辰不早了，玉清告辞了奶奶和父亲，与金元、拴虎、冬生、玉文、德洲等人来到上书房，商谈起明日远征红沙梁的事来。经过商讨，玉清将三百余人分成了三个小队，由金元、拴虎、冬生各统领一个分队，玉文带领五十人留守镇子以防不测。

第二天早饭后，随着一声号响，出征的三百余人齐刷刷地站在戏楼前的广场上，前来送行的乡民围满了广场，折老夫人、忠贤、喜梅也都来了。这时玉清向队伍做了简短的动员，最后大声说道："各位将士们，今天随我出征的，都是替天行道的英雄好汉，是代表青龙镇两千多父老乡亲，去征讨祸国殃民的土匪的，这次我们一定要荡平红沙梁、活捉胡柴进！大家有信心没有？"

"有，有，有！荡平红沙梁、活捉胡柴进！"出征将士齐声回答道，喊声震耳欲聋，响彻青龙镇上空。

这时，冯尚儒、折俊卿、张明理、杨百雄等几位老者，端着酒碗，分别敬给金元、拴虎、玉清和冬生，并说道："祝你们旗开得胜！"

玉清四人接过酒碗一饮而尽，然后说道："我们一定不负众望，请等候我们的好消息吧！"随即翻身上了马，与大队人马出镇上了路。

再说强自修客栈未能害了玉清，心里更慌了，他自知玉清知道这次幕后的黑手是他，等他缓过手一定会找他算账的，若他这次剿匪再立了功，会有东山再起的可能，到时自己就死定了。不行，一定要置他于死地，绝不可让他再翻身。想到这里，他又心生一条毒计，那就是给他捏造一些致命的罪行，让上边办他的死罪。经过一番思谋，他一是给玉清捏造了在青龙镇任教期间，向学生传播反清的思想和言论、宣泄对大清的不满；二是私通北山土匪头子石拴虎；三是私自成立民团武装、私自对外用兵，图谋不轨。这三大罪状，哪一条都是死罪，他将状子写好后，没有递给榆阳道和朔州府，而是加急直接上递给了陕西督府，他知道道州偏袒冯玉清不相信他的状子，只有不明真相的省督才会重视并治玉清的罪。

强自修的这一步棋还真奏效，省督接到安宁代知县的状告后非常重视，立即派了一名巡检官前往朔州安宁暗中查访，并授予他有临机处置和羁押生杀之权。可事有奏巧，这个巡检官不是别人，而是三年前与玉清的同科进士许致远，玉清被罢黜进士功名，而致远后来获得了前三甲进士功名，被朝廷任到山西某县做了个七品知县，两年后因政绩突出，又被提拔到陕西做了六品巡检官。他到任后，很想找机会去朔州安宁县拜会冯玉清，可还未等到机会，他却先接手了这个案子，他领命后立即马不停蹄地赶往了朔州安宁县。

许致远来到安宁县后，经过明察暗访，很快查明了真相，强自修对冯玉清的指控，完全是子虚乌有的诬告。冯玉清不但无罪，反而有功，他剿匪平乱、保境安民、抗旱救灾、赈济百姓的义举深得民心，有口皆碑，而有罪之人恰恰是强自修。而且许致远还查实了强自修滥施暴政、贪污救灾粮款，指使人企图客栈烧死玉清等罪恶，最后呈报省督，替玉清伸张了正义，将强自修撤职查办，还为前任知县刘本厚平反昭了雪。恰在这时新皇帝登基大赦天下，许致远和朔州董知府便举荐玉清为朔州正七品武都统。消息传出，安宁举县欢呼，青龙镇更是举镇同庆，折老夫人和冯族人也是兴奋异常。

玉清率队出征半个月后，终于凯旋。原来，玉清带领大队人马赶赴红沙梁后，这个狡猾的胡柴进闻讯便带着二百多土匪弃寨西逃，玉清在当地老乡的引领下向西追击而去。经过几天的急行军，在靠近甘肃的一地追上了大股土匪，经过一阵激战，歼灭了不少土匪，又得知胡匪带着五十多人于前一天逃到宁夏地界去了。玉清让部队作了短暂的休整后，又马不停蹄地向宁夏方向追击，几日后，终于在一个叫兆庆的地方追上了胡匪并将其团团围住。经过一阵激战，除过大部分土匪被歼外，玉清生俘了罪恶累累的胡柴进，金元、拴虎、冬生也生擒了十来个土匪，至此，这伙作恶多端的土匪终于被玉清全部剿灭了。玉清得胜返回后，顺带将东山黄龙彪残匪一并歼灭了。

当玉清带着队伍，押着十几个土匪刚一进镇，牌楼前便鼓乐齐鸣，两边的人群立即欢呼起来，只见冯尚儒、折俊卿、冯尚杰、杨百雄、张明理几位老者迎了上去，给玉清他们敬酒后，直赞青龙镇民团神勇，为民除害，功德无量。

正在这时，只见一队官差敲着锣向镇子走来，待两顶官轿来到牌楼前，从里边走出两位官员。其中一人刚一下轿立即冲着玉清喊道："鹏举兄，鹏举兄……"

玉清定睛一看，立即激动地说："泉松弟，怎么是你？你怎到安宁来了，贤弟如今在哪里高就？"

原来此人就是陕西六品巡检官许致远，他处理完了玉清的案子，捉拿了强自修，今天是与新到任的高知县来青龙镇宣读对玉清任命的，没想到玉清带队凯旋也返回了青龙镇。这时，只见许致远抱住玉清高兴地说道："鹏举兄，殿试后我以前三甲进士，先被任命为山西某县的知县，最近又调任陕西督衙做了个六品巡检。没想到我刚一上任，就接手了安宁代知县强自修状告你的案子，经过我的明察暗访，查实了你不但无罪，反而有功，有罪的恰恰是强自修，我已将他革职查办了。"说到这里，致远转身向玉清介绍道，"这位就是新到任的安宁高知县，今天和我专程是来看望你的。"

玉清见过高知县后，对致远动情地说："许贤弟，你能到陕西任职，这是陕西之幸、百姓之福，尤其是你查办了赃官强自修，为安宁除了一害，我代表全县的百姓感谢你，请受我一拜！"说着，就要给许致远行礼。

致远赶紧制止道："使不得，使不得！真正对安宁有功的人是你冯玉清。就说你这次出兵攻打红沙梁，歼灭了胡柴进匪帮，不仅为陕西除了害，也为甘肃、宁夏、内蒙古除了害，其行可赞，其功至伟。"

玉清说："泉松贤弟，你过奖了，你别忘了，我可是被朝廷革除了进士功名，永不得入朝为仕的人。再说，我这次带领队伍私自越境剿匪，上峰会不会怪罪，还不好说。"

致远说："如今新帝登基大赦天下，已经取消了对你的禁令，而且这次不仅要表彰你和参战的各位将士，而且还要重用你哩。"说到这里，许致远提高声音说道："冯玉清接令！"玉清立即跪地，这时只听致远宣读道："朔州安宁县青龙镇冯玉清心系天下、爱恤百姓、剿匪平乱、保境安民，建有不朽之功勋，着即提拔冯玉清为朔州府七品武都统，接令后立即赴任，不得有误！"

对于这突如其来的任命，玉清一时无法适从，半晌没有应声。这时老秀才冯尚儒对玉清说："玉清，这是天大的好事，这说明朝廷和陕西督府对你还是认可的。只有你做了七品武都统，才能更好地实现你剿匪平乱、保境安民的宏图大愿，才能更好地为民做事，为国效力，你赶快领旨吧！"

这时安宁新任高知县说道："冯都统，你能被省督任命为朔州七品武都统，还是许巡检和朔州知府力荐的结果，你可不能辜负了许大人和董知府的一番好意。"高知县一说完，金元、拴虎、冬生及其他人也劝玉清接任此职。

见众人都赞成他接任此职，玉清才肯接任这一新职，但他却对许致远说道："许巡检，我在接任这一职务之前有一事相求。"

"好！冯都统，有什么要求你就讲吧！"

玉清说："北山好汉石拴虎及他手下七八十个兄弟，这次随我远征红沙梁剿灭了胡柴进匪帮，是立了大功的，我赴任朔州武都统时，省府可免了他们的罪过，随我一起到朔州为国效力如何？"

许致远爽朗地说："我现在就代表省督宣布：鉴于北山石拴虎一群英雄好汉，在剿匪中立有大功的表现，着即免除他们过去的过错，随冯都统一同前往朔州府，为国效力。"

这时，石拴虎也跪了下来，与玉清一同感激地说道："领旨谢恩！"致远立即上前扶起二位，这时现场又一次响起了热烈的掌声和欢呼声……